FACHADAS E ESTIGMAS

A modernização da sociedade brasileira à luz de **Gilberto Freyre**

Vencedor do II Concurso Internacional de Ensaios
Prêmio Gilberto Freyre 2022/2023

Ulisses do Valle

FACHADAS E ESTIGMAS

A modernização da sociedade
brasileira à luz de **Gilberto Freyre**

Prefácio de
Alberto Schneider

1ª edição
São Paulo
2025

© Ulisses do Valle, 2023

1ª Edição, Global Editora, São Paulo 2025

Jefferson L. Alves – diretor editorial
Gustavo Henrique Tuna – gerente editorial
Flávio Samuel – gerente de produção
Juliana Campoi – coordenadora editorial
Jefferson Campos – analista de produção
Marina Itano – capa
Equipe Global Editora – produção editorial e gráfica
Imagens de capa – Raphael Comber Sales/Shutterstock; Wagner Campelo/Shutterstock

Dados Internacionais de Catalogação na Publicação (CIP)
(Câmara Brasileira do Livro, SP, Brasil)

Valle, Ulisses do
 Fachadas e estigmas : a modernização da sociedade brasileira à luz de Gilberto Freyre / Ulisses do Valle ; prefácio Alberto Schneider. – 1. ed. – São Paulo : Global Editora, 2025.

 Bibliografia.
 ISBN 978-65-5612-705-7

 1. Brasil - Aspectos sociais 2. Civilização moderna 3. Freyre, Gilberto, 1900-1987 - Crítica e interpretação 4. Sociedade - Brasil - História I. Schneider, Alberto. II. Título.

24-246277 CDD-301.981

Índices para catálogo sistemático:
1. Brasil : Sociedade : Sociologia 301.981

Aline Graziele Benitez - Bibliotecária - CRB-1/3129

Obra atualizada conforme o
NOVO ACORDO ORTOGRÁFICO DA LÍNGUA PORTUGUESA

Global Editora e Distribuidora Ltda.
Rua Pirapitingui, 111 – Liberdade
CEP 01508-020 – São Paulo – SP
Tel.: (11) 3277-7999
e-mail: global@globaleditora.com.br

grupoeditorialglobal.com.br @globaleditora
blog.grupoeditorialglobal.com.br /globaleditora
/globaleditora @globaleditora
/globaleditora @globaleditora

Direitos reservados.
Colabore com a produção científica e cultural.
Proibida a reprodução total ou parcial desta obra sem a autorização do editor.

Nº de Catálogo: **4659**

Sumário

Apresentação do Prêmio 7

Prefácio 9

Introdução 21

I   A transferência da Corte portuguesa para o Rio de Janeiro: paradoxos da história 27

II   O espaço doméstico: ventre da modernização brasileira 35

III   Modernização e europeização: imitação, invenção e autenticidade 49

IV   A fertilização cruzada e assimétrica entre modas europeias e antimodas brasileiras 67

V   Antimodas brasileiras: o manejo escravocrata, a retórica da crueldade e a educação para o patriarcado 81

VI   Os mulatos, uns "desraçados" 101

VII   A ascensão do mulato e a proliferação das rivalidades 109

VIII A formação da subjetividade masoquista: bons escravos e bons mulatos 133

IX   A educação para o patriarcado e a crise cultural 147

      A sociabilidade dos mucambos: para além do espectro sádico-masoquista 153

      O critério de *status*: proprietários e propriedades 159

      O critério de gênero: maninhas e solteironas, paus-mandados e chifrudos 170

      O critério de geração: patriarcas e bacharéis 176

X   O 15 de Novembro – revolta parricida ou crise sacrificial? 189

      Pedro II e o reinado dos bacharéis 192

XI A presença do passado – patriarcal, monárquico e escravocrata – no presente republicano 213

Monarquia, Poder Moderador e República: três teses freyrianas 219

Pessoas e instituições 229

Rui Barbosa e o liberalismo brasileiro 231

Positivismo e florianismo: uma mística da Ordem 241

Dr. Jekyll e mr. Hyde, ou o estranho caso de Getúlio Vargas 249

XII Democracia e autoritarismo, regionalismo e modernização 283

O mito do mito da democracia racial: breve história de um preconceito academicamente alimentado 297

A esfera política: seus ornamentos modernos e sua substância tradicional 332

Parlamentarismo e presidencialismo 335

Ideal de nobreza e orientação para a diferença 343

Complexo sádico-masoquista, dominação carismática e a repatriarcalização do poder 349

Bibliografia 377

Apresentação do Prêmio

A Global Editora tem o privilégio de publicar *Fachadas e estigmas: a modernização da sociedade brasileira à luz de Gilberto Freyre*, trabalho vencedor do II Concurso Internacional de Ensaios – Prêmio Gilberto Freyre 2022/2023. Promovido pela editora em parceria com a Fundação Gilberto Freyre, o concurso teve um número expressivo de inscritos, e o texto de Ulisses do Valle foi escolhido vencedor pela comissão julgadora. Ulisses do Valle é doutor em História pela Universidade Federal de Goiás (UFG), onde atualmente é professor adjunto da Faculdade de História e do Programa de Pós-graduação em História.

Ulisses tem experiência na área de História, com ênfase em Teoria e Metodologia da História, e trabalha com os seguintes temas: as relações entre História e Sociologia; as relações entre História e Antropologia; teoria do conhecimento histórico; e história intelectual brasileira. O texto que integra este livro é uma reflexão inovadora e problematizante acerca da noção de modernização operada por Gilberto Freyre em boa parte de seus escritos. A escolha deste tema mostra-se muito acertada, haja vista a questão de a modernização, em suas várias dimensões, ser um processo bastante central em boa parte dos livros do sociólogo pernambucano e igualmente latente em fração importante de sua vasta produção jornalística.

A Global Editora, com a publicação de *Fachadas e estigmas: a modernização da sociedade brasileira à luz de Gilberto Freyre*, renova seu propósito de contribuir para o debate em torno das ideias do mestre de Apipucos.

Prefácio

O leitor tem em mãos um livro valente. Trata-se do volumoso *Fachadas e estigmas: a modernização da sociedade brasileira à luz de Gilberto Freyre*, de Ulisses do Valle, Professor da Faculdade de História, da Universidade Federal de Goiás. O autor não se deixa intimidar por "verdades consolidadas", patrulhas políticas ou espinhosos temas do momento, quando tenebrosas nuvens – extremistas e reacionárias, ou mesmo fascistoides – ameaçam a democracia e suas modestas conquistas civilizatórias que, bem ou mal, o país foi capaz de construir ao longo de sua história.

Antes de entrarmos na obra convém apresentar aos leitores duas informações que ajudarão a dimensionar a pesquisa: a) o livro foi premiado pela comissão julgadora do 2º Concurso Internacional de Ensaios – Prêmio Gilberto Freyre 2022-2023, organizado pela Global Editora, em parceria com a Fundação Gilberto Freyre; b) a obra, em última instância, tem a própria formação brasileira como problema, e foi escrita ao menos em parte durante a campanha presidencial de 2022, quando o bolsonarismo ameaçava a democracia brasileira. Ameaça que ganhou contorno prático em 8 de janeiro de 2023. Profundamente interessado no Brasil, e na obra de Gilberto Freyre, Ulisses do Valle deu vazão à sua pesquisa com os olhos bem abertos ao Brasil que grassava lá fora, tão longe e tão perto da obra Freyre.

Tom Jobim, compositor tão brasileiro quanto internacionalizado – ou moderno, o que no Brasil não raro é tomado como sinônimo de internacional – teria dito que "o Brasil não é para principiantes". A sentença, já gasta pelo tempo, serve perfeitamente ao tema que nos ocupa, a própria formação brasileira, tanto quanto a obra de Gilberto Freyre. Em outras palavras, o Brasil como experiência histórica e cultural e a obra de Freyre são atravessados por uma complexidade e uma originalidade incontornáveis. Descrever algo como complexo e original não é elogio em si mesmo, mas serve para referendar as grandezas e as misérias de um país que foi capaz de gerar Caetanos, Chicos e Miltons, mas também hordas de linchadores e destrutores. Essa vontade de Brasil que o texto de Ulisses do Valle assume, tão gilbertianamente, sem abrir mão do rigor e da pesquisa, é suficiente para incitar o leitor a enfrentar as longas páginas.

Do objeto ao método

O objeto da análise de *Fachadas e estigmas* é a modernização da sociedade brasileira, ou melhor, a maneira como Gilberto Freyre leu a modernização do país, cujos marcos temporais podem ser definidos, em largos traços, do tempo aberto pela vinda da família real portuguesa, em 1808, às primeiras décadas do século XX, já na Primeira República. Aqui temos um aspecto importante da obra de Ulisses do Valle: em vez de se concentrar na análise de *Casa-grande & senzala* (1933), no passado colonial e na tradição – ou mesmo no freyreano elogio à tradição, às vezes real e fundado, às vezes mera alegação de combate para desvalorizá-lo –, o autor trata do pensamento de Gilberto Freyre referente ao século XIX e ao começo do XX, em que o tema da modernização é inevitável.

Convém observar que Freyre enxergava o Brasil de seu tempo como um país moderno. Em inúmeros textos, descreveu o Brasil como "a maior civilização moderna nos trópicos" ou mesmo "a primeira sociedade moderna nos trópicos". Em uma coluna na revista *O Cruzeiro*, intitulada "O Brasil, líder da civilização tropical", publicada em 1º de julho de 1961, Freire retoma mais uma vez a formulação segundo a qual o Brasil é uma experiência moderna nos trópicos.

> É sob o aspecto político que o Brasil, como líder máximo de civilização luso-tropical e como um dos líderes principais, senão o principal, das modernas civilizações nos trópicos [...]
>
> Foram os trópicos uma parte do mundo em processo de uma modernização que será vã e precária se significar descaracterização em sub-Europa ou em sub-Estados Unidos, ou em subclima, ao contrário do que vem sucedendo naquelas áreas de formação hispânica em que das relações simbióticas entre hispanos e tropicais, entre europeus e o trópico, vem resultando um novo tipo de civilização com diferenças regionais de substância étnica e de base econômica, é certo, de um país para outro, mas com semelhanças preponderantes de formas de cultura sobre aquelas diferenças de substâncias: semelhanças nas quais se manifesta o que há de geral ou de supranacional nos processos de encontro da gente hispânica com a condição tropical. Processos que vêm incluindo, ao lado da interpenetração sociológica de culturas, a biológica, de raças: a branca e as de cor.[1]

A passagem está inserida no contexto das elaborações lusotropicais de Freyre. Aqui, no entanto, interessa observar dois aspectos: a) O Brasil é moderno, mas à sua maneira: tropical, ibérico, com heranças africanas e ameríndias, já profundamente mestiço – o que não é ruim, nem atrasado, mas uma imposição da história sobre a qual não cabe lamentos; e b) a singularidade histórica e cultural, derivada justamente daquela condição de tropical, ibérico, negro-indígena e mestiço não deveria

---

[1] FREYRE, Gilberto. O Brasil, líder da civilização tropical. *O Cruzeiro*, n. 38, p. 62, 1º jul. 1961.

ser destruída na mera repetição das formas de vida predominantes no Ocidente branco, protestante e burguês.

Ao longo de *Fachadas e estigmas*, o autor se empenha em mostrar, com exuberante uso de fontes – a obra de Freyre – as condições e implicações em que se deu a modernização brasileira. Modernização que poderia perfeitamente ser negativa e violenta, agravando ou mascarando as heranças coloniais. Em *Sobrados e mocambos*, a escravidão praticada no século XIX, já sob a égide do capitalismo moderno, ou, na linguagem de Freyre, sob o domínio do patriarcado urbano, acabou por despersonalizar o escravo, aumentar a violência, reforçando a condição de "coisa", de vendável no mercado, sobretudo após enraizamento do tráfico interno de escravos. Observemos as palavras de Ulisses:

> No sistema casa-grande e senzala, a própria distância e dificuldade de comunicação tornava o escravo um bem de mais difícil negociação, propiciando certo enraizamento dele na fazenda ou propriedade de um único dono, favorecendo a convivência e a personalização das relações, possibilitando que o escravo, mais do que uma propriedade ou animal de carga, fosse encarado também como pessoa e, até, como membro da família. Com as cidades, por outro lado, criaram-se verdadeiros centros de negociação de escravos, que contaram com a participação de empresas especializadas no funesto comércio. Empresas de variados tipos que atuaram e se constituíram num mercado que, enquanto existiu, legal ou ilegal, esteve aquecido pelo desejo patriarcal, culturalmente apreendido, de se ter alguém a quem mandar.[2]

Muitas vezes a obra de Gilberto Freyre foi lida como conservadora e defensora de antigas tradições. Mas também podemos apreender no intelectual pernambucano um crítico sensível, capaz de observar as mazelas que a modernidade não foi capaz de resolver e até o agravamento da violência. Mais do que isso, Freyre recusa a ideia de que tudo o que é moderno – europeu do norte ou norte-americano – é necessariamente bom e positivo. Ao longo do Brasil moderno, não faltou quem apontasse tudo aquilo que discrepasse do moderno, branco e ocidental como fatores perturbadores da ordem inovadora, e a presença de africanos, ameríndios, mestiços e mesmo portugueses, considerados brancos de segunda ordem, seriam travas para o presente e o futuro do país.

Gilberto Freyre referiu-se ao século XIX como um tempo de reeuropeização da vida brasileira, em que a influência do Ocidente moderno se fez incontornável, ainda que nuançada e complexa. Para o intelectual pernambucano, o passado habita o presente, ou o presente contém o passado, impondo limites e adaptações às agendas que os novos tempos impõem.

---

[2] VALLE, Ulisses do. *Fachadas e estigmas*: a modernização da sociedade brasileira à luz de Gilberto Freyre. São Paulo: Global Editora, 2025. p. 84.

As obras de Freyre que informam o olhar contido no texto de Ulisses do Valle são, sobretudo, *Sobrados e mucambos* (1936) e *Ordem e progresso* (1959). Muitos outros textos contribuem para a análise, como *Um engenheiro francês no Brasil* (1940), *Região e tradição* (1941), *Ingleses no Brasil* (1942), *Problemas brasileiros de Antropologia* (1943), *Interpretação do Brasil* (1947), entre outras obras. De modo muito adequado, Do Valle também recorre a artigos publicados na imprensa. Pensar a presença de Freyre no debate público por meio da imprensa é uma fronteira de pesquisa ainda a ser desbravada de modo técnico e rigoroso[3].

Nas páginas de *Fachadas e estigmas*, vemos um Freyre muito diferente das imagens convencionais, associadas ao intelectual que vê na formação brasileira as raízes do mito da democracia racial. Na obra em questão, vemos observações agudas do autor retiradas de Freyre, ou em diálogo direto com ele, que ajudam a pensar a formação brasileira, inclusive em nossos dias.

O subtítulo desta obra, "a modernização da sociedade brasileira à luz de Gilberto Freyre", fornece pistas inequívocas da pretensão do autor. Ora de maneira mais clara, como nas páginas finais, ora de maneira menos nítida, como em grande parte do livro, Ulisses do Valle construiu uma abordagem sociológica, ao menos em parte, tributária do método "compreensivo" ou "interpretativo" de Max Weber. O sociólogo alemão combinava a compreensão empática das perspectivas dos atores sociais – postura, aliás, muito gilbertiana – com uma análise crítica e criteriosa das estruturas sociais e das relações de poder, atento ao "sentido" e ao "propósito" das ações sociais.

O tema do "carisma" também é importante para a obra de Ulisses do Valle. Em Weber, o carisma funciona como uma qualidade especial de um sujeito que se torna capaz de exercer influência sobre grandes grupos. Isso é muito forte em países de tradição personalista como o Brasil, cuja formação histórica se deu sob o mando despótico não apenas de chefes estatais, como governantes, mas também de potentados privados, como os senhores rurais e patriarcais – estes com tanta repercussão no texto de Freyre, que Ulisses soube captar.

Existem muitos modos de pensar e pesquisar um repertório intelectual como o de Gilberto Freyre. Há quem pratique uma história intelectual que, em termos metodológicos, implica estudar os intelectuais e seu mundo, como fez Jean-François Sirinelli, por meio de suas "estruturas de sociabilidade". Ou seja, um tipo de pesquisa que visa desvendar os ambientes nos quais os intelectuais circulam, como os departamentos universitários, as revistas, os partidos políticos, os centros de estudos e pesquisas, os jornais, as associações científicas etc.[4] E ainda buscar as leituras, percursos, pessoas importantes, familiares e engajamentos, menos interessados

---

[3] SCHNEIDER, Alberto Luiz. *Gilberto Freyre na imprensa:* a coluna "Pessoas, Coisas e Animais" na revista O cruzeiro (1948-1967). *Revista de História*, São Paulo, n. 182, p. 1-30, 2023.

[4] SIRINELLI, Jean-François. Os Intelectuais. *In:* RÉMOND, René. *Por uma história política.* Rio de Janeiro: Editora UFRJ/Editora FGV, 2003.

em discutir as implicações contemporâneas das ideias, e mais em estudar como foi possível pensar, escrever e publicar o que de fato se fez e se produziu, atento à sua radical historicidade. A tradição metodológica de Sirinelli e da história intelectual, como método, visa rastrear os lugares de formação e difusão de ideias, as redes de afetos e desafetos, com suas alianças e confrontos, as implicações políticas e ideológicas das teses, com suas hierarquias e disputas e, por fim, seu modo de se inserir no debate público. Não foi o que Ulisses do Valle fez, embora essas questões de certo modo apareçam no texto. O autor decidiu pensar o Brasil com Gilberto Freyre em perspectiva sociológica de inspiração weberiana. Por meio desse caminho teórico, Ulisses buscou estudar sociologicamente a obra de Freyre, pensando o passado e o presente de nossa formação, em que Freyre fornece importantes chaves de leitura para ver não apenas o passado, mas também o presente de nossa formação, pois uma e outra instância do tempo, para Freyre, se conectam. É por essa via que o autor chega ao tempo presente:

> O bolsonarismo é fenômeno que, sendo político e prenhe de efeitos políticos, não é só político – e emerge, aliás, num horizonte de aguda negação da política propriamente dita: é também fenômeno religioso, mágico, místico, mítico, cultural, cujas raízes profundas encontram-se noutros extratos de nossa história.[5]

Ulisses do Valle, inspirado em Freyre, diz que não há como entender a formação brasileira profunda, suas singularidades, próprias da formação histórica, social, cultural, e que tem sua fonte na escravidão e no pátrio poder, e na miscigenação e na interpenetração de culturas, compondo vetores fundamentais de nossa constituição, com significações variadas. O legado intelectual de Gilberto Freyre serve justamente para entender as "raízes profundas", que não podem ser explicadas apenas pela conjuntura política, mas na história profunda do país.

Da força do passado à tese de Freyre

Gilberto Freyre alimentava profunda sensibilidade em relação ao tempo, compreendendo que o passado, sobretudo o passado mais recente, nunca é tão somente passado, pois há algo dele que não terminou de passar. Interessava a Freyre as constantes históricas, herdadas de antigas tradições, muitas delas ainda vivas no presente, já se alongando em futuro indeterminado e aberto. Exemplo da sobrevivência é o moderno bacharel brasileiro do século XIX. Se, por um lado, é moderno à sua maneira, por outro, carrega o aristocratismo em si. O bacharel urbano, não raro "mulato" e de formação francesa, com certas ideias democráticas, às vezes

---

[5] VALLE, Ulisses do. *Fachadas e estigmas*: a modernização da sociedade brasileira à luz de Gilberto Freyre. São Paulo: Global Editora, 2025. p. 352.

abolicionistas, desvalorizava o velho patriarca rural, telúrico, rústico e aristocrático. Por outro lado, o moderno bacharel atualiza o passado, mas sob outros signos, incorporando a distinção social por meio da "mística do diploma", da frase retórica, da citação em latim, que acabavam por gerar valorização e distinção social, elevando-se perante a gente comum e ordinária. Nas palavras de Ulisses:

> Esse novo poder aristocrático que se levantava era o poder do bacharel e do doutor sobre o analfabeto, do filho letrado e liberal sobre o pai bronco e conservador, do genro, às vezes petulante e republicano, sobre o sogro monarquista e autoritário; em suma, o poder das gerações mais novas sobre as gerações mais velhas. Mas era também, como se pode notar, um poder que mexia com os até então praticamente estáveis critérios de *status* que distinguiam indivíduos segundo categorias mais ou menos bem identificáveis. E o poder, como nos faz ver a sociologia de Max Weber, é o tipo de coisa que só se ganha subtraindo-o a outros: neste caso, em particular, do patriarca ainda umbilicalmente ligado à terra e ao ambiente rural, assim como ao conjunto de valores tradicionais que, principalmente entre as gerações e grupos sociais menos europeizados, tinham também sua veia mística, cuja sacralidade, como sabemos, deriva de sua própria repetição imemorial.[6]

O autor, portanto, mostra como a formação do Brasil, em Freyre, é múltipla, complexa e nuançada, inclusive em termos temporais. O passado, na lente do intelectual pernambucano, nunca está encerrado, mas se projeta para o futuro, não como permanência fixa, mas como uma cultura móvel e acomodatícia que, por meio da força do cotidiano, transforma-se em hábito social e culturalmente enraizado. O passado nunca é completamente passado, encerrado e morto nos tempos idos, mas retorna a "arder e gritar, sufocado, mas vivo, nas entranhas do presente"[7]. O passado colonialista e escravocrata não raro irrompe para mostrar a força desta presença.

A tese de Ulisses do Valle busca mostrar como a obra de Gilberto Freyre destinada a pensar o Brasil moderno comportaria dois pilares sobre os quais se sustentam. De um lado, a sociedade brasileira teria sido construída sob a égide aristocratizante, fundada sobre o colonialismo e a escravidão, logo, segregadora e violenta. De outro, haveria uma tradição democratizante, que tenderia a certa integração social, étnica e cultural, manifesta na convivência, na miscigenação e nas vivências interculturais, em que as hierarquias são formadas antes pelo *status* e pela propriedade, e não por uma intransponível linha de cor ou de classe. O elemento

---

[6] VALLE, Ulisses do. *Fachadas e estigmas*: a modernização da sociedade brasileira à luz de Gilberto Freyre. São Paulo: Global Editora, 2024. p. 182.

[7] *Ibid.*, p. 214.

moderno da sociedade brasileira, portanto, estaria na possibilidade da mobilidade social aos grupos subalternos.

Convém insistir que o problema, para Freyre, não estaria na modernização em si mesma, mas no risco da pobre imitação que desfiguraria o país em pastiches de Europa e Estados Unidos falsos. Vejamos as considerações de Ulisses:

> Freyre, assim, de modo algum era um intelectual avesso à moderniza-ção, como nos dão a entender alguns de seus críticos. Sua aversão era à homogeneização cultural promovida por processos modernizadores que, amparados em dominações de teor imperialista, instituem padrões de organização social comuns e iguais às mais diferentes realidades regio-nais. Seu horror não era tanto à modernização em si, mas ao risco sempre iminente de uma progressiva uniformização, despersonalização e ames-quinhamento do humano acarretados por ela.[8]

A pertinência da tese de Freyre, paciente e trabalhosamente reportada pelo autor de *Fachadas e estigmas*, a que poderíamos chamar de tese da tese, deixo aos leitores. Mas não tenho dúvida que freyrófilos e freyrófobos terminarão estas páginas enriquecidos. O que não impede, como é natural, críticas, tanto à tese, como à tese da tese.

A polêmica

Em um subcapítulo do livro, intitulado significativamente de "O mito do mito da democracia racial: breve história de um preconceito academicamente alimentado", o autor trata da recepção da obra de Gilberto Freyre na então Faculdade de Filosofia da Universidade de São Paulo (USP), hoje denominada Faculdade de Filosofia, Letras e Ciências Humanas (FFLCH).

No pós-guerra, com a consolidação da Faculdade de Filosofia da USP, por onde haviam passado grandes mestres, como os franceses Claude Lévi-Strauss, Fernand Braudel, Roger Bastide e Pierre Monbeig, desponta, na década de 1950, Florestan Fernandes, autor de livros como *Brancos e negros em São Paulo*[9], de 1955, que prenunciava o mais importante, *A integração do negro na sociedade de classes*[10], de 1964. Em diálogo com marxismo e a própria escola de Chicago, Florestan

---

[8] VALLE, Ulisses do. *Fachadas e estigmas*: a modernização da sociedade brasileira à luz de Gilberto Freyre. São Paulo: Global Editora, 2024. p. 286.

[9] FERNANDES, Florestan; BASTIDE, Roger. *Brancos e negros em São Paulo*: ensaio sociológico sobre aspectos da formação, manifestações atuais e efeitos do preconceito de cor na sociedade paulistana. São Paulo: Anhembi, 1955.

[10] FERNANDES, Florestan. *A integração do negro na sociedade de classes*. São Paulo: Faculdade de Filosofia, Ciências e Letras da USP, 1964. (2. ed., em dois volumes, São Paulo: Dominus/ Edusp, 1965).

questionaria a obra de Gilberto Freyre, tanto em termos metodológicos, quanto políticos. O questionamento seguiria com as teses de Fernando Henrique Cardoso e Octávio Ianni, mais tarde com Emília Viotti da Costa e chegaria até nossos dias, com Lilia Schwarcz. Ulisses busca mostrar as simplificações da recepção uspiana, no afã de combater a obra de Freyre, apresentando-a como signatária da tese da democracia racial:

> Tivessem se dado o trabalho de percorrer os três livros acima citados [*Casa-grande & senzala*, *Sobrados e mucambos* e *Ordem e progresso*], eixo da obra de Freyre, e veriam ambas as autoras [Emília Viotti e Lilia Schwarcz], como pode ver qualquer um que realize o mesmo procedimento, que o termo "democracia racial" aparece menos que as palavras "sadismo" e "crueldade"; e que os termos "miscigenação" e "mestiçagem" não excluem relações de violência, dominação e crueldade, tampouco a existência de hierarquizações sociais; descobririam, talvez, algo no mínimo bastante intrigante: o *mito do mito* da democracia racial.[11]

O autor teve a disposição de enfrentar o debate e mostrar a alegada má vontade acumulada em certa tradição uspiana em relação a Freyre. O tema, no entanto, demanda mais pesquisas em história intelectual, que não se restrinja a conceitualismo sociológico interno das obras, mas compreenda que o mundo dos textos e das ideias sociais, políticas e culturais extrapolam o universo institucional e acadêmico em que elas se encontram.

No pós-guerra, o Ocidente viveu uma imensa politização da raça, que acabou por se chocar com muitas perspectivas freyrianas, em um mundo que vivia a descolonização da África. Temas como a Guerra da Argélia e dos movimentos nacionalistas em Angola e Moçambique tiveram impacto em todo o mundo, inclusive no pensamento, afetando a recepção da obra de Gilberto Freyre. Inclusive, a aliança de Freyre com o salazarismo só agravaria as coisas. A luta por direitos civis nos Estados Unidos, aguda entre 1955 e 1968, tornou a politização da raça ainda mais momentosa. Tudo isso reforçava a agenda de Florestan Fernandes, na USP. Tanto no campo das ideias como, ainda mais, em termos políticos, havia um inimigo a ser destronado: Gilberto Freyre. A politização racial experimentada à época, no contexto da Guerra Fria, agravava o processo. A adesão de Freyre à ditadura de 1964 tornava a recepção de sua obra ainda mais problemática, em particular entre os intelectuais uspianos de inspiração marxista.

No campo eminentemente intelectual, a publicação de livros de ativistas políticos críticos ao colonialismo, como Aimé Césaire, autor de *Discurso sobre*

---

[11] VALLE, Ulisses do. *Fachadas e estigmas*: a modernização da sociedade brasileira à luz de Gilberto Freyre. São Paulo: Global, 2024. p. 311.

o colonialismo[12], de 1955; e Frantz Fanon, autor de *Pele negra, máscaras brancas*[13], em 1952, e os *Condenados da terra*[14], em 1961, reforçavam o clima de denúncia das opressões historicamente acumuladas. Obras que, aliás, em nada influenciaram o pensamento de Florestan Fernandes, no qual as questões econômicas e de classe ocupam o centro da interpretação.

Na França, a partir da antropologia francesa, entre outros textos importantes, Claude Lévi-Strauss publica *Raça e racismo*[15], em 1952, e os *Tristes trópicos*[16], em 1955, sendo que este último aborda de modo central a questão indígena no Brasil. Ainda na França, naquele mesmo período, e não por coincidência, Michel Leiris lançou *Race et civilisation*, em 1951. Enfim, a denúncia ao racismo e a contestação da ordem política de algum modo se encontram.

Se nas décadas de 1930 e 1940, em tempos de nazifascismos, o pensamento de Freyre era sentido como inovador e progressista, fundamentalmente antirracista, capaz de encantar um leitor do porte de Fernand Braudel[17]; nos anos 1960 a significação simbólica da obra Freyre já era outra. Esse clima de época chegou à USP, o mais internacionalizado centro de pesquisa em ciências sociais no Brasil. A obra de Freyre, embora conserve até nossos dias potencial analítico, como Ulisses do Valle demonstrou, foi afetada pelo mundo fora das páginas.

Esse clima de época fez com que a obra de Freyre não fosse questionada apenas na USP. Clóvis Moura, autor de *Rebeliões da senzala: quilombos, insurreições e guerrilhas*[18], publicado em 1959, questiona fortemente a obra de Freyre, por meio de uma leitura marxista. Também escrevendo fora da USP, José Honório Rodrigues, autor de *Brasil e África: outro horizonte*, publicado em 1961[19], questiona teses ligadas a Freyre, derivadas do lusotropicalismo. Vivendo nos Estados Unidos, o historiador inglês dedicado ao império português da época moderna, Charles Boxer publicaria,

---

[12] CESAIRE, Aimée. *Discours sur le colonialisme*. Paris: Éditions Réclame, 1955. Trad. Brasileira: CESAIRE, Aimée. *Discurso sobre o colonialismo*. Florianópolis: Letras Contemporâneas, 2010.

[13] FANON, Frantz. *Peu Noire, Masques Blancs*. Paris: Seuil, 1952. Trad. Brasileira: FANON, Frantz. *Pele negra, máscaras brancas*. Rio de Janeiro: Fator, 1983.

[14] FANON, Frantz. *Les Damnes de la terre*. Paris: François Maspero, 1961. Trad. Brasileira: FANON, Frantz. *Condenados da terra*. Juiz de Fora: Editora UFJF, 2005.

[15] LÉVI-STRAUSS, Claude. *Race et Histoire*. Paris: Unesco, 1952. Trad. Brasileira: LÉVI-STRAUSS, Claude. *Raça e História*. Rio de Janeiro: Presença, 1973.

[16] LÉVI-STRAUSS, Claude. *Tristes tropiques*. Paris: Librairie Plon, 1955. Trad. Brasileira: LÉVI-STRAUSS, Claude. *Tristes trópicos*. São Paulo: Anhembi, 1957.

[17] BARBOSA, Cibele. *Escrita histórica e geopolítica da raça*: a recepção de Gilberto Freyre na França. São Paulo: Global, 2023.

[18] MOURA, Clóvis. *Rebeliões na senzala*: quilombos, insurreições, guerrilhas. São Paulo: Edições Zumbi, 1959.

[19] RODRIGUES, José Honório. *Brasil e África*: outro horizonte. v. 1. Rio de Janeiro, 1961.

em 1963, *Race Relations in the Portuguese Colonial Empire, 1415-1825*[20], em que acata a tese da excepcionalidade da colonização portuguesa na África, em clara oposição a *Casa-grande & senzala*. Boxer era um historiador empirista, moderado, talvez progressista, mas não marxista, e longe de pensadores negros como Aimée Cesaire e Frantz Fanon, nomes decisivos do pensamento decolonial, o que mostra a força que a agenda racial já tinha acumulado e acumularia ainda mais nas décadas vindouras.

Em síntese, houve uma reviravolta, em escala internacional, o que implicaria severo questionamento da obra de Freyre. Se justa ou injusta, "afoita", como diz Ulisses, é outra história. O fenômeno da recepção é complexo, plural e múltiplo, e a exterioridade das questões contidas nas obras afeta a percepção mesmo entre leitores altamente especializados. Ulisses do Valle, no entanto, teve coragem de iniciar um debate que requer muito mais pesquisa e mais pesquisadores mobilizados. Os turbulentos anos que vivemos talvez não ajudem a recepção mais criteriosa da obra rica e complexa de Gilberto Freyre.

Brasil

O disco *Meu coco* (2021), de Caetano Veloso, é permeado de nítidos ecos freyrianos, ou melhor, de uma cultura interpretativa de matriz freyriana, cuja força já não pertence mais a Gilberto Freyre, pois foi incorporada pela cultura, como se pode na faixa que dá título ao álbum:

> Simone e Raimunda, disparou as Luanas
> A palavra bunda é o português dos Brasis
> As Janaínas todas foi Leila Diniz
> Os nomes dizem mais do que cada uma diz
>
> Somos mulatos híbridos e mamelucos
> E muito mais cafuzos do que tudo mais
> O português é o negro dentre as eurolínguas
> Superaremos cãibras, furúnculos, ínguas
>
> [...]
>
> Católicos de axé e neopentecostais
> Nação grande demais para que alguém engula
> Avisa aos navegantes, bandeira da paz
> Ninguém mexa jamais, ninguém roce nem bula.

---

[20] BOXER, Charles R. *Race Relations in the Portuguese Colonial Empire, 1415-1825*. London: Oxford University Press, 1963. Tradução brasileira: BOXER, Charles R. *Relações Raciais no Império Colonial Português 1415-1825*. Rio de Janeiro: Edições Tempo Brasileiro, 1967.

Em várias canções do disco de Caetano podemos flagrar um diálogo nítido com o universo mental freyriano, evidente também em faixas como "Pardo" e "Sem samba não dá". Ou ainda na canção intitulada "Enzo Gabriel" em que o compositor baiano se pergunta pelo futuro do país:

> Enzo Gabriel, qual será teu papel
> Na salvação do mundo?
> Olha para o céu, não faças só como eu
> E o meu coração vagabundo
>
> Um menino guenzo ou um gigante negro de olho azul
> Ianomâmi, luso, banto, sul
> Eu, teu pai, te benzo e espero ver teu gesto pontual
> Vira mundo desde a cuia austral
>
> Enzo Gabriel, sei que a luz é sutil
> Mas já verás o que é nasceres no Brasil

Quem quer que nasça no Brasil e queira entendê-lo, terá ganhos imensos em não cancelar a obra de Gilberto Freyre. A crítica e o choro são livres. Mas é mau negócio não ler Freyre. O mesmo se pode dizer de Florestan Fernandes, talvez nem tão antípoda de Gilberto Freyre como possa parecer. A obra de Ulisses do Valle nos ajuda nessa tarefa doída que é entender o Brasil, meio dor, meio delícia.

Alberto Schneider
Professor do Departamento de História da Pontifícia Universidade
Católica de São Paulo (PUC/SP), onde é membro e coordenador
do Programa de Pós-Graduação em História.

Introdução

"O terremoto, a erupção ou a cordilheira toleram uma descrição rápida. Mas não há um modo breve de dizer qual figura oferece a elevação geológica de um continente inteiro."[1] Com essa metáfora geológica, José Ortega y Gasset descreveu a dificuldade imposta pela tarefa de interpretar a obra do filósofo valenciano Juan Luis Vives, uma das maiores figuras do pensamento renascentista. A mesma metáfora poderia aplicar-se com igual precisão e, talvez maior pertinência, se a obra a ser interpretada for a do pernambucano Gilberto Freyre. Guardadas as devidas proporções, qualquer um que se debruçar sobre a obra de Freyre terá de lidar com um fato tão inelutável quanto desafiador: suas dimensões completamente "desproporcionais". Fácil será, entretanto, identificar pelo menos um elemento de unidade temática: o Brasil. Nos milhares de artigos e dezenas de livros que Freyre escreveu, publicou e reeditou em vida, patenteia-se quase sempre um pano de fundo comum: a formação histórica da sociedade brasileira. Foi este o tema que consumiu sua longeva e fecunda vida de escritor. Dar vida literária à história do Brasil foi talvez o programa vital que desde sempre o moveu. Antropologia, Psicologia, Sociologia e os métodos de pesquisa histórica que aprendeu e criou formaram, juntos, uma espécie de caixa de ferramentas que este grande artesão da palavra usou para dar forma literária ao histórico vir a ser da sociedade brasileira.

É por isso que a obra de Freyre é, em mais de um aspecto, monumental. Elabora, sim, um dantesco monumento da história brasileira. Mas monumento que não foi esculpido na rigidez inflexível do mármore, e sim no material maleável e flexível das palavras. E é isso o que impõe tantas dificuldades – e deleites – à sua contemplação. Muitos foram aqueles que a avaliaram enquanto estava ainda em construção, só interrompida com a morte do artista, em 1987. Desde a publicação de *Casa-grande & senzala*, em 1933, os escritos de Gilberto Freyre passaram a receber muito mais

---

[1] "*El terremoto, la erupción o la serranía toleran una descripción rápida. Pero no hay modo de decir en un dos por tres qué figura ofrece la elevación geológica de todo un continente.*" ORTEGA Y GASSET, José. Vives. In: *Obras Completas, tomo V* (1933-41). Madrid: Revista de Occidente, 1967. p. 494, tradução nossa.

atenção pública do que ele já desfrutava, desde os 18 anos, como jovem escritor e crítico literário com artigos no *Diário de Pernambuco*. Muito já se disse sobre o impacto que *Casa-grande & senzala* exerceu nas letras brasileiras no contexto subsequente à sua publicação. O livro escandalizou, apaixonou e, principalmente, intrigou. Dali em diante, a obra de Freyre passou a ser comentada, discutida e interpretada à medida que ia sendo construída e elaborada. E, ainda enquanto se fazia, em meio a um diálogo com críticos e apreciadores, Freyre pôde gozar de grande prestígio nacional e internacional, conquistando tantas honrarias ainda em vida que seria inoportuno listá-las aqui. Mas, especialmente quando se trata de sua recepção em solo nacional, nem tudo são flores.

Em trabalho anterior, mostramos como já na recepção inicial de *Casa-grande & senzala* se iniciaria um trabalho interpretativo que, atendo-se apenas no "anverso" do texto, terminou por ocultar seu "reverso". Isso ocorreu porque já no livro de 1933 e, desde então, por toda a vida, Gilberto Freyre compreendeu a história da sociedade brasileira como sendo conformada por duas grandes forças de sentido contrário que atuaram conjuntamente: a escravidão e a miscigenação. A ênfase que leitores e críticos de Freyre desde então deram à miscigenação acabou, de certo modo, por ocultar aspectos fundamentais que sua obra nos revela sobre a escravidão. Enfatizou-se, principalmente, aquilo que da obra de Freyre servia a uma monumentalização do passado brasileiro, fazendo deste uma "imagem" a ser cultuada e celebrada pela nação ainda incerta de si. O que fizemos, na contramão dessa corrente, foi evitar os rótulos e atalhos hermenêuticos já apregoados à obra do autor, relendo-a de modo a reintegrá-la na complexidade que lhe é própria, restituindo aos seus aspectos "monumentalizantes" os seus ignorados aspectos "críticos" da história brasileira.

Nossa hipótese mais geral, assim, poderia ser posta da seguinte forma: há na obra de Freyre tanto aspectos do que Nietzsche chamou de "história monumental", quanto do que chamou de "história crítica". Por isso, compreender apenas um desses conjuntos de aspectos significa amputar a interpretação que Freyre fez do Brasil e da história brasileira, extirpando-a da complexidade que lhe é própria. Recompor os aspectos críticos presentes em sua obra, por sua vez, significa exatamente voltar a pôr lado a lado aqueles dois eixos formadores que foram "separados" ao longo da tortuosa recepção de sua obra; isto é, fazer ver como miscigenação e escravidão atuam conjuntamente na interpretação da história brasileira elaborada por Gilberto Freyre. O "anverso" visível do texto freyriano, sua radiante tese da miscigenação como força que foi capaz de aproximar os polos contrários da formação brasileira (senhores e escravos), não deve ocultar o "reverso" desse mesmo processo, também destacado na obra: os efeitos prolongados e as sobrevivências da escravidão, do patriarcado e da monocultura latifundiária. Daí a necessidade, defendida por nós em livro anterior, de reler a obra de Gilberto Freyre reintegrando-a da parte que lhe fora amputada pela crítica: o "reverso" da miscigenação brasileira, que colaborou, sim, para a aproximação dos "opostos", foi a criação de padrões sádico-masoquistas de relação interpessoal. Isso porque a miscigenação, durante os quatro primeiros séculos da formação brasileira, exerceu-se nos quadros da escravidão. Aproximação e distanciamento, convivência e hierarquização, intimidade e estranhamento, amor e violência foram fenômenos que atuaram conjuntamente na história brasileira tal qual Freyre a percebeu e a representou. Neste livro, continuamos a difícil tarefa de emprestar atualidade à obra de Freyre por meio do resgate de seus aspectos críticos em compasso com seus aspectos monumentais, mas agora concentrando-nos numa fase específica da formação brasileira: a de sua "modernização".

As aspas, aqui, não são usadas sem razão. É que Freyre não só via com certa desconfiança o que convencionalmente era descrito por esse termo – modernização –, como também entendeu esse processo como cercado de dilemas, contradições, paradoxos e os mais diversos antagonismos. Tendo como marco inicial decisivo a transferência da Corte portuguesa para o Rio de Janeiro em 1808, a "modernização", à medida que introduzia na sociedade brasileira um conjunto nada desprezível de novos valores, práticas e instituições, produzia significativas alterações naquela sociedade então mais ou menos estabilizada ao longo do regime colonial, com sua ordem patriarcal e sua estrutura econômica fundadas na escravidão e na monocultura latifundiária.

Atravessando uma fase monárquica e outra republicana, a "modernização" da sociedade brasileira foi, em grande medida, um processo de "europeização": de incorporação de valores, práticas e instituições europeias que aos poucos foram se sincretizando àquele amálgama anteriormente configurado pela interpenetração de valores americanos, africanos e portugueses. Os quatro primeiros capítulos, assim, tratam desse processo que Freyre compreendeu como a "europeização" da sociedade brasileira: resultado, em última instância, de uma hipervalorização da Europa no imaginário brasileiro que acabou por contribuir para a desestabilização de modos de vida já estáveis. Também aqui, como veremos, há um reverso da tese freyriana: tomar a Europa como modelo quase sempre redundou num tomar tudo o que fosse nativo e africano como contramodelos. Em outras palavras, o reverso da europeização da sociedade brasileira foi constituído por estigmatização, hostilização e marginalização do conjunto de aparências que destoassem dos modelos europeus.

Em seguida, mostramos como o conjunto de mudanças engendradas pela transferência da Corte fermentou um processo de crise dos principais critérios de diferenciação da ordem social que estruturavam a sociedade brasileira. Critérios relativos ao *status* (ser senhor e ser escravo), ao gênero (ser homem e ser mulher) e à geração (ser pai e ser filho) sofreram importantes alterações e foram, em alguma medida, desestabilizados: especialmente o critério de *status*, com o fenômeno da "ascensão do mulato" e com a abolição da escravatura em 1888, bem como o critério de geração, com a ascensão do jovem bacharel a rivalizar com o poder estabelecido de velhos patriarcas. Seria esse quadro de desestabilização de critérios de diferenciação e hierarquização social o que provocaria, em meio a uma crescente "proliferação das rivalidades", a queda da Monarquia. Quanto a esse ponto, exploramos uma alternativa crítica à penetrante interpretação que Luís Martins, baseado na interpretação de *Sobrados e mucambos*, fizera da fundação da República no seu quase esquecido *O patriarca e o bacharel*. Nesse instigante livro, prefaciado pelo próprio Gilberto Freyre à época de sua publicação, Martins concebeu a derrubada do imperador como uma espécie de assassinato simbólico do pai, em nível coletivo, promovida por uma geração de "filhos" bacharéis. Mostramos, nesse ponto, como a interpretação freyriana do fenômeno não cabe nos estreitos limites da teoria do complexo de Édipo, uma vez que os conflitos em questão iam muito além daqueles de teor estritamente geracional, entre "pais" e "filhos". Alternativamente, propomos que o mecanismo do "bode expiatório", tal como exposto por René Girard, funcione talvez como uma analogia explicativa mais adequada do que a do parricídio edipiano, por ser capaz de englobar o processo mais amplo da proliferação das rivalidades na sociedade brasileira, que se engendraram graças à ascensão não só do bacharel, mas também do mulato e, em menor, mas importante medida, da mulher.

Os capítulos XI e XII ampliam esse esforço de recuperar os elementos de uma "história crítica" na reconstrução do passado elaborada por Freyre. Explorando uma filosofia da história que se deixa entrever em sua concepção de mudança histórica, vislumbramos algumas nem sempre lembradas teses freyrianas que muito podem ajudar a compreender, mais do que o passado por si mesmo, suas "sobrevivências" no presente em curso. Gilberto Freyre, sem nunca ter se dedicado à "história política" em sentido estrito, antecipou toda a ordem de grandes problemas e desafios que o republicanismo e a própria República brasileira continuariam enfrentando ao longo de sua existência próxima. Como veremos, dos seus escritos acerca da experiência republicana no Brasil, pode-se depreender, se não uma teoria política propriamente dita, o delineamento do que chamamos de uma infraestrutura sociocultural da vida política brasileira.

Como o sentido geral deste trabalho é oferecer uma nova leitura de conjunto da obra de Gilberto Freyre, trazendo à tona especialmente seus componentes "críticos", as obras utilizadas foram sempre aquelas em que se inscreveram suas "últimas palavras" sobre o assunto. Um autor, especialmente do porte de Freyre, tem o direito de ser julgado pelo estado final em que deixou suas obras, incluindo todas as reformas, retificações e acréscimos que nelas fez ao longo de suas sucessivas reedições. Mas, para além dos livros, foram muitas as fontes levantadas e utilizadas nesta pesquisa. Estão todas referenciadas em notas de rodapé e algumas são ainda inéditas e de grande valor para os estudos freyrianos (ver especialmente capítulos XI e XII).

No capítulo XII, dedicamos ainda um longo tópico a mostrar uma significativa participação de importantes intelectuais, ligados à escola paulista de sociologia, na criação do que, na esteira de Caetano Veloso e Hermano Viana, chamamos de o "mito do mito da democracia racial". Por vezes sentimo-nos tentados a começar o livro com o referido tópico, mas após reflexão acreditamos que seu lugar era mesmo lado a lado com o tema da democracia política e do autoritarismo. Pedimos, assim, paciência e força para que os leitores deste trabalho só tirem as conclusões do que vem a ser "a modernização brasileira à luz de Gilberto Freyre" depois de percorrerem todo o livro. A caminhada, sabemos, é longa: mas assim pede a vasta elevação continental que é a obra de Freyre.

I

A transferência da Corte portuguesa para o Rio de Janeiro: paradoxos da história

Para o historiador acostumado a refletir criticamente sobre seu objeto de estudo – o passado humano – e as dificuldades de abordá-lo analiticamente, nunca lhe parecerá óbvio em si mesmo nenhum recorte da realidade empírica. Para ele, a história e qualquer fragmento dela parecerá sempre digno de uma diversidade de interpretações e redescrições, a serem combinadas com novas descobertas, novos fragmentos e até com novos interesses suscitados pelo próprio passado a um presente que, além de transitório, seja também carente de sentido e orientação. O que do passado nos interessa encontra-se sempre nessa relação flutuante com um presente em curso, prestes a tornar-se, ele também, um passado e a dar lugar a novos pontos de vista e valores a partir dos quais, nem sempre atentamente, discriminamos o que é significativo e o que não é em meio à multiplicidade inesgotável da experiência passada. É claro que, com isso, nem tudo que nos sobra do passado é significativo e tampouco aquilo que é significativo o é em igual medida para todos os tempos e todas as sociedades: para utilizar uma metáfora weberiana, aquilo que do passado hoje pintamos com as mais belas e vivas cores – graças às relações de significado estabelecidas com nosso presente – pode simplesmente desaparecer na imensidão cinza daquilo que não é significativo, carecendo de significado, de contornos nítidos e, portanto, de consistência própria.

E, como vimos no ensaio precedente[1], alguns passados têm durante muito tempo a forma de um passado-presente, de um passado que permanece para a própria experiência presente, entranhado nela. É este o *status* da sociedade patriarcal e escravocrata como passado brasileiro. Um passado que permaneceu e permanece entranhado nas experiências futuras, que permanece no presente das gerações futuras.

---

[1] VALLE, Ulisses do. *Sádicos e masoquistas*: uma interpretação do Brasil à luz de Gilberto Freyre. Vitória: Editora Milfontes, 2022.

A despeito dos processos de modernização/europeização que começaram a incidir sobre a sociedade brasileira desde o início do século XIX, elementos do patriarcado – entendido como forma de cultura – assim como elementos da escravidão – entendida como forma de dominação e relação interpessoal – sobrevivem ainda hoje como um presente para nós: como uma estrutura que se reproduz em meio à mudança, sendo até atenuada, deslocada e disfarçada, mas não eliminada como um passado morto – quando muito um passado fantasma que assombra e medra o presente.

A presença reiterada desse passado no presente se deve ao fato de ser um passado que se constituiu mediante a repetição silenciosa – quer dizer, habitual – de determinadas práticas cotidianas ao longo de séculos, atravessando uma diversidade de gerações e unificando-as como partes de uma mesma totalidade temporal, de uma época. Tal presença se deve, portanto, não às irrupções repentinas, a que os historiadores costumam chamar "acontecimentos", caracterizadas por sua singularidade e individualidade irrepetíveis; ela se deve, ao contrário, a determinadas formas de comportamento, ação e relação social implicadas no regime de cotidianidade que determinada sociedade mantém através do tempo – e durante muito tempo. Ela se funda na reincidência e na reiteração do cotidiano, e não na excepcionalidade do que é extraordinário; ela se dá no horizonte e na perspectiva do mesmo, e não do único. No caso brasileiro[2], essa reiteração cotidiana de práticas que se ligavam à escravidão foi um dos elementos primordiais da formação dos padrões de relação interpessoal que ainda hoje subsistem na sociedade brasileira.

Por outro lado, existem acontecimentos que, embora únicos, irrepetíveis e extraordinários, são capazes de resistir na memória dos povos, talvez pelo significado intrínseco à magnitude de mudanças que provocaram. A Revolução Francesa, por exemplo, por tudo o que se seguiu a ela, dentro e sobretudo fora da França, sem dúvida alguma foi desses acontecimentos cujo significado extrapola tempos e lugares, guardando não tanto uma relevância intrínseca à cadeia de acontecimentos de que é parte – a queda do Antigo Regime na Europa – como também uma diversidade enorme de significados em relação a um também enorme contingente de outros eventos subsequentes a ela, em variadas regiões do mundo e em distintos momentos do tempo histórico.

Em relação à história brasileira, ela não só inspirou revoltas e motins, tal qual fez mundo afora, como terminaria por induzir aquilo que também para nós, brasileiros, constitui um acontecimento de significação intrínseca às mudanças que provocou em nossa sociedade – e, como tal, constitui ele mesmo um acontecimento único e extraordinário: a transferência da Corte portuguesa, em fuga das tropas francesas, para sua colônia em terras americanas. O caráter extraordinário desse acontecimento se deve não só àquilo que ele tem de único, mas também em razão

---

[2] VALLE, Ulisses do. *Sádicos e masoquistas*: uma interpretação do Brasil à luz de Gilberto Freyre. Vitória: Editora Milfontes, 2022. p. 225-240.

da magnitude das mudanças que, desde então, ainda que em ritmo lento, desencadearia sobre a cultura formada em três séculos de organização social fundada na família patriarcal, na monocultura e na escravidão, assim como na miscigenação de raças e culturas – e, é claro, no tipo particular de aproximação e integração social resultante desse processo de *miscigenação em meio à escravidão*.

Quanto ao que tem de único, não se deve subestimar a peculiaridade do caso brasileiro em relação às colônias espanholas, por exemplo. Ao passo que a Revolução Francesa e a expansão napoleônica sobre a Península Ibérica terminaram no rompimento quase completo das colônias espanholas com a metrópole, no Brasil, o desfecho foi totalmente diferente. Nas primeiras, após as guerras de emancipação, seguiu-se uma intensa e anárquica fragmentação da antiga unidade colonial em caudilhismos locais. A América portuguesa, ao contrário, em grande medida graças ao incidente que foi a transferência da Corte, manteve-se unida no ordenamento de um centro de comando. A questão da unidade territorial e cultural desde então não deixaria de ser um dos problemas centrais da sociedade brasileira, ora e outra, ao longo do século XIX e adentrando o século XX, estalando em revolta separatista.

Gilberto Freyre foi do tipo de historiador que deu mais atenção aos passados que foram produto da reiteração cotidiana do que àqueles que se apresentaram como irrupções repentinas e absolutamente únicas e irrepetíveis. Isso porque, para ele, tais acontecimentos extraordinários, como a Revolução Francesa ou a transferência da Corte, embora insinuem mudanças e transformações às vezes de grosso calibre, o fazem sempre dentro dos marcos de certa continuidade com o passado, que é, em termos absolutos, *insuprimível*. Por mais significativos que sejam tais acontecimentos, trata-se de alterações que, também elas, só se revelam gradativamente no tempo, e nunca no sentido de abolir integralmente a experiência cotidiana (e passada) da qual irrompem, mas, quando muito, de imprimir nela um novo sentido ou mesmo novas variáveis e conjuntos de força. É isso que temos de considerar ao apreciar a interpretação que Freyre nos oferece do impacto que a transferência da Corte portuguesa teve para a vida social e para a cultura brasileira, assim como para os padrões de interação social nela existentes até então. Não é tanto o que há de supostamente grandioso num evento ou conjunto de eventos do passado o que o torna significativo e historicamente importante. O grandioso e o simples, o extraordinário e o ordinário, coabitam a história e são a seu modo significativos, importantes para o conhecimento do que viemos a ser[3].

Casa-grande & senzala, como vimos em livro anterior[4], tratou da formação de um tipo particular de cultura, que arregimentou num mesmo amálgama uma diversidade de valores sob a égide da miscigenação e da escravidão, consolidando

---

[3] FREYRE, Gilberto. História além dos textos. *In: 6 conferências em busca de um leitor*. Rio de Janeiro: José Olympio, 1965. p. 124.

[4] VALLE, Ulisses do. *Sádicos e masoquistas*: uma interpretação do Brasil à luz de Gilberto Freyre. Vitória: Editora Milfontes, 2022. p. 141-149.

tendências de aproximação e distanciamento entre os dois polos da sociedade assim constituída: senhores e escravos, dominantes e dominados. Após três séculos de relativa estabilidade, as formas de relação e interação social constituídas na América portuguesa começaram a sofrer uma série de modificações em decorrência de um conjunto de fatores que sobre ela atuaram tanto interna quanto externamente. Essas modificações, por mais intensas e extensas que tenham sido – e neste livro trataremos disso – jamais exterminaram por completo os padrões de relação e interação social criados ao longo de todo o período analisado em *Casa-grande & senzala*. Como vimos, alguns desses padrões contam ainda com uma significativa presença na sociedade brasileira contemporânea, de modo que, depois de tudo o que discutimos, seria demasiado ingênuo – ou revelador – subestimar a força de sua inércia histórica[5]. O que ocorreu foi, portanto, a transformação do amálgama que, a despeito dos novos elementos nele inseridos, permitiu a sobrevivência, mesmo que residual, dos padrões anteriormente configurados. A mudança, por isso, não eliminou de todo o passado, mas o manteve como sua sombra e fantasma: longe de resultar numa completa alteração do quadro analisado por *Casa-grande & senzala*, ela significou, na verdade, um ganho de tensão e complexidade, traduzindo-se como uma justaposição sinestésica de diferentes ordens e suas respectivas paisagens, rural e urbana, tradicional e moderna – "rurbana", como a chamaria mais tarde Gilberto Freyre.

E se à primeira vista esse recorte – que inclui a transferência da Corte como acontecimento que inaugura uma nova cadeia de mudanças no tempo – parece óbvio, a percepção de seu sentido e do modo como ele significaria o princípio de um longo e gradativo processo de graves consequências para a cultura brasileira certamente não o é. Trata-se do que Freyre, não sem ironia e evitando o termo aparentemente neutro de "modernização", nomeou como um processo de *europeização* da cultura brasileira. Como veremos a seguir, o termo servia para indicar um processo de mudança, não do caráter, mas da superfície, não da "essência", mas da "aparência": transformações mais de teor imitativo e "estratégico", no sentido de serem cenograficamente executadas para suscitar determinadas impressões ante o olhar dos outros – em particular, dos estrangeiros europeus, da Europa – do que de teor substancial, no sentido de uma alteração dos padrões básicos de subjetividade e intersubjetividade, de ação e interação que caracterizavam a sociedade formada em período anterior a 1808. A ironia, como sabemos, afirma algo negando-o ou nega algo afirmando-o. Há certo sentido irônico na representação que Freyre nos oferece da "modernização" brasileira a partir de 1808: uma "modernização" que se constituía mais como um "parecer europeu" do que pela efetiva incorporação

---

5   VALLE, Ulisses do. *Sádicos e masoquistas*: uma interpretação do Brasil à luz de Gilberto Freyre. Vitória: Editora Milfontes, 2022. p. 243-277.

e cultivo dos padrões modernos de consciência e interação social, de autoridade e de propriedade, de liberdade e de natureza humana.

Com a transferência da Corte, o que ocorreu não foi uma repentina e avassaladora reviravolta na história brasileira, mas um lento e complexo processo de mudanças, calcado em novos intercâmbios, sincretismos e amalgamentos de culturas: isto é, aquele amálgama inicial e estável, constituído ao longo de três séculos, entre elementos portugueses, africanos e indígenas, sofreria novos arranjos e intercâmbios culturais e passaria, a partir de então e cada vez mais, a conviver e competir com novas instituições e ordens valorativas.

Os três séculos de colonização que antecederam a transferência da Corte portuguesa para o Rio de Janeiro fixaram um tipo de humanidade, de civilização, de cultura que já não era nem portuguesa, nem africana, tampouco ameríndia, mas o resultado de um amálgama, de uma combinação de valores que dava à sociedade ali constituída um feitio próprio, original – se quisermos, único. Podia até guardar semelhanças com outros povos, especialmente com os que a formaram; mas não era mais nem portuguesa, nem indígena e nem africana, e sim o resultado da combinação de valores de diferentes culturas: produto mestiço, resultado de intercâmbio entre diferentes civilizações ao longo do tempo.

Esse processo de mudança, que tem como marco a transferência da Corte portuguesa para o Rio de Janeiro, e que é traduzido por Freyre com o conceito de "europeização" da sociedade brasileira, condensa em torno de si um conjunto enorme de fatores, episódios e tendências. E essa transferência, como resultado de uma cadeia de acontecimentos, exemplifica com rigor o aspecto de certa forma trágico e mesmo paradoxal de toda ação histórica e, especialmente, da ação política. Isto é, o fato de toda ação, uma vez lançada ao mundo, ganhar uma espécie de autonomia em relação às intenções do autor, imiscuindo-se num sem-número de outros elementos e variáveis causais que não puderam ser "calculadas" por ele, escapando ao seu controle e, mesmo, engendrando consequências paradoxais. Se para a Europa oitocentista o cerco napoleônico significava o fim do Antigo Regime, para o Brasil ele significou uma espécie de novo *começo*. Isso porque a vinda da Corte representou uma espécie de ponto de partida para uma diversidade de mudanças que a sociedade brasileira, desde então, passaria a experimentar. Consequências que, é preciso dizer, ultrapassaram o que estava previsto na decisão de d. João VI de transformar o Rio de Janeiro na sede do Reino Unido de Portugal.

A esse paradoxo se emendava outro não menos significativo: o de a antiga colônia, num curtíssimo prazo, ter de fazer-se e apresentar-se como metrópole. Paradoxo que em si mesmo tem forma quase labiríntica, pois também Portugal, ainda que sob outros aspectos, não deixava de ser uma espécie de colônia da Inglaterra, tamanha a dependência econômica e bélica contraída em função da guerra contra a França, em que o Império Britânico apresentou-se como seu maior aliado, tendo inclusive atuado na escolta de d. João VI e sua Corte para o Brasil. E o Brasil era, assim, uma espécie de colônia de outra colônia, mas que precisava compor-se e apresentar-se ao mundo como metrópole, como sede do Reino Unido de Portugal. Essa necessidade, embora fruto de um acontecimento repentino, foi algo que fez-se sentir não só repentinamente, mas sobretudo no e através do tempo, pela introdução de novos hábitos, costumes e práticas cotidianas que foram se adensando e se imiscuindo naquelas já constituídas, ora competindo com elas, ora com elas se aliando – criando âmbitos de convivência e coexistência espacial que se expressam, também, como verdadeira coexistência e competição de diferentes tempos sociais.

Na prática, essa transferência significou uma série de alterações e elementos novos que, uma vez incorporados ao sistema sociocultural então vigente, foram aos poucos alterando-lhe a forma, subtraindo-lhe gradativamente seu antigo vigor telúrico, ligado à terra e ao ambiente rural, e prestando-lhe um novo ambiente social que crescia em tamanho, em densidade e em importância: as cidades. Junto com a corte de d. João VI começava a se instalar no Brasil um universo de valores completamente estranho e, em larga medida, hostil ao sistema sociocultural configurado ao longo de três séculos de patriarcado escravocrata, latifundiário, monocultor e orientado para o mercado externo. Destaca-se aí a formação do Estado, constituindo uma força capaz de maior centralização do poder e organização do território – antes distribuído entre senhores de terra quase autocráticos dentro de suas posses – do que aquela apresentada pelo regime dos "governadores gerais". Trata-se da formação de uma força política cujo poder passaria, em alguma medida, a rivalizar com o poder privatista dos latifundiários escravocratas, constituindo o início de delimitação de uma esfera pública entre nós. E, com e por meio da configuração dessa nova força política, começou-se a esboçar, também nessa época, maior integração econômica e cultural entre diversas regiões, possibilitada pelo maior desenvolvimento técnico da navegação e pela abertura de estradas e ferrovias – o que acabou dinamizando algo que, anteriormente, em função da monocultura, só existiu em escala mínima: um mercado interno[6].

Além dessas instituições fundamentais, o Estado e o mercado, a época iniciada com a vinda da Corte também acrescentou a esse quadro outras instituições importantes e um conjunto enorme de práticas e bens culturais que, juntamente com a abertura dos portos às "nações amigas", e em decorrência dela, tomaram conta da paisagem e da vida social brasileira – para elas, as "nações amigas", um mercado ainda virgem. O século XIX foi época de desenvolvimento da imprensa, dos transportes e das comunicações; dos bancos; dos colégios e faculdades; da introdução das máquinas de variados tipos, incluindo as máquinas a vapor – e, considerando que se tratava de uma sociedade até então inteiramente agrícola que, apesar disso,

---

6   Nos últimos anos, o sociólogo Jessé Souza tem enfatizado o recorte freyriano para demarcar o início da modernização brasileira, com a introdução dessas duas instituições em solo nacional (Estado e mercado). Jessé não se apercebe, entretanto, do caráter sutilmente irônico da modernização brasileira tal como representada por Gilberto Freyre.

só veio a conhecer o arado já em meados do século XIX, não se deve subestimar o efeito que todas essas "ingresias" e "francesias" tiveram na vida social brasileira de então. Com ferramentas e bens materiais importados vieram também usos, modos e modas. Modas de vestir: predominantemente francesas para as mulheres, inglesas para os homens; modas e modos de pensar, principalmente franceses; modas de comer, beber e se divertir, algumas delas tendo sido definitivamente incorporadas aos hábitos nativos, não mais como moda, mas como *tradição*. Que se pense, por exemplo, no futebol e na cerveja, costumes ingleses que se transformaram em autênticos valores brasileiros: objetos de uma apropriação original, nem a cerveja nem o futebol brasileiro são simples imitações dos ingleses. Isso para não falar do "pão francês" entre nós.

Como se pode perceber, o conceito de europeização envolve em grande medida aquilo que normalmente é entendido como "modernização", isto é, a incorporação, por parte de uma sociedade tradicional, de estruturas institucionais e padrões de relação modernos. Isso fica evidente pelo fato de que muitos desses valores e instituições europeias, cujo "transplante" para terras brasileiras se intensificou a partir de 1808, passaram a constituir uma nova ordem social que rivalizava com aquela constituída em torno dos senhores de terra e de escravos: a rua em competição com a casa, a esfera pública, encarnada na Coroa e no Estado, em competição com a esfera privada, encarnada no grande proprietário. Mas essa é só uma parte do que está incluso na abordagem que Freyre faz desse fenômeno: há também aqui uma contraparte dessa tese que precisa ser explorada.

O desafio da abordagem freyriana foi, mais uma vez, o de captar a ambiguidade movediça desse processo. Tais instituições, uma vez "transplantadas" para o Brasil com a Corte portuguesa, foram se inserindo, se imiscuindo, se assimilando e sendo assimiladas gradativamente naquela cultura já formada, estabelecida e relativamente estável. Se, a princípio, supõe-se uma oposição tácita entre o cosmos institucional moderno, supostamente fundado na impessoalidade, e aquele, então, já constituído no território brasileiro, fundado nas relações pessoais e, principalmente, familiares, essa oposição foi desde o começo dirimida, suavizada e, mesmo, conduzida para uma espécie de conciliação. Essa conciliação se deu entre o que é relativo à casa e o que é relativo à rua, entre o que é doméstico e o que é extra-doméstico, entre o que é privado e o que é público, entre o que é nativo e o que é estrangeiro, entre o que é tradicional e o que é "moderno" – e, resultando em nossa terrível confusão existencial, na qual ainda nos encontramos, entre o que é moralmente certo e o que não o é. Isso se deve não à ideia de transplante, que é enganadora. Essas instituições de feitio moderno não foram "transplantadas", como se faz com a muda de uma árvore, mas precisaram elas mesmas ser "germinadas" aqui, "cultivadas" aqui, no solo e no substrato de uma cultura já constituída em torno da pessoalidade do mando e do reconhecimento, assim como na centralidade da família e da casa em oposição ao que a elas é exterior[7]. O modo como essa "semente", e não a planta já viva e saudável, de modernidade arboresceu e frutificou no solo brasileiro é um dos temas que nos interessa aqui.

Mas, como dissemos, essa é só uma parte do que consta na abordagem que Freyre faz desse fenômeno: há também aqui uma contraparte dessa tese que precisa ser igualmente explorada. O fato de Freyre tantas vezes usar o termo "europeização", e não propriamente "modernização", não deixa de ser significativo. O primeiro carrega em relação ao segundo uma certa autoconsciência irônica que se traduz na superficialidade do processo aqui desencadeado ou, mais exatamente, em seu vínculo mais com a *exterioridade* do que com a *interioridade* das ações e interações humanas: a europeização, assim, se refere a uma *apropriação mimética* de valores europeus que passaram a ser tomados como *modelo* – apropriação que, por ser essencialmente *imitativa*, toma a forma de *controle das aparências* e, ao mesmo tempo que procura obsessivamente "parecer europeu", assumindo formas às vezes ridículas, *também passa a perseguir obsessivamente tudo o que não o pareça – tudo o que remetia, então, ao nativo, ao africano, ao asiático – e, mesmo, ao português, entendido como um europeu de segunda linha.* Assim, a revelação freyriana de que a europeização da sociedade brasileira concorreu para o enfraquecimento da autoridade patriarcal – e, com isso, das formas tradicionais de dominação – não deve ocultar o reverso deste processo, também elucidado na obra de Freyre: *o de ter concorrido, por outro lado, para a perseguição, o silenciamento, a marginalização e mesmo extermínio de aparências que não remetessem ao(s) modelo(s) europeizado(s).* A europeização, entretanto, jamais alcançou hegemonia sobre o todo da sociedade brasileira. Permaneceu, quase sempre, restrita à elite da população e, mesmo assim, muitos de seus elementos acabaram por ser assimilados criativamente na cultura popular.

O tropo da sinestesia ocupa aqui um destaque especial na narrativa que Freyre oferece desse processo. A europeização transforma de maneira muito significativa a *aparência sensível* do ambiente societário brasileiro: sua sonoridade, suas cores, seus cheiros, seu espaço físico e social. E o faz, em grande medida, no sentido de redimensionar essa aparência sob o "olhar europeu", *para* o olhar europeu. É assunto a que voltaremos adiante. Por agora, nos concentraremos nisso que foi, na história do Brasil, o eixo de permanência em meio à mudança: a centralidade da casa e do espaço doméstico no universo cultural brasileiro, a ponto de ela ter vindo a ser a matriz, o ventre, por assim dizer, da própria institucionalidade moderna em território brasileiro.

---

[7]   A projeção da figura do pai sobre a figura do Presidente da República é um exemplo contundente dessa assimilação, a que voltaremos ao final deste livro.

II

O espaço doméstico: ventre da modernização brasileira

Foi época, a inaugurada pela transferência da Corte, de muitas mudanças. Mas época, também, de permanências. De mudanças que velavam e ajudavam a ocultar velhas permanências. Nunca, entretanto, conseguindo extirpá-las completamente da vista, uma vez que tais permanências – a escravidão, a forma patriarcal e a orientação agrária, monocultora e exportadora –, de tão entranhadas que estavam nos hábitos de vida então constituídos, não puderam ser vencidas a golpes dos pequenos focos de europeização que foram as cidades e as estruturas institucionais nelas instaladas. Esses focos de europeização que foram as cidades, ainda que trouxessem em si algo que contrariava os princípios da ordem patriarcal, constituíram-se no Brasil mais como uma extensão dessa ordem do que como sua negação: o sistema "sobrados e mucambos" foi uma espécie de prolongamento, nas cidades, do sistema "casa-grande e senzala" nas fazendas e engenhos. Prolongamento que se fez notar no próprio tipo de urbanização decorrente desse impulso, assim como na resistência que ofereceu a tudo que, vindo ou não de modelos europeus, se apresentava contrário à ordem patriarcal e tradicional.

A urbanização e a constituição primária das estruturas chamadas modernas não significaram um fim para o complexo patriarcal no Brasil, mas um novo começo para ele. Daí Freyre dizer, logo no começo da introdução à segunda edição de *Sobrados e mucambos*, que "A sociedade patriarcal no Brasil – esta parece ser a verdade – em vez de um começo só, teve vários em espaços e datas diversas."[1]. O mesmo, é claro, se poderia dizer da sociedade moderna ou da modernização da sociedade brasileira. A despeito de suas variações regionais (Norte, Sul ou os sertões), de conteúdo (cana-de-açúcar, tabaco, café, gado) ou ainda de espaço privilegiado (rural e, a partir do século XIX, urbano), a "organização patriarcal" continuou exercendo aquela "unicidade de forma" cujas características se espraiam

---

[1] FREYRE, Gilberto. *Sobrados e mucambos*: decadência do patriarcado rural e desenvolvimento do urbano. 15. ed. São Paulo: Global Editora, 2004. p. 43.

pelas diferentes regiões e por diversas esferas da vida em sociedade, da política à economia, do cotidiano à sociabilidade:

> Unicidade, a nosso ver, caracterizada em áreas e em espaços diversos pela organização mais ou menos patriarcal ou tutelar, não só da família como da *economia, da política, da socialidade*; pela monocultura; pelo latifúndio; e pelo trabalho escravo ou servil com todas suas decorrências ou correlações, inclusive a técnica de transporte, a de cozinha, a sanitária. Por conseguinte, um verdadeiro complexo.[2]

Assim como a forma "casa-grande e senzala" variou conforme as regiões e o conteúdo da produção econômica, a forma "sobrados e mucambos" e, neste sentido, a forma de urbanização da sociedade brasileira, também variou de acordo com as regiões e o tipo de interesse econômico envolvido em cada polo colonizador, em torno do qual se organizaram aglomerações urbanas. Salvador, Recife e São Luís, ligadas ao ciclo da cana; Ouro Preto, Mariana e outras cidades do interior de Minas Gerais, ao ciclo do ouro; São Paulo, Santos e Rio de Janeiro, ao ciclo do café; e assim por diante. Para tais aglomerações urbanas, foi decisiva a ligação umbilical tanto à produção ainda completamente marcada pelo latifúndio monocultor e escravista como à forma patriarcal de organização da propriedade e da produção, em termos econômicos, e à autoridade, em termos políticos.

No caso do que estamos chamando de "europeização" – como forma particular, superficial e cenográfica de "modernização" –, essas diferentes regiões sofreram não só variações de conteúdo, mas também de intensidade e de tempo. Foi algo que, portanto, se verificou com intensidades diferentes pelo território nacional, e que tardou para alcançar algumas regiões mais do que outras; e, em algumas delas, foi praticamente inexistente até muito recentemente. De modo que os processos de modernização e europeização, longe de abolirem o patriarcado, passaram a coexistir com ele: transformando-o em patriarcado urbano onde penetrou o processo de europeização, mas pouco afetando o patriarcado duramente rural de regiões mais periféricas à Coroa e restringindo-se quase aos pequenos aglomerados urbanos de maior proporção e força extrapatriarcal, institucional. Embora possa tê-lo afetado no que tinha de mais opulento e telúrico, quase nada alterou em sua orientação patriarcal e em sua hierarquia de mando e obediência. Em outras palavras, a desintegração do patriarcado rural e a formação do urbano – tema e subtítulo de *Sobrados e mucambos* – não foi um processo simultâneo nas diversas regiões brasileiras. A partir de então, passou a coexistir e, por vezes, competir, uma diversidade de estruturas e tempos sociais.

Com a instalação da Corte portuguesa no Rio de Janeiro, criava-se ali um primeiro centro de irradiação do poder estatal a submeter mais diretamente o poder

---

[2] Gilberto Freyre, *Sobrados e mucambos*, p. 44, grifo nosso.

local dos grandes proprietários de terra e escravos. Junto com a burocracia estatal erguia-se todo um ordenamento jurídico que, centrado na figura do rei, procurava fazer-se valer em todo o território nacional, na tentativa, árdua e incerta, de unificá-lo tal qual um Estado Moderno. Essa estrutura, entretanto, perdia gradativamente seu poder efetivo – mais suposto que real – conforme se afastava do centro de poder, neste caso, o Rio de Janeiro, sede da Corte portuguesa e capital do futuro Império brasileiro após 1822.

A instalação da Corte, assim, inicia um processo de intensificação da polaridade entre "centro" e "periferia", menos visível antes de 1808, quando cada senhor de terras mandava quase autocraticamente em seu próprio território. Mas a força de tal "centro" ante a "periferia" era tão singela que talvez seja mais realista considerar a localidade do poder da Corte sobre o poder de latifundiários escravocratas. Freyre ilustrou por meio de muitos exemplos essa relatividade do poder da Corte em regiões situadas fora do Rio de Janeiro e, mais ainda, fora do florescente espaço propriamente urbano das províncias. O autor vê um aspecto notável dessa diferenciação entre centro e periferia na capacidade e no interesse de repressão a crimes tão expressivos como o "roubo de escravos". Perseguidos na Corte, os famigerados ladrões e contrabandistas de escravos – em muitos casos, fidalgos escravocratas – dificilmente eram encontrados pela polícia nas províncias, como em Pernambuco, onde tais roubos eram frequentes[3].

Outro exemplo demasiado significativo foi o que ocorreu em 1855 nos Afogados, ainda em Pernambuco. Um correspondente que assina como "Y" denunciava ao *Liberal Pernambucano* um caso típico do confronto entre a nascente autoridade pública estatal, por um lado, e a já instalada autoridade pessoal, conferida pelo regime patriarcal aos proprietários de terras e escravos, por outro. Um escravo, propriedade de Sebastião Antônio do Rego Barros, assassinara outro escravo, propriedade de Ignácio José da Luz. No encalço do assassino para pegá-lo em flagrante, o inspetor de polícia chega à casa do Sr. Vianna, para onde o assassino havia fugido. Ao que parece, sr. Vianna era um rico proprietário e patriarca da região. O inspetor encontrou o dono da casa, com ar meio fanfarrão, tomando chá com seu genro, juiz municipal, e com ninguém menos do que o sr. Sebastião, dono do escravo procurado! Além deles, encontrava-se presente ainda um sr. Serafim, tratado por "Y" como professor na freguesia dos Afogados. Perguntado pelo inspetor sobre o escravo fugido, teria lhe respondido o sr. Viana com certa insolência, considerando um atrevimento do inspetor a intenção de prender o suspeito. Não conseguindo efetuar a prisão do escravo protegido, não prosperaria igualmente a investigação que o mesmo inspetor iniciara logo após a frustração do flagrante delito. A crer no que nos conta o sr. "Y", depois de iniciada a investigação, entrou em cena, sem maiores razões, uma série de demissões e novas nomeações, dificultando o prosseguimento da investigação. Aliás, já no início de seu reclame, o sr. "Y" alertava para a

---

[3]   Gilberto Freyre, *Sobrados e mucambos*, p. 157.

desorganização da polícia nos Afogados, o que segundo ele vinha acontecendo sistematicamente desde que caíra o partido da Praia: "Desde a queda do partido praeiro nunca vimos completamente organizada a polícia dos Afogados; ora se nomeava o subdelegado, e não os suplentes, ora os suplentes, e não o subdelegado"[4]. Por fim, declarava com certa ironia o sr. "Y" ao final de sua denúncia, que finalmente foram efetivadas as nomeações completas do quadro de comando policial. Entre eles figuravam ninguém menos que os próprios sr. Vianna, sr. Sebastião e sr. Serafim: "um protetor do assassino, pois que o teve em sua casa, saindo daí para o engenho Boto, outro, senhor do assassino, outro maluco, pancada e espoleta do Vianna" – é como o denunciante se refere ao professor Serafim, nomeado subdelegado dos Afogados.

Temos aqui um caso exemplar do conflito instalado com a constituição do Estado e que até hoje permanece sem uma solução satisfatória. Não é um conflito qualquer entre dois adversários que se rejeitam mutuamente. Ao contrário, é um conflito no qual um polo da disputa, o público, absorve o outro, o privado, sem, entretanto, dissolvê-lo. É como se numa única notícia de jornal se concentrasse todo o drama brasileiro. Independente da filiação política liberal, e da nítida posição do denunciante em favor do Partido da Praia, o simples relato do acontecido e os aspectos de verossimilhança que ele comporta dizem muito sobre as formas de relação entre Estado e sociedade que vinham se constituindo no Brasil, especialmente nas zonas mais periféricas à Corte[5]. "É necessário conhecer", como nos diz o mesmo sr. "Y", "se nessa contradança foram consultadas as conveniências públicas, ou se a vontade de um indivíduo". O certo é que as tais conveniências públicas não podiam quase nada contra as vontades de alguns indivíduos. E isso, como dissemos, quanto mais se afastava do centro do poder imperial. Acrescentemos, ainda, que o sr. "Y" pouco parece se importar com o fato de um escravo matar o outro por interesse de seus proprietários, nem com a escravidão em si, mas talvez mais com o crime contra a propriedade e com o favorecimento pelo poder público de um provável rival – fatos que, por si mesmos, são tão ou mais significativos que a denúncia intencionalmente realizada pelo sr. "Y".

Essa disparidade entre centro e periferia, criada na esfera política pela instalação da Corte no Rio de Janeiro, foi ampliada em termos econômicos pela queda do açúcar brasileiro no mercado internacional e consequente deterioramento da economia dos engenhos do então Norte brasileiro – atual região Nordeste. Tal

---

[4] Y. *O Liberal Pernambucano*, n. 801, p. 3, 13 jun. 1855. Disponível em: http://memoria.bn.br/DocReader/705403/3224. Acesso em: 24 jan. 2025.

[5] Ainda que o reclame do sr. "Y" não fosse um protesto impessoal contra uma injustiça e a sobreposição do poder pessoal ao poder público, e sim uma simples estratégia política de um liberal contra um conservador seu inimigo, o caso não seria menos revelador. Afinal, temos um escravo assassinando outro, ao que parece por envolvimento em conflito entre seus senhores. E, mais ainda, senhores empenhados em proteger seus escravos – isto é, suas propriedades.

processo, como sabemos, se deu em paralelo à ascensão do café no mercado internacional, que passou a ser largamente cultivado nas províncias do Sul, formando um novo eixo da lavoura latifundiária com mão de obra escrava no Brasil. Eixo que superou a economia do açúcar e dela aspirou grande parte do "capital vivo" então empregado na produção da cana, provocando, principalmente a partir das décadas de 1850 e 1860, uma "migração" massiva de escravos do Norte para o Sul. Por trás de toda a modificação econômica de um tipo de produção ao outro, o da cana para o do café, a transferência de capitais do Norte para o Sul, permanecia como pano de fundo uma macabra forma de organização econômica que dava sustentação a tais alterações: a economia do tráfico. Extinto o tráfico internacional em 1850, prosperou o interprovincial até as vésperas da Abolição, vindo a cessar completamente apenas quando esta já se apontava próxima e inevitável. E, por trás de tal funesta economia, permanecia em larga medida a mesma forma de distribuição da autoridade e das prerrogativas de mando conferidas ao chefe de família, especialmente, é claro, ao grande proprietário de terras e escravos.

Independentemente, portanto, de suas variações de conteúdo, de tempo e intensidade, e de sua adaptação ao ambiente das cidades, o patriarcado continuou a ser a forma geral que, entre os diversos núcleos de povoação existentes na América portuguesa, constituiu um sentido comum que lhes dá unidade e nos permite compreendê-las como formando uma sociedade mais ampla, que estamos chamando de sociedade brasileira. É o patriarcado – escravocrata, latifundiário monocultor e exportador – e a centralidade que ele deu à família, à autoridade paterna e às relações tutelares-familiares que constituem, ao menos em grande parte, o sentido de ser-sociedade da sociedade brasileira. Foi sobre valores e princípios patriarcais que se desenvolveram e se organizaram as demais esferas de valor na sociedade brasileira: não só a esfera econômica e a política, mas também a própria vida cotidiana, âmbito fundamental que decide os modos e padrões de relacionamento intersubjetivo entre os membros de uma sociedade; foi sobre o patriarcado e em meio a uma "educação para o patriarcado" que se delimitaram as formas de associação e competição entre pessoas e grupos – formas que se imiscuem e se adaptam às formas de associação pressupostas nas instituições modernas gradativamente desenvolvidas na sociedade brasileira.

Isso quer dizer que as instituições modernas – à medida que foram sendo "germinadas" no solo brasileiro mediante imposição ou imitação dos modelos europeus – se constituíram como esferas de poder que, mesmo rivalizando com o poder pessoal de patriarcas e com o poder oligárquico das alianças entre famílias, foram desde o princípio constituídas em associação com esse regime de organização familiar e patriarcal da sociedade, e não como pura oposição a ele.

No Brasil, o processo de diferenciação institucional que caracteriza as chamadas instituições modernas tem um traço que não pode ser desprezado. Trata-se do fato de que as instituições brasileiras apenas muito recentemente se separaram e se diferenciaram – e isso relativamente e de maneira ambígua – da casa. Como já tratado em *Sádicos e masoquistas*[6], ao longo de todo o processo colonial, a casa-grande foi uma espécie de instituição que unificava todas as demais: era, além de casa, banco, hospital, escola, igreja. O que quer dizer, é claro, que a casa era a instituição que concentrava todas essas funções, que só gradativamente foram se diferenciando e se transferindo ao encargo de outras instituições especializadas. O que quer dizer, também, que a família era a forma fundamental de aliança, de organização social vigente, e que as outras formas de associação implicadas nas instituições extradomésticas só gradativamente e, repita-se, de maneira ambígua, se diferenciaram das formas de associação familiares constituídas no âmbito doméstico[7].

No que toca à esfera econômica, por exemplo, tratamos do desenvolvimento voltado para o *oikos* que caracterizou, em parte, o *ethos* econômico predominante na formação colonial brasileira. Nem puramente feudal, nem puramente capitalista, tal *ethos* desenvolveu-se como uma espécie de sistema que, na falta de termo melhor, Freyre chamou de "neofeudalismo"[8]. Sistema que, longe de ser superado, se prolongou no novo contexto iniciado pela vinda da Corte e durou pelo menos quase todo o século XIX, mesmo com o desenvolvimento das cidades. E que, de todo modo, tem aspectos que o diferenciam tanto do feudalismo como do capitalismo moderno tomados como conceitos puros.

Para Max Weber, e nisso ele discordava de seu amigo Werner Sombart, a *auri sacra fames*, a fome de lucro, não é suficiente para a caracterização de uma atividade econômica como capitalista em sentido moderno. Pois o simples afã por lucro a se realizar nas trocas econômicas sempre existiu em diversas outras épocas e sistemas econômicos. Nunca deixou de existir em tudo que é empreendimento colonial na América portuguesa e, depois, no Império brasileiro. Faltava à mentalidade

---

[6] VALLE, Ulisses do. *Sádicos e masoquistas*: uma interpretação do Brasil à luz de Gilberto Freyre. Vitória: Editora Milfontes, 2022. p. 130-131.

[7] Quem mais levou adiante essa dualidade entre casa e rua, em sequência à abordagem de Freyre, foi Roberto Damatta. O autor de *Carnavais, malandros e heróis*, sem deixar de fazer notar a porosidade dos limites entre casa e rua e os conflitos instalados nesses limites, desenvolve a reflexão em sentido antropológico, possibilitando uma apreciação da casa e da rua como espaços sociais com uma moralidade, uma temporalidade, uma identidade e um conjunto de rituais próprios.

[8] "Equívoca na sua economia a ponto de parecer ora feudal, ora capitalista, a sociedade brasileira, da época colonial e até certo ponto da imperial, foi, nas suas formas, predominantemente feudal: um feudalismo penetrado por influências capitalistas com as quais chegou a entrar em 'conflitos armados', [...] para emergir, desses conflitos, uma sociedade complexa que – como já salientamos mais de uma fez – "mascates" como Fernandes Vieira tornaram-se, pelo casamento, senhores feudais, imitadas as formas feudais de vida dos elementos economicamente vencidos pelos economicamente vencedores." *In*: Gilberto Freyre, *Sobrados e mucambos*, p. 174.

brasileira, entretanto, o *ethos* sem o qual a racionalidade calculadora do capitalismo moderno não se exerce. Em vez de vir a ser religiosa e moralmente valorizado, o trabalho, sob a batuta do chicote e da escravidão, tornou-se uma atividade a ser evitada, evadida e sabotada. A vida racionalizava-se não em torno do trabalho em si, mas em torno de como não precisar mais trabalhar. Libertar-se do trabalho conferia, ao escravo, humanidade. Não trabalhar conferia ao homem comum certo sentimento de nobreza. A "nobreza", como nos diz Nabuco, não estava em trabalhar, mas em fazer trabalhar.

Além de monocultor, latifundiário e escravocrata, o patriarcado brasileiro continuou, ao longo de todo o século XIX, a ser excessivamente privatista no que diz respeito à produção de tudo que não fosse o produto exportado. Fora a produção de cana, aguardente, café, tabaco, borracha, pele, ouro e produtos exportados por diferentes regiões, tudo o mais era produzido com vistas apenas ao suprimento interno e privado das casas-grandes e dos sobrados das cidades. Essa produção mantinha-se em estreita relação com a economia doméstica e familiar, quase nunca ultrapassando seus limites: "Os donos matando em suas casas seus porcos e seus perus e engordando no sítio suas vacas de leite. O resto da população que se arranjasse como pudesse"[9]. E tudo o mais que não era produzido, de gêneros alimentícios como azeite, bacalhau e vinho, até instrumentos de todo o tipo, eram importados – o que acabava por drenar, em grande medida, o próprio capital dos senhores de terra, conseguido pela exportação da cana, café, ouro, tabaco e, é claro, pelo aos olhos de hoje insidioso tráfico de escravos[10]. Essa orientação privatista da economia – tantas vezes ocultada pelo sentido exportador da monocultura latifundiária – era, além de um empecilho ao desenvolvimento de um mercado interno robusto, também um obstáculo à alimentação das populações não proprietárias de terra:

> O regime de economia privada dos sobrados, em que se prolongou quanto pôde a antiga economia autônoma, patriarcal das casas-grandes, fez do problema de abastecimento de víveres e de alimentação das famílias ricas, um problema de solução doméstica ou particular – o animal abatido em casa quase sempre dispensando a carne de talho, as frutas do sítio dispensando as cultivadas para venda regular no mercado, as cabras e as vacas criadas nos sítios das casas nobres diminuindo a importância do problema de suprimento de leite para a população em geral. Tornou-se assim desprezível o problema da alimentação da gente mais pobre das cidades, isto é, os brancos, os pardos, os pretos livres, os moradores dos cortiços, a gente dos mucambos e dos próprios sobrados e casas térreas

---

[9] Gilberto Freyre, *Sobrados e mucambos*, p. 286.

[10] Tal orientação privatista da produção econômica colaborou, assim, para outro importante fenômeno, que foi a gradativa perda de poder, principalmente por endividamento, de senhores de terra para mascates, comerciantes e agiotas.

menores: às vezes filhos e netos de grande senhor rural cuja morte deixara de repente a viúva e os filhos na situação de náufragos refugiados em sobrados de aluguel.[11]

E não era apenas essa orientação doméstica, privatista, que dificultava a criação de um mercado interno. Mais grave, e mesmo contrário ao "espírito do capitalismo", era, sem dúvida, o fato de praticamente todo o capital empregado na produção (o escravo como bem de produção) e, mesmo, na circulação (o escravo como mercadoria), ser ainda em forma "fixa". Ou terra, ou escravos. Muitos escravos. Até meados do século XIX, a industrialização, quando ocorria, era uma industrialização paradoxalmente sem mecanização, em que o escravo fazia às vezes de máquina e de tração animal[12]. Uma espécie de industrialização desindustrializada e desindustrializante, uma vez que iniciada sem máquina, sem trabalho livre e assalariado, sem diversificação de mercadorias. Uma industrialização em que a principal mercadoria continuava sendo, na prática, o próprio escravo que trabalhava na produção disto ou daquilo – mas, no fim das contas, de tudo. E que só muito lentamente foi sendo vencida pela técnica propriamente industrial e capitalista. O que apenas corrobora o tremendo constrangimento, evitado por Freyre, que consiste em querer encaixar a realidade brasileira em conceitos imitados do contexto europeu. Nem o "burguês" típico, tampouco o operário típico e, menos ainda, um *ethos* profissional e metodicamente disciplinado figuram como parte desse sistema, senão como exceção, mas nunca como regra[13]. Em tudo o que fosse realidade brasileira, sobressaía uma espécie de ambiguidade avessa à terminologia europeizada criada por intelectuais europeus para ordenar a realidade europeia. Não que, ao longo desse processo, não houvesse verdadeiros prodígios de capitalismo avançado no Brasil. Havia, mas como exceção; ou, quase sempre, em conluio

---

[11] Gilberto Freyre, *Sobrados e mucambos*, p. 283.

[12] Gilberto Freyre, *Sobrados e mucambos*, p. 401.

[13] O "caso Mauá", exemplo marcante do espírito burguês, ativo e empreendedor, era antes uma exceção do que uma regra. É o que Freyre defende quando, em 1º de novembro de 1942, publica em *O Jornal*, periódico carioca do qual era colunista, uma expressiva crítica ao livro recém-publicado pela escritora brasileira Lídia Besouchet em Buenos Aires, intitulado *Mauá y su época*. A ênfase sobre a revolução que Mauá teria feito, sozinho, em meio a sociedade de rotina completamente agrária até então, acaba por conduzir Besouchet a desprezar o cerne do que foi o processo de "modernização" brasileira em sua fase inicial: isto é, um processo ainda todo assentado no trabalho escravo e na monocultura latifundiária: "Quando, porém, a sra. Besouchet repete o professor Castro Rabelo e diz que 'em torno de Mauá pode-se escrever a histórica econômica do Império' resvala em contradição. Não é em torno de nenhum grande homem de fraque e cartola – nem mesmo o Imperador – que se pode escrever a história econômica do Império, mas – a termos que escrevê-la em torno de alguém – em volta do escravo negro. Pois o negro é que foi o alicerce vivo do sistema monocultor, escravocrata e latifundiário em que constitui a economia – na verdade a civilização inteira – do Império." FREYRE, Gilberto. A propósito de Mauá. *O Jornal*, Rio de Janeiro, p. 13, 11 nov. 1942.

ou rigoroso conflito com os elementos patriarcais, escravocratas e, nesse sentido, anticapitalistas. Pois somente com a definitiva proibição do tráfico, a partir de meados do século XIX, e com a posterior abolição da escravatura, já ao final do século, é que o capital antes fixado em escravos trazidos aos magotes da África pôde se diversificar nos melhoramentos materiais que preparariam a mecanização técnica da produção e uma maior monetarização da economia.

> É do maior interesse para a compreensão do período de transição que foi, nas principais áreas do nosso País, a primeira metade do século XIX, destacar-se que várias das modificações que sofreram então paisagens e instituições ligam-se direta ou indiretamente à cessação do tráfico legal de escravos, cujo volume o clandestino nem sempre conseguiu suprir; nem pôde manter. Os capitais foram tomando, assim, outros rumos. Deixando de concentrar-se no comércio de escravos, tornaram-se disponíveis para os melhoramentos mecânicos, para as compras de máquinas ou simplesmente de cavalos e de vacas de leite, superiores ou de raça, para a construção de sobrados de luxo. Por longos anos, vinham afluindo os capitais à praça, sem terem aí emprego suficiente. Eram limitadas as transações. Acanhado o giro do dinheiro. *As maiores fortunas móveis do Império em grande parte se achavam em mãos de traficantes de escravos; e estes só as aplicavam com escravos. Com a cessação do tráfico é que o emprego dos mesmos capitais reverteu para os melhoramentos materiais do País – especialmente na Corte.* Uns, ativando as construções urbanas, dando-lhes o que os higienistas da época consideravam 'melhores e mais salutares condições'; outros convergindo para empresas de viação urbana, criação de gado de leite que substituísse as já escassas cabras-gente, mecanização de serviços públicos ou particulares até então movidos pelo braço escravo.[14]

Pesquisas recentes, como as de João José Reis, corroboram essa análise de Freyre. Os exemplos mais arrojados de empresa capitalista existentes no Brasil até meados do século XIX eram as sociedades de investidores que reuniam capital para empregá-lo no tráfico transcontinental de escravos, àquela altura já decretado como ilegal pela Inglaterra. Verdadeiras empresas de "capitalistas" que se associavam para financiar, organizar e administrar o – embora ilegal, rudimentar e quase sempre não monetário – complexo negócio que era o tráfico de escravos entre os portos brasileiros e os portos do litoral africano. Complexidade em grande medida imposta pela própria ilegalidade, pois muito do esforço da empreitada era dispensado a enganar a marinha inglesa e seus caçadores de recompensa. E, além dessas funestas "associações de capital", havia nas maiores praças escravistas empresas especializadas na compra, na venda e no aluguel comissionado de escravos, funcionando legalmente em plena luz do dia ao longo de praticamente todo o século

---

[14] Gilberto Freyre, *Sobrados e mucambos*, p. 685-686, grifo nosso.

XIX, mesmo com a cessação do tráfico internacional. Não menos importante que elas, tais empresas vinculadas diretamente ao tráfico contavam com o apoio de outras, já especializadas na publicidade e na propaganda em torno da mercadoria humana: jornais que não só anunciavam compra, venda e aluguel de escravos, mas também colocavam anúncios específicos de recompensas para capitães-do-mato que capturassem e devolvessem ao dono os escravos fugidos de sua propriedade. A ausência do trabalho formalmente livre e assalariado, pressuposto do capitalismo moderno, não foi a única peculiaridade mórbida do capitalismo brasileiro. O que houve de grotescamente funesto em nosso sistema econômico foi que, em vez de caminhar para a "modernização" e para a "racionalização" da produção, ele caminhou mais para a racionalização apenas do comércio negreiro, combustível escasso de praticamente todo o arcaico processo produtivo que se organizou na sociedade brasileira até o fim do século XIX.

Com o fim do tráfico internacional, a partir da segunda metade do século XIX, começou-se a esboçar uma produção industrial que, mesmo rudimentar, tornava-se também mais variada, mas que só gradativamente foi se separando da casa, do ambiente doméstico – embora não efetivamente do trabalho escravo[15]. A separação, física e contábil, entre casa e empresa, entre casa e indústria, fundamental para o desenvolvimento do capitalismo moderno, foi não só tardia, como também continuou sendo relativa no contexto brasileiro.

> Com o rapé, o vinagre, a vela, o pano, a escova, o colchão de cama, a vassoura, o carvão, o vinho de caju, o sabão, o tamanco, o sapato, com tudo que era indústria ou arte de casa-grande, de negro, de mulato, quando muito de mestre português – fabricado não mais dentro de casa, mas nas cidades e à grande, por novos processos.[16]

Separação que foi sempre incerta e, o quanto pôde, apoiada na escravidão[17]. Com o crescimento urbano ao longo do século XIX, muitos escravos passaram a

---

[15] Apenas aos poucos o engenho de cana, com seus moinhos quase artesanais movidos pelo braço escravo, foi dando lugar à usina que, embora mecanizada, enquanto pôde não dispensou o trabalho escravo.

[16] Gilberto Freyre, *Sobrados e mucambos*, p. 464.

[17] Os efeitos dessa separação incerta entre casa e empresa – pressuposto fundamental do capitalismo moderno, segundo Max Weber – são até hoje sentidos em diversos aspectos da economia brasileira. Não somente o grande número de empresas efetivamente domésticas, em que a "produção" se faz literalmente no espaço doméstico e, às vezes, é também comercializada nela; empresas com capital próprio, mas cujos lucros e dividendos, isto é, a transferência de capital da empresa para a "casa", fica isenta de tributos, contrariando a prática global, entre as nações modernas, de separação fiscal entre casa e empresa, como se a retirada de capital da empresa para a casa não fosse pensada sequer como uma "retirada" – casa e empresa, neste aspecto fundamental, permanecem unidas, a despeito da aparência "moderna" que, à primeira vista, isto é, em suas fachadas, podem suscitar.

ser postos, por seus proprietários, no serviço de vendas e ganhos na rua; ou ainda alugados por seus senhores a comerciantes e industriais, constituindo uma espécie de capitalismo não assalariado, o que, é claro, destoa muito do conceito puro de capitalismo moderno. A escravidão de contexto urbano ao longo do século XIX, como veremos mais detalhadamente adiante, modificou as relações entre senhores e escravos tal como estabelecida, em geral, nos engenhos e casas-grandes, nas lavouras e no ambiente rural. Podemos adiantar, entretanto, que a escravidão urbana, ao mesmo tempo que provocou maior afastamento na relação e no convívio entre senhor e escravo, colaborando para maior despersonalização – e, por conseguinte, maior exploração – do cativo, abriu, por outro lado, uma brecha maior para a emancipação e alforria de escravos. Negros e mestiços que, atuando no ganho nas cidades, conseguiam guardar e poupar, com muito sacrifício ao longo de anos, vintém por vintém, até acumular o suficiente para comprar a própria alforria de senhores porventura mais amigáveis e flexíveis – abertos, se não à causa humanitária da crescente campanha abolicionista, ao menos a um bom negócio. Outra idiossincrasia do "capitalismo brasileiro" em sua forma nascente.

No que tange à esfera propriamente política, a casa e seu âmbito de relações predominou de maneira quase absoluta sobre outras formas de associação mais amplas – estas, quando existiam, não regiam a vida do indivíduo tanto quanto as relações familiares e primárias. Quando se estendiam para fora da casa, as alianças tomavam a forma do compadrio, instituição que ampliava o horizonte das relações familiares por meio da aliança com outras famílias: alianças tantas vezes sacramentadas religiosamente pela Igreja, seja pelo casamento ou pelo batismo. Entre nós "o súdito" e o "cidadão", nos diz Gilberto Freyre, surgiram muito tardiamente e, mesmo quando passaram a existir, não chegaram a superar a condição de "membro de família"[18] – a lealdade ao Pai como que impedindo a lealdade ao Rei, à Pátria, à Nação, à República, e mesmo à qualquer concepção abstrata de humanidade. Daí a dificuldade ainda presente de absorção e interiorização, por parte dos brasileiros, de princípios como os "direitos humanos" ou de qualquer concepção abstrata e universal de humanidade – assunto ao qual voltaremos adiante. A condição de membro de família foi quase sempre, na escala de valores do brasileiro, mais importante que a condição de membro de qualquer outra associação. Era, aliás, pela família que o indivíduo se alçava às demais formas de associação, pois era em grande medida o fazer parte de determinada família que abria ou fechava aos indivíduos as portas das demais associações e instituições[19].

---

[18] Gilberto Freyre, *Sobrados e mucambos*, p. 475.

[19] Diz Freyre na abertura do oitavo capítulo de *Sobrados e mucambos* (p. 473): "Dentro de uma sociedade patriarcal e até feudal, isto é, com espaços ou zonas sociais sociologicamente equivalentes às das sociedades chamadas feudais, como foi o Brasil durante o tempo quase inteiro da escravidão entre nós, não eram cidadãos nem mesmo súditos que aqui se encontravam como elementos básicos ou decisivos da população, porém famílias e classes. E estas famílias e

Essa forma de realização de alianças, baseada em relações pessoais e familiares, que através do compadrio formava uma espécie de família de maior extensão, estava já sacramentada pelo costume e pela tradição quando a instalação da Corte portuguesa no Rio de Janeiro veio a instituir, com maior efetividade, uma forma de organização que se baseava em valores e princípios extrafamiliares de associação. Foram esses padrões de relacionamento político – um pautado por interesses privados e intrafamiliares, e outro por interesses de Estado, impessoais e extrafamiliares – que aqui entraram em choque e intercâmbio, resultando numa espécie de acomodação e absorção mútua. O fato é que a ordem jurídica do Estado parece nunca ter suplantado completamente a ordem da tradição e do costume na qual se assentava o patriarcado, tendo antes coexistido em simbiose com o compadrio. É que a instalação do Estado e de suas estruturas no território brasileiro se deu já em meio a um contexto dominado por senhores de terra latifundiários muito poderosos, espalhados por toda a faixa litorânea e por regiões mais interiores – com toda uma rede de alianças e lealdades fixadas e sacramentadas em torno deles. De tal modo que o próprio exercício funcional do Estado dependeu sempre, à medida que se afastava da Corte em direção a áreas mais periféricas, da incorporação dessas forças privadas pelo Estado. Essa incorporação do "particular" ao "geral" se daria, como mostraria Raymundo Faoro[20] mais tarde, principalmente pela outorga de títulos nobiliárquicos por parte da Coroa como forma de angariar o apoio de grandes proprietários em suas províncias, domando, por assim dizer, sua fome de poder autocrático através da satisfação de sua sede por distinção e *status*.

O exemplo mais notório dessa acomodação do poder patrimonial das famílias e seus interesses privados à estrutura do Estado e seus interesses supostamente não privados foi a criação da Guarda Nacional em 1831, pelo regente Antônio Feijó. Tal instituição se prolongou até 1922, atravessando mais de três décadas em período já formalmente republicano. Embora estivesse juridicamente vinculada ao Ministério da Justiça e, antes, à Coroa e à Regência, a Guarda Nacional foi constituída como um poder capilarizado nos municípios, cujas maiores patentes eram destinadas aos grandes proprietários locais. Dada a extensão do território e a dificuldade de comunicação inter-regional, esse mecanismo pouco evitava que os então coronéis da Guarda gozassem de poder quase absoluto em suas regiões – poder que, mesmo manchado de pessoalidade, de personalismo e clientelismo, fazia-se legitimado pelo próprio Estado nascente. A Guarda Nacional, portanto, não formou senão de maneira ambígua uma instituição de defesa e segurança comandada por um poder central que com ela garantisse a unidade territorial, como haveria de ser em

---

classes, separadas, até certo ponto, pelas raças que entraram na composição da gente brasileira com suas diferenças de tipo físico, de configuração de cultura e, principalmente, de *status* de situação inicial ou decisiva.".

[20] FAORO, Raymundo. *Os donos do poder*: formação do patronato político brasileiro. 5. ed. São Paulo: Globo, 2012. p. 357.

um Estado moderno. Se, por um lado, ela criava a primeira força militar e institucional que ganharia abrangência e regularidade nacional, por outro, legitimava e fomentava o poder local de grandes proprietários. A unidade política precisou equilibrar-se, de maneira sempre tênue, em um mosaico de poderes locais comandados por grandes fazendeiros. Estes, ao mesmo tempo que tiveram seus arbítrios ligeiramente restringidos por um poder central, se viram legitimados e mesmo fortalecidos por ele.

Em outras palavras, no Brasil a instituição nacional de defesa da ordem estatal já nasceu – trata-se de período posterior à Independência e que se estende pelas primeiras décadas da República – na forma de uma "milícia" de coronéis. O termo milícia pode parecer inadequado em razão da "legitimidade" que era conferida à Guarda Nacional enquanto instituição oficial de Estado. Por outro lado, ele se justifica se pensarmos que as prerrogativas de tal legitimidade podiam ser completamente ignoradas – e frequentemente o eram – por aqueles a quem era conferida tal autoridade. Se a presença da Corte significou certa contenção do poder dos senhores perante o poder Real, com a Independência e, sobretudo, com a criação da Guarda Nacional no Período Regencial, o que houve foi um significativo aumento de poder de senhores de terra locais, cooptados pela sedutora nobilitação conferida pelos títulos militares outorgados pelo poder central.

As instituições próprias do ordenamento moderno precisaram, assim, entremear-se e associar-se às forças já constituídas como único meio de alcançar, mesmo que de modo tênue e ineficaz, a vastidão e a variedade do território. Mas o patriarcado brasileiro compreende ainda aspectos de maior profundidade, que se enraizaram em nossos padrões culturais – de modo a servirem tanto à constituição das personalidades como aos modos de relação que se estabeleceram entre elas. Entre os principais atributos políticos do patriarcado brasileiro, além da concentração da autoridade nas mãos do *pater familias*, destaca-se o caráter tutelar, em um contexto no qual o trabalho era feito, todo ele, por escravos. O grande senhor de terras tinha a seu dispor não só escravos, mulher e filhos, mas toda uma série de pessoas que, embora formalmente livres, dependiam de sua concessão, assistência e proteção. Outro corresponde à centralidade e à sacralidade da família, assim como sua expansão por meio do compadrio, levando o patriarcado brasileiro a transbordar-se em paternalismo, isto é, a um tipo de relação intersubjetiva fundamentada na tutelagem de uma parte sobre a outra. A relação ou tipo de relação de autoridade e responsabilidade do pai para com os filhos prolongou-se, assim, para seus dependentes e afilhados, e até mesmo para com os escravos[21]. Constituído como uma forma de relação entre dominantes e dominados, mais do que estritamente entre pais e filhos, essa disposição à tutelagem foi gradualmente deslocada para a própria relação entre os indivíduos e as instituições. Monarquia e República teriam, sob a fachada institucional, uma substância paternal. O desenvolvimento

---

[21]   Gilberto Freyre, *Sobrados e mucambos*, p. 407.

de estruturas institucionais modernas ocorreu, portanto, de modo a incorporar – e não apenas purificar e eliminar – elementos importantes do patriarcado. Mudança que, no entanto, se deu em meio a certa continuidade com o passado. Daí Freyre caracterizar a forma sociológica patriarcal como "uma dessas grandes forças permanentes" na história brasileira, vislumbrando uma espécie de sobrevivência quase eterna dos influxos desse modelo em nossa cultura.

> Suas sobrevivências terão, porém, vida longa e talvez eterna não tanto na paisagem quanto no caráter e na própria vida política do brasileiro. O patriarcal tende a prolongar-se no paternal, no paternalista, no culto sentimental ou místico do pai ainda identificado, entre nós, com as imagens do homem protetor, de homem providencial, de homem necessário ao governo geral da sociedade.[22]

Essa disposição à tutelagem, que das pessoas se dissemina às instituições, engendra uma forma de consciência que é pouco compatível com a noção moderna de cidadania. No que diz respeito aos indivíduos, e em particular à formação de sua personalidade em meio às relações de tutelagem, o tutelado não se habitua a um engajamento ativo nos problemas e rumos da comunidade política, mas, antes, à entrega passiva ao poder de uma autoridade que deve governar ao modo de um pai: acolhendo, protegendo e, uma vez contrariada a moralidade dominante, punindo vigorosamente e, mesmo, cruelmente. É isso, por conseguinte, que o brasileiro tende a esperar das instituições e das lideranças políticas que as encarnam e representam. A despeito de critérios de impessoalidade sobre os quais possam estar formal e abstratamente erguidas, as instituições admitem, em concreto, não raro com o assentimento dos governados, práticas completamente vinculadas a interesses pessoais de famílias e compadres. Neste cenário, as instituições, principalmente políticas, tornam-se o principal instrumento de potencialização, não de ideologias ou projetos políticos, mas do carisma pessoal de líderes que assumem figura às vezes providencial e messiânica, outras vigorosamente autoritárias – e, mais recentemente, grotescamente sádicas.

---

[22] Gilberto Freyre, *Sobrados e mucambos*, p. 78.

III

Modernização e europeização: imitação, invenção e autenticidade

Com o que dissemos até aqui, parece evidente que o processo de modernização/europeização da sociedade brasileira, seja no que toca à urbanização e à constituição de instituições especializadas e diferenciadas da casa, ou no que toca à aquisição imitativa de costumes, hábitos e modas europeias, não foi um processo repentino nem algo que substituiu ou eliminou aquilo que já era existente, habitual e sacramentado pelo uso e pela tradição. Tampouco o novo sistema que estava se erguendo, de formação de um patriarcado urbano, vinculado à cidade e ao comércio, aos sobrados e aos mucambos, foi algo que eliminou em definitivo o sistema casa-grande e senzala. Ambos coexistiram ao longo de quase todo o século XIX, às vezes um no exato limite ou como simples desdobramento do outro.

Pois eram as cidades mesmas que se desenvolviam, desde o século XVI, como os centros administrativos das antigas capitanias hereditárias, formando-se como aldeamentos em torno de paróquias e praças. Longe de gozar de autonomia, vinculavam-se diretamente à autoridade política e territorial do donatário e dos senhores de terra e escravos que ali mandavam. Embora fossem cada vez mais marginalizadas, geográfica e economicamente, com a intensificação urbana ao longo do século XIX, as casas-grandes continuavam existindo, fosse no interior das províncias ou nas próprias imediações da cidade. Os dois sistemas coexistiram não só de forma separada no espaço, como se o rural e o urbano fossem duas regiões geográficas distintas, mas também se interpenetraram num mesmo e único espaço. Isso acabou concorrendo para certa especificidade da urbanização brasileira – tanto no que toca à sua paisagem, quanto no que diz respeito à distribuição de ruas e edificações, assim como no sentido horizontal de sua aglomeração, desfavorecendo o adensamento populacional e, com ele, o sentido de comunitarização entre os habitantes da cidade.

Por aí se explica, em parte, pelo menos, a extensão de área das cidades brasileiras. Elas foram crescendo com os interesses de concentração urbana prejudicados pelos de autonomia econômica das casas dos ricos, que precisavam de verdadeiro luxo de espaço para senzala, chiqueiro, estrebaria, cocheira, horta, baixa de capim, pomar, parreiral, árvores grandes a cuja sombra se almoçava nos dias mais quentes, açougue, viveiro, banheiro de palha no rio ou no riacho. Para todo um conjunto de atividades impostas às casas burguesas pela imperfeita urbanização da vida e pela escassa ou difícil comunitarização das cidades com os engenhos e fazendas.[1]

Essa distância entre as casas, criada em parte pelo próprio padrão habitacional do colonizador português, foi em grande medida um dos motivos pelos quais a rua, a praça e tudo o que fosse exterior às casas se desenvolvessem à revelia de qualquer cuidado e planejamento mais direto. Prevaleciam os interesses privados das casas, em detrimento dos interesses que não eram nem de uma nem de outra casa em particular, mas de todo o espaço extradoméstico: a praça, a rua, a cidade. Foi só com muita dificuldade e, mesmo assim, nunca de modo consistente, que os interesses da rua foram enfim prevalecendo sobre os das casas e sobrados, impondo a elas limites e restrições. "A praça venceu o engenho, mas aos poucos."[2]

Tal processo foi acompanhado, igualmente e até em maior intensidade, da formação dos mucambos, casebres de madeira e palha que se amontoavam nas periferias das cidades, abrigando escravos, pretos e mestiços livres e brancos pobres que formavam a massa proletária e subproletária das cidades, "mucambarias" e "mucambeiros" que se formavam em áreas separadas dos sobrados europeizados dos patriarcas urbanos. E o que no sistema casa-grande e senzala estava mais proximamente integrado, constituindo entre senhores e uma autêntica zona de convivência, se desintegra e se afasta com o sistema sobrados e mucambos. Os sobrados situavam-se nas principais ruas e passeios da cidade, ao passo que os mucambos se constituíam quase fora do ambiente propriamente "urbanizado", literalmente às margens da cidade e em ambiente completamente exterior às habitações dos senhores e da gente endinheirada da cidade.

Essa diferença quanto à forma de ocupar o espaço, em que se rompe a aproximação anterior entre os polos da sociedade brasileira, reflete processos mais profundos de quebra da antiga acomodação e equilíbrio criados pelo sistema casa--grande e senzala. Zona de convivência que, aos poucos, foi se convertendo e se definhando em "momentos de convivência": nas praças, nos parques, nas missas,

---

[1] Gilberto Freyre, *Sobrados e mucambos*, p. 306.

[2] *Ibid.*, p. 135.

nas festas religiosas, no Carnaval[3]. "O sobrado, mais europeu, formando um tipo, o mucambo, mais africano ou indígena, formando outro."[4]

Este afastamento dos mucambos em relação aos sobrados, assim, além de geográfico, era material e simbólico. Um tipo de habitação imitava e procurava imitar o modelo europeu, ao passo que a outra, partindo sempre de pobreza e escassez, foi solução dos excluídos e despossuídos ao problema da habitação, inspirando-se em técnicas indígenas e africanas de construção para o aproveitamento de materiais nativos ao meio tropical. O mucambo, embora materialmente pobre e tecnicamente rudimentar, consistia em solução não somente autêntica, fundada na experiência nativa em ambiente tropical, como também ecologicamente adequada às exigências do clima à saúde humana. Nisso, o mucambo era superior ao cortiço, solução já "europeizada" pelo uso de alvenaria e pela economia de espaço típica do que viriam a ser as favelas brasileiras.

Sobre a transformação das regiões de mucambos em favelas, Freyre dedicou alguns incisivos artigos publicados na imprensa entre o fim da década de 1930 e início da de 1940, quando estava em curso no Recife e outras partes do Brasil uma verdadeira campanha de extermínio e perseguição aos "mocambos" – o que, por óbvio, significava também perseguição e hostilidade a seus habitantes. À frente, teremos melhor oportunidade de voltar ao tema. Por agora, nos basta indicar a conexão entre europeização e desafricanização posta em curso por políticas de "cenografia urbana". Conflito que se desenrolava a olhos nus no contexto posterior à escrita de *Sobrados e mucambos*. No *Correio da Manhã*, em 6 de outubro de 1939, com o título que era ele mesmo uma demanda e um anseio dedicado às políticas públicas, "Mais realismo", Freyre ataca o ponto nevrálgico do "problema da habitação": questão já tão imbrincada na sociedade brasileira de então que não se resolveria nem por "obra de cenografia urbana"[5], nem tampouco por "ondas de caridade". "As favelas e os cortiços", nos diz Freyre, "são Lázaros que não precisam de Jesus de Nazaré para ressuscitar"[6]. Não bastaria a simples recomposição material e geográfica das favelas então existentes, pois se o nível econômico e cultural de suas populações não se elevasse, a proliferação de favelas seguiria existindo. E essa elevação – diria ele no segundo artigo, publicado em *O Jornal* em 10 de novembro de 1942 – não viria sem "um reajustamento da ordem econômica"[7]. Em diálogo com Roberto Simonsen, que então discutia o problema apoiado em Lewis Mumford, Freyre declarou vir tratando do problema havia anos e o fez, note-se bem, "não tanto pela vaidade de parecer pioneiro, mas para não se supor que repito em

---

[3]   Gilberto Freyre, *Sobrados e mucambos*, p. 31.

[4]   *Ibid.*, p. 35.

[5]   FREYRE, Gilberto. Mais realismo. *Correio da Manhã*, São Paulo, p. 4, 6 out. 1939.

[6]   *Ibid.*, p. 4.

[7]   FREYRE, Gilberto. Um economista paulista e o problema dos mucambos. *O Jornal*, Rio de Janeiro, p. 4, 10 nov. 1942.

português ideias de Mr. Mumford". Tratava-se de Lewis Mumford, grande historiador estadunidense, especialista em história e sociologia urbana. Era como se para Roberto Simonsen, vir dizendo o que dizia sobre o "problema dos mucambos", não precisava repetir em português as palavras da autoridade estadunidense. Aqui mesmo, em terra pátria, havia quem já atacava o problema de maneira, senão igual, em acordo com aquela de Mumford. Outra alfinetada de Freyre a Simonsen foi no preconceito eurocêntrico de Simonsen ante as casas "vegetais".

> O sr. Simonsen, por exemplo, é dos que não admitem a casa vegetal, que lhe parece corresponder a "um padrão de vida muito próximo ao do nosso homem primitivo". Deseja a substituição de tipo tão rudimentar de habitação embora essa substituição lhe pareça impossível por métodos "simplistas" e sem que antes se eleve o nível de vida do brasileiro. Eu, entretanto, como indivíduo deformado pelo estudo de antropologia – estudo que diminui nos civilizados a soberba diante dos primitivos, tantas são as zonas de experiência cultural e de utilização da natureza regional em que eles nos dão lições preciosas – olho para a casa vegetal como valor a ser aproveitado num país pobre como o Brasil.[8]

Em paralelo a afastamento tão significativo – em sentido geográfico, arquitetônico e cultural – à medida que o comércio de coisas e pessoas aumentava, crescia o contingente de indivíduos que, oriundos da parte escravizada, conseguiam também, uma vez libertos, ascender social e economicamente. Foi nas cidades que mestiços e negromestiços livres encontraram um ambiente que, embora competitivo, era mais favorável à sua ascensão.

Ao longo do século XIX, a "ascensão do mulato" foi um dos mais significativos processos que ajudaram a compor a sociedade brasileira. Como toda ascensão social, trata-se de processo envolvido em intensas disputas travadas entre indivíduos e grupos sociais. Ao ascender, os mestiços vinham a formar uma espécie de grupo que se constituía por negação de outros grupos, sem, entretanto, estabelecer um conjunto de valores e interesses que lhes conferisse unidade de grupo, de classe ou de "raça". Não se tratava de um grupo que se fazia mediante um vínculo, explícito ou implícito, dos indivíduos entre si, e sim de indivíduos que, ao ascender, não eram nem senhores, nem escravos, mas algo um tanto indefinido que flutuava entre os limiares dos dois polos, sem criar para si uma consciência ou mesmo uma uniformidade de grupo. Não era nem senhor, nem escravo e, eventualmente, podia diferir muito pouco de um ou de outro: havia mestiços que, embora livres, tinham vida muito semelhante à de escravos; e mestiços que conseguiam ascender ao ponto de tornarem-se, eles próprios, senhores, proprietários e mesmo traficantes de escravos.

Esse "ofuscamento das diferenças", que é correlato à ascensão do mulato, foi o responsável por uma significativa intensificação dos conflitos e rivalidades sociais.

---

8   Gilberto Freyre, "Um economista paulista e o problema dos mucambos", p. 4.

Afinal, em sua ânsia de distinguir-se dos escravos, muitos mulatos que ascendiam acabavam por imitar os senhores e fidalgos brancos, chegando a almejar e praticar a mesma exploração que tais senhores brancos exerciam sobre negros e mestiços escravizados. Ao mesmo tempo, os mulatos que ascendiam contraíam para si a rivalidade da gente branca que, rica ou não, nativa ou adventícia, ganhava esse incômodo competidor nas disputas sociais que se travavam nas cidades.

Além desses deslocamentos nas relações entre as diferentes camadas sociais da então sociedade brasileira, outros elementos perturbadores do tipo de ordem criada pelo complexo casa-grande e senzala vieram a atuar decisivamente a partir de 1808, com a transferência da Corte e a abertura dos portos. Isso porque a própria necessidade repentina da então colônia portuguesa na América de apresentar-se como sede do Reino português obrigou-a a concentrar esforços na estruturação político-administrativa do território brasileiro, com intensidade que só foi ensaiada antes na época da descoberta e exploração do ouro em Minas Gerais – o que resultou na transferência do centro administrativo da colônia de Salvador para o Rio de Janeiro. Não só a sede do Reino e, depois, capital do Império, se beneficiaram dessa necessidade, mas também todas as capitais de província que, de algum modo, tiveram sua estrutura urbana melhorada em decorrência da instalação da Corte portuguesa no Brasil e da posterior independência política em relação a Portugal. Houve melhorias como pontes, estradas, ferrovias, calçamento, iluminação pública a gás, jardins e parques; obras e construções que, ao longo do século XIX, acabaram transformando a paisagem urbana brasileira, dando-lhe aspectos mais europeizados, onde antes predominava certa aparência rural e "orientalizada".

Essa transformação da paisagem urbana seguia, assim, um ritmo cujas batidas eram dadas pela realização situada do modelo europeu por parte de uma elite recém-saída do mundo rural. O contraponto desse movimento era a consequente marginalização do que fosse nativo ou africano. E, lado a lado com a europeização da sociedade brasileira, ocorria um abrasileiramento dos elementos estrangeiros que se imiscuíam na cultura nacional: fosse de escravos africanos de diferentes culturas, fosse de europeus de diferentes países. Tanto elementos do polo imitado quanto elementos do polo marginalizado foram gradativamente incorporados à vida social, abrasileirando-se, adquirindo contornos próprios e imiscuindo-se, inclusive, nos conflitos e rivalidades entre grupos e classes. A europeização, por isso, além de não atingir por igual e do mesmo modo as diferentes classes sociais, alcançava apenas uma parte específica de sua existência, em particular aquela vinculada à exterioridade e à administração das aparências sensíveis. O que se procurou imitar do europeu foram principalmente seus juízos de gosto, suas predileções e repugnâncias em matéria do que é belo e do que é feio, do que prestigia e do que desprestigia. Pois não foram só as mercadorias inglesas que inundaram a colônia portuguesa; também engenheiros ingleses, assim como a técnica e o capital ingleses – e, mais tarde, também franceses – foram os maiores combustíveis da transformação material da sociedade brasileira – ao custo, é claro, de um endividamento externo que corresponde a um dos reversos do processo de "modernização" brasileira.

Essas técnicas e capital ingleses atuaram na sociedade brasileira ao longo de todo o século XIX, tanto no sentido de seu endividamento precoce como no sentido de sua modernização inicial. Daí Freyre dizer que "Os ingleses estão ligados como nenhum outro povo aos começos de modernização das condições materiais de vida, recreação, comunicação, iluminação, alimentação e repouso entre nós."[9]. A dependência de Portugal em relação à Inglaterra, contraída durante a guerra contra a França, foi de tal ordem que se prolongou, proclamada a Independência, sobre todo o Império brasileiro, tendo sido decisiva nos principais processos que atuaram na reconfiguração da sociedade brasileira, em especial para a abolição da escravatura. Abolição que certamente teria sido ainda mais tardia não fosse a crescente intervenção inglesa na proibição e na repressão ao tráfico transatlântico de escravos e as diversas pressões que o Império britânico exerceu sobre o brasileiro no sentido da substituição do trabalho escravo pelo assalariado.

É claro que, nessa política de repressão ao tráfico de pessoas escravizadas, em maior estima, acima da causa humanitária, estavam os interesses econômicos dos ingleses na sociedade brasileira, cujo mercado para seus produtos e técnicas teria uma proporção crescente conforme se substituísse o trabalho escravo pelo trabalho assalariado. Essa substituição começou a ocorrer, ainda que de forma incipiente, antes da proibição expressa do tráfico com o Bill Aberdeen, de 1845, e a consequente Lei Eusébio de Queiroz, de 1850. Foi somente com a proibição definitiva do tráfico internacional que um passo decisivo nesse processo pôde ser dado: a conversão do capital, antes empregado no tráfico, em investimentos em infraestrutura e maquinário.

A maquinaria inglesa parecia despertar no brasileiro comum certa estupefação, uma espécie de fascínio e encantamento ante o poder das "ingresias". Esse encantamento acabou resvalando na imagem que o brasileiro fez do "inglês", em particular, e do europeu, em geral – principalmente, neste caso, do europeu não ibérico –, vistos como uma espécie de entes "superiores", mais avançados e mais civilizados que o brasileiro e também que o português. Um ente que, graças a esse aspecto de técnica industrial, refinamento intelectual, científico, literário e artístico, se apresentava aos olhos de brasileiros, tanto os mais como os menos telúricos, como algo que despertava fascínio e veneração, apto a ser convertido em modelo. Esse fascínio[10]

---

[9]   FREYRE, Gilberto. *Ingleses no Brasil*: aspectos da influência britânica sobre a vida, a paisagem e a cultura do Brasil. 3. ed. Rio de Janeiro: Topbooks, 2000. p. 101.

[10]   Fascínio que induziu o brasileiro a mistificar o europeu ao ponto de tantas vezes se ver vítima dele sem sequer se aperceber disso. Diz Freyre: "O brasileiro, mal saído das sombras do sistema patriarcal e da indústria caseira, deixou-se estontear da maneira mais completa pelos brilhos, às vezes falsos, de tudo que era artigo de fábrica vindo da Europa. Um menino diante das máquinas e das novidades de Londres e de Paris. A situação atenuou-se com a competição:

da sociedade brasileira, que se converteu em veneração pelo inglês e pelo europeu, é algo que ressoa em muitas passagens da obra de Freyre, tanto em *Sobrados e mucambos*, quanto em *Ordem e progresso* e em outros livros, principalmente *Ingleses no Brasil*, no qual, já no primeiro capítulo, o autor enfatizava o efeito meio mágico, meio místico, que a técnica inglesa produzia no brasileiro comum.

> Um Brasil onde as primeiras fundições modernas, o primeiro cabo submarino, as primeiras estradas de ferro, os primeiros telégrafos, os primeiros bondes, as primeiras moendas de engenho moderno de açúcar, a primeira iluminação a gás, os primeiros barcos a vapor, as primeiras redes de esgotos foram, quase todas, obras de inglês. Quase tudo técnica ou iniciativa britânica. Como, porém, a locomotiva veio a empolgar, no Brasil, a imaginação dos meninos e da gente do povo, mais do que qualquer outra máquina ou engenho inglês, em torno dos engenheiros ferroviários ingleses é que se condensou principalmente a mística brasileira de enxergar na Inglaterra um país de novos mágicos: os engenheiros, os técnicos, os mecânicos, os dominadores do ferro e do aço, do vidro e do cobre. Uns mágicos ora considerados bruxos maus, ora bons feiticeiros, cujos instrumentos fabricados na Inglaterra fossem também uma espécie de varinhas de condão capazes de realizar milagres de técnica.[11]

E foi a partir deste "encantamento" com o inglês que a sociedade brasileira acabou induzida ou, melhor dizendo, *seduzida* a tomar o europeu como modelo para uma diversidade de novos hábitos e costumes que foram sendo introduzidos na vida social brasileira, modificando-a significativamente – senão em sua essência, ao menos em sua aparência; senão em suas profundezas, ao menos na superfície. Pois junto com uma imensa quantidade de mercadorias e técnicas "europeias" que passariam a compor a paisagem da vida social desde então, vieram também hábitos e costumes. Foi por meio desse "encantamento" e desse "fascínio" do brasileiro ante as "técnicas" inglesas e às mercadorias europeias que se fez do europeu e da Europa um ideal a ser imitado como modelo[12].

---

casas suíças e alemãs e não somente francesas vendendo artigos de luxo e de sobremesa. Mas a exploração continuou até o meado do século. Os anúncios de dentistas, de mágicos e sonâmbulos, de mestres de música e de dança, de professores, e de retratistas, de tinturas para a barba, de remédios, de cozinheiros, deixam suspeitas de muita charlatanice da parte de europeus, agindo sobre meio tão fácil de explorar, tão fascinado pelo prestígio místico do inglês, do francês, do italiano, do alemão, da máquina, novidade europeia, do teatro em vez do carrossel, da festa de igreja em lugar da corrida de touros." Gilberto Freyre, *Sobrados e mucambos*, p. 459.

[11] Gilberto Freyre, *Ingleses no Brasil*, p. 62.

[12] Uma das formidáveis sugestões de pesquisa e aprofundamento deste tema que podemos encontrar na obra de Freyre seria o de avaliar em que medida esse culto brasileiro a ingleses e franceses alimentou o ódio nativista a portugueses: hostilidade que depois se prolongou

Em linhas gerais, portanto, o século XIX se caracterizou por uma maior penetração de influências europeias na sociedade brasileira. Influências que se manifestaram na ordem cultural principalmente através da assimilação e da imitação de valores, práticas e comportamentos tomados de modelos europeus, quase sempre mais idealizados e fetichizados do que concretamente avaliados – que se pense no uso de ternos e cartolas inglesas em pleno verão carioca. Enquanto *Casa-grande & senzala* concentrou-se no processo violento, mas aglutinador, de comunicação intercultural entre culturas indígenas, africanas e europeias, *Sobrados e mucambos* não perdeu de vista o processo "pacífico", mas em grande medida dissolvente, de comunicação intercultural entre a já constituída sociedade brasileira e valores e práticas imitados de europeus. Imitação que, tantas vezes salutar, veio a ser também artifício de conflito e de distanciamento cultural entre os polos da sociedade brasileira. O certo é que, em vista desse traço de encantamento seguido de idealização, apenas com um certo grau de ironia é que se poderia compreender tais processos, eminentemente de teor imitativo, como sendo de efetiva modernização da sociedade brasileira. A europeização foi processo que, na arquitetura da sociedade, alterou apenas suas fachadas, deixando quase intacta sua estrutura ao longo de todo o século XIX. Fachadas europeias feitas para ocultar velhos estigmas, estes bem brasileiros[13].

As noções de fachada e estigma utilizadas aqui são inspiradas no interacionismo simbólico de Erving Goffmann. Ambos são conceitos forjados no bojo da relação social cujo paradigma é a comunicação. Tanto as "fachadas" (*fronts*) quanto os "estigmas" expressam, para além de si mesmos, algo dirigido para os outros. As fachadas referem-se a estruturas simbólicas constituídas para uma deliberada, estratégica e/ou dissimulada manipulação das impressões suscitadas nos outros. Os estigmas, por sua vez, são marcas identificadoras cujos portadores formam um grupo de alguma maneira marginalizados na sociedade. Fachadas e estigmas são conceitos que remetem sempre à relação entre uns e outros: ao modo como

---

na própria historiografia e no modo como, de maneira mais ou menos direta, hostilizou a chamada "herança ibérica".

[13] A noção de "fachada" e sua pretensão "europeizante", assim, quase sempre está em jogo e em conexão com uma depreciação de valores africanos, nativos, orientais e, mesmo, portugueses e ibéricos – incluindo aqueles valores já adaptados à vida social brasileira, como eram o quiosque oriental, o mocambo indígena-africano. Tal como era preciso distinguir o mulato adoecido pelas condições degradantes a que estava submetido do mulato saudável, também era preciso distinguir o quiosque e o mocambo sanitizados daqueles degradados pela miséria e pela pobreza. A casa vegetal, assim como o quiosque e as diversas variações que pode assumir no âmbito de uma arquitetura tropical, era e continua sendo uma opção salutar de habitação, desde que construídas e mantidas sob cuidado sanitário adequado. Freyre se opôs veementemente à demonização que o mocambo, o quiosque e o mulato sofreram em razão da infeliz associação que se fez entre tudo o que não fosse ostensivamente "europeu" e o "atraso". Voltaremos a este tema adiante, quando poderemos trazer ao leitor interessantes fontes a respeito do tema.

determinado indivíduo ou grupo manipulam determinados símbolos em atenção ao olhar alheio (fachadas) ou, em sentido contrário, ao modo como determinados indivíduos ou grupos dirigem o olhar para determinados símbolos (estigmas). No caso da sociedade brasileira, a preocupação modernizante esteve sempre – e ainda hoje – orientada, por vezes obsessivamente, para o olhar externo, especialmente o europeu[14].

O ponto que caracteriza a especificidade desse processo, que apenas entre aspas podemos chamar de "modernização", é o fato de que suas instituições fundamentais, tanto quanto os valores, princípios e práticas que estão em sua base, desenvolveram-se a partir de ocorrências que não foram engendradas intrinsecamente na sociedade brasileira. Trata-se de transformações que foram ou produto de direta intervenção estrangeira – como o caso da proibição do tráfico negreiro e, por conseguinte, da tão tardia como despreparada abolição da escravidão – ou produto de transformações imitativas que se traduziam mais no controle das aparências, forjando-se um "parecer europeu" ou "parecer moderno", do que na consolidação efetiva dos princípios modernos em suas práticas e instituições. Esses princípios não se constituíram, então, como a base ou o alicerce de uma estrutura social e política, como corresponderia a um processo de modernização em sentido puro, mas tão somente a uma fachada. Freyre, antes da fenomenologia do olhar desenvolvida por Sartre, captou a sociedade brasileira desenvolvendo-se como um "para-outro". Nesse caso, um outro idealizado e tido como superior.

Como notou Gilberto Freyre, essa transformação imitativa, voltada para o controle das aparências, já estava presente no ímpeto de d. João VI em, assim que chegou ao Brasil em 1808, mandar iluminar a Bahia "para o inglês ver". Assim como na época da proibição do tráfico, assunto ao qual voltaremos, "quando no Brasil se votavam leis menos para serem cumpridas do que para satisfazerem exigências britânicas"[15] – isto é, também só para "o inglês ver". A locução, independentemente de como surgiu, que permanece até hoje famosa e usual entre nós, conota a "atitude de simulação ou fingimento do brasileiro, como também do português, diante do estrangeiro"[16]. Este segundo ponto é quase sempre esquecido e ocultado pela ênfase que os leitores de Freyre prestam ao primeiro – isto é,

---

[14] Goffman, Erving. *The presentation of self in everyday life*. Edinburgh: University of Edinburth Press, 1956. Goffman, Erving. *Stigma*: notes on the management of spoiled identity. London: Penguin Books, 1963. É preciso deixar claro aqui que as noções de fachada e estigma são tomadas como conceitos operatórios, sem que seu uso implique uma transferência das análises de Goffmann para a realidade brasileira. Trata-se somente de demarcar, com tais conceitos, estruturas simbólicas já notadas anteriormente por Freyre e que serviram como significantes do tipo "fachada" e do tipo "estigma". As análises feitas pelo próprio Goffman dos estigmas raciais nos EUA não são de modo algum diretamente aplicáveis ao caso brasileiro, por motivos que veremos à frente.

[15] Gilberto Freyre, *Sobrados e mucambos*, p. 429.

[16] *Ibid.*, p. 429.

o da interpolação entre a ordem tradicional e os modelos institucionais modernos. Ainda assim, o autor de *Sobrados e mucambos* enfatizou-o como parte (ou contraparte) fundamental deste mesmo processo de interpolação entre público e privado. O público e o privado se confundem porque os hábitos, as ideias e as formas de associação modernas penetraram na sociedade brasileira cenograficamente, não só convivendo lado a lado com tradicionais formas patriarcais, mas também apoiando-se nelas e servindo-lhes de fachada.

A pressão que o "olhar europeu" exerceu sobre o desenvolvimento da sociedade brasileira desde 1808 é um dos temas privilegiados por Freyre tanto em *Sobrados e mucambos* quanto em *Ordem e progresso* – além, é claro, de outros livros importantes, com destaque para *Ingleses no Brasil* e *Um engenheiro francês no Brasil*. Essa preocupação, entretanto, não foi exclusiva de Freyre. Nisso ele pode ser comparado a vários outros intelectuais e escritores, não só brasileiros, mas latino-americanos em geral. Autores que, partindo de contextos dramaticamente locais, refletiam sobre a condição limiar dos povos que, ao longo da história, se viram forçados a constituir cultura em condições colonizadas. Ou, em outros termos, povos que enfrentaram a questão existencial da autenticidade de suas próprias culturas – não só tuteladas pelo colonizador europeu, mas também forjadas, mesmo em contextos pós-independência, na imitação e na dependência de modelos europeizados, e sob o constrangimento vigilante desses modelos.

Mais recentemente, João Cezar de Castro Rocha dedicou um amplo estudo sobre essa questão e o modo como ela se expressou na literatura latino-americana[17]. Rocha chama de "culturas shakespearianas" as culturas cuja autopercepção dependem do olhar de um outro – de uma outra cultura. Esse é, claramente, se não o caso da cultura brasileira, ao menos o de algumas de suas classes, como discutiremos a seguir. Depois de apresentar uma síntese geral da teoria mimética de René Girard e de elevá-la ao nível de análise das culturas e sociedades, Rocha passa à verificação de sua hipótese central: as culturas latino-americanas seriam "shakespearianas" e uma dinâmica reflexiva da imitação e da relação com o modelo europeu teriam sido aspectos presentes nos grandes artistas, escritores e intelectuais latino-americanos. Em todos verifica-se tanto a necessidade de imitar o modelo europeu quanto uma reflexão sobre como superar criativamente a imitação num sentido nem puro nem original, mas próprio. A imitação, por assim dizer, era inevitável. Como conduzir da imitação (do modelo Europeu) ao próprio (a literatura propriamente latino-americana) é o que tiveram de teorizar os grandes escritores latino-americanos. De tal modo que esse dilema entre o que é próprio e o que é imitado, o que é nativo e o que é europeu, percorreu e se refletiu, como nos mostra Castro Rocha, na obra de muitos dos principais escritores e intelectuais latino-americanos.

---

[17] ROCHA, João Cezar de Castro. *Culturas shakespearianas*: teoria mimética e desafios da mimesis em circunstâncias não hegemônicas. São Paulo: É Realizações, 2017.

Entre eles, o mais europeizado dos escritores argentinos: ninguém menos que o consagradíssimo Jorge Luis Borges. Sua interpretação da situação "periférica" e desapropriada de si da América Latina inspirou também a reflexão de Vilém Flusser, filósofo tcheco naturalizado brasileiro. No começo dos anos 1970, após quase três décadas vivendo no Brasil, Flusser escreveu um importante livro sobre o país, a partir do olhar e de sua própria experiência na condição limiar de imigrante estrangeiro na cultura brasileira. Ele tomaria como um de seus pontos de partida a tese de Borges segundo a qual o americano constituiu uma existência inteiramente voltada para o olhar europeu, um ente cujo "ser para si" foi inteiramente determinado pela mediação do outro, pelo "ser para o outro"[18].

Foi basicamente sob essa modalidade de relação com a existência que se realizou a "modernização" brasileira. O que se denomina geralmente de "transplante" das instituições modernas foi em grande medida um processo de "criação" baseado na imitação. Nesse processo, o hábito antigo e tradicional passou a ser confrontado pelas exigências de um novo modelo, fixado pelo Império Britânico e na relação de tutela a distância que passou a exercer sobre a sociedade brasileira, especialmente sobre a elite urbana e as camadas ascendentes. Essa difusão imitativa dos modelos europeus em sociedade até então de feitio quase oriental não foi de modo algum um processo homogêneo – sua disseminação se deu sempre em conflito e, tantas vezes, em conluio com o tradicional: dele se servindo e a ele apenas disfarçando, "para o inglês ver". Uma imitação que, derivada da própria assimetria e relação de dependência contraída por Portugal e pelo Brasil em relação à Inglaterra, não foi puramente espontânea, mas dependente de repressão e, mesmo, de punição. E que, em função desse caráter não espontâneo, se deu muitas vezes mais como disfarce e controle das aparências do que como uma integral mudança no modo de ser, em aproximação ao modelo.

> No Brasil dos princípios do século XIX e fins do XVIII, a reeuropeização se verificou [...] pela assimilação, da parte de raros, pela imitação (no sentido sociológico, primeiro fixado por Tarde), da parte do maior número; e também por coação ou coerção dos ingleses, por exemplo, impondo à colônia portuguesa da América – através do Tratado de Methuen, quase colônia deles, Portugal só fazendo reinar politicamente sobre o Brasil – e mais tarde ao Império, *uma série de atitudes morais e de padrões de vida que, espontaneamente, não teriam sido adotados pelos brasileiros. Pelo menos com a rapidez com que foram seguidos pelas maiorias decisivas nessas transformações sociais.*[19]

Essa passagem de *Sobrados e mucambos* é muito importante para nosso argumento. A referência de Freyre ao autor de *Les lois de l'imitation*, publicado em 1890,

---

[18] FLUSSER, Vilém. *Fenomenologia do brasileiro*. Rio de Janeiro: Eduerj, 1998.

[19] Gilberto Freyre, *Sobrados e mucambos*, p. 431, grifo nosso.

não é fortuita. A despeito das reservas quanto ao que dizia ser o "psicologismo" de Gabriel Tarde, Freyre contemplou a constituição das estruturas modernas no Brasil como algo que pode ser iluminado pela complementaridade, postulada por Tarde, "entre imitação e invenção". A europeização da sociedade brasileira se constituiu como um processo imitativo no sentido de Tarde: isto é, na imitação de um "modelo" que, como todos, é de alguma forma idealizado, exaltado, admirado, invejado; e a imitação, por sua vez, como todas, ao invés de simplesmente reproduzir o "imitado", cria algo diferente dele e, no limite, *inventa* algo. Feito de "raros". Decisiva o foi a imitação, promovida pelo "maior número", pelas massas, de modelos cuja proliferação era tanto "estrangeira", internacional, efetuada entre nações, quanto interna, efetuada entre classes: membros da elite imitavam valores de nações ou culturas estrangeiras tomadas como "modelo" e eram, ulteriormente, imitados pelas classes subalternas e ascendentes. Cria-se, com isso, um circuito de imitação que atravessa toda a sociedade. Esse circuito, entretanto, não opera no vácuo, tampouco num meio neutro – ao contrário, opera num meio que lhe oferece certa resistência, por força do que Tarde chamou de "antimoda" e Freyre de "inércia histórica".

> Do ponto de vista psicológico e sociológico, ninguém contribuiu mais para esclarecer o fenômeno da invenção em face da tendência geral para imitação que Gabriel Tarde, no seu *Les lois de l'imitation* (Paris, 1890). Para Tarde, os dois conceitos – o de invenção e de imitação – são complementares. Foi também esse sociólogo que desenvolveu a ideia de que no conjunto de nações ou povos existe em cada período histórico uma nação ou povo modelo, que é seguido pelos demais, imitadores, enquanto dentro de cada nação ou povo existe também uma classe modelo, mas opõe às suas inovações e modas resistência passiva ou certa inércia: a antimoda.[20]

---

[20] Gilberto Freyre, *Sociologia*, p. 202, n. 41. No mesmo livro Freyre faria outras observações quanto à imitação enquanto forma de "interação social". "A imitação", diz ele, "É, na verdade, um dos mais ligados [processo social de interação] à vida social e de cultura do ser humano que, em grande parte, se socializa e se culturaliza, *imitando os atos* e *repetindo os símbolos* – inclusive a língua – do grupo em que se desenvolve. Aplicando o processo de imitação à vida moderna, com a maioria dos seus grupos mais poderosos definidos em nações, Gabriel Tarde deixou-nos, entre outras sugestões, a da *nação modelo* imitada pelas *nações imitadoras*, a da *classe modelo* imitada por classes também *imitadoras* ou *captadoras*, ainda que a imitação não seja em nenhum desses casos absoluta porém limitada pela resistência ou inércia, sob a forma de oposição – considerada por alguns um processo social com que as *nações* ou *classes*, os grupos ou indivíduos sociais não modelares se defendem dos tidos por modelares. Entre as manifestações de oposição assim compreendida estaria a *antimoda*, em contraste com a *moda*, expressão extrema do processo de imitação. Cremos, entretanto, que essas manifestações chamadas de oposição – antimoda, arcaísmo, excentricidade de pessoas e subgrupos com relação aos padrões sociais dominantes – podem ser consideradas expressões do processo social de *diferenciação*. (p. 301-302)

Tendo sido predominantemente imitativa e votada ao "parecer", ao controle intencional das aparências para suscitar no "olhar europeu" determinadas impressões, a modernização brasileira foi, embrionariamente, mais vinculada à superfície e à exterioridade do que, propriamente, ao cerne e à estrutura da sociedade: às suas formas fundamentais de organização econômica e social; de distribuição da autoridade e do poder entre classes, instituições e indivíduos; aos seus padrões de relação interpessoal e, em última instância, às formas de aliança e competição em meio as quais convivem os indivíduos e os diferentes grupos sociais a que pertencem. Ao longo de todo o século XIX, fosse como Reino ou como Império, a "europeização" da sociedade brasileira foi um processo completamente sinestésico: ligado às aparências sensíveis da sociedade brasileira, em especial às suas cidades, à paisagem urbana. A imitação de modas e costumes europeus, assim, compunha certa "fachada" moderna, mantendo em sua base o prolongamento do patriarcado rural em patriarcado urbano, e o prolongamento de um modelo de escravidão doméstica e rural – vinculado ao complexo casa-grande e senzala – a um modelo de escravidão semi-industrial e urbana – relacionada ao ambiente das cidades, mas nem por isso de todo apartada da vida doméstica. Por trás do "progresso" que ia se verificando na base material e na paisagem da sociedade, os mesmos funestos fundamentos permaneciam soberanos em sua estrutura e em seu espírito: a escravidão e o latifúndio monocultor.

Embora não chegue a negar a europeização da sociedade brasileira, para Flusser a tese de Borges não se aplica ao Brasil, por diversas razões. A principal delas é que se a elite culta "participa quase exclusivamente da vida europeia, passivamente (e em grau pequeno também ativamente), a grande massa da população lhe é completamente alheia."[21]. Isso porque, diferentemente do que ocorreu na América inglesa e, em menor medida, em partes da América espanhola, incluindo a futura Argentina do europeizado Borges, a colonização portuguesa na América caminhou num sentido, por assim dizer, "deseuropeizante". A massa de sua população não descende de "pessoas que conquistaram um grande território em nome da Europa, e aniquilaram os indígenas ou empurraram seus gestos insignificantes para um canto", mas de

> pessoas que em luta centenária contra uma natureza terrível perderam seu contato com a Europa, que se misturaram durante a luta com a população indígena, e que decaíram, perante o processo, para um estágio pouco superior à situação do indígena, portanto, para um secundário primitivismo. Perderam, portanto, a sua historicidade.[22]

---

[21] FLUSSER, Vilém. *Fenomenologia do brasileiro.* Rio de Janeiro: Uerj, 1998. p. 16

[22] *Ibid.,* p. 16.

A tese de Flusser, neste ponto, está em estreita afinidade com visão que Freyre teve do processo que ele chamou de "europeização" da sociedade brasileira – algumas vezes chamada por ele de reeuropeização, para enfatizar justamente o fato de, ao longo da colonização, ela ter se "deseuropeizado". Essa deseuropeização, cultivada ao longo dos três séculos de colonização, forjou-se em razão da própria dificuldade ensejada pela vida nos trópicos, só vencida pelo português por meio do consórcio, sexual e cultural, com os nativos indígenas e com o elemento africano. Em sua luta pela existência nos trópicos, o colonizador português, assim como toda sorte de ulteriores estrangeiros europeus, teve toda a atenção absorvida pelos problemas da terra, de sua exploração, cultivo e de sua árdua sobrevivência nela, desvalorizando e, com isso, desfazendo costumes castiçamente europeus e substituindo-os por outros, criados pelo intercâmbio com o indígena e pela necessidade de lidar com a hostilidade da natureza.

O processo de (re)europeização iniciado ao longo do século XIX, assim, instala um novo conjunto de modelos a serem imitados, que passam a se irradiar das cidades, especialmente da Corte, para suas periferias. Mas quanto mais longe das cidades litorâneas, voltadas para a Europa, quanto mais penetrado na vida rural, no interior do país e nos chamados "sertões", mais tais ecos de europeidade eram completamente mudos para suas populações. O fato é que, na cidade, passaram a concorrer dois grupos de modelos: aqueles que, vindos da Europa e, mais tarde, dos Estados Unidos, chegavam através de determinadas classes e indivíduos e delas irradiavam pela vida urbana em geral; e aqueles que, ainda vivos e a todo vigor na zona rural e nos sertões, nos engenhos e nas plantações, se prolongaram também na vida urbana – dando a esta o ar pitoresco[23] que nunca escapou aos melhores observadores da vida social brasileira.

> A praça venceu o engenho, mas aos poucos. Quase sempre respeitando nos vencidos umas tantas virtudes e gabolices; procurando imitá-las; às vezes até romantizando-as e exagerando-as nessa imitação de "inferiores" por "superiores". Outras vezes troçando do matuto rico, do fazendeiro opulento mas atrasado nos seus modos de falar e nas suas modas de vestir-se,

---

[23] Pitoresco que aos olhos de muitos observadores beirava o ridículo. É o que Freyre depreende de análise do relato de Henry Koster sobre sua passagem no Recife. "Notou a substituição das sedas e cetins – provavelmente do Oriente – nos vestidos de dias de festa, por fazendas brancas e de cor, de algodão: artigos de fabricação inglesa. Também a substituição do chapéu de três bicos pelos redondos. E não lhe escapou o ridículo em que às vezes caíram senhoras orientalmente gordas da terra – senhoras a cuja gordura as modas de vestido que melhor se adaptavam eram decerto as do Oriente, pode-se observar de passagem e em comentário breve às observações do inglês – ao procurarem imitar as modas europeias ou inglesas, destinadas a mulheres mais magras que as do Brasil. Destinadas a mulheres que já eram criaturas da nova civilização industrial do norte da Europa, menos rigorosa que a feudal em separar ou distanciar a plástica da mulher da do homem." Gilberto Freyre, *Ingleses no Brasil*, p. 90.

do senhor de engenho fanfarrão e até quixotesco, de toda a "gente do matto", de todo o roceiro de "serra acima".[24]

Perceba, portanto, que o processo de modernização da sociedade brasileira se deu em meio à convergência, estranha e pitoresca, para dois grupos de modelos à primeira vista incompatíveis. Modas e antimodas que, rivalizando entre si, acabavam encontrando meios para conviverem não apenas num mesmo espaço social, numa mesma paisagem e ordem de valores, como também, no limite, na vida de um mesmo indivíduo. Contradições das quais é tão rica a história brasileira e, em particular, a história de muitas das suas "grandes personalidades".

A tese de Flusser, neste sentido, parece endossar a representação que Freyre nos oferece desse processo. Pois aquele, como este, reconhece o impacto da "europeização" na sociedade brasileira, mas o subscreve a um setor específico de sua população, além de fazer notar como a europeização, isto é, a disseminação, a incorporação e a imitação de modelos europeus na sociedade brasileira, teve como resistência a "antimoda" dos modelos e padrões já constituídos ao longo de três séculos de sociedade patriarcal, latifundiária, escravocrata e miscigenada. A dinâmica da imitação que passou a atuar na sociedade brasileira desde o século XIX não foi apenas determinada pela disseminação de modas europeias, mas também pela resistência tenaz de uma antimoda inerte e tradicional.

O "progresso" da sociedade brasileira, sensível aos olhos e aos testemunhos de seus contemporâneos, ao passo que suscitava um conjunto de aparências "modernas", conseguia manter quase intacto o seu cerne tradicional: a autoridade patriarcal, a escravidão e a monocultura latifundiária. Era como se o ambiente das ruas, das praças, dos jardins; o movimento intensificado de coisas e pessoas, o bonde, a ferrovia; grandes construções urbanas, de prédios públicos a sobrados privados quase palaciais; a iluminação pública; as lojas, magazines, jornais e periódicos; o teatro, os colégios e as faculdades, as roupas, sapatos, chapéus, tudo isso tão à vista, tão ligado diretamente às sensações, aos sentidos, compusesse toda uma atmosfera sensível que se adensava e se justapunha àquela que a antecedeu, sem eliminá-la completamente, mas marginalizando-a, quando não perseguindo os elementos que mais destoassem do modelo europeu. Criando, para tudo o que não fosse europeu, para tudo cuja aparência não se compusesse com signos de europeidade, uma espécie de hostilidade tácita, projetando sobre elas um sentimento de inferioridade civilizacional que se concentrava justamente sobre as populações não europeizadas: dos mucambos, pretos ladinos ou africanos que foram se acumulando em casebres de palha nas periferias das cidades, caboclos e matutos ainda apegados aos rústicos hábitos telúricos; comportamentos, hábitos e costumes que expusessem a face não europeia da sociedade brasileira: como eram os candomblés,

---

[24] Gilberto Freyre, *Sobrados e mucambos*, p. 135.

os batuques e maracatus africanos, a capoeira, o sertanejo degradado em caipira lombriguento à semelhança de Jeca-tatu.

Com tais observações e o teor crítico que dela se pode extrair, Freyre não estava apregoando de maneira furtiva que a europeização foi uma espécie de mal que corrompeu a "pureza" da cultura brasileira então formada nos esteios de um amplo processo miscigenador. Antes, a europeização, a despeito de seu caráter etnocêntrico e hierarquizante, foi ela própria ingrediente da miscigenação. A autenticidade, para Freyre, em nada tinha a ver com pureza, esse ideal impossível e desprezível à luz da antropologia. O que houve sempre foi muito sincretismo, o que não quer dizer que não tenha havido estigmatização. Ambos processos caminharam juntos e, pode-se dizer, um pouco ironicamente, de maneira sincrética. As estigmatizações, embora à luz de um presente mais esclarecido nos pareçam condenáveis e abjetas, estão presentes em todas as culturas e são produto dos próprios conflitos sociais que emergem do contato e do intercâmbio cultural entre povos e grupos diferentes. Pior do que ela, sem dúvida alguma, era a segregação ou o isolamento entre culturas e grupos. "A segregação social esteriliza o homem ou o grupo humano e leva-o ao retardamento nos estilos de vida, como os estudiosos das culturas isoladas estão fartos de indicar."[25] Nos contatos interculturais e seus processos comunicativos, há sempre um processo de "fertilização cruzada" (*cross-fertilization*), em que cada uma das culturas em jogo se nutre de elementos da outra, em maior ou menor medida. Foi graças a esse processo de fertilização cruzada, tão promovido pelos colonizadores portugueses, que estes conseguiram ter êxito em constituir uma civilização nos trópicos: esta seria praticamente impossível sem a incorporação dos vários elementos da cultura indígena e, mais tarde, africana.

Por outro lado, Freyre também reconhece que esse processo de fertilização cruzada é quase sempre assimétrico, como foi no caso do contato e da miscigenação entre portugueses e indígenas e, mais tarde, entre portugueses e africanos; e assim como acontecia também com a intensificação do contato da cultura brasileira, ao longo do século XIX, com a Europa não ibérica.

> Apenas deve-se notar que a reciprocidade nunca se verifica com inteiro sucesso entre culturas, não diremos radicalmente diversas, mas desiguais nos seus recursos técnicos e militares. A conquistada nem sempre dispõe de meios de evitar o desprestígio moral de elementos, na aparência decorativos ou exteriores, mas na realidade fundamentais da sua vida e da sua economia. Elementos atingidos pela ciência – principalmente a médica – pela religião e pela ética do imperialismo, ansioso – repita-se – por motivos econômicos, não de diversidade regional, mas da estandardização da vida por toda parte e em todos os climas; sôfrega de mercados mais largos para a sua indústria – a de materiais de construção, a de móveis, a de roupa, a de produtos farmacêuticos, a de alimentos em

---

[25] Gilberto Freyre, *Sobrados e mucambos*, p. 445.

lata ou conserva, a de artigos de decoração pessoal e da casa. A nudez dos primitivos ou a diferença de trajo e a de calçado entre os civilizados – o pé deformado e o rabicho nos chineses de outrora, por exemplo – são diferenças moralmente repugnantes aos europeus imperialistas. Mas sobre essa repugnância moral talvez atue, quase sempre, indiretamente, o desejo econômico que anima o civilizado expansionista, de mercados onde se possam estender as indústrias estandardizadas: os sapatos, as meias, os chapéus fabricados na Inglaterra ou na França.[26]

É a este ponto essencial da interpretação que Freyre oferece da modernização brasileira que temos, daqui por diante, que nos ater. Por um lado, o modo como tal modernização – enquanto processo mais de europeização; modernização mais cenográfica e voltada às aparências – imiscuiu na sociedade brasileira uma série de elementos que atuaram tanto no sentido de certa estandardização, uniformização e empobrecimento da variedade regional, substituindo hábitos locais por hábitos europeizados, como no sentido de sua absorção modificadora, adaptativa e sincrética. Por outro lado, o modo como essa europeização da sociedade brasileira – relativa tanto a fatores econômicos quanto geográficos, na medida em que o maior isolamento de grupos no interior do país dificultou a intensificação desse processo em comparação com o ocorrido nas cidades litorâneas[27] – significou, também, a própria marginalização e estigmatização de valores cuja exterioridade e aparência remetessem àquilo que, sendo nativo ou africano, destoasse do modelo europeu. No primeiro caso, o movimento é basicamente aquele das relações entre tradição e inovação; ao passo que, no segundo, o ritmo próprio de absorção e de disseminação geográfica das inovações modernizantes cria diferentes "tempos sociais" simultâneos em diferentes níveis e regiões do território.

A europeização da sociedade brasileira, por isso, foi algo mais ou menos intenso, relativo não somente às regiões onde penetrou, mas também aos grupos sociais que, incorporando técnicas e costumes europeus, marginalizaram ainda mais grupos que não o fizeram. O conflito entre sádicos e masoquistas foi, como veremos, se dissolvendo e se eufemizando num conflito entre pessoas e grupos de costumes europeizados e pessoas e grupos não europeizados, ao ponto de que, em fins do século XIX, a ostensividade do tronco e do relho foi dando lugar ao sadismo simbólico da perseguição, da marginalização e do preconceito; preconceito não só racial, mas também e principalmente cultural e econômico. Em oposição à elite europeizada, foi-se criando uma massa de analfabetos mais ou menos desenraizados; em oposição à superfície da retórica bacharelesca e da liturgia católica, um fundo mágico e místico.

---

[26] Gilberto Freyre, *Sobrados e mucambos*, p. 445.

[27] A exceção é Minas Gerais, cujas cidades começaram a se europeizar em função da exploração mineral antes mesmo do século XIX. Gilberto Freyre, *Sobrados e mucambos*, p. 451-452.

IV

A fertilização cruzada e assimétrica entre modas europeias e antimodas brasileiras

Se pudéssemos resumir em uma frase a "revolução técnica" por que passou a sociedade brasileira no século XIX, haveríamos de dizer que foi uma revolução que não redimensionou a produção, mas o consumo; que pouco alterou a sociedade brasileira na sua forma de organização econômica, embora a tenha alterado significativamente a vida cotidiana. A economia continuou, como dissemos, agrária, latifundiária e escravocrata, orientada principalmente para o mercado externo de produtos primários ou semiprimários, como a cachaça ou o açúcar; mas agora com uma diferença que não pode ser desprezada: principalmente por parte da elite e das camadas ascendentes da população, constituiu-se um eixo de consumo, circulação e comércio de produtos importados que, se incrementaram gradativamente a própria produção, incrementaram em muito maior medida os hábitos e costumes cotidianos. As mercadorias europeias eram espécies de signos e adereços que suscitavam, para o olhar dos outros, ares de superioridade, de proximidade, ao menos aparente, com o modelo – verdadeiras insígnias de classe que passavam a servir como instrumentos do prestígio pessoal, levando o controle das aparências a extremos de arrivismo e exibicionismo. Ao custo, sem dúvida, da balança comercial brasileira[1].

Enquanto em 1828 – ano típico da revolução técnica, social e não apenas comercial ou econômica por que vinha passando o Brasil desde 1808 – exportávamos principalmente aguardente de cana ou cachaça, algodão de Minas Novas e de Minas Gerais, anil, arroz de Santos e da

---

[1] É importante começarmos a reparar a inadequação da terminologia europeizada para designar, ordenar e esclarecer a realidade brasileira. O termo "Império", por exemplo, para designar a forma política que passou a ter vigência desde 1822, amputa essa destoante realidade, que continuava com uma organização econômica de colônia.

terra, açúcar de Campos, de Santos e da terra, cabelo de cavalo, café, carne, cabo, chifres do Rio Grande, couros, graxa do Rio Grande, jacarandá, ipecacuanha, sola, tabaco Maependim, tabaco Piedade, tapioca, tabagiba, importávamos largamente aço, ferro cobre, chumbo em barras ou sob a forma de amarras, âncoras, arame, arreios de carro ou de cavalo, carruagens, instrumentos de cirurgia, chumbo de munição, fechaduras de porta, candeeiros, cobre para forro, folhas-de-flandres, pregos, arame, máquinas, caldeiras, fornos, relógios, fogões, carvão de pedra.[2]

Máquinas e instrumentos que foram, gradativamente, penetrando e incrementando a produção brasileira, é certo, mas que não deixaram ter sua parte para o endividamento de senhores de terra cujo lucro da produção exportada acabava nas mãos de comerciantes, comissários, agiotas e das primeiras instituições financeiras que começavam a surgir. Daí que muitos dos sobrados europeizados das cidades pertencessem não a senhores de terra, mas a intermediários e comissários de açúcar, de café e, é claro, de escravos. E o escravo, por sua vez, continuou fazendo as vezes de, além de mão de obra animalizada, mercadoria e bem de consumo, também de moeda. E era em certa dependência de intermediários que grande parte dos senhores de terra tinham exportadas suas produções, assim como importados escravos e bens de consumo. Negócio, às vezes, de alta racionalidade contábil, embora de mórbida e funesta atividade econômica. Um misto de inovação europeia com antimoda brasileira.

> De modo que a figura do intermediário – negociando principalmente com escravos – não podia deixar de assumir importância considerável dentro do regime mórbido de economia patriarcal. Este a exigiu pelas duas feridas abertas da monocultura e da escravidão. Duas bocas enormes pedindo dinheiro e pedindo negro. O intermediário viveu, como médico de um doente a quem explorasse, dessas feridas conservadas bem abertas. E as cidades começaram a crescer à custa dos senhores de terras e escravos, assim explorados.[3]

O poder de que dispunham os grandes senhores de terra não era suficiente para evitar que fossem, muitas vezes, explorados tanto pela sagacidade financeira de rentistas estrangeiros – dos quais muitos judeus fugidos ou expulsos de Portugal e outros países onde foram mais ostensivamente perseguidos – quanto pelos juros e correções de atravessadores, traficantes de escravos e comissários ou correspondentes do comércio exterior. Essa exploração, ante a qual muitos fazendeiros ficaram crescentemente endividados, só foi possível por causa de um novo fator fundamental, já mencionado por nós: a presença mais efetiva da Corte. Afinal,

---

[2]   Gilberto Freyre, *Sobrados e mucambos*, p. 678.

[3]   *Ibid.*, p. 113-114.

somente o aparato estatal oferecia maior segurança jurídica às negociações e contratos. O aumento do poder dos intermediários sobre senhores de terra foi, então, outro aspecto que, sendo de natureza econômica, precisou, no entanto, do poder político corporificado no Estado. Pois apenas por meio de tal aparato foram se regularizando as relações entre credores e devedores. Regularização que, é claro, veio a favorecer credores, levando muito engenho e muita casa-grande à falência; a ser, economicamente, derrotada pelos sobrados de comerciantes, comissários ou traficantes citadinos – às vezes as três figuras reunidas numa só pessoa.

Esse significativo deslocamento do capital para as cidades, seguido de uma vivificação do comércio e, mesmo, de pequenas indústrias, deu sustentação a um ciclo de consumo de mercadorias inglesas, francesas, italianas e alemãs. A ilegalidade do tráfico internacional de escravos, reprimido por navios ingleses no Atlântico, aumentava o risco das expedições negreiras e encarecia o preço dos escravos no mercado. Esse mecanismo econômico fomentou a gradativa substituição de trabalho escravo – que também tinha o seu preço – pelo trabalho do imigrante europeu. Esse motivo econômico, entretanto, parece ter encontrado resistências bastante pungentes do ponto de vista cultural. Mesmo que fosse mais oneroso do que o trabalho livre, a preferência do grande e pequeno proprietário brasileiro pelo trabalho escravo parece encontrar razões mais profundas, ancoradas antes em sua pouca disposição a tolerar "relações de produção" que não fossem assentadas em mando e obediência. Ao abrir mão do escravo, especialmente quando empregava o imigrante europeu, o fazendeiro brasileiro se via obrigado a renunciar a uma parte fundamental de seu caráter, sentindo-se como que amputado em seu ser ao não dispor mais do poder de mando que dispunha sobre suas propriedades escravas. Daí ter sido comum, como nos mostraria Emília Viotti, que colonos europeus, insubordinando-se aos abusos de senhores acostumados a lidar com escravos, migrassem para as cidades e nelas se estabelecessem em variadas profissões. Acrescente-se ainda a importante observação de Viotti[4], a confirmar tal sugestão, de que a maioria dos proprietários que se abriram à experiência do colonato de imigrantes europeus continuaram possuindo, em paralelo, muitos escravos. E que apenas com o declínio mais ostensivo do trabalho escravo é que a importância do imigrante europeu tornar-se-ia verdadeiramente operante na sociedade brasileira:

> Com a decadência da economia apoiada no escravo, acentuou-se a importância do europeu que aqui viesse, não como simples negociante, como os ingleses desde os tempos coloniais, à sombra do Tratado de Methuen, nem como modista e dentista para europeizar o trajo das senhoras e consertar os dentes, sempre tão estragados, do brasileiro, nem apenas como médico, parteira, mestre de dança, professor, governante, mas como operário, construtor, pedreiro, marceneiro, carpinteiro, pequeno agricultor,

---

[4]   DA COSTA, Emilia Viotti. *Da senzala à Colônia*. 5. ed. São Paulo: Editora da Unesp, 2010. p. 124.

trabalhador de fazenda. Como operário ou artífice, que substituísse o negro e a indústria doméstica e, ao mesmo tempo, viesse satisfazer a ânsia, cada vez maior, de parte do mais adiantado burguês brasileiro, de europeização dos estilos de casa, de móvel, de cozinha, de confeitaria, de transporte.[5]

Essa maior penetração do europeu na vida social brasileira colaborou tanto para a diversificação e qualificação da mão de obra, como também, de maneira expressiva, para a europeização dos estilos de vida – algo que, num processo cíclico, acabava por reforçar o consumo de mercadorias europeias. Às vezes criando, ainda, uma espécie de competição e rivalidade com os saberes, costumes e valores regionais e tradicionais. É o caso não só dos já citados bancos e das pequenas fábricas[6], empresas que se separavam do âmbito doméstico, mas também de uma diversidade de novas técnicas e saberes europeus que, uma vez fixados na sociedade brasileira pelos imigrantes, foram sendo aprendidos, imitados, assimilados e especializados por brasileiros, às vezes configurando-se como instituições autonomamente separadas da casa e seu âmbito de influência. É o caso, por exemplo, da farmacologia, gradativamente substituindo as poções mágicas e terapêuticas de origem caseira, derivadas da seleção e depuração de experiências indígenas, africanas e portuguesas, por drogas de laboratório europeu vendidas desde então em boticas e farmácias. O caso, também, de médicos cujos tratamentos fundados na ciência europeia vinham desprestigiando e desvalorizando práticas terapêuticas nativas, substituindo o quebranto, o mau-olhado, o feitiço pela etiologia médica; buscando as causas das enfermidades no plano fisiológico e bioquímico, e não mais no plano sobrenatural ou nos "espíritos"; substituindo comadres benzedeiras e parteiras da "casa" por médicos profissionais, portadores de um saber técnico e teórico; médicos que, com o passar do tempo, foram deixando de ser médicos da casa – onde atendiam a família senhorial e, também, o às vezes enorme "rebanho de escravos" – para se tornarem médicos de hospitais com existência exterior à casa, ou mesmo acadêmicos de faculdades de medicina, a primeira delas fundada na Bahia no mesmo ano de instalação da Corte portuguesa no Brasil.

Faculdade de medicina que, somada às de direito e às de engenharia, dariam ao Brasil uma espécie de novo e, para a sociedade brasileira de então, importantíssimo título nobiliárquico, constituindo, paradoxalmente, uma espécie de nobiliarquia do mérito. Nobiliárquico, porque tamanho veio a ser o prestígio do título de bacharel em direito, medicina ou engenharia, que o título significava, para seu portador, certa aristocratização imediata, fosse ele pobre, mestiço ou, até mesmo,

---

[5]   Gilberto Freyre, *Sobrados e mucambos*, p. 455.

[6]   "Dentro das cidades, fábricas fabricando o sabão, a vela, o pano que outrora só se fabricavam em casa, nos engenhos, vagarosa e patriarcalmente. Estrangeiros de procedências e ofícios diversos – marceneiros, cabeleireiros, químicos, funileiros, ferreiros, modistas, fabricantes de queijo – estabelecendo-se com oficinas, fundições, lojas". *Ibid.*, p. 126.

A fertilização cruzada e assimétrica entre modas europeias e antimodas brasileiras | 71

descendente de escravos. Não era, em todo caso, um prestígio ou aristocratização herdada, mas conquistada; em muitos casos, especialmente o de pobres e mestiços, duramente conquistada. No entanto, uma vez alcançada, vinha a ser instrumento poderoso na ascensão de quase-brancos de origem humilde e de mulatos que, igualmente pobres, fossem além disso ostensivamente marcados e estigmatizados pela ascendência escrava.

O bacharelismo brasileiro e suas consequências é assunto a que voltaremos logo mais, pois merece reflexão à parte. Por ora, cabe apenas enfatizar o papel decisivo que tiveram as faculdades para formar, em espaço exterior à casa, uma concepção de autoridade que passaria a concorrer renitentemente – de forma pedante, se quisermos – com a autoridade do pai e da tradição: a autoridade da ciência e do conhecimento, no melhor dos casos, ou, no pior dos casos, das fórmulas sofregamente decoradas, pomposamente adornadas e submissamente copiadas e repetidas de teorias europeias em moda nos cafés de Paris, de Lisboa ou Coimbra – centros receptores de abastados bacharelandos brasileiros.

E, além das faculdades, como que literalmente para preparar-lhes os caminhos, os colégios oficiais do Império, assim como colégios de freiras para meninas e colégios de padres para meninos, reforçavam esse processo de diferenciação institucional. Com eles, a educação de meninos e meninas era subtraída dos padres capelães, mais tementes ao patriarcado do que a Deus, e entregue à autoridade de instituições "especializadas" – ainda que, na maioria das vezes, apêndices de alguma ordem ou confissão religiosa. Essa autoridade, tantas vezes se personificada em mestres e professores, formava, no limite, um sistema pedagógico em que Freyre enxergou algo de sádico, baseado ainda na transferência do direito de castigar, antes monopolizado pelo pai e por pessoas mais velhas da casa, para o professor. Colégios de padres e freiras cuja autoridade pedagógica passava a se respaldar, também, em maior institucionalização da Igreja Católica, que ao longo do século XIX ergueu catedrais e nomeou bispos, ganhando maior autonomia e, em muitos casos, rivalizando com os interesses da economia e da autoridade patriarcal[7]. Tais colégios de padre, desde os primeiros tempos, foram grandes irradiadores da cultura europeia sobre a sociedade brasileira; cultura religiosa, é claro, mas também intelectual, literária, linguística e, nesse sentido, agregando componentes à educação que transcendiam, ao menos em parte, aqueles aprendizados

---

[7]   "A Igreja, por cuja autoridade sobre a família os jesuítas se bateram tão ardentemente no primeiro século de colonização, tendo de capitular, no segundo, vencidos pelos monarcas das casas-grandes, reconquistou depois alguns dos seus supostos direitos e restaurou parte do prestígio espiritual e moral que perdera através da subserviência quase absoluta do capelão ao *pater famílias*. [...] Mas não se deve deixar de incluir a Igreja – a Igreja dos bispos e do Internúncio – entre forças que concorreram para o declínio do patriarcalismo das casas-grandes e dos próprios sobrados, tantos dos quais aparecem aos anúncios de jornal da primeira metade do século XIX com oratório ou capela particular". Gilberto Freyre, *Sobrados e mucambos*, p. 239.

cotidianamente ministrados na "educação para o patriarcado", passando a conviver ambiguamente com eles e, no limite, colaborando para sua flexibilização[8]. Foi um tempo em que a então quase absoluta "educação para o patriarcado" passou a sofrer maior concorrência de outras formas de educação, incluindo aquela formalmente oferecida em instituições que iam se especializando para este fim, como eram os colégios e seminários de padres. Uma educação voltada a princípios mais universais que aqueles estritamente vinculados à autoridade patriarcal e ao âmbito familiar.

> Os meninos formados nesses seminários e nesses colégios foram um elemento sobre o qual em vez de se acentuarem os traços, as tendências, por um lado criadoras, mas por outro dissolventes, de uma formação excessivamente patriarcal, à sombra de pais heroicos, de indivíduos em extremo poderosos, senhores de casas-grandes quase independentes do resto do mundo, se desenvolveram, ao contrário, o espírito de conformidade e certo gosto de disciplina, de ordem e de universalidade, que os padres, e principalmente os jesuítas, souberam como ninguém comunicar aos seus alunos brasileiros. Esses alunos de colégios de padres foram, uma vez formados, elementos de urbanização e de universalização, em meio influenciado poderosamente pelos autocratas das casas-grandes e até dos sobrados mais patriarcais das cidades ou vilas do interior, no sentido da estagnação rural e da extrema diferenciação regional.[9]

Esse papel da educação formal, ainda que incipiente e tardia, realizada em instituições exteriores à casa e, em muitos casos, rivalizando com ela em seus valores fundamentais, não pode ser desprezado. Que se lembre que a primeira universidade brasileira data já da quarta década do século XX. Antes disso, algumas poucas faculdades distribuídas entre Recife e Salvador, ao norte, e Rio de Janeiro, São Paulo e Ouro Preto, ao sul. Poucas, mas muito significativas, especialmente por causa da discrepância que se criava entre os "saberes nativos" e os saberes europeizados ministrados nas escolas superiores. Era o abismo cavado entre um analfabetismo quase completo e um tipo de alfabetização que, mesmo com orientação predominantemente retórica, sem exigir profundidade reflexiva ou agudez analítica, com seu português mais castiço e reinol, era suficiente para estigmatizar a fala e a oralidade brasileira, especialmente a do homem comum.

Além das instituições educacionais, da farmacologia e da medicina ocidentais, merecem destaque a estrutura das comunicações, em geral, e a imprensa, em particular. Pois também essas se desenvolveram de modo relativamente intenso ao longo do século XIX, partindo, em verdade, praticamente do nada, num imenso continente onde antes quase não havia estradas, ferrovias e tampouco telégrafos; e, no caso da imprensa, proibida até 1808, foi crescendo ao longo do

---

[8]   Gilberto Freyre, *Sobrados e mucambos*, p. 182-184.

[9]   *Ibid.*, p. 187.

século XIX e alcançando, para além da corte, as principais cidades das diversas províncias brasileiras, concorrendo para a difusão de toda sorte de ideias, modas e mercadorias europeias.

Os jornais e, principalmente, as seções de propagandas que vinham estampadas em jornais e revistas que passaram a circular desde então promoveram, sobre o público leitor, uma verdadeira "retórica da europeização". Trata-se da criação de toda uma aura de superioridade para tudo o que fosse mercadoria europeia e que, pelo fato de ser europeia, contava já com a publicidade desses nomes quase sacros para a elite e as classes ascendentes no Brasil do século XIX: palavras como "Europa", "europeu", "francês", "parisiense", "Londres", "moderno" passaram a definir os atributos do que era belo, do que era bom, do que, além de servir como instrumento para algo, servia também como signo de modernidade, de despojamento, de refinamento, de *status*, de cultura e de poder.

Não foi, portanto, apenas o processo de relativa diferenciação funcional e institucional que deu ao espaço da rua um aspecto mais europeizado e autônomo em relação à casa. Além dos órgãos públicos, de bancos, casas comissárias, pequenas indústrias, de farmácias e hospitais, de catedrais e santas casas, de escritórios, lojas e pequenas empresas, de faculdades e colégios, também passavam a compor a paisagem urbana brasileira, ao longo do século XIX, uma *congérie* de modas, de hábitos, costumes e opiniões. A europeização foi fenômeno que, além de se manifestar nos âmbitos institucionais, manifestou-se também na vida cotidiana, nos hábitos e nos costumes, na arquitetura, nos gostos e nas predileções, na gastronomia, nas artes e, entre estas, especialmente na música e na dança, para não falar, é claro, da literatura.

Com relação à arquitetura, por exemplo, as técnicas de construção urbana e as diversas formas de engenharia remodelaram as cidades brasileiras e estiveram na base de reformas urbanas que se realizaram ao longo do século XIX e início do século XX. Mas também foi um processo lento e relativo[10], inicialmente mais presente nas obras públicas do que nas particulares[11], nas quais as técnicas europeias

---

[10] Diz Freyre, referindo-se às observações de Louis de Freycinet, viajante francês que esteve no Brasil nas primeiras décadas do século XIX: "As casas, levantavam-se quase todas ao sabor dos próprios donos, cada qual 'arvorado em engenheiro'; 'cada proprietário traça o risco de seu prédio'. Daí erros grosseiros de construção. De Freycinet salientou as escadas – quase sempre mal construídas que eram 'verdadeiros quebra-costas'." Gilberto Freyre, *Sobrados e mucambos*, p. 327.

[11] "A europeização da arquitetura – do plano e da técnica – começando nas cidades, e com os edifícios públicos terminou nas casas de engenho, onde muito sobradão orientalmente gordo acabou substituído por *chalet* esguio, de dois andares. A casa do Engenho Gaipó, em Pernambuco, casa com luxos de palacete de cidade, é dessa época de europeização. Dessa época de casas um pouco com o ar de edifícios públicos e teatros; vistosas; salientes; sem aquele recato das antigas, que se escondiam por trás de cercas de espinho, de muros altos, de grades de convento." *Ibid.*, p. 456.

de construção apenas gradativamente foram inseridas por senhores mais opulentos ou preocupados em, através da casa, ostentar *status* e angariar prestígio superior ao da rua e, é claro, ao de outras casas. Para além dessas técnicas, a substituição de muito material nativo por importado: a madeira pelo ferro, a gelosia oriental pelo vidro[12]. Heranças orientais da influência portuguesa na arquitetura, como o quiosque com seus telhados de fibra de coco, que passaram igualmente a ser, senão perseguidas, evitadas, desprestigiadas e desvalorizadas, ainda que sobrevivendo em muita casa-grande e sobrado de gente menos afeita às inovações e modas europeias. Sobrevivências que não passavam desapercebidas dos "fiscais da imitação", brasileiros ou portugueses que, no anseio de suscitar a aparência de "civilização", condenavam e repreendiam os usos e costumes orientais que ainda se faziam à vista dos estrangeiros que visitassem as cidades brasileiras. É o caso do padre Luiz Gonçalves dos Santos, que em suas *Memorias para servir à história do reino do Brasil* descrevia como "bisonhos" os costumes não ocidentais que sobreviviam na Corte, como as rótulas e gelosias orientais que estampavam as fachadas de sobrados urbanos não suficientemente ocidentalizados aos olhos do atento sacerdote.

> Entre aqueles "costumes bisonhos", indignos de "uma perfeita civilização", era natural que o eloquente apologista do Ocidente que foi o padre Gonçalves dos Sanctos incluísse, como incluiu – referindo-se principalmente ao Rio de Janeiro – o uso das rótulas ou gelosias de madeira que "tanto afêa o prospecto da Cidade, e a faz menos brilhante"; pois "além de serem incômodas, prejudicais à saúde pública, interceptando a livre circulação do ar, estão mostrando a falta de civilização dos seus moradores..." Pelo que eram os próprios moradores do Rio de Janeiro que deviam "arredar de si os testemunhos da antiga condição de conquista, e de colônia", representados pelas rótulas ou gelosias orientais e concorrer, assim, para "enobrecer", isto é, ocidentalizar ou europeizar a Corte; "e faze-la mais notável, e magnífica aos olhos dos estrangeiros, que já em grande número começam a concorrer a ela".[13]

Essa manifesta preocupação em fazer-se notável aos olhos estrangeiros parece ter se transformado em verdadeira obsessão por parte daqueles brasileiros membros da elite e das camadas em ascensão, ansiosos por prestígio e *status*. Obsessão da qual, até hoje, nos pesam não poucos compromissos. É preocupação muito fácil de encontrar, em brasileiros nossos contemporâneos, sobre o que vão pensar de nós os estrangeiros – especialmente dos países chamados de primeiro mundo. Não

---

[12] "Anúncios de jornais brasileiros dos primeiros decênios do século XIX nos deixam acompanhar a crescente ostentação, da parte dos proprietários ou moradores de sobrados no Rio de Janeiro, de ferros nas varandas e vidros nas janelas, em vez de gelosias de madeira, como outrora." Gilberto Freyre, *Sobrados e mucambos*, p. 371.

[13] *Ibid.*, p. 553.

raro, parecem muitos brasileiros se preocupar não tanto com a existência de favelas, mas com a existência de favelas à vista. A muitos brasileiros, a existência das favelas diz menos do que aquilo que elas, tal como as gelosias, os palanquins e os mucambos no século XIX, testemunham aos olhos de estrangeiros. A europeização atuou no sentido de apagar não o que era testemunhado por tais "testemunhos", mas os testemunhos mesmos: isto é, signos e sintomas visíveis que sinalizassem o desacordo com o modelo europeu. Foi sob essa preocupação com aquilo que determinados costumes "testemunhavam" ante o olhar europeu que muito da paisagem e dos hábitos da sociedade brasileira do século XIX se alteraram.

> o brasileiro do litoral ou da cidade viveu, durante a primeira metade do século XIX – na verdade durante o século inteiro – sob a obsessão dos "olhos estrangeiros". Preocupado com esses olhos. Sob o temor desses olhos como outrora vivera sob o terror dos olhos do jesuíta ou dos da Santa Inquisição. E os "olhos estrangeiros" eram os olhos da Europa. Era os olhos do Ocidente. Do Ocidente burguês, industrial, carnonífero, com cujos estilos de cultura, modos de vida, composições de paisagem, chocavam-se as nossas, particularmente impregnadas de sobrevivências do Oriente.[14]

Assim, ainda que em expressão considerável e suficiente para alterar de maneira significativa a paisagem brasileira, esse processo de imitação dos modelos europeus, como no caso da arquitetura, não foi nunca um processo de mão única, em que valores europeus preponderassem incólumes ante a realidade por eles dominada. Ao contrário, a europeização, por mais intensa que possa ter sido numa ou noutra cidade, nunca conseguiu sufocar completamente os elementos extraeuropeus que são constitutivos da sociedade brasileira. O que começou a existir, desde então, foi a às vezes pitoresca mistura entre esses diversos regimes de influência, que passaram a, mais do que conviver e sincretizar, também a rivalizar entre si como signos e sintomas cuja aparência sensível remetia a tempos sociais distintos que, de maneira simultânea e contígua, se expressavam na paisagem brasileira, de modo mais ou menos harmonioso. Imitação que, ao imitar, mas em condições completamente diversas do imitado, acabava por criar algo outro, com sentido às vezes próprio e autêntico, e com sentido muitas vezes caricaturesco, resultando não só em síntese, mas não raro também numa espécie de colagem desencaixada que tem mais ares de decadência do que de civilização, de ruína do que de construção.

Ressalve-se também que muitas dessas modas europeias, resultando em certa valorização do espaço público, extradoméstico, penetravam com dificuldade no espaço brasileiro, ainda demasiadamente dominado pelo âmbito doméstico e pelos excessos do ambiente privado das casas e dos sobrados sobre o espaço público das ruas. Que se tome como exemplo a ausência de passeios e parques públicos no

---

[14] Gilberto Freyre, *Sobrados e mucambos*, p. 554.

Recife até 1859, expressa em preocupação manifesta de um brasileiro, ansioso por europeização, no *Jornal do Recife* em junho daquele mesmo ano, quando ali já existia a iluminação pública a gás. Na capital pernambucana, como na maior parte do Brasil, o que predominava "era ainda o jardim particular – jardim emendado à horta e ao pomar – em sítios que eram verdadeiros parques: tão vastos que se realizaram, dentro deles, procissões."[15]. Parques que, mesmo sofrendo influências da europeização, davam a ela outro sentido por seu próprio caráter privado e desproporcionalmente extenso em relação àquele concedido à rua e ao "interesse público".

> Esses parques particulares foram, tanto quanto as casas, atingidos pela reeuropeização que tão ostensivamente alterou formas e cores, na paisagem urbana, suburbana e até rural do litoral do Brasil, durante a primeira metade do século XIX. Reeuropeização – acentue-se sempre – no sentido inglês e francês; e não no português. Ao contrário: reeuropeização em sentido quase sempre antiportuguês, como se para os anglófilos e francófilos mais exagerados a tradição portuguesa não fosse senão aparentemente europeia.[16]

Recém-independentes da metrópole, foi comum aos brasileiros do Império certo rancor e hostilidade a portugueses, que parece ter se expressado não só como "nativismo" inflamado, mas também como admiração por franceses e ingleses. Um modo, talvez, de rebaixarem portugueses a europeus de segunda categoria. Assim, nem os elementos mais ostensivamente portugueses da paisagem brasileira e seu amálgama visual e sensorial de tempos e culturas foram poupados dessa desvalorização promovida pela europeização. Foi pelo uso reiterado do tropo da sinestesia como estratégia discursiva e literária que Freyre conseguiu reconstituir um ambiente vivencial que se apresentava aos sentidos e compunha a experiência concreta dos atores sociais que viviam, agiam e sofriam em tal ambiente. Alterando-lhe, por exemplo, o regime de cores[17], imiscuindo nas cores quentes dos trópicos as cores frias e mórbidas da "civilização carbonífera"; o regime do sons[18], acrescentando ao cantar dos passarinhos e às cantigas e assobios dos escravos em sua labuta os ruídos de carros e bondes, o sino de catedrais, o grito entusiasmado dos vendedores de rua; aos batuques e maracatus de africanos e às modinhas acompanhadas por viola ou violão, canções italianas e francesas acompanhadas ao piano;

---

[15] Gilberto Freyre, *Sobrados e mucambos*, p. 254.

[16] *Ibid.*, p. 254.

[17] "A nova Europa impôs a um Brasil ainda liricamente rural, que cozinhava e trabalhava com lenha, o preto, o pardo, o cinzento, o azul-escuro de sua civilização carbonífera. As cores do ferro e do carvão; o preto e o cinzento das civilizações 'paleotécnicas' de que fala o Prof. Mumford; o preto e o cinzento dos fogões de ferro, das cartolas, das botinas, das carruagens do século XIX europeu.". *Ibid.*, p. 433.

[18] *Ibid.*, p. 151.

alterando-lhe também o regime dos cheiros e dos sabores, espalhando pelas cidades confeiteiros e padeiros franceses[19], que passariam a rivalizar com doces e quitutes de tabuleiros vendidos na rua por negras e mulatas postas no ganho por senhores mais ambiciosos e empreendedores; introduzindo o trigo na alimentação e fazendo da cerveja não só alimento hodierno na vida brasileira, mas também elemento de recreação e socialização; alterando-lhe até mesmo o regime térmico, substituindo ruas estreitas e sombreadas por ruas e avenidas largas, "sem sombras de grandes árvores asiáticas e africanas, como a mangueira, a jaqueira, a gameleira, em volta das casas, nas praças e à beira das estradas."[20]. Europeização que se dava não só às vistas, mas também a tato, audição, olfato e paladar, compondo uma atmosfera sinestésica constitutiva da experiência sensível dos partícipes daquele mundo em transformação.

As alterações da experiência sensível impactaram, em muitos casos, a experiência suprassensível, a ponto de atuar na decomposição de muitas lendas e folclores fundados em concepções mágico-animistas da realidade. Isso afetou a crença nos espíritos, em que entes de um suposto mundo do além-morte exerciam um misterioso poder que se manifestava também nos fenômenos do mundo natural dos vivos. Em que o morto, de fato, podia representar um perigo, uma ameaça, um inimigo, ou uma ajuda, um guia, um amigo ao vivo. Estavam os mortos permanentemente a assombrar ou a zelar pelos pecadores terrenos. Uma espécie de integração entre o natural e o sobrenatural que, com a penetração da técnica e da ciência, foram sendo mitigados em seus elementos mais fantásticos e desmascarados como crendices e superstições. A iluminação a gás resultou, senão num weberiano "desencantamento do mundo", ao menos em maior segurança pública e colaborando para seu "desassombramento": expulsando muitos fantasmas e assombrações das ruas, agora iluminadas, para casas velhas abandonadas, cemitérios e conventos[21].

---

[19] FREYRE, Gilberto. *Um engenheiro francês no Brasil*. Rio de Janeiro: Jose Olympio, 1940. p 17. Neste livro, em particular, Freyre demonstra como a influência francesa no Brasil foi muito além daquelas nobres ideias revolucionárias que se disseminaram mundo à fora, relativas à liberdade, à fraternidade e igualdade universais, à República ou às formas modernas de governo. Na verdade, principalmente depois da vinda da Corte em 1808, além de ingleses, também franceses teriam um enorme destaque e influência na cultura técnica e material do Brasil – em que, além da engenharia, também se pode salientar o peso dos técnicos franceses sobre a confeitaria, a panificação, sobre a moda, sobre a perfumaria e drogaria. Em conjunto, todo esse regime de influência ajudou a compor o que aqui estamos chamando de "europeização" da sociedade brasileira.

[20] Gilberto Freyre, *Sobrados e mucambos*, p. 558.

[21] "As cidades principais do Império viram chegar o fim da era imperial com as ruas e praças iluminadas a gás. O que diminuiu o número de crimes de assalto – assalto de vadios, ladrões, capoeiras a pessoas pacatas – nas próprias ruas centrais, diminuindo também o número de aparições de almas penadas, lobisomens, mulas-sem-cabeça, cabras-cabriolas, que foram, umas, tornando-se fenômenos apenas rústicos, quando muito, suburbanos, outras, refugiando-se

Para além da experiência sensível e suprassensível, a europeização concorreu para modificar outra dimensão fundamental da vida brasileira: o modo de perceber e compreender a experiência do tempo. O "sentido" brasileiro de tempo, tal qual o sentido "ibérico" de tempo, não havia sido tocado ainda pela racionalização da vida em torno do trabalho, como acontecera às culturas de matriz protestante, especialmente as de orientação calvinista. O tempo, para o brasileiro de até meados do século XIX, não se media por unidades abstratas e idênticas, prontas a submeterem-se à métrica e ao cálculo. O tempo era, antes, matéria concreta da vida humana, cuja medida se fazia de maneira imprecisa e fincada nos ciclos da natureza. Mas se passaria, graças à crescente "europeização do trabalho", a um escrutínio crescente no sentido de dividi-lo cronometricamente para melhor organizá-lo e aproveitá--lo no emprego da mão de obra. Isso, é claro, favoreceu não quem propriamente trabalhava – escravos e agregados e pequenos funcionários do comércio – mas quem fazia trabalhar. O resultado, por conseguinte, foi maior exploração do trabalho de escravos por senhores afoitos de lucro rápido. Em maior otimização do tempo trabalhado, como forma de escravos postos no ganho – isto é, nas atividades comerciais das ruas e praças – tinham de suprir as exigências pecuniárias de seu proprietário e ainda juntar, trocado após trocado, montante suficiente para comprar a própria liberdade. Esse feito, aliás, foi alcançado por não poucos escravos ao longo do século XIX[22].

Em apoio a tal transformação do sentido de tempo, não deixou de colaborar a modernização dos transportes. Ferrovias passaram a conectar cidades com uma velocidade antes impensável; pontes encurtavam caminhos sobre córregos e rios antes quase intransponíveis; a comunicação oficial entre Corte e províncias litorâneas passava a ser feita por navegação marítima, com maior regularidade e eficiência; as ocidentais carruagens, cabriolés e seges, puxadas por cavalos e, mais tarde, bondes elétricos, foram substituindo o meio de transporte mais utilizado por senhores de escravos: os palanquins, isto é, cadeiras carregadas por negros escravos, cuja abundância em Salvador do século XIX espantou o missionário metodista Daniel Parish Kidder[23].

Aqui tocamos num ponto que, para os interesses deste ensaio, é central. O que ocorria, de fato, é que todo esse processo de europeização, embora alterasse o regime

---

no interior de sobradões abandonados por famílias decadentes, alguns dos quais grandes demais para serem inteiramente bem iluminados a bico de gás ou a luz de candeeiro belga. Nas igrejas, nos cemitérios, nas ruínas de velhos conventos, também se refugiaram fantasmas, outrora de ruas mal iluminadas." Gilberto Freyre, *Sobrados e mucambos*, p. 253.

[22] Na estimativa de João José Reis, era necessário que um escravo trabalhasse infatigavelmente algo em torno de nove anos para que conseguisse juntar dinheiro suficiente para comprar sua alforria. Empregando escravos no ganho, por outro lado, um senhor podia recuperar o capital investido em apenas três anos. REIS, João José. *Rebelião Escrava no Brasil*: a história do Levante dos Malês em 1835. ed. rev. e ampl. São Paulo: Companhia das Letras, 2021, p. 352.

[23] Gilberto Freyre, *Sobrados e mucambos*, p. 578.

de sensibilidade, a experiência do tempo, os gestos, os hábitos e os costumes da sociedade brasileira, o fazia de maneira diversa para os diferentes grupos sociais envolvidos. Isso porque o anseio de uns para parecer europeus entrava diretamente em conflito com o caráter ostensivamente não europeu de tantos outros: uma quantidade enorme de africanos escravizados que, ao longo da primeira metade do século XIX, foram descarregados aos magotes em navios tumbeiros que retornavam aos portos do Rio de Janeiro, do Recife e de Salvador depois das hediondas e lucrativas viagens. Africanos de culturas diversas, com línguas, hábitos, ritos e crenças também diversas e, em todo caso, ostensivamente destoantes do modelo europeu que então preenchia o desejo e a preocupação de brasileiros.

Tamanho era o número de escravos africanos traficados nas cidades portuárias brasileiras, tamanho o número daqueles postos nas atividades comerciais da rua, tamanha a dependência que a sociedade brasileira como um todo, incluindo a parcela urbana, havia adquirido em relação ao trabalho escravo, que eliminar os "testemunhos" dessa sobrevivência se traduzia como uma impossibilidade patente. Não era possível esconder, nem de olhos estrangeiros, nem de olhos de uma míope toupeira, a presença da África no Brasil. E, na impossibilidade de escondê-la, conciliada pragmaticamente com a necessidade que tinham dela os hábitos senhoriais então constituídos, o que se fez foi desvalorizá-la, desprestigiá-la, reprimi-la, especialmente naqueles elementos que mais escandalizassem o olhar europeu – suas danças, seus ritos, seus deuses e, especialmente, seus batuques, maracatus e capoeiras, sentidas como preâmbulos de ulteriores motins e revoltas.

> O que se verificava repita-se que era a vasta tentativa de opressão das culturas não europeias pela europeia, dos valores rurais pelos urbanos, das expansões religiosas e lúdicas da população servil mais repugnantes aos padrões europeus de vida e de comportamento da população senhoril, dona das câmaras municipais e orientadora dos juízes de paz e dos chefes de polícia. [...] Nos séculos anteriores, houvera, talvez, maior prudência, maior sabedoria, mais agudo senso de contemporização da parte das autoridades civis (quando não também das eclesiásticas) e dos grandes senhores patriarcais, com relação a culturas e a populações consideradas por eles inferiores; e encarnadas por elementos quando não servis, oprimidos, degradados ou simplesmente ridicularizados pelos brancos, pelos cristãos-velhos e pelos moradores de áreas urbanas ou dominadas por casas-grandes mais requintadas em sua organização ou na sua estrutura senhoril.[24]

Em outras palavras, à medida que progredia a europeização, e tendo sido ela voltada principalmente às aparências sensíveis a suscitar no olhar estrangeiro, progredia também a repressão e a estigmatização de culturas não europeias. E com

---

[24] Gilberto Freyre, *Sobrados e mucambos*, p. 514.

ela crescia um pendor antiafricano, antiasiático, antimiscigenação, que passou a se fundar, ele também, em ideias e saberes europeus. Por isso a europeização foi processo que, para além da cultura material, dos hábitos e dos costumes, também deixou suas marcas, positivas e negativas, na inteligência brasileira. Positivas, porque em muitos pontos o contato com tais ideias serviu para arejar ambiente intelectual antes completamente dominado pelo mórbido ensino jesuítico – mórbido porque ensinava, principalmente, uma língua morta, o latim[25]; mas também negativas, porque quase sempre foi um saber que ficou mais à superfície, no nível das citações, do que na profundidade, no nível de um cultivo de uma expressão intelectual própria; com uma propensão mais retórica e escolástica do que reflexiva e analítica[26], mais voltada a uma eloquência parnasiana, do que à agudez do pensamento ou à solidez dos fundamentos. Daí não ser raro, em expressões cotidianas da inteligência brasileira naquele período, encontrarmos misturadas ideias incompatíveis. Ecletismos fecundos, às vezes; ecletismos desvairados, tantas outras. Como é o caso de jornais republicanos, fervorosamente liberais e até revolucionários, que, no entanto, continham em suas páginas seções dedicadas aos anúncios de compra e venda de escravos, assim como de recompensa para captura de escravos fugidos; e, entre esses anúncios, escravos anunciados à venda e reunidos no mesmo lote de uma miríade de objetos, entre os quais, para nossa surpresa (?), livros do mestre da ilustração francesa, Voltaire[27].

---

[25] Diz Freyre: "o contato com as modas inglesas e francesas operou, principalmente, no sentido de nos artificializar a vida, de nos abafar os sentidos e de nos tirar dos olhos o gosto das coisas puras e naturais; mas o contato com as ideias, ao contrário, nos trouxe, em muitos pontos, noções mais exatas do mundo e da própria natureza tropical. Uma espontaneidade que a educação portuguesa e clerical fizera secar no brasileiro." Gilberto Freyre, *Sobrados e mucambos*, p. 436.

[26] Mais recentemente, o historiador José Murilo de Carvalho seguiu essa sugestão freyriana, adotando a retórica como chave de leitura para uma história das ideias no Brasil. Ver: CARVALHO, José Murilo de. História Intelectual no Brasil: a Retórica como Chave de Leitura. *Topoi*, n. 1, v. 1, p. 123-152, 2000.

[27] FREYRE, Gilberto. *O escravo nos anúncios de jornais brasileiros do século XIX*. São Paulo: Global Editora, 2010. p. 169.

V

Antimodas brasileiras: o manejo escravocrata, a retórica da crueldade e a educação para o patriarcado

Como temos visto, o primeiro século de "modernização" da sociedade brasileira se deu principalmente por tomar a Europa e o europeu como modelo – um modelo que passaria, assim, a ser crescentemente imitado, não na inteireza de seu suposto ser, mas nos modos ostensivamente visíveis de sua aparência sensível. Se quisermos entender tal processo como modernização, há de se adicionar a tal termo o adjetivo "superficial", para expressar que o processo foi deliberadamente mais cenográfico do que estrutural – levado a cabo mais com o intuito de suscitar nos outros determinadas impressões do que de mudar substancialmente aquilo que à sociedade brasileira era essencial: sua estrutura patriarcal, latifundiária e escravocrata. Verdadeiras antimodas brasileiras que continuaram a ser imitadas e reproduzidas a despeito da europeização, às vezes rivalizando com ela, mas às vezes também dela se apropriando como instrumento e como fachada. Imitadas e reproduzidas, inclusive, nos próprios focos de irradiação dos valores europeus – a Corte e as cidades – e pelas próprias camadas ascendentes da população que foram tantas vezes as maiores portadoras de europeísmos: comerciantes, bacharéis, profissionais liberais que, mesmo sem possuir terras para o cultivo de cana, café ou algodão, passavam, tão logo quanto podiam, a ser senhores de escravos.

A urbanização, com tudo o que teve de europeização, longe de exterminar a escravidão, conviveu com ela e, mais do que isso, dela se alimentou. Continuou a existir na zona rural, segundo o modelo elucidado em *Casa-grande & senzala*[1],

---

[1] Neste modelo, o *status* do escravo variava basicamente entre dois extratos: os escravos da casa, que em meio à violência da escravidão constituíam laços de intimidade com seus senhores, e os escravos do eito, destinados ao trabalho na lavoura, e ao qual incidia com maior força a crueldade do regime de que era cativo.

e passou a integrar, em forma alterada, e mesmo intensificada, o horizonte das cidades, nas casas e nas ruas. Esse novo quadro de relações que se estabeleceu entre a escravidão e o contexto urbano contava com uma gama nada desprezível de elementos novos que, ao dar maior dinamismo ao negócio escravista, colaborava para a crescente despersonalização do escravo e, com ela, para o aumento da crueldade que recaía sobre este; para a acentuação das distâncias entre senhores e cativos; para o agravamento dos "antagonismos equilibrados" que antes caracterizavam o sistema casa-grande e senzala.

> Com a urbanização do país, ganharam tais antagonismos uma intensidade nova; o equilíbrio entre brancos de sobrados e pretos, caboclos e pardos livres dos mucambos não seria o mesmo que entre os brancos das velhas casas-grandes e os negros das senzalas.[2]

Essa intensificação se deu, em grande medida, em razão da própria repressão ao tráfico capitaneada pela marinha inglesa: este continuaria a operar substantivamente, mas com o aumento do custo e dos riscos acarretados pela ilegalidade. A incrível dependência que o Brasil havia contraído do trabalho escravo, por um lado, e do Império Britânico, por outro, o conduzia à insólita situação de condenar o tráfico praticando-o. Condenando-o, mas só para inglês ver. A dependência do Império Britânico era uma questão oficial, de governo. Como tal, não era sentida por senhores de terra, traficantes e negociantes de escravos da mesma forma como estes sentiam a dependência do braço escravo. Em relação a tal dependência, o parecer europeu e, mesmo, o parecer cristão vinha em segundo lugar. E mesmo a admiração aos ingleses podia converter-se em hostilidade, e o tráfico em causa nacionalista e patriótica, não criminosa e hedionda, mas heroica e bravia.

> O tráfico de escravos, condenado pela Grã-Bretanha e pela Europa mais adiantada em civilização, passou a repugnar-lhe a consciência cristã e aos sentimentos de sociedade subeuropeia ou quase europeia. Mas sem o tráfico de africanos, a economia brasileira se desintegraria. Deu-se então aquele ajustamento curioso de sentimentos com interesses: não só oficialmente como através de outras exteriorizações de sentimentos, o Brasil passou a repelir o tráfico; por outro lado, porém, o contrabando de negros passou a ganhar aos olhos de muito brasileiro cores de romance de aventura com a figura, não do negreiro que enriquecesse sórdida e comodamente em casa como negociante, mas do capitão de negreiro que enfrentava no alto-mar os capitães das poderosas fragatas inglesas, exaltada a figura heroica.[3]

---

[2] Gilberto Freyre, *Sobrados e mucambos*, p. 270.

[3] Gilberto Freyre, *Ingleses no Brasil*, p. 319.

A dinâmica imitativa que caracteriza a europeização das cidades brasileiras, criadora de novos conflitos e rivalidades, nunca foi, como já o dissemos, processo unilateral, de mão única. Também aqui operou-se uma "fertilização cruzada" entre culturas. Pois se o "modelo inglês" – liberal e industrial – com os anos converteria muitos brasileiros à causa abolicionista, o "modelo brasileiro" – patriarcal e escravocrata –, por sua vez, também seduziria muito inglês ao lucro rápido da empresa e do negócio escravista. Ingleses que não apenas participavam das atividades do negócio negreiro, como também tornavam-se, eles mesmos, senhores de escravos – chegando a negociar, às vezes, os próprios filhos que faziam em escravas de sua propriedade[4].

> O Brasil não só se europeizando, se anglicizando, se afrancesando, como conquistando muito inglês aqui chegado cheio de ódio santo à escravidão para as doçuras do pecado quase nefando de possuir escravos e fazer-se, como todo branco, rico ou simplesmente remediado, servir e até vestir e carregar em palanquins, por negros trazidos da África.
> Fletcher conheceu no Brasil muito inglês dono de escravos. E isto aconteceu não só antes como depois do chamado *Lord Brougham Act* (1843), que tornou "ilegal" a compra ou venda de escravos em qualquer país por qualquer súdito de S.M.B. Ato que Burton, esquecendo-se de sua qualidade de cônsul, não hesitou em chamar de "absurdo": the late venerable Lord Brougham's absurd Act of 1843. Justificava ele a posse de escravos pelos ingleses residentes no Império brasileiro com a alegação de que, no Brasil, só os habitantes das cidades podiam dar-se ao luxo de ter criados em vez de escravos. Donde os muitos ingleses donos de escravos: a necessidade não conhecia lei[5].

Mesmo com a proibição e a repressão do tráfico de africanos pela Inglaterra, o comércio de pessoas escravizadas foi negócio que cresceu e se intensificou ao longo da primeira metade do século XIX. Os escravos, agora, continuariam suprindo de braços as lavouras de cana, algodão e tabaco, no Norte, e as plantações de café e as estâncias de gado, no Sul, mas também passariam a abundar longe das lavouras, nas cidades, nas praças e nas ruas, a serviço não só de senhores já mais europeizados, mas também de empresas e, mesmo, semi-indústrias desmecanizadas[6]. A diferença

---

[4] Diz Freyre: "Evidentemente, o sistema da escravidão deteriorava nos donos de escravos seus melhores sentimentos: daí o caso daquele britânico que, na Inglaterra, talvez, nunca deixasse de ser bom pai, cristão, bom anglicano ou bom presbiteriano. Mas no estrangeiro, e em contato com o sistema da escravidão, vendia os próprios filhos e suas mães. E vendia-os com a mesma frieza – pensava o Rev. Walsh – de quem vendesse uma porca com seus porquinhos." Gilberto Freyre, *Ingleses no Brasil*, p. 294.

[5] *Ibid.*, p. 237.

[6] "Só a companhia inglesa de mineração no Brasil, cujo principal campo de operação era São João del-Rei e cujos acionistas eram ingleses, continuou a possuir, depois da lei de 1843, cerca

essencial é que, com as cidades, o escravo tornar-se-ia capital que, embora ainda fixo, era também mais volátil, mais negociável, mais apto a fazer o duplo papel de mercadoria e de moeda. No século XIX, sobretudo em sua primeira metade, a escravidão intensificou-se não tanto no que era exigido do escravo, mas como negócio que permeava e do qual dependiam muitas outras atividades, econômicas e não econômicas.

No sistema casa-grande e senzala, a própria distância e dificuldade de comunicação tornava o escravo um bem de mais difícil negociação, propiciando certo enraizamento dele na fazenda ou propriedade de um único dono, favorecendo a convivência e a personalização das relações, possibilitando que o escravo, mais do que uma propriedade ou animal de carga, fosse encarado também como pessoa e, até, como membro da família. Com as cidades, por outro lado, criaram-se verdadeiros centros de negociação de escravos, que contaram com a participação de empresas especializadas no funesto comércio. Empresas de variados tipos que atuaram e se constituíram num mercado que, enquanto existiu, legal ou ilegal, esteve aquecido pelo desejo patriarcal, culturalmente apreendido, de se ter alguém em quem mandar.

O aquecimento do mercado de escravos (provocado pela urbanização e, é claro, pelo crescimento das lavouras de café, no sul do Império), por si só, já seria suficiente para alterar o regime de escravidão e, com ele, o manejo escravocrata já consolidado no Brasil, não no sentido de uma mudança substancial, mas no sentido de uma intensificação da escravidão favorecida pelo desenraizamento crescente do escravo em relação a determinada fazenda ou região, seguido por sua igualmente crescente despersonalização.

> É claro que quanto mais frequentes fossem essas vendas e essas compras de escravos, muitos deles já crioulos e todos diminuídos igualmente à condição de animais, mais difícil seria conservar-se o sistema de relações entre senhores e escravos como um sistema de relações entre pessoas. Era demorando em uma casa, em uma fazenda ou em uma estância, afeiçoando-se a uma família ou a um senhor, que o escravo se fazia gente de casa, pessoa da família, membro da "cooperativa patriarcal" de que falava o "morador de Flórida". E não sendo facilmente vendido ou trocado como coisa, como animal, como simples objeto de comércio ou de lucro: o caso de muito escravo em Salvador, nas mãos de comerciantes de sobrado incapazes de praticar o patriarcalismo das velhas casas-grandes mais enraizadas na terra. Comerciantes que frequentemente aparecem na *Idade d'Ouro do Brazil* trocando escravos por "carne secca vinda de Montevideo" (12 de

---

de oitocentos escravos, além dos mil de aluguel por ela empregados no rude trabalho." Gilberto Freyre, *Ingleses no Brasil*, p. 238.

outubro de 1822) ou por "cebo vindo de Porto Alegre" (3 de dezembro de 1822) ou por "coral fino" (20 de dezembro de 1822).[7]

O leitor atento pode pensar que a última citação contraria o mencionado aumento do custo do escravo, já que este agora apresenta-se sendo trocado por carne seca ou vinho, como se fosse não só uma mercadoria, mas uma mercadoria qualquer. Acontece que a alimentação, no contexto de um Brasil que só produzia em larga escala o que fosse para o mercado externo, era demasiado cara. Sustentar um escravo por muito tempo era em muitos casos mais custoso que vendê-lo logo, depois de já tê-lo explorado o suficiente para aferir algum lucro[8].

Não era, assim, só do preço da alimentação que se tratava. É que, em paralelo ao acréscimo do custo de um escravo, o que ocorreu foi o decréscimo de seu valor afetivo, reduzindo-o completamente a valor monetário. Escravo parado era, ao olhar desses proprietários de tipo "empreendedor", dinheiro parado. Negociava-se todo tipo de mercadoria com escravos, espécie de moeda pujante e viva para grandes transações: objeto de comércio não entre gente miúda, mas entre senhores. De tal modo que a equação assim colocada resultava na seguinte lógica: a maior exploração possível dentro do menor tempo possível – chegando a extremos de escravos que, nas mãos de certos senhores ávidos de lucro rápido, não tinham mais do que alguns anos de expectativa de vida após a compra.

Mortandade assim tão alta e em tempo tão curto ocorria graças ao acréscimo da exploração e das privações a que estava submetido o escravo neste novo contexto, especialmente se escravo "de senhor pobre ou principiando a fazer fortuna". De senhores que de certa forma participavam da miséria de escravos e de senhores que, não tendo sido grandes herdeiros de terras, eram "empreendedores", do tipo que já tinham à ponta do lápis os dividendos dessa mortalidade, entendida como parte calculada do negócio. Indícios de tal contabilidade macabra Freyre recolheu em relatórios médicos de meados do século XIX.

> Outro médico do meado do século XIX, o Dr. David Gomes Gondim, indagando de um fazendeiro – dos tais empreendedores, ansiosos de lucros imediatos – por que lhe adoeciam e morriam tantos escravos, ficou

---

[7] Gilberto Freyre, *Sobrados e mucambos*, p. 660-661.

[8] "Tais relações teriam de refletir-se, como refletiram, na alimentação dos escravos que, nas áreas industrializadas, alterou-se quase sempre no sentido de sua degradação, desde que ao industrial precoce – como foram o mineiro, desde o século XVIII, e o maranhense e o paulista, desde o começo do século XIX – interessava mais esgotar rápida, comercial e eficientemente a energia moça do escravo (substituto de máquina e não apenas de animal) que prolongar-lhe a vida de pessoa servil e útil – mas pessoa ou, no mínimo, animal – através de alimentação farta e protetora – embora com aparência rude – de habitação igualmente protetora – embora com características de prisão as senzalas de pedra e cal." Gilberto Freyre, *Sobrados e mucambos*, p. 401.

> surpreendido com a resposta: "Respondeu-nos pressuroso que (a mortandade), pelo contrário, não lhe dava dano algum, pois que quando comprava um escravo, era só com o intuito de desfrutá-lo durante um ano, tempo além do qual poucos poderiam sobreviver, mas que não obstante fazia-os trabalhar por tal modo que chegava não só a recuperar o capital que neles havia empregado porém ainda a tirar lucro considerável.".[9]

Havia de escravos que às vezes atravessavam gerações numa mesma casa-grande a escravos que não duravam nem um ano nas mãos de seus senhores, morrendo ou sendo vendidos ou trocados em curtos intervalos, aparecendo nos anúncios de jornal às vezes ao lado de coisas, não raro ao lado de animais e amiúde anunciados de tal modo que era mesmo impossível saber tratar-se de animal ou de gente. Eis a diferença essencial entre a escravidão em meio ao patriarcado rural e a escravidão em meio ao patriarcado urbano: esta última foi crescentemente mediada por associações que despersonalizavam as relações entre senhores e escravos, acentuando as diferenças, os antagonismos, as rivalidades, antes atenuadas e equilibradas pela convivência numa mesma estrutura – o complexo casa-grande e senzala. Antigas zonas de convivência que, em paralelo às crueldades, era também criadora de afetos, de intimidades, de cumplicidades e lealdades. E que foram minguando e dando lugar a meros momentos de convivência, já sem a mesma intimidade e proximidade de outrora com os proprietários, estes já mais impregnados de modos europeizados que os distanciavam ainda mais dos escravos.

> Terminado o período de patriarcalismo rural, de que os engenhos banguês, com as suas casas-grandes isoladas, procurando bastar-se a si mesmas, foram os últimos representantes no Norte e seus substitutos no Sul, as fazendas mais senhoriais de café e as estâncias mais afidalgadas no gênero de vida de seus senhores; e iniciado o período industrial das grandes usinas e das fazendas e até estâncias exploradas por firmas comerciais das cidades mais do que pelas famílias, também na zona rural os extremos – senhor e escravo – que outrora formavam uma só estrutura econômica ou social, completando-se em algumas de suas necessidades e em vários dos seus interesses, tornaram-se metades antagônicas ou, pelo menos, indiferentes uma ao destino da outra.[10]

A violência da escravidão esgarçou-se pela crescente despersonalização das relações entre senhores e escravos. Esse ponto nos obriga a retomar a discussão levantada no ensaio *Sádicos e masoquistas*[11]. Trata-se de imagem, que não raro se

---

[9]   Gilberto Freyre, *O escravo nos anúncios de jornais*, p. 109.

[10] Gilberto Freyre, *Sobrados e mucambos*, p. 271.

[11] VALLE, Ulisses do. *Sádicos e masoquistas*: uma interpretação do Brasil à luz de Gilberto Freyre. Vitória: Editora Milfontes, 2022. p. 215-243.

dissemina sobre a obra de Freyre com base em alguns rótulos – especialmente aqueles da "democracia racial" e da "miscigenação". Nela, a obra de Freyre aparece como uma ingênua apologia à colonização portuguesa e à miscigenação como uma espécie de disposição benigna que teria atenuado os efeitos da violência e da escravidão. Afastando-nos desses rótulos, temos mostrado como a dimensão da violência e da crueldade ocupam um papel fundamental na interpretação que Freyre elaborou da formação histórica da sociedade brasileira, ao ponto de serem ingredientes ativos do processo de mestiçagem que a constitui – e não algo extrínseco e residual em relação a ele. A miscigenação, como vimos, ocorreu em paralelo à formação de padrões de relação interpessoal de caráter sádico-masoquista, como modos a partir dos quais se operavam as relações de aproximação e distanciamento entre senhores e escravos.

Essa visão complexa da formação brasileira – que procura perceber e tornar visível a conjunção de aspectos dispersivos, por um lado, e integradores[12], por outro – Freyre expressou em *Casa-grande & senzala* como modo de sopesar a ênfase, dada por ele em ensaio de 1922, aos aspectos aproximativos entre senhor e escravo e de integração deste à família e à sociedade; em que se ressaltava o modo como, em muitos casos, um escravo brasileiro do século XIX podia ter, a despeito da condição de cativo, condições de vida melhores que as de muito operário inglês do mesmo período[13]. Como ele mesmo reconheceria anos mais tarde, *Casa-grande*

---

[12] Poucos leitores de Freyre o interpretam apreciando essa conjunção de tendências opostas, a maior parte vindo a dar ênfase nos aspectos integradores e ao eixo da miscigenação, em detrimento do eixo da violência. Uma exceção é: Diogo Ramada Curto. Ver: CURTO, Diogo Ramada. Casa-grande & senzala de Gilberto Freyre: quatro constatações em torno das intenções do autor. *In:* CORDÃO, Marcos; CASTELO, Cláudia (org.). *Gilberto Freyre:* novas leituras do outro lado do Atlântico. São Paulo: Edusp, 2015. p. 31-32.

[13] É possível afirmar que Freyre esteve atento a essas especificidades e ambiguidades desde seu ensaio de 1922. Isso porque, de fato, Freyre relativizou, nesse ensaio, a crueldade da escravidão brasileira no século XIX ao compará-la com o tratamento dispensado a operários ingleses em plena Inglaterra do mesmo período. Tal relativização, entretanto, não dirime a violência e a crueldade da escravidão, mas antes acentua a violência e a crueldade do regime industrialista nos seus primeiros dias, assim como a hipocrisia de muito inglês metido a abolicionista nas colônias, mas industrial cruel como um escravocrata em suas indústrias. Disse Freyre, aliás, fazendo interessante alusão a um de seus professores em Columbia: "Como assinala, em suas aulas magníficas, o meu mestre de História Social na Universidade de Columbia, o professor Carlton Hayes, na Inglaterra, 'os públicos choravam quando tomavam conhecimento das surras que os cruéis senhores davam nos escravos, na Jamaica. Mas, na própria Inglaterra, meninos e meninas de dez anos eram chicoteados no trabalho' e às vezes até 'nas próprias fábricas dos oradores antiescravistas'. Eram principalmente nas palavras desses oradores ingleses, sectariamente antiescravistas – sua seita era do progresso burguês-industrial, fosse como fosse: por vezes mais inumano que a rotina agrária ou agrária-patriarcal – que se inspiravam, desde 1850, abolicionistas brasileiros, alguns dois quais mais retóricos do que exatos nas suas críticas ao regime brasileiro de trabalho na época." FREYRE, Gilberto. *Vida social no Brasil nos meados do século XIX.* São Paulo: Global Editora, 2009. p. 81.

& senzala foi uma expressão amadurecida daquela atenção às especificidades e ambiguidades, cuidando de perceber os aspectos violentos e, mesmo, sádicos e cruéis de distanciamento, em conjunção com os aspectos parcimoniosos de aproximação, de acomodação e integração[14]. É a própria conjunção desses aspectos que estava na base da constituição do que Freyre chamou de "complexo psicossocial sádico-masoquista". E, na formação de tal complexo, como vimos, atuaram uma diversidade de práticas reiteradas cotidianamente na sociedade brasileira através dos séculos, que sistematizamos em conceitos como "manejo escravocrata" e "educação para o patriarcado"[15].

Por manejo escravocrata se compreende todo o conjunto de "procedimentos" adotados no tratamento dos escravos, reduzidos completamente a meios para um fim: lucro, comodidade e prazer. Envolve desde o conjunto de punições a que estava sujeito o cativo em caso de desobediência às regras fixadas por seu senhorio,

---

[14] FREYRE, Gilberto. *Os escravos nos anúncios de jornais brasileiros no século XIX*. São Paulo: Global Editora, 2010. p. 26. No prefácio à segunda edição de *O escravo nos anúncios de jornal*, Freyre avalia esse balanceio operado por *Casa-grande & senzala* em sua interpretação da escravidão brasileira que se iniciara com *Social Life in Brazil in the Middle of the 19th Century*, dissertação de mestrado defendida em 1922 na Universidade de Columbia. Segundo o próprio autor, *Casa-grande & senzala* veio a ser uma espécie de compensação e corretivo à ênfase dada nos aspectos relativamente "benignos" da escravidão brasileira em seu ensaio de 1922. Mesmo assim, seria completamente errado dizer que há uma alteração radical da visão inicial. Há, na verdade, um aprofundamento: no ensaio de 1922 já se encontrava esboçada em linhas gerais a visão de uma conjunção entre crueldade e afeição como mistura ambígua que dava as notas de particularidade da escravidão brasileira. Ao contrário, tal mistura encontrava-se já não só entrevista, como também estendida à relação entre pais e filhos, na medida em que estes, também muito frequentemente e de maneira legítima e natural, sofriam os excessos de uma "disciplina sádica." Diz o então jovem Gilberto Freyre: "A disciplina doméstica tinha como base o temor de Deus. Mas se este falhava, entrava vigorosamente em ação o chicote. A severidade era, frequentemente, exagerada. Rapazes de quinze anos eram castigados por ofensas que um pai de época posterior consideraria leves. Um filho solteiro de mais de vinte anos não ousava fumar na presença do pai. As moças nunca tomavam parte na conversa dos mais velhos, a não ser quando especialmente convidadas. Os escravos eram espancados quando surpreendidos em maus feitos; e punidos com 'tronco' ou com a 'máscara', quando apanhados em vícios perniciosos ou em flagrantes de furto. A sinhá-dona trazia quase sempre um chicote. O francês um tanto feminista Expilly colocou o manejo do chicote entre as principais ocupações da matrona brasileira. havia extremos de sadismo, no manejo do chicote, por parte de brancos com relação a negros, de senhores com relação a escravos. Mas eram extremos semelhantes àqueles em que às vezes se desgarravam pais nos castigos a que submetiam os filhos, ou velhos, nas punições que patriarcalmente infligiam aos meninos." (FREYRE, Gilberto. *Vida social no Brasil nos meados do século XIX*. São Paulo: Global Editora, 2009. p. 94.) O que mudaria na interpretação freyriana, como veremos à frente, seria já consumado em *Sobrados e mucambos*, de 1936, no qual se deu ênfase à despersonalização crescente das relações entre senhores e escravos promovida pela escravidão urbana, assunto das páginas seguintes.

[15] VALLE, Ulisses do. *Sádicos e masoquistas*: uma interpretação do Brasil à luz de Gilberto Freyre. Vitória: Editora Milfontes, 2022. p. 225-243.

até os mínimos tratamentos dados a ele desde a infância até a vida adulta; desde os navios tumbeiros por meio dos quais eram traficados da África ao Brasil, até o regime de venda e aluguel nas praças das cidades; desde as relações pessoais que estabeleciam com o senhorio da casa, até ao regime de regras que a eles se impunha fora da casa, na rua ou nas plantações.

A "educação para o patriarcado", por outro lado, compreende um processo de maior abrangência. Não se exerce apenas das classes dominantes sobre as classes dominadas, mas também internamente às classes dominantes, correspondendo a um processo pedagógico que circula em todos os segmentos da sociedade, ensinando a cada qual o seu devido lugar em cada ocasião da vida. É uma educação orientada para o aprendizado do mando e da obediência, assim como dos critérios que definem a hierarquia de mando e obediência e sua estratificação entre os diversos tipos sociais em jogo a cada situação. Como todo processo educacional eficiente, a educação para o patriarcado se exercia desde a primeira infância e seu palco de aprendizado era a própria vida cotidiana em sua espontaneidade e em sua regularidade. A partir de uma leitura atenta da obra de Freyre, pode-se depreender os principais significados – os principais aprendizados, portanto – transmitidos pela educação para o patriarcado, que por sua vez eram relativos aos critérios de distribuição do mando e do dever de obediência: critério de *status* (senhor e escravo), de gênero (homem e mulher) e de geração (o velho e o jovem). O castigo e o direito de castigar, monopolizado pelo pai (único a poder portar os três critérios de autoridade da educação para o patriarcado), permanecia sempre como o garantidor último do respeito e do "aprendizado" desses critérios. Castigos tantas vezes exercidos sadicamente pelo pai sobre os filhos, sobre a mulher e, principalmente, sobre escravos.

Com a urbanização e as mudanças que ela produziu sobre a escravidão, também se alteraram as práticas constitutivas do manejo escravocrata e da educação para o patriarcado. Não ao ponto de tornar inoperantes tais conceitos, mas de dar a eles sentido cada vez mais despersonalizado, em que relações diretas entre pessoas foram gradativamente substituídas e mediadas por instituições: por empresas, por escolas, por órgãos públicos, cuja autoridade, embora se corporificasse em pessoas de carne e osso, se fundavam em associações e estatutos despersonalizados.

Em conexão com esse processo crescente de despersonalização das relações entre senhores e escravos, assim como em função da própria intensificação do tráfico nas praças urbanas, criava-se uma atmosfera cultural que, para além de fazer uso dessa hedionda prática, a banalizava. Essa banalidade com que se vivia em meio à escravidão na sociedade brasileira não consiste apenas num processo de naturalização da prática pelo tempo, como algo decorrente da inércia e da comodidade. Ao contrário, essa banalização foi culturalmente promovida, a despeito das oposições que se faziam a ela, por nada menos que parte significativa dos meios de comunicação em massa que começavam a surgir nas diversas cidades brasileiras desde 1808. Os jornais e periódicos que circulavam foram disseminadores não só de uma "retórica da europeização", como também de uma eficientíssima, em termos comunicativos, "retórica da crueldade", que foi, como veremos, uma espécie de incremento massivo à educação para o patriarcado, além de um braço importante do manejo escravocrata que, para além de seus atributos hodiernos, contava agora com a dimensão empresarial em torno da escravidão.

Empresas como as do tráfico internacional de escravos, que, para dirimir os riscos acarretados pela ilegalidade, transformaram-se em verdadeiras associações modernas de capital, como nos mostra o maravilhoso livro de João José Reis, Flávio dos Santos Gomes e Marcus de Carvalho[16]. Associações de capital das quais, para o financiamento de uma única viagem negreira, participavam dezenas de investidores, cada qual com sua parcela correspondente de capital que deveria retornar na forma de certo número de negros escravizados. Relações empresariais que pioraram as já hediondas práticas de manejo envolvidas num navio negreiro: diminuindo ao máximo o espaço concedido ao escravo ensardinhado nas galés dos navios; assim como concedendo o mínimo necessário de água e comida para a viagem de meses no Atlântico – modos de economizar espaço para o ocupação de mais escravos, entre os quais uma quantidade enorme morria no percurso, trancados meses seguidos em meio a urina, fezes e o que mais de porcaria ali fosse se acumulando ao longo da viagem. Mas, é claro, essa não era a única estratégia de otimização da quantidade de escravos por metro quadrado. Outra igualmente utilizável era a preferência dada a crianças pelos traficantes, como confirmam relatórios produzidos por parlamentares ingleses no século XIX sobre os navios apreendidos na realização do hediondo comércio. Sobre as condições de tráfico de escravos para as Américas, diz-nos Freyre:

> que muito se abusou da importação de moleques e negrotas. Moleques e negrotas que, economizando espaço a bordo, não tardassem, em terra, a desabrochar em pretalhões e pretalhonas completos, capazes de se venderem pelos melhores preços. Em negras de ventre maduro para a procriação, prontas a rebentarem em molequinhos e crias.[17]

Escravos que, depois de sobreviverem aos horrores da viagem, eram descarregados à vista ou clandestinamente nos portos brasileiros e dali encaminhados ou às fazendas a que já estavam destinados ou à praça para serem vendidos, às vezes pelos próprios traficantes, às vezes por empresas especializadas na compra, venda e, mesmo, no aluguel de escravos. O que indica o ponto em que tal comércio contou com a proteção e condescendência das autoridades e da população em geral, ainda que tivessem de manter certa aparência de condenação ao tráfico ante

---

[16] REIS, João José; GOMES, Flávio dos Santos; CARVALHO, Marcus. *O alufá Rufino*: tráfico, escravidão e liberdade no Atlântico Negro (c. 1822-c. 1853). São Paulo: Companhia das Letras, 2010.

[17] Gilberto Freyre, *O escravo nos anúncios de jornais*, p. 103-104.

olhos ingleses. Uma vez vendidos a senhores mais ciosos de sua propriedade, eram acrescentadas a ferro quente as marcas de seu dono, como meio identificar propriedade e proprietário em caso de eventual fuga ou litígio; marcados, outras vezes, antes mesmo de embarcar para a infernal viagem, como meio de evitar confusão entre os escravos de propriedade de diferentes membros da tripulação, geralmente composta com gente que também empregava o próprio capital e a miúda poupança na compra de escravos que em terra pudessem lhe render o dobro ou triplo do valor empregado. O comércio de escravos foi, talvez, a primeira expressão do "empreendedorismo" brasileiro.

Foi esse aspecto "empreendedor" o que renovou as práticas do manejo escravocrata, incrementando aquelas já existentes sem, entretanto, mudar-lhes em nada aquilo que lhe era essencial: a redução de um contingente enorme de pessoas ao *status* de um "rebanho de escravos". E, tratado como rebanho, para além da crueldade e violência que se dispensava sobre o escravo em todas as etapas de sua vida e de sua formação, havia um traço particular que continuou inalterado, pelo menos, até 1871, com a lei de nome tão expressivo como é a do Ventre Livre: trata-se da redução da mulher escrava a ventre, assim como da aplicação de técnicas de estimulação sexual que visavam a ampliação do rebanho e do capital do senhorio. Aspecto este que, na escala dos horrores da escravidão, ocupa talvez aquele de mais alto grau e ao qual provavelmente nenhuma descrição humana consiga jamais fazer justiça à real condição do que significava ser vítima desse holocausto que, em nosso caso, foi durante muito tempo um cotidiano banal. Banal ao ponto de ter sido praticado, inclusive, nas fazendas de padres jesuítas e beneditinos: algumas das quais, como nos mostra Freyre, tendo praticado verdadeiras experiências de cruzamentos genéticos entre populações escravizadas por nada menos que três séculos[18]. E, fora das instituições religiosamente inspiradas, não era só para a produção de "crias" que as mulheres escravas eram sexualmente exploradas: também na prostituição, diz-nos Nabuco em 1883, os senhores podiam empregar suas escravas. Prática que, obviamente, só deve ter aumentado com o crescimento das cidades, mas que também parece ter sido comum na zona rural, associada, ainda, a uma espécie de gestão racionalizada da produção de "crias"[19].

---

[18] Gilberto Freyre, *Sobrados e mucambos*, p. 746-747.

[19] Resgatando obra capital de Pires de Almeida, àquela altura já praticamente esquecida, Freyre colocaria sobre destaque a estimulação racionalizada da reprodução de escravos, tal qual se pratica em rebanhos de animais, visando a mestiçagem da escravaria. "Pires de Almeida que estudou minuciosamente a libertinagem no Brasil patriarcal dos últimos decênios do Império lembra que alguns senhores rurais mantinham em suas propriedades 'verdadeiros serralhos e prostíbulos de escravas'; que vários senhores 'entretinham a procriação geral dos seus domínios rurais designando para cada grupo de quatro escravas um crioulo que as fecundava'; que 'para obter mestiços', mandavam-se negras aos quartos dos cometas ou mascates à noite, com 'água para os pés' ou, de madrugada, com 'mingauzinho dourado e ovos'." *Ibid.*, p. 774.

E nem foram as associações de capital negreiro e nem as casas comissárias de compra e venda de escravos as únicas empresas que, além de ganharem com a escravidão, acabaram colaborando para a intensificação e banalização de seus horrores e crueldades. Também a imprensa nascente ou, pelo menos, parte significativa dela, atuou nesse sentido quando junto ao noticiário trazia em suas publicações anúncios dedicados à venda, à compra e ao aluguel de escravos, assim como anúncios de escravos fugidos, endereçados a capitães-do-mato a quem eram prometidas recompensas em caso de captura dos fujões.

Anúncios que, nas mãos de Freyre, numa das tantas antecipações metodológicas de que ele se gabava, converteram-se em riquíssimas fontes de informação para a reconstrução histórica da realidade passada. Fontes de informação prontas a serem compreendidas, "por um discípulo de Kenneth Burke que fosse também um adepto de McLuhan"[20], como verdadeiros poemas que, em poucas linhas, traziam às vezes condensados os dramas de vidas inteiras e, conjuntamente considerados, de uma época inteira. Para discípulos de Kenneth Burke, porque os anúncios de jornais brasileiros formavam o que o autor de *Filosofia da forma literária* chamou de ato simbólico, de poesia em sentido amplo[21]. Poesias macabras, funestas, mórbidas naquilo que diziam e nomeavam da realidade, é verdade; mas ainda poesia, pois adquiriam tais anúncios o que o filósofo estadunidense chamava de estratégia ou estilo, isto é, a criação de uma específica forma literária para fazer frente a determinada situação comunicativa, sinalizando uma realidade que passava a ser partilhada entre anunciante e leitor. Essa situação, em geral, correspondia à escravidão, é certo, mas também aos anseios do público para o qual a mensagem era endereçada: isto é, os potenciais interessados nos anúncios e no que eles anunciavam. Esta necessidade de comunicar-se de maneira mais direta e informal marcou os anúncios de jornal pela "forma literária" cuja estratégia para alcançar e seduzir o público foi a de purgar-se das carolices e dos gramaticismos da língua portuguesa oficial, aproximando-se, através da escrita, o mais possível das fontes vivas da oralidade: criando, na perspectiva de Freyre, as primeiras formas literárias autenticamente brasileiras, antecipando o furor modernista pela busca de uma literatura que, sem deixar de ser de ser portuguesa, fosse autenticamente brasileira. Com a necessidade de se comunicar com a gente em geral, tais anúncios precisaram se valer da linguagem dessa mesma gente, contrariando para isso muito da norma culta habitual desses registros.

E o que era anunciado por estes anúncios? Dos serviços mais variados, de empresas, lojas e profissionais liberais, anúncios de produtos e elixires farmacêuticos e quase milagrosos, passando por anúncios das "fascinantes" mercadorias europeias e, é claro, escravos igualmente tratados como mercadorias. Mas, por

---

[20] Gilberto Freyre, *O escravo nos anúncios de jornais*, p. 47.

[21] BURKE, Kenneth. *La filosofía de la forma literaria y otros estudios sobre la acción simbólica*. Madrid: Machado Libros, 1973.

mais enxuta que fosse a descrição do bem anunciado, ela comportava sempre em seu bojo – como o poema ou a ação simbólica de Burke – uma retórica, isto é, uma função apelativa voltada não a qualquer descrição mais ou menos exata, mas a uma descrição orientada para o desejo de convencer o receptor de algo e, mais do que isso, de suscitar nele determinada ação, reação ou comportamento. Daí que mercadorias europeias fossem anunciadas apelando a uma aura de sofisticação, de modernidade, de superioridade sobre o que fosse nativo e "tradicional", transmitindo para seu uso e posse a capacidade de distinção social, de prestígio, de poder. Constituíam tais anúncios, em seu conjunto, uma retórica da europeização que não deixou de colaborar para o distanciamento da gente mais abastada, capaz de suprir-se de tais mercadorias – muitas delas verdadeiras insígnias de classe –, da grande parcela de mulatos e mestiços livres cuja aparência continuava desprovida de signos de europeidade.

Mas e quanto aos anúncios de escravos? Está claro que os anunciavam para venda ou aluguel, assim como se anunciavam recompensas para captura de escravos fugidos. Mas aí também variava a descrição conforme a finalidade em vista. Os anúncios de escravos fugidos, em outras palavras, precisavam descrevê-los de forma realista, mas ao modo de sua gente, com seus termos e usos linguísticos próprios, vivos na oralidade; os anúncios de venda, por sua vez, buscavam seduzir o leitor, potencial comprador, por aquilo que a escravidão suscitasse nele em termos de desejo: daí muito escravo anunciado como ideal para "mimos", para este ou aquele serviço, assim como escravos anunciados como sendo de "boa figura" ou mesmo uma "flor do pecado". O apelo retórico que procurava despertar no leitor a ação de comprar um escravo precisava condensar no anúncio as nem sempre verdadeiras qualidades físicas e morais do dito cujo (beleza, força, saúde, honestidade, lealdade), escondendo aquelas comercialmente desagradáveis, ou exagerando umas e atenuando outras. Para o anúncio de escravos fugidos, o anunciante tinha menos "liberdade poética", e não podia se dar ao luxo de descrições ambíguas ou imprecisas – podia até ocultar algumas qualidades, para não suscitar a cobiça de terceiros, mas carecia de descrevê-los com tal precisão gráfica e, às vezes, tendendo a psicológica, que permitisse a capitães-do-mato uma identificação inequívoca deles. À frente do apelo retórico "encontre!", "denuncie!", "capture!", "devolva!", "seja recompensado!", ia sempre uma descrição crua e direta do fugido, apelando para as marcas identificadoras que traziam consigo: vestimentas, características físicas e mesmo psicológicas: cor, forma do nariz, da boca, da testa, do cabelo, altura, forma do corpo, assim como modos de andar, de falar, se eram ladinos ou boçais, seus hábitos e vícios, suas marcas de nação e, é claro, suas deformações corporais e cicatrizes derivadas de acidente de trabalho e, principalmente, de castigos sadicamente perpetrados por feitores privados ou autoridades públicas no cumprimento de alguma pena imposta ao cativo. Marcas de relho, de ferros quentes, de correntes e açoites diversos, assim como mutilações, feridas às vezes ainda correndo sangue, cuja descrição se endereçava ao olhar clínico de capitães-do-mato já treinados naquela atividade, às vezes por necessidade, às vezes pelo gosto sádico adquirido pela própria formação em meio não só escravocrata, mas *pedagogicamente* escravocrata. Essa retórica da crueldade foi, como se pode presumir, um importante apêndice da educação para o patriarcado.

Em função da própria natureza desse tipo de texto, precisavam "se anunciar através de imagens ou palavras persuasivas, atraentes, sugestivas. Através de artes ostensivas ou dissimuladas de comunicação empenhada em contagiar indivíduos, grupos, públicos com seus valores ou seus motivos ou a favor de seus interesses"[22]. O que fazia com que, por trás das retóricas do "compre!" e do "capture!", houvesse uma retórica comum que unificava os anúncios de escravos em jornais: uma verdadeira retórica da crueldade, que atuava no sentido de naturalizar e banalizar não só a escravidão, mas também os padrões de relação interpessoal permeados de sadismo. Retórica presente em reclames de escravos fugidos que anunciavam crianças às vezes de 8 anos, como Anacleto, com calos nas mãos devido ao trabalho e marcas de relho nas costas devido a castigos[23]; ou como Caetano, que com 12 anos já trazia marcas de fogo pelo corpo, além de calvície no meio da cabeça, provocada pela atividade de carregar peso[24]; como Joana, escrava de 14 anos que, fugida, podia ser identificada pelos atributos físicos que faziam dela uma "flor do pecado", além das marcas de chicote e das "boubas" nas "partes ocultas" – feridas que denunciavam sífilis[25]; em mães que eram vendidas sem suas "crias"[26]; ou em "crias" que eram anunciadas como perfeitas para servirem de "mimos" a sinhozinhos e sinhazinhas de quem passariam a ser os "leva-pancadas" e "moleques de brinquedo"[27].

Uma pena, lamentava Freyre, que Burke não estudara, entre tantas retóricas das diferentes formas literárias ou ações simbólicas, a retórica dos anúncios de escravos em jornal; verdadeiras "agências" que numa mesma e hipercondensada forma literária concentravam "agentes", os senhores de escravos, que mobilizavam a agência, e contra-agentes, os escravos que, em condição quase mítica de "herói soreliano" apareciam ora se resignando passivamente à situação (anúncios de compra, venda e aluguel), ora resistindo ativamente a ela (anúncios de fuga).

No caso em que estamos considerando, através de uma retórica ligada a anúncios de escravos no Brasil patriarcal do século XIX, esses anúncios seriam a agência: os agentes seria, de um lado, o senhor de escravos,

---

[22] Gilberto Freyre, *O escravo nos anúncios de jornais*, p. 51.

[23] *Ibid.*, p. 152

[24] *Ibid.*, p. 110.

[25] *Ibid.*, p. 112.

[26] *Ibid.*, p. 166.

[27] *Ibid.*, p. 166

de outro, o próprio escravo a quem poderia por vezes ser atribuída, nas relações dramáticas de que participava, a condição simbólica ou mítica – sorelianamente mítica de herói. A linguagem dos anúncios seria expressão do que Burke chama de "modos de ação" e esta, simbólica [...] tanto a exprimirem motivos, da parte do agente senhoril, de estimar os entes humanos de sua propriedade [...] quanto a manifestarem motivos do escravo, objeto de anúncios de jornal, quer para se resignar passiva e, por vezes, afetivamente a essa condição – quando apenas expostos à venda ou posto em aluguel – quer para reagir ativamente contra ela pela fuga: uma forma de insubmissão ou ato de revolta. Ato transimbólico: efetivo.[28]

Além da crueldade, que assumia com tais agências uma forma comunicativa de teor dramático, manifestava-se também, em tais anúncios, os "motivos" do escravo para se resignar ou se rebelar às condições postas pela escravidão. De se revoltar contra ela – partindo para o tudo ou nada camusiano – envolvido tanto nas insurreições quanto nas fugas aventurosas mato adentro ou, mesmo, realizando uma espécie de fuga derradeira com o suicídio – ou de se resignar a ela e, mesmo, de se dedicar masoquistamente a ela. A autêntica revolta, como revela Camus, tem sempre algo de suicida: o partir para o tudo ou nada equivale à descoberta de um valor mais alto que a própria a vida e sem o qual a vida não importa[29]. O escravo que acometia contra brancos e senhores sabia muito bem o destino que lhe esperava e a morte que esse ímpeto revoltado buscava não era senão uma desesperada reapropriação de si. Afinal, como disse Joaquim Nabuco, "o escravo brasileiro literalmente falando só tem de seu uma coisa – a morte"[30]. A resposta desesperada do escravo ao absurdo da escravidão era ato que, ao contrário do que ocorre na entrega masoquista, buscava a reapropriação de si, ainda que ao custo da aniquilação. O estar em posse de si, mesmo que para morrer, apresentava-se ao desespero do escravo em agonia como algo mais importante do que seguir vivendo expropriado do próprio ser. *E ambos os casos, a revolta e a entrega masoquista, passaram a existir com mais intensidade ao longo do século XIX.* Ambos como resposta à quebra do "equilíbrio de antagonismos" do patriarcado rural, marcado agora por maior distanciamento entre senhores e escravos e pela despersonalização crescente de tais relações, que acabou resultando na piora das condições de vida e na intensificação, como temos visto, da crueldade.

E essa despersonalização, tendo se verificado desde que aqui se expandiram os primeiros engenhos em grandes fábricas, com centenas e não apenas dezenas de operários-escravos a seu serviço, acentuou-se com a

---

[28] Gilberto Freyre, *O escravo nos anúncios de jornais*, p. 50.

[29] CAMUS, Albert. *O homem revoltado*. Rio de Janeiro: Record, 2013. p. 26-28.

[30] NABUCO, Joaquim. *O abolicionismo*. Rio de Janeiro: Nova Fronteira; São Paulo: PubliFolha, 2000, p. 27.

exploração das minas e, já no século XIX, com as frequentes vendas de escravos, da Bahia e do Nordeste para o Sul, ou para o extremo Norte; para cafezais e plantações de caucho, exploradas às vezes por senhores ausentes ou por homens ávidos de fortuna rápida; e nem sempre por senhores do antigo feitio patriarcal. Já habituados, como pessoas e até crias de casa-grande, ao sistema de convivência patriarcal dos engenhos de açúcar, os negros assim vendidos a estranhos que não sabiam tratá-los senão como animais ou máquinas, foram se sentindo diminuídos à condição de bichos ou de coisas imundas, pelas vendas humilhantes; e no meio novo é natural que, como outros adventícios [...] se comportassem como indivíduos desenraizados no meio nativo; e como todos os desenraizados, mais fáceis de resvalar no crime, no roubo, na revolta, na insubordinação, do que os indivíduos conservados no próprio ambiente onde nasceram e se criaram. Daí, talvez, as frequentes insubordinações de negros importados do Norte, na província de São Paulo, onde muitas vezes sentiam-se antes transformados em animais ou máquinas do que tratados como pessoas.[31]

Revoltas que abundaram ao longo do século XIX e cujos rumores ajudaram a reforçar a esfera repressiva, de modo a serem exterminadas, às vezes antes mesmo de terem começado. O fato é que tais revoltas existiram, embora nunca tenham triunfado. E nem a fuga e, menos ainda, o suicídio – bastante frequentes – por se darem no nível individual, puderam criar, entre os dominados, laços de solidariedade duradouros e capazes de resistir ao tempo. O resultado é que, com os rumores e receios provocados pelas fugas, mas principalmente pelas revoltas de escravos, o que houve foi uma crescente repressão e perseguição a tudo o que fosse manifestação cultural de pretos que se amontoassem em algum lugar. Ao manejo escravocrata se acrescentava, desde então, a crescente proibição de costumes que os africanos escravizados, recém-chegados ao Brasil ou já ladinos e abrasileirados, mantinham no âmbito das cidades brasileiras. E se o choque entre a parte mais europeizada da população com os costumes de africanos e caboclos existiu desde o começo dos contatos interculturais, o que nos mostra Freyre é que, em período anterior ao século XIX, parece ter havido maior contemporização, se não de brancos afidalgados, ao menos das autoridades[32]. Contemporização que ao longo do século XIX foi perdendo espaço para a repressão e para a perseguição, para a proibição expressa em lei e a cuja infração passava a incidir punições e castigos.

---

[31] Gilberto Freyre, *Sobrados e mucambos*, p. 660.

[32] É o que sugere muitas manifestações de autoridades públicas em resposta aos reclames das elites quanto a danças e batuques de negros, como a do governador de Pernambuco em ofício de novembro de 1796: "Quanto aos batuques que os negros dos engenhos e dessa villa costumão praticar nos dias santos [...] não devem ser privados de semelhante funcção porque para elles é o maior gosto que podem ter em todos os dias de sua escravidão." Gilberto Freyre, *Sobrados e mucambos*, p. 515.

Foi essa sabedoria de contemporização ou essa inteligente tolerância de diferenças de comportamento de raça, de classe e de cultura de região que faltou àquelas câmaras municipais do Brasil-Império, mais ciosas de sua condição de câmaras de cidades principais; e àqueles juízes de paz, àqueles presidentes de província, àqueles chefes de polícia, àqueles prelados que se dedicaram à perseguição dos batuques, dos candomblés, dos maracatus de escravos e de africanos como a uma guerra santa. Em Salvador, pelas posturas da câmara de 1844, ficaram proibidos "os batuques, danças e ajuntamentos de escravos, em qualquer lugar e a qualquer hora..."[33]

Diante dos rumores, reais ou fictícios, de revoltas de escravos, somados ao anseio da elite em produzir uma imagem ou aparência europeizada do ambiente urbano, suas práticas religiosas – do candomblé ao islamismo – seus ritos, seus cantos, músicas e danças passavam a sofrer uma perseguição mais sistemática, tanto das autoridades públicas quanto da imprensa, que repercutia basicamente a posição da elite preocupada com o olhar europeu. Uma perseguição com o objetivo, se não de exterminar tais costumes, ao menos de tirá-los da vista – especialmente da vista de estrangeiros. A mesma imprensa que numa parte dedicava-se a anúncios de escravos, formando o que anteriormente chamamos de uma retórica de crueldade, empenhava-se em outras em "moralizar" os costumes – o que significava, basicamente, purgá-los dos indícios e das aparências africanas. O leitor tenha paciência para a extensão da próxima citação, mas ela se faz necessária para que fique clara a atenção conferida por Freyre à intensificação da repressão sobre os escravos provocada pelo intermédio de instituições, neste caso aliadas entre si, como era o caso das autoridades municipais e de setores importantes da imprensa, e destas em torno do que estamos chamando de "retórica da europeização".

> Semelhante política de coerção ou repressão violenta seria, aliás, aplaudida pela melhor imprensa da época. Em 1856 a polícia provincial dispersava, na cidade do Recife, sob os aplausos da imprensa mais esclarecida, representada pelo *Diário de Pernambuco*, o maracatu dos "pretinhos do Rosário", da mesma cidade do Recife, não – esclarece o referido jornal – "porque julgasse que aquele inocente divertimento era atentatório da ordem pública, mas porque do maracatu passariam a bebedeira e daí aos distúrbios..." Pelo que a polícia provincial, segundo a mesma imprensa, "obrara muito bem".
>
> Não admira. Da mesma imprensa partiam aplausos a atos ainda mais violentos da polícia em relação a negros e escravos. Porque dois pretos cativos fossem ingenuamente queixar-se ao subdelegado da Boa Vista de que seus senhores os haviam castigado com palmatoadas por eles consideradas injustas e o Javert atendesse aos queixosos mandando "duplicar

---

[33] Gilberto Freyre, *Sobrados e mucambos*, p. 515.

a dose de cada um", o *Diário de Pernambuco* comentou o abuso de força, aplaudindo-o: "excelente despacho para tais petições..." Negro não tinha o direito a queixar-se à polícia, de castigo de senhor branco. Escravo não tinha o direito de pedir reparação de castigo que lhe tivesse sido aplicado por senhor. E nada parecia mais vergonhoso aos olhos dos moralistas do grave diário – *representativo dos jornais que melhor orientavam então o público brasileiro* – que tolerar a polícia os chamados "levantamentos de bandeiras" com "bandos de meninas cantarolando à moda de Guiné. Tal costume nos fazia passar "aos olhos do estrangeiro como selvagens".[34]

Muitos jornais, entre os quais o *Diário de Pernambuco* era representativo, não só com os anúncios de escravos, mas também com o que neles era propriamente jornalístico – o relato, o comentário e a interpretação de acontecimentos considerados significativos, importantes – compunham uma esfera (institucionalizada) de arregimentação da opinião pública, por meio da comunicação em massa, no sentido de, mais do que justificar o castigo e a repressão às manifestações culturais de escravos africanos ou já abrasileirados, serviram também para banalizar as práticas de crueldade sádica exercida sobre um amplo contingente da população brasileira. O comentário jornalístico, a crônica dos costumes inoculando na opinião pública valores e modelos, eram modos de, conscientemente ou não, eliminar de maneira pedagógica as aparências não europeias suscitadas por tais manifestações: tornando-as não só "imorais", mas também "inferiores", "repulsivas", "abjetas". Tais aparências, e não o ato de escravizar e punir sadicamente, é que eram sentidas como vergonha por grande parte do universo comunicado aos leitores de jornal. O sadismo de senhores, feitores e autoridades, longe de ser "reprovado", era estimulado por significativos setores da opinião pública, que pareciam extrair de tais atrocidades um perverso deleite capaz de entreter jornalistas, por um lado, e seu público leitor, por outro.

Sadismo que, aos poucos, foi também se despersonalizando e sendo incorporado e mediado por instituições. De modo que a própria punição e perseguição de escravos, dado o aumento crescente de revoltas e o terror causado por seus rumores, foi sendo assumida pelas autoridades, e cada vez mais se dirigindo não a um ou outro escravo específico, mas a escravos em geral: perseguindo e ridicularizando seus costumes e crenças, impedindo e reprimindo suas festas, danças e artes, dando a elas conotação de barbárie a ser repelida das vistas da gente ansiosa por *status* de civilização europeia. Somavam-se, assim, aos castigos e execrações privadas, castigos e execrações públicas, que sobre os escravos infratores despejavam a crueldade juridicamente regulada de juízes e delegados, com penas que contavam, a depender do crime supostamente cometido, com centenas e, às vezes, milhares de açoites. Punições às vezes requisitadas pelo senhor do escravo às autoridades públicas:

---

[34] Gilberto Freyre, *Sobrados e mucambos*, p. 516, grifo nosso.

delegados e subdelegados que sentenciavam a centenas de açoites por crimes como "andar com faca de ponta" ou "brigar com outros escravos" e a até milhares de açoites por crimes de morte. Condenados que, quando não morriam no tronco, eram devolvidos a seus donos como pedaços de carne dilacerados pelo chicote.

Como já dissemos, essa incorporação do sadismo pelas instituições se expressava não só neste encargo da punição e do castigo físico, mas também de sua humilhação e execração pública. Perseguições religiosas, como a empreendida por um subdelegado contra adeptos do Xangô no Recife, em julho de 1877, que terminavam com a prisão de "bruxas e feiticeiras", fazendo-as desfilar, sob escolta policial e achincalhamento público, pelas ruas da cidade, carregando seus objetos de culto e seus animais sacrificiais[35].

Pode-se dizer, sem nenhum exagero, que o correlato da europeização da sociedade brasileira no século XIX, verificado principalmente nas cidades, foi o esforço, às vezes sádico, empregado em sua desafricanização. De modo que valores que antes conviviam e, mais do que isso, combinavam-se criativamente, passaram a se hostilizar e a se excluir violentamente, assumindo a europeização uma espécie de despotismo simbólico, onde unicamente ela passava a ter valor.

> Por consideração ou temor aos "olhos dos estrangeiros" – isto é, aos olhos dos ingleses e dos franceses – e sob a pressão de interesses, e não apenas de valores, representados por esses críticos ou desdenhosos de quanto fosse diferente dos costumes e das modas dominantes na Europa ocidental, carbonífera e burguesa – é que se destruíram, entre nós, na segunda metade do século passado – na verdade durante o século XIX inteiro – algumas daquelas sobrevivências rústicas ou orientalmente patriarcais, várias daquelas expressões mais pitorescas de diferenças de cultura, de raça, de classe e de região que vinham coexistindo entre nós sob o primado nada despótico do elemento europeu, isto é, o lusitanamente católico. Rompeu-se o equilíbrio para acentuar-se pela exclusão violenta de diferenças, a supremacia ou a superioridade do elemento europeu, senhoril e urbano, agora com um sentido nitidamente burguês, capitalista, francês e inglês de dominação. Dominação de "superior" sobre "inferiores".[36]

Forma de dominação que, mesmo se exercendo em nível simbólico, acabava derramando-se sobre o corpo desses representantes de culturas não europeizadas que eram escravos e a gente mestiça livre, mas pobre, das cidades brasileiras. Dominação que, em nome de valores europeus e interesses da elite comercial que se formava, se exercia pela desvalorização de tudo o que fosse de origem nativa ou

---

[35] REIS, João José; GOMES, Flávio dos Santos; CARVALHO, Marcus. *O alufá Rufino*: tráfico, escravidão e liberdade no Atlântico Negro (c. 1822-c. 1853). São Paulo: Companhia das Letras, 2010. p. 344.

[36] Gilberto Freyre, *Sobrados e mucambos*, p. 517.

africana, mesmo se já abrasileirado e misturado com elementos indígenas, orientais ou ibéricos; a perseguir o candomblé, o islamismo e demais expressões religiosas de escravos e pretos forros, brasileiros ou africanos, rebaixando-as a bruxarias e charlatanismo, em nome de um cristianismo mais europeizado e intolerante; a desvalorizar o berimbau, a viola, a percussão, a modinha, em nome do piano, da valsa, da polca e de canções italianas; a desvalorizar sua culinária, rústica e carregada de temperos, em nome do requinte insosso de restaurantes franceses; a desvalorizar suas roupas leves e coloridas em nome de ternos e cartolas inglesas; suas drogas recreativas, a cachaça, a maconha e o tabaco, em nome da *beer* e do *whisky* ingleses.

Esse processo, que atesta certa reciprocidade e proporcionalidade entre europeização e desafricanização, continuaria seu percurso impessoal e cruel ao longo de todo o século XIX, adentrando inclusive na fase republicana de nossa história e alcançando os mais recônditos meandros de nossa cultura. Pois o que seria, no contexto da abolição da escravatura, a importação de mão de obra europeia para substituir a escrava? Ou ainda a incorporação, por parte de intelectuais brasileiros, de teorias europeias que procuravam dar fundamentação científica à suposta inferioridade das "raças de cor"?

A europeização, por isso, atuou no sentido da quebra do equilíbrio de antagonismos constituído pelo sistema do patriarcado rural, em que os elementos dissolventes de distanciamento eram compensados pelos elementos conjuntivos de aproximação, permitindo, para além da violência, intercomunicação cultural da qual resultou uma síntese criativa de novos valores e formas de vida. Rompido tal equilíbrio, acentuaram-se, em consequência, os antagonismos e a violência do conflito instalado entre senhores e escravos, entre portadores de cultura predominantemente europeia e portadores de cultura predominantemente não europeia, reforçando sobre a população escrava um pejo e um conjunto de estigmas que continuariam marginalizando-a mesmo depois de abolida a escravidão.

VI

Os mulatos, uns "desraçados"

Desde o capítulo anterior, temos insistido que a sociedade brasileira, segundo a interpretação de Gilberto Freyre, constituiu-se em meio à conjunção de duas grandes tendências: uma integradora, fundada na aproximação entre opostos possibilitada pela miscigenação, e outra dissolvente, fundada na violência e na crueldade estimuladas pela escravidão. Tal conjunção, reunindo num mesmo âmbito de relações o amor e a violência, a intimidade e o estranhamento, a amizade e o ódio, criou na cultura brasileira padrões de relação interpessoal com tendências sádico-masoquistas, constituídas ao longo de séculos pela reiteração cotidiana de práticas envolvidas no que temos chamado de manejo escravocrata e educação para o patriarcado.

Já elucidamos a constituição dessas tendências sádico-masoquistas e procuramos mostrar como elas gradativamente se espraiaram por diversas esferas da cultura: da religião à economia, da política à vida cotidiana. A mais grave consequência dessa forma de sociabilidade é o tipo de sentimento de dignidade que ela cria e reproduz: um sentimento de dignidade que só se satisfaz e se preenche com o poder mandar e o não precisar obedecer. Fundado, por isso, na diferença – não necessariamente de raça[1] – e permeado com um verdadeiro horror à igualdade. Ao final, buscamos potencializar a interpretação de Freyre com o desdobramento de suas ideias no debate psicanalítico, com especial atenção para as relações entre o complexo sádico-masoquista e aquilo que Sigmund Freud chamou de masoquismo

---

[1] Como veremos, a cor, mais do que a raça propriamente dita, é um e apenas um dos critérios de estratificação social, mas de modo algum o único e nem mesmo o principal. Igualmente ou até mais importante foram e têm sido os critérios de *status* e de classe. A tese básica de Freyre é que a estratificação social no Brasil se dá pela interpenetração dos critérios de raça, reduzido aos aspectos fenotípicos e aparentes, e de classe, compreendido com relação às posses e à educação do indivíduo.

moral[2]. Vimos como as formas residuais bastante nítidas dessas tendências sádico--masoquistas sobrevivem ainda hoje na sociedade brasileira. Já nesse artigo, entretanto, apontávamos os limites da psicanálise para uma compreensão mais ampla da formação da sociedade brasileira como Freyre a entendeu, especialmente no que toca a seu processo de modernização. Deixamos em aberto, entretanto, o modo como tais tendências e padrões foram afetados por mudanças modernizantes pelas quais a colônia portuguesa na América começaria a passar desde o fim do século XVIII e, especialmente, desde 1808 – lacuna que buscamos sanar neste livro.

Quanto a isso, temos visto alguns processos dignos de nota: a) a despersonalização das relações entre senhores e escravos, crescentemente mediadas por associações e instituições; b) o incremento da educação para o patriarcado e do manejo escravocrata pela intensificação do negócio negreiro na primeira metade do século XIX, banalizando, massificando e naturalizando a crueldade e a violência contidas nas práticas escravistas; e c) somada a tudo isso, a europeização da sociedade brasileira cavando um fosso cultural ainda maior entre senhores e escravos, estigmatizando e mesmo perseguindo tudo o que não portasse emblemas suficientes de "europeidade".

Não deixamos de observar, ainda, que a despeito dos esforços de Freyre em evidenciar a complexidade do jogo de antagonismos constituído pelo embate e pela intersecção dessas duas forças, a escravidão e a miscigenação, sua obra muitas vezes foi lida, por críticos e seguidores, com uma ênfase unilateral nos efeitos de integração e sincretismo provenientes do processo de miscigenação entre raças e culturas que desde cedo operou-se na América portuguesa. O que queremos evidenciar é que essa unilateralidade não existiu na obra de Freyre. Ao longo da *recepção* da obra de Freyre, tal ênfase unilateral nos efeitos integradores da miscigenação ocultou o que sua obra também revelava quanto aos efeitos dispersivos e desintegradores da escravidão. Tomou-se a obra de Freyre e sua teoria da miscigenação como um meio de monumentalizar o passado brasileiro. Tal operação é reducionista. A obra de Freyre teve a grandeza de comportar, simultaneamente, tanto o que Nietzsche chamou de "história monumental", quanto o que ele chamou de "história crítica". Um de nossos objetivos consiste justamente em resgatar o potencial crítico da interpretação freyriana da história brasileira, restituindo-a da parte que lhe fora amputada.

O fato é que, antes das intervenções de Gilberto Freyre no debate público brasileiro, o "mulato", o "miscigenado" e o "mestiço" não figuravam bem na historiografia brasileira. Sua revalorização positiva e, por extensão, a revalorização positiva da miscigenação, como sabemos, é mormente atribuída a Freyre às vezes até com certo exagero – seja para a compreensão da obra do pernambucano, seja

---

[2] VALLE, Ulisses do. *Sádicos e masoquistas*: uma interpretação do Brasil à luz de Gilberto Freyre. Vitória: Editora Milfontes, 2022. p. 221.

para compreensão do problema. Freyre não foi o primeiro a "reabilitar" a figura do mulato; e tampouco, ao fazê-lo, caiu na extrema ingenuidade de considerar, como certo cronista de nosso passado, que o Brasil fosse gostosamente o "paraíso dos mulatos". Mais uma vez, esse tipo de leitura sugeriria a amputação da interpretação freyriana pela ênfase em apenas um dos lados do problema, em particular aquele que representaria a plasticidade, a mobilidade e o caráter relativamente acomodatício da sociedade brasileira, invisibilizando ou ocultando seus perversos mecanismos de exclusão e de diferenciação social.

Quando o assunto é mestiçagem, o que geralmente aparece entre seus críticos é uma compreensão rasa que a entende como apologia da colonização portuguesa ou como uma espécie de fabulação romântica da escravidão. O que normalmente não se leva em conta corresponde ao que era verdadeiramente relevante no contexto em que Freyre repensava o valor da mestiçagem em nossa história. Ele escrevia numa época em que as teorias raciais que cultuavam a pureza racial e condenavam radicalmente a mestiçagem ganharam expressão política e mesmo imperialista com a ascensão do nazifascismo na Europa e com sua dispersão ideológica mundo afora, incluindo, curiosamente, o Brasil. Encarada pela ideologia racionalista como principal causa da degeneração física, intelectual e moral dos tipos humanos, a mestiçagem tornou-se uma espécie de crime a ser punido, combatido, evitado e até mesmo exterminado. Do conde Arthur de Gobineau – para quem o Brasil, durante sua estadia em meados do século XIX a serviço da diplomacia francesa foi uma espécie de "laboratório" de observação da mestiçagem – até a propaganda nazista em meados do século XX, o mestiço e a mestiçagem contavam com um grau de hostilidade tão grande ou até maior que aquele dirigido às raças tidas por inferiores. Como observa Lévi-Strauss, a condenação elaborada pela teoria racial de Gobineau em seu *Essai sur l'inegalité des races humaines* não recaía tanto sobre uma ou outra raça, mas antes sobre o *intercâmbio* racial. O mal, de fato, era a impureza, numa sinistra reabilitação pseudocientífica de antiquíssimos preceitos religiosos. Afinal, em *Genealogia da moral*, Nietzsche já havia revelado a oposição entre "puro" e "impuro" como das mais elementares da experiência religiosa em seus primórdios. De meados do século XIX até meados do século XX, com base no deslocamento para as classificações raciais, essa mesma oposição seria convertida em instrumento de hierarquização dos homens e dos povos, tornando-se um verdadeiro mito político a sustentar regimes totalitários com pretensões imperialistas. Tal aclamação mitopolítica da pureza era, ao mesmo tempo e por consequência lógica, uma contundente condenação do Brasil. Como veremos mais à frente, Gilberto Freyre, ao longo das décadas de 1930 e 1940, lutou incansavelmente na imprensa e na esfera pública contra o imenso perigo que o ideal de pureza representava para o gênero humano como um todo, mas para o Brasil em especial, país cujo povo é predominantemente mestiço. A despeito disso, ideologias eugenistas e mesmo nazifascistas conseguiram não poucos adeptos por aqui. E não deixou de repercutir de maneira bastante significativa no modo como o mulato era representado nas imagens que os intelectuais brasileiros produziram do país. Gilberto Freyre foi talvez o primeiro historiador a oferecer, além de uma valorização positiva do mulato na história do Brasil, uma visão complexa sobre as peripécias de sua "ascensão social" em meio à sociedade até então dividida entre senhores e escravos. Antes de *Casa-grande & senzala*, o tema já vinha sendo debatido e convertido em objeto de crítica por alguns intelectuais brasileiros ligados ao modernismo paulista. Sobre tal assunto, em particular, Mário de Andrade escreveu em 1928 um ensaio sobre Antônio da Silva Lisboa, o Aleijadinho, e a pretexto dele denunciava a depreciação preconceituosa que o mulato vinha sofrendo há anos nas letras brasileiras.

> Me espanta mas é muito, ver a sinceridade mesquinha com que historiadores e poetas depreciam o mulato. Capistrano de Abreu, Oliveira Lima, obedecendo sem nenhuma revisão honesta à quizilia que já na Colônia os reinóis manifestavam contra os mulatos, deixaram páginas sobre isso que não correspondem a nenhuma verdade nem social, nem psicológica. Ultimamente ainda foi Graça Aranha que fez o mesmo numa página que me pareceu repulsiva em sua eloquência romântica. Não fazem mais do que se escravizar a um vício reinol e europeu [...].[3]

O vício reinol e europeu em questão era o divulgado vício de atribuir ao negro e ao mestiço o monopólio de todos os vícios. Vício intelectual de que padeceram, também, muitos historiadores que não haviam sido tocados pelas perguntas formuladas pelo modernismo[4]. Convém salientar, ainda, que esse não foi o único aspecto crítico da "reabilitação do mulato" que aproxima a interpretação de Freyre daquela enunciada por Mário de Andrade no supracitado ensaio. Outro ponto, de ainda maior alcance para a compreensão dos dois autores – e, portanto, dos dois "modernismos" –, assim como para a compreensão do significado do mestiço na

---

[3] ANDRADE, Mário de. *O Aleijadinho e Álvares de Azevedo*. Rio de Janeiro: R. A., 1935. p. 14.

[4] Mário de Andrade e Oswald de Andrade foram, na década de 1920, dois precursores da ampla revisão de perspectiva e de interpretação da história brasileira que se seguiria ao longo da década de 1930, vista agora não somente pelo viés dos colonizadores, mas antes sopesando o que havia de ficcional – e, neste caso, de ficcional e preconceituoso – nos registros históricos legados pelos agentes da colonização. Em livro anterior recuperamos a crítica de Oswald de Andrade a *Retrato do Brasil*, de Paulo Prado. Oswald encarou a obra como um livro "pré-modernista", apesar de quem a escreveu. *Retrato do Brasil*, como já expressava o próprio título do ensaio, era para Oswald uma atualização do "preconceito fotográfico" que acometia a intelectualidade brasileira, incluindo seus historiadores. Como defendemos anteriormente, o grande mérito de Freyre neste quesito foi o de ter conseguido, pioneiramente, *levar as conquistas modernistas*, tanto em termos de forma quanto de conteúdo, *para o domínio do discurso histórico propriamente dito* – feito que os paulistas só alcançariam mais tarde, em 1936, com a publicação de *Raízes do Brasil*, por Sérgio Buarque de Holanda – sob forte influência de Freyre, aliás.

sociedade brasileira, foi o modo como Mário captou o *status* etnicamente desenraizado do mulato. Produto miscigenado, sua essência era não ter uma "essência" definida – nem raça nem cultura definidas –, seu "caráter" era não ter propriamente um "caráter". Daí ser Macunaíma o herói sem nenhum caráter que termina a rapsódia sem recuperar a muiraquitã perdida. O próprio da situação e da classificação do mulato era sua indefinição essencial: a figura do mulato flutuava indefinida entre os extremos da colônia, variando social e psicologicamente ao sabor das circunstâncias biográficas e extrabiográficas de cada um. Na estratificação social brasileira, o mulato, tantas vezes um "desgraçado", era sempre e de saída um "*desraçado*".

> Porque carece de lembrar principalmente essa verdade étnica: os mulatos eram então uns desraçados. Raças aqui tinha [*sic*] os portugueses e os negros. Sob o ponto de vista social os negros formavam uma raça apenas. Raça e classe se confundiam dentre os interesses da Colônia. O que essas duas "raças" acabaram fazendo, nós sabemos: os brancos não se amolaram com os preconceitos, gostaram de deveras das negras corpudas e veio um lundu cantar: "Que bem me importa/que falem de mim/Eu gosto da negra/Mesmo assim". E veio a mulataria. Já naquele tempo os mulatos, antes de se dispersarem como apenas um dos elementos da raça brasileira, apareciam, e sempre aparecerão, não como raça, mas como mestiçagem: muito irregulares no físico e na psicologia. Cada mulato era um ser sozinho, não tinha referência étnica com o resto da mulatada.[5]

O sistema de classificação racial que vigorava entre portugueses e europeus em geral foi desde cedo frustrado pelo intenso intercâmbio sexual e cultural promovido pelos primeiros em sua colônia americana, tanto com povos nativos quanto com povos africanos escravizados. Resultado fenotípico dessas misturas, o "mestiço" perdia, por assim dizer, a designação racial e étnica de seus progenitores. E, por outro lado, o branco, tido por raça superior, e o negro, tido como raça inferior, não podiam equivaler ao mestiço, sem raça definida e que, por essa mesma razão, ocupava uma posição intervalar que variava consoante outros critérios de hierarquização social. O mestiço era, assim, ora visto como um rebaixamento do "superior", ora como uma elevação do "inferior". Mas em todo caso uma figura ambígua que podia oscilar em distintas classificações sociais, econômicas e até raciais, às vezes passando-se por "branco" para todos os efeitos e em outras sendo tratado como "negro" – com todos os "defeitos" que este tratamento implicava. Em suma, a noção de raça, entre os brasileiros, formou-se vinculada principalmente à cor, e não à etnicidade. Documento contundente e expressivo desse sistema pictórico de classificação racial Freyre foi encontrar no *Guia do Commercio da America*, que trazia numa de suas páginas nada menos do que uma "tábua das misturas", espécie

---

[5] ANDRADE, Mário de. *O Aleijadinho e Álvares de Azevedo*, p. 16-17.

de receita "para ficar branco" e "para ficar negro" misturando-se diferentes combinações de mestiços[6].

Nem português, nem africano e nem indígena, o mulato veio a ser o portador, como disse Mário de Andrade, de uma "liberdade vazia" que quase sempre foi preenchida pelos mais diversos sincretismos. Essa indefinição própria do mestiço era, por assim dizer, um atributo que, por sua dispersão numérica e demográfica na sociedade brasileira, composta em sua quase totalidade por mestiços, fez do "mulato" um termo igualmente indefinido. A indefinição racial acaba por confundir-se com certa indefinição do caráter e da personalidade. O mulato, com Mário de Andrade, tornava-se símbolo de uma nacionalidade indefinida, ainda que potencialmente criadora. Indefinição, pois, que se transmitia para toda a sociedade, incluindo aqueles fenotipicamente brancos e ilustres. "Será difícil decidir quem tem alma de mulato entre esses portugas e brasilia [*sic*] sem firmeza nenhuma de caráter. Mulatos, mais 'mulatos' que os desgraçados mulatos da maior mulataria."[7]. Notem os leitores que a mesma palavra ocupa posição de substantivo e de adjetivo. O que diferencia um brasileiro de outro é a linha tênue, maleável e fluida da mestiçagem – e não, reparem, os muros intransponíveis da pureza.

E era de mestiços, e não de "negros puros" e tampouco de "brancos puros", que se compunha majoritariamente a sociedade brasileira já na segunda metade do século XVIII e, claro, ao longo de todo o século XIX e adiante. O que mereceu destaque, tanto de Mário como de Freyre, é que por causa desse predomínio numérico e dessa indefinição étnica é que o mulato viria a ser a base, própria e autêntica, da então nascente nacionalidade brasileira – igualmente indefinida. E indefinida, sobretudo, porque até meados do século XX e, poder-se-ia acrescentar, até hoje, não teve força e coragem suficiente para assumir-se como um povo de mestiços. Era essa coragem que Freyre clamava para o modo como nós brasileiros nos veríamos em nossa história e em nossa existência presente.

> A coragem de que mais precisa o brasileiro de hoje é a de considerar-se, como povo, um povo de mestiços. Individualmente, há entre nós quem não seja mestiço na sua composição étnica. Quem não tenha sangue de índio, nem de africano, nem de mouro, nem de judeu. A verdade, porém, é que em relação com a massa ou o conjunto brasileiro, o indivíduo ou a família que não tenha nenhum desses sangues nem na ascendência nem entre os parentescos e os contraparentescos que o integram na realidade nacional, é um indivíduo tão raro, uma família tão excepcional que quase não conta em nossa temática sociológica.
>
> Quase tudo que é realização brasileira – e já são muitas nossas iniciativas vitoriosas e nossas afirmações de poder criador – reveste em favor

---

[6]   Gilberto Freyre, *Sobrados e mucambos*, p. 778-779.

[7]   ANDRADE, Mário de. *O Aleijadinho e Álvares de Azevedo*. Rio de Janeiro: Editora R. A., 1935. p. 16.

da capacidade do mestiço para dirigir-se a si próprio, para organizar-se superiormente em nação, para articular-se em cultura autônoma, para colonizar áreas agrestemente tropicais. Quase tudo: desde as esculturas do Aleijadinho ao saneamento da Baixada Fluminense. Desde a música do padre José Maurício à colonização de longos trechos da Amazônia cearense. Desde a arte de Machado de Assis à de Euclydes da Cunha.[8]

Foi essa coragem, aliás, que Freyre nunca perdoou ter faltado no próprio Mário de Andrade. Freyre mais de uma vez censurou Mário por supostamente ter renegado e se "envergonhado de seu próprio sangue"[9]. Mas aqui falamos de fenômeno que é socialmente mais impactante: para além da dispersão quantitativa do mestiço na sociedade brasileira, inclui a "ascensão do mulato", em grande parte possibilitada pela quebra do equilíbrio de antagonismos promovida pelo deslocamento de forças do regime de patriarcado rural para o de patriarcado urbano. Pois foram as cidades o grande palco onde contingentes enormes de pessoas escravizadas viveram verdadeiros dramas de sofrimento e de liberdade *em meio à escravidão*.

---

[8] FREYRE, Gilberto. Um manual do perfeito mestiço. *O Jornal*, Rio de Janeiro, p. 4, 19 set. 1942.

[9] FREYRE, Gilberto. Entrevista a Elide Rugai Bastos e Maria do Carmo Tavares de Miranda, concedida em 20 de março de 1985. *In*: BASTOS, Elide Rugai. *Prometeu acorrentado*: Gilberto Freyre e a formação da sociedade brasileira. São Paulo: Global Editora, 2006. p. 216.

VII

A ascensão do mulato e a proliferação das rivalidades

O fenômeno de ascensão social, econômica e cultural do mestiço livre, tão destacado por Freyre, veio a alterar decisivamente as relações já constituídas entre senhores e escravos. Afinal, colocava-se entre senhor e escravo (ou agregado) um terceiro termo, produto do intercâmbio miscigenado entre os dois polos antagônicos da sociedade. Constituiu-se através dessa ascensão uma camada social intermediária e ambígua, marcada por oscilações, às vezes concentradas numa única biografia, entre ascensão e decadência, entre poder e subordinação. Numa sociedade até então dividida entre senhores e escravos, entre proprietários brancos e propriedades negras, o mestiço livre apareceu, enquanto tipo social, como portador e vetor de diversos conflitos, sociais e psicológicos, derivados de sua situação de permanente ambiguidade classificatória: nem preto, nem branco, e galgando, às vezes, o *status* de senhor sem conseguir eliminar, contudo, os estigmas da escravidão. Identificando-se ora com um, ora com outro dos polos societários, embora tendendo quase sempre à condição de vetor de hostilidades, não raro perpetrando sobre negros e escravos as mesmas violências e agressões que sofria de brancos.

O drama da ascensão do mulato, tão matizado na obra de Freyre, não é passível de ser submetido a um exercício de fácil reconstrução histórica. A figura do "mulato" variava, e muito, consoante a posição ocupada não só em termos raciais e de *status*, mas econômicos e culturais[1]. Para um entendimento mais profundo de questão tão complexa, muito pode ajudar o apelo a fontes que, na época de Freyre, eram basicamente desconsideradas pelos cânones da objetividade histórica. Trata-se de fontes provenientes da literatura e, mesmo, da ficção, especialmente do romance de ficção. Pois a literatura nunca, como nos mostrou Freyre, é "só

---

[1] Para a definição da condição do mestiço, importava se ele era mais escuro ou mais claro, se havia entre seus progenitores algum que fosse de família importante, se tinha ou não propriedades ou, ainda, se portava ou não costumes, hábitos e ideias europeizadas.

literatura". Ao contrário, toda literatura, incluindo a chamada grande literatura, por mais formal e requintadamente preocupada com questões estéticas e estilísticas – isto é, suas preocupações essencialmente literárias – tem elementos não literários, atinentes não ao que é ficcional, mas ao real, ao social, ao político, ao cotidiano verossímil ou inverossímil do modo de vida de uma sociedade e de uma época em particular, assim como dos modos de agir, de pensar e de compreender que formam as diferentes personagens de um trabalho literário. Em outras palavras, a literatura, para o historiador, não é nunca uma fonte de informação propriamente histórica, no sentido de apontar de maneira referencial e direta para o que aconteceu. Ela, entretanto, pode ser uma poderosa fonte de informação que poderíamos chamar "alusiva", na medida em que muitos escritores constroem suas personagens a partir de traços típicos e recorrentes de uma sociedade, configurando potenciais "símbolos" ou "tipos socioantropológicos" que podem, por sua vez, ajudar o historiador a alcançar uma compreensão mais profunda dos dramas vividos pelas personagens reais de uma sociedade. Trata-se, assim, de um tipo de referência metafórica, analógica, que se estabelece entre ficção e realidade. Essa forma de referência ao real por meio do ficcional, da qual Freyre muito se valeu, pode ajudar-nos na compreensão do tipo social que corresponde ao mulato em ascensão.

Diversas personagens da literatura brasileira colaboram com o historiador para elucidar traços que as fontes tradicionais da historiografia dificilmente conseguiriam, por si mesmas, abarcar. No ensaio *Sádicos e masoquistas*[2], por exemplo, vimos como Freyre foi buscar na literatura de Machado de Assis um dos "tipos socioantropológicos" fundamentais para a compreensão da constituição dos padrões sádico-masoquistas de relação interpessoal. Tratava-se, na ocasião, do "menino-diabo", do qual Brás Cubas fora uma espécie de exemplar típico. Através desse tipo sugerido pela literatura, Freyre pôde iluminar aspectos da infância na sociedade brasileira até então ignorados e silenciados pela historiografia brasileira. Antes de *Casa-grande & senzala*, era como se os "homens" que fazem a história não tivessem sido, um dia, meninos. Ali se vislumbraram pela primeira vez os influxos a que desde a infância estavam sujeitos os integrantes de carne e osso da cultura brasileira. Especial e inédita atenção Freyre dedicou à compreensão da criança escrava, posta no último degrau do reconhecimento e da autoridade: os "moleques de brinquedo", os "leva-pancadas", os "mimos" dados de presente a sinhozinhos e sinhazinhas, tais como a personagem Prudêncio, que era o "moleque da casa" nos tempos de infância do "menino-diabo" Brás Cubas[3].

---

[2]   VALLE, Ulisses do. *Sádicos e masoquistas*: uma interpretação do Brasil à luz de Gilberto Freyre. Vitória: Editora Milfontes, 2022. p. 235-241.

[3]   Diz Brás Cubas em suas *Memórias póstumas*, no capítulo sugestivamente intitulado "O menino é o pai do homem": "Desde os cinco anos merecera eu a alcunha de "menino diabo"; e verdadeiramente não era outra coisa; fui dos mais malignos do meu tempo, arguto, indiscreto, traquinas e voluntarioso. Por exemplo, um dia quebrei a cabeça de uma escrava, porque me

Prudêncio, por sua vez, era o tipo "exemplar" de criança escravizada às vezes anunciadas em jornais como "perfeitos" para se fazerem de "mimo" a sinhozinhos e sinhazinhas. O "leva-pancadas" destinado a suportar de bom grado[4] as crueldades a ele dirigidas por seu pequeno e mimado proprietário – embora não raro tais "sinhozinhos" como Brás Cubas também estivessem à mercê de castigos cruéis impetrados pelo pai ou pelos mais velhos. Mas Prudêncio corresponde ainda, e aliás por isso mesmo, a um outro tipo social que somente no decorrer do livro se revela: uma das variantes do mulato ascendente. Uma vez crescido, continuou leal e "bom escravo" da casa de Brás Cubas até que foi alforriado. Anos depois da alforria, Prudêncio é encontrado casualmente por Brás Cubas na rua. Este se admira ao perceber que seu antigo "leva-pancadas" fustigava um escravo. Transcreveremos essa longa passagem do romance machadiano por ser demasiado significativa para nosso argumento:

> Tais eram as reflexões que eu vinha fazendo, por aquele Valongo fora, logo depois de ver e ajustar a casa. Interrompeu-mas um ajuntamento; era um preto que vergalhava outro na praça. O outro não se atrevia a fugir; gemia somente estas únicas palavras: – "Não, perdão, meu senhor; meu senhor, perdão!" Mas o primeiro não fazia caso, e, a cada súplica, respondia com uma vergalhada nova. – Toma, diabo! dizia ele; toma mais perdão, bêbado! – Meu senhor! gemia o outro. – Cala a boca, besta! replicava o vergalho. Parei, olhei... justos céus! Quem havia de ser o do vergalho? Nada menos que o meu moleque Prudêncio – o que meu pai libertara alguns anos antes. Cheguei-me; ele deteve-se logo e pediu-me a bênção; perguntei-lhe se aquele preto era escravo dele. – É, sim, nhonhô. – Fez-te alguma coisa? – É um vadio e um bêbado muito grande. Ainda hoje deixei ele na quitanda, enquanto eu ia lá embaixo na cidade, e ele deixou a quitanda para ir na venda beber. – Está bom, perdoa-lhe, disse eu. – Pois não, nhonhô manda, não pede. Entra para casa, bêbado! [...] Era um modo que o

---

negara uma colher do doce de coco que estava fazendo, e, não contente com o malefício, deitei um punhado de cinza ao tacho, e, não satisfeito da travessura, fui dizer à minha mãe que a escrava é que estragara o doce "por pirraça"; e eu tinha apenas seis anos. Prudêncio, um moleque de casa, era o meu cavalo de todos os dias; punha as mãos no chão, recebia um cordel nos queixos, à guisa de freio, eu trepava-lhe ao dorso, com uma varinha na mão, fustigava-o, dava mil voltas a um e outro lado, e ele obedecia, – algumas vezes gemendo, – mas obedecia sem dizer palavra, ou, quando muito, um – 'ai, nhonhô!' – ao que eu retorquia: – 'Cala a boca, besta!' – Esconder os chapéus das visitas, deitar rabos de papel a pessoas graves, puxar pelo rabicho das cabeleiras, dar beliscões nos braços das matronas, e outras muitas façanhas deste jaez, eram mostras de um gênio indócil, mas devo crer que eram também expressões de um espírito robusto, porque meu pai tinha-me em grande admiração; e se às vezes me repreendia, à vista de gente, fazia-o por simples formalidade: em particular dava-me beijos." ASSIS, Machado de. *Memórias póstumas de Brás Cubas*. São Paulo: Penguin-Companhia, 2014. p. 66.

[4] O "ai, nhônhô" é expressivo da educação para o patriarcado já sedimentada na mentalidade de Prudêncio, que reage à violência de Brás Cubas com um diminutivo carinhoso.

Prudêncio tinha de se desfazer das pancadas recebidas, – transmitindo-as a outro. Eu, em criança, montava-o, punha-lhe um freio na boca, e desancava-o sem compaixão; ele gemia e sofria. Agora, porém, que era livre, dispunha de si mesmo, dos braços, das pernas, podia trabalhar, folgar, dormir, desagrilhoado da antiga condição, agora é que ele se desbancava: comprou um escravo, e ia-lhe pagando, com alto juro, as quantias que de mim recebera. Vejam as sutilezas do maroto!"[5]

Perceba que Prudêncio, enquanto fustigava seu escravo, literalmente imitava seu antigo dono: até o "cala a boca, besta!" é o mesmo. E o mesmo Prudêncio, que se punha em posição ativa (sádica) ante o escravo, continuava passivo (masoquista) ante seu antigo senhor, pedindo-lhe a benção, chamando-lhe, ainda, de "nhonhô" e, mais do que isso, obedecendo-lhe pronta e solicitamente. Eis a ilustração do complexo sádico-masoquista incrustrado numa única personalidade e que, no caso da sociedade brasileira real, variou conforme diferentes graus, mas que, em alguma medida, existiu em muitas das personalidades formadas em meio à escravidão. Afinal, como Machado nos induz a acreditar no capítulo seguinte, "eram muitos os Prudêncios"[6].

É claro, porém, que esse não era o único tipo do mulato ascendente. Havia muitos outros. Um bastante expressivo e do qual Freyre se vale diretamente é Raimundo, personagem do livro *O mulato*, de Aluísio de Azevedo. Diferentemente de Prudêncio, Raimundo ocupa no romance de Azevedo a posição de personagem principal, o que por si já é significativo. Toda a trama do livro gira em torno de sua pessoa, de seu nascimento à sua morte. Raimundo era filho de José, um português que enriqueceu no tráfico negreiro, e de Domingas, uma escrava com quem José parecia manter relações extraconjugais afetuosas e frequentes. Quando Raimundo nasceu, Quitéria, a esposa legítima de José, percebeu a afeição do marido pelo "mulatinho" e compreendeu tudo: logo ordenou que o marido vendesse o menino ou, caso contrário, daria cabo dele ela mesma. Imediatamente, José partiu para a vila para "dar providências necessárias à segurança do filho" e, ao retornar à fazenda, se depara com uma bárbara cena de tortura. Quitéria, remoída em ciúmes, castigava Domingas:

---

[5] ASSIS, Machado de. *Memórias póstumas de Brás Cubas*. São Paulo: Penguin-Companhia, 2014. p. 207.

[6] Essa outra passagem do livro é demasiado expressiva. A experiência do encontro casual com Prudêncio traz à recordação de Brás Cubas a história de Romualdo, um "doido" que conhecera e que dizia ter se transformado em Tamerlão, rei dos Tártaros. Assim como a transformação de escravo a senhor realizada por Prudêncio, demarcando o "amadurecimento" de sua personalidade, Brás Cubas termina o parágrafo com a seguinte frase: "deixemos os Romualdos e Prudêncios" – expressando não apenas que Romualdo e Prudêncios, mais que pessoas de carne e osso, eram também tipos e exemplares de uma categoria social, como principalmente expressando a indiferença da elite ante tais dramas reais da escravidão.

Estendida por terra, com os pés no tronco, cabeça raspada e mãos amarradas para trás, permanecia Domingas, completamente nua e com as partes genitais queimadas a ferro em brasa! [...] A megera, de pé, horrível, bêbada de cólera, ria-se, praguejava obscenidades, uivando nos espasmos flagrantes da cólera. Domingas, quase morta, gemia, estorcendo-se no chão. O desarranjo de suas palavras e dos seus gestos denunciava já sintomas de loucura.[7]

Aconselhada por padre Diogo, clérigo ligado à sua família, Quitéria decide passar um tempo na casa de sua mãe. José, por sua vez, leva Raimundo para São Luís e o entrega a Manuel, seu irmão mais novo. Ele volta para a fazenda quando ninguém o esperava e, para sua completa surpresa, ao chegar em casa, se depara com a esposa traindo-o com o padre Diogo. Num ímpeto de fúria, José acaba assassinando a mulher e o padre, friamente, propõe o silêncio de ambos. José decide voltar para Portugal e levar Raimundo consigo. Antes de partir, entretanto, adoece gravemente e, crendo estar próximo à morte, inclui Raimundo em seu testamento e encomenda a Manuel que, tão logo atingisse idade escolar, enviasse Raimundo aos cuidados de um amigo em Portugal e que tudo providenciasse para que lhe fosse dada a melhor educação. José morre, embora não da doença, da qual se recupera, mas assassinado numa emboscada cuja culpa recaiu sobre os "mocambeiros" da região. Raimundo é enviado a Lisboa, onde cresce e se forma, com louvores, em Direito. Depois de concluídos os estudos, Raimundo viaja pela Europa e, enfim, retorna ao Brasil e à província natal. O retorno de Raimundo a São Luís, donde saíra ainda criança, é um dos acontecimentos centrais da narrativa: sua chegada à terra natal e à casa de seu tio Manuel provocam uma verdadeira desordem nas relações já estabelecidas. Pois Raimundo, educado na Europa, doutor em Direito, culto e viajado, além disso era bonito, elegante e sofisticado, sobretudo se comparado à gente branca mas bronca da província maranhense. Portava, entretanto, estigmas que ali ninguém ignorava e que, ante a ameaça representada por Raimundo, podiam ser sacados de forma a desacreditá-lo: era mulato, filho de escrava, bastardo e "forro à pia" – nascera escravo[8]. Uma onda de hostilidades converge para Raimundo, que passa a ser, aos olhos dos outros, o culpado de toda a desordem, de confusão do "lugar" a ser ocupado por cada um na sociedade. O romance finda com Raimundo assassinado por um português, feio, porcalhão e ignorante, que com ele competia pelo amor de sua prima Flora, filha de seu tio Manuel.

Prudêncio e Raimundo são tipos sociais que, a despeito das enormes diferenças que os separam, expressam uma ampla significação comum: a ascensão do

---

[7] Aluísio de Azevedo, *O Mulato*, p. 57.

[8] Este é um ponto decisivo. Não fosse a memória, presente na sociedade de São Luís e na família de Raimundo de que este era filho de escrava e, portanto, nascido escravo, é provável que Raimundo, inadvertidamente, "passasse por branco", no sentido de Erving Goffman.

"mulato". Apesar dessa variabilidade que a condição de "mulato" podia adquirir – quase-preto ou quase-branco, quase-senhor ou quase-escravo – a situação de "livre" lhe abria um conjunto de possibilidades que não estavam abertas ao escravo, cujo horizonte de ação e, sobretudo, de emancipação, era bastante limitado. Uma vez libertos, os ex-escravos encontravam nas cidades um variado espaço de manobras, especialmente para aqueles que traziam consigo alguma especialização técnica, algum ofício especializado em que soubessem atuar. Mulatos que fossem carpinteiros, alfaiates, sapateiros, mecânicos, pedreiros, funileiros, cozinheiros, mestres de açúcar e aguardente e que, por meio de tais habilidades, conseguiam ascender social e economicamente. O mesmo acontecia com muita mulata de "boa figura" que acabava em consórcio amoroso com gente mais abastada. À especialização profissional, que no caso da mulher escrava era ligada mais ao âmbito doméstico, unia-se a ausência de repugnâncias de contato afetivo e sexual entre raças que resultou na intensa miscigenação, que continuou a atuar no sentido da aproximação dos polos antagônicos da sociedade brasileira[9]. Tal aproximação, como sustentamos, longe de ter sido isenta de violência, foi algo que se deu em meio a ela e mesmo por meio dela. E isso também no que toca à ascensão do mulato. Se, no caso da formação do patriarcado rural, a contraparte ou reverso do processo de miscigenação foi a constituição de padrões de relação interpessoal de caráter sádico-masoquista, com o patriarcado urbano e a ascensão do mulato, por sua vez, o reverso da miscigenação foi uma incrível proliferação das rivalidades: por trabalho, por dinheiro, por mulher, por marido, por poder, por *status*[10].

Entre os conflitos e obstáculos em que se entremeou a ascensão do mulato, destacam-se, é claro, os de ordem econômica. Fosse ou não um recém-liberto, o mulato livre, para se estabelecer economicamente, precisava dominar alguma especialização profissional. Essa especialização podia advir tanto de prática nativa, como

---

[9]   É claro que, no contexto da escravidão, a mulher escrava também teve especializações extra-domésticas, relativas ao espaço da rua: desde os tabuleiros onde vendiam doces e quitutes à prostituição. Se a rua permaneceria vedada à mulher branca pela moral patriarcal, ela contou sempre com a presença da mulher negra. Nascia assim uma oposição que até hoje de certa forma vigora no imaginário social brasileiro: entre a mulher da casa e a mulher da rua.

[10]   Para muitos pode parecer que sadismo e masoquismo seriam produtos apenas da escravidão e que, na verdade, a miscigenação foi fenômeno que viria a atenuar essas tendências cruéis disseminadas e estabilizadas na cultura brasileira. O engano está justamente em pensar que tais processos se deram, em absoluto, separados. O grande processo de mestiçagem racial e cultural que se verificou na América portuguesa desde o início da colonização só se deu sob o pressuposto anterior da escravidão. Em outras palavras, os portugueses se miscigenavam com nativos e africanos, mas por óbvio somente com aqueles que, antes, se subordinavam. A subordinação de indígenas e africanos era condição anterior ao contato íntimo com os colonizadores portugueses. Ao longo do tempo, entretanto, a miscigenação foi deixando de ser fenômeno de relação assimétrica entre as partes para tornar-se fenômeno radicalmente popular, realizado internamente às respectivas classes sociais e econômicas mais do que entre classes propriamente ditas.

eram os ofícios de indústria completamente artesanal desempenhados por escravos e agregados em casas-grandes de engenho – quanto também de influências europeias, exigidas principalmente pelo manuseio tecnicamente especializado de máquinas e ferramentas importadas de europeus e, especialmente, de ingleses. A ascensão do mulato livre, assim, contava com uma série de dificuldades econômicas nada fáceis de serem vencidas: o trabalho de escravos, que continuavam atuando como "artesãos" para seus senhores – como carpinteiros, pedreiros, sapateiros, alfaiates e, no caso de mulheres, como lavadeiras, engomadeiras, costureiras, cozinheiras, quituteiras etc.[11] – e também o trabalho de estrangeiros europeus, muitos dos quais especializados também nas mesmas artes de mulatos livres e escravos, mas com a vantagem, talvez, de dominarem técnicas e modas europeias que passavam a contar com todo o apelo da "retórica da europeização" sobre a "massa" de potenciais consumidores. Eram principalmente os artesãos e técnicos europeus que ocupavam as propagandas de jornal, a exercer sobre o imaginário brasileiro – inclusive sobre os próprios mulatos em ascensão – significativa sugestão no sentido de suas predileções e repugnâncias: predileções por modelos europeus e repugnâncias pelo que fosse oriental, africano e até mesmo nativo.

Tais rivalidades, entre o brasileiro mestiço e o operário ou comerciante estrangeiros, foram sentidas em diversas regiões do Brasil, embora principalmente no Rio de Janeiro (obviamente por ter sido região de grande concentração tanto de estrangeiros quanto de mestiços livres). Ao mesmo tempo que havia muito mestiço brasileiro seduzido pela absorção dos signos individuais de europeidade, também havia aqueles que, feridos pelo que há de singular em toda competição desleal, faziam da recusa, se não aos modelos europeus, pelo menos a europeus de carne e osso, o mote de um nativismo que, somado a outros tantos descontentamentos, seria o combustível de violentas revoltas – e, é claro, de algum xenofobismo. A ascensão do mulato, alçado à condição de competir, mesmo em condições assimétricas, com brancos nativos e estrangeiros, aguçava a hostilidade, no plano da vida prática, entre uns e outros de forma até então pouco sentida. Gradativamente, o estrangeiro, também o europeu, mas especialmente o português, passava a ser percebido também como competidor e não só como modelo. Tais rivalidades começaram ainda cedo a ganhar expressão na consciência pública, por meio, por exemplo, de publicistas mais atentos às carências e dificuldades da gente pobre e trabalhadora[12]. Conflitos entre o mulato nativo e o operário estrangeiro que em

---

[11] No caso das mulheres, em particular, deve-se abrir exceção para o posto de governantas da casa, cargo geralmente exercido por mulheres nos sobrados mais abastados, que podiam ostentar entre sua criadagem o refinamento de senhoras alemãs, francesas e inglesas. Se, nesse caso, não havia competição pelo posto, completamente inacessível às escravas, certamente havia a rivalidade entre "governantas e governadas" de uma mesma casa ou sobrado de família rica.

[12] Essa consciência dos "conflitos nacionais", ainda que de modo incipiente e apresentando-se primária e isoladamente em personalidades, por assim dizer, "geniais", já começou a florescer

alguns momentos foram tocados por vagos ideais socialistas – divulgados em solo brasileiro por estrangeiros como o engenheiro francês Louis Vauthier[13].

A ascensão do mulato foi, por isso, um poderoso alimento do nativismo brasileiro, jamais expresso sem ambiguidade. Expressivo caso dessa consciência "nativista" e "trabalhista" pode ser notado na "revista do mulato A. P. de Figueiredo", sugestivamente intitulada *O Progresso*, e que em 1846, dois anos antes de eclodir a Revolta Praieira, trazia as seguintes observações de arguto publicista da época:

> Na hora em que escrevemos estas linhas [...] existem certamente mais de um solicitador de emprego, mais de um empregado demitido, mais de um operário sem trabalho, que sonham com revoluções, etc. etc. Considerava já "desmesurado" o número dos "nossos alfaiates, sapateiros, pedreiros, carpinteiros etc." prejudicados por uma "concurrencia que os arruína" – a dos estrangeiros – e "muitas vezes... sem trabalho".[14]

Conflito de natureza econômica que se prolongava em conflito étnico-racial e que, em tantos casos, fomentava nativismos, nacionalismos e, igualmente, xenofobismos e preconceitos: contra o mulato e "a gente de cor", é certo, mas também contra a "sovinice" de judeus, a "má higiene" de europeus e a "estupidez" de portugueses. Rivalidades que, inclusive, foram se incorporando ao folclore, às anedotas, e se tornando formas gerais de chistes que, fazendo rir, serviam também para hostilizar. Daí o fato de terem, no Brasil, as piadas de preto e de português se tornado grandes eixos de chistes e anedotas na cultura popular e na vida cotidiana ao longo de pelo menos todo o século XX. Formas de agressão cultural que tinham suas raízes na hostilidade cavada pela ascensão do mulato. Rivalidades que foram se reproduzindo como que por uma espécie de mútuo contágio, de mútua estimulação, de processo mimético e sugestionante que se prolifera por toda a sociedade e atinge uma diversidade de grupos e tipos sociais.

> Natural que fosse se acentuando a rivalidade entre o artífice ou o operário da terra – em geral, o preto ou o mulato livre, porque o escravo negro não podia dar-se ao luxo de rivalidade com ninguém – e o operário ou o artífice estrangeiro, que surgia com grande reclame pelos jornais ou protegido pelos governos. A rivalidade, também, entre o funcionário público

---

em paralelo ao próprio processo de independência, em homens da envergadura de um José Bonifácio de Andrada. Mas ela também já vinha se alimentando em grupos sociais emergentes, isto é – de mestiços ascendentes, desde os motins de 1823, no Recife, por exemplo. Figuras como a do engenheiro francês Vauthier, disseminando ideias socialistas entre a gente pernambucana, viriam a colaborar para uma questão de ordem política até hoje não resolvida entre as camadas dirigentes da sociedade brasileira: a dos limites e condições de intervenção e controle do Estado na economia. Ver Gilberto Freyre, *Sobrados e mucambos*, p. 163-164.

[13] FREYRE, Gilberto. *Um engenheiro francês no Brasil*. Rio de Janeiro: José Olympio, 1940.

[14] Gilberto Freyre, *Sobrados e mucambos*, p. 163.

menor, o pequeno burguês brasileiro, o proletário caboclo ou mulato, e o vendeiro português, o "marinheiro" da venda, do botequim, da quitanda. Português geralmente considerado porcalhão e semítico amigado com negra que trabalhava servilmente para ele e a quem às vezes o "marinheiro" abandonava depois de tê-la explorado duramente. Era esse marinheiro que vendia o bacalhau e a carne-seca a magricelas doentes mas afidalgados nos hábitos de trajo: os "caboclos da terra" incapazes, como pequenos funcionários públicos, de se alimentarem de carne fresca.[15]

Tais rivalidades, aliás, não se continham em ser apenas rivalidades econômicas, e nem se traduziam somente por rivalidades de teor étnico-nacionais, alcançando também o âmbito político[16]. Mais à frente poderemos retomar o tema das rivalidades políticas de teor partidário-institucional. Por ora basta acentuar como a ascensão do mulato provocava, pelo próprio movimento implicado nela, uma proliferação de rivalidades que se prolongavam nas diversas esferas da vida.

Uma delas, e de importante monta, era a de formação do parentesco e de alianças através do casamento. Através da ação ao mesmo tempo utilitária e antiutilitária das relações amorosas e afetivas consagradas em matrimônio, pois o casamento não deixou de ser um importante meio de ascensão social e econômica. Ascensão social, também aqui, que se diversificava em conflitos de outra natureza: tanto de teor racial quanto de gênero. Pois o mulato que se casasse com moça branca fazia uma afronta imperdoável a seus competidores brancos, podendo atrair para si não só a hostilidade dos familiares da noiva (como aconteceu com Raimundo ao conquistar o amor de sua prima Flora), como aquela de rapazes brancos que pensavam ser as mulheres brancas o objeto de seu exclusivo monopólio. Soavam como uma espécie de ofensa criminosa, de violação de um tabu de casta, os casos em que se constatava a atração sexual da mulher branca por homem de cor, o que, como se sabe, chegou a acontecer em considerável medida – como foi a paixão de Flora por Raimundo.

Mas se o envolvimento da mulher branca da elite com mulato era repudiado como uma imoralidade, como um atrevimento por parte deste e uma baixeza por parte daquela, o assunto era outro quando se tratava de homem branco se

---

[15] Gilberto Freyre, *Sobrados e mucambos*, p. 462.

[16] Gilberto Freyre percebia a Praieira e a Cabanada como revoltas que tiveram este elemento nativista de conflito com o europeu. Insurreições políticas, sim, mas às quais não faltaram elementos de conflito econômico e étnico-racial. "A verdade é que a situação de rivalidade entre brasileiro nato e comerciante ou artífice europeu, de tal modo se extremou que culminou em um começo de drama social logo abafado a sangue; e que ainda hoje passa aos olhos dos observadores menos profundos como simples insurreição política: a chamada Revolta Praieira do Recife, em 1848. Também a Cabanada teve um pouco esse caráter: o de rivalidade entre 'caboclo da terra' e adventício. Enquanto no Rio de Janeiro e na Bahia a rivalidade entre os dois elementos generalizou-se na rivalidade, tantas vezes sangrenta, entre 'marinheiros', isto é, portugueses ou europeus, comerciantes, e 'capoeiras' ou 'moleques'". *Ibid.*, p. 463.

relacionando com mulata ou mulher de cor. Embora fossem mais raros os casamentos de aristocratas brancos com negras ou mulatas evidentes, não havia nenhum pejo que recaísse sobre as relações afetivas e sexuais entre homens brancos e mulheres de cor. Ao contrário, neste caso tais relações eram antes estimuladas pelo significado de ser-homem na cultura patriarcal brasileira. Assim, se essa discriminação a casamentos interraciais tinha peso considerável entre a elite, ela não tinha quase efeito algum entre a gente pobre e humilde, onde o mulato derradeiro se firmou como competidor do branco igualmente pobre. E, se aristocratas brancos se casavam com mulheres brancas, era muito comum que tomassem negras e mulatas como amantes. As relações afetivas e sexuais, embora muitas vezes exercidas em condições assimétricas e marcadas por violência, foram um importante fator de aproximação entre os opostos da sociedade brasileira. E foram também, em muitos casos, importante ponto de apoio para a ascensão de escravos e mulatos que, como Raimundo, eram filhos bastardos de seus senhores. Filhos que, se não recebiam o mesmo tratamento de filhos legítimos, nem sempre ficavam desamparados. Como já notaram vários estudiosos do tema, muitas das cartas de alforria concedidas por senhores a escravos contavam com essa relação afetiva, às vezes de amante a amante, às vezes de pai para filho, às vezes de simples simpatia nutrida ao longo da convivência.

> De qualquer modo, deve-se atribuir a tais sentimentos ou ideias de obrigações de paternidade da parte de alguns patriarcas, considerável influência na interpenetração das condições de raça e classe que desde os começos da colonização do Brasil vêm se verificando no nosso País e resultando em constantes transferências de indivíduos de cor, da classe a que pareciam condenados pela condição da raça materna e, até certo ponto, deles – a condição de dominados – menos para a condição de dominadores que para a de marginais ou intermediários entre dominadores ou dominados.[17]

A ascensão do mulato, assim, tinha sempre algo de incerto e flutuante, não muito bem delimitável ou mesmo que refletisse uma posição estável na sociedade. Oscilavam entre condições que iam desde aquelas marginais à sociedade até uma integração que os podia alçar à posição de senhores. Entre os extremos da sociedade brasileira, assim, começava a se interpolar um maior número de intermediários na hierarquia de mando e obediência, que variavam entre os tipos de Prudêncio e Raimundo. Ao passo que fora desse circuito acumulavam-se aqueles que, vivendo no limiar estreito e trepidante de uma difícil liberdade, caminhavam sob a ameaça permanente da escravidão e sob o fardo de estigmas que ainda maltratavam o corpo e o espírito. Foram nessas condições inóspitas, de marginalidade ante ameaça de escravidão, de combinação de pobreza material, perseguição cultural e estigmas da escravidão que forjou-se uma refinada arte da sobrevivência, chamada entre

---

[17] Gilberto Freyre, *Sobrados e mucambos*, p. 476.

nós de "malandragem", impossível de ser sistematizada em sua casuística porque está sempre em constante renovação, – tão bem estudada na lúcida antropologia de Roberto Damatta[18]. O certo é que, tanto entre os extremos como nas margens da estrutura social, a sociedade brasileira se desenvolveu no sentido de uma interpenetração das condições de raça e classe e, com ela e em decorrência dela, de classe e estamento, de poder econômico e prestígio social, dificultando uma simples estratificação da sociedade por um único critério, fosse econômico, racial ou mesmo cultural. O mais correto talvez fosse afirmar que, por causa dessas interpenetrações, um critério influía sobre outro e não raro um indivíduo mudava de classificação racial consoante à sua ascensão econômica, política ou cultural.

Interpenetração entre condições de raça e de classe que atraíram para esses mulatos "embranquecidos" pela cultura e pelo dinheiro a hostilidade vinda, além de brancos, que ganhavam indesejáveis competidores, também daqueles mulatos empretecidos pela pobreza e por hábitos e aparências menos europeizadas. Sobre estes últimos recaiu um tipo de estigmatização, efetivada por um estreitamento das opções, que nem sempre é visível, embora fixada nos padrões de beleza tornados modelo: a fealdade associada aos traços que remetessem à África, e a beleza aos traços definidos pelo modelo europeu.

Também quanto a este aspecto da realidade brasileira a literatura foi, para Freyre, um importante auxílio à compreensão das estratificações sociais. Tratava-se de um tipo de distinção que se dava em meio à proximidade e à convivência, de barreiras que não eram de ordem propriamente física, geográfica e tampouco legal, mas da sutil ordem dos sentimentos disseminados e compartilhados quanto ao que é bom ou ruim, belo ou feio, desejável e não desejável. Essa ordem dos sentimentos compartilhados e disseminados Freyre reconstrói com apoio em tradições orais e folclóricas, peças literárias sem autoria determinada, transmitidas oralmente entre indivíduos e gerações ao longo do tempo e por isso mesmo demasiado expressivas quanto ao modo pelo qual diferentes grupos sociais percebiam seu mundo e os conflitos nos quais estavam envolvidos.

Analisando esse tipo de registro, nos diz Freyre que era sobre o preto que não se "amulatava" ou se "embranquecia" socialmente que recaíam as mais pesadas recriminações, reforçadas pela ascensão do mulato – muitas vezes um colaborador ativo e enérgico na disseminação de tais preconceitos. Preconceitos que, de tão enraizados que já estavam na prática, expressavam-se cruel e violentamente no folclore, quase sempre, como nota Freyre, hostilizando o negro e poupando o mulato

---

[18] DAMATTA, Roberto. *Carnavais, malandros e heróis*: para uma sociologia do dilema brasileiro. Rio de Janeiro: Rocco, 1979. Talvez em função da presença intensa, no Rio de Janeiro, de todos esses fatores que contribuíram para uma crescente proliferação das rivalidades, é que tenha se desenvolvido por lá, de maneira mais patente do que no resto do país, a malandragem como fenômeno sociológico visível. Daí porque às vezes muitos enunciados que encontramos na obra de Roberto Damatta dirigidos ao Brasil se referem, antes, ao Rio de Janeiro.

e, principalmente, a mulata. Hostilização simbólica que atuou como substituto e eufemismo dos castigos e das perseguições impingidas a negros escravizados.

A crueldade, quando não podia exercer-se pela "ação direta", pelo castigo físico, exercia-se simbolicamente, em tradições como as das chamadas "cantorias de feira", semelhantes aos ainda hoje existentes "desafios" entre repentistas, muitas das quais expressavam com nitidez cristalina o teor desses conflitos e a concentração da crueldade sobre a figura do negro. Freyre recolhe esses elementos do folclore brasileiro – reunidos por pesquisadores e escritores como Arthur Ramos, Rodrigues de Carvalho, Pereira da Costa e Jorge Amado – como forma de fazer ver diferentes matizes de uma mesma violência, que foi a da escravidão. O lugar mais baixo na hierarquia e, portanto, aquele sobre o qual recaía maior crueldade projetada nas relações sociais, cabia à figura do negro. Vejamos algumas delas para que os leitores tenham em conta em que grau essa hostilidade contra o negro se manifestava para muito além do tronco e do chicote.

> O branco come na sala
> Caboclo no corredor
> O mulato na cozinha
> O negro no cagador
> O branco bebe champagne
> Caboclo vinho do Porto
> Mulato bebe aguardente
> E o negro mijo de porco.[19]

Perceba aí que a hostilização não se dirige a qualquer aspecto da vida social. Trata-se do lugar de onde se come – de onde se exerce atividade antropologicamente tão significativa quanto a comensalidade – e do que, em confraternização, se bebe. O negro, reparem, "come no cagador" e bebe "mijo de porco". Caboclo e mulato comem na casa, ainda que não na sala, junto ao branco, e bebem vinho do Porto e aguardente, bebidas que, embora não fossem champagne, estavam longe de ser excrementos do animal que entre nós simboliza a imundície. E não era só no âmbito da casa e da comensalidade que o negro era cruelmente rebaixado. Também na ordem do além, do pós-túmulo e da vida supraterrena se prolongava a hostilidade acumulada sobre sua figura, fazendo do negro o objeto de estigmatizações que deviam impedi-lo até de entrar no paraíso celeste dos cristãos branquinhos:

> Negro velho quando morre
> Tem catinga de xexéu
> Permita Nossa Senhora
> Que negro não vá ao céu.[20]

---

[19] Gilberto Freyre, *Sobrados e mucambos*, p. 786.

[20] *Ibid.*, p. 786.

Todas essas são hostilizações que, a despeito de sua natureza simbólica, viam-se amparadas numa violência que não era estritamente simbólica. Algumas dessas quadras faziam questão de demarcar o lugar do negro não só na casa, mas também na rua, e as consequências a serem esperadas em caso de infração, lembrando sempre do lugar de "negro" e o que se reservava a negro que ousasse se meter a "branco", a "vestir paletó":

> Chique-chique é pau de espinho
> Umburana é pau de abeia
> Gravata de boi é canga
> Paletó de negro é peia.[21]

Não se pode falar, portanto, que Freyre tenha escamoteado a violência da escravidão ou mesmo a violência de seus resultados simbólicos na forma de preconceitos das mais variadas espécies. Ao contrário, como veremos, esteve atento não só a essa estigmatização da figura do negro quanto, para além dela, percebeu o movimento oscilante entre a exclusão e a interpenetração, realçando a natureza complexa desses conflitos.

> O negro é ridicularizado e desprezado não só pelas suas diferenças somáticas – a venta chata, o beiço grosso, o cabelo pixaim, a bunda grande, de alguns – e pelo seu "cheiro de xexéu", sua "catinga de sovaco", seu "bodum" ou sua "inhaca", como por acessórios e formas de cultura africana que, no Brasil, *se conservaram peculiares do preto e não foram assimiladas pelos mestiços e nem pelos brancos. O berimbau, por exemplo.*[22]

Havia, portanto, elementos da cultura africana que permaneceram, por assim dizer, à margem de grande parte da sociedade, não se incorporando ao grosso da população por concentrarem, em oposição ao ideal e aos modelos europeizados, os estigmas mais visíveis de africanidade. Tal hostilização, presente na vida cotidiana, fazia com que para os pretos, mesmo livres, fossem mais árduos os caminhos de ascensão do que para o mulato. Fenômeno que, sem dúvida, reforçava a proliferação das rivalidades entre o negro e o mestiço[23].

---

[21] Gilberto Freyre, *Sobrados e mucambos*, p. 787.

[22] *Ibid.*, p. 786-787, grifo nosso. "Sua mãe é uma coruja/que mora no oco de um pau/Seu pai um negro d'Angola/Tocador de berimbau"

[23] Tais rivalidades também foram enfatizadas por Arthur Ramos em seus estudos sobre *O folclore negro no Brasil*, publicado em 1935 e fartamente citado por Freyre. São muitos os exemplos de registros folclóricos da rivalidade entre negros e mestiços entre cantadores nordestinos. Diz-nos Ramos: "Leonardo Mota colheu todo um ciclo de desafios entre o mestiço e o negro, com agressões mútuas." E, citando o mesmo folclorista, arremata: "Não há cantador mestiço que, lutando com um negro, o não procure ferir no calcanhar de Aquiles dessa inferioridade. Por sua vez, os agredidos se defendem com uma veemência de que abrolham arrogâncias e

Deve-se mencionar, também, os caminhos do amor e, é claro, da ascensão através do casamento. O casamento e os conflitos derivados do amor se prolongavam sobre a religião. Pobre do mulato que, apaixonado por moça de família branca, além de mulato, fosse ateu, maçom ou jacobino. Tais posições religiosamente desviantes tinham às vezes maior peso para a rejeição de pretendentes mulatos por iaiás brancas do que a simples cor de sua pele. Tal parece ter sido, nos lembra Freyre, o caso do poeta mulato Silvio Alvarenga[24].

Mas pior talvez fosse a situação do mulato que, não sendo ateu nem agnóstico, não aderisse ainda que superficialmente ao catolicismo, e continuasse ligado a ritos e práticas religiosas africanas, como o vodu ou o candomblé. Tais mulatos, embora às vezes peritos em magias de amarração no amor de que se serviam também os brancos, estavam de antemão excluídos, se não do convívio íntimo, ao menos do convívio amoroso das moças de famílias brancas ou quase brancas que, mesmo que não fossem ricas, mantinham pretensões europeizadas de *status* – o que, é claro, significava sempre a adesão ao cristianismo e, em especial, ao catolicismo como religião.

A conversão do ex-escravo e do mulato livre à religião cristã – ou, pelo menos, a seus traços exteriores mais nítidos – era condição importante para sua penetração em círculos sociais compostos por classes mais elevadas da pirâmide social. Importante, mas não derradeira ou suficiente, tampouco imprescindível. Tal foi o caso de ex-escravos ou descendentes de escravos que, embora pretos ou mestiços, ascenderam socialmente amparados no domínio de práticas mágicas que conferiam a eles carisma e poder mesmo sobre brancos ricos de sobrados, que os procuravam para feitiços e amarrações, curas e adivinhações, e que os punha a serviço fosse para o bem ou para o mal, mas em todo caso empregados em necessidades e anseios que a religião cristã e tampouco a ciência ocidental podiam satisfazer[25]. Daí a hostilidade com que muitos desses negros livres versados em religiões de matriz africana sofriam tanto da parte de sacerdotes cristãos como de médicos, às vezes mulatos, ambos seus concorrentes diretos no alívio de dores físicas e psicológicas da massa de acólitos disponíveis na sociedade brasileira. Dessa hostilidade não ficavam a salvo tampouco os curandeiros da terra, embora estes, em figuras como a do benzedor e da benzedeira, graças à sua fachada católica, tenham se integrado melhor na sociedade brasileira. Em todo caso, tratava-se desde então de um conflito entre uma cultura presidida pela magia e outra aberta à técnica e à ciência, ainda que estas, não raro, também viessem a tomar feições mágicas entre os brasileiros.

---

argumentos inesperados". RAMOS, Arthur. *O folclore negro no Brasil*. São Paulo: Martins Fontes, 2007, p. 226.

[24] Gilberto Freyre, *Sobrados e mucambos*, p. 760.

[25] A exemplo do que Machado de Assis nos narra na abertura de *Esaú e Jacó*, quando Natividade e Perpétua sobem o morro do Castelo para visitar uma cabocla que, entre outros serviços a brancos da elite, fazia as vezes de oráculo, anunciador tranquilizante das "coisas futuras".

Conflitos e rivalidades que tinham lá seus componentes raciais, mas também de classe e, principalmente, um conflito "entre culturas"[26].

> Médicos de formação europeia e servidos por instrumentos e máquinas europeias de tratar doentes ou de observar doenças em suas relações com os climas frios ou os meios europeus, tiveram que travar áspera batalha com curandeiros africanos ou da terra, íntimos conhecedores de ervas ou plantas tropicais e protegidos às vezes [...] por senhores prestigiosos de casas-grandes e de sobrados patriarcais: gente a quem repugnava a invasão dos seus domínios rurais ou semi-rurais por médicos nem sempre dispostos a se contentarem, como os capelães com relação às almas dos mesmos domínios, a serem "cirurgiões de escravos" ou sequer "médicos de família". Gente telúrica, confiante mais nas ervas dos escravos e dos caboclos da terra do que nas drogas francesas e inglesas das boticas.[27]

Por aí se vê que muitos dos elementos de cultura africana e nativa que, mesmo em meio à perseguição, conseguiram modos de se imiscuir na vida e na existência de um círculo muito maior de pessoas, ultrapassando o âmbito restrito a um único grupo social ou racial e disseminando-se por isso para diversos setores da sociedade. Esse parece ter sido o caso também da identificação, ocorrida em diversas cidades e regiões brasileiras de forte presença escravista, entre deuses africanos e santos católicos. Como o foi a identificação de São Jorge, santo guerreiro, a Ogum no Rio de Janeiro e a Oxóssi na Bahia[28]. Rivalidades que, por meio de aproximações analógicas, davam lugar a sincretismos.

Sincretismos à parte, porém, permaneciam os conflitos. Conflitos de ordem antes cultural do que exclusivamente racial. Neste caso, nem tanto um conflito de teor racial, mas antes de ordem estritamente cultural. Pois um meio comum de ascensão de muitos mulatos foi o título de bacharel: uma espécie de amuleto mágico que, se não promovia imediatamente seu portador mulato aos privilégios da elite branca, o diferenciava da massa de analfabetos, escravos e não escravos, pretos, mestiços e brancos pobres que compunham o subproletariado urbano. Mulatos que, ascendendo por meio da incorporação da cultura europeia, passavam a participar do desprezo e da perseguição dirigidos à fala da senzala, do matuto e do caipira. Há muito de estratégica garbolice mulata no beletrismo classicista brasileiro em seu afã indisfarçável de evitar o português do povo, das ruas e das fontes vivas da oralidade em favor dos compêndios de gramática castiça. Tais mulatos europeizados pelo saber não raro desaguavam numa espécie de arrivismo de

---

[26] Gilberto Freyre, *Sobrados e mucambos*, p. 639.

[27] *Ibid.*, p. 641.

[28] *Ibid.*, p. 692.

"novo-culto"[29] – que se somava ao arrivismo de "novos-brancos" e de novos-ricos. Essa sede de distinção, tão vaidosamente preenchida pelo "complexo de bacharel", ao mesmo tempo que servia para distinguir seus portadores da massa de iletrados, colocava os bacharéis mulatos no flanco de diferentes ondas de hostilidade: tanto de outros mulatos, de quem se distinguiam, mas especialmente de brancos, de quem, ao ascender, se aproximavam.

Outro meio de ascensão que o mulato teve neste contexto foi criado pela própria centralização do poder na Coroa e pela expansão das instituições estatais. Período em que, especialmente sob o comando de Pedro II, alguns mulatos puderam alcançar os mais altos postos da hierarquia estatal. O ingresso para as instituições de defesa da ordem, entretanto, foi o meio mais comum de ascensão de mulatos, ao lado de seu ingresso em carreiras do baixo funcionalismo público. Fosse nos regimentos oficiais do Império, na Guarda Nacional ou, mais tarde, no Exército, o mulato que nelas alcançasse posição também ascendia socialmente. Empregado muitas vezes na repressão de escravos nas plantações, ou mesmo como capitão-do-mato, ambos ligados diretamente à pessoa do senhor de escravos, o mulato conquistou também meios de ascender através das instituições oficiais de defesa, adentrando a uma hierarquia não mais mediada por ordens absolutamente pessoais. O vínculo à autoridade se despersonalizava e se nobilitava: num caso, o vínculo era ao senhor de escravos; no outro, passava a ser, ao menos em parte, à Monarquia, à República, à Ordem, ao poder quase majestoso conferido pela farda e pela posição oficial que lhe dava algum mando e poder sobre outros mulatos e, às vezes, até mesmo sobre brancos.

À "mística do bacharel" somava-se a "mística da farda" na sedução do mulato à ascensão e à conquista de poder. Como a primeira, também esta última favorecia uma proliferação das rivalidades, nesse caso verificáveis inclusive em conflito que, logo ao início da República, se conflagrou entre forças da Marinha e forças do Exército. Marinha que vetava a pretos e mulatos posição em cargos mais elevados de comando e que, neste ponto, já podia ser contraposta ao Exército, desde a Guerra do Paraguai mais aberto à integração de pretos e mestiços a seu corpo de oficiais. Marinha liderada pelo branco Saldanha da Gama contra a presidência do marechal do Exército Floriano Peixoto, de figura mais cabocla do que fidalga.

O certo é que tais conflitos, nos quais se interpenetravam condições de classe, de raça e de *status*, convergiam para a criação de certa aura de poder em torno da farda e do que ela simbolizava: a presença da ordem e da autoridade. Outra espécie

---

[29] Para Freyre, um dos exemplos mais marcantes de mulato "europeizado" pelo saber se verificava em Tobias Barreto. "Entretanto o arrivismo de mulato, com todo o seu "complexo de inferioridade", ligado ao arrivismo de novo-culto, esplende de modo tão forte que dói na vista, na grande figura de Tobias Barreto: mulato quase de gênio que para compensar-se de sua condição de negróide em face de brasileiros, portugueses, franceses ou afrancesados, requintou-se no germanismo, no alemanismo, no culto de uma ciência de brancos – os alemães – mais brancos que os franceses." Gilberto Freyre, *Sobrados e mucambos*, p. 790.

de amuleto que, independentemente das habilidades marciais de quem a vestia, prestava a seu portador não apenas a autoridade impessoal do ofício juridicamente regulado, mas também aquele prestígio personalíssimo derivado da admiração e do fascínio despertados pela própria autoridade, pelo poder mandar e proferir ordens, mesmo que para isso também fosse preciso, igualmente, obedecer a ordens.

> É fácil de compreender a atração do mestiço pela farda cheia de doura-dos de oficial do Exército. Farda agradável à sua vaidade de igualar-se ao branco pelas insígnias de autoridade e de mando e, ao mesmo tempo, instrumento de poder e elemento de força nas suas mãos inquietas. São insígnias que desde os primeiros anos do século XIX passam pelos anún-cios de jornal com brilhos ou cintilações sedutoras para os olhos dos indivíduos sociologicamente meninos ou mulheres que se tornam às vezes os mestiços na fase de ascensão para os postos de autoridade ou comando conservados por brancos ou quase-brancos como privilégio de casta superior identificada como pura [...].[30]

Vê-se, assim, que a ascensão do mulato, longe de ter sido processo pacífico, que assinalava a relativa mobilidade social e racial brasileira, foi processo permeado de conflitos e que se deu em meio a uma incrível proliferação das rivalidades, que se disseminaram para as mais diversas esferas societárias. Rivalidades que, como vimos, se acentuaram em razão do instável preenchimento do fosso já cavado entre senhor e escravo: o mulato, ao ascender da condição de escravo para homem livre, tornava-se imediato competidor do branco que, apesar de branco, fosse pobre. Como meio de se defender dessa insurgente ameaça, o branco podia sempre estigmatizar ao mulato suas origens. Para se defenderem de tais estigmas, havia mulatos que, por sua vez, acabavam incorporando, aderindo e imitando os padrões europeizados com vistas a exercer ou simular maior distanciamento do passado africano: daí que muitos mulatos tenham sido colaboradores ativos, se não na criação, ao menos na disseminação de preconceitos raciais contra pretos, e de preconceitos culturais contra analfabetos, matutos e "caipiras".

Essa proliferação de rivalidades é um dos mais complexos fenômenos ligados à ascensão do mulato. Em grande medida, só foi possível porque o mulato, o mes-tiço e mesmo o negro, quando ascendiam socialmente, o faziam com relação a toda a sociedade e não, como ocorreu nos Estados Unidos, apenas com relação a um grupo racial específico. A sociedade brasileira nunca se separou ostensivamente entre dois grupos raciais mutuamente hostis, como ocorre com os EUA. Enquanto a ascensão do mestiço nos Estados Unidos era meramente econômica e interna a seu grupo racial (não branco), a ascensão do mestiço no Brasil era propriamente de *status*, mais do que simplesmente econômica. Havia mulatos senhores de escravos; havia até ex-escravos senhores de escravos. A própria margem de ascensão dada

---

[30] Gilberto Freyre, *Sobrados e mucambos*, p. 726-727.

ao mestiço e mesmo ao negro-mestiço contribuiu pra que a sociedade brasileira caminhasse em sentido diferente dos Estados Unidos quanto ao modo prevalente dos conflitos raciais: lá tendendo a um binarismo entre brancos e não brancos, com todo mestiço sendo de antemão classificado e estigmatizado como negro, formando dois grandes blocos homogêneos e rivais; aqui havendo uma incrível *proliferação* das rivalidades e dos conflitos, de tal modo que o fenômeno do conflito na sociedade brasileira não se deixa captar simplesmente em termos de diferenças raciais. Lá o binarismo criou um bloco homogêneo de cada lado; aqui, em paralelo à proliferação dos conflitos, o que houve foi uma proliferação das gradações: que se verifica tanto nas nomeações de tipo e cor, como "preto", "branco", "moreno", "mulato", "fulo", "retinto", "sarará", "pardo", "cabra", "cafuzo", "caboclo", "mameluco", "curiboca", quanto nas suas variações de intensidade, produzidas por adjetivos, por aumentativos e diminutivos, em que se vê "pretinhos" e "pretinhas", "moreninhas", "morenaças" e "morenaços", "morenos claros" e "morenos escuros" e outras tantas combinações do tipo[31]. Daí que, a depender da posição social e dos outros critérios de estratificação social (propriedade, família, cultura europeizada) que viesse a satisfazer, o mulato "mudava de cor" e "embranquecia". Fenômeno sociolinguístico que muito parece ter impressionado o viajante luso-inglês Henry Koster em suas passagens pelo Brasil.

> Quando o inglês perguntou, em Pernambuco, se o tal capitão-mor era mulato – o que, aliás, saltava aos olhos – em vez de lhe responderem que sim, perguntaram-lhe "se era possível um capitão-mor ser mulato". O título de capitão-mor arianizava os próprios mulatos escuros – poder mágico que não chegaram a ter tão grande as cartas de bacharel transformadas em cartas de branquidade; nem mesmo as coroas de visconde e de barão que sua Majestade o Imperador colocaria sobre cabeças nem sempre revestidas de macio cabelo louro ou mesmo castanho.[32]

---

[31] O sociólogo estadunidense, confrontando o sistema de classificação racial de sua terra natal com aquele que encontrou em sua pesquisa de campo na Bahia dos anos 1930, assim caracterizou a diferença de critério que caracterizavam tanto as divisões oficiais quanto as populares no Brasil em relação ao sistema vigente nos Estados Unidos: "Estas divisões oficiais [branco, preto, pardo] refletiam diretamente as distinções populares. É, pois, importante notar que seu emprego indica uma diferença entre o critério usado nos Estados Unidos, baseado na ascendência racial, e o usado no Brasil, *baseado na aparência física; e a aparência física é característica que a miscigenação tende a modificar continuamente.* Enquanto nos Estados Unidos uma gota apenas de sangue africano (se o fato for conhecido) inclui seu portador na categoria negra, na Bahia muitos indivíduos cujas avós eram pretas são nos recenseamentos arrolados como brancos (e, poder-se-ia acrescentar, são considerados como brancos por seus amigos e conhecidos)." PIERSON, Donald. *Brancos e pretos na Bahia.* 2. ed. São Paulo: Companhia Editora Nacional, 1971. p. 187, grifo nosso.

[32] Gilberto Freyre, *Sobrados e mucambos*, p. 727.

Em outras palavras, o sujeito continuava fenotipicamente mulato – e, note, mulato escuro – embora o *status* que lhe era conferido fosse o de "sociologicamente" branco. Este exemplo é ainda do início do século XIX. Tal situação, como vimos, se intensificaria ao longo do século, quando mestiços escravos, ex-escravos e livres já de nascença souberam encontrar, às vezes através de uma dedicação passiva à ordem sádica em que estavam inseridos, diferentes caminhos de ascensão social. Esse aumento quantitativo, por si mesmo, prestava a esse ambiente multicolor formas igualmente variadas de competir por *status*. E era através de tais formas que muitos mulatos passavam a se envergonhar dos aspectos fenotípicos que lhe conferiam *status* de racialmente pretos ou mestiços, para se orgulharem e mesmo se regozijarem com aqueles outros aspectos que, eventualmente, os tornavam "sociologicamente brancos". Daí a fonte de muito ressentimento como de muito arrivismo mulato. Ressentimento e arrivismo que, para Freyre, se expressaram e se embelezaram no melhor de nossa arte e filosofia daqueles tempos: nos poemas de Gonçalves Dias, no germanismo filosófico de Tobias Barreto. Mas que também tiveram suas expressões mais grosseiras na massa das pessoas comuns, em torno das quais fazia--se, concomitante à sua luta por ascensão, um rol nada desprezível de hostilidades, de preconceitos e dificuldades que haviam de enfrentar por não serem brancos.

Essa dor experimentada pelo mulato em ascensão foi muitas vezes o combustível para grandes e heroicas empreitadas. Era um elemento corriqueiro deste contexto que o mulato encontrasse, na competição em que estava envolvido, adversários brancos que, mesmo com menor talento, levassem a melhor sobre ele – apenas por serem brancos. O mulato, para competir – e ele, sem dúvidas, competiu – teve que empenhar uma energia, uma disciplina e uma dedicação que nunca foram exigidas da "elite branca", cujo acesso a cargos ou posições de destaque se alcançava mais pelo nascimento do que pelo mérito. O mulato, de sua parte, só tinha por si o mérito, e em muitos casos este não era suficiente para vencer privilégios oligárquicos contra os quais tinha que se defrontar, nem para compensar os estigmas que os deslocavam de certas pretensões. E, sentindo o mérito como insuficiente, é compreensível que não poucos entre eles, para se fazerem sociologicamente brancos, incorporaram da elite branca e europeizada seus gestos e suas ideias, seus modos e suas modas, inclusive, em muitos casos, seus preconceitos.

Sendo a maioria da população composta de mestiços, e não havendo uma forma precisa de classificá-los homogeneamente, a condição racial do indivíduo se interpenetrava com suas condições de classe econômica e de cultura adquirida, além de condições de *status* influenciadas pela conquista de títulos nobilitantes, como aqueles outorgados pela Coroa, pelo Exército ou pelas faculdades, academias, organizações civis e religiosas. O certo é que, se sobre o preto, mesmo livre, recaíam os piores preconceitos, sobre o mulato recaía uma dupla hostilidade, ainda que os preconceitos sobre ele se atenuassem conforme suas condições de classe, de cultura e de *status*: pois a hostilidade vinha tanto de seus competidores brancos, que viam suas posições e prestígio ameaçados, como de pretos e outros mulatos que não conseguiam ascender social e economicamente. "O mulato é aí objeto tanto do despeito do negro e do caboclo como de sentimentos de rivalidade do branco, tocado pelo *triunfador* ou pelo *arrivista* em privilégios antes de casta ou de classe do que de raça."[33]

Em meio a essa proliferação de rivalidades, das quais o mulato passava a ser o centro, há que se notar que nem sempre ele as encarou do mesmo modo. Além de delinear os caminhos de ascensão do mulato, Freyre parece ter dividido em ao menos quatro os tipos gerais de "reação psicológica" que o acompanharam nessa luta que era, quase sempre, a luta de uma vida inteira. Há uma pequena parte de verdadeiros "triunfadores": mulatos, que ante todas as adversidades postas pelo preconceito, conseguiam se estabelecer como homens livres sem contar com os privilégios dos brancos e, mais do que isso, em sua competição com eles, mantinham-se insubmissos, prontos a reclamar ante os brancos a "igualdade" e até mesmo a superioridade de seus méritos e de seu valor. Mulatos que, como o revolucionário Natividade Saldanha, "à vitória por meios macios preferiram sempre a insubmissão"[34].

Entre os insubmissos, contudo, havia aqueles que não chegavam à vitória, ou pelo menos não à vitória desejada e tantas vezes merecida. O que em geral conduzia seu ímpeto insubmisso ao ressentimento. Neste caso, o mulato ascendia o suficiente para se diferenciar do escravo e até do branco pobre, mas não o suficiente para satisfazer aos seus anseios por prestígio e à sua vontade de poder. Dificilmente este mulato se revoltava, pois mesmo que sua real condição não fosse a que sentia merecer, ele ainda assim tinha muito a perder. Contornando a revolta, tais mulatos caíam no ressentimento, e transformavam a amargura de seu relativo sucesso em crítica moral, denunciando o privilégio dos brancos e requisitando para si e a favor de si a moralidade do mérito. O insubmisso reclamava igualdade; o ressentido reclamava o mérito. O limite entre ambos é tênue, mas significativo.

E além do insubmisso e do ressentido, havia também o tipo arrivista. Este não somente estava satisfeito com sua ascensão, como a ostentava, como a se gabar dela entre aqueles dos quais se aproximava (brancos) e frente a aqueles de quem procuravam se distanciar (pretos e escravos). O mestiço arrivista era aquele que, quando não conseguia ascender tão alto como desejava, procurava simular tal ascensão incorporando imitativamente os gestos e as insígnias de classe da aristocracia branca: seus sapatos, suas roupas e adereços, suas opiniões e preconceitos, incluindo aqueles dirigidos contra negros e escravos.

E havia, por fim, uma grande massa de mestiços que mesmo a simples condição de novos livres não era suficiente para conduzi-los a uma significativa ascensão: mulatos e pretos livres obrigados a viver em condições literalmente marginais, no sentido de estarem sempre no limite da ordem, ora dentro, ora fora dela. E a

---

[33] Gilberto Freyre, *Sobrados e mucambos*, p. 788.

[34] *Ibid.*, p. 723.

despeito das dificuldades de sobrevivência e ascensão que enfrentavam, raras vezes mulatos e pretos livres foram capazes de uma associação conjunta com escravos contra os senhores das casas-grandes e dos sobrados. É como se a posse da liberdade formal, que distinguia os mulatos livres dos cativos, assim como a competição com os brancos pobres, atuasse para impedir tais alianças.

Entre ressentidos, arrivistas e triunfadores, há um interessante aspecto comum: foram tais tipos aqueles que, em sua luta pela ascensão, se entregaram e se comprometeram de corpo e alma com os modelos europeus. Foram eles e através deles que a europeização se manifestou como "desafricanização", ao passo que os valores mais puramente "africanos" sobreviveram na população marginalizada de pretos e mestiços: através destes é que persistiram o candomblé, os orixás e seus ritos, suas danças e cantos, assim como a capoeira, o berimbau, a batucada, o samba, o maracatu, valores de matriz africana que não penetraram ou dificilmente penetraram no grosso da sociedade brasileira, predominantemente mestiça e quase toda seduzida pela retórica da europeização. Incorporando as insígnias da europeização, tais mulatos acabaram por participar do processo de estigmatização do que quer que fosse "signo" visível que remetesse à África. Fachadas de europeização procurando sofregamente ocultar estigmas de africanidade.[35]

---

[35] Esse conflito entre aparências europeias e aparências africanas, em que as estas últimas restaram estigmatizadas em face das primeiras, foi motivo de muita hostilidade dirigida a negros que, abandonando hábitos africanos, incorporavam hábitos europeus, como meio, talvez, de se livrarem do "complexo de escravo" produzido pela própria estigmatização de tudo que fosse africano. Tal processo, de certo modo, colaborou para certa identificação dos oprimidos com os opressores. Diz-nos Freyre: "Supunha de ordinário o preto ou pardo livre que toda a vantagem para ele estava em vestir-se e até alimentar-se como o branco senhoril, de quem a condição de livre o aproximava. Em deixar a cachaça pelo vinho. O bredo pela carne de porco. O pé descalço ou a sandália pela botina – mesmo que lhe doesse os pés. A casa de palha pela de pedra. No que, em mais de um ponto enganava-se. Geralmente, porém, o que buscava era libertar-se do complexo de escravo e de africano; parecer-se com o branco senhoril no trajo, nos gestos, na própria alimentação." (Gilberto Freyre, *Sobrados e mucambos*, p. 412). Essa incorporação mimética de signos de europeidade por negros e pardos aguçava a hostilidade contra eles, tanto da parte daqueles que não conseguiam ascender socialmente quanto da parte daqueles com os quais passava a competir mais proximamente. "Outros negros livres foram escarnecidos nas ruas por andarem de sobrecasaca e chapéu alto; outros por aparecerem de luvas e chapéu-de-sol; outros por ostentarem botinas de bico fino que lhes davam ao andar alguma coisa de ridículo ou de grotesco; ainda outros, por se esmerarem em penteados, barbas, unhas grandes imitadas dos brancos dos sobrados. Negras, por se exibirem de chapéus franceses em vez de turbantes africanos. Ou de véus europeus em vez de panos-da-costa. A verdade é que, acomodando-se esses negros livres e possuidores de algum dinheiro, a usos e hábitos senhoris e europeus, se, em uns pontos, avantajaram-se aos negros escravos, presos a hábitos e usos africanos, em outros pontos romperam seu equilíbrio ecológico de gente melhor adaptada que a europeia e senhoril ao meio tropical do Brasil. Meio semelhante ao da África." Gilberto Freyre, *Sobrados e mucambos*, p. 412-413.

Aqui chegamos, finalmente, a um ponto crucial deste nosso ensaio: o de procurar perceber como a retórica da crueldade, envolvida na escravidão, cruzava-se com a retórica da europeização. Pois ao passo que o escravo e, portanto, tudo o que fosse valor que remetesse à escravidão, figurava como objeto ao qual natural e legitimamente se vinculava a crueldade, como aquilo que se podia tratar cruelmente, o europeu e, portanto, tudo aquilo que remetesse à Europa, figurava como objeto de culto e veneração, como aquilo que se deve tratar como modelo. O mulato que ascendia social e economicamente tinha sua existência mutilada pelas duas retóricas.

Quando seduzido pela retórica da europeização, o mulato se tornava imitador e imediato competidor do branco europeu ou nativo. Aproximando-se do modelo, o mulato às vezes chegava a incorporar ideias políticas europeias, tornando-se republicano, abolicionista, e a justificar com ideias francesas e inglesas seu republicanismo e seu abolicionismo. Isso não impedia, ao contrário, até reafirmava, que os valores de matriz africana fossem moral, intelectual e esteticamente rebaixados ante aqueles que fossem de matriz europeia. Ser abolicionista foi para muito mulato também um modo de ser "europeizado", civilizado e, neste sentido, um modo de ser moralmente superior ao modo de senhores brancos e escravocratas; e, é claro, ao modo de ser dos africanos escravizados.

Mas quando seduzido pela retórica da crueldade, ao modelo europeu impunha-se outro modelo, que é aquele do patriarca senhor de escravos. O mulato, neste caso, podia tornar-se ele mesmo um escravocrata, desde que sua ascensão fosse suficiente para criar as condições de aquisição de escravos. O fato é que, mesmo quando se tratava de gente livre, e não escravizada, a retórica da crueldade e a retórica da europeização continuavam a atuar como mecanismos invisíveis de seleção social: favorecendo os indivíduos de cor cuja aparência fosse mais próxima de modelos europeus e excluindo aqueles de traços fenotípicos e aparência mais próxima a de africanos[36]. Daí que o mulato não apenas tinha maior chance de êxito, como também dificilmente se identificasse com negros e com escravos, formando ao lado deles alguma unidade política de dominados contra dominantes. Não era raro que muitos desses mulatos, incorporando elementos do modelo europeu e galgando ascensão profissional e econômica, se tornassem "brancos para todos os efeitos"[37], incluindo, é claro, aqueles de natureza política – ao arrivismo dos novos ricos somava-se o arrivismo dos "novos brancos", polarizando contra o outro lado de pretos e escravos ostensivamente não europeus e sem os emblemas de europeidade e prestígio necessários para contarem como "brancos" para todos os efeitos.

O conceito de cultura shakespearianas, elaborado por João Cezar de Castro Rocha, pode nos ajudar a compreender como elementos das duas retóricas – a da crueldade e da europeização – atuaram tanto no sentido de uma orientação mediada pelo *Outro*, tomado como modelo – a Europa e o europeu – como por outra orientação, nem

---

[36] Gilberto Freyre, *Sobrados e mucambos*, p. 748.

[37] *Ibid.*, p. 748.

sempre passível de ser observada facilmente, mediada por um contramodelo, a do *Outro outro*: o ser africano, o ser escravo e o ser preto. Pois como eram estes últimos as figuras reservadas à "justa" crueldade, à crueldade legítima e até "pedagógica", nada podia ser pior, para a mentalidade brasileira deste contexto, do que *ser* ou *parecer* escravo. Daí que o mulato e preto livre, figuras a partir das quais formar-se-ia o grosso da massa brasileira, esforçavam-se, às vezes de maneira rigorosamente ascética, para ocultar neles próprios os traços e signos que remetessem ao passado, ao significado de "africano", de "escravo" ou "descendente de escravo", de "preto", fazendo-o principalmente através da imitação do modelo europeu – forjando para si, mas sobretudo para os outros, suas "máscaras brancas", suas fachadas europeizadas.

Neste processo, cada um lançava mão dos emblemas de europeidade e das estratégias para simulá-la que podia: do uso de pó de arroz e do alisamento do cabelo, passando pela adesão a modas de vestir e modos de se comportar, pela cristianização e catolicização, pela aquisição de títulos e honrarias e, é claro, pela aquisição de escravos. Todas essas foram estratégias que o mulato e mesmo o preto livre puderam lançar mão como uma espécie de mecanismo de defesa. Defesa de uma conquista bastante árdua e, mesmo assim, sempre ameaçada, pronta a ser "desmascarada" em seus indisfarçáveis estigmas. Conquista que, como é compreensível, dificilmente ocorreu sem certa entrega masoquista do mulato livre à ordem sádica na qual estava envolvido: de sua cumplicidade e de sua participação efetiva e dedicada a essa ordem – se quisermos, de seu sacrifício a ela. Daí o mestiço ter ocupado, para além da cor de sua pele, uma diversidade de posições distintas na sociedade brasileira. Uns tipos integrando-se na ordem social e fazendo-se "caxias" como Policarpo Quaresma, personagem do famoso romance de Lima Barreto. Outros tipos, a maior parte talvez, vivendo à margem da ordem social. Os primeiros foram aqueles que pouco ou quase nada preservaram, em seus costumes, gostos, trajos, modos e gestos, as heranças indígenas ou africanas. Os que se "afrancesaram", que se tornaram bacharéis, doutores, membros da Guarda Nacional, soldados e mesmo oficiais do Exército, funcionários públicos, escritores e artistas. Entre os outros estão aqueles que precisaram fazer-se "malandros", "marginais" ou "bandidos", vivendo em condição sempre limiar, expostos à contingência e mesmo à necessidade de viver fora das regras. Entre esses dois tipos flutuava uma imensa massa de mestiços, variando mais entre aqueles que, se não podiam incorporar a cultura moral e intelectual europeia, podiam ao menos forjá-la pela aparência, e aqueles que nem isso podiam ou talvez nem mesmo desejavam, restando à margem e com as marcas identificadoras dos objetos legítimos da crueldade e do desprezo estampadas na cor da pele, no vestir, no falar e no modo como "apareciam" em sociedade. Foi nessas camadas, fundamentalmente, que as heranças culturais africanas foram sendo reelaboradas e transmitidas às gerações futuras: dos ritos e divindades religiosas, do candomblé e dos cultos aos orixás, passando por uma diversidade de costumes e de artes que ganhavam expressão na música, na dança, na religiosidade, na culinária, na gastronomia e na língua (e, portanto, na experiência em geral), compondo um complexo quadro de valores com elementos de origem africana que foram, aos poucos, penetrando em toda a sociedade brasileira e que hoje compõem em grande parte aquilo de nossa cultura que, apesar de todo o sofrimento sobre o qual se constituiu, podemos nos orgulhar como sendo belo e de inestimável valor.

Entre todas essas variações psicossociais do mulato, há que se destacar aqueles que por fracasso, recusa ou impossibilidade de forjar os desejados emblemas de europeidade – e, com apoio neles, ascender socialmente – compunham uma parte bastante numerosa da população que restava excluída das já difíceis e desiguais oportunidades econômicas. Permaneciam, assim, restritos a uma zona de marginalidade dificilmente superável, coabitando aos magotes os mucambos e os cortiços das cidades e, na ausência de trabalho e atividades econômicas regulares que pudessem desempenhar, foram tomando o crime, a prostituição e a malandragem como os únicos meios de vida alternativos a uma dedicação masoquista à ordem sádica: por tais meios o mulato pobre, "quase branco ou quase preto", dificilmente se livrava da pobreza, do sofrimento e da humilhação, mas conseguia muitas vezes contorná-los sem se entregar aos imperativos de submissão exigidos pela ordem sádica na qual tinham de lutar para sobreviver.

Estes são os que ao sadismo cultural, e já quase sistêmico, da educação para o patriarcado, do manejo escravocrata e da retórica da crueldade, responderam e continuam respondendo com o sadismo aleatório das ações individuais, dispersas não contra a ordem em si, mas contra o inimigo eventual de uma contínua e implacável luta pela vida. Isto é, de uma crueldade que, não sendo incorporada na forma de masoquismo – como no caso do mestiço ascendente e submisso – se reverte em sadismo dirigido não àqueles que estão distantes, aos senhores e às instituições que representavam seus interesses, mas àqueles que estão próximos: aos vizinhos, às esposas, aos filhos, ao frequentador do mesmo bar, ao oponente no amor ou no jogo, à vítima casual de um assalto, ao torcedor do outro time etc.

Foi ainda entre esses pretos e mestiços empurrados para a marginalidade que surgiram outras formas de respostas não masoquistas à ordem sádica: como a malandragem, por exemplo, uma espécie de reação ao absurdo que oferece uma resposta com certo "jogo de cintura" entre o tudo e o nada da revolta. Num mundo cuja ordem não lhe oferece garantia alguma, senão a de lhe ser um obstáculo, o malandro evade à ordem para não se deixar dominar por ela, apropriando-se de ou compensando-se com vantagens que aqueles que estão bem integrados na sociedade sentem como "ilegais", "fora das regras" ou "desonestas". O "Homem Malandro", diferentemente do "Homem Revoltado", nunca parte para o tudo ou nada. Ao contrário: conquista *o que pode* pelo uso estratégico "do que *não se pode*" e faz desse artifício uma lei e uma arte na qual se refina. O malandro faz do que *não se pode* o seu principal *instrumento de poder* – de sobrevivência, de resistência e de ascensão.

VIII

A formação da subjetividade masoquista: bons escravos e bons mulatos

Vimos que a urbanização e a europeização da sociedade brasileira promoveram uma intensificação da escravidão que resultou em significativo aumento da crueldade empregada no "manejo escravocrata"; este passou a contar com a mediação de instituições especializadas, favorecendo a crescente despersonalização das relações entre senhor e escravo: tanto das de teor paternal, fundadas na convivência, quanto das de teor sádico, fundadas no mando e na crueldade. Mas, havíamos dito, antes disso, que tal processo também teve suas ambiguidades e feições paradoxais: pois ao mesmo tempo que a escravidão foi intensificada, também se abriram mais oportunidades para a libertação dela e, com isso, para uma dramática, mas significativa, ascensão de pretos e, principalmente, de mestiços.

> É verdade que ao mesmo tempo que se acentuavam os antagonismos, tornavam-se maiores as oportunidades de ascensão social, nas cidades, para os escravos e para os filhos de escravos, que fossem indivíduos dotados de aptidão artística ou intelectual extraordinária ou de qualidades especiais de atração sexual.[1]

Eis o paradoxo iniciado com a intensificação da escravidão urbana: aumento da exploração e da crueldade sobre o escravo, acompanhado, ao mesmo tempo, de uma margem maior de liberdade e autonomia dada a ele, incluindo diversos meios e caminhos de alforria e ascensão. A questão que se coloca neste momento é compreender como e a que custo tal processo pôde também significar em maior abertura à ascensão de escravos, ex-escravos e descendentes de escravos. Trata-se, então, de perceber um sentido geral posto na diversidade desses caminhos de ascensão, algo que não escapou ao agudo olhar psicossociológico de Freyre. Temos

---

[1] Gilberto Freyre, *Sobrados e mucambos*, p. 270.

muito a aprender com Freyre tanto sobre o sentido geral dessa ascensão, quanto a respeito das implicações que ela exercia sobre o *status* do indivíduo: quando não o "embranquecendo," ao menos "desnegrificando-o", "amulatando-o".

Tal implicação é, sem dúvida, a maior evidência de que as formas de distanciamento erigidas na sociedade brasileira são originalmente mais vinculadas à condição social, econômica e cultural, do que, propriamente, à raça ou à cor do indivíduo. A classificação pictórica do indivíduo a variar consoante sua posição numa sociedade incrivelmente miscigenada, quase que absolutamente formada pela combinação anárquica entre os mais diferentes tipos raciais e seus produtos híbridos, e não por brancos ou pretos pretensamente "puros". Isso não significa a ausência de preconceitos raciais ou de cor, mas, de maneira mais complexa, a mediação destes por preconceitos socioeconômicos e culturais.

Em muitos casos, para se defenderem psicologicamente da branquitude "adquirida", assim como para afirmarem sua diferença dos mestiços que continuavam "pretos", foram tais mestiços ascendentes fomentadores de preconceitos raciais. Esse processo, portanto, constituiu por si mesmo um novo núcleo de relações interpessoais, que dispersava a violência antes condensada entre senhores e escravos, introduzindo agora um novo grupo que se caracterizava por não ser nem senhor, nem escravo e por se assemelhar demasiado ora a um ora a outro dos extremos da sociedade brasileira. Pois a ascensão do mulato criava, é claro, uma aproximação de *status* dele com o branco livre, e não apenas uma aproximação em termos de convivência, mas também de competição: a ascensão do mulato, nesse sentido, alimentou a proliferação das rivalidades na sociedade brasileira. Nesse contexto, o mulato livre podia figurar, ao mesmo tempo, como rival de pretos e escravos, por um lado, e de brancos que, até então, viviam num horizonte mais estável de competição social, por outro.

Passemos, então, aos caminhos de ascensão do escravo. Como foi possível para o escravo, em muitos casos, ascender socialmente num contexto que, como temos visto, intensificou a escravidão?

Ao longo de toda a primeira metade do século XIX, o contexto urbano, a ameaça de fim do tráfico internacional e a demanda criada pelas lavouras de café no sul do Império foram fatores que aqueceram ao máximo o mercado de escravos. Em tal ambiente, novas funções seriam preenchidas pelo braço escravo e, com elas, novas hierarquizações entre os próprios escravos iriam se firmando. Se, perante o branco livre, os escravos estavam igualados entre si como escravos, para o proprietário de escravos havia nítidas diferenças entre eles – a depender, principalmente, de seus atributos físicos e de suas habilidades e especializações: fatores que decidiam a função e a posição na qual tal ou qual escravo seria empregado. A própria diversidade funcional preenchida pelo braço escravo colaborou sobremaneira para uma não desprezível estratificação social entre escravos.

Escravos da casa, restritos ao âmbito doméstico, gozaram sempre de certa ascendência sobre os escravos postos no eito e, mais tarde, em contexto urbano, no trabalho da rua. Não só pelo tipo de trabalho que realizavam, em geral mais leve se comparado com aquele realizado pelos escravos da rua, mas principalmente pela afetividade desenvolvida entre eles e seus senhores, propiciada pela convivência íntima e diária num ambiente comum. Com a convivência, não raro se desenvolvia, da parte de senhores para com escravos e escravas, sentimentos de certa proximidade e fraternidade. E essa afeição podia se traduzir em sentimentos de piedade, aliviando tais cativos, em caso de algum desvio, de penas mais duras e cruéis, assim como podia propiciar a eles um regime de vida mais confortável:

> Esses sentimentos [de piedade], o senhor patriarcal no Brasil limitava-se a dispensá-los àqueles escravos ou servos que considerava uma espécie de pessoas de casa: mães-pretas, mucamas, malungos. E aos animais que personalizava em parentes: as comadres-cabras, por exemplo. Pelos outros, sua indiferença era tal que confundia-se às vezes com crueldade.[2]

Repare que a piedade, nas relações entre senhores e escravos no Brasil do século XIX, era sentimento que se dispensava não a todos os escravos ou ao escravo em si, mas quando muito àqueles de convívio íntimo da casa, restando para os demais um tratamento indiferenciado que mais se parecia com a crueldade e, às vezes, se confundia com ela. Piedade e crueldade que, em sentidos opostos, são sentimentos de entes superiores dirigidos para entes inferiorizados. O certo é que, convivendo com seus senhores, às vezes desde a infância, alguns escravos e escravas gozavam de simpatia e afeição de seus proprietários, o que propiciava a eles tratamento mais terno e mesmo fraterno da parte de seus senhores. Em meio à constante ameaça de tornar-se objeto da crueldade eventual de seus proprietários, a conquista da afeição de seus senhores foi aprendizado básico envolvido no cotidiano do escravo, especialmente, é claro, por parte daqueles escolhidos para o trabalho doméstico.

Escravos que, aos olhos de estrangeiros mais utilitários, pareceram ociosos, bem alimentados, a passar horas do dia sem ocupação produtiva; empregados não no ganho e na aquisição regular, mas em lúgubres cafunés sob o pretexto da cata de piolho em sinhazinhas dengosas e moleironas[3]. O que ocorre é que tais escravos,

---

[2] Gilberto Freyre, *Sobrados e mucambos*, p. 626.

[3] O estudo de Roger Bastide sobre a prática do cafuné no Brasil é ainda um dos mais valiosos no que toca à revelação de aspectos importantes da escravidão brasileira. A prática a princípio higiênica da cata de piolhos feita por mucamas em sinhás e sinhazinhas transforma-se em gesto de carinho com nítidas notas sexuais. Consideremos ou não, como Bastide, o cafuné como "substituto" de satisfações que eram quase que completamente negadas às mulheres, tais práticas apontam para formas de interação entre senhores e escravos que, por um lado, cultivam afeto e intimidade, ao passo que, por outro, implicam num emprego mais "hedônico" do que propriamente "utilitário" do escravo. Publicado em 1941, o ensaio de Bastide despertaria

escolhidos para a convivência mais íntima da vida doméstica, traziam em sua aparência atributos que fizeram deles o objeto da seleção por seus senhores: em geral, para o trabalho doméstico eram selecionados as escravas e escravos anunciados em jornal como sendo de "boa figura", o que significava traços "eugênicos" mais próximos dos padrões europeus de beleza: pele mais clara, nariz e lábios mais finos, cabelo menos encarapinhado etc. Eram principalmente tais escravos e escravas que, através de anos de sugestão, de simpatia, afeição e fidelidade para com seus senhores, conseguiam, se não para si, talvez para seus filhos, cartas de alforria que significavam sua ascensão. Eram filhos de escravos mais próximos e mais íntimos à casa, filhos de mães-pretas, de mucamas e malungos aqueles que, às vezes, eram apadrinhados por seus senhores, ganhando, mais do que a liberdade, apoio e respaldo na vida particular, extradoméstica.

É óbvio que tais escaladas de sugestão e simpatia nem sempre conduziam à ascensão. Assim como, mesmo em caso de sucesso de um ou outro escravo, tal "conquista" era estendida apenas a uma menor parte dos escravos domésticos. Sobre os demais, o tratamento que recaía não estava tão distante daquele permeado por "indiferença e crueldade". Que se tenha em conta, por exemplo, as sugestivamente chamadas cabras-mulher; negras escravizadas cuja função era, literalmente, fornecer leite à casa de seus senhores. A redução da mulher a ventre ganhava agora outro complemento hediondo: sua redução a tetas. Era de tal forma naturalizada essa função, reservada a algumas escravas, que nos anúncios de jornal era preciso diferenciar clara e literalmente quando o anunciado era "cabra-bicho" e quando era "cabra-mulher"[4]. A introdução, mesmo que tardia, das cabras-bicho veio a aliviar um pouco o hediondo fardo até então destinado às mulheres escravas tratadas como cabras.

> É claro que o trabalho escravo, ou forçado, apenas se atenuou, entre nós, com o crescente uso daqueles animais nos engenhos, nas fazendas, no transporte de pessoas e de carga, no aleitamento de crianças e na alimentação de doentes, de convalescentes e mesmo de gente sã sob a forma de leite fresco, coalhada e queijo, substituindo-se na última função – a de fornecer leite às pessoas – mulheres pretas e pardas por vacas e cabras chamadas de leite, embora do próprio leite consumido pela população do Rio de Janeiro no meado do século XIX conste que era principalmente de leite de escrava, isto é, de cabra-mulher; e não de cabra-bicho ou de vaca.[5]

---

de tal maneira a atenção de Freyre que as edições posteriores de *Sobrados e mucambos* contaram com o acréscimo de valiosas páginas acerca do tema. Ver: BASTIDE, Roger. Psicanálise do cafuné. *Jornal de Psicanálise*, n. 49, v. 91, p. 189-203, 2016.

[4]   Gilberto Freyre, *O escravo nos anúncios de jornais*, p. 169.

[5]   Gilberto Freyre, *Sobrados e mucambos*, p. 622. Esse tipo de exemplo reiterado na obra de Freyre desde *Sobrados e mucambos* deveria fazer ver a muitos de seus críticos que o escravo, no Brasil, foi às vezes incorporado à casa não só como uma espécie de membro da família, humanizado,

O tipo de regime de vida que era exigido de uma cabra-mulher, assim como o *status* atribuído a ela, revela algo mais daquilo que já elucidamos como "manejo escravocrata". Afinal, para que estivesse sempre a produzir leite, era preciso que também estivessem sempre a dar "crias". Ao "ventre gerador", parte mais "produtiva" da propriedade escrava, acrescia-se o abuso do "seio provedor" de mulheres escravizadas – com toda a violência presumível em tal processo, cotidiano e banal, como nos mostra Freyre, até meados do século XIX, quando por influência estrangeira, mais do que por iniciativa nacional, as cabras-mulher começaram a ser substituídas por cabras-bicho e vacas de leite.

Vida semelhantemente dura levaram os escravos postos na rua. Assimilados a animais, não de leite, mas de carga. Diferentemente dos escravos reservados à casa, os escravos destinados ao trabalho na rua tinham em geral poucos atrativos físicos, ainda que força bruta suficiente para exercer aquela que era uma das principais tarefas ao encargo quase exclusivo de pretos e mestiços escravizados: o transporte, tanto de mercadorias como de pessoas.

> Na época em que na Europa ocidental e nos Estados Unidos já começava o declínio do cavalo, do burro e do boi como animais de tração e sua substituição pela tração a vapor, na antiga capital do Brasil – cidade da maior importância comercial, e não apenas política, entre as do Império – a tração humana não só não fora ainda superada pela animal como continuava quase a única. Não se enxergavam cavalos nem burros. Nem carruagens nem carroças. Só palanquins. Nenhuma pessoa ou coisa sobre rodas puxadas por animal ou mesmo por homem. Mercadorias carregadas aos ombros de escravos. Homens carregados por homens. Senhores carregados por servos.[6]

Esse desprezo pela roda diz muito sobre nós. Tardou muito para que o bonde e mesmo o coche ou a carroça substituíssem o palanquim e o banguê no transporte de senhoras e senhores moleirões que usavam tais meios de locomoção também como insígnias de poder, propiciando-lhes talvez curiosos sentimentos de majestade reforçados por algo de sutil crueldade. O que, se for certo, explica o fato de tais meios de transporte terem resistido mesmo quando as inovações técnicas de transporte já estavam disponíveis. E o que, como reforça Freyre, desmascara por completo a pretensão falaciosa de edificar a modernização da sociedade brasileira num "progresso" que fosse somente material, como se dele decorresse, inevitavelmente, também um progresso moral. Ao invés de ter sido substituído pela máquina ou pelo animal, o que passou a acontecer foi de o escravo ser exigido como se fosse máquina ou animal.

---

portanto, mas também reduzido à condição puramente animal, como nos casos das cabras--mulher e das amas de leite.

[6] Gilberto Freyre, *Sobrados e mucambos*, p. 627.

O que parece é que sem inquietação moral ou trepidação sentimental, só por efeito de aperfeiçoamentos materiais ou técnicos não se realizam progressos dos chamados morais. Não se realizaram nos Estados Unidos; e, no Brasil, o palanquim asiático carregado por mãos de escravos africanos, ou descendentes de africanos, resistiu longamente à mula. Enquanto não se generalizou contra seu uso – e contra o da rede ou do banguê de transporte de pessoas ou de coisas, no interior – a indignação moral, por algum tempo limitada aos brasileiros de maior sensibilidade cristã; enquanto a esse uso não se associou a vergonha ou o pudor de constituir arcaísmo oriental no meio de uma civilização com pretensões a europeia, o palanquim resistiu, nas cidades, ao carro de cavalo como, no interior, a rede ou o banguê de transporte, ao carro de boi; e o engenho movido a besta ou a boi, ao engenho a vapor. Por inércia, em grande parte, é certo; por dificuldades de ordem física, como as oferecidas à tração animal pelas ladeiras em Salvador, em Olinda, no Rio de Janeiro, tão desfavoráveis aos cavalos e às carruagens; por falta de estradas no interior. Mas, também, por ausência, ou quase-ausência, de sentimentos de piedade pelos abusos do homem senhoril na exploração do homem servil e do animal manso.[7]

Era como se, mesmo diante do admirado progresso, o atraso desse as mãos ao comodismo assentado na crueldade para juntos reconfortarem os proprietários de escravos com seu domínio e superioridade. De modo que não tanto a circulação de pessoas como a circulação de mercadorias, de cuja racionalidade logística depende qualquer sociedade, fazia-se sobre os ombros de escravos. Sistema de transporte que foi, também e durante muito tempo, o único sistema de saneamento das cidades brasileiras. Pois também os excrementos de casas e sobrados eram transportados até a praia ou local de despejo por escravos, do mesmo modo como a provisão de água potável era carregada por ombros e cabeças de escravos, quando muito ajudados por rústicos e lentos carros-de-boi. A vergonhosa carência de saneamento básico para metade da população brasileira em pleno século XXI é só um capítulo mais sutil da história de nossas vergonhas. Devemos aos escravos o "saneamento urbano" que existiu até o século XIX.

De onde as cargas por muito terem sido transportadas, em cidades brasileiras, em carroças puxadas por vagarosos mas resistentes bois para os quais pode-se quase dizer que não havia caminho mau. Nem para eles nem para os carregadores negros de fardos: inclusive de tigres, isto é, os enormes barris de excremento conduzidos das casas às praias às cabeças ou aos ombros de escravos. Eram também escravos ou negros que conduziam das fontes ou dos chafarizes para as casas água de beber, de cozinhar e de banho, pois no Rio de Janeiro, como nas demais cidades importantes

---

[7] Gilberto Freyre, *Sobrados e mucambos*, p. 625.

do Brasil, a facilidade de pretos para suprirem os sobrados burgueses ou patriarcais de água e de alimentos e de os aliviarem de excremento e de lixo, retardou a instalação de serviços de canalização e de esgotos nas casas ou nos sobrados.[8]

E, à medida que se alteravam os transportes, introduzindo-se no ambiente urbano técnicas então eclipsadas pela disponibilidade farta de braços escravos, alteravam-se também as relações hierárquicas entre os cativos. Nas ruas, os boleeiros ou cocheiros, que foram aparecendo ao longo do século XIX, eram aqueles de vida mais cômoda e que desfrutavam de certo poder ante escravos pedestres: fossem os sofridos carregadores, de baixa expectativa de vida, fossem outros pretos postos no ganho diário, oferecendo serviços ou vendendo produtos dos sítios e chácaras de seu senhorio. Essa incrível maleabilidade oferecida pelo escravo ao cômodo ganho de senhores dificultava o interesse, da parte destes, em substituir o trabalho escravo pela máquina ou animal. Pois o escravo, que podia ser empregado em serviços diversos, também podia ser posto no comércio e até mesmo ser alugado para trabalhar para terceiros; podia, ainda, procriar e render outros escravos, além de, ao fim e ao cabo, poder ser vendido como se fosse máquina, animal ou coisa. Sendo alugado, o escravo estava a serviço do lucro de dois senhores e era duplamente explorado: pelo locador e pelo locatário. Nem máquina e nem animal davam ao senhor de escravos tamanha maleabilidade, tamanha versatilidade na produção fácil de riqueza e *status*:

> Ao senhor de escravos que, todo fim de dia, recolhiam à casa com o dinheiro ganho em serviços de rua, não interessava, na verdade, a substituição desses produtivos escravos por cavalos de tração ou de carga, com aumento de despesa; menos, ainda, sua substituição por máquinas caras e complicadas, cujas ingresias só mecânicos estrangeiros ou mulatos pretensiosos e cheios de voltas fossem capazes de manejar.[9]

E era assim, juntando trocado após trocado que excedesse o esperado pelos senhores, que o escravo que trabalhava na rua às vezes conseguia, depois de longos e difíceis anos, comprar de seu proprietário sua própria alforria. O tipo de ascensão heroica para deixar no chinelo muito Julian Sorel, lendário personagem da novela de Stendhal. Escravos que, uma vez em posse de suas cartas de alforria, conseguiam se estabelecer em atividades das quais, desde o tempo de escravos, se especializaram, trabalhando como sapateiros, alfaiates, carpinteiros, pedreiros, quando não entrando eles mesmos para o negócio negreiro, chegando a adquirir e negociar escravos, empregando-se de feitores e capitães-do-mato.

---

[8]   Gilberto Freyre, *Sobrados e mucambos*, p. 633.

[9]   *Ibid.*, p. 634.

Tais eram, em breve resumo, os caminhos de ascensão social de escravos no século XIX. Caminhos, é claro, que nunca estiveram abertos como dádivas que lhes caíam dos céus. Foram, antes, frutos de uma árdua conquista e de uma silenciosa resiliência que, quando não os levou à ascensão e à liberdade, deu a eles melhores meios de resistir e sobreviver às condições degradantes que o regime, em regra, lhes reservava. *Mas, a pergunta que temos que nos fazer agora é: entre esses diversos meios de ascensão, existe algo em comum quanto à forma? De que expedientes comportamentais o escravo teve que se haver para conquistar sua ascensão?* Já sabemos que atos de revolta resultavam em horrendos castigos, seguidos quase sempre de morte. Castigavam-se até mesmo as tentativas de suicídio e, em todo caso, quando sobrevivia a ato de fuga ou insubmissão, o escravo era marcado a fogo para que nele reconhecessem a ameaça e o perigo, de modo que tais atos, além de não promoverem sua libertação, a dificultavam ainda mais para todo o futuro. Mas a revolta, a autêntica revolta, nunca envolve apego à sobrevivência: não é a sobrevivência, nos diz Camus, que está em jogo na revolta. A revolta se dá justamente quando sobreviver não importa mais. Quando a vida é preterível à descoberta de um valor que é superior ao mero seguir vivendo, valor sem o qual o escravo e o oprimido estão prontos a partir para o tudo ou para o nada.[10]

O modo encontrado pelo escravo de resistir à escravidão e ao aumento da repressão foi, em geral, o entregar-se e mesmo o dedicar-se masoquistamente – passivamente – a ela. Como resistência, tais atos tinham em vista a sobrevivência, e não o tudo ou nada da revolta. E como dedicação, não se trata de uma dedicação propriamente ascética, orientada para o resultado efetivo do trabalho ordenado pelos senhores, mas pelo cultivo de uma disposição passiva ante às suas ordens, prontificando-se à conquista da afeição e da simpatia dos senhores: o que era conseguido através da obediência, da bajulação e, em grande medida, da incorporação dos próprios valores senhoriais. O escravo que conquistava a afeição do seu senhor era aquele que, como nos diz Nabuco, era um "*bom escravo*", ideal que, segundo o autor de *O abolicionismo*, "nenhum homem livre poderia inteiramente realizar e que exige uma educação à parte"[11]. Ora, essa educação à parte de que nos fala Nabuco consiste justamente naquilo que temos chamado nesta obra de "manejo escravocrata" e "educação para o patriarcado". No caso do escravo, a "sorte" de encontrar um "bom senhor" dependia sempre e antes de tudo que fosse ele mesmo um "bom escravo". Não havia bons senhores para maus escravos. E ser "bom escravo" significava exatamente ser o escravo que, ao invés de se rebelar contra a escravidão, se adiantava em denunciar quem o tramasse; era o escravo que não olhava torto para seu senhor, que o recebia com sorrisos e bajulações;

---

[10]   CAMUS, Albert. *O homem revoltado*. Rio de Janeiro: Record, 2013. p. 29.

[11]   NABUCO, Joaquim. *O abolicionismo*. Rio de Janeiro: Nova Fronteira; São Paulo: PubliFolha, 2000. p. 24.

o escravo que lhe pedia a benção[12] e tinha por honra ser seu "afilhado". Em suma, ser um "bom escravo" significava ser o escravo completamente entregue à ordem.

Escravos que se cristianizavam e que, às vezes, com a permissão e benção de seus senhores, formavam família seguindo o modelo patriarcal; escravos que testemunhavam contra outros escravos que cometessem infração; que denunciavam os que tramassem rebelião; que tomavam para si os conflitos de seu dono; e que, como último recurso, ingressavam em guerras capitaneadas por seus senhores na esperança de, com isso, obter o prêmio da liberdade; enfim, esforçando-se e mesmo sacrificando-se ao máximo para conquistar a confiança e o apreço de senhores, demonstrando fidelidade; trabalhando, ante outros escravos, como "representantes" do senhor, e chegando mesmo a exercer com crueldade sádica a punição e o castigo sobre eles. Ou seja, aqueles que tornavam-se em alguma medida cúmplice da escravidão. Foi essa, em geral, a forma de conduta e resistência dos escravos que prosperou tanto em garantir-lhes a vida como em alcançar posições melhores que a de escravo, a despeito da intensificação da repressão – ou, inclusive, por causa dela. Foi, aliás, através dessa forma "feminina", "passiva", de resistência, que escravos lograram não só sua sobrevivência e ascensão, como sua própria penetração no universo social e cultural dos senhores, influindo sobre eles.

> Repressão que talvez tenha sido mais forte à sombra dos sobrados que das casas-grandes embora deva se observar que em uma e em outra área – na do sobrado e na da casa-grande – foi possível ao africano, através da diplomacia, da astúcia, *da resistência melíflua com que o oprimido em geral se defende sutil e femininamente do opressor*, comunicar ao senhor brasileiro o gosto por muitos dos seus valores.[13]

Foi essa, enfim, a forma geral de resistência à escravidão que, diferentemente das revoltas e dos suicídios, alcançou êxito, e que, por isso, pôde se comunicar aos setores mais amplos da sociedade, compondo parte característica da massa dos brasileiros. Os escravos que sobreviveram e ascenderam em meio à escravidão e se livraram dela foram aqueles que, manejados e educados por certa disciplina sádica, aprenderam a cultivar uma disposição passiva ante à ordem na qual estavam submetidos. Os inúmeros atos de revolta existentes ao longo de todo o século XIX, nas diferentes regiões

---

[12] Sobre o gesto de "tomar a benção", Luís da Câmara Cascudo notou a forte contribuição dos mais de três séculos de escravidão para sua consolidação e difusão entre nós. "A mais intensa divulgação da benção ocorreria nos 348 anos da escravidão africana no Brasil. Os trabalhadores brancos não pediam a benção ao Patrão, como era de praxe nos escravos de todos os tamanhos e sexos. Exigia-se o gesto da Cruz sobre o rebanho servil nos encontros matinais e ao anoitecer. As gerações rurais subsequentes mantiveram o uso pacificante que não seria habitual nas cidades e vilas populosas, exceto nas áreas familiares." CASCUDO, Luís da Câmara. Tomar a benção. *In: Religião no povo*. São Paulo: Global Editora, 2011. p. 44.

[13] Gilberto Freyre, *Sobrados e mucambos*, p. 409, grifo nosso.

e províncias do Império, provam que não se trata de um masoquismo primário ou originário, como se houvesse uma passividade intrínseca aos africanos que aqui foram escravizados. Também a orientação masoquista do comportamento nada tinha a ver com as condições de raça, e sim de cultura: não de cultura própria, mas de cultura já firmada no âmbito do colonialismo e da escravidão.

Por outro lado, as revoltas de escravos no Brasil, quando muito, formam uma espécie de memória de natureza secundária, (re)constituída pela recuperação historiográfica de uma experiência ou conjunto de experiências que se perderam e se reprimiram no tempo, mas não tiveram, em todo caso, força suficiente para se comunicar às gerações seguintes mediante a constituição de laços duradouros e mais profundos de solidariedade, vinculados à emancipação ou à libertação de todos os escravos, ao extermínio da escravidão; isto é, laços de solidariedade que fixassem hábitos de insubordinação e de recusa à escravidão em si e não apenas à do próprio grupo. O que acontecia, entretanto, é que a constituição de tais laços foi dificultada não só pelo sistema de repressão que se erigiu sobre os escravos, como também pelas hierarquias entre eles, em que escravos competiam e rivalizavam entre si; pela própria disparidade e diversidade de culturas que, a despeito dos rótulos "preto", "africano", "escravo", estava longe de existir uma homogeneidade suficiente de valores que permitisse sua composição como uma massa unificada de oprimidos. Os fatores que agiam no sentido de sua coesão eram extrínsecos a eles mesmos, determinados pelos brancos, seus senhores, e não por eles próprios. Sua coesão era apenas aquela impingida pelas classificações genéricas que lhes eram dadas pelos brancos: "pretos", "africanos", "escravos"; ela não se fundava na comunhão de valores em torno de um ideal de liberdade, ou pelo menos em torno de um ódio comum à escravidão em si; se fundava, antes, nas etiquetas uniformizadoras que lhes eram dadas pelo próprio manejo escravocrata a que estavam submetidos.

> Pois não nos esqueçamos do fato de que divididos por ódios ou rivalidades de castas, de línguas, de regiões e de cultos em moçambiques e congos, minas e coromatins, ladinos e negros da Costa, os africanos e os descendentes de africanos no Brasil sofreram influências no sentido de sua coesão. A primeira delas, a condição de escravos da grande parte deles – embora fosse uma condição que variasse da situação do negro doméstico (mucama, pajem, malungo) à do negro de eito ou à do preto de ganho; ou da situação de escravo de estância à de escravo de mina; ou da de escravo de engenho grande, de açúcar, em Pernambuco ou no Rio de Janeiro à de escravo de engenhoca de mandioca em Santa Catarina ou de rapadura, no Piauí. A segunda, fosse a condição de africanos ou de descendentes de africanos – embora fosse outra condição vária, dada a diversidade de cor, de traços, de característicos étnicos entre eles.[14]

---

[14]   Gilberto Freyre, *Sobrados e mucambos*, p. 643.

Por isso, as revoltas, mesmo quando existiam, raramente congregavam entre si a diversidade de nichos culturais, e mesmo étnico-raciais, da população escravizada e explorada pelos senhores ricos[15]. A solidariedade entre escravos raramente reuniu num mesmo ato de rebeldia a diversidade étnica e cultural de diferentes grupos de africanos e descendentes de africanos que, uma vez nas cidades, mantinham divisões e barreiras entre si – e não só interesses comuns. Para não falar da diferença, também dificilmente conciliável num ato de revolta conjunta, entre os negros chamados ladinos – aqueles já nascidos ou completamente habituados ao cenário brasileiro e à própria escravidão, e muitos casos sem nenhuma memória viva da "África" e tampouco da "liberdade" – e aqueles chamados "boçais", recém chegados do continente africano, com a ferida do desterro aberta e ainda sangrando, com a dissolução repentina e violenta de seu passado e de tudo o que lhe havia dado vida e raiz, sentido e fundamento. Foram estes, e não aqueles, os que mais se dispuseram à revolta e que, ante o absurdo da situação em que se viram, descobriram um valor mais valioso que a própria vida e que foi profanado e ultrapassado por seus algozes. Foram principalmente os "escravos africanos", e não os já abrasileirados – e, em boa medida, "desafricanizados" –, que partiram para o tudo ou nada que caracteriza o ato da revolta. Mas sem lograrem, ou mesmo almejarem, a constituição de laços de solidariedade que abrangessem e vinculassem entre si a grande variedade dos dominados. A revolta, por ser revolta, nega tudo para afirmar um único valor: a dignidade humana. É por isso que parte para o tudo ou nada: ou se conquista tal valor ou o próprio nada é preferível à vida sem ele. As revoltas de escravos, no Brasil, terminaram no nada, na aniquilação. Sua memória e sua absorção na cultura dependem de um amplo e intenso esforço de reconstrução histórica sem o qual restariam mortas e enterradas no passado dos vencidos. Os hábitos de subordinação e passividade transmitiram-se mais às gerações futuras do que os hábitos de insubordinação e atividade.

A entrega masoquista, portanto, longe de ser um atributo derivado de uma propensão intrínseca aos africanos, foi antes a força e a astúcia dos chamados escravos ladinos. Daqueles já "desafricanizados" e "abrasileirados"[16]. A passividade,

---

[15] Exemplo claro dessa ausência de unidade foi uma das maiores revoltas de escravos que se acometeu na sociedade brasileira, a Revolta dos Malês, ocorrida em Salvador no ano de 1835. Diz Freyre: "Foi essa uma revolta principalmente de escravos africanos (categoria étnica) que seguiam a fé maometana (categoria mais cultural do que nacional) e que, como subgrupo afro-maometano, se sentia oprimido pelos católicos brancos e quase brancos. Mas, mesmo em casos assim, pode-se dizer que a categoria nacional ou étnica era secundária, apesar de presente, e que a verdadeira base da ação violenta desses dominados contra grupos dominantes era a revolta contra o *status* econômico e social que os malês, como subgrupo consciente de sua superioridade cultural em relação a outros subgrupos de escravos africanos, consideravam injusto.". FREYRE, Gilberto. *Novo mundo nos trópicos*. Rio de Janeiro: Topbooks, 2000. p. 167.

[16] Aqui devemos sinalizar uma sutil diferença de ponto de vista entre Gilberto Freyre e a visão deste mesmo processo elaborada pela historiadora Emília Viotti da Costa, no seu *Da senzala*

que por muito tempo pensou-se ser um atributo racial que se destacava no africano em comparação ao indígena, era antes o produto de um largo cultivo, de um amplo processo pedagógico de disciplinarização da conduta, formado pelo que, ao longo deste livro, temos chamado de "manejo escravocrata" e "educação para o patriarcado". As práticas envolvidas em tais conceitos, reiteradas cotidianamente ao longo de séculos, criaram o que temos chamado de padrões sádico-masoquistas de relação interpessoal. "Parece-nos que a situação continuada de escravo é que fixou neles os hábitos de subordinação e o próprio masoquismo que *se transmitiu a grande parte da massa brasileira*, com resultados políticos que não precisamos de acentuar aqui."[17] Os escravos que, ao invés de se revoltarem, se entregaram à escravidão, criaram condições de suportá-la e, mesmo, de afirmar e readaptar seus próprios valores culturais ao novo contexto, comunicando-os e transmitindo-os ao todo da sociedade brasileira, inclusive aos brancos, senhores e dominantes. Não lhes deu, é certo, tudo; mas tampouco empurrou-lhes para o nada.

Hábitos de subordinação e masoquismo que foram constituídos culturalmente ao longo e através de nossa história, pelo que nela houve de crueldade e de sadismo – e não, repita-se, herdados racialmente das populações de origem africana. Isso não rebaixa, de modo algum, as pessoas escravizadas, como se a única coisa que pudesse dignificá-los fosse a revolta suicida. Mesmo porque em muitos casos a liberdade estava longe de significar dignidade, e não era raro que mulatos livres tivessem vida semelhante e até pior que a de muito "bom escravo" que tivera a "sorte" de ser "acolhido" por "bons senhores", menos cruéis e menos gananciosos.

à Colônia. A autora percebe e enfatiza acertadamente a importância da ladinização e da desafricanização dos escravos, promovida pela interrupção do tráfico em 1850, para a sua coesão como grupo social. "A interrupção do tráfico em 1850 acelerou o processo de ladinização e desafricanização da população escrava, favorecendo a sua assimilação, desenvolvendo novas formas de sociabilidade que permitiram maior solidariedade entre os escravos e reduziram, embora sem eliminá-las de todo, as rivalidades que tinham existido entre escravos de diferentes 'nações'". O que ela não percebe é que a ladinização e a desafricanização dos escravos se deu também e principalmente através de sua inserção violenta num processo de disciplinarização da conduta, condicionando-os no sentido da subordinação passiva à condição de escravos. Os escravos que mais se revoltavam não eram, pois, esses ladinos de que nos fala Viotti, mas principalmente aqueles "boçais" para os quais a escravidão sobrevinha como repentino, trágico e devastador acontecimento. Não à toa as principais e mesmo as mais abrangentes revoltas de escravos na história brasileira se deram antes, e não depois, de 1850. Por não perceber devidamente este processo, Viotti é obrigada, na sequência de seu argumento, a verificar que a suposta coesão produzida pela desafricanização não se produzira. "Não obstante a tendência à ladinização, os escravos continuaram divididos por lealdades contraditórias, o que dificultou sua ação coletiva. Dar aos protestos dos escravos uma direção organizada e transformá-los numa ação política seria, em grande parte, obra dos abolicionistas." COSTA, Emília Viotti da. *Da senzala à Colônia.* 5. ed. São Paulo: Unesp, 2010. p. 32.

[17] FREYRE, Gilberto. *Sociologia*: introdução ao estudo dos seus princípios. São Paulo: É Realizações, 2009. p. 288, grifo nosso.

Daí que, em casos assim, a escravidão nem sempre soava ao próprio escravo como algo a ser repelido ao custo da própria vida: não só acontecia de se encontrar escravos completamente acomodados e conformados com a vida que levavam, como se viu, algumas vezes, escravos dedicados à defesa da ordem que os "oprimia". Escravos como os que Saint-Hilaire encontrou em Minas Gerais[18] ou como os "capoeiras" que em 1828 ajudaram a debelar uma sublevação de mercenários irlandeses e alemães empregados na Guarda Imperial de Pedro I[19]. E, ainda mais expressiva dessa acomodação dos estratos dominados da sociedade brasileira foi a rara associação, ocorrida na província de Alagoas, em 1832, entre sertanejos e caboclos livres com pretos e pardos escravizados, em defesa, mais do que do retorno de Pedro I ao trono, da própria ordem patriarcal e seu regime de diferenças. Os chamados "cabanos", embora pleiteassem a liberdade, estavam longe de pleitear a "igualdade" (!). Efeito de uma educação para o patriarcado que deitou raízes na consciência dos dominados.

> Não foi outro o modo de se justificarem os cabanos e os papa-mel do Norte – grande número dos quais, sertanejos e matutos com sangue ameríndio, a quem se juntaram negros e pardos de engenhos, atraídos pela possibilidade de se libertarem – de sua guerra de morte a liberais, progressistas e inovadores dos sobrados do litoral ou das cidades. "Os liberaes não querem mais desigualdade, quando desde que Christo se humanizou que há desigualdade", diziam os papa-mel de Alagoas em resposta à proclamação legalista de setembro de 1832. Justificavam-se assim esses homens quase de mucambos do seu monarquismo absolutista e do seu patriarcalismo severo e a seu modo hierárquico de rústicos. E acrescentavam: "querem os liberaes que os filhos não obedeçam aos paes, os sobrinhos aos tios, os afilhados aos padrinhos" [...].[20]

Eis, assim, um duro fato constitutivo da sociedade brasileira e de seu regime de sociabilidade: foi o de terem se emancipado da escravidão e ascendido socialmente não os escravos que se rebelaram contra ela, mas aqueles que a ela se entregaram e se dedicaram ou que, mesmo, lutaram pela ordem que os envolvia como cativos. Escravos que, ao invés de se revoltarem contra seus senhores na busca pela liberdade, ingressavam na guerra desses senhores contra "estrangeiros" e "liberaes" com a esperança de conseguir deles a alforria ou, ao menos, paternal proteção. Era essa paternal proteção que, em muitos casos, interessava mais ao escravo que a liberdade, que como ideia puramente vaga e abstrata pouco satisfazia suas necessidades demasiado concretas. A ascensão pela simples alforria e a sensação da liberdade nem sempre tinham a doçura sugerida pelos ideais afrancesados a que muitos mulatos e pretos livres aderiram. Pois a simples condição de livre, forro

---

[18] Gilberto Freyre, *Sobrados e mucambos*, p. 659.

[19] *Ibid.*, p. 651 e 655.

[20] *Ibid.*, p. 486.

ou liberto, se livrava o preto ou mestiço do comando e dos castigos de um senhor, não o livrava da ordem patriarcal e escravocrata na qual ele tinha de continuar existindo. Tratava-se, em muitos casos, de uma ascensão ambígua, que os livrava de umas dificuldades para sobrecarregá-los com outras, que nem sempre eram preferíveis à submissão a um senhor.

> A liberdade não era bastante para dar melhor sabor, pelo menos físico, à vida dos negros fugidos que simplesmente conseguiam passar por livres nas cidades. Dissolvendo-se no proletariado de mucambo e de cortiço, seus padrões de vida e de alimentação muitas vezes baixaram. Seus meios de subsistência tornaram-se irregulares e precários. Os de habitação às vezes degradaram-se. Muito ex-escravo, assim degradado pela liberdade e pelas condições de vida no meio urbano, tornou-se malandro de cais, capoeira, ladrão, prostituta e até assassino. O terror da burguesia dos sobrados[21].

A liberdade, sozinha, significava às vezes em decréscimo e piora das condições de vida. E se livrava o cativo do cativeiro e dos abusos de senhores por vezes sádicos no seu modo de lidar com escravos, não o livrava, porém, dos imperativos que o empurravam para a marginalidade e que o tornava vulnerável a castigos e perseguições pelas autoridades policiais, menos interessadas em seu bem-estar do que os senhores de quem fugiam e com quem, ainda que em grau limitado, mantinham relações diretas, pessoais, às vezes íntimas e amistosas. Daí porque houvesse escravos que, ao fugir, buscavam não a liberdade difícil das cidades, mas a proteção mais paternal de outros senhores, cujas fazendas eram conhecidas por tratarem melhor seus "bons escravos". Nem sempre era o anseio de uma romântica "liberdade" que movia o escravo. Era, antes, o anseio de um certo "grau" de liberdade, mais pragmática, apta a se acomodar mesmo à escravidão[22]. Essa foi a difícil arte criada à base de duras penas por escravos que se entregaram à escravidão para livrar-se dela: a arte de exercer a liberdade em meio à escravidão, ainda que, para isso, fosse necessário certo grau de dessubjetivação masoquista. A entrega de uma parte de seu eu ao senhor e à ordem escravista, em muitos casos, deu ao escravo brasileiro condições de recuperar e de se reapropriar de sua humanidade – mais do que simplesmente resistindo à escravidão, influindo na própria cultura dos seus senhores e algozes.

---

[21]   Gilberto Freyre, *Sobrados e mucambos*, p. 297.

[22]   "Havia escravos que fugiam de engenhos de senhores pobres ou sovinas para os senhores mais abonados, moradores de casas-grandes assobradadas e homens quase sempre mais liberais nas suas relações com os escravos e nas suas exigências de trabalho que os menos opulentos. É que nesses engenhos grandes o trabalho era mais dividido e portanto menos áspero." Gilberto Freyre, *Sobrados e mucambos*, p. 298.

IX

A educação para o patriarcado e a crise cultural

Manejo escravocrata e retórica da crueldade são conceitos que, como temos visto, abrangem fenômenos cuja existência dependeu sempre do que temos chamado de educação para o patriarcado. Ela consiste num processo educacional em sentido amplo, que envolve a própria ontogênese do indivíduo: se dá na formação global da personalidade, e não diz respeito a um saber especializado sobre coisas do mundo. Seu objeto não se traduz num conjunto de temas a serem comunicados diretamente por mestres a discípulos, professores a alunos ou sacerdotes a leigos. Consiste, antes, na disseminação e na incorporação de critérios de autoridade entre pessoas e grupos sociais, a serem adequadamente cumpridos e desempenhados pelos diferentes indivíduos, conforme a posição social que, em cada situação ou interação, vierem a ocupar. Como um processo de educação, seus aprendizados fundamentais, como vimos, são o significado de ser-senhor e ser-escravo, ser-homem e ser-mulher e, por extensão, de ser-pai e ser-filho. Cada um desses significados, por sua vez, diz respeito a critérios que definem uma hierarquia de mando e obediência: um critério de *status*, um de gênero e outro de geração.

Obviamente não foi e nem continua sendo o Brasil o único país ou cultura patriarcal no mundo. Ao contrário, o patriarcalismo pode ser encontrado em uma diversidade enorme de culturas, ocidentais e não ocidentais. O que interessa, fundamentalmente, é o lugar e o peso, a posição que valores patriarcais encontram em nossa história, sociedade e cultura. Isso também não quer dizer que só havia patriarcado e educação para o patriarcado entre nós. Ao longo do século XIX, em paralelo à europeização da sociedade brasileira, dirimindo os aspectos mais duros do patriarcado rural, ocorreria também a constituição dos mucambos nas cidades, criando formas de vida que, gradativamente, poriam em xeque valores patriarcais. Os mucambos compreendiam uma zona de muitas famílias sem pai, quase sempre chefiadas por mulheres e onde a mulher tinha uma existência completamente diferente daquela a que estava destinada a mulher de casa-grande ou de sobrado. Mulheres que ocupavam a rua, às vezes pondo homens sob seus pés, diferentemente das que permaneciam restritas ao ambiente doméstico, submissas ao marido e à dupla moralidade da sociedade patriarcal. Em outras palavras, graças à europeização, à ascensão do mulato e à constituição dos mucambos, começava a haver na sociedade brasileira um processo de crise e desestabilização dos critérios fundamentais da educação para o patriarcado.

Pois era principalmente este o sentido da educação para o patriarcado: a transmissão e a incorporação de critérios básicos de autoridade e reconhecimento que deviam se tornar parte da personalidade, de modo a orientar o comportamento dos indivíduos na diversidade de suas relações interpessoais. Em poucas palavras, trata-se de um aprendizado sobre o lugar e o papel (de mando e obediência) que cada um ocupa em cada situação de vida – ou, para utilizar o exemplo de Roberto Damatta, um aprendizado relativo ao "saber com quem se fala" – sobre a posição que cada um ocupa em sua relação com o outro. A educação para o patriarcado, por isso, pode ser entendida como um tipo de *estrutura*[1] de formação da personalidade em acordo com os critérios de autoridade vigentes na sociedade patriarcal, que durante séculos funcionou de maneira mais ou menos estável, e começou a sofrer significativas modificações tanto com a europeização da sociedade quanto com a ascensão do mulato. Com a europeização, porque o desenvolvimento de instituições fora e diferenciadas da casa significava a criação e o estabelecimento de outros critérios de autoridade; e com a ascensão do mulato, porque tal ascensão contribuiu para a flexibilização de um dos principais critérios de autoridade da ordem patriarcal, aquele que dividia as pessoas em senhores e escravos. Essas perturbações, como vimos, engendraram um quadro de crescente proliferação de rivalidades, pois diferenças que antes eram rigidamente estabelecidas começavam a perder a nitidez de outrora. E toda crise, como nos mostra René Girard, é sempre uma crise das diferenças, de desvanecimento de diferenças antes claramente reconhecíveis e estáveis[2]. A ascensão do mulato, por si mesma, foi processo de desestabilização de diferenças preponderantes por séculos ao longo de toda a colonização portuguesa na América[3].

---

[1] O acento sobre esta palavra é importante para destacar que o que temos chamado de educação para o patriarcado consiste num conjunto de práticas culturalmente organizadas na manutenção e na transmissão dos referidos princípios de autoridade. E que esse conjunto de práticas é algo que, sociologicamente falando, *continua*, a despeito da morte dos indivíduos que são seus portadores e, por isso, tem uma existência relativamente independente dos indivíduos em geral, e totalmente independente de um indivíduo em particular.

[2] GIRARD, René. *A violência e o sagrado*. Rio de Janeiro: Paz e Terra, 2008. p. 11-89.

[3] À luz da teoria girardiana, a ascensão do mulato, por si mesmo, seria processo desestabilizador a instilar uma subterrânea crise na sociedade brasileira. Afinal, se antes havia uma relação abismal entre senhor e escravo, em que o primeiro aparecia como um mediador externo e inalcançável pelo último, com a ascensão do mulato a mediação passa a ser do tipo que

Em conexão com o que ocorria com o manejo escravocrata, a educação para o patriarcado sofria um processo de despersonalização promovido por intermédio de instituições que ou passavam a participar diretamente da "educação" e do "disciplinamento" dos indivíduos, ou a figurar como novas fontes de autoridade que concorriam com a autoridade tradicional e paterna. Concorriam com a autoridade paterna não só por serem extrínsecas à casa, mas por se fundarem em regulamentos impessoais, e não mais no poder rigorosamente pessoal de patriarcas de sobrados e casas-grandes. Existem numerosas contradições nesse conflito entre diferentes fontes de autoridade – a pessoal, amparada na imemorialidade da tradição, e a legal, amparada em códigos e estatutos acordados ou instituídos pela força por uma associação. Pois é claro que a autoridade mais impessoal de instituições como o Estado, a medicina e a ciência, a Igreja, os colégios e faculdades, passavam a rivalizar com a autoridade pessoal de patriarcas senhores de escravos; mas também é igualmente certo que durante muito tempo uma foi subsídio e avalista da outra: isto é, a ordem impessoal como garantidora da ordem fundadora do poder pessoal. Esse é dramaticamente o caso da segurança jurídica propiciada pela coroa portuguesa e, mais tarde, brasileira, sobre a propriedade escrava – sobre o escravo tornado bem escriturável e sujeito a contratos de compra e venda cujo cumprimento era avalizado e garantido pelas forças estatais.

Daí porque a educação para o patriarcado, embora fosse tomando uma dimensão despersonalizada e institucionalizada, continuou a ser educação para o patriarcado. Outro exemplo de continuidade em meio à mudança. Continuidade, porque os aprendizados fundamentais mediados pela educação para o patriarcado continuaram a ser os mesmos. Critérios de autoridade relativos ao gênero, ao *status* e à geração. Mas, em meio à mudança, conforme vimos com os fenômenos da escravidão urbana e do manejo escravocrata, também a educação para o patriarcado passou a sofrer a mediação de instituições. E, assim como ascensão do mulato funcionou como uma perturbação do critério de *status*, também a ascensão do filho e do bacharel – processo em que se cruzam a educação para o patriarcado e a retórica da europeização – viria a perturbar o critério geracional.

Não se trata, portanto, somente de relações pessoais se prolongando na esfera (supostamente) impessoal das instituições e fazendo destas o veículo de interesses pessoais – como normalmente se pensa com o conceito de patrimonialismo. Trata-se de algo com maior profundidade para a nossa história, pois já existia um longo enraizamento cultural quando passou a ser reforçado pelo aparelho estatal.

Girard chamou de interna, em que o decréscimo da distância entre sujeito e modelo aguça a rivalidade entre um e outro. Ou seja, a proliferação das rivalidades na sociedade brasileira, assim como o efeito desempenhado nessa proliferação pela ascensão do mestiço, está em perfeita consonância com a teoria girardiana das "crises sacrificiais". À frente voltaremos a este ponto para destacar a queda da monarquia como "solução sacrificial" mais do que expressão de um "parricídio" simbólico a nível coletivo, como defendeu um dos mais importantes intérpretes de Freyre.

A autoridade pessoal do homem, do pai, sobre o escravo, o filho e a mulher, passava a ser amparada na ordem de impessoalidade do Estado, mas também começava a ser limitada por ela. A instituição estatal, assim, ao mesmo tempo que impunha restrições à autoridade do patriarca, servia para garanti-la, assumindo para si e seus aparelhos o encargo de punição daqueles que a contrariassem, perseguindo e punindo escravos rebeldes e fujões, estabelecendo penas para crimes de desonra matrimonial e, é claro, delimitando e outorgando o direito de senhores sobre suas esposas e sobre suas propriedades escravas.

O exemplo mais nítido dessa incrustação do poder pessoal de patriarcas senhores de escravos no poder impessoal do Estado foi a crescente "regulamentação" da escravidão ao longo da primeira metade do século XIX. Uma regulamentação mais associada ao caráter cenográfico da europeização da sociedade brasileira do que a uma efetiva imposição de limites à absoluta irracionalidade e violência da escravidão. Uma regulamentação que, literalmente, era para inglês ver, levando-se em conta a enorme pressão inglesa sobre o Brasil no que tocava à escravidão e, principalmente, ao tráfico internacional de escravos. Não foi por outra razão que se publicou, já no primeiro ano da Regência de Diogo Antônio Feijó, uma lei que libertava todos os "escravos vindos de fora"[4]. Já se expressava aí, talvez, o cultivo de uma propensão que até hoje arde em nossa flama política: a de resolver todos os nossos problemas a golpe de lei, compondo o que, em termos cognitivos, parece ser um tipo de "jurisdicismo" mágico. A edição de uma lei a funcionar como uma espécie de oração mágica, cuja promulgação produziria uma imediata alteração da realidade conforme os termos legais. Mas um jurisdicismo mágico que, como sabemos, facilmente se "desencanta", de modo que sua propensão a transformar a realidade magicamente degenera-se na simples composição de fachadas voltadas mais para um controle daquilo que a sociedade *deve parecer* do que para a construção daquilo que a sociedade *pode ou deve ser*.

Não se pode ignorar os eventuais efeitos desse tipo de orientação para a aparência sobre a educação de todos os indivíduos a formarem-se numa sociedade como essa. O que Freyre chamou de "jurisdicismo" brasileiro, fenômeno cujo nascimento é correlato à ascensão do bacharel, exerceu, sem dúvida alguma, um efeito irônico e mesmo cínico sobre o modo como o brasileiro tende a compreender o funcionamento, a promulgação e sobretudo a execução das leis na sociedade brasileira. O ensinamento mais enfático do jurisdicismo, como veremos, é o fato de as leis terem sempre destinatários específicos, a despeito de que em sua aparência, isto é, em sua letra e em seu sentido literal, a lei se direcionar a todos. É comum ainda hoje, entre nós, a promulgação de leis sem que se tenha em vista seu cumprimento

---

[4]   Assim rezava o primeiro artigo da Lei de 7 de novembro de 1831, também conhecida como Lei Feijó: "Todos os escravos, que entrarem no território ou portos do Brasil, vindos de fora, ficam livres.".

efetivo, mas tão somente o efeito provocado por ela no que toca às impressões suscitadas no público e ao controle das aparências ante o olhar dos outros.

Mas também existiu e ainda existe entre nós uma propensão jurisdicista de outro teor. Leis que, efetivamente, são promulgadas para serem cumpridas. Estas, geralmente, tiveram um destinatário não só específico, mas às vezes rigorosamente tipificado na própria lei. Diferentemente da lei de 7 de novembro 1831, promulgada para não ser cumprida, a lei de exceção de 10 de junho de 1835, decorrente da reação estatal ao crescimento dos motins de escravos e de revoltas como a dos Malês em Salvador, foi uma típica lei feita para ser cumprida, e que tantas vezes foi cumprida com o rigor de um sadismo que já começava a se burocratizar. A despersonalização do manejo escravocrata, assim, se entrecruzava com a educação para o patriarcado, que a despeito da existência de novos princípios de autoridade, continuava orientada para a preservação das diferenças de *status*, reagindo com açoites e execuções a todas as suspeitas de rebelião por parte de escravos menos submissos ao arbítrio de seus senhores.

Vimos em capítulo anterior o modo como a educação para o patriarcado se sustentava, em grande medida, pela transmissão dos significados de "ser-senhor" e "ser-escravo". A incorporação desses significados se dava, num caso, pelo aprendizado do mando e, no outro, pelo aprendizado da obediência. A violência, acreditada como legítima, que o senhor dispensava sobre o escravo era o meio, por assim dizer, estruturante da relação entre eles. Isso, como sabemos, não quer dizer que entre senhor e escravo não pudessem existir relações afetuosas, de cumplicidade e mesmo de amizade e amor, quando não apenas de teor puramente sexual. Elas existiram, e em grande volume. Mas essas relações não se davam fora do eixo delimitado pela violência ou pela ameaça de violência. Ao contrário, o que temos visto é que a "bondade", "a benevolência", e a "piedade" do senhor para com o escravo dependia, antes de tudo, de que este fosse um "bom escravo", isto é, completamente passivo, submisso e, mesmo, simpático às ordens do senhor. Ao menor sinal de insubmissão ou hostilidade, a violência era o meio sempre disponível e legitimamente empregável que o senhor tinha à sua disposição contra o escravo. A eventual hostilidade de um escravo ante uma ordem ou comando do senhor era sentida por este como uma ameaça a ele próprio e à sua família. Um motim, então, era como o prenúncio de uma catástrofe que, para ser evitada, exigia a crueldade como vaticínio necessário. A educação para o patriarcado foi, por isso, uma verdadeira "escola da servidão", como designa Joaquim Nabuco o préstimo "pedagógico" da escravidão à civilização brasileira[5]. Mas é no próprio Nabuco que colhemos talvez a primeira observação psicológica a enfatizar os efeitos da educação para o patriarcado não só pela dimensão do escravo, educado para a servidão, como pela dimensão do senhor, educado para a crueldade.

---

[5]   Joaquim Nabuco, *O abolicionismo*, p. 3.

Enquanto existe, a escravidão tem em si todas as barbaridades possíveis. Ela só pode ser administrada com brandura relativa quando os escravos obedecem cegamente e sujeitam-se a tudo; a menor reflexão destes, porém, desperta em toda a sua ferocidade o monstro adormecido. É que a escravidão só pode existir pelo terror absoluto infundido na alma do homem. [...] *O limite da crueldade do senhor está, pois, da passividade do escravo. Desde que esta cessa, aparece aquela*; e como a posição do proprietário de homens no meio do seu povo sublevado seria a mais perigosa, e, por causa da família, a mais aterradora possível, *cada senhor, em todos os momentos da sua vida, vive exposto à contingência de ser bárbaro*, e, para evitar maiores desgraças, coagido a ser severo. A escravidão não pode ser com efeito outra coisa. [...] É a escravidão que é má, e obriga o senhor a sê-lo.[6]

Em pouquíssimas palavras já estava delineado por Nabuco aquilo que Freyre mais tarde veio a chamar de "complexo psicossocial sádico-masoquista". E, com isso, podemos aproveitar a ocasião para encarar algumas objeções a que este livro está exposto. Ao enfatizarmos, em nossa interpretação da obra de Freyre, a constituição de uma sociabilidade sádico-masoquista, não estamos, de modo algum, afirmando que todo brasileiro é sádico ou masoquista ou um pouco das duas coisas. Não se trata de inverter a interpretação que hodiernamente se faz da obra de Freyre, que apresenta uma essência do brasileiro como povo emotivo, alegre, hospitaleiro, cordial e inclinado aos afetos, à mistura e à confraternização entre raças e culturas. Trata-se de reconhecer que a escravidão existiu, e existiu por quase quatro séculos como algo que atravessava toda a vida cotidiana da sociedade brasileira. E, como tal, a escravidão agiu não somente sobre o espírito dos escravos, como normalmente se considera quando se tematiza o problema da herança escravista. Ela agiu sobre a sociedade como um todo e, de uma maneira especial, *sobre o espírito dos senhores*. Pois destes a escravidão exigiu que fossem cruéis e fez da crueldade um ingrediente ativo e cotidiano em sua prática existencial, algo cujo exercício se carecia de aprender para ser senhor. Ao ser senhor de escravos, como observa Nabuco, estava-se sempre exposto à contingência de ser bárbaro, isto é, de ter que exercer de maneira cruel a violência sobre escravos insubmissos. Desde o fim da escravidão a sociedade brasileira tem procurado ostensivamente se "esquecer" desse seu passado excessivamente traumático, mas reiterado cotidianamente por séculos. Os esforços dos historiadores têm caminhado, por outro lado, na recuperação dessa memória traumática, com o intuito, em grande medida, de verificar os efeitos da escravidão sobre a sociedade brasileira, especialmente, é claro, sobre aqueles setores da população que são os descendentes diretos das vítimas e que continuaram a sofrer efeitos vitimários mesmo depois de abolido o cativeiro – a sobrevivência dos estigmas. Mas acredito que um esforço ainda maior seja necessário para que assumamos que os efeitos da escravidão vão além do espectro das vítimas, e perpassa

---

[6] Joaquim Nabuco, *O abolicionismo*, p. 94, grifo nosso.

também o dos algozes. Pois os algozes da violência são aqueles que, muitas vezes, "educam" gerações inteiras e, no caso da sociedade brasileira, épocas inteiras. Foi por meio desses algozes que a crueldade se tornou ingrediente ativo da sociedade brasileira: não de maneira fortuita, repita-se, mas como produto de um conjunto de práticas reiteradas cotidianamente por séculos, como uma propensão cultivada em nosso espírito e tradição. Este livro não quer afirmar, portanto, que somos maus e cruéis, e menos ainda que o somos por causa de nossa natureza de brasileiros. Queremos dizer que a maldade e a crueldade são elementos bastante presentes em nossa sociedade e que essa presença não é fortuita, tampouco simplesmente explicável apenas pelos fatores normalmente empregados nas explicações sociológicas hodiernas (desigualdade social, pobreza material etc.). Isso significa, portanto, que tanto Freyre como o Brasil precisam ser lidos com atenção às duas tendências que, constituídas em nossa história, se condensaram no tecido social na forma de padrões de relação e interação social. Miscigenação e escravidão, assim, são contrapartes de um mesmo complexo sociocultural, marcado pela existência de tendências de aproximação e distanciamento (pela violência) entre os polos antagônicos da sociedade. As duas tendências compõem o eixo da interpretação que Freyre elabora da formação brasileira. Tomá-las separadamente ou de forma unilateral implicará sempre numa simplificação que a deforma e a reduz.

A sociabilidade dos mucambos: para além do espectro sádico-masoquista

A nova constelação de forças promovida pela urbanização, com a criação e a disseminação de instituições que passavam a rivalizar com a autoridade patriarcal e tradicional, também criou fenômenos de ordem não institucional que tiveram um impacto decisivo na educação para o patriarcado. Pois a própria reorganização do espaço urbano, cujo princípio fora sempre o do poder privado dos proprietários em detrimento do espaço comum, criou zonas permanentes de convivência e, em especial, um espaço social cujo circuito de trocas, interações e relações sociais se constituiu sem a mediação ou a tutela de senhores sobre escravos.

Trata-se da formação dos mucambos, uma espécie de revivescência urbana dos antigos quilombos, onde era possível um "retorno" aos modos de vida africanos, ou ao menos mais próximos a eles, rompendo o quadro enrijecido da vivência de um escravo na senzala e fazendo dele partícipe de um outro conjunto de interações, não presidido, destaque-se, pelo complexo sádico-masoquista. *Os mucambos, assim, foram o primeiro espaço de gestação de formas de sociabilidade fora do espectro sádico-masoquista.*

Esse protótipo de uma outra forma de sociabilidade por meio de uma espécie de "associação" entre os dominados já estava prefigurado, entretanto, desde os primeiros séculos da colonização portuguesa, com a formação de quilombos que eram verdadeiras "cidades" de escravos fugidos que ali faziam-se "livres", a exemplo de Palmares. Mas, como já temos enfatizado[7], quilombos como o dos Palmares ou foram reprimidos e exterminados pelas forças reais, ou se exilaram para fora da sociedade brasileira, constituídos como núcleos e povoações completamente apartadas dela. Não tiveram, por isso, força suficiente para transmitir valores e práticas culturais às gerações seguintes, que continuavam sendo escravizadas nas fazendas e nas cidades e tampouco ao grosso da sociedade brasileira. Permaneceram como "ilhas" um tanto isoladas do "continente" da cultura brasileira. Mesmo que não fosse absoluto, tal isolamento tornou quase nula a influência dos quilombos no todo da sociedade brasileira.

Por outro lado, com a intensificação urbana ocorrida ao longo do século XIX, essas aglomerações de escravos e marginalizados não mais se davam fora da cidade, mas no interior dela, nos mucambos, como eram chamados os tipos de habitação de pretos e mulatos livres e da gente pobre em geral que iam se acumulando nas periferias das cidades. Casebres de extrema simplicidade e rudimentariedade técnica, feitos de palha, madeira, capim, fibra de coco e outros produtos vegetais. Diferentemente dos quilombos, os mucambos não foram exterminados nem se exilaram fora da sociedade urbana, constituindo sociedades à parte. Ao contrário, ocorreram no interior da cidade brasileira e, por isso, toda a sua experiência histórica, longe de ter sido perdida pela derrota violenta das guerras civis, ou se mantido à parte pelo exílio nos sertões, como ocorreu com os quilombos, permanece de forma bastante viva na sociedade brasileira. Eis a grande diferença.

> Estabeleceram-se desde então contrastes violentos de espaço *dentro da área urbana e suburbana*: o sobrado ou a chácara, grande e isolada, no alto, ou dominando espaços enormes; e as aldeias de mucambos e os cortiços de palhoças embaixo, um casebre por cima do outro, os moradores também, um por cima do outro, numa angústia anti-higiênica de espaço. Isto nas cidades de altos e baixos como o Rio de Janeiro e a capital da Bahia. No Recife os contrastes de espaço não precisaram das diferenças de nível. Impuseram-se de outro modo: pelo contraste entre o solo preciosamente enxuto e o desprezivelmente alagado, onde se foram estendendo as aldeias de mucambos ou casas de palha.[8]

Dentro da área urbana e suburbana, e não mais fora dela, como ocorria com os quilombos, é que essa convivência intensificada pelo número e pela aglomeração, entre negros e mestiços livres, favoreceu o nascimento e o cultivo de outras formas de relação e interação social, mais horizontais e mais igualitárias, fundadas

---

[7] VALLE, Ulisses do. *Sádicos e masoquistas*: uma interpretação do Brasil à luz de Gilberto Freyre. Vitória: Editora Milfontes, 2022. p. 230-231.

[8] Gilberto Freyre, *Sobrados e mucambos*, p. 351, grifo nosso.

antes em certo grau de cooperação e respeito mútuo do que em mando e obediência. Isso não quer dizer que nos mucambos não houvesse violência, e que tais relações de cooperação e respeito mútuo não pudessem sofrer desvios, abalos e recusas. Quer dizer apenas que ao viver nos mucambos e nas "aldeias de mucambos" de que fala Freyre, por piores que fossem as condições materiais, as relações de mando e obediência que estruturavam o contato entre as classes e estamentos da sociedade davam lugar a relações de cooperação e respeito no interior de um mesmo grupo, ainda que disperso e sem coesão propriamente política e mesmo identitária. Relações, é claro, sempre tênues em razão da própria vulnerabilidade material e de *status* dessas populações, contaminadas e estimuladas por um conjunto também nada desprezível de hostilidades que, como vimos, se proliferavam. O fato é que esses aglomerados de mucambos que se constituíam no interior das cidades foi o que permitiu a constituição de um regime de sociabilidade alheio àquele de caráter sádico-masoquista que já se desenvolvia desde o início da colonização portuguesa e, principalmente, desde a introdução do trabalho de africanos escravizados na colônia.

> As mucambarias ou aldeias de mucambos, palhoças ou casebres, fundadas nas cidades do Império e não apenas como Palmares nos ermos coloniais, representaram, evidentemente, da parte de negros livres ou fugidos de engenhos ou fazendas, o desejo de reviverem estilos africanos de habitação e convivência. Em algumas dessas aldeias a convivência parece ter tomado aspectos de organização de família africana, com "pais", "tios" e "malungos" sociologicamente africanos, espalhados por mucambos que formavam comunidades suprafamiliais ou "repúblicas".[9]

Não foi sem motivo, portanto, que depois de praticamente três séculos de estabilidade no sistema escravocrata e nas relações entre senhores e escravos, ao longo do século XIX a sociedade brasileira experimentaria um aumento significativo no número de motins e de revoltas de escravos. E foi assim, também, que os escravos e a gente dos mucambos foram crescentemente temidos por seus senhores, o que os induzia, é claro, a serem também crescentemente cruéis conforme a necessidade de repressão aumentava. É o que explica que leis de exceção, como a de 1835, que autorizava o recolhimento de escravos para interrogatório, castigos de açoites e execução para aqueles sob suspeita de rebelião, terem vigorado, na prática, até o fim da escravidão. Leis que proibiam escravos de andarem em grupo ou em posse de pau, de faca ou de qualquer outro objeto que pudesse ferir a "gente de bem". Assim como ajuda a explicar por que, apesar de toda a retórica do progresso e da europeização, intensificava-se o grau de crueldade envolvido nas relações entre senhores e escravos. O antigo equilíbrio de antagonismos se esgarçaria ao ponto

---

[9] Gilberto Freyre, *Sobrados e mucambos*, p. 413.

de tornar-se um conflito absolutamente desequilibrado de teor social, econômico, cultural e étnico-racial. "De modo que foi ao acentuar-se a predominância, na paisagem brasileira, do contraste de sobrados com mucambos, que se acentuou, entre nós, a presença de negros e pardos como inimigos de brancos."[10]

Isso não deve seduzir-nos a pensar que as cidades e as suas aldeias de mucambos formavam uma espécie de barril de pólvora pronta a explodir em revolta social a qualquer momento. Tampouco que essa não desprezível revivescência de valores africanos, permitida no âmbito da convivência interna das "mucambarias", tenha significado a constituição de uma existência incólume aos valores patriarcais e aos influxos da europeização. A agudez do olhar de Freyre lhe permitia descobrir inclinações patriarcais e europeizadas mesmo em vigorosas manifestações de revolta por parte de pretos e mulatos às vezes politicamente organizados. A exemplo dos motins de fevereiro de 1823, no Recife, quando uma insurreição de pretos, pardos e mulatos, em euforia pós-independência, tomou a rua da capital pernambucana aclamando a seu líder Pedroso como "pai da Pátria"!

> A Pedroso aclamaram os insurretos "Pai da Pátria". Pai de uma pátria de que negros e mulatos fossem cidadãos. Mas pai: paternalismo. Patriarcalismo. A forma patriarcal dominante na organização da vida brasileira era forte demais para que a desprezassem os insurretos como os congregados durante dias, à sombra dos sobrados senhoriais do Recife, em redor da figura, ao mesmo tempo revolucionária e patriarcal, do pardo Pedroso – militar napoleônico de quem um dos mais "íntimos conselheiros" era certo bacharel de óculos, ao que parece pardo como ele: "hum tal Advogado dos Oculos chamado Jacintho Surianno Moreira da cunha." A verdade, entretanto, é que para muitos daqueles pretos e pardos revoltosos, os pais biológicos eram seres desconhecidos, sociologicamente superados por "tios" e "pais" fictícios; e as mães, as realidades.[11]

Os mucambos, assim, constituíam um âmbito de existência e convivência no qual as relações interpessoais se travavam fora do complexo sádico-masoquista, mas que nem por isso os isentava completamente de elementos patriarcais. De um patriarcalismo, entretanto, distinto daquele cultivado durante séculos como modelo de organização familiar e societário a que corresponde o tradicional patriarcado brasileiro. Um patriarcalismo que Freyre chamou de "maternalista", em que os tios e os mais velhos faziam as vezes de pai, ao passo que a mãe e o filho ficavam circunscritos a um grupo familiar mais amplo, do qual participavam outros homens que não necessariamente o pai biológico do filho. Nos mucambos, pois, o que houve foi o cultivo de uma forma completamente diferente de organização familiar e, por isso, de organização societária. Apoiado primeiramente nos estudos do

---

[10] Gilberto Freyre, *Sobrados e mucambos*, p. 751.

[11] *Ibid.*, p. 753.

africanologista norte-americano Melville Herskovits e, mais tarde, nos estudos que Roger Bastide e René Ribeiro desenvolveriam sobre a escravidão urbana no Brasil, Freyre chamaria a atenção para o fato de que os mucambos, em paralelo à urbanização brasileira, iam constituindo um regime de sociabilidade *diferente* daquele antes estabelecido no sistema casa-grande e senzala. A tese de Herskovits e Ribeiro (segundo a qual pode-se encontrar sobrevivências africanas nos ritos de união de sexos e organização de família nos mucambos brasileiros), assim como a tese de Bastide (segundo a qual os negros e mulatos libertos tenderam, nas cidades, refazer a "grande família" de estilo africano, com as classes divididas pela idade dos indivíduos) ajudavam a subsidiar a observação de Freyre sobre a constituição de um regime de sociabilidade, nos mucambos, que os dispunha não ao masoquismo e à subordinação, mas à revolta, à insurreição e à rebeldia.[12]

Tal disposição a relações mais horizontais cultivada no ambiente dos mucambos expressou-se em ímpetos de revolta que se intensificaram já nas primeiras décadas do século XIX. O que não impedia que tais insurretos, dispostos ao tudo ou nada da revolta, tal como a descreve Albert Camus, selecionassem ideais franceses, como "a República", para orientarem sua luta política. A europeização da sociedade brasileira pode ser verificada mesmo em revoltas como a dos Alfaiates. Mulatos republicanos na Bahia de 1798 que, como o alfaiate João de Deos, lideraram um movimento antilusitano, de independência de Portugal e, ao mesmo tempo, de feição republicana e igualitária. Mas que, ao fazê-lo, exprimiam também certo alinhamento à europeização da sociedade brasileira, com algo de desprezo a valores de origem portuguesa, é certo, mas também aos de origem ostensivamente africana.

> Foi, talvez, no sistema ao mesmo tempo patriarcal, maternal e fraternal de "grande família" africano, com "pais" e "tios" investidos de poderes de direção decorrentes da idade, da experiência ou da sabedoria adquirida com o tempo – e não da condição econômica – e irmãos ou "malungos" unidos por solidariedade de idade ativa – e não por serem filhos biológicos do mesmo pai ou mãe comum, ou de ambos – que se inspirou, por um lado, o movimento conhecido por insurreição ou revolução dos "alfaiates" ou dos "pardos" que, no fim do século XVIII, pretenderam fundar no Brasil a "República Bahinense". Movimento, por outro lado, inspirado em ideias igualitárias e republicanas – fraternalistas, em uma palavra – francesas, a ponto de se ter tornado notável como expressão de "francezia".[13]

A França, recém-saída da Revolução de 1789, tomava aos olhos desses mulatos insurgentes o ar de um autêntico modelo, deslumbrados como estavam ante o clamor pela igualdade, especialmente entre raças e entre classes, que a Revolução neles inspirava. Foi, em grande medida, da parte desses mulatos insurretos que se

---

[12] Gilberto Freyre, *Sobrados e mucambos*, p. 755-756.

[13] *Ibid.*, p. 756.

inoculou na sociedade brasileira a aspiração por igualdade e, em correlação a ela, a demanda de ascensão dos indivíduos pelo mérito e não pelos atributos raciais ou de classe. Do reclame da igualdade, pois, passava-se muito rapidamente ao reclame do mérito. "Desejavam os 'republicanos' baianos que nem a raça nem a classe nem a região de origem que davam 'qualidade' ao indivíduo, no Brasil, fosse condições de sua ascensão aos postos e situações importantes e sim sua 'capacidade'."[14]

Esse "afrancesamento" de mulatos, assim, tinha duas faces. Uma revolucionária e igualitária, é certo, mas também outra estabilizadora e demarcadora de diferenças. Servia para distingui-los tanto de portugueses, inimigos da nascente "pátria brasileira", quanto de escravos e pretos ainda demasiadamente vinculados a uma aparência ostensivamente africana, às suas superstições e aos seus estigmas. E essas duas faces, às vezes, encontravam-se dispostas num único indivíduo, como parece ter sido o caso do próprio João de Deos, alfaiate mulato que, após a chamada Revolta dos Alfaiates, seria executado em praça pública por ter sido um dos seus líderes.

> De outro insurreto ou conspirador, João de Deos, "pardo alfaiate com loja na rua direita de Palacio", se sabe que usava, para se distinguir dos opressores portugueses e contrariá-los no trajo e não apenas nas ideias, "huns chinelins com bico muito cumprido e a entrada muito baixa, e calçoens tão apertados que vinha muito descomposto"; e quando alguém estranhara seu modo de trajar respondera: "calle a boca, este trajar he francez, muito brevemente verá vossa mercê tudo francez". Tão ostensivamente francês era nas ideias e no trajo esse revolucionário antiportuguês que Ana Romana Lopes do Nascimento, mulher parda forra de quem João fora amigo, ao perguntar a causa de sua prisão, soubera que "por estar mettido em historias de francezia".[15]

Esse contraste, a seu modo tão belo e ao mesmo tempo tão pitoresco, entre o mulato europeizado, dentro da ordem (João de Deos era pardo, alfaiate e afrancesado nas ideias e nos trajes) e o mulato fora da ordem (aqui o revolucionário, alhures o marginal, o capoeira, o malandro, o capadócio) raramente se verificava, entretanto, num único e mesmo indivíduo, como no caso historicamente valiosíssimo do alfaiate e revolucionário João de Deos. O comum é que esse contraste se desse entre indivíduos e que, por isso, criasse entre eles uma diferença que se estabelecia, também, como conflito e hostilidade.

A Revolta dos Alfaiates, em sua orientação republicana e igualitária, em outras palavras, em sua orientação por modelos europeus, destoa radicalmente de outras revoltas escravas desprovidas do elemento europeizante. O melhor exemplo é a própria Revolta dos Malês, que foi a maior rebelião escrava ocorrida em cidades brasileiras. Como já vimos, embora não se reduza a elementos religiosos, a Revolta

---

[14] Gilberto Freyre, *Sobrados e mucambos*, p. 757.

[15] *Ibid.*, p. 756.

dos Malês estava prenhe de conteúdos da religião muçulmana. Haussás e, principalmente, Nagôs e, principalmente, Haussás islamizados foram os que estiveram à frente da rebelião e é uma hipótese muito mais plausível que, em caso de êxito, a Revolta dos Malês tivesse dado ou tentado dar origem a um "califado baiano" ao invés de a uma República antiescravista. Ao contrário, sequer se pode dizer que a Revolta dos Malês tenha sido uma revolta contra a escravidão em si. Foi, antes, uma revolta contra a condição escrava de pretos islamizados que se consideravam superiores a brancos católicos e a outros pretos "pagãos" de outras nações (e seguidores de outras crenças). Ela contava, aliás, com libertos escravistas, donos de escravos, e não seria absurdo algum supor que, em caso de vitória da rebelião, substituiriam um sistema escravista por outro.

Isso mostra que a sociabilidade dos mucambos, embora desse a escravos e pretos e mulatos livres maior liberdade de atuação, assim como maiores oportunidades para a constituição de laços de solidariedade duradouros, nunca foi suficiente para dar coesão aos grupos dominados da sociedade brasileira. Ela sem dúvida alguma colaborou no sentido de criar entre os dominados zonas de convivência mediadas por maior horizontalidade e por menor subordinação e passividade ante à ordem sádica, sem, no entanto, conseguir canalizar as correntes de hostilidade para o "inimigo comum" que era a escravidão.

Para concluir, convém salientar mais uma vez que o critério de *status* transmitido pela educação para o patriarcado sofreu, com a ascensão do mulato e a formação dos mucambos, uma dupla perturbação, ainda que em sentidos opostos. Por um lado, o surgimento de novas formas de convivência no interior das "aldeias de mucambos", a quebrar o monopólio da educação para o patriarcado sobre o disciplinamento e acomodação dos escravos e ex-escravos à ordem sádica e à diferença de *status* que ela tinha por função conservar e manter estável; por outro, a ascensão do mulato a criar para o branco, especialmente o pobre, um conjunto nada desprezível de novos competidores. Esse processo, assim, punha em xeque diferenças antes claras e estabelecidas, reforçando o cenário de proliferação das rivalidades e, portanto, de crise social.

O critério de *status*: proprietários e propriedades

Em meio a essa proliferação das rivalidades, não era raro encontrar negros aliados de brancos e brancos aliados de negros. Um exemplo claro é o fato de que foram brancos e, mesmo, oriundos da aristocracia rural, alguns dos grandes nomes da campanha abolicionista, que se intensificaria sobretudo a partir da década de 1970 do século XIX, após a aprovação da Lei do Ventre Livre. Assim como, em muitos casos, houve negros que, ante o abolicionismo, defenderam a escravidão. Em meio à proliferação dos conflitos na sociedade brasileira, o abolicionismo encontrava rivais mesmo entre homens de cor. Daí não terem se formado blocos homogêneos de luta e competição baseados simplesmente na cor da pele ou na descendência puramente europeia, por um lado, e africana ou mestiça, por outro. Muitos exemplos acumulam-se na história brasileira. Alguns a chamar mais a atenção do que outros naquilo que têm de significativo para nossa história. Vejamos um caso emblemático, que envolve de maneira clara e direta um conflito desse tipo.

O conflito em questão se deu entre dois médicos, ambos baianos e ambos homens de cor, além de terem os dois se envolvido, ainda que em lados opostos, nas lutas políticas de seu tempo. Um deles é Luís Anselmo da Fonseca, autor de um libelo abolicionista publicado em 1887, intitulado *A escravidão, o clero e o abolicionismo*. O outro é Domingos Carlos da Silva, que além de médico foi professor da Faculdade de Medicina da Bahia, onde ocupou por anos a cadeira de cirurgia, tendo sido ainda deputado por aquela província. A atuação deste último como parlamentar, aliás, foi um dos exemplos mais contundentes trazido por Anselmo da Fonseca para esclarecer as fortes resistências que a campanha abolicionista encontrava ainda nos anos de 1886 e 87, pouco antes da abolição.

O ensaio de Fonseca traz, em seu apêndice, uma significativa coleção de assassinatos e crueldades que haviam sido recentemente praticados contra escravos naquela província. E, além disso, nota como a campanha abolicionista, apesar de lentamente exitosa, ainda encontrava graves dificuldades de penetração no interior da província e, às vezes, a resistência do próprio clero, com a existência de padres escravocratas. Mas o que mais incomodava ao indignado médico e publicista baiano, ele próprio descendente de africanos, era justamente assunto que tanto chamaria a atenção de Gilberto Freyre, décadas mais tarde.

> É interessante, entretanto, que Anselmo da Fonseca tenha dedicado algumas das melhores páginas desse seu ensaio a registrar o fato de, no Brasil do seu tempo, encontrarem-se entre homens pretos ou de cor alguns dos "principais adversários dos escravos", lembrando ter sido o *aparente* paradoxo já observado por Rui Barbosa.[16]

Anselmo da Fonseca, ele mesmo abolicionista e negro-mestiço, percebia a situação brasileira atravessada por esse paradoxo, isto é, de negros e homens de cor que eram também escravistas. Mas Freyre, reparem, declara ser paradoxo somente aparente. São demasiado significativos três dos exemplos trazidos por Fonseca e comentados por Freyre. Todos os três são exemplos da identificação de homens de cor com o escravismo, o que demonstraria de maneira plausível que os vínculos sociais não se faziam por meio de uma identificação racial e que o critério que

---

[16] FREYRE, Gilberto. *Ordem e progresso*: processo de desintegração das sociedades patriarcal e semipatriarcal no Brasil sob o regime de trabalho livre: aspectos de um quase meio século de transição do trabalho escravo para o livre; e da monarquia para república. São Paulo: Global Editora, 2004. p. 553, grifo nosso.

decidia o *status* de um indivíduo não era tanto a sua origem étnico-racial, mas antes a classe econômica e social: se ele era, em outras palavras, proprietário, propriedade ou simples despossuído. Vejamos os exemplos trazidos à luz por Fonseca para elucidar seu ponto de vista:

> Em 1884 apresentaram-se candidatos à Câmara dos deputados gerais por esta província, cerca de 30 cidadãos. De todos eles só havia um homem de cor – era o Cons. Domingos Carlos da Silva, ex-professor da Faculdade de Medicina desta província. Pois bem: foi o único que em documento escrito e público teve a coragem de pedir sufrágios em nome da escravidão. Foi além do Sr. Pedro Moniz – digno representante dos engenhos do Santo Amaro – e que, como os Srs. Lacerda Werneck e Coelho Rodrigues, votou contra a abolição dos açoites.[17]

O tema da abolição dos açoites voltaria a ganhar grande repercussão em 1886, quando Joaquim Nabuco traria à tona o caso de dois escravos açoitados até à morte em cumprimento de decisão judicial na província da Paraíba do Sul. O que mais teria incomodado Fonseca, neste caso, para além do horror que se repetia, é que "o senhor era um homem de cor, o feitor um homem de cor, e o algoz encarregado de flagelá-los até a morte, também um homem de cor!"[18]. Longe de ser, segundo Fonseca, caso isolado, o contrário era antes verdadeiro: nas contas do indignado médico e publicista, aproximadamente dois terços dos feitores, capitães-do-mato e corretores de escravos eram "homens de cor"[19]. Outro caso, também bastante significativo, foi o trazido à baila por Fonseca, e que dizia respeito a um "homem de cor", filiado ao Partido Liberal, que retirou sua assinatura do *Diário da Bahia* por este jornal ter se recusado, como era corriqueiro até pouco tempo antes, a anunciar um negro seu, um "ingênuo", que havia fugido. O homem, do qual Fonseca não se atreve a dizer o nome, era "um dos mais intolerantes escravocratas da Bahia"[20].

Tais eram as "duras verdades" do que Fonseca dizia ser "a animada versão dos pretos e mestiços para com a raça negra, à qual se envergonham de pertencer, mas não se pejam de rebaixar [...]"[21]. E entre tantos adversários contra os quais o abolicionismo precisava combater, estavam senão os dois terços, os muitos colaboradores e defensores negros e mestiços da escravidão. Paradoxo cruel aos olhos de Fonseca. Aos olhos de Freyre, tais exemplos são certamente cruéis, mas não exatamente paradoxais, como se para haver coerência o critério devesse ser a identificação

---

[17] FONSECA, Luís Anselmo da. *A escravidão, o clero e o abolicionismo*. Bahia: Imprensa Econômica, 1887. p. 146.

[18] *Ibid.*, p. 145.

[19] *Ibid.*, p. 151.

[20] *Ibid.*, p. 149.

[21] *Ibid.*, p. 146.

racial de pretos com pretos e de brancos com brancos. Acontece que o critério essencial de pertencimento e reconhecimento na sociedade brasileira não era nem exclusivamente nem predominantemente racial. Não à toa, homens de cor e mesmo ex-escravos, desde que reunissem meios econômicos, podiam tornar-se, inclusive, senhores e proprietários de escravos. Ser senhor e proprietário de escravos era posição legitimamente aberta também a mestiços e negros. E, tão importante quanto e como corolário dessa abertura – que não era senão o predomínio do critério econômico – quando um homem negro ou mestiço ascendia socialmente, essa ascensão não se dava apenas no âmbito interno a seu grupo étnico-racial, mas em relação à sociedade toda. Ou seja: as identificações que atuavam na formação de grupos se davam não só pela condição racial como também pela condição de classe e de cultura. E a condição racial, por sua vez, não era um impeditivo para que o homem de cor viesse a ser senhor, inclusive de terras e escravos como era o caso do próprio Domingos Carlos da Silva[22]. Por conseguinte, era a condição econômica, e não racial, a que definia o sentimento de pertencimento a um ou outro estrato da sociedade. Importava, nessa identificação, se o indivíduo era proprietário ou propriedade, e não a princípio se ele era branco ou "não branco". Negros ou mestiços, ao ascenderem economicamente, podiam tornar-se pertencentes à sociedade brasileira ao ponto de virem a ser médicos e professores universitários, como eram Anselmo da Fonseca e Domingos Carlos da Silva, ou senhores e proprietários de escravos do tipo mais autoritário e representativo do patriarcado brasileiro, como parece ter sido Domingos Carlos da Silva. A inclusão ou a exclusão no significado de ser brasileiro não tinha na cor da pele ou na ascendência africana um obstáculo intransponível; o critério era, antes, de *status* e de classe. Uma vez liberto, o ex-escravo podia integrar-se na sociedade brasileira e identificar-se com ela, o que significava, inclusive, participar ativamente na escravidão, e não mais apenas passivamente: podia atuar como capitão-do-mato, feitor, investidor, traficante e o que mais a sorte e a ambição trouxessem ao seu encontro. Se acumulasse capital, qualquer homem de cor podia vir a ser proprietário de escravos, tornando-se senhor de escravos para todos os efeitos e, por esta via, identificando-se como tal. Daí que o que parecia a Fonseca um grotesco paradoxo, era para Freyre apenas um sintoma do *abrasileiramento* desses homens de cor, o que não ocorreria se o critério hierárquico fosse exclusivamente racial.

---

[22] Tanto Anselmo da Fonseca, abolicionista, quanto Domingos Carlos da Silva, escravocrata, foram homens de cor que ascenderam social, econômica e culturalmente ao ponto de tornarem-se, além de médicos, professores da Faculdade de Medicina da Bahia, onde lecionavam para brancos e eram, perante eles, autoridade; como médicos, seus consultórios eram frequentados não só por pessoas do mesmo grupo étnico racial que o deles: o contrário é antes mais provável. Tais exemplos, por si só, são suficientes para diferir as formas de estratificação social erigidas no Brasil daquelas onde vigorou sistemas segregacionistas, como nos Estados Unidos e na África do Sul.

Donde não nos parecer justo o reparo do afro-baiano Anselmo da Fonseca sobre o também afro-baiano Domingos Carlos da Silva, de ter sido "ridícula" sua posição de conservador e escravocrata. Parece-nos que foi posição de todo conforme com a tendência brasileira para o brasileiro, negro ou descendente ostensivo de africano, vir se sentindo, e sendo aos próprios olhos e aos olhos dos demais, brasileiro e não negro ou descendente de africano; vir comportando-se como tal: como brasileiro e não como sobrevivente da condição étnica ou biológica, de origem do indivíduo, no Brasil superada pela social e cultural – inclusive econômica e política – de brasileiro situado; de brasileiro condicionado pela cultura e caracterizado pela classe; de brasileiro definido, no tempo de Silva, pelo *status* de senhor ou de escravo; ou de aliado de senhor ou de escravo.[23]

Status, e não raça, é a palavra-chave da estratificação social criada pelo regime da escravidão em conluio com a miscigenação. Isso não quer dizer que o critério racial não conte: é claro que conta, pois os homens de cor encontraram sempre mais resistências que os brancos na busca por ascensão social. Mas o que definia o pertencimento do indivíduo a tal ou qual estrato da sociedade não era a condição racial por si mesma, mas o seu *status* de proprietário ou de propriedade. Era principalmente a propriedade, de terra, capital ou escravos, o que definia o *status* do indivíduo na sociedade. Por isso a importância, matizada na análise de Freyre, de se diferenciar os termos "democracia racial" de "democracia política" e "democracia socioeconômica"[24]. Pois o Brasil, dada essa intercambialidade de posições entre brancos e não brancos na condição de senhores ou escravos, de aliados de senhores e aliados de escravos, constituiu-se como "relativa democracia racial", embora sob o efeito das mais antidemocráticas tendências no plano político (o patriarcado escravocrata) e socioeconômico (a monocultura latifundiária). Democracia racial ou étnica, por isso, nem de longe significam "igualdade racial", "ausência de preconceito racial" ou coisas do tipo. Refere-se, antes, ao fato de a raça não ter sido, somente enquanto raça, um impeditivo ao enquadramento de um indivíduo ao significado de ser-brasileiro, nem tampouco um empecilho absoluto e intransponível à ascensão social, econômica e cultural de negros e mestiços.

---

[23] Gilberto Freyre, *Ordem e progresso*, p. 556.

[24] "No Brasil, a democracia política pode parecer deficiente e mais deficiente ainda a democracia socioeconômica, mas na política não há projeções de questões raciais dividindo a nação politicamente ou em outros domínios da vida social (religião, educação, artes), não em classes sociais mas em grupos raciais. Uma democracia racial relativa, mas efetiva em várias de suas expressões, criou essa impossibilidade entre os brasileiros. Relativa, porque a democracia racial brasileira não é nem absoluta, nem perfeita, nem ideal. Tanto quanto possa uma democracia relativa dessa natureza ser considerada exemplo, a brasileira será exemplo desde que a palavra 'exemplo' seja empregada com precaução e em sentido também relativo; e não com intenções didáticas ou por suficiência moral." FREYRE, Gilberto. *Palavras repatriadas*. São Paulo: Editora UnB/Imprensa Oficial do Estado, 2003. p. 332.

Para o desenvolvimento do Brasil em democracia étnica foi tão conveniente que, antes da Abolição, houvesse feitores, capitães-do-mato, corretores de escravos, negros e homens de cor – e não apenas brancos –, além de homens de cor escravocratas como o conselheiro Domingos Carlos da Silva – como que, durante a campanha da Abolição e a propaganda da República, alguns dos mais destacados abolicionistas fossem brancos finos de casas-grandes como os Joaquins Nabucos e os Josés Marianos que se distinguiram nesse empenho ou nesse esforço ao lado dos Luiz Gamas e dos Josés do Patrocínio.[25]

A "democracia étnica" brasileira, termo aliás mais utilizado por Freyre do que "democracia racial", significa somente que o sentimento de pertencimento dos indivíduos à nacionalidade foi se compondo não tanto pelas distinções de raça e de cor, mas antes pelas distinções de classe, de *status* e de cultura. Não era nada estranho, por isso, existirem homens como Domingos Carlos da Silva que, apesar de negros ou mestiços, se "identificavam" com os interesses da classe senhorial. Do mesmo modo, nos diz Freyre, aquele senhor de escravos que na descrição de Fonseca era um dos "mais intolerantes escravocratas da Bahia",

Talvez fosse apenas outro *brasileiro*, conservador em seu feitio e pela sua situação de cultura e de classe, mesmo que a cor política do seu partido o apresentasse como "liberal", e a cor da sua pele – a pardo-escura – o caracterizasse como descendente ostensivo de africano.[26]

Isso quer dizer que os estigmas que marcavam o famigerado escravocrata, embora pudessem ser alegados contra ele – não por um branco escravocrata, reparem, mas por um negro abolicionista – não eram suficientes para criar uma firme identificação de tipo racial, de negros contra brancos ou de brancos contra negros. Descendentes de africanos e descendentes de europeus não formaram dois blocos coesos e homogêneos um à parte ao outro. O sentimento de superioridade (e inferioridade) entre os grupos sociais na sociedade brasileira se produzia mais em função de uma vaga e peculiar "consciência de classe" do que, propriamente, em função de um sentimento de pertencimento a uma "raça superior". E o termo classe, ressalva Freyre, não designa aí uma estratificação economicamente rígida[27], mas, antes, uma divisão bastante maleável entre os que "trabalham" e os que "fazem trabalhar"[28], entre proprietários e despossuídos. Perante a propriedade, a cor era atributo

---

[25] Gilberto Freyre, *Ordem e progresso*, p. 556-557.

[26] Gilberto Freyre, *Ordem e progresso*, p. 556, grifo nosso.

[27] Gilberto Freyre, *Palavras repatriadas*, p. 352.

[28] Não custa lembrar que o principal efeito do sistema escravocrata sobre a mentalidade econômica brasileira, como nos ensina Nabuco, foi o de ter deslocado a nobreza do "trabalho em si mesmo" para o "fazer trabalhar".

secundário de distinção social, o que explica a existência de senhores escravocratas ou seus aliados que fossem negros e mestiços. E, em posse de determinados bens materiais ou simbólicos, o negro mestiço podia flexibilizar, e de certa forma compensar, os estigmas raciais que pesavam sobre ele. É assunto a que voltaria Freyre nos textos que lhe foram encomendados pela ONU sobre o tema das relações raciais no Brasil. Na ocasião, Freyre traria à tona a interpretação, coincidente com a dele em muitos pontos, feita pelo antropólogo estadunidense Donald Pierson na Bahia em meados da década de 1930, que assim diferenciava a peculiaridade da estratificação brasileira em relação, por exemplo, àquela verificada nos Estados Unidos.

> Noutras palavras, mesmo demonstrando ascendentes escravos, um rosto mais escuro deixava de representar restrição, se compensado por qualidades capazes de elevar a situação social do seu portador. De acordo com a expressão popular: "Negro rico é branco e branco pobre é negro". O que era outra maneira de dizer que a classe (definida inclusive pela fortuna) e não a raça era o fator primordial da condição social'... Algumas pessoas que faziam parte da população negra não estavam satisfeitas com sua condição, considerando-se injustiçadas e maltratadas. Esse descontentamento, esses protestos, pareciam limitados a um pequeno número de indivíduos que, embora educados, encontravam-se ainda nos escalões inferiores. Mas outra era a atitude de negros e mulatos que tinham podido melhorar sua situação social. Pode-se seguramente concluir que se trata de uma questão de classe, mais do que de uma luta de raça ou de cor, apesar de que, em favor dessa possibilidade, pareceria ser indicado pela coincidência generalizada da cor e das classes. Pode-se também constatar que essa estrutura social não corresponde a um sistema de castas, visto que os negros, os mulatos e os brancos não se constituíram em grupos suficientemente endogâmicos com especializações ocupacionais. Nem tampouco os descendentes de africanos parecem formar, como é o caso nos Estados Unidos, comunidades raciais conscientes, livremente associadas à maioria racial dominante, mas por esta rejeitadas."[29]

A ascensão de negros e mestiços ao longo do século XIX, assim, perturbou o sistema de diferenças antes solidamente estabelecidas entre senhores e escravos. O principal efeito da miscigenação brasileira não foi, como vimos, ter dado cabo de diferenças e conflitos sociais, tampouco o de ter tornado a escravidão brasileira um processo isento de violência. O principal efeito da miscigenação brasileira foi o de ter tornado o elemento racial um critério meramente secundário, e não primário e essencial, de classificação e identificação social. Tais componentes raciais, como cor da pele, tipo de cabelo, formas dos lábios e do nariz, por exemplo, vieram a compor, na sociedade brasileira, um conjunto de estigmas, mas não um

---

[29] Gilberto Freyre, *Palavras repatriadas*, p. 355.

critério de segregação sistemática e ordenada. Esses estigmas, como temos visto, podiam em boa medida ser disfarçados e compensados por outros símbolos de poder, o que não raro conduzia ao reforço de uma hostilidade de brancos contra negros, de mulatos contra negros e de negros contra negros. Por vias distintas no campo político, os próprios Anselmo da Fonseca e Domingos Carlos da Silva foram exemplos vivos da interpenetração das condições de raça e classe que marcam a sociedade brasileira. Ambos negros que, a despeito da condição racial, ascenderam ao ponto de transformarem-se em médicos e cientistas respeitados, professores da Faculdade da Medicina da Bahia – no caso de Domingos Carlos da Silva, chegaria a ser conselheiro do Império e, mais tarde, já aposentado como professor, inspetor de higiene da capital da República. E, a despeito de todas essas semelhanças, em campos opostos da luta política: um, abolicionista radical, e o outro, ferrenho escravocrata. O próprio ódio que um Carlos da Silva dava evidências de nutrir em relação à população escravizada sugere tal prática como mais um sutil tipo de "fachada" que buscava ocultar os próprios estigmas. "Pela circunstância de acreditarem aqueles negros ou homens de cor que 'odiando a raça africana, ajudando a persegui-la, pareceria 'a todos' que eles não tinham 'o sangue dela'."[30] Quando um mulato ascendia, odiar um negro ou escravo podia ser um meio de não se parecer com um. Ter um escravo a quem mandar, então, podia alçar qualquer brasileiro à condição de senhor. Ser senhor era, por assim dizer, um "direito" que podia ser conquistado até mesmo por quem já houvesse sido escravo[31]. Eis um dos sentidos básicos de "democracia racial" – que não pode ser descolado do que há de agudamente antidemocrático em qualquer sociedade escravocrata!

Em certa medida era para isso que chamava a atenção a indignação de Anselmo da Fonseca: o grau de incrustação da escravidão na sociedade brasileira ia muito além da classe mais "privilegiada" dos grandes proprietários e expoentes da monocultura latifundiária. Ao contrário: a escravidão deitava raízes na consciência de todos os extratos da população, sem poupar sequer a população negra e

---

[30]   Gilberto Freyre, *Ordem e progresso*, p. 553.

[31]   Sobre esta abertura do "escravismo" àquele que já havia sido escravo, não é sem importância o fato notado no Rio de Janeiro por Maria Graham, nas primeiras décadas do século XIX, e enfatizado depois por Donald Pierson em seu estudo sobre a Bahia, de que os filhos de escravos tinham direito à herança da propriedade acumulada pelo pai. Importante notar aí a preponderância do critério de gênero, âmago de qualquer cultura patriarcal: se a transferência de uma propriedade particular do escravo a seus filhos era permitida, não o era à sua esposa, de modo que, no caso de falecimento do escravo que fosse casado, mas não tivesse filho, os bens que porventura tivesse retornavam a seu senhor. Tais atributos, entretanto, são suficientes para salientar a especificidade da escravidão brasileira quando comparada a outros sistemas escravocratas do mesmo período, em que o escravo, propriedade de outrem, tinha ele mesmo o direito à propriedade e de transferi-la a seus filhos; e, uma vez livre, tornar-se senhor e proprietário de outros escravos, sem que a cor da pele ou sua origem fossem impedimento para tal: o verdadeiro impedimento era quase sempre de ordem econômica.

negro-mestiça que vinha sendo principalmente vítima dela. A campanha e as ideias abolicionistas encontraram, ao longo de sua história de lento contágio da sociedade brasileira, uma forte resistência de diversos setores da sociedade, além, obviamente, dos grandes fazendeiros. O escravo era mão de obra no comércio, na rua e no espaço doméstico; era também, é claro, artigo de ostentação. E depois de séculos deitando raízes na consciência de população em certa medida já habituada à escravidão, não seria sem muita dificuldade que viriam a aceitação e a disseminação de ideias abolicionistas.[32]

Para se ter uma melhor ideia da dimensão dessa resistência e de como ela se articulava, seria preciso entender que tipo de "razões" haveria como subsídio a essa defesa: o que, propriamente, justificava a escravidão aos olhos de seus defensores? Essas razões podem ser colhidas em diversos manifestos escravocratas que, no geral, procuravam salvar "a lavoura" da ruína que significaria o tolhimento repentino do braço escravo para sustentá-la. Uma síntese aguda e demasiado significativa dessas razões nos é dada pelo mesmo Domingos Carlos da Silva. Resistência que buscou realizar não só no Parlamento, mas também na imprensa, prestando ao emprego da escravidão uma racionalização discursiva em face do que a esses escravocratas pareciam ser a frivolidade e a ingenuidade daqueles abolicionistas que não compreendiam a "importância da lavoura". Quase sempre, em tais articulações discursivas, os interesses da "lavoura" funcionam como um sinônimo de interesse nacional. Um modo, talvez, de tornar indeterminado o sujeito real daqueles interesses: os proprietários de terras e de escravos. É o que já vem condensado no título da Folha escrita e publicada pelo próprio Domingo Carlos da Silva, intitulada "A união da lavoura".

No panfleto trazido à luz por Anselmo da Fonseca, Domingo Carlos da Silva, a quem a cor parda escura não impediu de ser escravocrata, reagia virulentamente à proposta de lei que ficou conhecida como a dos Sexagenários, que libertava todo escravo contando acima de 60 anos. E o fazia adentrado de "razões". A primeira delas era de ordem, digamos, quantitativa, pois a idade de um escravo, cujos registros eram quase sempre imprecisos, podia facilmente ser fraudada em benefício deles.

> À primeira vista, parece isto cousa muito simples e natural. O escravo que chegar até esta idade, poucos como dizem os abolicionistas, depois de terem trabalhado toda a sua vida, merecem a sua liberdade, e devem morrer livres. Que embaçadela oculta-se nestas palavras! Os escravos que atualmente figuram tendo 60 anos não são todos desta idade. Por ignorarem a verdadeira idade de seus escravos, muitos senhores deram eles à matrícula em 1872, com alguns anos mais, de sorte que são muitos

---

[32] É preciso dizer, ainda, que as ideias abolicionistas nem sempre vieram acompanhadas de uma sincera crença na igualdade entre as raças. A muitos o abolicionismo era mais uma questão de caridade e piedade do que, propriamente, de justiça ante uma inviolável igualdade entre os homens. Voltaremos a esta questão adiante.

os que ficam nas malhas do projeto. Entre eles há não poucos escravos moços, e aptos para o trabalho, fazendo a sua retirada da lavoura uma grande diferença na produção, e completa desorganização do trabalho.[33]

Se libertar escravos que aparentassem ter mais de 60 anos era algo sentido como de grande dano à "lavoura" e, por conseguinte, ao país, o leitor pode imaginar o que seria de esperar, da parte destes resistentes à abolição, um projeto de alforria de todos os escravos. Aí entrava em jogo algo mais do que o simples risco de fraude e o prejuízo à lavoura retirando-lhe braços cansados que deveriam trabalhar porquanto suportassem. Tratava-se da completa ruína do país, pois, afinal, a lavoura *era* o país e *os interesses da lavoura eram os interesses da própria nação.* "Que julga, porém, o governo que há de acontecer, quando não houver mais escravos?" O cenário, à vista desses proprietários de escravos, era apocalíptico:

> A desgraça, é certo, começará no centro, que ficará sem recursos para a cultura das terras, e exploração das minas, e entregue a uma horda de salteadores, que serão os libertos; mas não tardará a chegar ao coração das capitais, e aí o próprio governo não terá mais quem lhe pague impostos, porque a pobreza será geral.[34]

Em grande medida, esse argumento de ruína geral da lavoura e, portanto, de todo o país e da própria nação era o cimento comum de todos os defensores da escravidão. É ele que aparece, embora de maneira mais racionalizada, nas *Cartas de Erasmo ao Imperador*, quando José de Alencar justificava a escravidão à maneira de Aristóteles, ressaltando nela inclusive seu aspecto "civilizador" ameaçado pela abolição e pelo comportamento liberaloide do imprudente monarca. Mas eram contextos diferentes. José de Alencar escrevia todo aquele libelo em defesa da escravidão antes da aprovação da Lei do Ventre Livre. Domingos Carlos da Silva, por sua vez, escrevia seu panfleto durante a discussão do projeto Dantas nas câmaras, em 1884, reagindo com muito mais vigor – e sem pseudônimo! – à ideia para ele estapafúrdia de forrar homens com mais 60 anos. Havia aí, para o professor da Faculdade de Medicina da Bahia, algo muito mais perigoso do que o prejuízo ou a ruína financeira: era a rebelião e a revolta de escravos que, de repente, percebessem que a propriedade escrava era "um roubo" e que devesse, por isso, ser restituída.

> Quem é tão cego que não vê que estabelecida esta regra, todos os escravos se deverão considerar desde logo forros; porque os proprietários não serão mais seus senhores, porém simples usufrutuários? [...] Ao contrário de apoio e garantias dadas pelo governo e pela polícia contra os

---

[33] SILVA *apud* FONSECA. *A escravidão, o clero, o abolicionismo.* Bahia: Imprensa Econômica, 1887, p. 149-150.

[34] *Ibid.*, p. 149-150.

turbulentos e os anarquistas – o lavrador somente verá virada contra si a lâmina assassina do escravo, afiada pelos abolicionistas. É esta boa gente que prega a insurreição dos escravos, crime que é rigorosamente punido pelo nosso código criminal. Se os homens a quem está entregue, no nosso país, a propriedade, fraquearem ou mostrarem-se indiferentes a este estado de coisas – será bem triste o futuro do Brasil! Nas províncias do sul do Império já os escravos açulados pelos abolicionistas, matam seus senhores impunemente. Imagine-se o que acontecerá quando eles virem os mais velhos libertos, sem indenização do que os tem, confirmando assim o governo que a propriedade é um roubo que deve ser restituído?[35]

Esse receio, por força do qual se manifesta uma profética filosofia política, ajuda a compreender melhor o fato de Domingo Carlos da Silva também ter votado contra a abolição dos açoites em 1884. A situação, açulada por abolicionistas, exigia dureza e crueldade ante escravos que, cada vez mais, recusavam-se a ser "bons escravos". E era esta e tão somente esta questão que estava acima de todas as outras, uma espécie de tabu sagrado que governo algum tinha direito de profanar: a propriedade. "Entretanto, ainda que fossem poucos os libertandos, quem armou o governo do direito de regular a propriedade particular?" E, mais adiante, "a propriedade será completamente espoliada pelos mesmos que deviam protegê-la"[36].

A propriedade, portanto, e não a raça em si mesma, se definia na sociedade brasileira como o critério essencial de *status*, que vinha sendo ameaçado inclusive por quem supostamente o devia proteger: o governo. Não era exatamente entre brancos e negros que se dividia a sociedade brasileira, e o próprio Domingo Carlos da Silva era expressão visível desse aparente paradoxo. A divisão, ao contrário, se dava mesmo entre proprietários e propriedades, aliados dos proprietários e aliados daqueles que não eram tidos senão como bens econômicos de usufruto pessoal, como propriedades. O sentimento mais comum entre os proprietários de escravos ante a ideia da abolição era o sentimento de estarem sendo expropriados de seus bens por aquele que deveria se encarregar de proteger a propriedade desses bens. Por isso era praticamente consensual entre tais proprietários de escravos que eles, e não os escravos, é que deveriam ser indenizados. Afinal, eram eles que a um só golpe perdiam todo um "montante de capital" empregado ao longo de anos na "produção nacional"; e os escravos, por sua vez, já estavam, aos olhos desses ex-proprietários, suficientemente premiados com a liberdade, que em tantos casos era compreendida como uma "dádiva" dispensada por senhores sobre seus cativos. E foi sobretudo em nome da propriedade e do direito de propriedade que esteve organizada a resistência à campanha abolicionista desde seu início. Ao adiantar-se na matéria, a Coroa, com as leis de 1950, 1971 e 1888 vindas de sua iniciativa, atraía

---

[35] Domingos Carlos da Silva *apud* FONSECA. *A escravidão, o clero, o abolicionismo*, p. 151 e 152.

[36] *Ibid.*, p. 150-151.

para si tanto o ódio do proprietário, que passava a sentir-se traído por quem devia protegê-lo, como, também, a hostilidade de bacharéis que viam a glória daquele progresso recair sobre a Monarquia – assunto a que voltaremos logo mais.

O critério de gênero: maninhas e solteironas, paus-mandados e chifrudos

Por outro lado, ao longo do século XIX, o critério relativo ao gênero seria aquele que, em comparação com as mudanças sofridas pelos outros dois, se manteve mais inabalado em suas divisões hierárquicas e em suas significações fundamentais transmitidas culturalmente. Em outras palavras, a mulher continuava reduzida a "ventre" e circunscrita à casa, ao passo que o homem gozava da licenciosidade das ruas. O critério de gênero que está na base da sociedade patriarcal, assim, foi o último a sofrer perturbações mais graves, de magnitude semelhante à sofrida pelos critérios geracional e de *status* com a ascensão do "bacharel" e do mulato. Somente agora, e ainda assim sob muito conflito e muito recrudescimento, as mulheres começam a se livrar de maneira mais contundente do duplo padrão de morali-dade que por séculos a manteve submissa à autoridade do homem. Durante muito tempo a existência de uma moral adequada às mulheres e uma moral adequada aos homens foi não só um definidor básico dos significados de ser-homem e ser--mulher, de um conjunto de regras, modas e comportamentos adequados a um e outro gênero, como foi, também, um delimitador de espaços, de configuração do espaço social de circulação e interação entre pessoas: a atuação da mulher, durante todo o século XIX e boa parte do XX, restando praticamente restrita ao espaço da casa, e o homem a monopolizar as atividades no espaço público e extradoméstico. As mulheres negras, escravas ou livres, e as mulheres pobres também participavam da vida social das ruas. Mas isso fazia com que pesasse sobre elas um verdadeiro estigma: o da mulher "da rua", aquela que não era para casar e constituir família. E, em todo caso, pesavam sobre a mulher restrições que não eram sentidas pelos homens, e a rua era quase vedada às mulheres, como se o olhar (e o desejo) de outros homens sobre elas maculassem parte de sua pureza feminina.

> O patriarcalismo brasileiro, vindo dos engenhos para os sobrados, não se entregou logo à rua: por muito tempo foram quase inimigos, o sobrado e a rua. E a maior luta foi a travada em torno da mulher por quem a rua ansiava, mas a quem o *pater familias* do sobrado procurou conservar o mais possível trancada na camarinha e entre as molecas, como nos enge-nhos; sem que ela saísse nem para fazer compras. Só para a missa. Só nas

quatro festas do ano – e mesmo então, dentro dos palanquins, mais tarde de carro fechado.[37]

Mais do que uma simples vinculação, a mulher quase sempre, para não sofrer agudas reprovações sociais, teve de obedecer a severos tabus que as circunscreviam à casa. E não se tratava de uma simples obediência, como se fosse uma imposição que se desse apenas ao nível da força, mas de uma educação que suscitasse na mulher o próprio desejo de tal vinculação: o casamento e a "casa própria" vindo a ser a consagração do ser-mulher, pronta para a atingir a plenitude da feminilidade ao pôr novos rebentos no mundo. Pois, além do casamento, a consagração máxima do ser-mulher ainda se ligava umbilicalmente ao "ventre gerador". Daí porque a mulher que não se casava, a "solteirona", e a que não podia ter filhos, a "maninha", ou ainda a que os tinha sem se casar, constituíam como que gêneros à parte, entendidas como se fossem apenas meias-mulheres. E é provável que assim se sentiam as solteironas, as casadas, mas estéreis, ou, ainda, as mães solteiras: como mulheres amputadas em seu "ser-mulher", não realizado integralmente. Pois desde a infância a mulher era educada para esse ideal de feminilidade que fazia dela um simples, mas divino e glorificado, ventre gerador: a cuidar da casa e dos serviços domésticos, do filho e do marido – e, no caso de escravas, em muitos casos condenadas a povoar de "crias" o patrimônio de senhores ávidos por riqueza e poder.

É provável que entre esses três tipos de amputação contingente do ser-mulher, a solteirona tenha sido o mais social e culturalmente agredido pela moral patriarcal. Os registros dessas agressões estão presentes nas tradições folclóricas e nos ditados populares, mas é principalmente na literatura que se pode vê-las com remarcada precisão psicológica, pois aparece em autores de diferentes épocas e regiões, sempre sob a caracterização de uma carência, de uma fratura na alma e no corpo, de um desamparo existencial que se traduz às vezes em resignada amargura, às vezes em estado de humor completamente dominado pelo ódio, pelo ressentimento e pela inveja. Esses são traços comuns da "solteirona" que podem ser observados nos romances de Aluísio de Azevedo, Machado de Assis, Lima Barreto, Jorge Amado ou José Lins do Rego. E foi personagem que também ganhou a atenção de Freyre, que a concebeu como um tipo social que, no âmbito da sociedade patriarcal que associava mulher a ventre e casamento, restava necessariamente o fardo de um destino não cumprido, falho, fracassado. Daí que os abusos sobre ela partissem não de um ou outro rival em particular, mas da própria cultura e, por isso, em alguma medida, de todos em geral e de ninguém em particular. Na escala hierárquica dos sexos, era como se a solteirona ocupasse um degrau abaixo ao da mulher que se casasse.

A mulher semipatriarcal de sobrado continuou abusada pelo pai e pelo marido. Menos, porém, que dentro das casas-grandes de fazenda e de

---

[37] Gilberto Freyre, *Sobrados e mucambos*, p. 139.

engenho. Nos sobrados, a maior vítima do patriarcalismo em declínio (como o senhor urbano já não se dispondo a gastar tanto como o senhor rural com as filhas solteiras, que dantes eram envidas para os recolhimentos e os conventos com grandes dotes) foi talvez a solteirona. Abusada não só pelos homens, como que pelas mulheres casadas.[38]

O que Freyre nota é que esse significado do ser-mulher se manteve praticamente intacto ao longo de toda a formação da sociedade brasileira, prolongando-se e transferindo-se inclusive para instituições mediadoras que foram surgindo ao longo do século XIX. Desde as diferentes escolas de caridade, como as constituídas por padre Ibiapina, até nos "colégios de freira", a menina continuou, além de separada dos meninos, sujeita a uma série de limites que não recaíam sobre eles, como eram literalmente educadas para o cuidado doméstico, para a obediente lealdade e submissão ao marido, para se fazer responsável e culpada pela felicidade ou infelicidade do casamento, requisito fundamental de sua realização como mulher. Pobres daquelas que não chegassem a tal, que "chegassem por último": acabavam "mulheres do padre", como reza malicioso ditado popular brasileiro. Pois a igreja e o confessionário eram quase sempre os únicos mecanismos de ab-reação emocional de que dispunham as solteironas. Daí porque nas caracterizações literárias da solteirona ela é quase sempre a beata que, através do cultivo, muito a contragosto, do rigorismo sexual, de sua real ou pretensa virgindade e pureza, torna-se mais severa que os próprios padres na condenação peremptória dos pecados da carne.

Essa concepção tão reduzida da mulher feita pela sociedade patriarcal brasileira entranhou tão profundamente nos recônditos de nossa cultura ao ponto de ainda hoje, já ao término da segunda década do século XXI, a mulher sofrer o estigma do mito da inferioridade em seu cotidiano, permeado ainda de ímpetos remanescentes da quase absoluta dominação masculina – ímpetos passíveis de serem sentidos com demasiada evidência em diversos níveis da sociedade: do namorado que decide as roupas da namorada ao presidente que, em pronunciamento à nação, sugere que o lugar da mulher é a casa e sua função o cuidado com os filhos, como fez Michel Temer há pouco. Isso para não falar da expressiva vitória de recente candidato a presidente que, em tom grotescamente patriarcal, propunha abertamente que a mulher deveria não apenas receber menos que o homem – pelo fato de engravidar! – como ainda ser obediente ele. Tão expressivos estes últimos que nem chega a espantar os inúmeros casos diários de violência doméstica, em que o homem parece se sentir ainda no direito de castigar fisicamente a mulher por eventuais ofensas à sua "honra" – outro atributo do significado de ser-homem – ou mesmo à sua vontade.

Se aquele duplo padrão de moralidade, ainda que atenuado e diversificado, funciona até hoje, deve-se lembrar que durante muito tempo ele encontrou respaldo,

---

[38]   Gilberto Freyre, *Sobrados e mucambos*, p. 243.

mais do que nos costumes, na própria lei. Em trabalhos com ênfase numa escala micro-histórica poder-se-ia, por exemplo, demonstrar a resistência e modos de resistência feminina à tirania do marido. A traição amorosa poderia talvez ser vista como forma de resistência ou de exercício contingente da liberdade de mulheres que, num ou noutro aspecto, rompiam o código patriarcal. Mas é preciso levar em consideração que, contra o marido pego em traição, a mulher pouco ou nada podia, tamanha a naturalização da poligamia como privilégio e monopólio do sexo masculino – ao passo que a mulher acusada de traição estava sujeita aos mais graves réprobos e castigos.

Não se deve subestimar a importância dessa significação da "honra" masculina no acometimento cotidiano da violência doméstica em nossa sociedade. O Brasil foi e continua sendo um dos países com maior número de feminicídio no mundo. Essa visão e cultura machista, patriarcal, gerou também um estigma negativo do "chifre" apenas sobre o homem traído, este tido como "corno" ou "chifrudo", levando-o a uma situação demasiadamente humilhante perante os pares de sua sociedade, o que apesar de covarde e reprovável ocasiona muitos crimes, chegando a ser uma das mais sanguinolentas significações culturais ainda difusas na sociedade brasileira.

O mesmo se dá, ainda que em grau menor, com o marido que perde as prerrogativas de mando em sua casa e em si mesmo, vivendo sob o jugo da esposa. O estigma do marido que é "pau-mandado", assim como do marido que é "chifrudo", constituem parte negativa do significado de ser-homem na sociedade brasileira, como se, no caso de sê-los, o homem deixasse de ser visto como integralmente homem perante seus pares. Que o leitor perceba também quão significativas são as próprias designações a essas situações: o chifre é algo que se passa a ter após ser traído, serve para demarcar uma situação em si mesma vista como monstruosa, demoníaca. Assim como "pau-mandado", em que entre as duas palavras que se unem para formar uma única significação se percebe um risonho oximoro: um falo dissociado do mando, um falo que não controla, mas que é controlado; um falo passivo diante da esposa mandona.

No contexto do século XIX, se algo mudou efetivamente no significado de ser-mulher, certamente não foi no que diz respeito às relações com os homens, tampouco na posição subserviente ao marido e ao pai. Mas, a despeito de sua existência confinada aos sobrados e ao ambiente doméstico, a mulher branca de elite teve, pelo menos, um contato mediado com a vida externa, com o ambiente urbano que começava a penetrar no ambiente doméstico através de livros, romances, jornais, revistas e magazines. Artefatos que as deixava a par de novos costumes, tendências, modas e mesmo de novas ideias e atitudes perante à vida e seu entorno. Romances europeus cuja leitura – crescente ao longo do século XIX, inclusive entre as mulheres – trazia uma abertura a valores e modas europeias. Modas que remodelaram completamente o que Freyre chamou de "sinais do sexo"[39], isto é, as manipulações do corpo de modo a indicar e simbolizar uma demarcação sexual: tais manipulações vão desde adereços, penteados, roupas, maquiagens, cores, até a deformações impingidas ao próprio corpo, como o calçar os sapatos apertados para aderir à moda do pé-pequeno, sinal de feminilidade; ou o uso dos espartilhos, disseminadíssimos no século XIX por modas francesas e que muito reprimiram os excessos de gordura corporal de matronas brasileiras. Excessos medidos por uma escala masculina, pelo homem, a quem cabia que as mulheres agradassem. Ao longo do século XIX, o ser-mulher ganha novos sinais, destituindo-se em parte daqueles mais orientalizados e aderindo a padrões de vestimenta, de cabelo, de penteado, de maquiagem e de calçados europeizados. Sinais que, entretanto, pareciam corresponder sempre aos desejos do homem, a seu "culto à mulher", glorificação que fixa os sinais de feminilidade agradáveis ao homem, uma espécie de "culto narcisista do homem patriarcal"[40].

A mulher negra, por outro lado, teve sempre um contato mais íntimo com a rua. Nisso ela veio a se distinguir de maneira muito evidente da mulher branca de sobrado. E, a despeito de todas as dificuldades que a cercavam, pôde participar de maneira mais ativa da vida social brasileira, deixando suas marcas em diversas atividades urbanas. De toda forma, o contato com a rua era sentido pela elite branca brasileira como algo que "maculava" a pureza feminina da mulher, criando sobre as "mulheres da rua" em geral um estigma que muito a aproximava da mulher impura, da prostituta ou "mulher da vida". Por aí também se compreende todo o pejo que recaía sobre mães solteiras ou moças que perdessem a virgindade antes do casamento – tratadas na literatura exatamente como "perdidas".

O fato é que, na maior parte dos casos, as próprias mulheres, educadas nos princípios da educação para o patriarcado, olhavam a si mesmas e umas às outras a partir de valores e critérios patriarcais – em que a mulher julgava suas próprias realizações e, portanto, sua própria existência, como dependente e subserviente ao homem. A mulher casada que hostilizava a solteirona, assim como a solteirona que hostilizava as mulheres "perdidas" e "desavergonhadas" o faziam, cada uma a seu modo, com base em valores transmitidos pela educação para o patriarcado, valores cujo ordenamento viria assim a ser defendido por grande parte das próprias mulheres.

---

[39] Não se pode subestimar o peso e a influência que esses sinais demarcadores exercem na cultura brasileira. A recente criação de um Ministério da Família e sua incorporação do Ministério dos Direitos Humanos, assim como as declarações da então chefe da pasta, expressam com veemência alarmante o ímpeto, apoiado nas urnas por milhões de brasileiros, em se fixar os "sinais do sexo" à maneira patriarcal, não apenas excluindo tudo o que não se encaixe no binarismo homem-mulher, como também preservando o domínio do primeiro polo sobre o último.

[40] Gilberto Freyre, *Sobrados e mucambos*, p. 212.

E, às vezes, até mesmo por aquelas que, ao menos em algum aspecto, contrariavam os princípios da educação patriarcal: mulheres como Ana Ribeiro de Gois Bittencourt, que em 1885 já conquistava espaço na imprensa, mas que, como colabora do *Almanaque Luso-Brasileiro*, não media palavras para condenar as ameaças românticas à ordem patriarcal, a alertar para o perigo dos romances e das más leituras[41]. Verdadeiro paradoxo entre forma e conteúdo: a mesma mulher que rompia a ordem patriarcal ao transcender as funções de ventre e dona de casa, fazia-o para defender essa ordem de ameaças externas – representadas pela "sedução" dos romances e dos modelos românticos. Daí Freyre dizer que a ascensão e a liberação das mulheres, além de lenta, se dava no marco de normas e formas patriarcais, como se a mulher estivesse a fazer-se "sociologicamente homem" – isto é, ao passar, gradativamente, a ocupar funções e assumir papéis antes relegados apenas a homens, a mulher sofresse uma espécie de masculinização, incorporando sinais do sexo oposto, incluindo o autoritarismo, o gosto de mando viril e mesmo sádico. Freyre percebe como, inclusive, essa alteração dos sinais do sexo provocou, por vezes, uma combinação ambígua: como no caso de escritoras que contrariavam a lógica patriarcal – já por serem escritoras – mas que, por outro lado, reproduziam e defendiam com sua pena a ordem patriarcal que, em sua magnitude concreta, criava tantos obstáculos à criação de uma mulher escritora.

O fato é que, para Freyre, a época da Corte e do Império foi, portanto, época de uma reeuropeização dos "sinais" demarcadores da sexualidade, mas não propriamente do "significado" de ser-mulher e ser-homem, que continuaram ligados à obediência, à passividade e ao ventre, no caso da mulher; e ao mando, à atividade, à autoridade, ao vigor, no caso do homem.

Essa obsessão pelo vigor, parte fundamental do ser-homem na sociedade patriarcal, era correlata da posição de mando ocupada pelos homens, tanto em relação aos escravos, para aqueles que os possuíam, quanto em relação às mulheres e crianças. Mandar vigorosamente como cabia a um patriarca era algo que se estendia não só para os detentores de escravos – em quem esse ímpeto obviamente se radicalizava – mas a todo chefe de família, autoridade em sua própria casa. E não seria demais supor que chefes de família despossuídos e dependentes de senhores sádicos compensassem as humilhações sofridas da parte deste sobre mulheres e filhos em quem podiam descarregar seu próprio sadismo. O pai era, em todo caso, uma espécie de detentor do monopólio legítimo da *violência doméstica*. Somente ele podia exercê-la legitimamente, contra mulheres e filhos. Até hoje sobrevivem resíduos desse padrão intradoméstico da hierarquia de mando e autoridade, recaindo anedotas e pilhérias sobre o homem que perde esse monopólio para a esposa. O apelido de "banana", o mesmo que foi dado a Pedro II, é demasiado significativo dessa condição vulnerável de homem que, em sociedade patriarcal, perdeu o mando,

---

[41] Gilberto Freyre, *Sobrados e mucambos*, p. 249.

o vigor, o falo, apresentando-se diante dos outros como um "banana", "moleirão", um "pau mandado", uma espécie de quase-homem.

Ao longo do século XIX, portanto, o significado de ser-homem e o significado de ser-mulher permaneceram praticamente os mesmos, ainda que variassem "as modas" e "os modos" adotados por cada um dos gêneros ou, mesmo, a despeito da penetração da mulher em instituições e espaços extradomésticos. Tal penetração, como vimos, além de ter sido lenta e relativamente rara, quando acontecia se dava nos marcos dos próprios valores patriarcais e em nome do que estes designavam como virtudes femininas: a obediência, a passividade e a docilidade de temperamento como que a complementar espiritualmente o "ventre gerador" e as funções domésticas dele "naturalmente" decorrentes.

O critério de geração: patriarcas e bacharéis

Com as mudanças ocorridas no século XIX, outro elemento novo ia se interpor à já naturalizada educação para o patriarcado. Trata-se, em consonância ao que aconteceu com o manejo escravocrata, do aparecimento de instituições que passariam a rivalizar com a autoridade paterna e que, na contramão da retórica da crueldade insuflada pela intensificação urbana da escravidão, semearia uma retórica da liberdade, figurada no romantismo literário, nas imagens da República e da abolição da escravatura. Pois foram os colégios de padre e, depois, as faculdades, assim como jornais e revistas que desde 1808 se proliferaram lentamente nas cidades, que arejaram o cenário intelectual brasileiro com ideias europeias que, neste caso, apareciam como inimigas enérgicas da tradição brasileira. Ainda que, abrasileirando-se, se tornasse essa inimizade algo de teor mais retórico do que efetivo, uma inimizade mais verbal e jurídica do que prática e concreta. O fato principal a ser destacado, também neste tópico, foi a maior presença dessas instituições na educação do menino e do jovem brasileiro.

A educação do menino, como vimos no ensaio anterior, atravessava diferentes fases, em que mando e obediência se combinavam ora com ênfase em um, ora com ênfase em outro polo, segundo o tratamento que lhe era dado conforme sua idade. Havia, primeiro, a fase chamada por Freyre de "angélica", em que a criança era rodeada de mimos; e havia, em seguida, a fase diabólica, quando o menino começava a perder sua pureza angelical e passava a ser visto como pequeno pecador que precisava ser castigado sempre que incorresse em infrações à autoridade do pai. Superada a fase angélica, assim, a educação do menino e, especialmente, da menina, se alterava bruscamente. O primeiro, então, começava a ser educado para a virilidade, para o exercício do mando – o que, como temos dito, não o subtrai do aprendizado da obediência, ao menos aos mais velhos – ao passo que a menina começava a ser educada para a maternidade, para o casamento, para o cuidado doméstico e os modos adequados de se comportar segundo a moral patriarcal. Esses contornos de uma educação orientada para o mando e a obediência segundo critérios definidos – o de *status*, o de gênero e o de geração – como temos visto, começaram a sofrer a mediação de instituições, sem que isso significasse, entretanto, uma substancial modificação nos significados transmitidos pela educação para o patriarcado. No que toca à educação dos meninos, durante as fases angélica e diabólica, a educação para o patriarcado alterou-se pouco ou quase nada em relação aos séculos anteriores da vida colonial. E o menino, assim, era em parte liberado para, e mesmo incentivado, exercício do mando sobre meninas e escravos, e ao exercício da obediência ante o pai e os mais velhos. Neste último caso, tampouco o menino estava livre dos castigos às vezes sádicos que ele mesmo praticaria mais tarde sobre os próprios filhos, sobre escravos ou, mesmo, sobre suas esposas.

> E porque se supunha que essa criatura estranha, cheia do instinto de todos os pecados, com a tendência para a preguiça e a malícia, seu corpo era o mais castigado dentro de casa. Depois do corpo do escravo, naturalmente. Depois do corpo do moleque leva-pancada, que às vezes apanhava por ele e pelo menino branco. Mas o menino branco também apanhava. Era castigado pelo pai, pela mãe, pelo avô, pela avó, pelo padrinho, pela madrinha, pelo tio-padre, pela tia solteirona, pelo padre-mestre, pelo mestre-régio, pelo professor de Gramática. *Castigado por uma sociedade de adultos em que o domínio sobre o escravo desenvolvia, junto com as responsabilidades de mando absoluto, o gosto de judiar também com o menino.* O regime das casas-grandes continua a imperar, um tanto atenuado, nos sobrados.[42]

O gosto de submeter também o menino à violência sádica, reparem, era derivado da distância de *status* que separava a criança do adulto, o menino do homem, o filho do pai. Distância que, no limite, dava ao pai o direito sobre a vida do filho, direito às vezes exercido como se o filho, em extensão à autoridade do primeiro, fosse também propriedade do pai[43]. Tal regime, embora atenuado, continuou a imperar sobre a educação de meninos e meninas na sociedade brasileira ao longo de todo o século XIX. E só aos poucos, e às vezes um tanto tardiamente, é que algumas instituições começavam a penetrar na educação do menino ou rapaz brasileiro, transmitindo-lhe princípios de autoridade diferentes daqueles transmitidos pela educação para o patriarcado. A autoridade patriarcal, com a constituição de instituições especializadas na educação escolar e religiosa, começaria a ganhar, desde o final do século XVIII, poderosos rivais.

---

[42] Gilberto Freyre, *Sobrados e mucambos*, p. 179.

[43] *Ibid.*, p. 202.

> O colégio de padres, quase sempre sobradão enorme, é um dos edifícios que marcam na paisagem social do Brasil, a partir do século XVIII, a decadência do patriarcado todo-poderoso da casa-grande. No primeiro século de colonização, o colégio de jesuítas já chegara a fazer sombra, em cidades como Salvador, às casas-grandes e aos sobrados patriarcais, na sua autoridade sobre o menino, a mulher, o escravo. Com relação ao poder sobre o menino o jesuíta antecipou-se no Brasil em ser o mesmo rival do patriarca que com relação ao escravo indígena.[44]

Essa transformação na educação para o patriarcado através da mediação de instituições especializadas está longe de representar, entretanto, uma quebra abrupta da autoridade patriarcal; tampouco se trata de um movimento repentino de ruptura e descontinuidade naquilo que já havia se estabilizado pelo trabalho silencioso e cotidiano de séculos. Não eram só as edificações dos colégios, muitas vezes "sobradões" enormes, que refletiam essa proximidade e continuidade. Ao contrário, essa mediação institucional se deu muitas vezes em consonância com alguns princípios fundamentais da própria educação para o patriarcado, e o direito ao ato de castigar, assim, foi transmitido pelo pai ao professor ou mestre-régio. De "dar bolos" e varadas em menino que fosse levado, preguiçoso e que não aprendesse de cor a tabuada e as conjugações verbais. Castigos de que não deixavam de fazer parte a humilhação e a violência. O sadismo às vezes explosivo do pai autoritário começava a dar lugar a uma "pedagogia sádica" que se despersonalizava em manuais próprios ao ofício de mestre e educador. Assim, entre essa disputa de diferentes fontes de autoridade, a pessoal, vinda do pai, e a mais impessoalizada, vinda dos colégios e da educação formal e religiosa, muito havia de contiguidade e comunidade de interesses.

Mas, a despeito dessa contiguidade e comunidade de interesses, desde que entrava para um colégio desses, o menino começava a ser inserido em uma outra ordem que não aquela estritamente doméstica. Isso implicava o estar submetido a um conjunto de regras diferentes daquelas que imperavam no ambiente doméstico. Ao menino, mais até do que em casa, onde geralmente podia mandar nos escravos ou nas irmãs – se os tivesse – restava nesse ambiente uma postura semelhante a que era obrigado a dirigir aos mais velhos: obediência e respeito. Obediência e respeito não apenas aos padres-mestres, mas aos princípios da religião católica; às regras não do arbítrio paterno, mas das gramáticas latina, francesa e portuguesa. Daí porque Freyre considerava tais instituições educacionais um primeiro foco de "universalização" da mentalidade brasileira, antes completamente orientada para o ambiente doméstico e para uma concepção patriarcal e pessoal de poder. É claro que esse primeiro disciplinamento de meninos antes dados a todas as libertinagens não foi possível senão à força de muito castigo[45]. Mas o que interessa, realmente,

---

[44] Gilberto Freyre, *Sobrados e mucambos*, p. 181.

[45] Gilberto Freyre, *Sobrados e mucambos*, p. 184.

é essa mudança na orientação da obediência para um sentido mais impessoal, voltada para regras, princípios e valores de teor mais universal, de espectro mais abrangente que aquele restrito à casa e ao ambiente doméstico.

> Os meninos formados nesses seminários e nesses colégios foram um elemento sobre o qual em vez de se acentuarem os traços, as tendências, por um lado criadoras, mas por outro dissolventes, de uma formação excessivamente patriarcal, à sombra de pais heroicos, de indivíduos em extremo poderosos, senhores de casa-grande quase independentes do resto do mundo, se desenvolveram, ao contrário, o espírito de conformidade e certo gosto de disciplina, de ordem e de universalidade, que os padres, e principalmente os jesuítas, souberam como ninguém comunicar aos seus alunos brasileiros.[46]

Os colégios, embora estivessem longe de ser um ambiente de liberdade, eram um primeiro respiro do menino fora do ambiente doméstico. Foram, por assim dizer, a preparação necessária a fenômeno de maior abrangência que viria a suceder mais tarde na vida social brasileira: o bacharelismo. Muitas vezes esses colégios corrigiram os excessos de liberdade e de libertinagem da educação patriarcal com outro excesso: o de uma educação puramente livresca e descolada da vida do aluno. Aspecto que colaborou para certo extermínio da "meninice" desses meninos, tornando-os sorumbáticos, propensos à melancolia, o que levaria muitos deles a uma morte precoce, tão precoce quanto devia ser o fim da meninice e o ingresso na vida adulta. E a infância, especialmente, a segunda infância, passa a ser considerada uma espécie de idade aberta a todos os pecados e vícios nefandos e quando, pela educação, pela disciplina e pelo castigo, o menino deveria ser conduzido a dar cabo da meninice o quanto antes e fazer-se homem. A partir das impressões que o inglês John Luccock teve do seminário de São Joaquim, no Rio de Janeiro, instituição que viria a tornar-se mais tarde o Colégio Pedro II, comenta Freyre:

> E um dos aspectos que mais o impressionaram foi o atraso com relação às ciências: o ensino era ainda todo literário e eclesiástico. Jesuiticamente literário. Outro aspecto que o horrorizou foi a tristeza dos meninos. Meninos calados, doentes, de olhos fundos.
>
> Era a precocidade. Era a opressão da pedagogia sádica, exercendo-se sobre o órfão, sobre o enjeitado, sobre o aluno com o pai vivo mas aliado do mestre, no esforço de oprimir a criança. Todos – o pai e o mestre – inimigos do menino e querendo-o homem o mais breve possível. O próprio menino, inimigo de si mesmo e querendo ver-se homem antes do tempo.[47]

---

[46] *Ibid.*, p. 187.

[47] Gilberto Freyre, *Sobrados e mucambos*, p. 192.

Daí o menino, às vezes ainda mal chegado à adolescência, já começasse a incorporar e imitar, nos trajes, nos gestos e nos trejeitos, no penteado, no cultivo precoce de bigode e barba, no ato de fumar e beber precocemente, de cheirar rapé e escarrar, os chamados "homens feitos", aptos a tornarem-se "pais de família". Esse "fazer-se homem", pelo qual o menino era estimulado a dar cabo de sua "meninice", de sua infância, era quase o equivalente de "não precisar mais obedecer" e "poder mandar". Significava, portanto, a própria mudança de *status* que surgia aos olhos do menino como uma promessa de poder e liberdade. O mais significativo, aí, é a concorrência de outras autoridades com a autoridade paterna. Com a maior presença de instituições educacionais na vida do brasileiro, especialmente da elite, continuou o ímpeto patriarcal em dar-se logo cabo da infância, agora sob uma orientação menos rude, mais livresca e contemplativa.

Caso exemplar de extermínio precoce da infância por educação assim livresca foi a do próprio imperador d. Pedro II. Tendo herdado o trono imperial aos cinco anos de idade, Pedro II deve ter sido daqueles poucos meninos brasileiros que não passaram pela fase "diabo", reprimida por um prolongado "período de latência" passado na companhia dos livros. Casos que, numericamente, podem ser considerados raros, mas que ao longo do século XIX foram compondo o nascedouro de um tipo particular e nacional de "intelectualidade": um tipo de intelectualidade que, exagerando-se na postura livresca, abstrata, contemplativa e retórica, perdia contato com a experiência dos problemas reais postos pela vida em sociedade; um tipo de postura intelectual orientada não para a "observação" crítica e pela experiência da realidade, mas antes para a assimilação mnemônica de ideias, princípios, dogmas e doutrinas europeias. Um pendor mais para a retórica do que para a lógica; e a retórica, bem entendida, como estratégia meramente decorativa do discurso, voltada mais ao embelezamento e à adequação a estilos valorizados como "clássicos", do que ao rigor argumentativo, empírico e metodológico.

> Da educação do brasileiro do período considerado no ensaio que se segue, deve-se destacar que, em síntese, continuou, nos cursos secundários, a predominantemente latina, clássica no sentido mais estreito da palavra, e quase sempre clerical, dos tempos coloniais e do primeiro meio século de vida independente do Brasil; enquanto nos cursos superiores acentuou-se seu caráter imediatista – formar doutores em direito, em medicina, em engenharia, em ciências exclusivamente práticas, como notou James Bryce em suas argutas observações de 1910 sobre o Brasil, sem que isto significasse que, nesses cursos, se desse relevo ao estudo prático, experimental, científico, das matérias estudadas através de livros e ensinadas por meio de preleções: às vezes discursos simplesmente retóricos.[48]

---

[48] Gilberto Freyre, *Ordem e progresso*, p. 191.

Esse pendor retórico, decorativo, classicista, livresco, foi uma das marcas da intelectualidade brasileira a prestar-lhe certa unidade no espaço e no tempo e compõe o principal aspecto do que Freyre normalmente chamou, um tanto pejorativamente, de "bacharelismo": uma espécie de orientação pedagógica que, cultivada ao longo de todo o Império, especialmente do Segundo Reinado, adentrou pela República e foi, mesmo, decisiva para o caráter um tanto disfuncional assumido pela forma republicana subitamente implantada no Brasil em 1889. Obra, em grande parte, de bacharéis.

Foram os jovens bacharéis os grandes desestabilizadores do critério geracional de estruturação da sociedade brasileira. Munidos de uma espécie de amuleto moderno que era a carta de bacharel, os jovens brasileiros egressos das instituições de "ensino superior" viriam a ocupar posição cada vez mais prestigiada no cenário das cidades brasileiras, promovendo uma considerável desvalorização da velhice e do que fosse ostensivamente antiquado, telúrico e tradicional. Tal como ascendeu o mulato, interpondo-se entre a figura do escravo e do senhor, ascendeu também, ao longo do século XIX, o jovem bacharel, que passava a ocupar posições de poder antes destinadas a "homens experientes", em geral oriundos da aristocracia rural. Tal ascensão está em conexão direta com a europeização da sociedade brasileira. Destaque-se que somente com a vinda da Corte o território brasileiro passaria a contar com instituições de ensino superior. Antes disso, bacharéis, doutores e letrados só nos vinham da Europa, o que por certo ajuda a compreender a valorização quase mágica investida sobre o título de bacharel e de doutor.

Era com esse clamor quase místico, acrescido de charme, de "*glamour*", de refinamento da aparência que o rapaz brasileiro retornava da Europa ou das faculdades de Direito, Medicina e Engenharia para sua província natal. Não foi, então, fruto do mero acaso essa valorização do bacharel ao ponto de convertê-lo em objeto de uma mística própria. Foi, antes, uma "sedução" gradativamente criada e suscitada na população mediante a equiparação do bacharel ao modelo europeu, ecoando nas cidades pelos mais diversos meios, incluindo aqueles tão interessantes quanto eram os anúncios de jornal e nas próprias crônicas jornalísticas.

> [...] o prestígio do título de "bacharel" e de "doutor" veio crescendo nos meios urbanos e mesmo nos rústicos desde os começos do Império. Nos jornais, notícias e avisos sobre "bacharéis formados", "doutores" e até "senhores estudantes", principiaram desde os primeiros anos do século XIX a anunciar o novo poder aristocrático que se levantava, envolvido nas suas sobrecasacas ou nas suas becas de seda preta, que nos bacharéis-ministros ou nos doutores-desembargadores, tornavam-se becas "ricamente bordadas" e importadas do Oriente. Vestes quase de mandarins. Trajos

quase de casta. E esses trajos capazes de aristocratizarem homens de cor, mulatos, "morenos".[49]

Esse novo poder aristocrático que se levantava era o poder do bacharel e do doutor sobre o analfabeto, do filho letrado e liberal sobre o pai bronco e conservador, do genro, às vezes petulante e republicano, sobre o sogro monarquista e autoritário; em suma, o poder das gerações mais novas sobre as gerações mais velhas. Era também, como se pode notar, um poder que mexia com os até então praticamente estáveis critérios de *status* que distinguiam indivíduos segundo categorias mais ou menos bem identificáveis. E o poder, como nos faz ver a sociologia de Max Weber, é o tipo de coisa que só se ganha subtraindo-o a outros: neste caso, em particular, do patriarca ainda umbilicalmente ligado à terra e ao ambiente rural, assim como ao conjunto de valores tradicionais que, principalmente entre as gerações e grupos sociais menos europeizados, tinham também sua veia mística, cuja sacralidade, como sabemos, deriva de sua própria repetição imemorial.

A "mística do bacharel", que para todos os efeitos fazia do bacharel também um "doutor", conferia a seu portador uma espécie de carisma que, embora amparado institucionalmente, se refazia e se intensificava no imaginário popular. O portador de um título assim, o bacharel fulano de tal, vinha a ser, na vida cotidiana e, tanto em casa como na rua, no trato pessoal com a gente mais telúrica e distante da europeização cultural, o depositário de grande estima social. Médicos, engenheiros e, especialmente, advogados tomavam posse, assim, não somente do poder a eles conferido pelo exercício de suas profissões, mas também de uma sobre-estimação quase mágica que o título, qual um amuleto sagrado, conferia a seu portador.

Esse superávit de prestígio e de investimento afetivo conferidos à figura do bacharel, do doutor, do homem de letras, em oposição à massa de analfabetos que compunha a maioria da população, era algo que se manifestava em conluio e sob a sedução, intensa e cotidiana, do que temos chamado de "retórica da europeização". Pois foi sobre a figura do jovem bacharel que passaram a se concentrar mais elementos e valores europeizados, tomados como modelo e imitados de maneira às vezes tão dedicada quanto caricaturesca. Foi ele um dos maiores agentes de disseminação de valores, ideias, hábitos, modos e modas europeias na sociedade brasileira, principalmente a partir do século XIX.

> A valorização social começara a fazer-se em volta de outros elementos: em torno da Europa, mas uma Europa mais burguesa, de onde nos foram chegando novos estilos de vida, contrários aos rurais e mesmo aos patriarcais [...] E todos esses novos valores foram tornando-se as insígnias de mando de uma nova aristocracia: a dos sobrados. De uma nova nobreza: a dos doutores e bacharéis talvez mais que a dos negociantes e industriais.

---

[49] Gilberto Freyre, *Sobrados e mucambos*, p. 722.

De uma nova casta: a de senhores de escravos e mesmo de terras, excessivamente sofisticados para tolerarem a vida rural na sua pureza rude. Eram tendências encarnadas principalmente pelo bacharel, filho legítimo ou não do senhor de engenho ou do fazendeiro, que voltava com novas ideias da Europa – de Coimbra, de Montpellier, de Paris, da Inglaterra, da Alemanha – onde fora estudar por influência ou lembrança de algum tio-padre mais liberal ou de algum parente maçom mais cosmopolita.[50]

Não se tratava, portanto, de apenas algumas gerações de jovens que de repente vinham contrariar e afrontar seus pais e avós, a ordem propriamente patriarcal de autoridade consagrada ao homem provecto. Era, antes, uma nova mentalidade, permeável, a princípio, apenas àqueles seletos indivíduos que podiam penetrar nas instituições de ensino superior, nacionais ou estrangeiras, mas que, a partir deles, se irradiaram para conjuntos mais amplos da sociedade. E essa seleção, claro, dava-se pela idade, pois estudo era coisa para menino e para moço, não tanto para homem feito. Para além desse componente geracional, havia também aqueles componentes de classe e *status* que facilitavam ou dificultavam o ingresso nessas instituições. Isso não quer dizer que homens de cor não participassem da vida literária e intelectual. Ao contrário, homens de cor estiveram entre os maiores homens de letras e ciências no Brasil: homens como Gonçalves Dias, Tobias Barreto, Machado de Assis, José do Patrocínio, Lima Barreto, André Rebouças, Teodoro Sampaio. Assim como homens de cor o foram muitos outros bacharéis que, embora de menor expressão, colaboraram para a assimilação e a disseminação de ideias e ideologias europeias. Tornava-se o jovem bacharel, incluindo o jovem bacharel mestiço, ele mesmo um disseminador dessas novas ideias. Ideias e ideologias liberais, republicanas, românticas, positivistas e evolucionistas, que passavam a ser defendidas e divulgadas em clubes e associações literárias, em jornais e revistas, em praças, salões e teatros, contagiando de alguma forma setores mais amplos da sociedade.

Entre as tendências ideológicas europeias que inspiraram gerações de bacharéis entre 1840 e 1889 destacam-se o romantismo, o liberalismo e o positivismo. A recepção das ideias românticas, liberais e positivistas entre os intelectuais brasileiros impingiu a elas significações próprias, às vezes em nítida contradição com a forma original. Mas, para além do problema da propriedade ou impropriedade dessas ideias em relação à realidade brasileira, o fato é que elas, ainda que sob uma dinâmica de imitação e inautenticidade, também influíram, por intermédio dos bacharéis, na realidade brasileira. Afinal, tais ideias foram dar na Abolição e na República. E se, por um lado, a imitação era sempre a tônica das ideologias políticas, por outro, a prática e o exercício da política, para que fossem exitosos, precisaram sempre impor às ideias e ideologias adaptações e deformações, acabando por

---

[50] Gilberto Freyre, *Sobrados e mucambos*, p. 712.

criar não só algo novo, mas às vezes também um instrumento mais adequado no enfrentamento de determinados problemas postos pela realidade.

E não deixaram de ter o seu quê de pitoresco e caricatural numa sociedade ainda pouco afeita a confrontar a estabilidade da tradição com ideias novas. Pitoresco e caricatural foram, por exemplo, as expressões ultrarromânticas que se tornaram o modelo não só de poeta e escritor como de personalidade literária para gerações de bacharéis, encantados com aquele tipo de sadismo resignado que parece ter acometido jovens do gênio e do talento de Álvares de Azevedo, Casimiro de Abreu e mesmo de um Augusto dos Anjos. Sadismo resignado que se expressava como um culto literário à morte, à morbidez, à tristeza, à doença e que, às vezes, inadvertidamente, convertia-se em masoquismo literário, em que o eu-lírico mal escondia o júbilo em manifestar em rimas o próprio sofrimento. O romantismo foi o "mal do século", e acometeu diversas gerações de bacharéis, que às mais diversas ideologias acomodavam esse ímpeto de paixão mórbida e depressora. Algo semelhante ao que Nietzsche descreveu como "a necessidade de suscitar compaixão" não escapou a Freyre como traço psicológico das diversas gerações de bacharéis tocadas pelos exageros românticos.

> O bacharelismo, ou seja, a educação acadêmica e livresca, desenvolveu-se entre nós com sacrifício do desenvolvimento harmonioso do indivíduo. Bernardo Pereira de Vasconcelos aos 40 anos já parecia um velho. E é curioso salientar nos homens novos que no Reinado de Pedro II tomaram tão grande relevo na política, nas letras, na administração, na magistratura, o traço quase romântico da falta de saúde. Não eram só doentes: tinha a volúpia da doença.[51]

E, mais à frente: "Em torno dessas figuras de poetas e romancistas pálidos, nazarenos, olhos grandes e sofredores [...] fez-se uma idealização doentia da mocidade doente"[52].

Também o liberalismo adquiriu entre nós essa feição que vai do pitoresco ao caricatural, pois é preciso reconhecer desde 1831 a existência de um partido liberal que atuou, desde então, de maneira expressiva na vida política brasileira; mas pitoresco, porque quase sempre se tratou de um liberalismo reduzido ao pleito de maior autonomia das províncias, uma disputa entre o poder dos proprietários locais com a tendência de centralização da Corte apoiada pelo Partido Conservador. Um liberalismo que, além disso, não raro vinha acomodado à escravidão, dando ao oxímoro de um liberalismo escravocrata uma expressão bizarra, mas real. A mistura nada ortodoxa de liberalismo e republicanismo com escravagismo também vibrou

---

[51] Gilberto Freyre, *Sobrados e mucambos*, p. 194.

[52] *Ibid.*, p. 195.

em muitos bacharéis propaladores desse "liberalismo à brasileira", e de todos os sincretismos brasileiros foi esse talvez o mais pitoresco.

O caráter pitoresco do positivismo se deu não tanto pelas deformações que lhe foram impostas, como no caso do liberalismo, mas antes pelo exagero de ortodoxia, o afã de copiar literalmente os cânones franceses e de querer subjugar a partir deles a realidade brasileira. De modo que a doutrina positivista, sobretudo a partir da década de 1880, tomada como o último estágio da Razão e do Progresso, foi objeto de uma valorização mística que a verteu em caricata religião. O positivismo, corrente ideológica mais influente na composição inicial da República, converteu-se em verdadeiro culto masoquista à autoridade, primeiro à de August Comte e, depois, à autoridade em si mesma, à Ordem tal como estabelecida.

Todas essas imagens caricaturescas não representam, é claro, a integralidade do que foram o romantismo, o liberalismo e o positivismo na "história das ideias" brasileira. Mas, como caricaturas, elas alcançam, apesar disso, muito de figuras realmente existentes no bacharelismo romântico, liberal e positivista. Em relação à realidade do que foram esses movimentos, tais caricaturas exageram partes que, por si mesmas, já apresentavam algum tipo de saliência grotesca em relação ao todo. Assim são as caricaturas. Entre elas e a figura real de que são a representação, há sempre uma clara relação de referência a uma ou outra parte do objeto real que permite identificá-la, havendo entre representação e realidade uma evidente continuidade, uma gradação, e não propriamente um simples capricho arbitrário. Esses elementos caricaturáveis do que foram o romantismo, o liberalismo e o positivismo na segunda metade do século XIX servem ainda para ilustrar outros aspectos da relação modelo/rival que as três versões do bacharelismo brasileiro experimentaram em relação a Pedro II. Afinal, se os bacharéis eram românticos até a morbidez, o imperador era amigo e correspondente de Victor Hugo; se metiam-se a liberais, precisavam fazer oposição a um monarca "esclarecido", admirador de Voltaire, amigo de Nietzsche, promotor do conhecimento, das artes e das ciências, além de impávido defensor da liberdade de imprensa (talvez como não o fora nenhum líder republicano brasileiro); e, mesmo no caso do positivismo, d. Pedro II apresentava-se como figura ambígua: monarca talvez mais secular e sem dúvida menos autoritário do que positivistas como Miguel Lemos, Teixeira Mendes ou Benjamin Constant, que nunca esconderam certa ojeriza à instituição parlamentar.

O comum a esses novos círculos de ideias e ideologias, para além de suas diferenças e das distorções que sofriam na imatura recepção nacional, era seu ímpeto em desvalorizar a velhice e a tradição, ou pelo menos aquilo delas que não pudesse ajustar-se à aparência de progresso e modernidade que tais jovens, contagiados pela retórica da europeização, gostavam de suscitar. Exceto o positivismo, que mesmo assim variou muito a depender de seu expoente, quase nunca esteve em jogo a pureza doutrinária. Como mostraria Paulo Mercadante anos mais tarde[53], predominou entre os intelectuais brasileiros uma resiliente tendência ao "ecletismo". Outros sagazes observadores da sociedade brasileira, mais ou menos à mesma época de Mercadante, e até antes dele, já haviam percebido o mesmo. Flusser, por exemplo. Mas também Gilberto Freyre, para quem em todas essas correntes ideológicas que movimentaram o Segundo Reinado e as primeiras décadas da República predominava sempre uma nota retórica sobre o conteúdo das ideias disseminadas. Era esta uma propensão que perfazia, além do pensamento, a própria vida cotidiana dos brasileiros. Se, de maneira muito séria José Murilo de Carvalho nos conclama a compreender a retórica como a própria chave da história das ideias brasileiras[54], Gilberto Freyre, de maneira um pouco risonha, nos convida a percebê-la em diversas circunstâncias da vida cotidiana da elite urbana pretensamente culta e sofisticada. Alcançava o púlpito, o palanque, as mesas de confraternização e acabou por se imiscuir, "desfigurando" e "pervertendo", tudo o que fosse gênero literário, tudo o que fosse modo de expressão nas diversas situações de vida, formais e informais.

> É este um aspecto nada desprezível da ordem social ou do sistema sociocultural que do Império se prolongou na República: a supervalorização da oratória ou da eloquência ou da retórica, quer sacra, quer política; ou simplesmente mundana ou de sobremesa. Tal foi essa supervalorização que a eloquência, durante todo esse período de vida brasileira, transbordou dos seus meios convencionais de expressão – o discurso, o sermão, o brinde – para desfigurar ou perverter outros gêneros: a poesia, o romance, o ensaio, o editorial, a carta, o ofício, o relatório, o próprio telegrama. Quer o político, quer o simplesmente de pêsames ou de parabéns. Tudo foi contaminado por essa viscosa e contagiosa flor que, tendo tido, na Monarque parlamentar, ambiente favorável ao seu excessivo desenvolvimento de eloquência sacra em profana, continuaria, na República presidencial, a florescer, dentro e fora de portas, quase com a mesma opulência dos dias do Império e do parlamentarismo, através da palavra dos Rui Barbosa, dos Barbosa Lima, dos Martins Júnior, dos Lopes Trovão, dos Pinto da Rocha.[55]

Essa supervalorização da retórica na vida brasileira, em geral, e no pensamento, em particular, não é apenas um adendo sem importância em nossa existência social, política e intelectual. Tanto a Monarquia parlamentar quanto, depois, a República serão afetadas por essa propensão que acabava por eleger e privilegiar os melhores "oradores", e não exatamente os melhores "políticos" para as assembleias e

---

[53] MERCADANTE, Paulo. *A consciência conservadora no Brasil*: contribuição ao estudo da formação brasileira. 3. ed. Rio de Janeiro: Nova Fronteira, 1980.

[54] CARVALHO, José Murilo de. História intelectual no Brasil: a retórica como chave de leitura. *Topoi*, Rio de Janeiro, n. 1, p. 149-168.

[55] Gilberto Freyre, *Ordem e progresso*, p. 334-335.

cargos executivos ou os melhores "professores" e "cientistas" para as cátedras[56]. E, a despeito desse ponto comum quanto à forma, havia diferenças de conteúdo e, além delas, de posição no quadro das forças em disputa, que davam às diferentes correntes ideológicas condições muito heterogêneas de concorrer à hegemonia do pensamento brasileiro. Não houve, nunca, uma corrente hegemônica. Hegemônicos o foram somente a propensão retórica e o ecletismo.

A ascensão do bacharel, em paralelo e em conjunto com a ascensão do mulato, foi, portanto, outro fator de forte desestabilização de critérios hierárquicos antes sólidos e estáveis, e jovens antes obedientes e leais aos pais e aos mais velhos começavam a disputar posição com eles, especialmente na vida pública, na política, nos partidos e na imprensa. Assim como a ascensão do mulato abalou o critério, antes estável, de *status*, a ascensão do bacharel abalaria o critério geracional e, com ele, a própria sacralidade do velho e do tradicional diante do novo e do "moderno".

---

[56] Gilberto Freyre, *Ordem e progresso*, p. 334-335.

X

O 15 de Novembro – revolta parricida ou crise sacrificial?

O conflito geracional que se alça na sociedade brasileira com a ascensão da figura do jovem bacharel suscitou uma tese, hoje quase esquecida, elaborada pelo escritor Luís Martins no começo dos anos 1950 e que mereceu a atenção de Freyre mais de uma vez. Martins retoma o conflito entre pais e filhos, entre velhos e moços, entre patriarcas e bacharéis trazido à tona por Freyre em *Sobrados e mucambos*, e o interpreta com apoio nos conceitos da psicanálise. Martins compreendeu este conflito como sendo de teor edipiano: para ele, a derrocada da Monarquia em 1889 não foi senão a expressão social e em âmbito nacional e coletivo do complexo de Édipo, quando uma geração de bacharéis, que simbolicamente ocupava a posição de filhos, se associou para, também simbolicamente, assassinar o pai igualmente simbólico da nação – o imperador deposto. Para substanciar sua tese com elementos empíricos que pudessem indicar a presença do dito complexo na fundação da República, Martins recolheu várias expressões de remorso filial posteriores ao exílio e, sobretudo, à morte do imperador. Remorsos que se expressavam como arrependimento, como saudade e como culpa; e que, já nas primeiras décadas da República, convergiram para um certo culto à memória do imperador morto no exílio. Combustível de novos conflitos políticos.

Não deixa de ser interessantíssima a interpretação freudiana que Martins oferece do processo de ascensão do bacharel descrito por Freyre. Mas, a despeito dos aspectos interessantes que a interpretação de Martins ajuda a revelar sobre a fundação da República no Brasil, ela se apoia em pressupostos que omitem ou desvalorizam toda a gama de conflitos que, como temos visto, se proliferavam por toda a sociedade e entre todos os setores, minimizando a complexidade de um fenômeno que não foi, como nos faz pensar Martins, apenas um conflito entre pais e filhos. Essa simplificação é o que leva Martins a perder de vista o intenso processo de proliferação das rivalidades na sociedade brasileira, que atinge não somente as relações entre gerações, entre pais e filhos, mas também as relações entre gêneros, entre classes e grupos de *status*; processo que, par a par com a escravidão urbana e com a luta ensandecida do mulato para livrar-se dela e de seus estigmas, intensificou a violência, e não, como nos faz pensar Martins, a "recalcou".

> Todas essas tendências sádico-masoquistas, que antes tinham campo vasto para exteriorizar-se, recalcaram-se penosamente. A rebeldia contra o pai manifestou-se então num antagonismo violento e talvez inconsciente que estudaremos adiante – rebeldia essa que, nos filhos dos fazendeiros e senhores de engenho, se resumiu no sentimento republicano que, dirigido inconscientemente contra os pais, era-o também, de forma mais consciente, contra a figura do pai coletivo – o Imperador.[1]

Nesse ponto há um claro afastamento de Martins em relação a Freyre. Pois não foi para um recalque da violência que nos apontou este último, mas, antes, para sua intensificação, em paralelo a seu deslocamento e proliferação por diferentes segmentos da sociedade. Além disso, Martins ainda não considera a tendência, notada por Freyre, que atuava de maneira latente na intensificação da violência: a crescente despersonalização das relações entre senhores e escravos, que dava foro de publicidade às práticas envolvidas no manejo escravocrata, fazendo das crueldades nele condensadas algo banal e corriqueiro na sociedade brasileira de praticamente todo o século XIX. O processo de desumanização promovido pela escravidão, em vez de dirimir seu ímpeto ultrajante, atingiu naquele século o seu ápice, reduzindo o escravo em animal ou máquina. Não houve esse "recalque" apontado por Martins, mas antes a mediação da violência por instituições que, como tais, adquiriam feição mais impessoal: das "casas comissárias" de escravos às "casas de prostituição"[2], "cabarés", "zonas" e "puteiros" que passaram a mediar

---

[1]   MARTINS, Luís. *O patriarca e o bacharel*. 2. ed. São Paulo: Editora Alameda, 2008. p. 57.

[2]   Ver Gilberto Freyre, *Sobrados e mucambos*, p. 277. Baseado principalmente em relatórios e estudos médicos, como os de José Ricardo Pires de Almeida ou de Lassance Cunha, Gilberto Freyre notou o papel crescente das "casas de prostituição" nos ambientes urbanos brasileiros, fenômeno que percorria não uma ou outra classe social, mas a todos os setores da sociedade. "Na primeira metade do século XIX o número das mulheres públicas aumentaria enormemente. E para esse aumento concorreria de modo notável a imigração de mulheres dos Açores. Em estudo sobre a prostituição, em particular na cidade do Rio de Janeiro, outro médico, o Dr. Lassance Cunha, escrevia em 1845 que a capital do Império possuía então três classes de meretrizes que era: a) as 'aristocráticas' (ou de sobrado); b) – as de 'sobradinho' e as de 'rotula'; c) – a 'escoria'." A escória, formavam-na mulheres de casebres ou de mucambos, e para elas, principalmente, é que havia as chamadas 'casas de passes' ou 'zungus', isto é, 'nauseabundas habitações pertencentes a negros quitandeiros' ou os 'fundos das barbearias que, por modico preço, e para esse fim, eram alugados por pretos libertos'. Havia também no Rio de Janeiro as 'casas de costureiras', 'hoteis' em Botafogo e no Jardim Botânico e no meado do século XIX os conventilhos da 'Barbada': aí o roceiro rico, o filho de fazendeiro ou senhor de engenho,

a poligamia dos senhores cujo "aburguesamento" dos costumes era mais uma "fachada" do que, propriamente, a repressão e o recalque que Martins nos induz a considerar.

A ênfase exagerada de Martins no caráter edipiano do 15 de Novembro, estendendo o complexo de Édipo à geração de bacharéis republicanos que derrubou Pedro II – assassinando simbolicamente o igualmente simbólico pai da nação – levou-o ainda a outro decidido afastamento de Freyre. Pois, como reconhece Martins,

> Segundo o iminente sociólogo, no conflito psicológico travado entre o Pai e o Filho, entre a mentalidade conservadora e a rebeldia liberal, o imperador estaria decisivamente do lado do último, aliado do bacharel contra o proprietário rural. Do filho contra o Pai. [...] Mas a contradição é apenas aparente. O monarca brasileiro foi, de fato, nos primeiros tempos, aliado natural da mocidade e um liberal avançado em sua época. Mas isto até um certo ponto, até certo momento. Depois, já na velhice (e é o Pedro II da velhice que interessa a este estudo), ele foi ultrapassado pelo seu próprio tempo e se tornou, para o exagero partidário de seus contemporâneos, símbolo de reacionarismo.[3]

A contradição aí não é apenas aparente, como declara laconicamente Martins. É antes uma contradição essencial, embora embotada pela arbitrária divisão de um Pedro II jovem e um Pedro II velho. Afinal, pode haver algo mais insuperavelmente contraditório do que um rei liberal? Sim: um rei liberal numa sociedade patriarcal. Reis cruamente absolutistas, como Luís XVI, em uma sociedade liberal como a sociedade francesa do final do século XVIII, foram, para usar de maneira adequada a metáfora automobilística de Martins, "ultrapassados" por seu tempo. Mas um "rei liberal" não é um rei ele mesmo antipático à monarquia e, portanto, à própria realeza? Não percebendo o efeito drástico dessa real contradição sobre a relação entre Pedro II e a própria realeza, Martins precisou postular uma contradição entre Pedro II jovem e Pedro II velho, como único meio de explicar o ulterior "remorso filial" manifestado pela geração de "parricidas" que fundara a República.

O próprio Gilberto Freyre salientou mais de uma vez a engenhosidade da tese de Martins, embora nela criticasse exatamente esse exagero psicanalítico. Não tanto porque transmite uma visão errada do processo, e sim porque precisa desconsiderar a diversidade e a proliferação dos conflitos entre vários setores da sociedade, para ter sob foco apenas um conflito em particular: o conflito geracional. A perspectiva de Martins, assim, ao passo que ganha em agudez e profundidade, perde

---

o rapaz de fortuna da cidade encontravam não só estrangeiras como bonitas mucamas ou mulatinhas ainda de vestidos curtos, meninotas e meninas. 'Barbada' era ela própria mulher de cor: gorda, ostentava 'bigode espesso e quase cavaignac'."

[3] Luís Martins, *O patriarca e o bacharel*, p. 69.

em abrangência, reduzindo a complexidade da crise cultural por que passava a sociedade brasileira a um único conflito essencial: o conflito entre o patriarca e o bacharel, entre uma geração vinculada à terra, à escravidão e à Monarquia, e outra ligada às cidades, ao liberalismo e à República. Mas, como temos visto, o quadro pintado por Freyre nos apresenta uma paisagem em modificação cujos conflitos que a movimenta são de ordem muito mais variada e não deixam de combinarem-se mutuamente num mesmo sentido: crise. Crise que permeou o tecido social brasileiro em todas as suas tramas e relações, e não somente nas relações entre "pais" e "filhos. Começava a ruir e perder naturalidade todo um conjunto de significados historicamente constituído e culturalmente estabilizado ao longo de mais de três séculos. Significados antes sacralizados como esteio da hierarquia social e em torno dos quais se concertava o jogo de diferenças que estruturava a sociedade, e que, em razão das mudanças iniciadas em 1808, perderam sua naturalidade, sua aura de sacralidade sacramentada pela imemorialidade da tradição.

Significados como ser-senhor e ser-escravo, ser-homem e ser-mulher, ser-velho e ser-jovem sofreram, com a ascensão da mulher, do mulato e do bacharel, um importante abalo, perdendo a invisível transparência e naturalidade de que antes gozavam em meio à sociedade brasileira. Tornaram-se eles mesmos objetos de disputa e conflito entre setores de uma sociedade que se diferenciava mais e mais, sem conseguir, entretanto, alcançar sua antiga coesão interna estruturada num "equilíbrio de antagonismos". Com a urbanização, como vimos, o equilíbrio foi rompido e os antagonismos, por conseguinte, se proliferaram. É o que se perde de vista quando se considera o 15 de Novembro como produto, simplesmente, de um conflito entre gerações. A ascensão do bacharel, assim, não foi processo descolado dos outros conflitos que se desenrolavam na sociedade brasileira, em especial a ascensão do mulato, que figurava, também, entre muitos desses bacharéis republicanos. Mas, é preciso perguntar, como foi possível haver entre nós aquela "mística do bacharel", como às vezes a chama Freyre?

Pedro II e o reinado dos bacharéis

Não se pense, portanto, que essa valorização "mística" do bacharel foi fruto do mero acaso ou teve uma ascensão assim tão fácil. Precisou reunir diferentes fatores que concorreram para ela. Além da mencionada sedução exercida pela retórica da europeização, há de se mencionar, obviamente, o impulso dado às profissões liberais em razão da intensificação urbana, quando profissionais como médicos, engenheiros, mecânicos, farmacêuticos vindos da Europa passaram a concorrer com as artes antes quase puramente práticas dos artífices nativos. O aumento da demanda implicado pelo crescimento populacional concentrado nas cidades foi, sem dúvida, outro elemento que ajuda a explicar o contorno, senão místico, ao menos de valorização comercial da figura de bacharel.

Mas talvez nenhum desses fatores, diz-nos Freyre, tenha exercido peso semelhante àquele que viria do próprio e nascente Estado brasileiro, especialmente a partir do reinado de d. Pedro II. Pois foi especialmente a partir do Segundo Reinado, com o crescimento do Estado brasileiro e com sua maior penetração nas províncias e com sua instalação como estrutura burocrática permanente, que se iniciou um processo de profunda significação para a história da sociedade brasileira: uma intensa juridicização das relações políticas, substituindo os "homens práticos", validados pela confiança do rei em sua experiência e em sua prudência, no seu "bom senso" tradicional, por técnicos da oficialidade estatal, bacharéis em direito. A implantação gradativa de um aparato administrativo permanente fez da existência de bacharéis uma necessidade e, com ela, uma carência. As assembleias provinciais, criadas pelo Ato Adicional de 1834, por exemplo, aumentariam a necessidade de um corpo técnico juridicamente treinado para o exercício das formalidades técnicas entre os poderes do Estado.

Carência que, uma vez suprida, ganhava ares de virtude. Não uma virtude ética ou ascética, note-se bem, mas de teor quase mágico, a funcionar também como insígnia de distinção e superioridade. Daí o reclame de deputado paraense, depois escolhido como senador do Império, em que este, almejando ajustar a então província ao sistema político e econômico imperial, pedia que mandassem ao Pará "carne, farinha e bacharéis"[4]. Informação assim interessante Freyre a retira de um livro de memórias escrito por D. Romualdo de Seixas, marquês de Santa Cruz, publicado em 1861. Mais interessante ainda que a lembrança é o comentário que fez dela o marquês:

> Pareceu com efeito irrisória a medida; mas refletindo-se um pouco vê-se que os dois primeiros socorros eram os mais próprios para contentar os povos oprimidos de fome e miséria e o terceiro não menos valioso pela mágica virtude que tem uma carta de bacharel que transforma os que têm a fortuna de alcançá-la em homens enciclopédicos e aptos para tudo.[5]

Foi essa "mágica virtude" do título de bacharel que fez deste uma espécie de amuleto carismático, "que transforma os que têm a fortuna de alcançá-lo", almejado sobretudo por aqueles jovens oriundos dos setores não aristocráticos da sociedade. Foram principalmente estes que, por não terem a distinção que o nascimento conferia a poucos, buscariam de forma mais intensa a distinção através do título, com o sentimento do "mérito" a ele reclamado. Daí que esse processo de ascensão do

---

4 Gilberto Freyre, *Sobrados e mucambos*, p. 713.

5 *Ibid.*, p. 713-714.

bacharel, do "filho" em relação ao "pai" e das gerações mais novas em relação às mais velhas, foi também um processo de ascensão dos setores médios, incluindo aí mestiços, mulatos e a gente branca mas pobre que habitava as cidades. É principalmente este o ponto para o qual Freyre, em consonância às observações antes feitas por Sílvio Romero e Gilberto Amado, chama a atenção, destacando-lhe seu significado no que toca à transferência de poder de um setor da sociedade a outro – da aristocracia rural à uma nova aristocracia de beca e toga, urbana, citadina e "livresca".

> O sagaz sergipano [Sílvio Romero] parece ter compreendido, tanto quanto o professor Gilberto Amado, o fenômeno que nestas páginas procuramos associar ao declínio do patriarcado rural no Brasil: a transferência de poder, ou de soma considerável de poder, da aristocracia rural, quase sempre branca, não só para o burguês intelectual – o bacharel ou doutor às vezes mulato – como para o militar – o bacharel da Escola Militar e da Politécnica, em vários casos, negróide.[6]

Essa passagem atesta, para além da vinculação da tese de Freyre a observações de intelectuais que o precederam, a razão da valorização que eles deram a fenômeno à primeira vista inexpressivo e desimportante. Afinal, eram poucas as escolas superiores, assim como poucas as chances de estudar nelas, sobretudo para as camadas despossuídas da população e, é claro, para a população escrava. Isso não impedia, entretanto, que muitos mulatos, às vezes de origem humilde, às vezes filhos bastardos de senhores poderosos, ou filhos mestiçados de comerciantes já instalados na vida urbana, conseguissem, não sem talento e esforço, ingressar em instituições como a Escola de Medicina da Bahia ou do Rio, de direito do Recife ou São Paulo e, principalmente, de engenharia na Politécnica, também no Rio de Janeiro.

Do mesmo modo, a ascensão através do Exército, especialmente após a Guerra do Paraguai, fez dele o objeto de desejo de muito negro e mulato. Pois assim como a existência de uma estrutura administrativa permanente do Estado exigia a criação de uma burocracia tecnicamente orientada pelos procedimentos jurídicos modernos, a existência de um exército permanente, especialmente frente a ameaças e conflitos externos, exigia um quadro permanente de soldados que não podia dar-se ao luxo um tanto estúpido dos purismos raciais.

O Exército passaria a ser, assim, fonte de esperança de muito negro e mulato que, mal saídos da escravidão e lutando pela existência ainda em condições marginais, viram nas forças armadas do Estado não só uma possibilidade de vida menos sofrida e incerta, como também a possibilidade de desfrutar, talvez, de algum poder. E, embora as condições de vida de um soldado estivessem longe daquelas esperadas de um exército poderoso, uma vez no exército, esses indivíduos entravam num

---

[6]   Gilberto Freyre, *Sobrados e mucambos*, p. 725-726.

processo disciplinador do qual muitas vezes eram eles próprios e a sociedade brasileira, como um todo, os maiores beneficiados, pois, afinal, era isso ou o completo abandono do cada um por si – como aconteceu com a maior parte dos libertos antes e depois do 13 de Maio.

Daí porque, nos diz Freyre, em paralelo e mesmo em consonância a uma "mística do bacharel", especialmente após a Guerra do Paraguai, foi se criando uma não menos significativa "mística da farda", uma espécie de adoração infantil das virtudes supostamente heroicas da vida militar, que às vezes se prolongava até a vida adulta, fazendo da farda e de seus adereços verdadeiras insígnias de prestígio que vinham a compensar de algum modo os símbolos de estigma patentes na cor pele, no cabelo, na fala, nos hábitos e nas companhias. Nos termos de Ervin Goffmann, fosse a beca ou fosse a farda, ambos foram meios simbólicos poderosos manuseados de forma a dar outra "visibilidade" a seus portadores, dirimindo ou confundindo a possível evidência dos seus estigmas. Guerra de símbolos que dificultava, e muito, a vida daquele que fosse, além de mulato, "mulato evidente", isto é, aquele cujo manuseio dos símbolos de prestígio nunca era suficiente para compensar a visibilidade negativa que lhe era dada por seus estigmas. "Saliente-se, entretanto, que a ascensão social do bacharel, quando mulato evidente, só raramente ocorreu de modo menos dramático."[7]

Assim, embora os títulos acadêmicos e militares concorressem para certa aristocratização de seus portadores, funcionando tantas vezes como verdadeiras "cartas de branquidade"[8], elas nem sempre podiam evitar completamente a evidência dos estigmas. "Mais de uma vez, no Parlamento e na Imprensa da era Imperial, alegou-se contra homens eminentes sua situação de negróides ou de filhos ilegítimos"[9]. E se tais "alegações" ocorriam em pleno Parlamento e sob os holofotes da Imprensa, o que pensar quanto ao que ocorria na rua, no comércio e nas competições hodiernas da vida cotidiana? Ao longo dos capítulos anteriores já vimos o quanto, em meio à luta pela sobrevivência e ascensão, muitos mulatos foram aqueles que ao invés de se revoltarem contra a ordem que colocava pesadas barreiras à sua vida, dedicaram-se passivamente a ela, esforçando-se às vezes sobremaneira para incorporar os símbolos de prestígio que lhes compensassem os estigmas. Drama vivido por muitos mulatos em ascensão, mas que estava longe de afetar por igual as sucessivas gerações de bacharéis que, principalmente, a partir do reinado de Pedro II, iam voltando da Europa ou sendo formados nas escolas superiores fomentadas pelo Império.

Isso ajuda a compreender por que razões a cena de competição que envolvia essa "guerra de símbolos" fosse ainda dominada pelo bacharel branco, filho da velha aristocracia rural já decadente ou da nascente aristocracia comercial urbana.

---

[7] Gilberto Freyre, *Sobrados e mucambos*, p. 723.

[8] *Ibid.*, p. 727.

[9] *Ibid.*, p. 771.

O mulato que ascendia pelos títulos era sempre refém daquele *status* ambíguo que Goffman elucidou como a passagem de uma "identidade descreditada" para uma "identidade descreditável", especialmente se fosse um "mulato evidente" ou aquele que, além de mulato, fosse também bastardo[10], fruto indesejado de união puramente carnal e ilegítima, a despeito de corriqueira.

Era este, aliás, o caso do mulato Raimundo, personagem do romance de Aluízio de Azevedo. Filho ilegítimo de português enriquecido no tráfico negreiro com uma de suas escravas, Raimundo foi enviado pelo pai aos cinco anos para a Europa. O pai temia que o filho fosse vítima da vingança cruel de sua esposa legítima, tal como ocorrera com a mãe de Raimundo, torturada até quase a morte. Sob o custeio do pai e sob os auspícios de um padrinho na Europa, Raimundo crescera em Portugal, onde formou-se em direito, viajou pela Europa. Retornando à província natal, São Luís do Maranhão, Raimundo, mulato de "boa figura", é recebido pelo tio e pela família paterna. Ali Raimundo adentrou num universo para ele até então estranho, onde sua personalidade tomava a mesma dimensão ambígua e cindida da qual nos falam Freyre e Goffman. Raimundo trazia em si mesmo, em sua própria figura, uma identidade que se via cindida por símbolos de prestígio e de estigma: mais europeu que brasileiro, viajado, fino, elegante, ilustrado e belo, Raimundo tinha sua eminência evidente sobre os homens de São Luís descreditada pelos estigmas que trazia tanto em sua pele como em sua biografia. Filho de escrava, "forro à pia", expressão que se usava para quem nascia escravo e era posto em liberdade com o ritual do batismo, e, é claro, mulato, os estigmas de Raimundo eram invocados principalmente como meio de tornar inócuos os símbolos de prestígio que lhe conferiam superioridade sobre seus rivais: fossem os adversários políticos na imprensa de São Luís, que à

---

[10]   Em páginas memoráveis, Gilberto Freyre mergulha na psicologia social do mestiço e, especialmente, do mestiço bastardo. Comparou, neste ponto, a situação do mestiço no Brasil, na África do Sul, nos Estados Unidos e, de maneira mais dramática, na Índia. Em todos os casos, a condição do bastardo, especialmente quando mestiço, era condição limiar e estigmatizada. Em comparação a esses países, entretanto, o caso brasileiro era diferente por uma razão muito clara e significativa: a mestiçagem e as uniões amorosas dela resultante não eram *necessariamente* ilícitas, ao passo que, nesses outros países, quando nascia um mestiço, já carregava o estigma da união moral e legalmente condenável. Diz-nos Freyre: "A união ilícita cria por si só uma situação de nítida inferioridade para o bastardo, inferioridade que se torna maior, tratando-se de bastardo mestiço. Isto na África, como nos Estados Unidos. Tal o caso, também, dos eurasiáticos – híbridos de europeus com hindus, renegados por ingleses e hindus e que constituem hoje uma as populações mais melancólicas do mundo. Um meio-termo doentio, menos entre duas raças que entre duas civilizações hirtas. O caso é único porque nenhuma das duas raças – nem a imperial nem a até há pouco sujeita ou dominada – e nenhuma das duas civilizações – nem mesmo a cristã, dos conquistadores, tão cheia de humildade e de doçura na sua doutrina – se rebaixa para absorvê-los ou se contrai para tolerá-los. Cada qual se conserva mais alta e mais rígida diante deles. E o estigma que os marca é para uma, como para outra civilização, o do coito danado que os trouxe ao mundo." Gilberto Freyre, *Sobrados e mucambos*, p. 780-781.

pecha de mulato metido a sabichão acrescentaram-lhe a de ateu, maçom, jacobino, fossem os rivais no amor e, em especial, pelo amor de sua prima. Eis o drama que em maior ou menor grau, melhor armado ou completamente vulnerável, tinha de enfrentar e viver todo mulato brasileiro, e isso quanto mais "evidentes" fossem os signos de seus estigmas. Daí o esforço, às vezes ostensivo e incontido, de "disfarçar as evidências", fenômeno que Goffman identifica como o *"pass through"*[11].

Podemos, assim, interpretar Freyre e o modo com sua obra nos apresenta o 15 de Novembro de uma maneira mais atenta a outras variáveis em jogo e ignoradas por Martins. Se quando visto unicamente da perspectiva geracional o fenômeno que inaugura a República toma ares de parricídio presidido pelo complexo de Édipo, quando visto da perspectiva mais ampla da proliferação dos conflitos ele talvez seja melhor elucidado pelo mecanismo do bode expiatório, enunciado por René Girard, como solução sacrificial de uma generalizada crise cultural que, de tempos em tempos, pode se instalar numa sociedade. De tempos em tempos, isto é, quando as diferenças e hierarquizações que constituem a ordem social se desestabilizam e se indiferenciam[12].

A transformação decisiva que diz respeito a Pedro II e à relação que mantinha com seus súditos bacharéis não é a suposta identificação de sua personalidade à imagem do pai: um Pedro II velho cujo liberalismo teria se deixado "ultrapassar" pelo liberalismo de jovens bacharéis. A passagem decisiva dessa relação acontece na transformação de Pedro II da posição que René Girard chamou de "mediador externo" para a posição de um "mediador interno".[13] Com uma simplicidade notável, a teoria girardiana esclarece o fenômeno de maneira tão límpida quanto surpreendente, em total consonância, diga-se de passagem, com a interpretação freyriana do 15 de Novembro e da forma alcançada pela República, que derrubou a Monarquia sem lograr a ela pôr termo.

A teoria girardiana do bode expiatório funda-se na estrutura mimética do desejo, revelada, segundo Girard, pelos grandes romancistas da modernidade. Segundo essa estrutura, o desejo não é nem espontâneo, nem autônomo na eleição

---

[11] Sobre isso ver: GOFFMANN, Erving. *Stigma*: notes on the management of spoiled identity. Londres: Penguin Books, 1963. Esse tema nos conduz a certa generalização quanto à alta capacidade desses mulatos que pela beca ou pela farda ascenderam socialmente. O rapaz branco, ainda mais se filho da aristocracia rural ou da nova aristocracia urbana, gozava de uma série de facilidades com que não podiam contar os mulatos. Esse sistema de seleção das instituições, se era permeável à presença de brancos medíocres, que contavam com favorecimentos diversos, era completamente impermeável a mulatos evidentes que fossem medíocres e que não estivessem, em termos de potencial e capacidade, muito acima da média nacional. Daí a significativa quantidade de mulatos proeminentes nas letras, nas artes, na política e na vida pública brasileira desde o fim do século XVIII.

[12] GIRARD, René. *A violência e o sagrado*. Rio de Janeiro: Paz e Terra, 2008, p. 30-31.

[13] GIRARD, René. *Mentira romántica y verdad novelesca*. Barcelona: Editorial Anagrama, 1985. p. 70-89.

de seu objeto. Ao contrário, o desejo carece sempre de um modelo, um terceiro cujo desejo indica ao sujeito um objeto desejável. A relação entre sujeito e objeto, por isso, tem sempre um mediador, um outro que deseja um objeto e incita e sugestiona o sujeito a também o desejar. Esse mediador, assim, é sempre e naturalmente uma figura ambígua: ao mesmo tempo que é modelo, cujo desejo é imitado pelo sujeito, é também rival, na medida em que são desejos que competem por um mesmo objeto. Essa ambiguidade, que faz do mediador alguém admirado e ao mesmo tempo hostilizado, pode pender para um ou outro polo afetivo, a depender da posição que o mediador ocupa em relação ao sujeito e, é claro, a depender da disponibilidade do objeto. Um objeto escasso naturalmente supõe a disputa entre sujeito e mediador e, portanto, o conflito.

Quando, entretanto, a relação entre sujeito e mediador é demasiado distante, havendo um desnível intransponível entre um e outro, trata-se do que Girard chamou de mediação externa, em que predomina a figura do modelo a ser imitado, admirado, seguido, mas com o qual não há disputa, e a rivalidade, por isso, permanece acalantada em um dedicado fascínio. O mediador permanece para o sujeito um ideal inalcançável, como uma imagem da perfeição a ser buscada pelo próprio sujeito, e não como um invejável competidor pelo mesmo objeto. Somente quando o mediador, ainda funcionando como modelo, deixa de pertencer a um plano superior e se "aproxima" do sujeito é que a relação de admiração e fascínio se converte, concomitantemente, numa relação de inveja, ressentimento, ódio e de crescentemente insana competição. Inicialmente modelo inatingível, o monarca brasileiro foi, digamos, "perdendo a majestade" e convertendo-se, com isso, em rival. E esse perder a majestade, sabemos, foi no caso de Pedro II muito mais um abrir mão dela do que a simples impopularidade de um tirano em sociedade pretensamente liberal.

Pedro II, desde o início de seu reinado, foi o grande aliado do jovem bacharel. Aquele que fomentou as artes e as ciências em solo nacional, que promoveu moços e bacharéis a cargos antes só destinados a velhos, e que acabou dando à juventude de seu tempo uma valorização de que antes ela carecia completamente.

> Ainda não se atentou nesse aspecto curioso do Segundo Reinado entre nós: a repentina valorização do moço de vinte anos, pálido de estudar, que nem um sefardim. Valorização favorecida por uma espécie de solidariedade de geração, de idade e de cultura intelectual, da parte do jovem imperador. Devendo-se acrescentar a esse fato o dos moços representarem a nova ordem social e jurídica, que o imperador encarnava, contra os grandes interesses do patriarcado agrário, às vezes turbulento e separatista, antinacional e antijurídico.[14]

---

[14]   Gilberto Freyre, *Sobrados e mucambos*, p. 193.

Perceba que, na visão de Freyre, Pedro II encarnava a ordem social e jurídica que o bacharel representava. O imperador, nesse sentido, não é bem uma figura paterna, mas antes um modelo que se projeta, inclusive, em oposição à figura paterna. Daí a solidariedade de ambos, o imperador e o jovem bacharel, no que toca ao enfraquecimento do poder dos grandes proprietários rurais. Enfraquecimento que, como já vimos, foi uma voluntariosa transferência de poder[15]. Pois não era só uma solidariedade de geração que se estabelecia entre aqueles moços que voltavam da Europa ou das capitais do Império formados em medicina, direito ou engenharia, mas também uma solidariedade de "cultura", em que tanto imperador quanto os jovens e bacharéis brasileiros de então se viam seduzidos pelo que já chamamos de uma retórica da europeização. Pedro II foi mais do que um aliado para as gerações de bacharéis brasileiros desde a década de 1840: foi também um modelo. O imperador reunia todos os traços típicos da figura de um bacharel, e o fazia de modo verdadeiramente exemplar. Uma exemplaridade, é claro, adornada com a majestade, talvez desejada, mas em todo caso inatingível para qualquer outro bacharel. Um puro mediador externo, portanto. Pelo menos a princípio.

> Ao segundo Imperador, ele próprio, nos seus primeiros anos de mando, um meninote meio pedante presidindo com certo ar de superioridade europeia, gabinetes de velhos acaboclados e até amulatados, às vezes matutos profundamente sensatos, mas sem nenhuma cultura francesa, apenas a latina, aprendida a palmatória ou vara de marmelo, devia atrair, como atraiu, nos novos bacharéis e doutores, não só a solidariedade da juventude, a que nos referimos, mas a solidariedade da cultura europeia. Porque ninguém foi mais bacharel nem mais doutor neste país que D. Pedro II. Nem menos indígena e mais europeu. Seu reinado foi o reinado dos bacharéis.[16]

Aqui está, na exatidão de uma frase, a verdadeira razão da ulterior hostilidade dos bacharéis a d. Pedro II: *seu reinado foi o reinado dos bacharéis.* Foi no reinado do primeiro que estes últimos vieram a reinar: e vieram por fomento, concessão e

---

[15] "Mas foi com Pedro II que essa tendência se acentuou; e que os moços começaram a ascender quase sistematicamente a cargos, outrora só confiados a velhos de longa experiência de vida. É verdade que esses moços, agora poderosos, em tudo imitavam os velhos; e disfarçavam o mais possível a mocidade. Ainda assim, sua ascensão social e política não se fez sem a hostilidade, ou, pelo menos, a resistência dos mais velhos. Eles foram impostos aos mais velhos pela vontade do Imperador que viu talvez nos homens de sua geração e de sua cultura literária e jurídica os aliados naturais de sua política de urbanização e de centralização, de ordem e de paz, de tolerância e de justiça. Política contrária aos excessos de turbulência individual e de predomínio de família: às autonomias baseadas, às vezes, em verdadeiros fanatismos em torno de senhores velhos." Gilberto Freyre, *Sobrados e mucambos*, p. 193-194.

[16] Gilberto Freyre, *Sobrados e mucambos*, p. 713.

mesmo apoio do imperador, que inadvertidamente fabricava o que viria a ser seu maior rival: o bacharel e o romantismo jurídico que nele se encarnava. Foi um movimento duplo em que convergiram num mesmo sentido a ambição de uns e a falsa modéstia do outro, até que o inevitável se precipitasse. A ascensão do bacharel, a ocupar papeis cada vez mais influentes no Estado e na vida pública, por um lado; e a recusa, um tanto tingida de frivolidade intelectual mais do que de pura modéstia, da parte de D. Pedro II em assumir a pompa requerida pela majestade, convergiram para um mesmo fim. A distância entre os bacharéis que ascendiam e seu mediador – um rei que governava sem reinar – foi, ao longo dos anos, se encurtando e a admiração, com isso, foi se convertendo em rivalidade e hostilidade. O que queriam realmente os bacharéis que fizeram a República? De maneira inconfessa, *queriam simplesmente reinar*. Talvez por isso tenha bastado a muitos deles a deposição e a expulsão do imperador e a composição de uma República das aparências, uma República sem cidadãos, sem povo e, paradoxalmente, mais autoritária do que a Monarquia.

O fato é que a relação entre bacharéis e Pedro II transformou-se rapidamente naquilo que Girard identificou como uma dupla mediação. Afinal, ninguém foi mais bacharel que Pedro II que, até sua morte, cultivou o hábito de estudar. Confessava, em diário íntimo, que preferiria ser presidente de uma República a ser imperador; tinha horror à repressão da imprensa, da qual tolerou um amontoado cotidiano de infâmias a seu próprio respeito[17]; apreciava um sistema eleitoral mais amplo como base para uma monarquia constitucional sólida; esteve por trás da aprovação de leis abolicionistas, como a Lei do Ventre Livre, a dos Sexagenários e, mais tarde, da própria Abolição, que contrariavam muito dos interesses de latifundiários escravocratas de ambos os partidos, o liberal e o conservador; em outras palavras, Pedro II foi, como monarca, mais republicano e mais liberal do que muitos dos bacharéis que se opuseram a ele sob a fachada de um republicanismo de teor tão somente jurídico ou retórico. Mas o fato é que, com seu excesso de liberalismo, certamente inapropriado para a figura de um monarca que precisava governar um país patriarcal, d. Pedro II aproximava-se demasiado dos bacharéis que nas províncias,

---

[17] Quanto à liberdade de imprensa, cabe destacar que a tolerância dada pelo Império à palavra nem sempre era regalada à ação. Tudo o que fosse revolta popular, analfabeta, cuja expressão fosse o motim ou o quebra-quebra, era violentamente reprimida. A indignação tolerada era aquela das palavras, dos discursos edificantes sobre a liberdade do homem e do progresso ou dos discursos maledicentes que tinham como objeto aqueles que supostamente eram obstáculos, senão à liberdade e ao progresso, a uma ambição pessoal insatisfeita. Palavras e discursos que circulavam e se debatiam entre si no Parlamento, na imprensa, nas faculdades e instituições de ensino superior. E foi aí, nessa esfera concisa, restrita e até então quase insignificante, que a figura do bacharel, pouco a pouco, sob a condescendência e mesmo sob o estímulo do imperador, foi fazendo seu próprio reinado. O "reinado dos bacharéis" exerceu-se sobretudo através da palavra: na tribuna, na imprensa, nos tablados.

nos partidos, nas assembleias, na imprensa, nos ministérios, no Exército e no judiciário vinham galgando cada vez mais espaço e mais poder – vinham reinando.

O leitor bem sabe que quando Freyre nos fala que "o reinado de Pedro II foi o reinado dos bacharéis" está em jogo uma metáfora. Rei só havia um. Mas é metáfora bastante sugestiva da posição ambígua de Pedro II, modelo e ao mesmo tempo rival em relação a bacharéis que, alçados pelo verbo e pela beca a uma inusitada situação de poder, passaram a competir de maneira crescentemente ostensiva contra os interesses da Coroa e, em especial, contra seu poder de mando. Nisso se irmanavam a quase totalidade dos bacharéis que restavam fora das colocações e cargos políticos designados pelo Império e muitos daqueles que, mesmo servindo à Monarquia, alimentavam contra ela uma nova ideologia, doutrina ou propaganda. O que começa com o propósito de limitar os poderes da Coroa, sobretudo aqueles conferidos pelo Poder Moderador – o que por si já configuraria aumento de poder das províncias e da Assembleia de Deputados – terminaria com os reclames de extinção da Monarquia e fundação da República.

Se para muitos bacharéis a Monarquia representou uma possibilidade de ascensão, para tantos outros, à certa altura e conforme sua própria ambição, ela passou a representar um entrave, um obstáculo. Afinal, era o dedo do imperador ou de seus imediatos aliados que podiam decidir o sucesso ou o fracasso de uma carreira, correspondendo ou não aos anseios de poder de uma camada em ascensão, em parte devida a concessões feitas pela própria Monarquia "esclarecida" de Pedro II. Pois, como vimos, foi com ele que passou a ocorrer de maneira mais intensa o que já chamamos de uma juridicização das atribuições políticas. Efeito inevitável do que Max Weber percebeu como um processo de burocratização dos aparatos administrativos de Estado, que passa a exigir, em matéria legal e de maneira crescente, um corpo de funcionários especializados distribuídos hierarquicamente num sistema de competências fixas. O bacharel, especialmente o bacharel em direito, foi o principal beneficiado, em termos de ganho de capital político, pelo fortalecimento do Estado brasileiro representado pelos quase cinquenta anos de reinado de Pedro II. Daí a expressão de Freyre de que o reinado de Pedro II foi o reinado dos bacharéis: tamanho o prestígio alcançado por esse grupo social e geracional. E, metaforicamente reinando como reinaram, os bacharéis logo se tornariam rivais daquele que inicialmente fora seu modelo e seu aliado. Afinal, para que os bacharéis pudessem efetivamente "reinar" era mister que deixasse de existir a Monarquia, um poder pessoal que se erguesse acima de seus interesses e vontade de poder. Não podendo estar acima do rei, chegou o momento em que os bacharéis também já não aceitavam estar abaixo. Até aí, no máximo, foi onde chegou o republicanismo brasileiro. Não foi, como nos induziu a pensar Luís Martins, o "liberalismo dos tempos" que terminou ultrapassando o liberalismo do imperador; ao contrário, o que tivemos foi um imperador demasiado liberal para a posição que ocupava. Posição que o imperador parece ter encarado mais como um cargo e como um encargo, do que com a majestade que lhe era demandada pelo próprio povo e conjunto de seus súditos. Governou, mas deixando reinar os bacharéis.

> Daí o estado de anomalia detestável em que viveu o Brasil nos últimos anos do segundo imperador: majores e tenentes positivistas – filiados ao sistema filosófico da ordem e da autoridade – é que se revoltam contra a ordem e autoridade como se lhes competissem iniciativas políticas. A Pedro Banana – o nome do imperador nas caricaturas dos jornais – opõem o Marechal de Ferro, cuja imagem de soldado forte, de senhores de engenho rústico, de caboclo macho do Norte, corresponde a certa tradição brasileira – tradição de homem brasileiro do povo – amiga dos governos de senhores poderosos, de caciques resistentes e astuciosos, de patriarcas duros e ao mesmo tempo paternais no exercício do mando. Tradição na qual talvez exista algum resíduo masoquista de nossa formação patriarcal, com grande parte da população brasileira submetida a senhores, a pais, a avós, a padres, a tios, a capitães-mores. Tradição semelhante à que marcou de tal modo o povo russo – com o qual o nosso se parece sob tantos aspectos – a ponto de seus primeiros chefes marxistas, dos primeiros ditadores do seu operariado revolucionário, terem tomado aspectos patriarcais como Lênin; ou apelidos que lembram o do nosso Floriano: Marechal de Ferro. [...] De Pedro II não é certo que tenha reinado sem governar, confirmando a célebre definição dos reis *castrati* do constitucionalismo. Seria antes justo dizer que ele governou sem reinar.[18]

Tal foi o pecado que cometera Pedro II, "o imperador cinzento de uma terra de sol tropical": o ter sido demasiado bacharel e europeizado para se dar conta da realidade nacional, à qual se ateve apenas no limite de uma "conciliação" da elite agrária sob o manto de um "liberalismo aparente", adequado para pacificar as paixões políticas entre "liberais" e "conservadores", mas inadequado para dar conta das necessidades materiais, morais e civilizacionais de um povo constituído em meio a ainda existente escravidão. Era essa inadequação, posta pelo contraste de um governo excessivamente moderno e liberal numa terra ainda dividida entre senhores e escravos, entre mando e obediência, o que dava a Pedro II o traço caricaturável de um imperador sem energia e sem autoridade para implementar, de cima para baixo, as reformas que ele mesmo dizia defender. O seu poder pessoal, quando mais precisou ser exercido, já estava dissolvido no "bovarismo jurídico", refém de uma classe que ele mesmo ajudara a consolidar no poder, ainda que sob a aparência de uma divergência partidária que, mais de uma vez, ele mesmo "conciliou" a seu desfavor. E, portanto, a desfavor também das reformas sociais que exigiam

---

[18] FREYRE, Gilberto. Dom Pedro II, imperador cinzento de uma terra de sol tropical. *In: Perfil de Euclides e outros perfis*. São Paulo: Global Editora, 2011. p. 140-141.

seu liberalismo europeizado – que não era certamente o mesmo "liberalismo" dos escravocratas brasileiros. O segundo monarca brasileiro, no olhar de Freyre, destruiu as divergências, saudáveis no desenvolvimento da sociedade brasileira, entre liberais e conservadores, esvaziando a luta política de ideias divergentes. Pedro II, com sua política de conciliação, alternando gabinetes liberais e conservadores, colaborou para a "indiferenciação" dos partidos, o que acabaria, mais tarde, abrindo contra ele uma torrente quase unânime de bacharéis contra a coroa.

> Que o imperador tivesse harmonizado divergências ou equilibrado antagonismos, compreende-se. Teria sido realmente um poder moderador. Um elemento de coordenação. Teria agido dentro das melhores tradições luso-brasileiras de *statemanship*. Mas não. Dom Pedro II concorreu para que se apagassem divergências políticas no Brasil, ele próprio dissolvendo-se na corrente mais poderosa que era a de aparente liberalismo, a de bovarismo jurídico, a do europeísmo cenográfico. Sob sua influência o Brasil político tornou-se como o Brasil econômico dominado pela monocultura e o Brasil patriarcal dominado pelo sexo masculino.[19]

Aqui Freyre opera uma transposição metafórica interessante: o termo monocultura, usado para designar a concentração da produção econômica num único produto, é aplicado à política para designar o cultivo e a "produção" de um único interesse e mentalidade política em jogo no Estado e na vida partidária: por trás das fachadas conservadoras e liberais permaneciam os mesmos e convergentes interesses da elite agrária e escravocrata. Após a abolição e consumado o imenso prejuízo que ela representava a este setor politicamente dominante, essa mesma elite não teve nenhuma dificuldade em associar-se ao republicanismo bacharelesco, paradoxalmente alimentado pelo próprio Pedro II. Feita a abolição, toda a crise que se consumou foi dirigida para um único culpado, autêntico bode expiatório de uma unanimidade de bacharéis irmanados num ressentimento e numa hostilidade comuns: o modelo que se tornara obstáculo, d. Pedro II. O bode expiatório é a vítima que assume a culpa de toda uma sociedade mergulhada em crise cultural, isto é, numa crise de diferenças que se desestabilizam, se indiferenciam e propulsionam uma crescente proliferação de rivalidades e violências. Em meio a esse panorama, a figura de d. Pedro II também sofreu crescente indiferenciação, aproximando-se perigosamente e cada vez mais da figura do bacharel, que com ele passava a rivalizar. Teve considerável habilidade para governar, mas faltou-lhe habilidade para *reinar*. Ao fim, a imagem do imperador-bacharel e a do bacharel-imperador eram já uma só. Foi deixando, assim, de ocupar a posição de um mediador externo e inacessível do desejo, para a posição de um mediador interno, que intensifica a rivalidade e a faz pender para a violência. E, ao ocupar a posição mais alta e aquela que, talvez,

---

[19]   Gilberto Freyre, *Perfil de Euclides e outros perfis*, p. 145.

fosse invejada por todos, tornou-se o primeiro e único culpado de todos os crimes, e sua expulsão, por assim dizer, unificou as dissidências ideológicas numa *quase* unanimidade de bacharéis, reconciliados entre si, ao menos momentaneamente, pela vítima sacrificada. Quase unanimidade, porque uma das especificidades das crises modernas consiste justamente na impossibilidade de uma unanimidade: há sempre os que relembram a inocência da vítima sacrificada, desvelando o mito que a disfarça. O conflito, por isso, não se resolveria com a expulsão do imperador. O mito, neste caso, deu lugar a um conflito de narrativas, que se dividiam entre "saudosistas" e "progressistas".

***

Desde que passou a existir entre nós um parlamento, ali expressou-se de maneira mais ou menos intensa, mais ou menos eloquente, o nosso "espírito legístico", nossa mania por leis. Desse pendor pela fabricação de leis dos nossos dias atuais se pode remontar, com critério classificatório simples e eficiente, até 1824. Nessa mania legislativa, desse "bovarismo jurídico", desse jurisdicismo bacharelesco, se pode observar facilmente dois tipos de leis: por um lado, aquelas feitas "para inglês ver", como a Lei de 7 de novembro de 1831, que libertava todo escravo estrangeiro ingresso no Brasil após aquela data e impunha penas a traficantes de escravos; por outro lado, aquelas outras "feitas para escravo ver", como a lei de 10 de junho de 1835. A primeira não foi nunca cumprida, ao passo que a segunda continuou em vigilante cumprimento até as vésperas do 13 de Maio.

Em seu manifesto de 1883, Nabuco expressa de maneira sugestiva, embora não tematizada diretamente, esse caráter de certa forma performativo, estratégico, do código jurídico brasileiro, dado a fazer algo mais do que regular o espaço social pela explicitação de regras e castigos às suas infrações. De maneira muito particular, o direito brasileiro, desde seus inícios, se viu atravessado por essa ambiguidade de, ao explicitar-se, ao fazer-se visível como código escrito, funcionar como estratégia cênica cujo exercício depende do público. O exercício das regras legais depende de quem está olhando. Diante de olhos de ingleses e estrangeiros, devia presidir a regra; diante de olhos escravos, sobre seus corpos e seus nervos, poderia presidir a exceção. Em 1883, dizia-nos Nabuco, a maior parte dos escravos eram descendentes dos mais de um milhão de africanos desembarcados ilegalmente nos portos brasileiros entre 1831 e 1850 e que, a obedecer a letra da lei, já deviam considerar-se livres pela carta regencial de 7 de novembro de 1831[20].

---

[20] Tese defendida com a eloquência de Rui Barbosa no Parlamento brasileiro na sessão de 23 de julho de 1884 e depois impressa no mesmo. BARBOSA, Rui. *Elemento servil*: discurso proferido na Câmara dos srs. Deputados pelo deputado Ruy Barbosa. Rio de Janeiro: Tipografia Nacional, 1884.

Mas não só permaneciam escravos, como continuavam, em público, regulados pela lei de 1835, que admitia a pena de morte e o açoitamento para aqueles que matassem, agredissem ou ameaçassem seus senhores. O pouco detalhamento da lei deixava em aberto a execução e o cálculo por parte do proprietário e das autoridades. Isso, é claro, quando vigorava, veja-se bem, a lei. Mas não raro o que existia, sobretudo no interior de fazendas e recônditos urbanos menos acessíveis aos olhos de estrangeiros, era a pura e simples exceção. E de exceção, como nos revela Nabuco, executada numa aliança orgânica entre senhores e as próprias autoridades públicas nas províncias. O caso de muitos escravos que vinham preferindo o serviço das galés e das casas de correção do que o trabalho no eito; ou, mais gravemente, de escravos que eram publicamente absolvidos de seus crimes para poderem ser linchados em particular por seus donos e capatazes[21]. Para resolver o problema, em 1879, o bacharel em direito e conselheiro Lafayette Rodrigues Pereira, ex-republicano convertido em monarquista pelo dedo do imperador – promovendo justamente a indiferenciação ideológica notada por Freyre –, propôs "engenhosa" solução jurídica: a substituição da pena de galés pela de prisão celular, isto é, a solitária. Sobre o debate que então se travou no Conselho de ministros, diz-nos Nabuco:

> Tranquilizando aqueles senadores que se mostravam assustados quanto à eficácia desta última pena, o presidente do Conselho convenceu-os com este argumento: "Hoje está reconhecido que não há pessoa ainda a mais robusta que possa resistir a uma prisão solitária de 10 a 12 anos, *o que quase equivale a uma nova pena de morte.*"[22]

Lei para escravo ver. Lei para pôr termo à "malandragem" de escravos para os quais a prisão com trabalhos forçados podia representar "um melhoramento de condição tal que pode ser um incentivo para o crime!"[23]. Eis como funcionava a sensibilidade jurídica da elite política brasileira, composta, em grande parte, por bacharéis como Lafayette Rodrigues. Ou, mesmo, como o grande jurista Teixeira de Freitas, cujo livro *Consolidação das Leis Civis*, de 1855, "apareceu sem nenhum artigo referente a escravos"[24]. Envergonhava a sensibilidade nacional não o fato de sermos, mas o de parecermos um país de escravos, o que se podia evitar simplesmente

---

[21] "Tem-se espalhado no país a crença de que os escravos, muitas vezes, cometem crimes para se tornarem servos da pena e escaparem assim do cativeiro, porque preferem o serviço das galés ao da fazenda, como os escravos romanos preferiam lutar com as feras, pela esperança de ficar livres se não morressem. Por isso, o júri no interior tem absolvido escravos criminosos para serem logo restituídos aos seus senhores, e a lei de Lynch há sido posta em vigor em mais de um caso." Joaquim Nabuco, *O abolicionismo*, p. 92.

[22] *Ibid.*, p. 96, nota 5.

[23] *Ibid.*, p. 96, nota 5.

[24] *Ibid.*, p. 89.

deixando fora da legislação todo o contingente de cativos, regidos ora pela dureza da lei não explícita, ora pela barbaridade da exceção cruel e arbitrária.

A campanha abolicionista, diria Nabuco no começo de seu libelo de 1883, era ainda naquele tempo somente uma corrente de opinião, sem sequer alcançar eco partidário. Nem o Partido Liberal, nem o Partido Conservador, ambos monarquistas, e tampouco o Partido Republicano Paulista, fundado dez anos antes, tinham integrado de maneira explícita o abolicionismo em seus programas. Havia, é certo, membros de cada um desses partidos que eram sensíveis à campanha abolicionista, e que às vezes votavam em atenção a ela mais do que aos interesses agrários e localistas que se condensavam no âmago desses mesmos partidos. Mas o fato é que, até 1883, quando escrevia Nabuco, as leis que desde 1850 começaram a se exercer em detrimento da escravidão foram concebidas antes por pressão estrangeira e iniciativa da Coroa do que pela sensibilidade dominante na sociedade e nos partidos – especialmente, é claro, na elite agrária e comercial, que eram as classes que dominavam o Parlamento. O comum, aliás, era ver membros do Partido Conservador, do Partido Liberal e mesmo do Partido Republicano unidos na resistência antiabolição.

A campanha abolicionista, assim, embora viesse crescendo desde a Lei do Ventre Livre, encontrava, até a publicação de *O abolicionismo*, em 1883, enorme resistência no interior dos próprios partidos, mesmo entre liberais e republicanos, assim como nas câmaras legislativas, no Senado e nos Conselhos de Ministros – e, é claro, nas províncias e no interior do país[25].

Com a política de repressão ao tráfico intensificada pelos ingleses a partir de 1845 (Bill Aberdeen), e talvez pelo temor ante à moralidade dos "olhos ingleses", Pedro II parece ter sido finalmente sensibilizado a empenhar-se na causa abolicionista. Fosse ou não por pressão dos olhos ingleses, o certo é que a questão abolicionista revela muito do modo como a sociedade brasileira, especialmente sua elite agrária e urbana, lidava com a escravidão: todas as leis abolicionistas foram de iniciativa do Império, e não das câmaras. Pedro II, invertendo a máxima da Monarquia Constitucional inspirada em Benjamin Constant, segundo a qual "o rei reina, e não governa", fez constante uso do Poder Moderador para governar, dissolvendo e refazendo ministérios conforme maior ou menor adequação à sua agenda um tanto liberal para um monarca em país patriarcal.

Pedro II apoiou a Lei Eusébio de Queiroz e buscou fazer cumpri-la como nenhuma outra em relação à escravidão, para o descontentamento do setor agrário e, é claro, dos grandes "empresários" do tráfico. Embora passo importante na libertação do cativeiro, a lei de 1850 traria consigo consequências que continuariam

---

[25] Anselmo da Fonseca, em livro publicado em 1887, quatro anos depois de Nabuco, enfatizava o mesmo ponto: a forte resistência encontrada pela campanha abolicionista em diversos setores da sociedade.

fugindo ao controle da nação mesmo após a abolição, quase quarenta anos depois dela. Pois, junto com ela, veio a Lei de Terras, um ensaio para a subsequente substituição do trabalho escravo pelo colonato de imigração europeia. Na mesma época, coincidia com a desvalorização do açúcar no mercado internacional uma intensa valorização do café, que favoreceu uma massiva transferência de capital do Norte para o Sul, firmando as bases para o que viria a se constituir como uma crescente hegemonia da província de São Paulo. Cessado o tráfico internacional, embora não o nacional, o Norte passou a ser, desde então, o grande fornecedor de escravos para as províncias do Sul, cujos cafezais, acrescidos de um sistema de estradas de ferro construído na década de 1860, propiciaram àquela região um crescimento econômico que a tornaria, desde então, hegemônica ante as demais províncias e regiões do país[26].

Não foi sem forte oposição do novo patriarcado do Sul que Rio Branco, sob a proteção e apoio de d. Pedro II, conseguiria aprovar em 1871 a Lei do Ventre Livre, que tornava forro todo filho de escravo nascido após aquela data, colocando uma espécie de termo mais ou menos previsível à duração da escravidão. Aqui é interessante notar o que temos chamado de a dupla mediação entre a figura do imperador e a do bacharel em ascensão. Pois, embora existam evidências de tentativas imperiais de fazer a lei de libertação do ventre escravo passar no Conselho de Ministros desde 1864, ela seria aprovada apenas em 1871, um ano após a publicação do Manifesto Republicano, que simplesmente deixava de lado a questão da escravidão. Percebam, caros leitores, a contradição entre um monarca que, em matéria abolicionista, se antecipou ao único partido republicano de então.

Freada a primeira tentativa do imperador pela emergência da guerra contra o Paraguai, a segunda venceria ao custo de muito desgaste, promovido, em grande parte, por bacharéis: conservadores, como o romântico José de Alencar[27], ou republicanos, como o mestiço Francisco Glicério, ambos defensores da escravidão. Tanto a crítica republicana, quanto a conservadora e liberal, não chegando ao extremo de justificarem a moralidade da escravidão, apoiavam-se num argumento comum,

---

[26] Gilberto Freyre, *Ordem e progresso*, p. 633.

[27] Em alguns casos, a relação de dupla mediação entre o bacharel e o imperador é tão rica de evidências que mereceria um minucioso estudo à parte. O caso de José de Alencar, sem dúvida, é um dos mais expressivos. Nas hoje famosas *Cartas de Erasmo ao Imperador*, sob o nada modesto pseudônimo, José de Alencar manifesta com clareza sem igual essa combinação ambígua de fascínio e hostilidade ou, mais exatamente, de uma hostilidade que deriva de um inicial fascínio. Nelas, a todo tempo, José de Alencar profere lições de monarquismo a d. Pedro, que diante deste imaginário mestre epistolar parece reduzido a um bacharel republicano e abolicionista que é ingênuo demais para lidar com o poder e seus temas difíceis. Mais realista que o rei, José de Alencar empenhou-se, por meios um tanto característicos da intelectualidade brasileira naquele contexto, especialmente na corte, em ser ele o modelo a ser seguido pelo imperador. Não se poderia, ainda que num grau menor, compreender essa relação como um padrão presente em muitos bacharéis? Rui Barbosa, Quintino Bocaiuva, Benjamin Constant?

irmanados contra a iniciativa imperial: tratava-se de projeto que partia de um poder que não tinha competência para exercê-lo. Pedro II era assim acusado de abusar do poder pessoal que lhe era conferido apenas em caráter excepcional para interferir em matéria que não era de sua competência. Começava-se a formar contra o imperador o esteio de uma futura e repentina (quase) "unanimidade de linchadores"[28].

A posição da Monarquia, desde então, foi de constante instabilidade. Acusada de tirania e autoritarismo pelos republicanos paulistas, veio a ser crescentemente descreditada pelos positivistas, a partir da década de 1880, como carente de energia para impor ao país e às classes dominantes as reformas necessárias. Em não muito tempo, a imagem de um Pedro II autoritário, criada por liberais e republicanos críticos do Poder Moderador e apologistas da autonomia das províncias, começaria a dar lugar à imagem de um "Pedro Banana", incapaz de agir com o vigor necessário na confrontação dos interesses escravocratas. As duas imagens circularam justapostas entre os inimigos da Coroa e ambas possibilitaram a aliança improvável entre positivistas e republicanos paulistas, através de um elo comum que era a rejeição ao imperador.

Apesar de não ter conseguido enfrentar o poder oligárquico disperso nas câmaras com o vigor que esperavam os positivistas, é preciso notar que, a exemplo da Lei do Ventre Livre, as duas outras iniciativas abolicionistas no Parlamento brasileiro foram tomadas pela Coroa, com a aprovação da Lei dos Sexagenários, em 1884/5, e a Abolição, em 1888. Tivesse se ocupado em reinar mais e governar menos, certamente Pedro II teria mantido a Monarquia. Pedro II poderia ter se comportado apenas como chefe de Estado, reinando, e não como chefe de Governo, governando, deixando as questões relativas ao destino do país e da escravidão exclusivamente nas mãos do Parlamento; ou, diferentemente, poderia ter ignorado os protocolos políticos e formais de Monarquia Constitucional e exercido a tirania para radicalizar o abolicionismo. No primeiro caso, poderia ter facilmente se conciliado com os republicanos paulistas; e, no segundo, se não conseguisse uma conciliação expressa com os positivistas, não poderia certamente ser achacado por eles como um "Pedro

---

[28] CARVALHO, José Murilo. *D. Pedro II*. São Paulo: Companhia das Letras, 2007, p. 138. José Murilo de Carvalho também confirma os efeitos produzidos pela Lei do Ventre Livre no que toca à formação de uma corrente de oposição à Monarquia em defesa da continuidade da escravidão. "Renovaram-se as acusações de que o projeto era de inspiração imperial e não nacional. Aliavam-se nas críticas conservadores dissidentes, liberais e republicanos. [...] O liberal Martinho Campos percebeu todo o alcance político do problema. Depois de elogiar a ilustração de d. Pedro, emendou. 'Porém tem-se metido em tanta cousa! Para a monarquia viver na América é preciso que seja vencida nessa questão'. O jornal *A República* combateu o projeto por ser de iniciativa imperial e não das câmaras; fora elaborado "nas trevas do palácio", à revelia da nação. Voltaram também as acusações de despotismo dirigidas contra o Poder Moderador. A situação era esdrúxula e revelava a ironia da representação política no Império. A se dar crédito às posições dos críticos, inclusive republicanos, o abolicionismo era o despotismo, o escravismo era a democracia."

Banana". Mas, hesitando de maneira ambígua entre uma e outra posição, atraiu para si a hostilidade comum de ambos os grupos. Mesmo que seja impossível responder, não faria mal a nenhum de nós perguntarmo-nos o que teria acontecido se não fossem as iniciativas de Pedro II e seus gabinetes abolicionistas.

O fato é que Pedro II governou, mas quase sem reinar. E a verdade é que a campanha abolicionista teve mais eco sobre a Monarquia do que sobre a elite política que dominava os partidos e as câmaras legislativas. Mesmo o Exército, nos diz José Murilo de Carvalho, assim como o próprio Partido Republicano, só foram "contagiados" pela campanha abolicionista em 1887, no clímax do movimento. Embora viesse crescendo desde a década de 1870, a resistência à campanha abolicionista não pode ser subestimada, e não foi sem muito desgaste da Coroa que a supracitadas leis foram aprovadas.

A crise de indiferenciação em que se viu lançada a sociedade brasileira ao longo do século XIX ganhava, assim, o seu clímax. Os principais critérios hierarquizantes, bem como seus significados, foram crescentemente dissolvidos pelas mudanças ocorridas na sociedade brasileira desde a transferência da Corte em 1808. A esse cenário de desestabilização de significados que definem a estrutura de uma sociedade, vinha se acrescentar o derradeiro golpe, que daria à crise cultural então vigente um desfecho sacrificial: a revogação da propriedade escrava, ato que por si só, embora não significasse a real emancipação dos cativos e seus descendentes, alterava por completo o cenário nacional e, com ele, o próprio significado de ser-brasileiro.

Perdido seu último apoio, que era justamente aquele proveniente de proprietários de escravos, o imperador viu-se sozinho diante de uma quase unanimidade de bacharéis prontos a reconhecer o único culpado de todo aquele caos. A queda de Pedro II não foi tanto um parricídio simbólico, mas antes a expressão de um rito sacrificial que para René Girard é tão antigo quanto universal. Em meio ao caos provocado pela desestabilização de diferenças antes por muito tempo estáveis e da qual a abolição foi o golpe derradeiro, Pedro II foi posto na condição de bode expiatório, cuja imolação vinha a reconciliar, ao menos momentaneamente, a comunidade antes dispersa de linchadores, de bacharéis republicanos que se dividiam e rivalizavam entre si como positivistas, federalistas e jacobinos, mas que estiveram unidos na deposição do imperador.

E, assim como o conflito entre conservadores e liberais, o conflito entre republicanos e conservadores também teria sua nota de mimetismo: republicanos que, em certos aspectos, mais se pareciam a conservadores, e conservadores que, também em certos aspectos, mais se pareciam a republicanos. Exemplo ilustrativo desse conflito nada ortodoxo foi aquele travado entre homens do porte de Francisco Glicério, por um lado, e Antônio da Silva Prado, por outro. Glicério, tipógrafo e professor, filho mestiço de ex-aristocrata paulista com uma preta forra, foi mais "republicano" do que "abolicionista": para o eminente político, um dos fundadores e uma das maiores vozes do Partido Republicano Paulista, criado em 1873, a reivindicação republicana era uma questão puramente política que não se misturava com a "questão social". Tomava como modelo o federalismo estadunidense em oposição às repúblicas centralistas à francesa, fosse em versão positivista ou jacobina. Mas terminava aí o republicanismo do Partido Republicano e de um de seus maiores expoentes. Em outras palavras, a adoção da forma republicana, para Glicério, em nada tinha a ver com a abolição da escravatura e, menos ainda, com a inclusão política, social e econômica da população negra e mestiça[29]. Do lado oposto, Antônio Prado, outro paulista, expoente da mais alta aristocracia cafeeira da província de São Paulo, conselheiro e senador do Império, foi por sua vez partidário da abolição e da substituição do trabalho escravo pelo livre.

> À atitude de Glicério, republicano mas não abolicionista, correspondia, na mesma Província de São Paulo, a de monárquicos conservadores, como Antônio Prado, que eram emancipacionistas; e viram-se "liberais" e "republicanos" a "atacar desabridamente o vice-presidente [da Província] conservador por andar, como diziam, a colocar-se fora das leis gerais do País, com suas medidas libertadoras de caráter local."[30]

Não foi outra senão esta a tônica do grosso do republicanismo brasileiro: uma espécie de acomodação de interesses nada republicanos à forma jurídica de uma república. A letra da lei continuava a ocupar a função ambígua que a ela vinha sendo destinada desde a migração da Corte para o Rio de Janeiro: votadas menos para serem cumpridas do que para escamotear a realidade ante olhos estrangeiros ou promulgadas sob o impulso de certo juridicismo mágico, como se a lei viesse a criar *ex nihilo* a própria realidade. Era a manifestação do "espírito legístico" de um "povo de advogados", como ironizaria Sérgio Buarque de Holanda a "República de bacharéis" que se constituiria após a deposição de Pedro II[31].

Em torno destes dois temas, forma de governo e emancipação do escravo, girou todo o debate de ideias na segunda metade do século XIX. O primeiro caminhou de uma crítica ao Poder Moderador em direção a diferentes formas de República. O segundo continuou como tema de campanha sem eco nos partidos, dependente

---

[29] "Já Glicério, desde 1884, vinha com sua maciez de paulista que tivesse alguma coisa de baiano no modo sutil e astucioso de ser político, procurando convencer seus correligionários de que o objetivo dos republicanos era "fundar a República, fato político, não libertar escravos, fato social". Gilberto Freyre, *Ordem e progresso*, p. 638.

[30] *Ibid.*, p. 639.

[31] HOLANDA, Sérgio Buarque de. Corpo e Alma do Brasil: ensaio de psicologia social. *In: Escritos Coligidos*, Livro I (1920-1949), Organização de Marcos Costa. São Paulo: Editora Unesp/Fundação Perseu Abramo, 2011. p. 67.

sempre da iniciativa imperial e igualmente sempre sofrendo resistência e oposição da maior parte da elite agrária. Com a deposição do imperador em 15 de novembro de 1889, todas as preocupações da elite foram absorvidas pela manutenção do regime republicano em meio a ondas restauradoras e separatistas, perdendo completamente de vista o tema crucial da "questão social" provocada pela abolição da escravatura em 13 de maio de 1888. Sobre esses dois problemas falaremos mais adiante, mas desde já podemos adiantar que, para Freyre, era em torno deles que gravitavam as mais cruciais questões relativas à modernização brasileira. Por agora, o importante é apenas enfatizar o contraste, por um lado, entre a experiência institucional do segundo reinado, definida pelo equilíbrio entre as rivalidades do setor agrário-oligárquico alcançado através do hábil exercício do Poder Moderador pelo monarca brasileiro; e, por outro, a tendência que gradativamente foi se constituindo em oposição a ele, pela força de bacharéis apoiados num republicanismo de teor meramente jurídico e abstrato, incompatível com a realidade preenchida por interesses escravistas. A relação de mediação externa entre os bacharéis e o imperador foi, com a ascensão dos bacharéis, transformando-se numa relação de mediação interna, em que a própria proximidade de Pedro II, antes modelo distante, fez dele um rival e um obstáculo às demandas por poder desses bacharéis ascendentes e europeizados.

XI

A presença do passado – patriarcal, monárquico e escravocrata – no presente republicano

Por muito tempo os historiadores procuraram compreender e explicar as causas da derrocada da Monarquia e da Proclamação da República. Ao longo desse esforço compreensivo, discordaram do conjunto de fatores que concorreram para a queda da Monarquia, do que teve um papel preponderante, por um lado, e daquilo que teve papel acessório ou secundário, por outro. A vingança dos proprietários contra a Coroa, que havia promovido a abolição; a questão militar e os conflitos entre o Exército, que se fortalecia, e o imperador, que se enfraquecia; a questão dos bispos e o problema da separação entre Igreja e Estado; ou, ainda, os excessos de Pedro II no uso do Poder Moderador. Todas estas foram "causas" sobre as quais variaram a ênfase de diferentes análises sobre o período.

Procurando superar o impasse dessa variação de ênfases num ou noutro elemento, alguns historiadores propuseram explicações ditas "estruturais" para esse processo de mudança histórica. Emília Viotti, por exemplo, em artigo publicado originalmente em 1965 e depois reunido em *Da Monarquia à República*, alude a essas explicações e ênfases como as versões "tradicionais" da historiografia sobre o período republicano. Nos reparos que fez às versões tradicionais, Viotti deixa à luz do dia a concepção de causalidade histórica que move sua interpretação:

> A abolição não é propriamente causa da República, melhor seria dizer que ambas, Abolição e República, são sintomas de uma mesma realidade; ambas são repercussões, no nível institucional, de mudanças ocorridas nas estruturas econômicas do país que provocaram a destruição dos esquemas tradicionais.[1]

---

[1] COSTA, Emília Viotti da. *Da Monarquia à República*. 9. ed. São Paulo: Editora Unesp, 2010. p. 457.

Esse tipo de explicação, embora tenha vigorado em muitos dos principais meios acadêmicos brasileiros, tem o grande defeito de reduzir as diversas manifestações da realidade a uma simples "repercussão" do que ocorre em sua "estrutura econômica". Mas, se lida nas entrelinhas, essa concepção de causalidade histórica tem problemas mais graves e com consequências diretas para a compreensão não só do passado, como também do presente e do futuro. Pois parte de um pressuposto que, por si mesmo, incapacita enxergar a presença do passado (no presente e no futuro): concebe, sem nenhuma justificativa teórica ou empírica plausível, que as mudanças ocorridas na estrutura econômica provocaram a "destruição" dos "esquemas tradicionais". Destruídos os esquemas tradicionais pelas alterações na estrutura econômica, impor-se-ia a "modernização", levada a cabo pelos "setores mais dinâmicos da economia", ou o atraso, consubstanciado pelos setores incapazes de modernizar-se. Um pressuposto, como se vê, leva a outro. A mudança na estrutura econômica criaria uma espécie de demanda modernizante: "A classe senhorial, ligada ao modo tradicional de produção, incapaz de se adaptar às suas exigências de modernização da economia, foi profundamente abalada."[2].

Gilberto Freyre não foi alheio a nenhuma dessas "causas" que concorreram para a queda da Monarquia. Seu modo de compreender a realidade histórica, entretanto, não a simplifica numa redução pretensamente científica das causas ou conjunto de condições. Supor conhecer as causas dos acontecimentos passados induz-nos a entender o passado como estritamente passado, perdendo de vista aquilo dele que continua vivo e atuante no presente. O passado (e a compreensão do passado) não está encerrado em suas causas. Prolonga-se não só em suas consequências, como nos precipitados culturais que, através da repetição cotidiana, transformam-se em hábito. E o passado, longe de ter passado completamente, de encerrar-se morto nos tempos de outrora, pode arder e gritar, sufocado, mas vivo, nas entranhas do presente. A Gilberto Freyre interessava, tanto quanto a compreensão das "causas" dos acontecimentos passados, como a queda da Monarquia, também uma compreensão sobre como esse passado é constitutivo de nossa presença viva: por isso é um passado que se estuda "tocando em nervos", os nossos, um passado cujos vestígios e sombras a todo tempo nos surpreendem no presente. Um passado que durou tempo suficiente para, entre nós, ganhar intimidade e *sobrevida*. Foram, pois, as sobrevivências do passado no presente o que mais despertou a curiosidade e o interesse de Freyre.

Outro reparo que devíamos fazer a esse tipo de explicação utilizado por Viotti consiste, exatamente, em mostrar que apenas em sentido muito limitado a "alteração das estruturas econômicas" provocou a "destruição" dos "esquemas tradicionais". Isso não se deu nem mesmo internamente à esfera econômica, como a própria autora é logo obrigada a reconhecer, ainda que relegando o arcaísmo tradicionalista da produção ora à zona açucareira do Nordeste, ora aos "setores menos

---

[2] Emília Viotti da Costa, *Da Monarquia à República*, p. 457.

A presença do passado – patriarcal, monárquico e escravocrata – no presente republicano | 215

dinâmicos" da economia. Além disso, o trabalho heurístico envolvido nesse tipo de abordagem privilegia, como reconhece Viotti, um conjunto de fontes supostas como imunes às deformações dos cronistas contemporâneos do evento em questão, que relataram a própria experiência do fenômeno, incluindo o que percebiam como "causas" e "efeitos". Apoiada em meias-razões, a análise de Viotti termina por perder de vista o movimento mais interessante da compreensão histórica, que consiste justamente em avaliar as distâncias e as relações recíprocas entre a experiência dos sujeitos que agem e sofrem na história, por um lado, e as estruturas com as quais se defrontam seu agir, por outro. Toma-se, assim, a experiência dos que vivem a história como deformação alienada da realidade social na qual se encontram, relativizando o poder de elucidação que os testemunhos oferecem de seu tempo. Diz a historiadora:

> Na análise dos acontecimentos históricos, entretanto, é preciso ir além dos fenômenos aparentes, que são observados e registrados pelos contemporâneos. As grandes transformações que subvertem a estrutura econômica e a ordem social são às vezes silenciosas, e passam desapercebidas aos olhos contemporâneos, ou são vistas de maneira parcial ou deformada.[3]

Como temos visto ao longo desta obra, grande parte do esforço metodológico de Freyre foi o de procurar as estruturas invisíveis e associá-las compreensivamente às estruturas visíveis. Mas isso não conduz, necessariamente, a pôr em segundo plano a experiência e os testemunhos dos que "viveram" a história. Aliás, boa parte das transformações que a própria Viotti considera entre as que subverteram a estrutura econômica estiveram em pauta no debate entre os contemporâneos da queda da Monarquia. As leis abolicionistas e as alterações que provocaram nas relações de produção, por exemplo. Embora os cronistas nem sempre estivessem em condições de ligá-las diretamente à queda da Monarquia, elas foram objeto de um às vezes acalorado debate público que, entre tantas coisas, testemunha ideias, valores, percepções e resistências aos temas em pauta – escravidão, abolição, imigração, o problema da "lavoura" e assim por diante. No entanto, Viotti só queria dos testemunhos aquilo que eles não podem dar: uma visão "imparcial" e "não deformada dos fenômenos históricos". Mas quem poderia dá-la? A historiografia uspiana? Ao juízo da ilustre historiadora, parecia que sim.

> O testemunho, mesmo quando lúcido e esclarecido, tende a personalizar o fato social parecendo ignorar que o homem é bitolado pela realidade social dentro da qual vive. O cronista, por sua vez, frequentemente se esquece de que é preciso conhecer as motivações, as limitações e as possibilidades que a realidade lhe oferece.[4]

---

[3] Emília Viotti da Costa, *Da Monarquia à República*, p. 454.

[4] *Ibid.*, p. 455.

São estas, de fato, lições elementares da historiografia. Delas não se deve concluir, entretanto, que o valor dos testemunhos diminui ante os registros supostamente impessoais das estatísticas, dos sistemas institucionais ou da produção econômica. Ao contrário, desde que tratados adequadamente, os testemunhos se tornam ferramentas imprescindíveis na reconstrução compreensiva do passado. Não para informar o que o passado realmente foi, mas para compreender como era interpretada e enfrentada a realidade por aqueles que a sofreram e a transformaram.

Foi esse o sentido do recurso metodológico iniciado por Freyre em 1939, quando começaria a reunir o material que subsidiaria *Ordem e progresso*, publicado vinte anos depois. Num formidável texto para o *Correio da Manhã* em 8 de dezembro de 1939, apenas três anos depois de publicado *Sobrados e mucambos*, Freyre discutia "O valor sociológico da autobiografia" e anunciava que vinha reunindo – provavelmente havia alguns anos – autobiografias das quais pretendia fazer uso no seu esforço de interpretação da sociedade brasileira, em particular para a compreensão de suas transformações no fim do século XIX e do modo como elas foram sentidas por brasileiros de diferentes posições sociais.

> Procuro neste momento reunir de 150 a 200 autobiografias de brasileiros maiores de cinquenta anos, ou em idade que em linguagem sociológica se poderia chamar de marginal, para desse número escolher 100 que se apresentem em melhores condições psicológicas e sociológicas de exprimir os sentimentos, os ideais e as experiências características da geração que viu morrer, em nosso país, a escravidão e a monarquia, e viu nascer a primeira República à sombra da ideologia positivista. Já estou com 54 autobiografias que representam várias regiões e várias classes; vários tipos de cultura; níveis diversos de instrução. [...] São autobiografias como que dirigidas: indicados os pontos de interesse sobre os quais se deseja obter a reação da pessoa representativa. Mas deixando-se margem para a expressão livre de sua memória, uma vez provocado o gosto autobiográfico. Dentro dessa orientação creio que é uma das primeiras iniciativas desse gênero, no Brasil ou em qualquer país. Em rigor, talvez a primeira. Algumas autobiografias são de analfabetos: assinadas de cruz. Neste caso se procurou criar o ambiente de confiança necessário às confissões orais ou ao que certos sociólogos dos nossos dias chamam o estudo sociológico de "casos". Técnica proustiana e ao mesmo tempo um tanto semelhante à dos jesuítas – os verdadeiros iniciadores do "estudo de casos".[5]

Pelo próprio método que desenvolvia de maneira um tanto original, *Ordem e progresso*, livro resultante dessa longa pesquisa, foi certamente o mais elaborado livro de Gilberto Freyre. Essas autobiografias dirigidas não foram pensadas como um instrumento de "reprodução" da realidade passada por aqueles que a

---

[5]   FREYRE, Gilberto. O valor sociológico da autobiografia. *Correio da Manhã*, 8 dez. 1939, p. 2.

testemunharam. Foram, antes, modos de entrever como as mesmas realidades foram experimentadas de maneira mais ou menos semelhante. São testemunhos cujo valor historiográfico não reside no que atestam sobre a realidade passada, mas no que revelam sobre o efeito dessa realidade na experiência e na vida daqueles que a sofreram e a viveram. Técnica "proustiana" que só se materializaria em livro no ano de 1959, vinte anos depois do anúncio nas páginas do *Correio da Manhã*, e que faria da memória dos partícipes de uma época o esteio para a compreensão daquilo que, sendo comum aos tempos, variava entre indivíduos, grupos, classes e regiões ou, inversamente, daquilo que, apesar da variedade de indivíduos, grupos e regiões, permanecia mais ou menos estável em suas semelhanças. Este *efeito da realidade sobre a vida e da vida sobre a realidade* é o que buscava Freyre no estudo de um tempo ainda não de todo perdido e que latejava na memória de toda uma geração que vira morrer a Monarquia e nascer a República, que assistira ou participara de forma mais ativa ou passiva do triunfo da campanha abolicionista e que aplaudiu ou vaiou a assinatura da Lei Áurea.

Esse tipo de pesquisa do passado íntimo de um povo, assim como de suas constantes culturais em meio à inconstância dos tempos, da "intra-história" da cultura brasileira, altera completamente o significado do próprio conceito ou entendimento do que vem a ser uma "mudança histórica", relativizando em boa medida aquilo que "muda" ante aquilo que, mesmo que inadvertidamente, "permanece". Nem Abolição nem República são simples repercussões de alterações da estrutura econômica; tampouco conduzem, necessariamente, a uma destruição dos esquemas tradicionais. A "mudança" que elas indicam não inicia um novo estágio histórico num grau zero, que possa abolir todo o passado e a pressão que ele exerce sobre as condutas do presente. São mudanças, sim, mas que ocorrem em meio e em paralelo a um conjunto nada desprezível de permanências, de constâncias. Compreender o jogo entre mudança e permanência, mediante a captação da experiência daqueles que viveram, sofreram e agiram no passado, era o objetivo de Freyre; e tal objetivo, como estamos procurando demonstrar, pressupõe uma visão mais complexa do campo histórico, em que este não se reduz a uma linha de desenvolvimento na qual a mudança abole o passado, e menos ainda àquilo que as estatísticas e planilhas da produção econômica nos mostram.

Nas 183 autobiografias (e não 100 como previa inicialmente) selecionadas por Freyre para a escrita de *Ordem e progresso*, o que ele encontra vai muito além do que é dito e intencionalmente testemunhado. Estende-se também ao que não é dito e, especialmente, ao que é silenciado. Entre a grande margem de significações que o silêncio pode assumir, como nos ensina o filósofo mexicano Luís Villoro, está uma que é fundamental: o silêncio é um modo da fala. É significante que assume diversos significados e que, a seu modo, exprime o que discurso verbal nenhum pode exprimir[6]. Não é só o que narram os autobiografados o que interessava a Freyre. Interessava-lhe também aquilo sobre o que calavam. Interessava-lhe ainda o que falavam de maneira manifesta ou furtiva, efusiva ou desdenhosa, com apego ou desapego, com esforço de objetividade lúcida ou sob o apelo de subjetiva afetividade. E em meio a toda a diversidade das experiências e opiniões, encontrar o cerne de uma comum substância nacional, de uma mesma forma de vida ou existência em seus traços mais gerais, sem com isso esvaziar as diferenças regionais.

> Transcendendo em muitos depoimentos individuais que conseguimos reunir, nosso fim, no estudo que se segue, é procurar captar, através deles, ou do seu resíduo, não só transpessoal como transregional, o que alguém já chamou o "ser coletivo": o ser coletivo mais característico do Brasil do fim do Império e do começo da República. O brasileiro-síntese ou o brasileiro médio dessa época, não no sentido estreito de classe – classe média – mas no de expressão social de um conjunto de espaços fundidos num conjunto de tempos; e formando, através dessa fusão, um sistema aparentemente único, embora complexo e até contraditório, de cultura e sobretudo de vida ou de existência ou de vivência: o que caracterizou o Brasil dos últimos dois decênios do Império e dos primeiros dois e meio ou três decênios da República.[7]

O precipitado de sugestões, informações, alusões, preconceitos, preferências e repugnâncias que emerge dessas autobiografias revela, como poucos materiais de interesse histórico poderiam fazê-lo, a presença repetida, deformada, reformada, e até renovada, do passado colonial, escravocrata, latifundiário, monárquico e patriarcal no presente republicano. Mostra, além disso, a sobrevivência às vezes altiva, às vezes envergonhada, dos esquemas tradicionais, que nunca foram completamente destruídos, a despeito das "alterações na estrutura econômica". Aliás, essas supostas alterações na estrutura econômica tão salientadas por Viotti como causa profunda de eventos como Abolição e República é opinião que precisa ela mesma ser relativizada. Afinal, se por um lado a escravidão deixava de ser uma forma legal e legítima de mão de obra, por outro, a estrutura econômica continuava dominada pelo latifúndio monocultor; se o trabalho formalmente livre começava a ganhar terreno antes mesmo da abolição, o trabalho análogo à escravidão é chaga ainda hoje aberta na sociedade brasileira: expulsa da lei, mas não tanto das mentalidades e tampouco das práticas. E se com o progressivo assalariamento o trabalho ganhou em valor monetário, ele continuou a valer *moralmente* como algo desprezível e aviltante: o trabalho continuou a dignificar apenas quem "faz trabalhar" e não propriamente quem trabalha, quem emprega e não quem é empregado.

---

[6] VILLORO, Luís. *La significación del silencio y otros ensayos*. Ciudad de México: Fondo de Cultura Económica, 2016.

[7] Gilberto Freyre, *Ordem e progresso*, p. 181.

Abolição e República, assim, são mudanças que não somente não eliminaram o passado do qual são um manifesto rompimento – a escravidão e a Monarquia. Ao contrário, são mudanças que, sob determinados aspectos, rompem com o passado, mas apenas para recuperá-lo e salvá-lo em outros aspectos, talvez mais significativos e reveladores da realidade profunda e enigmática da história. Isso, de modo algum, significa que o que Viotti chama de "estrutura econômica" não tenha, para Freyre, importância na determinação da vida social e histórica do passado brasileiro. Ao contrário, o intelectual pernambucano sempre enfatizou, desde *Casa-grande & senzala*, como o sistema econômico desenvolvido com a colonização e baseado na escravidão exerceu uma influência enorme, quase imperativa, nos modos de conduta, nas mentalidades, nos modos de relação interpessoal entre indivíduos de diferentes classes sociais. Ao fim e ao cabo, era o sistema econômico fundado na escravidão que estava por trás das próprias tendências sádico-masoquistas constituídas na sociedade brasileira. "Exprimiu-se nessas relações o espírito do sistema econômico que nos dividiu, como um deus poderoso, em senhores e escravos."[8] O fundamental, entretanto, é que esse sistema econômico fundado na escravidão, tendo atuado sobre a sociedade brasileira por séculos, produziu nela certas permanências que sobreviveram à própria corrosão ou alteração do sistema. Do mesmo modo, o sistema político, formado no ajustamento entre a ordem monárquica com a ordem patriarcal-oligárquica, também produziria efeitos na vida política e social do período em que vigorou a República, desde os anos de sua criação, passando pelos anos de sua consolidação e pelas muitas vicissitudes de seu desenvolvimento. E a República, em especial nas suas primeiras quatro décadas de existência, pouco ou nada fez para, "modernizando" o Estado, enfrentar esses dois principais eixos de sobrevivência do passado patriarcal e escravocrata brasileiro. Alterou a forma institucional, salvando o poder oligárquico; alterou as relações de trabalho, salvando o latifúndio e a monocultura.

Monarquia, Poder Moderador e República: três teses freyrianas

Temos discutido neste livro o modo como o problema posto entre imitação e autenticidade, assim como as implicações dele para a formação da nacionalidade, foram temas que cedo madrugaram na obra de Freyre, quando já na década de 1920 ele pensava sobre essa dinâmica de imitação do modelo europeu atuando sobre diversas esferas da sociedade brasileira. Não só no âmbito das ideias, mas de toda a cultura e do conjunto de aparências que compunham a paisagem social.

Nunca é demais acentuar, entretanto, o caráter dinâmico da imitação. Pois ao imitar em circunstâncias diferentes, diante de obstáculos particulares à situação

---

[8] FREYRE, Gilberto. *Casa-grande & senzala*: formação da família brasileira sob o regime de economia patriarcal. 51. ed. São Paulo: Global Editora, 2006.

brasileira, acabou-se muitas vezes por criar algo novo, diferente do imitado. Dessa relação dinâmica entre imitação e criação, o mais contundente exemplo talvez possa ser encontrado em nossa vida política, especialmente nos arranjos institucionais que foram formulados para responder aos problemas da unidade nacional ante os poderes oligárquicos locais. Também aqui oscilou-se entre um brilhante ensaio de originalidade, de imitação criadora, por um lado, e de decadente imitação servil e caricata de um modelo idealizado, supervalorizado e sem raízes para o solo de nossa então demasiado árida realidade política.

Essa oscilação se deu de tal modo na história brasileira que fez desta um desvio também do caso latino-americano, configurando um estrato mais radical de particularidade histórica. Na América, o Brasil veio a ser a especificidade da especificidade. A invasão napoleônica na Península Ibérica significou, para as colônias espanholas no Novo Mundo, o esfacelamento da unidade colonial e da subordinação à metrópole, pipocando repúblicas pretensamente autônomas que fragmentaram a América espanhola numa anárquica, sangrenta e militarista competição de caudilhismos locais. Força anárquica e dispersiva que sequer o prestígio do "grande libertador" Simón Bolívar conseguiu conter. Tampouco a língua comum ou a religião católica foram suficientes para garantir-lhes a unidade.

A outro destino nos trouxe a sagaz covardia de d. João VI: à Monarquia, cimento que conseguiu assegurar a unidade da América portuguesa mesmo depois do rompimento com a metrópole. Rompimento que, quando comparado à violência estridente da independência das colônias espanholas, fazem o 1822 brasileiro parecer um divórcio amigável, como se as partes, desfeito o compromisso formal, continuassem o relacionamento abusivo e meio promíscuo. Mas foi a Monarquia, e os arranjos institucionais que ela produziu, o meio sem o qual o destino da América portuguesa seria semelhante ao da espanhola: esfacelamento anárquico das antigas capitanias hereditárias em republiquetas chefiadas por caudilhos locais.

Tais ímpetos autocráticos e separatistas também foram a tônica dos grandes senhores de terra e escravos da América portuguesa quando o assunto era o poder central, sua vigilância, seus impostos e, claro, os limites que representava à própria autoridade pessoal de patriarca acostumado a mandar. Também aqui a luta pela independência política cedo madrugou num republicanismo inspirado pela Independência dos EUA e pela Revolução Francesa. A presença da Monarquia portuguesa em solo americano desde 1808 dificultava, porém, o êxito de todo ímpeto separatista mais exaltado. E não foi outro senão este o grande problema político que atravessaria toda a estabilização do Império: o conflito estabelecido entre os interesses privatistas dos senhores de terra em suas províncias, por um lado, e a limitação a esses interesses representada pela centralização do poder na Corte.

Ao fim e ao cabo, praticamente todos os conflitos políticos em que esteve envolvida a sociedade brasileira, com exceção daqueles de ordem externa, remetiam sempre ao problema das relações entre as províncias e o poder central. Foi esse cisma de interesses que se estruturou em dois partidos cuja única diferença significativa se dava em torno do tema da maior ou menor autonomia das províncias e, em conexão, maior limitação ou extinção do Poder Moderador – principal apoio da centralização, criado pela Constituição de 1824.

Com a Regência e a promulgação do Ato Adicional de 1834, escrita sob orientação "liberal" – o que queria dizer, tão somente, em atenção aos interesses das províncias – houve no Brasil um significativo fortalecimento político dos poderes locais, com a criação de assembleias legislativas provinciais que passavam a assumir uma diversidade de competências antes prerrogativas do poder central e dos conselhos-gerais.

A rivalidade entre conservadores e liberais ao longo do Império brasileiro também teve o teor de uma rivalidade mimética: certa reciprocidade imitativa não só em muitos dos princípios, mas, sobretudo, nos modos de agir e conceber a política[9]. Nada se parecia mais a um conservador do que um liberal no poder, e tais posições eram facilmente intercambiáveis em termos ideológicos. Exemplo significativo desse mimetismo é o caso do bacharel Bernardo Pereira de Vasconcelos que, segundo Freyre, "aos 40 anos já parecia um velho"[10]. Membro do Partido Liberal, Vasconcelos foi o redator do "liberalíssimo", "quase federalista", Ato Adicional de 1834, responsável pela maior autonomia das províncias. O que não o impedia de ser, como qualquer membro de seu partido rival, defensor da escravatura. Já em 1835, com a eleição do liberal Antônio Feijó para a regência, Vasconcelos abandonaria o "ideário" liberal em uma "guinada" conservadora, defendendo uma "regressão" às leis anteriores, visto que, para ele, a descentralização promovida pela Regência (e por ele mesmo) era a principal causa da anarquização do país, isto é, das revoltas separatistas que ameaçavam se espalhar por todas as províncias do Império[11]. Este movimento em que a "regressão" sucede ao "progresso", impondo certa conciliação entre uma radicalização inicial e o estado de inércia anterior a ela, Paulo Mercadante veria como recorrente e típico da consciência nacional, marcando-a por uma reiterada orientação conservadora que opera de forma semelhante em todos os momentos de crise.

Eleito o conservador Araújo Lima como regente em 1837 e temendo uma prolongada hegemonia conservadora no comando regencial, os liberais lançaram

---

[9] Liberais e conservadores divergiam apenas sobre o grau de centralização do poder e, por conseguinte, de autonomia das províncias. Em geral, enquanto os últimos sustentavam a necessidade de todas as instituições fundamentais que constituíam o modelo de Monarquia do Império – como o Poder Moderador e o Senado Vitalício – os primeiros as combateram. Se divergiam nos detalhes sobre a arquitetura institucional que devia tomar a Monarquia – não quanto à existência da Monarquia mesmo, repare-se – convergiam para um ponto fundamental: o interesse agrário.

[10] Gilberto Freyre. *Sobrados e mucambos*, p. 194.

[11] CARVALHO, José Murilo de. *D. Pedro II*. São Paulo: Companhia das Letras, 2007. p. 37.

mão da mesma tática usada por conservadores no contexto da eleição de Feijó em 1835. Aventar a antecipação da maioridade do imperador e conduzi-lo ao trono. Ou seja, aqueles mesmos que se opunham à centralização do poder imperial não hesitaram, mimética e estrategicamente, em propor a antecipação do reinado de Pedro II. Liberais escravocratas e, sem muita discrição, liberais também um tanto conservadores, à imagem e semelhança de seus rivais.

Emplacada a jogada política em 1840 – ao que parece, com anuência do jovem que assumiria o trono, assim, aos 14 anos de idade[12] – começaria um tempo de relativa estabilidade política no Brasil. E duraria quase meio século, mantendo sob relativo controle, durante todo esse tempo, a escalada de rivalidades que, como temos visto, se proliferavam por toda a sociedade brasileira, indo muito além desta que se travou entre liberais e conservadores, entre jovens e velhos, entre bacharéis e patriarcas.

A grande originalidade da experiência brasileira, assim, constituiu-se em dois passos decisivos, em que a imitação não excluiu a criação: o primeiro passo foi o rompimento com a metrópole não ter significado o rompimento com a forma monárquica de governo; o segundo foi a adaptação prática do modelo europeu de monarquia constitucional à realidade brasileira, o que se constituiu com a adoção do Poder Moderador na constituição de 1824 e de seu uso pragmático como ferramenta de governo e arregimentação das forças políticas – e não, como previam os teóricos europeus, como medida de exceção.

O primeiro passo permitiu que, após a Independência, a Monarquia forjada sob o arranjo parlamentar resistisse às diversas situações de tensão separatista. Todo o percurso que se seguiu à abdicação de d. Pedro I, deixando em seu lugar a figura simbólica do meninote Pedro II como sombra à atuação de regentes, só não terminou em fragmentação política e territorial porque o arranjo institucional conseguia abrigar os interesses do setor agrário e escravocrata nos parlamentos. O que dava à Monarquia força suficiente para reprimir revoltas e impor a unidade. Estratégia semelhante de unificação do território, como já vimos, foi a representada pela criação da Guarda Nacional, que ao mesmo tempo que reforçava o poder dos senhores de terra nas províncias, mantinha-os sob o controle exercido à custa da velha sanha luso-brasileira por títulos, neste caso outorgados diretamente pela Coroa.

Essa capacidade que teve a Monarquia de garantir a unidade política do Império diante das muitas ameaças e tentativas de independência das províncias foi o grande trunfo autenticamente brasileiro de todo o século XIX no campo da política. Pois a proibição do tráfico e, mais tarde, a Abolição, só vieram por força de intensas pressões externas, mais do que internas. Olhando retrospectivamente, o Segundo Reinado, seu meio século de estabilidade, só foi possível porque foi capaz de impor às ideias importadas deformações que lhes eram exigidas pela complexidade real

---

[12] José Murilo de Carvalho, *D. Pedro II*, p. 39-40.

e concreta do jogo local e nacional das forças políticas em disputa; e não, como foi constante em tantos outros assuntos da vida nacional, uma deformação fictícia e cenográfica da pesada realidade brasileira para fazê-la caber no espectro magro e esquelético de conceitos e teorias europeias. A própria República, em seus primeiros anos, viria a ser talvez a maior expressão de imitação servil e inautêntica de toda a história política nacional, o que colaborou para cavar um abismo entre as distintas regiões do território nacional.

Elemento de imitação criadora foi durante todo o Segundo Reinado o chamado Poder Moderador, enxerto que se fez à teoria política liberal e que foi colhido por Bonifácio de Andrada na obra de Benjamin Constant, mas cuja real paternidade remete aos debates políticos travados durante a restauração das monarquias europeias. Combinaram-se de maneira exitosa, neste caso, imitação e inovação. "Imitação de teorias, mas não a cópia servil do sistema"[13], nos dirá Raimundo Faoro, em sentido convergente ao observado por Freyre: o Poder Moderador foi uma hábil adaptação das teorias europeias aos problemas autenticamente brasileiros de organização das forças políticas. Problemas que, comparados àqueles com que tiveram de lidar Thiers, Chateaubriand e Constant, eram completamente inusitados.

> O Império funcionara diante de todas essas situações novas para um sistema monárquico-parlamentar de governo como um império um tanto república; e república presidencial. *Constituíra-se em simbiose liberal-patriarcal, por um lado, e por outro, em combinação autoritário-democrática.* O imperador, através do seu famoso "poder moderador" – brasileirismo de ordem sociologicamente política, mais do que simplesmente jurídica, ainda à espera de uma análise idônea e de uma interpretação adequada –, moderara o poder dos patriarcas, alguns quase republicanos em seu modo de ser aristocratas, das casas-grandes patriarcais, e fora por eles moderado em suas tendências para excessos não só de autoritarismo monárquico como de liberalismo ou modernismo político, também quase republicano por vezes. Nunca, em terra americana, foi tão interessante, em seus aspectos paradoxais, o jogo político entre contrários: contrários aparentemente só políticos mas na verdade sociológicos, com aqueles patriarcas divididos por dois partidos, segundo interesses intra-regionais, nem sempre profundamente divergentes no plano nacional; e o imperador a equilibrar o choque entre eles – de uns com os outros e de todos, ou quase todos eles, como classe, com a gente miúda, com a servil, com a escrava, protegida por vezes contra os excessos dos senhores ou dos aristocratas, pela Coroa, *cujas atitudes chegara a ser paradoxalmente liberais ao mesmo tempo que suprapaternalistas.*[14]

---

[13] FAORO, Raymundo. *Os donos do poder:* formação do patronato político brasileiro. 5. ed. São Paulo: Globo, 2012. p. 396.

[14] Gilberto Freyre, *Ordem e progresso*, p. 528-529, grifo nosso.

O Poder Moderador foi constituído como um poder pessoal do soberano, acima dos demais poderes, para que, em caso excepcional e de conflito entre eles, interviesse uma força suprapartidária, infensa às tendências partidárias, no sentido de zelar pela estabilidade e integridade do Estado. Nas mãos de Pedro II, entretanto, a excepcionalidade se tornaria, ao longo das cinco décadas de seu reinado, corriqueira. E não seria apenas através da frequência de seu uso que se impunha a deformação brasileira da teoria europeia. A escolha imperial dos senadores, que após tal "dádiva real" vinham a ocupar o cargo de maneira vitalícia, assim como a possibilidade de fazer e refazer ministérios, deram a d. Pedro II os meios de governar conforme seu arbítrio de soberano, mas sem, entretanto, que seus atos, sempre referendados em ministros e parlamentares de partidos que se alternavam no poder, se apresentassem ostensivamente como tirânicos ou autoritários[15]. A "arte" dos melhores estadistas do Império, diz-nos Freyre, foi exatamente essa arte de compor um regime e uma institucionalidade política que não fossem simples cópias dos modelos europeus, mas expressão criativa em face da particular realidade brasileira.

> A arte de estadistas capazes de construir, de criar, de recombinar – em vez de simplesmente copiar ou seguir exemplos estrangeiros –, que vinha sendo, aliás, a arte dos melhores estadistas do Império: aqueles que haviam compreendido não ser o sistema monárquico parlamentear do Brasil simples imitação do britânico mas distante ou vago parente – distante e pobre – desse modelo europeu. Por conseguinte, obrigado a constantemente adaptar-se a situações extra-europeias, diferentes sobretudo das britânicas; situações americanas e tropicais, em sua ecologia física e até certo ponto na social; situações entre arcaicamente feudais ou patriarcais, por um lado, e, por outro, avançadamente modernas – mais modernas, sob certos aspectos, que as britânicas – não em sua cultura, é claro, mas em sua ecologia cultural ou no que alguns sociólogos de hoje chamariam de tropismos.[16]

A monarquia constitucional inglesa, assim, foi uma fonte de inspiração para um regime que, na prática, viria a funcionar com uma dinâmica própria de regulação dos poderes. Foi essa adaptação prática que permitiu a Pedro II manter a unidade nacional conciliando interesses antagônicos pelo revezamento de conservadores e liberais nos ministérios e gabinetes. Foi graças a esse mecanismo que se conseguiu, a despeito de todas as forças desagregadoras dispersas no poder

---

[15] Ao contrário, ao longo de todo o Segundo Reinado predominou uma curiosa liberdade partidária e de imprensa, ao ponto de ter havido, da parte da Monarquia, uma igualmente curiosa tolerância mesmo para com clubes e partidos republicanos, como também para críticas agudas na imprensa, que muitas vezes transbordavam em infâmia e calúnias orquestradas por causas que não eram nacionais, tampouco republicanas em seus princípios.

[16] Gilberto Freyre, *Ordem e progresso*, p. 528.

oligárquico das diferentes províncias, manter a unidade política brasileira em relativa estabilidade por quase meio século, em contraste com a agitação política e separatista que tomava conta das ex-colônias espanholas. A solução europeia que resultou na monarquia parlamentar, expressa na fórmula de Thiers "O rei reina e não governa", seria aqui mais uma fachada a mal abrigar um regime próprio em que o rei, mediante instrumentos próprios de subordinação do parlamento, reinava e também governava. Como já mencionado nesta obra, o erro de Pedro II parece ter sido, para Freyre, ter governado demais e reinado de menos.

Quando, já em 1928, a completar quatro décadas de experiência republicana, Paulo Prado publicava *Retrato do Brasil*, dizia ele no seu eloquente *post-scriptum*: "Ao chegarmos aos dias de hoje, esse é o grande milagre"[17]. Pois é esse "milagre", o da unidade nacional de um território ocupado e configurado em ilhas quase autocráticas de poder, o que anos mais tarde ensejaria uma das mais significativas teses de Freyre sobre a esfera política no Brasil. O Poder Moderador, cujo arranjo foi durante décadas capaz de absorver os antagonismos dispersos nas províncias e os conflitos entre os oligarcas de diferentes regiões com o poder central, constituiu o elemento que sedimentou a unidade, ainda que ao sacrifício de outras causas nacionais, como a abolição da escravatura e a integração do negro na sociedade brasileira. Como reconheceria o mesmo Paulo Prado, o enfraquecimento do Poder Moderador estava na raiz da crise que conduziria à República de 1889[18].

O que o eminente crítico paulista não pôde perceber naquela época, digamos, ainda imatura, era exatamente o que viria a ser objeto da principal tese de Freyre quanto a este tema: o Exército brasileiro, nas primeiras décadas de regime republicano, veio a ser uma espécie de substituto funcional da Monarquia e de seu poder moderador, atuando como força suprapartidária que dirimiu os ímpetos separatistas que se insinuaram até a década de 1920. Esfacelado o Poder Moderador pela institucionalidade republicana, os poderes oligárquicos locais se viram livres de grande parte da pressão que os mantinha coesos. O "milagre" da unidade nacional, a que se referia Paulo Prado, só foi possível porque outras instituições e arranjos de poder substituíram o Poder Moderador, realizando a função ordenadora que antes restava ao encargo deste último.

No Brasil, o Poder Moderador, atribuído pela constituição de 1824 à pessoa do imperador, seria abolido apenas com a República de 1889. Mas, semelhante ao caso da abolição da escravatura, o que se deu foi antes uma abolição formal, relativa à letra da lei e seus sonoros significantes, do que uma abolição real, relativa às práticas de governabilidade e ao "espírito" que a lei tomava na prática da vida política brasileira. Em outras palavras, o fim da Monarquia e de seu modo de arregimentação e ordenação das forças políticas consolidadas exigiu um substituto que passasse

---

[17] PRADO, Paulo. *Retrato do Brasil*: ensaio sobre a tristeza brasileira. São Paulo: Companhia das Letras, 2012. p. 136.

[18] *Ibid.*, p. 141.

a ocupar a mesma função de árbitro dos interesses em disputa. Posição que veio a ser ocupada pelo Exército. Um Exército nem sempre imparcial e apartidário, é verdade, mas que atuou decisivamente, tal como a Monarquia, em conter e reprimir todo o ânimo separatista mais ambicioso e barulhento nas províncias do Império e nos estados da federação. Assim como se mostrou uma das principais forças que atuaram na contenção do poder dos oligarcas em suas províncias. Esta tese, então, é subsidiária de uma outra, mais ampla: "a de que a República, no Brasil, nasceu penetrada e fecundada pela Monarquia. Antimonárquica principalmente no superficial; continuadora da Monarquia, em grande parte do essencial."[19].

Antes, entretanto, de compreendermos o significado profundo dessas nem sempre lembradas teses de Gilberto Freyre, será preciso trazermos à tona uma outra, igualmente profunda e igualmente esquecida, que ilumina uma tendência inversa à da imitação criadora, constituindo-se em meio à onda de europeização e, àquela altura, de "americanização", de que a própria Monarquia, como temos visto, foi paradoxalmente um importante vetor. Trata-se do que foi, desde seu início, o teor essencial dos republicanismos brasileiros. Independentemente dos modelos franceses ou estadunidense, de uma república jacobina, positivista ou de uma república federalista[20], o real combustível do republicanismo brasileiro foi o horror à singularidade. Era como se a continuidade da forma monárquica representasse uma espécie de anacronismo ao imperativo dos tempos, já que todas as nações vizinhas e, incluindo o formidável exemplo dos Estados Unidos, adotavam o modelo republicano. Ser monarquista em continente republicano era sentido como algo antiquado aos tempos, como atraso que obstruía todo o progresso.

---

[19] Gilberto Freyre, *Ordem e progresso*, p. 628-629.

[20] Enquanto o exército, como instituição nacional que saíra fortalecida após a Guerra do Paraguai, contava com certa capilaridade nas províncias, os republicanos paulistas tinham maior restrição geográfica, muito embora os ideais federalistas que pleiteavam não fossem estranhos a muitos proprietários poderosos de outras províncias. Vinham, aliás, desde os pleitos de autonomia do Partido Liberal. Se não havia tanto uma comunhão de ideias, sobressaía entre os proprietários de terras uma nítida comunhão de interesses. Federalismo, neste caso, significava rudemente algo como uma resistência à autoridade estatal sobre o poder local, oligárquico. Por isso, era natural que o grupo positivista, dos quais se destacariam Benjamin Constant, Miguel Lemos, Martins Júnior e Raimundo Teixeira Mendes, tivesse em seu projeto ideológico uma concepção de unidade política que valorizasse uma maior integração nacional e uma forte centralização administrativa, interpondo a esses poderes locais uma rígida direção conjunta movida por um governo autocrático e chefiado por uma liderança presidencial. Os republicanos paulistas, assim como seus aliados em Minas Gerais e na Bahia, viam no federalismo estadunidense a forma institucional apta a garantir-lhes autonomia e mando em seus estados. Os jacobinos, tal como os positivistas, também defendiam um estado forte e centralizador, mas apoiado num "republicanismo" radical e revolucionário, ao passo que os seguidores de Comte eram adeptos de um progresso cujas modificações não ultrapassassem os limites da ordem.

> Da parte de brasileiros inquietos com a singularidade de sua situação na América é que houvera maiores dúvidas quanto ao fato de ser sua civilização superior à das repúblicas vizinhas; e a suspeita de dever-se atribuir a possível inferioridade ao sistema político de governo, associado, na imaginação de alguns desses inquietos, à ideia de rotina ou de arcaísmo. À ideia de negação mesma de progresso.[21]

A partir deste horror à singularidade, sentida sobretudo pelos bacharéis pretensamente cosmopolitas das cidades brasileiras, a rivalidade entre liberais e conservadores, sendo esgarçada ao longo dos anos, acabaria se refazendo num plano mais radical: não mais apenas a autonomia das províncias em relação ao poder central, entrava em jogo a partir de então o pleito de alteração radical da forma de governo, dando cabo da monarquia e instalando a forma republicana. Esses brasileiros mais inquietos de imaginação republicana foram em grande parte os mesmos bacharéis a rivalizar com Pedro II. O comum às diferentes versões do republicanismo bacharelesco era não só a devoção livresca e entusiasmada ao Progresso, mas a identificação deste com a forma republicana, a ser alcançado como uma decorrência natural de uma reforma política no modo de governo, em completo descaso à "questão social": isto é, de substituição do trabalho escravo pelo trabalho livre, por um lado, e a desafiadora transformação de um contingente enorme de pessoas recém saídas da escravidão, analfabetos e marginalizados, em cidadãos, por outro.

Desmontada a institucionalidade monárquica, entretanto, o único aparelho institucional que reunia condições de erguer-se acima dos partidos e das forças regionais foi o Exército brasileiro. Isso explica, em boa medida, porque a República, sobretudo em sua primeira década, foi paradoxalmente mais autoritária do que a Monarquia. Não era só uma questão de necessidade, era também uma consequência natural da posição central que desde então coube ao Exército quando o assunto era a arriscada unidade nacional, problema agravado pelas sedições que almejavam o retorno da Monarquia.

Nesse sentido, a cópia das formas institucionais republicanas defrontou-se com a resistência de uma realidade que não se submetia tão facilmente a princípios forjados fora de sua história. É que, em política, nem tudo é forma institucional. Ou, dito de outro modo, as formas institucionais, quando muito, definem limites de atuação, mas o que conta mesmo é o entendimento que as partes em disputa possuem dos fins e dos meios envolvidos na luta pelo poder. E o entendimento, assim como as práticas que tornaram o país governável pela elite e para a elite, estava longe das formas republicanas que, mais uma vez, formaram somente uma fachada frágil e mal rebocada, incapaz, até os dias de hoje, de bem ocultar a argamassa autoritária. É como se a República, ante as formas políticas do patriarcado

---

[21] Gilberto Freyre, *Ordem e progresso*, p. 739.

oligárquico, não fosse ainda senão um mero episódio, insuficiente para constituir uma *tradição* propriamente republicana.

Como vimos, as principais consequências políticas do complexo sádico-masoquista desenvolvido pela educação para o patriarcado foram a constituição e a disseminação de um sentimento de dignidade que só se preenche pelo mando e, como tal, se funda na diferença e, mesmo, a exige. Ora, a República, cujo primeiro princípio é a igualdade, foi e continua sendo um "episódio" sem força para abolir as sobrevivências antirrepublicanas e antidemocráticas das "formas" patriarcais de cultura política. Entre os consolidados padrões patriarcais de entendimento e prática da política, por um lado, e os aparelhos institucionais republicanos copiados da constituição de países com realidade completamente distinta, por outro, foi se criando uma espécie de ajustamento com idas e vindas, com progressos e recrudescimentos que faziam do movimento político do Brasil "republicano" um movimento comparável a uma "dança de balé", em que patriarcado e República formavam um par de difícil entrosamento.

> Pois o balé político que então se dançou no Brasil foi sobretudo um balé em que se destacaram por seus passos, seus avanços, seus recuos, suas contemporizações, suas transigências, o paternalismo da Coroa e o paternalismo das casas-grandes. Este, com a Abolição, perdeu o seu nervo principal; aquele, desaparecido o Império, tornou-se apenas um fantasma político. Sociologicamente, porém – isto é, como formas – tanto um como o outro paternalismo sobreviveram na República de 89: no presidente da República, que teve de conformar-se em continuar sob vários aspectos a ser o que o imperador fora durante a Monarquia; no Exército Nacional, que passou a desempenhar funções suprapartidárias e superiormente nacionais de conciliador e pacificador dos brasileiros divididos por ódios de partido ou antagonismos de interesses subnacionais; nos chamados coronéis cujas mãos de chefes mais que políticos do interior reuniram parte considerável da herança dos antigos barões do Império: alguns quase feudais em seu modo de ser patriarcas. Mas patriarcas por vezes aristocrática e republicanamente desdenhosos do poder imperial.[22]

Havia, assim, uma espécie de legado imaterial das instituições abolidas que impregnava as que começavam a se formar. Fosse a escravidão, as práticas de dominação, mando e obediência nela condensadas, fosse a Monarquia, com suas práticas de conciliação dos interesses oligárquicos regionais em disputa, ambos deixavam para a vida política brasileira um substrato no qual a árvore republicana dificilmente poderia florescer. Era preciso preparar o solo, arejá-lo e fertilizá-lo antes que as sementes da institucionalidade republicana fossem plantadas.

---

[22] Gilberto Freyre, *Ordem e progresso*, p. 529.

Não foi o que se fez. Abolida a escravidão, não se tomou nenhuma medida de alcance nacional – e tampouco regional – para a integração da população liberta. Ao contrário, investiu-se em colônias de imigrantes europeus para substituir a massa de trabalhadores antes escravizados, criando para estes dificuldades adicionais ocasionadas pela concorrência e necessidade de competir, nas cidades, com número cada vez maior de estrangeiros. Abolida a Monarquia, voltava com força o problema da unidade nacional. Diante das tentativas de restauração monarquista e de uma completa dispersão das forças políticas, as primeiras administrações republicanas estiveram absorvidas com a manutenção do poder e da unidade nacional – deixando intactos os grandes problemas nacionais oriundos da monocultura latifundiária e da escravidão, dados como assunto encerrado após o 13 de Maio e, especialmente, após o 15 de Novembro. E, como dissemos, para tal a República precisou dar uma posição central à única instituição capaz de fazê-lo: o Exército.

O que a Monarquia deixou com seu término foi sobretudo uma carência. Carência de instituições capazes de unificar os interesses regionais num sentido comum e mais ou menos coeso. Carência de estabilidade antes apoiada na capacidade de equilíbrio propiciada pelo Poder Moderador, cerne do regime deposto. Já no caso da escravidão, seu legado horrendo, como temos visto, vai muito além da esfera propriamente política, alcançando todas as esferas da sociedade. Toda a história do Brasil republicano se veria atravessada pelas sombras desses dois fantasmas: o dos poderes locais e oligárquicos sobre a administração central e os interesses de Estado, por um lado, e o da escravidão e de seus efeitos dissolventes, por outro. E ambos, até hoje, continuam sem uma resposta satisfatória, seja no que diz respeito a uma forma institucional adequada à governabilidade e à estabilidade política, seja no que diz respeito aos abismos de desigualdade e à naturalização da violência e da crueldade em meio aos quais vivemos e convivemos.

Pessoas e instituições

Ainda há pouco, em 2022, após a catástrofe humana provocada pelo excesso de chuva em conluio com o excesso de ocupação irregular do espaço urbano de Petrópolis, no estado do Rio de Janeiro, veio à tona um fato, simples e corriqueiro, que muitos de nós ignorávamos, que, no entanto, causou certo rebuliço no debate público. É que diante da comoção e da carência de recursos financeiros para o socorro da população atingida pelas enchentes e desmoronamentos, alguém se lembrou do muito dinheiro pago pela população de Petrópolis na forma do Laudêmio: um imposto cujos únicos beneficiários são os membros da família real, ainda que o Brasil seja formalmente uma República desde 15 de novembro de 1889. Sobrevivência monárquica que causou espanto e indignação a muitos brasileiros já inconformados com o volume de impostos que pesa sobre seus bolsos. Pois bem, quem nos dera fosse essa a única sobrevivência dos tempos monárquicos no regime republicano brasileiro. O fato, entretanto, é que em suas primeiras quatro décadas, a República, com os meios e os homens de que dispôs, fez muito pouco para superar de vez as sobrevivências monárquicas, patriarcais e escravocratas – que vão, aliás, muito além do laudêmio cinicamente cobrado ainda hoje da população petropolitana.

Com a queda da Monarquia e com a expulsão da família real, dois grupos passariam a disputar a hegemonia ideológica no interior da República: liberais-federalistas e centralistas-positivistas. Os primeiros inspiravam-se pelo exemplo estadunidense, forma política capaz de atender aos interesses de autonomia das províncias e suas oligarquias. Tinham como principal centro institucional o Partido Republicano Paulista e estavam, por isso, sob forte influência das oligarquias cafeeiras de São Paulo e da região Sudeste. Já os positivistas, inspirados na doutrina de August Comte, idealizavam um governo centralizado presidido por um líder com poderes ditatoriais para implementar as medidas sugeridas pela ciência positiva. No que se refere às instituições em que se encamparam seus ideólogos e seguidores, destacam-se o Clube Militar do Rio de Janeiro e o Partido Republicano Rio-grandense. Não se poderia deixar de mencionar, também, a Faculdade de Direito de São Paulo, principal centro de formação e bacharéis liberais, e a Politécnica do Rio, principal instituição formadora de bacharéis positivistas. Além disso, tanto os republicanos liberais quanto os positivistas tiveram suas lideranças políticas e intelectuais modelares: os casos de um Campos Sales, de um Francisco Glicério e, principalmente, de Rui Barbosa, em relação ao liberalismo; e de Benjamin Constant, Teixeira Mendes e Júlio de Castilhos, em relação ao positivismo.

Se esses grupos estiveram unidos em torno da derrubada da Monarquia, outra seria a relação entre eles uma vez proclamada a República. A "unanimidade" de bacharéis republicanos que sacrificaram expiatoriamente d. Pedro II se esfacelaria já nos primeiros dois anos de regime republicano. Como se sabe, o golpe republicano, embora feito sob o comando geral do Exército, encabeçado por Deodoro da Fonseca, contou com intenso estímulo de republicanos paulistas. De modo que, no início, durante o Governo Provisório, houve certa tentativa de harmonização entre a ala civil e a ala militar. Tanto que, na presidência de Deodoro, quem teve destaque na orientação ideológica do regime não foram tanto os positivistas do Exército, mas antes os "civilistas" liberais, por meio, principalmente, da influência de Rui Barbosa. Principal ideólogo da liberalíssima Constituição de 1891, o grande jurista baiano ocupou também o cargo de ministro da Fazenda, e foi protagonista central do enredo que se desenrolaria a partir de então.

Rui Barbosa e o liberalismo brasileiro

A imagem ou o perfil de Rui Barbosa que nos é traçado por Gilberto Freyre apresenta um Rui de figura ambígua, contraditória e, mesmo, romanticamente trágica. Romanticamente, porque traço marcante de sua personalidade e de sua atuação política foi um exacerbado romantismo jurídico, cujo principal efeito, além de torná-lo o "campeão do *habeas corpus*" no Brasil, foi um radical afastamento de Barbosa da concreta realidade brasileira, que buscava tratar e compreender à luz apenas de teorias inglesas e estadunidenses, em completo desprezo pela especificidade dos problemas postos pela realidade brasileira e suas particularidades concretas. Bateu-se com enorme vigor contra tudo que contrariasse os princípios de seu liberalismo, mas um vigor que se alimentava mais, muito mais da retórica e da oratória do que da experiência e do contato com a realidade efetiva da população brasileira. Eis, em síntese, a imagem que Freyre nos pinta do grande político e orador baiano.

Rui Barbosa era para Freyre a encarnação viva do tipo ideal mais completo e acabado do bacharel brasileiro. Erudito, sem dúvida. Mas de uma erudição puramente livresca, descolada da vida e da realidade, de uma sabedoria que, embora imensa, pouco serviu-lhe para fazer frente a problemas que, sendo como eram particulares à sociedade brasileira, precisavam de estudiosos que levassem em conta essa realidade antes de a ela se dirigirem cheios de modelos e teorias estrangeiras, estranhas e alheias àquela realidade. Isso explica como foi possível que o ardente abolicionista dos tempos do Império não tenha dedicado um único parágrafo da Constituição de 1891 à proteção, ao amparo, à educação e à integração da população recém alforriada e tampouco daquela que, embora formal e juridicamente livre, fosse concretamente marginalizada. Pois era assim que Barbosa, aos olhos de Freyre, parecia conceber a condição humana: por seu *status* jurídico, não por sua situação vital. Bastava que o escravo deixasse de ser juridicamente escravo, e estaria resolvido o problema da escravidão. Tão resolvido que se podia até queimar – ideia e ação do próprio Rui, quando ministro da Fazenda – os arquivos de registros e matrículas de escravos.

Sim, Rui Barbosa foi o grande responsável pela queima dos arquivos da escravidão, já nos primeiros respiros da República. Freyre, por sua vez, foi um dos primeiros a apontar incisivamente a responsabilidade de Barbosa nesse ato, o que, por óbvio, provocou tremendo mal-estar no debate público. Como se pode imaginar, foi essa uma crítica que acertava um duro golpe na imagem mítica de Rui Barbosa, humanizando o que àquela altura era um semideus no imaginário republicano, lançando um pouco de sombra no quadro que antes era só luz. Freyre, naturalmente, foi acusado de detrator da imagem de Rui Barbosa, com tudo o que se pode esperar de tal acusação. Afinal, desmistificar o mito Rui era quase cometer um crime de lesa-pátria.

Mas, polêmica à parte, não é verdade que Freyre fosse um detrator de Barbosa, um "anti-Rui", como queria Américo Jacobina Lacombe, então diretor da Casa de

Rui Barbosa, que levou adiante longa polêmica com Freyre em torno do assunto. Tal polêmica se arrastaria do início dos anos 1940 até, pelo menos, o fim dos anos 1980. No livro *Pessoas, coisas e animais*, organizado por Edson Nery da Fonseca e que reúne artigos de jornal escritos por Freyre, consta uma expressiva coletânea de textos de Freyre dedicados ao tema da personalidade de Barbosa e de sua ação política. Artigos de Freyre sobre o ilustre constitucionalista baiano cuja publicação vai de 1943 a 1977. Do mesmo modo, em 1988, sintomaticamente pouco depois da morte de Freyre e em meio ao entusiasmo da redemocratização do país, Américo Jacobina Lacombe, junto com Francisco Assis Barbosa e Eduardo Silva, publicariam, pela Fundação Casa de Rui Barbosa, livro inteiramente dedicado ao assunto e com o indisfarçável propósito de justificar o ato de Barbosa, na compreensível tentativa de salvar seu mito. O livro, intitulado *Rui Barbosa e a queima dos arquivos*, além de importante coletânea de documentos, traz artigos dos organizadores em que procuram, por vias semelhantes, justificar historicamente o ato. O artigo de Jacobina Lacombe, embora isso não conste no livro, foi originalmente publicado em *O Jornal*, no dia 17 de março de 1946, com o título "A queima dos arquivos da escravidão". Dirigia-se, então, expressamente a uma polêmica com Freyre acerca do famigerado gesto. Independentemente de quem tenha razão, a polêmica por si mesma é demasiado reveladora de traços importantíssimos da sociedade brasileira no que se refere à sua relação com o passado escravocrata.

A bem da justiça, entretanto, antes de considerarmos os principais pontos da polêmica, convém salientar que Freyre, de modo algum, foi um detrator de Rui Barbosa. Ao contrário, se insistia na responsabilidade de Barbosa era justamente por medi-la pela grandeza intelectual do jurista baiano em comparação a seus pares. Em todo caso, há em Freyre muitas passagens que homenageiam Rui Barbosa e que atuam no sentido de reforçar positivamente sua imagem, com destaque para sua figura heroica e modelar para a nação brasileira, sua poderosa ação cívica de incontornável liberal e abolicionista posta a serviço, desde o início de sua carreira, do Brasil mais do que de um ou outro estado, a serviço da esfera pública mais do que de interesses privados. Em artigo publicado em *O Jornal* em 21 de setembro de 1943 e intitulado "Em torno da unidade brasileira", disse Freyre sobre Barbosa:

> Sua palavra intrépida de advogado com a quase mania de *Habeas-Corpus*, sua grande voz liberal à inglesa e à americana, seu vasto saber de constitucionalista, toda essa sua riqueza oriental de grande homem, cedo deixou de ser propriedade da Baía para tornar-se uma tremenda força de unificação de todas as tendências liberais e civilistas de homens feitos, de moços, de adolescentes de várias regiões brasileiras. Por conseguinte, um órgão supraestadual de ação e de expressão nacional cujo desaparecimento fez enorme falta à unidade brasileira.[23]

---

[23] FREYRE, Gilberto. Em torno da unidade brasileira. *O Jornal*, 21 set. 1943, p. 4.

Tal foi o tamanho gigantesco da personalidade do franzino Rui Barbosa, como gigantesca era, por isso mesmo, sua responsabilidade de "tremenda força de unificação de todas as tendências liberais e civilistas". Ora, o que deve nos intrigar, sem dúvida alguma, é como foi possível que este Rui tenha sido o mesmo a mandar queimar os arquivos da escravidão. É exatamente isso que os textos de Jacobina Lacombe, Francisco de Assis Barbosa e Eduardo Silva nos ajudam a compreender. Por isso, antes de adentrarmos no modo como Freyre entendeu o problema, tomemos os argumentos que os três primeiros nos apresentam em suas últimas palavras sobre o assunto, em que davam por justificado tal ato extremo. Concordemos ou não com a justificação que oferecem, ela nos municia com elementos valiosos para uma reflexão sobre o Brasil que se modernizava e que transitava do trabalho escravo para o livre, da Monarquia para a República.

O texto de Jacobina Lacombe, publicado em 1988 em *Rui Barbosa e a queima dos arquivos*, é praticamente o mesmo do publicado em 1946. O que mudou, efetivamente, foi o título: em 1988, em vez de "A queima dos arquivos da escravidão", o texto apareceu como "Pedra de escândalo". No texto, Lacombe elabora um breve resumo histórico do que para ele foram os sucessivos equívocos em torno do tema. Entre tais equívocos, o que mais parecia incomodar Lacombe era que se concentrasse toda a responsabilidade do ato sobre Rui Barbosa. Tal impressão "errada" dos fatos, para Lacombe, teve sua origem em Nina Rodrigues, no texto hoje clássico de Africanos no Brasil. Ali o célebre africanologista teria, primeiro, falado de um "decreto" de Barbosa que ordenava a destruição dos papéis da escravidão, embora na nota de rodapé, ao assinalar sua fonte, conste não um decreto, mas uma circular do Ministério da Fazenda, de 13 de maio de 1891, mandando queimar os arquivos da escravidão. Nina Rodrigues, enfim, atribuía a tal insanidade incendiária do passado a inexistência dos documentos relativos à imigração africana na alfândega do estado e, por causa disso, diz-nos Lacombe, "passou a figurar esse fato em quase todos os trabalhos modernos sobre o assunto"[24]. E, com Gilberto Freyre, já em *Casa--grande & senzala* e, depois, repetidas vezes em diversos outros textos, o equívoco aumentaria, senão em proporção, ao menos em disseminação, já que agora vinha da pena daquele que era, para Lacombe, "o maior sociólogo brasileiro". Vejamos o que disse o autor de *Casa-grande & senzala* que, a despeito de "tão exato nas suas pesquisas", teria incorrido em dois equívocos[25].

> Infelizmente as pesquisas em torno da imigração de escravos negros para o Brasil tornaram-se extremamente difíceis, em torno de certos pontos de interesse histórico e antropológico, depois que o eminente baiano, conselheiro Rui Barbosa, ministro do Governo Provisório após a

---

[24] LACOMBE, Américo Jacobina. Pedra de escândalo. *In: Rui Barbosa e a queima dos arquivos*. Rio de Janeiro: Fundação Casa de Rui Barbosa, 1988. p. 34.

[25] *Ibid.*, p. 34.

proclamação da República de 1889, por motivos ostensivamente de ordem econômica – a circular emanou do Ministro da Fazenda sob o nº 29 e com data de 13 de maio de 1891 – mandou queimar os arquivos da escravidão. Talvez esclarecimentos genealógicos preciosos se tenham perdido nesses autos de fé republicanos.[26]

Não há como negar: Nina Rodrigues estava errado em falar em decreto; e Freyre também estava errado quando sugeriu que Rui seria o autor da famigerada 29ª circular de 13 de maio de 1891. Ora, Rui Barbosa já não ocupava mais o Ministério da Fazenda, de modo que não podia ser, como não era, a sua a assinatura que constava no documento. A circular, na verdade, foi subscrita pelo então novo ministro da Fazenda, conselheiro Tristão de Alencar Araripe – fato para o qual, como declara Lacombe, o historiador Otávio Tarquínio de Souza já havia chamado a atenção. Mas é do mesmo Tarquínio de Souza a observação, mais difícil de ser contornada, de que a 29ª circular de 13 de maio de 1891 vinha simplesmente

> pôr em execução um despacho de seu antecessor, Rui Barbosa, de 14 de dezembro de 1890, despacho este que ordenava a queima imediata e destruição de papeis, livros e documentos em "homenagem aos nossos deveres de fraternidade e solidariedade para com a grande massa de cidadãos que, pela abolição do elemento servil, entrava na comunhão brasileira".[27]

Assim, embora a circular de 1891 não fosse assinada por Rui Barbosa, ela vinha simplesmente cumprir um despacho seu de poucos meses antes. Como negar, neste caso, a responsabilidade de Barbosa? Aqui, nesse ponto em particular, a argumentação de Lacombe opera quase um milagre verbal, e consegue, em boa medida, senão isentar Barbosa, deslocar magistralmente a responsabilidade por gesto tão insano: *crimen fue del tiempo*", é como Lacombe, um tanto contagiado pela retórica de Barbosa, termina sua defesa do grande civilista baiano. Ele teria sido um mero vetor dos tempos, expressão pura e honesta de sua época, que de maneira quase unânime congratulou e estimulou o gesto. Menciona o tom festivo de que se contagiou a imprensa em torno da queima dos papeis, que no Rio de Janeiro, marco do exemplo que se deveria seguir nos demais estados, tomou ares de uma verdadeira cerimônia ritual de comemoração do 13 de Maio – não à toa a circular foi expedida em dia tão simbólico.

A medida teve apoio, inclusive, de associações abolicionistas que, como Barbosa, ainda se mantinham atentos a possíveis recrudescimentos e reações à chamada Lei Áurea de 1888. Jacobina Lacombe, é preciso dizer, novamente tem razão quanto a esse ponto. Havia um ambiente geral de euforia e comemoração em curso na sociedade brasileira, que via na queima dos papéis uma forma de "solidariedade" para

---

[26] Gilberto Freyre, *Casa-grande & senzala*, p. 383-384.

[27] Américo Jacobina Lacombe, "Pedra de Escândalo", p. 34.

com a população egressa da escravidão, tal como aliás iniciava expressamente o despacho de Rui Barbosa de dezembro de 1890. Mas Barbosa, nos diz Lacombe, teve motivos supostamente mais nobres para ordenar a queima de arquivos. Tratava-se de recurso encontrado por ele para impossibilitar as propostas, que já circulavam no parlamento desde 1884, de indenização, pelo governo, dos ex-proprietários de escravos que, em caso de abolição, estivessem a perder o que para eles não era mais do que capital investido. Desde o início desse tipo de proposta que, em caso de abolição, visava indenizar proprietários de escravos, Barbosa posicionava-se veementemente contra tais medidas, e não foi outra a postura de seu despacho de indeferimento à solicitação de três empreendedores do ramo financeiro que visavam retomar o programa de indenização já durante o Governo Provisório da República. Trazemos na íntegra o texto do curto, mas expressivo, despacho de Rui Barbosa, publicado no Diário Oficial em 12 de novembro de 1890, um mês antes do despacho que ordenava a queima dos arquivos.

> Requerimentos despachados:
> De José Porfírio Rodrigues de Vasconcelos e seus filhos, José de Melo Alvim e o Dr. Anfriso Fialho, apresentando as bases para a fundação de um banco encarregado de indenizar os ex-proprietários de escravos ou seus herdeiros, dos prejuízos causados pela lei de 13 de maio de 1888, deduzidos 50% de seu valor em favor da República. – Mais justo seria, e melhor se consultaria o sentimento nacional, se se pudesse descobrir meio de indenizar os ex-escravos, não onerando o Tesouro. Indeferido.[28]

Não negamos, portanto, que nessa polêmica, Lacombe tenha razão: Barbosa não foi o único responsável, nem seus motivos foram apenas ostensivamente econômicos. Havia, sim, componentes políticos na motivação, e é compreensível que Lacombe quisesse enfatizá-los em detrimento dos econômicos; e, de fato, Rui Barbosa agiu em completa consonância aos tempos, e isso, caros leitores, é que é demasiado revelador, sobretudo quanto ao modo como a sociedade brasileira, mesmo em seus setores mais progressistas, lidava com os "vestígios" e com a memória da escravidão.

Sobre a polêmica em si, entretanto, o que nos causa certo estranhamento é que Jacobina Lacombe não faça nenhuma referência à resposta que Freyre lhe prestou com relação aos dois equívocos de que o ilustre diretor da Casa de Rui Barbosa acusou o criador da Fundação Joaquim Nabuco. É que, como dissemos, o artigo "Pedra de escândalo", reunido na supracitada coletânea de 1988, foi originalmente publicado em 1946 com o título "A queima dos arquivos da escravidão" e recebeu uma resposta direta de Freyre que data, pelo menos, de fevereiro de 1950, em artigo publicado no Diário de Pernambuco e intitulado "Rui Barbosa e a queima dos papéis".

---

[28] Américo Jacobina Lacombe, "Pedra de Escândalo", p. 111.

Embora este artigo não apareça na coletânea de textos gilbertianos sobre Barbosa reunidos por Edson Nery da Fonseca em *Pessoas, coisas e animais*, trata-se de texto que muito nos ajuda a captar um traço essencial comum entre o modo com que Rui Barbosa lidou com o passado escravocrata, por um lado, e o modo como lidou com a "questão social" contraída junto com a abolição, por outro: esquecendo-os. Daí porque Freyre não somente reiterou sua crítica que constava em *Casa-grande & senzala*, como ainda adicionaria a ela outros componentes: não teriam sido apenas motivações "ostensivamente econômicas", mas também motivações "talvez freudianamente sociais", como numa tentativa neurótica e neurotizante de procurar, insandecidamente, relegar o passado ao esquecimento, impossibilitando e reprimindo sua desconfortável memória. Nessa ótica, tanto as nobres motivações políticas que "mal disfarçavam" as menos nobres mas ostensivas motivações econômicas, não seriam mais do que ulteriores racionalizações de um gesto que talvez se explique melhor psicanaliticamente: isto é, como uma espécie de mecanismo de defesa, coletivamente elaborado, para lidar com a traumática memória da escravidão. Ao fim e ao cabo, Lacombe talvez tenha sido mais realista que Freyre, ao admitir, meio a contragosto, que Barbosa não passou de uma expressão de seu tempo, não tendo tido a grandeza que a Freyre parecia justo se esperar de alguém com seu intelecto e com sua responsabilidade política. Freyre não foi nenhum anti-Barbosa, portanto. Por isso o contraste tão salientado por ele entre estadistas-intelectuais como Rui Barbosa, incapazes de transcender os aspectos meramente jurídicos envolvidos na abolição, e estadistas-intelectuais como Joaquim Nabuco, que desde cedo perceberam o longo futuro que a escravidão, a despeito da abolição e da condição jurídica dos herdeiros de seu horrendo legado, teria em nossa história.

> Bem diz a palavra sagrada que de quem muito recebeu (do Todo Poderoso) muito se exige. E todo aquele Congresso reunido não era maior que Rui Barbosa sozinho como responsabilidade intelectual. Responsabilidade criada pelo saber superior, pela visão superior dos fatos.
>
> Contraste-se a atitude de Rui, mandando por impulso ou interesse de momento, queimar documentos históricos em massa com a de Joaquim Nabuco que era, na época, o igual de Rui pela inteligência, pela idade, pela cultura. Pela responsabilidade intelectual. Contraste-se a atividade de Rui, mandando queimar por expediente de advogado em luta contra interesses socialmente antipáticos, mas juridicamente respeitáveis – os dos antigos proprietários de escravos – papéis relativos à história econômica e social da escravidão no Brasil, com a do grande abolicionista. Com a do Joaquim Nabuco que, em em carta ao dr. Jaguaribe, salientava a necessidade de publicarem os abolicionistas brasileiros "traduções de livros como a Cabana de Pai Tomaz, vidas de abolicionistas célebres, poesias como Poema dos Escravos de Castro Alves", e também "documentos da

nossa história como os papéis do tráfico". Repito: "documentos da nossa história como papéis do tráfico".[29]

Ao fim, a responsabilidade atribuída a Rui Barbosa por Gilberto Freyre era produto exatamente da grandeza da personalidade daquele que, apesar disso, manteve-se no nível da euforia geral dos tempos, sem se atentar para as implicações éticas, cognitivas e mesmo políticas daquele gesto. Da mesma maneira que Rui Barbosa, ao longo das longas três primeiras décadas da nascente República, não se atentou para a chamada "questão social": isto é, para o conjunto de problemas que se impunha em sequência à Abolição.

Despertar Rui Barbosa de seu sonho "jurisdicista" para a realidade social brasileira foi milagre que Freyre atribuiu a Monteiro Lobato. O romance *Urupês*, publicado em 1918 pelo grande escritor paulista, teria exercido, ainda que tardiamente, uma espécie de efeito catártico sobre Rui Barbosa, abrindo a ele o que até então havia se mantido sobre curiosa repressão e esquecimento: a questão social. Tardiamente, porque tal papel terapêutico já poderia tê-lo exercido, senão *O abolicionismo*, de Nabuco, pelo menos *Os sertões*, de Euclides da Cunha. Mas Barbosa, homem que gozando do poder que gozou junto ao Estado brasileiro, tanto no Governo Provisório de 1889-91, quanto nas décadas subsequentes, só se tornou sensível à questão social depois de *Urupês*, já no final de sua vida.

> Ter feito Rui Barbosa, já velho, voltar-se do alto do seu gabinete, com olhos espantados e quase de menino – menino doente, criado o tempo todo dentro de casa – para aquele Brasil áspero que os brasileiros de hoje estudam com um amor que seus avós, bacharéis e doutores, quase desconheceram, me parece um dos milagres realizados pelo escritor Monteiro Lobato. Foi por obra e graça de *Urupês* que o maior campeão sul-americano da inocência de Dreyfus verdadeiramente descobriu que a poucas léguas da rua de São Clemente havia quem sofresse mais do que o remoto mártir do antissemitismo europeu; sofresse de dores que o *habeas corpus* não cura; não alivia sequer. Nem o *habeas corpus*, nem a anistia; nem o *sursis*. Nenhuma solução simplesmente jurídica.[30]

A catarse de Rui Barbosa, infelizmente, veio tarde. Ainda houve tempo de a registrar com seu potente verbo, mas sem que estivesse em condições, como esteve nas décadas anteriores, de produzir efeitos políticos duradouros, que repercutissem

---

[29] FREYRE, Gilberto. Rui Barbosa e os papeis queimados. *Diário de Pernambuco*, 12 fev. 1950, p. 4.

[30] FREYRE, Gilberto. Monteiro Lobato e Urupês: uma revolução na literatura brasileira. *In*: *Pessoas, coisas e animais*. 1979. p. 98. Edson Nery da Fonseca, organizador desta coletânea de artigos, informa que este texto foi publicado em 29 de setembro de 1946 no *Diário de Pernambuco* com o título "Vinte e cinco anos depois". O mesmo artigo foi publicado três dias antes em *O Jornal*, do Rio de Janeiro.

sobre a estrutura da sociedade, e não somente sobre suas fachadas. Se pudéssemos arriscar uma projeção de Barbosa sobre o que foi a modernização brasileira no período de transição do regime de trabalho escravo para o livre e de regime político monárquico para o republicano, poderíamos dizer sem nenhum receio que, o que faltou a um, faltou a outro: contato com os problemas autenticamente nacionais. Pois Rui, primeiro como ministro da Fazenda e, mais tarde, como líder principal do movimento civilista e senador, foi, entre todos os que lutaram pela Abolição, o que mais teve reais condições políticas de implementar reformas que atuassem no sentido de dirimir os danos dos séculos de regime escravocrata. Repetimos: o que faltou a Rui Barbosa faltou por extensão à modernização brasileira – e que poderia não ter faltado, se ele tivesse tido mais olhos para o Brasil e para os brasileiros do que para os estrangeiros com que, obstinadamente, sonhava se assemelhar.

> Desconhecia Rui o Brasil; desconhecendo-lhe, aplicava-lhe a esmo e sem objetividade algumas doutrinas europeias ou soluções norte-americanas. Comparava a Atenas a cidade de Salvador da Bahia no momento em que Salvador – lembra o Professor Gilberto Amado – era "foco de febres, a amarela, entre outras", sem que esse problema o preocupasse no meio de suas "orações lírico-panteístas"; como não o preocupavam problemas de alimentação e habitação das populações pobres, de organização de operários, da propriedade territorial quase feudal e da sua substituição pela média e pequena [...].[31]

Aqui Freyre opunha à ação de Rui um breve resumo da questão social que ele ignorara até encontrar o Jeca-tatu – no livro, veja-se bem, e não na realidade brasileira, a poucas léguas da rua São Clemente, onde ainda hoje está a Casa de Rui Barbosa: a questão fundiária, ou mais exatamente, latifundiária; a proteção social do trabalhador e da própria organização das relações de trabalho, assuntos dos quais, tendo Barbosa se mantido alheio, manteve-se igualmente alheia o que na sociedade brasileira houve de modernização. Daí um Freyre tão incisivamente crítico de Rui Barbosa quando o assunto era o alheamento deste último em relação à realidade brasileira.

Neste ponto em particular também existiram veementes defensores de Barbosa. Além de Jacobina Lacombe, outro que mereceu uma tréplica de Freyre foi Luís Delgado. Em livro publicado pela editora José Olympio em 1945, intitulado *Rui Barbosa: tentativa de compreensão e síntese*, como número 48 da coleção *Documentos Brasileiros*, Delgado rebateria as críticas de Freyre quanto ao alheamento de Barbosa em relação à chamada "questão social". Para Delgado, este tipo de crítica incorria num anacronismo, pois, segundo ele, não existia "questão social" quando Barbosa, em 1891, redigiu a primeira constituição republicana. Tal visão dos problemas sociais, dizia ele, começava a ser suscitada em teóricos e estudiosos franceses e ingleses pelo

---

[31] FREYRE, Gilberto. Dois inimigos de Rui Barbosa. *In: Pessoas, coisas e animais*, 1979. p. 172.

surgimento e desenvolvimento das fábricas, que não existiam no Brasil agrícola de então. Além do mais, essa visão era ainda algo demasiado embrionário, presente nos teóricos e em suas teorias, mas não nas políticas públicas e nos estadistas.

O argumento, embora especioso, foi refutado por Freyre em suas duas partes seminais. Não só havia estadistas ingleses que já vinham implementando medidas de proteção social ao trabalhador e de integração social e econômica do subproletariado urbano, como já existia no Brasil um processo desordenado de industrialização e proletarização em curso, com a "questão social" emergindo, inclusive, na forma de conflitos violentos entre operários e patrões – representados estes últimos, é claro, pela polícia. Aliás, nos diz Freyre, tal exemplo de preocupação com a questão social Rui Barbosa não precisava buscar em estadistas franceses ou ingleses. Bastava que olhasse com atenção alguns de seus colegas de ministério, como Demétrio Ribeiro, Benjamin Constant ou Cesário Alvim, que ensaiaram medidas de proteção social ao trabalhador que podiam ter inspirado o ilustre orador baiano a fazer o mesmo, só que com maior amplitude e profundidade. Além disso, a industrialização e, com ela, a proletarização da população urbana, já tomava feições bastantes significativas não só no Rio e em São Paulo, mas também na Bahia, em Pernambuco e no Rio Grande do Sul, e mesmo na Amazônia, em cidades como Manaus e Belém[32]. E, particularmente em São Paulo, desde o começo dos anos de 1890, onde já havia, mais do que significativa industrialização, organizações de operários em luta contra os abusos de patrões e, mesmo, com seus órgãos próprios de disseminação de ideias e pautas reivindicatórias. Nem o conflito banhado a sangue nas comemorações operárias de 1º de março em São Paulo chamou a atenção de Barbosa para problemas sociais que, vindos da escravidão, se adensavam com a industrialização e a imigração. "Por que", pergunta Freyre,

> esses jornais, essa luta, esse clamor contra injustiças e maus tratos de patrões, de donos de fábricas, de chefes de empresas, de chefes de polícia, num Brasil que, segundo os Srs. Luiz Delgado, Amoroso Lima e Odilon Nestor, não tinha ainda questão social, pois estava-se no ano de 1898 e a questão social no Brasil só deveria aparecer depois de 1914?[33]

E não foram só estes os sintomas do desprezo de Barbosa pela realidade brasileira. O desprezo também se deixa notar em outras esferas de sua atuação política como ministro da Fazenda. O caso mais significativo diz respeito ao projeto de modernização econômica que visava a industrialização em larga escala do país. Tal projeto modernizador, em sua ignorância da realidade nacional, dócil à sedução exercida pelos idealizados modelos estrangeiros sobre a inteligência brasileira, parece formar uma espécie de paradigma na política brasileira. O projeto de Rui

---

[32] FREYRE, Gilberto. Rui Barbosa e a questão social. *In: Pessoas, coisas e animais*, 1979. p. 159-160.

[33] *Ibid.*, p. 161.

Barbosa tinha sua base no financiamento do crédito pela emissão de moedas lastreadas na dívida pública. Exemplo notável de um projeto que, apesar de formalmente "moderno", parece ter sido alimentado apenas pela fantasia e pela imaginação, sem contato com a experiência e a realidade nacional, ainda sob os efeitos, danosos para a economia, de uma abolição feita à revelia de qualquer planejamento.

Vista de perto, a "*dégringolade*" das finanças brasileiras, como a chamou J. P. Wileman, era algo que começara ainda no último governo monárquico e foi continuada e agravada com as medidas adotadas por Rui Barbosa quando ministro do presidente Deodoro. Este, ao olhar de Wileman, com o qual parece concordar categoricamente Gilberto Freyre, teria visto como simplesmente financeiro um problema que era mais complexo, sendo também de ordem econômica[34]. E por "econômica", aqui, deve-se entender não apenas a relação meramente técnica entre as condições e custos de produção e as possibilidades de investimento e retorno do capital financiado, e tampouco o simples incremento técnico e material da produção ou o que Marx chamara de desenvolvimento das forças produtivas; tratava-se, antes, da carência de um tipo de conduta e mentalidade afinada com os princípios produtivos do capitalismo moderno e que de modo algum podia ser adquirida como simples reflexo do progresso material. Ao contrário, "'se o desenvolvimento moral e intelectual' de um país não corresse em paralelo ao 'material', as maneiras, os costumes, a moral sofreriam com a disparidade e o caráter nacional deterioraria."[35].

Não podia haver prova maior dessa disparidade, no caso brasileiro do que o próprio desprezo pelas estatísticas econômicas, demográficas e sociais da realidade nacional, o que de antemão testemunhava a completa aversão brasileira à disciplina, ao cálculo e à metodização da vida econômica que pressupõe o capitalismo moderno[36]. E a política de financiamento da produção industrial, idealizada por Barbosa, pressupunha uma comunidade econômica preenchida por prudentes e comedidos burgueses, quando o que se tinha à disposição eram antes audaciosos especuladores mal saídos de uma mentalidade tão aristocrática, avessa ao trabalho, quanto hedonista, amante do prazer e do luxo. A crise foi generalizada, e a economia acabou afetando drasticamente também a política, abalando a legitimidade da recém-proclamada República.

A peculiaridade dramática das crises modernas, nos ensina René Girard, é não poderem ser resolvidas satisfatoriamente por meio do ritual do bode expiatório, por não ser mais possível a unanimidade de linchadores que, por sua vez, possibilita

---

[34] Gilberto Freyre, *Ordem e progresso*, p. 629.

[35] *Ibid.*, p. 629.

[36] Wileman espantou-se com a ausência de dados censitários, estatísticos e econômicos para orientar as políticas de Estado. E se isso espantava o sagaz economista antes mesmo de iniciar o século XX, o que se poderia dizer sobre o fato de, em pleno ano 2022, o Ministério da Economia, por razões alegadamente "econômicas", propor abrir mão das pesquisas censitárias da sociedade brasileira, desatualizadas havia mais de dez anos?

a ocultação da inocência da vítima sacrificada. Afinal, como agora culpar o rei, se este jazia exilado, triste e doente, longe da terra que governara com considerável parcimônia durante meio século? O Encilhamento, sugestivo nome que se deu à frustrada política econômica de Rui Barbosa, buscou preparar a economia para "galopar", mas quem galopou mesmo foi a inflação e, com ela, uma crise sem precedentes na memória de todos que testemunhavam e sofriam os acontecimentos dessa transição difícil que ali apenas começava. Sentia-se já saudade do rei, e a notícia de sua morte só vinha aumentar o remorso que muitos republicanos de primeira hora já começavam a dar sinais. Como não podia deixar de ser, a crise repercutiu no parlamento, imbuído de uma constituição republicana desde fevereiro de 1891. E em nada ajudava a reação pouco republicana de Deodoro às impetrações do Congresso: mandando fechá-lo pelo Exército. Atitude, talvez, de monarcas com pretensões absolutistas; mas não, certamente, de presidentes de uma República.

Positivismo e florianismo: uma mística da Ordem

Rui Barbosa, assim, esteve no centro da crise que engendraria a renúncia de Deodoro da Fonseca e, com ela, a ascensão de Floriano Peixoto à posição de presidente da República, cargo que exerceria com um vigor autoritário e ditatorial, com um ânimo de autocrata patriarcal que não se viu nos tempos da Monarquia. Ideologicamente, a República tomaria outro sentido durante os anos de Floriano no poder: governo em que predominou o unitarismo centralizador do positivismo em face do federalismo estadualista dos liberais. Assim como, no que toca ao exercício da política propriamente dito, predominaria o eixo militar em oposição à ala civil dos republicanos.

Mas, como se pode supor, o percurso histórico de um sistema ideológico em uma sociedade que lhe é a princípio estranha não é caminho simples de ser reconstruído. Não são poucas nem pequenas as vicissitudes do positivismo no Brasil, mas a verdade é que tal ideologia só pôde florescer como floresceu aqui porque, incidentalmente, já havia alguma afinidade última entre a mentalidade brasileira e alguns aspectos decisivos da doutrina francesa. E, uma vez germinada em solo brasileiro, a semente positivista se frutificaria em rebentos que iam da seita doutrinária que se consolidou em Igreja, ao culto, tingido de indisfarçável masoquismo político, à imagem de Floriano Peixoto, o "Marechal de Ferro".

O desenho que nos dá Freyre do positivismo no Brasil trabalha com paletas de diversas cores e matizes, variadas proporções de luz e sombra, mas que procurou, numa mesma perspectiva, enquadrar o sentido geral de sua existência e influência na República brasileira, vindo a produzir as mais importantes expressões republicanas antiliberais e antioligárquicas que agiram na vida política e social brasileiras: expressões que se encarnaram em lideranças autoritárias como Floriano Peixoto,

Júlio de Castilhos e Getúlio Vargas; e que se consolidaram em doutrinas como a do "soldado-cidadão", que naturalizaria a participação política de membros das forças armadas, ao ponto de se insurgirem contra os poderes constituídos oficiais de baixa patente, como o foi o movimento dos tenentes na década de 1920.

Tentemos, então, deslindar os diferentes planos do complexo quadro que nos pinta Freyre sobre o positivismo no Brasil. Como dissemos, destacaram-se, desde as últimas décadas da Monarquia, duas correntes de recepção e projeção do positivismo na vida pública brasileira. A primeira é aquela representada por Miguel Lemos e Teixeira Mendes e que, sem muita dificuldade, pode ser abordada com conceitos provenientes da sociologia da religião. É que nessa vertente o positivismo, além de se erigir em Igreja, organizou-se de tal modo em relação a seus fundadores franceses que tomou literalmente a forma de uma congregação religiosa: com August Comte ocupando a posição de profeta; com sua obra adquirindo o carisma de escritura sagrada, por sua vez protegida e disseminada por um sacerdócio secular que procurava obstinadamente assentar a salvação – o progresso – na Lei e na Ordem, passíveis de serem cientificamente conhecidas e dominadas. Miguel Lemos, depois de larga temporada em Paris sob tutela de Pierre Laffitte, o grande sucessor de Comte no "apostolado" positivista na França, voltou ungido sacerdote e, junto com Raimundo Teixeira Mendes, fundariam a Igreja Positivista no Brasil. Foram tão compenetrados de sua função sacerdotal que logo perceberam algo de herético no próprio Laffitte, com sua postura pouco ortodoxa de propor um livre exame da obra de Comte, e sua condescendência com membros do apostolado que, contrariando máximas da doutrina positivista, eram proprietários de escravos. Esses intelectuais positivistas, embora não tenham exercido uma influência política direta, foram, sem dúvida alguma, uma tremenda força moral que atuou no ânimo político de então. O furor doutrinário de Miguel Lemos e Teixeira Mendes, entretanto, não deixou de parecer a alguns, já naquela época, um assemelhado do "literalismo bíblico" de algumas seitas protestantes.

> Precisamente esse literalismo é que faria dizer o positivista inglês Harrison, em crítica à atitude daqueles seus correligionários brasileiros, que tal literalismo não lhe parecia justificado nem pelo "espírito geral" nem "pelas palavras" de Comte, mas, ao contrário, recordava-lhe o "Literalismo bíblico" de certos protestantes. Importando, como importava, em "erigir os livros de A. Comte em Escritura Santa ditada por inspiração verbal", ou em "tratar todos os conselhos e utopias da política positiva como prescrições absolutas", era, com efeito, uma atitude rigidamente protestante a seguida pelos Comtianos ortodoxos do Rio de Janeiro. Semelhante "fanatismo pueril" reduziria "o positivismo a uma repetição estéril de formas, a uma lista farisaica de deveres negativos", pensava Harrison.[37]

---

[37] Gilberto Freyre, *Ordem e progresso*, p. 223.

Dessa propensão literalista estiveram afastados outros positivistas ilustres e, em política, até mais influentes que Miguel Lemos e Teixeira Mendes. Foram os casos de Pereira Barros, de Martins Júnior e de Benjamin Constant; militares que, no Exército, no Club Militar e nas faculdades de engenharia, disseminariam e insuflariam o positivismo no espírito de muitos jovens bacharéis e oficiais das forças armadas e que, como no caso de Benjamin Constant, viriam a atuar decisivamente na queda da Monarquia e na configuração da primeira República. Para Freyre, sua influência só não foi maior porque, em matéria de política e, mais especificamente, de exercício da política, faltou-lhes mais do ímpeto ativo e autoritário legitimado pela própria doutrina de Comte, carência que Freyre atribui a certa "delicadeza feminina" de homens que eram antes intelectuais do que políticos ou militares em sua conduta pública. Colaboraram, entretanto, para que o positivismo se constituísse entre nós como o que Alfredo Bosi chamou de "ideologia de longa duração", capaz de inspirar a ação de sucessivas gerações no tempo histórico[38]; e para que o Exército se constituísse como força contundente de unificação nacional, ao invés de instrumento meramente a serviço de uma classe ou partido.

> Desse intelectualismo resultaria seu fracasso na parte mais crua da atividade política, embora de tal espécie de fracasso se deva separar a repercussão da influência moral e intelectual sobre a vida pública da época, que foi considerável, da parte de Benjamin Constant e do próprio Martins. Concorreram eles para que o Exército absorvesse da doutrina positivista sugestões no sentido de situar-se, pelos seus líderes mais decididos, naquela posição, desejada por Joaquim Nabuco e pelo barão do Rio Branco, de herdeiro da Coroa como poder suprapartidário e órgão apolítico nas lutas entre facções e nos conflitos entre grupos partidários. Enquanto os positivistas mais sectários desejavam fazer do Exército um órgão da doutrina.[39]

E se a Benjamin Constant, intelectual-político positivista com maior projeção na Primeira República, faltou certo vigor autoritário demandado pelo próprio positivismo, o mesmo não se pode dizer de Floriano Peixoto que, ao ascender à presidência, mostrou-se menos positivista que autoritário. Na esteira do ato de fechar o Parlamento promovido por Deodoro, Floriano, ao assumir a presidência, não convocou novas eleições, como preconizava a recém promulgada constituição de 1891. A dificuldade de ceder passo à efetiva atuação do parlamento e dos limites que este representava à atuação do Governo, se era uma compreensível sobrevivência monárquico-patriarcal, era também atitude que encontrava respaldo na doutrina positivista. Para esta, a realidade social era governada por leis universais

---

[38] BOSI, Alfredo. O Positivismo no Brasil: uma ideologia de longa duração. *In: Entre a Literatura e a História*. São Paulo: Editora 34, 2013. p. 277-301.

[39] Gilberto Freyre, *Ordem e progresso*, p. 223-224.

que, como tais, não deviam estar submetidas à opinião parlamentar, sendo o parlamento encarado como um antro dos mais contraproducentes sofismos que só fazem protelar o progresso em nome de interesses particulares de indivíduos e grupos, e não da unidade nacional. O progresso carecia somente de um líder forte, um presidente autoritário capaz de pôr em marcha o programa de reformas que, amparado na ciência positiva, adequasse as relações humanas à ordem natural.

Não se pode dizer, portanto, que Floriano foi rigorosamente positivista. Não realizou o programa de reformas positivistas, e gastou quase todo seu governo restabelecendo, pela força, a unidade ameaçada pela crise generalizada que vinha desde o Encilhamento e pelas sedições que começavam a despontar no sul do país – tanto da parte da Marinha brasileira, que exigia a renúncia de Floriano, a convocação de eleições ou, mesmo, a restauração da monarquia; quanto da parte de republicanos federalistas do Rio Grande do Sul, que se opunham agudamente à centralização positivista do poder. Mas foi só até aí o programa florianista. Colaborou, é certo, para a consolidação da ordem jurídica republicana, mas pouco ou nada fez para a consolidação de um regime social propriamente republicano capaz de incorporar a população marginalizada aos preceitos e requisitos da cidadania e da ordem econômica competitiva. Com Floriano, neste sentido, a República foi antes uma continuação da Monarquia do que sua completa negação e foi com ele, principalmente, que o Exército assumiu o papel, um tanto monárquico, de órgão unificador, espécie de substituto funcional do Poder Moderador de que falamos anteriormente.

Em outras palavras, com Floriano a "questão social", levada tão a sério pelos positivistas em seus por vezes inflamados discursos, continuaria em segundo plano, derrogada pela questão política e militar, que ocupou os mais amplos esforços de seu governo. A protelação do enfrentamento da questão social duraria, no encalço dessas sucessivas peripécias da transição, mais algumas décadas. Do governo Floriano, apesar disso, é preciso ressaltar alguns aspectos importantes. Alguns deles, aliás, só se revelariam com clareza no futuro, pela conexão que estabeleceriam com outros eventos decisivos da história brasileira. Estes são os casos do fortalecimento do Exército como poder de integração nacional, no que toca à ordem institucional, que se consolidaria na Primeira República; e do amadurecimento do positivismo em grandes personalidades políticas que, um tanto tardiamente e sob ferrenho autoritarismo, começariam a enfrentar a "questão social" a contrapelo das forças dispersivas do poder oligárquico. São os casos de Júlio de Castilhos e Getúlio Vargas, expoentes de duas gerações de militares positivistas cuja ação política marcaria para sempre o destino da sociedade brasileira.

Sobre o fortalecimento do Exército, em particular, tratava-se de demanda que vinha desde a Monarquia e que começava a ser satisfeita às expensas da ala civil e, mesmo, da democracia política. Durante o embate com a Marinha, com a Revolta do Forte de Copacabana, liderada pelo monarquista Saldanha da Gama, o governo Floriano manteve duro estado de sítio, com prisões arbitrárias, fechamento de jornais e intensa violência militar na repressão aos opositores. Seria pela violência, pelo vigor autoritário que se ergueria sua "República da Espada" e que o consagraria, no imaginário popular, como o "Marechal de Ferro" – imagem que tanto destoava daquela de "Banana" atribuída ao monarca liberal d. Pedro II. Em relação à projeção das personalidades no conflito, o contraste entre Exército e Marinha se deixava ilustrar nas imagens opostas de seus dois líderes: Floriano, ascendente dos setores médios da sociedade brasileira, de origem mestiça e feições caboclas, como líder do Exército; e Saldanha da Gama, almirante da Marinha, membro da alta aristocracia, que liderou a segunda Revolta da Armada[40] e que morreria lutando na Revolta Federalista, à qual se juntou depois de derrotada a sua armada.

Mais do que o protagonismo da rivalidade entre duas instituições de defesa nacional, ou de um conflito entre um republicano quase jacobino e um monarquista restaurador, para Freyre o evento representava uma reação do "nativismo brasileiro" à unidade ameaçada, uma resposta do conjunto societário às inovações republicanas, "absorvendo-as na sua constante de ordem." Saldanha da Gama, em seu apego ao passado monarquista, representava o passado "apenas histórico", ao passo que Floriano, reimpondo a ordem monárquica pelos meios da República, representaria o que o filósofo espanhol Miguel de Unamuno chamara de intra-histórico, isto é, um componente de constância e eternidade que, a despeito das variações e inovações do tempo histórico, continua e permanece. E ao caos dos primeiros anos da República, Floriano, através dos meios republicanos de que dispunha – o Exército – impôs uma ordem um tanto continuadora da Monarquia.

> Reagindo de modo áspero contra as tentativas no sentido de restaurar-se no Brasil o sistema monárquico de governo, Floriano tornou-se o "consolidador da República como que em função de uma constante brasileira estabelecida pelo Império: a constante da ordem nacional, inseparável da mística brasileiríssima de unidade, essencial, aliás, ao progresso americano em que os republicanos pretendiam integrar o País de modo mais rasgado, considerando alguns que o medo de Pedro II aos excesso de progresso material talvez representasse temor ao americanismo republicano. Dessa constante quem paradoxalmente se afastara fora Saldanha da Gama, com toda sua bravura de fidalgo magnificamente leal a seu rei. Extremando-se em fidelidade a um passado apenas histórico, Saldanha deixou que Floriano passasse a representar no Brasil do fim do século XIX o passado intra-histórico da definição de Unamuno. Um passado intra-histórico – brasileiro – que após a surpresa do primeiro momento de inovação revolucionária – surpresa causada no brasileiro médio pelo 15 de Novembro – começou a reagir à República, triunfante pelas armas, absorvendo-a na sua constante de ordem; na sua mística de unidade; na sua

---

[40] A primeira, pouco antes, havia sido liderada por Custódio de Melo.

unidade; na sua disposição ao progresso conciliável com essa mística e com aquela constante.[41]

Na carência do Poder Moderador, a República se consolidaria se valendo do Exército como seu substituo funcional, impondo a partir dele uma ordem suprapartidária, acima dos interesses regionais em disputa. Chama a atenção a proximidade com a tese de Renato Lessa no já clássico *A invenção republicana*, quando este toma o "modelo Campos Sales" como uma espécie de mecanismo extraconstitucional de arranjo político que conseguiu contornar, com eficiência, os problemas de governabilidade no país ainda fresco de mentalidade monárquica e, na prática, antirrepublicana. Para Lessa, a "política dos governadores" organizada por Campos Salles veio a ser um novo substituto funcional do Poder Moderador. Do mesmo modo como surpreende que Paulo Mercadante, que desenvolveu uma tese sobre a consciência conservadora no Brasil e sua tendência ao ecletismo, não faça nenhuma menção a Freyre, mesmo que este já tivesse intuído, no campo da cultura, todo o problema investigado por Mercadante no campo das ideias políticas. Num caso como no outro, Freyre pode ser visto como um sagaz antecipador dessas teses e de seus autores.

Quanto ao sentido geral da Primeira República, em especial sobre a consolidação do regime institucional republicano, pode-se dizer que Freyre destacou dois pontos essenciais: que tal consolidação efetuou-se conservando traços substantivos do modo monárquico de governar, como também o predomínio de formas patriarcais de relacionamento intersubjetivo que dava às figuras políticas a conotação simbólica de um Pai, de um provedor responsável pelo destino de um povo, ao qual este possa sem receio e despreocupadamente se entregar. Em Floriano Peixoto, especialmente, a população brasileira de então encontrou exatamente este líder. Daí ter havido entre ela certo culto masoquista à imagem de Floriano, sugestivamente chamado, desde então, de o "Marechal de Ferro". Sua relação umbilical com o Exército, sua ascensão gloriosa até chegar a general, senador, vice-presidente e, finalmente, presidente da República, assim como o autoritarismo com que, enquanto chefe de Estado, reprimiu seus adversários, criou considerável identificação das massas com sua figura. O Exército, como instituição de Estado da qual Floriano era oriundo e à qual passava a controlar e utilizar como ferramenta de governabilidade, transformava-se assim em instituição central da República, vindo a ser, ao menos por certo tempo, objeto de uma valorização quase mística e símbolo de libertação nacional. A própria vinculação do Exército à sua "República da Espada" transmitia e satisfazia, de maneira eficiente e despersonalizada, o anseio brasileiro por ordem, por saber quem manda e quem obedece em meio a um progresso que, apesar de ambíguo e tortuoso, era suficiente para desestabilizar relações e hierarquias. Floriano foi aquele que, afinal, conseguiu

---

[41] Gilberto Freyre, *Ordem e progresso*, p. 224-225.

A presença do passado – patriarcal, monárquico e escravocrata – no presente republicano | 247

sintetizar em ação política a "consciência conservadora" disseminada na sociedade brasileira, adoradora do Progresso, mas desde que irrestritamente realizado nos marcos da Ordem. Daí porque foram

> os acontecimentos revolucionários de 89 em grande parte absorvidos ainda quentes e até crus pela constante como que instintivamente conservadora da sociedade brasileira, tão ágil às vezes, sob a aparência de inércia ou apatia, em assimilar inovações, como foi a República ao seu modo de ser presente, sendo ainda passado: e passado quase sempre disposto a entrar em confabulações com o futuro. Constante que dá ao Brasil alguma coisa de China, uma China Tropical."[42]

É claro que essa valorização mística do Exército, da disciplina, da hierarquia e da Ordem dependeu de muita propaganda – feita na imprensa, nos clubes militares, nas faculdades de engenharia e, especialmente, na Escola Politécnica, onde o positivismo, desde a última década da Monarquia, servia a esse ímpeto culturalmente criado na sociedade brasileira como nenhuma outra ideologia poderia fazê-lo. Mas, não fosse já o amor do brasileiro à ordem, à estabilidade, à segurança, à hierarquia, não fossem as muitas afinidades pré-intelectuais entre positivismo e elementos importantes da cultura brasileira, e talvez o positivismo não tivesse vingado entre nós como vingou[43]. Pois o que o positivismo oferecia aos intelectuais brasileiros era justamente uma hiperordenação sistemática da experiência, creditando-a regulada por leis universais que abrangeriam todo o cosmos, a natureza e não menos as sociedades humanas e sua história – o que implicava também, por extensão, seu futuro. No fundo, o positivismo era uma espécie de pai mais ou menos despersonalizado que indicava a uma parte da intelectualidade brasileira o lugar das coisas. E ordenando também a história, conseguia conciliar como nenhum outro sistema ideológico o progresso com a estabilidade, abrindo-se para a mudança, desde que sem os traumas do repentino, do completamente novo e estranho, do não familiar; e mudança, é claro, para um estágio civilizatório que fosse sempre mais avançado, e que da era dominada pela magia se seguiria por aquela dominada pela teologia, pela ciência e, finalmente, pela orientação positivista. Havia, nesse sentido, certa expectativa messiânica concentrada na ideologia positivista e dirigida

---

[42] Gilberto Freyre, *Ordem e progresso*, p. 225.

[43] O mesmo, aliás, se poderia dizer do espiritismo. É curioso notar que poucas décadas separam as principais obras de Auguste Comte das principais obras de Allan Kardec. A repercussão que suas respectivas doutrinas alcançaram no Brasil não pode ser encarada como algo fortuito. Assim como a existência de uma afinidade pré-intelectual dos brasileiros à ordem e à hierarquia favoreceu a disseminação e a vulgarização da doutrina positivista, a difundida crença nos "espíritos" como forma elementar das religiosidades brasileiras favoreceu a disseminação e a vulgarização do kardecismo. Ambos os movimentos de ideias, por sua vez, podem ser incluídos no que temos chamado de "europeização" da sociedade brasileira.

principalmente aos setores médios e baixos da população, em completa afinidade com princípios básicos de nossa antiga educação para o patriarcado: a conquista do "progresso", da ascensão, pela completa e resignada submissão (masoquista) à ordem – despersonalizada através das "leis" positivas, mas repersonalizada no culto à imagem de Floriano.

Em sua sociologia da religião, Max Weber nos mostra, entre tantas outras coisas, a existência de afinidades entre o conteúdo de determinadas ideias religiosas e as camadas sociais onde se desenvolveram tais ideias. Uma mesma religiosidade, por isso, pode tomar matizes muito diferentes quando cultivada entre camponeses, comerciantes, operários ou intelectuais. Estes últimos, nos diz Weber, são aqueles mais afetados pelo problema do sentido da existência: em função de sua própria atividade, o intelectual, quando é chamado a desempenhar um papel no desenvolvimento das religiões, compenetra-se com o problema do *sentido* da existência, sendo quase sempre insuportável para ele uma existência sem sentido e sem significado. É de uma indigência interna, espiritual, que o intelectual busca salvação e é em resposta a ela que ele procura sofregamente uma interpretação que ordene de maneira significativa o caos da existência humana, fornecendo-lhe um sentido. Ao intelectual brasileiro, especialmente àquele proveniente das camadas médias e baixas, o positivismo oferecia uma cosmovisão e um sentido existencial que era também um despersonalizado alento paterno, uma acolhedora ordenação de toda a experiência e de toda a história destinando-nos ao progresso. Há nos discursos dos positivistas brasileiros um indisfarçável prazer na entrega, na subordinação às leis e à ordem que conduzem à "felicidade" e ao "progresso". Como dissemos, esse tipo de ideologia, especialmente seus traços de filosofia da história, não teria vingado entre tantos intelectuais brasileiros não fossem as afinidades por tanto tempo já cultivadas. Além dessa valorização quase mística da ordem e da hierarquia, simbolizada pelo Exército, havia outros aspectos do positivismo que bem satisfaziam antigas tradições brasileiras: especialmente sua concepção de poder político, concentrada no mando autocrático de uma grande figura, de um "chefe popular".

> Aí Teixeira Mendes esclarecia que para os positivistas a "forma" republicana de governo não significa nem parlamentarismo nem governo representativo nem regímen eletivo – que existiam, aliás, nas monarquias. Governo republicano significava para o positivismo "um governo sem a mínima aliança com a teologia e a guerra, pela consagração da política à sistematização da "vida industrial", baseando-se em motivos humanos, esclarecidos pela ciência. Para que tal espécie de governo republicano se iniciasse no Brasil, era necessário que fosse o governo de um chefe popular e não um sistema parlamentar ou eletivo. Ditatorial, portanto.[44]

---

[44] Gilberto Freyre, *Ordem e progresso*, p. 1007-1008.

Ora, foi nesse aspecto, mais do que em nenhum outro, que se desdobraram na realidade histórica as pretensões de poder alimentadas pelo positivismo. Foi o caráter ditatorial, centralizador, autoritário e, ao mesmo tempo, paternalista, protecionista e nacionalista o que realmente se fez notar na ação política de Floriano à frente da presidência da República. Nota que ressoaria também no, embora tardio, mais importante e robusto rebento do positivismo no Brasil: Getúlio Vargas.

Dr. Jekyll e mr. Hyde, ou o estranho caso de Getúlio Vargas

De todas as grandes personalidades que selariam suas marcas nas instituições da República, nenhuma delas adquiriu a complexidade e o significado histórico de Getúlio Vargas. Mas não é só por isso que o modo como Freyre tratou a relação de Vargas com a história brasileira exige um cuidado maior do que nos casos anteriores. Com Vargas, sua relação não foi apenas a do historiador com a história, de um sujeito do conhecimento com seu objeto de inquirição ou tampouco do presente com o passado. Foi, antes, uma complicada relação política, que envolveu tanto amizade quanto rivalidade, apoio e oposição, crítica enérgica e admiração. Freyre escreveu *Casa-grande & senzala* no exílio que lhe fora imposto após o golpe que lançou Vargas ao poder em 1930. Desde seu retorno do exílio até o suicídio de Getúlio em 1954, a vida de Freyre se cruzou diversas vezes com a vida do grande político brasileiro, oscilando entre tácitas alianças e agudas rivalidades.

Ante essa dupla dificuldade – isto é, a complexidade da personagem política que foi Vargas, por um lado, e o fato de Freyre ter mantido relações talvez demasiado próximas com ele – a caracterização da personalidade de Vargas feita pelo sociólogo apelou à comparação do político brasileiro com a quase indecifrável personagem de *The Strange Case of Dr. Jekyll and Mr. Hyde*, novela escrita pelo inglês Louis Robert Stevenson em 1886. A peça literária, hoje um clássico da literatura mundial, foi traduzida para a língua portuguesa com o título *O médico e o monstro*, em alusão direta às personagens que, ao longo da narrativa, se descobre serem a mesma pessoa. Mr. Hyde era o lado perverso da personalidade do dr. Jekyll, um ilustre e prestigioso médico londrino. Esse lado perverso da personalidade manteve-se reprimido e controlado por quase toda a vida do dr. Jekyll, até que este, em suas pesquisas e experimentos científicos, descobriu uma fórmula farmacológica para isolar e separar os componentes da personalidade humana. Quando tomava a fórmula, o dr. Jekyll sofria uma imediata metamorfose que o transformava em mr. Hyde – enquanto o primeiro era uma combinação humana de bondade e perversidade, em que a primeira conseguia um domínio relativo sobre a segunda, o outro era de fato uma espécie de monstro, com aparência repugnante e indescritível, violento e sádico. Dominando a fórmula que ele mesmo inventou, o dr. Jekyll passou, assim, a utilizá-la para satisfazer os desejos perversos de mr. Hyde, mantendo-se impune graças à transformação reversa no insuspeito dr. Jekyll. Uma face da personalidade do cientista, assim, passava a servir de perfeita máscara de seu lado sádico e perverso. Toda a trama da novela se dá no encalço de uma investigação, promovida pelo sr. Utterson, austero advogado e grande amigo do dr. Jekyll, sobre o estranho mr. Hyde. É que Utterson recebera do dr. Jekyll um incomum testamento que legava, em caso de morte ou desaparecimento, toda sua vasta fortuna a um tal de mr. Hyde, que se revelaria, ao longo da trama, uma espécie de monstruosidade abjeta e repugnante, responsável por atrocidades como assassinato gratuito de um homem bom e político respeitado e pela violência igualmente gratuita contra uma criança completamente inocente. Pois bem, eis o que nos disse Gilberto Freyre sobre Getúlio Vargas, ainda em 1944, quando este governava sobre o manto férreo de uma ditadura nomeada com o eufemismo "Estado Forte".

> Getúlio Vargas é como se fosse uma espécie de "Dr. Jekyll e Mr. Hyde": tendo em si próprio alguma coisa do jesuíta, parece ter também alguma coisa do índio. Ávido de poder e de mando, esteve, no entanto, várias vezes, ao lado do povo: contra convenções estéreis e contra grupos plutocráticos poderosos. Não deixa de ter a sua significação o fato de ter ele dado ao primeiro filho o nome de Lutero. E o seu primeiro artigo de jornal, quando ainda rapaz, foi uma defesa de Zola. Por outro lado, o "Dr. Jekyll", em Getúlio Vargas, consentiu em perseguições políticas, e mesmo no despotismo como que jesuítico exercido por auxiliares seus, e a que tem assistido com indiferença.[45]

Muito embora Freyre viesse a fazer diversas outras divagações sobre a personalidade de Vargas e sua relação com a história brasileira, esta caracterização nos parece ser aquela que consegue abarcar todas as demais numa totalidade complexa. Havia em Vargas essa ambiguidade constitutiva de quem, na posição de grande político brasileiro, soube combinar o lado perverso e autoritário com a máscara de homem do povo e de futuro "Pai dos pobres", de homem que, ao mesmo tempo que implantou ditadura política tingida com o sangue de seus opositores, instituiu uma das mais modernas – ao menos para aquela época – legislações de proteção social do trabalhador – do trabalhador urbano, ao menos.

Mas, em conexão com a história brasileira e o modo como Freyre a interpretou, a importância de Vargas se daria ainda noutro aspecto decisivo, para além do início de integração social e política do proletariado urbano. Trata-se de sua relativa vitória contra os excessos do estadualismo republicano de até então. Com o liberalismo implementado pela República de 1889, os estados gozavam de tal autonomia

---

[45] FREYRE, Gilberto. Unidade e diversidade, nação e região. *In: Interpretação do Brasil:* aspectos da formação social brasileira como processo de amalgamento de raças e culturas. São Paulo: Companhia das Letras, 2001. p. 181-182.

A presença do passado – patriarcal, monárquico e escravocrata – no presente republicano | 251

administrativa que, entre eles, em vez de se criar uma organicidade integrada na direção de um projeto nacional, criou-se antes uma anárquica competição em que sobressaiam aqueles mais poderosos sobre os menos poderosos; e estes mais poderosos, como São Paulo, Rio de Janeiro e Minas Gerais, fizeram-se mais poderosos justamente pelos "favores" e "sacrifícios" de toda a nação à infraestrutura ferroviária e portuária promovida ainda pela Monarquia nas províncias do sudeste brasileiro, especialmente em São Paulo e no Rio de Janeiro. Essa assimetria interna, contida durante alguns anos pelo centralismo autoritário imposto pelo governo Floriano, voltaria a ter rédea solta com Prudente de Moraes e, desde o governo Campos Sales, seria sistematizada num conjunto de práticas políticas que ficou conhecido em nossa história como a "Política dos Governadores".

É em oposição a essa dissipação da unidade nacional nas forças oligárquicas dos estados mais poderosos, aliás, que o "getulismo" pode ser associado ao "florianismo", uma vez que ambos os modos de governar assentaram-se no que à época se chamava de "Estado forte", isto é, um Estado centralizador e autoritário como meio de administração e governabilidade, como meio especial de contenção das forças oligárquicas estaduais e seu efeito dispersivo sobre a federação. Essa semelhança, a propósito, de modo algum é casual, pois Getúlio teria se formado na mesma escola daquele que, durante os tempos duros de florianismo, foi talvez o principal aliado do "Marechal de Ferro" na contenção das forças separatistas que emanavam das oligarquias estaduais: trata-se, é claro, de Júlio de Castilhos, político positivista que esteve à frente do Rio Grande do Sul durante os tempos difíceis da revolução Federalista – que se insurgiu, aliás, exatamente contra o ímpeto centralizador de Castilhos e de Floriano.

Castilhos, eleito governador do Rio Grande do Sul em 1891, utilizou-se estrategicamente da alta autonomia dada pela Constituição republicana aos estados para, em sentido completamente divergente do liberalismo da mesma, implantar no estado gaúcho uma constituição estadual rigidamente positivista e centralizadora. O mesmo procuraria fazer, agora em âmbito nacional, Getúlio Vargas depois de consolidado no poder. O Rio Grande do Sul, especialmente graças a influência do castilhismo sobre pelo menos duas gerações seguintes – a de Borges de Medeiros e a de Getúlio Vargas – foi o estado donde brotou a semente positivista e, com ela, um sentido político autoritário e centralizador de unidade nacional que poria fim aos extremos de vício do estadualismo durante as quatro primeiras décadas da República. Morto Júlio de Castilhos, sobreviviam, nas instituições e nas mentalidades das gerações seguintes de políticos rio-grandenses, os valores positivistas e sua tácita afinidade com o apego brasileiro à ordem como mediador do progresso. A imagem de Castilhos e, com ele, de sua forma positivista de governar, funcionou como a de um mediador externo para as gerações seguintes de políticos rio-grandenses.

Mortos, quase todos os positivistas que participaram, como positivistas, da transformação do Brasil de Monarquia em República; e morto ou quase morto, no Brasil, o próprio positivismo sob o aspecto de igreja ou seita ou apostolado, que chegou a ser, nem assim esses mortos deixaram de influir sobre os vivos. O trabalhismo brasileiro, por exemplo, nasceria de raízes em parte positivistas: positivistas naqueles pontos em que seu programa refletiria ideias, sentimentos ou sugestões de Getúlio Vargas. Porque Vargas seria brasileiro até o fim da vida marcado por sua formação positivista. Um vivo fortemente governado por um morto: Júlio de Castilhos. Um cúmplice de agitadores progressistas que nunca deixaria de ser um aliado secreto dos brasileiros preocupados em resguardar de perturbações estéreis a ordem nacional. Nem sempre guardaria saudável equilíbrio, de resto tão difícil, entre esses dois extremos. Mas nunca deixaria inteiramente de viver sob constantes positivistas tendentes a consagrar, sob a fórmula "ordem e progresso", constantes sociais ou psicossociais brasileiras, anteriores a Comte: vindas de José Bonifácio e do próprio modo por que o Brasil separou-se politicamente de Portugal, sem deixar de ser monarquia e de conservar, à testa do governo nacional, um português da mesma dinastia reinante entre os portugueses.[46]

Mais uma vez encontramos, em Freyre, uma representação de Getúlio como conciliador de extremos, como unidade dual de contrários, como síntese de dr. Jekyll e mr. Hyde. Neste caso, o equilíbrio difícil entre "agitador progressista" e "defensor da ordem nacional", tal como o equilíbrio difícil entre a virtude e a perversidade, foi o que fez de Getúlio político capaz de se consolidar não só no poder quanto também no imaginário coletivo brasileiro como o grande estadista da República. Capaz, ao mesmo tempo, de modernizações políticas e econômicas as mais diversas, por um lado, combinadas com o exercício do poder quase ao modo de um patriarca de estância gaúcha, por outro.

Mas, como dissemos, a dificuldade que se coloca ao entendimento claro do modo como Freyre representou em seus escritos a personalidade de Vargas e sua influência sobre a história brasileira não está apenas na complexidade de Vargas como ator histórico. Tal dificuldade se deve, também, à proximidade, cheia de tensões, que Freyre manteve com Vargas e, em especial, com o assim chamado Estado Novo. Gustavo Mesquita, recentemente, dedicou um livro ao exame em pormenor das relações de Freyre com o Estado Novo e, por extensão, com sua principal figura: o presidente Getúlio Vargas, à frente do regime ditatorial que vigorou de 1937 a 1945.

O livro de Mesquita tem o grande mérito de demonstrar a negociação travada entre o intelectual pernambucano e o regime varguista, com ênfase na inclusão de elementos do regionalismo freyriano no programa de políticas públicas

---

[46] Gilberto Freyre, *Ordem e progresso*, p. 52.

implantadas pelo Estado Novo. Tal negociação exigiu de Freyre, em diversas ocasiões, o apoio à política e a participação, mesmo que indireta, em instituições do Estado Novo. O que não o impediu, também em diversas ocasiões, de ser um crítico do regime, chegando a romper abertamente com ele em 1943. Assim, segundo Mesquita, a obra de Freyre teria agido "com certa ambiguidade ao centralismo de Vargas e seu projeto modernizador"[47].

Essa caracterização, grosso modo, não está errada. E, no livro de Mesquita, tampouco ela é vaga, uma vez que o autor apresenta, até com certa riqueza de detalhes, os "pactos" e as "tensões" de Freyre com o regime. A formulação é, entretanto, imprecisa; e a mesma imprecisão percorre todo o livro de Mesquita. No entanto, essa imprecisão só fica clara, mesmo, ao final do livro, quando o autor demarca o que supõe como uma estratégica – para não dizer oportunista – conversão de Freyre ao "centralismo" de Vargas. "Da oposição ao centralismo", diz Mesquita, "partia-se agora para a sua adesão"[48]. Com "oposição ao centralismo", Mesquita entendeu o apoio de Freyre à candidatura de José Américo de Almeida à presidência da República em 1937, o que, é claro, se punha na contramão da continuidade de Vargas no poder. Diz Mesquita: "O apoio à candidatura de José Américo para presidente da República [...] implicava a oposição à ideia de continuidade de Vargas à presidência da República e, ao mesmo tempo, à centralização político-administrativa."[49].

A imprecisão consiste, justamente, em tomar a opção de Freyre por José Américo como expressão de oposição à centralização político-administrativa. Embora à primeira vista possa parecer uma imprecisão sem importância, ela é demasiado significativa, porque estabelece uma espécie de incompatibilidade tácita entre regionalismo, por um lado, e centralização do poder, por outro. Em primeiro lugar, essa incompatibilidade não existe e, por isso mesmo, não faz sentido ancorar nela a oposição de Freyre a Vargas naquelas circunstâncias. Ao fazê-lo, Mesquita transmite uma ideia do regionalismo freyriano que facilmente o confunde com o que o mestre de Apipucos frequentemente criticou como um dos mais agudos problemas da institucionalidade republicana: o que ele chamou, desde o Manifesto de 1926, de "estadualismo". Por fim, tal imprecisão transmite a ideia de um Freyre maquiavelicamente oportunista: oposto à centralização e à continuidade de Vargas em 1937, para tornar-se apoiador do regime tão logo deflagrado o golpe que assegurava a este último a posição de ditador.

Acontece que, e aqui está o erro de Mesquita, Freyre não partiu da oposição ao centralismo em direção à sua adesão. Ao contrário, para Freyre, os excessos do liberalismo à brasileira – que nunca passou da pretensão de absoluta autonomia

---

[47] MESQUITA, Gustavo. *Gilberto Freyre e o Estado Novo*: região, nação e modernidade. São Paulo: Global Editora, 2018. p. 206.

[48] *Ibid.*, p. 212.

[49] *Ibid.*, p. 211.

das províncias (e, mais tarde, dos Estados) e, por conseguinte, da afirmação do poder das oligarquias locais em oposição ao poder central e aos interesses nacionais – produziu um tipo de viciosa aberração administrativa que impedia a articulação das diferentes regiões brasileiras num coeso projeto de nacionalidade e desenvolvimento nacional. Esse mesmo liberalismo de consequências tão antiliberais – porque termina reduzido à crua dominação oligárquica nas diferentes regiões – foi sacramentado pela caricatura de federalismo estadunidense implantado pela República de 89 e, em especial, pela constituição de 1891 e pela "política dos governadores". O apoio de Freyre a José Américo, se significava oposição a Vargas, à ditadura e ao autoritarismo, não podia de modo algum significar, também, uma oposição ao centralismo. A dissipação do poder central nas províncias e, mais tarde, nos Estados, foi exatamente o combustível do estadualismo que o regionalismo freyriano visava combater e superar. A coordenação das diferentes regiões em um sentido de unidade nacional interregionalmente integrada exige em boa medida a centralização do poder. Só assim seria possível se contrapor à assimetria, cultivada durante décadas entre as diferentes regiões, uma coordenação política que, em vez de desenvolver determinadas regiões às expensas das outras e sob o sacrifício dos interesses nacionais, conduzisse ao aproveitamento mútuo e complementar do potencial – cultural, econômico e ecológico – das diferentes regiões num sentido que fosse coeso, mas sem que amputasse ou uniformizasse as variações regionais de cultura.

Essa imprecisão de graves consequências poderia ter sido dirimida se Mesquita tivesse dado maior atenção às fontes que ele mesmo elenca em apoio à sua tese de adesão de Freyre ao regime varguista. Um exemplo claro são os dois artigos que Freyre escreveu para *Cultura Política*, revista mensal de estudos brasileiros, periódico oficial do Departamento de Imprensa e Propaganda e que circulou entre 1941 e 1945. Mesquita toma os artigos como expressão de um apoio negociado de Freyre ao regime varguista: publicação que só teria ocorrido, segundo informa Mesquita, depois da aprovação do Estatuto da Lavoura Canavieira defendido por Freyre[50]. Faz todo o sentido que tenha havido tal negociação. O que não faz sentido é concluir, a partir disso, que o antiliberalismo de Freyre possa ser confundido com apoio ao autoritarismo, por um lado, e que este possa ser confundido com modernização, por outro[51]. No entanto, é justamente essa dupla confusão que Mesquita opera na sequência de seu argumento:

---

[50]   Gustavo Mesquita, *Gilberto Freyre e o Estado Novo*, p. 176.

[51]   E aqui temos mais uma ressalva, então, a apresentar ao estudo de Gustavo Mesquita. Pois tomar, como ele o faz, a publicação dos artigos de Freyre em *Cultura Política* como sintoma de seu apoio ao Estado Novo e, ao mesmo tempo, como o fornecedor da "ideologia de Estado" que orientou o regime Vargas é algo bastante problemático. Primeiro, porque a variedade dos intelectuais que colaboraram com *Cultura Política* ultrapassava qualquer espectro ideológico bem definido à esquerda ou à direita – de modo que a revista contou com a colaboração frequente de intelectuais como Graciliano Ramos e Nelson Werneck Sodré, assim como dos próprios Oliveira Vianna e Azevedo Amaral, que chegou a dirigi-la. Estes últimos, aliás,

Como resposta oriunda de uma autoridade científica, Freyre identificou no artigo os avanços do Governo Federal em relação às técnicas de gestão do interesse público, atrelando-os à suposta influência positiva do antiliberalismo sobre o governo. Disse, então, que o antiliberalismo representaria a modernização da estrutura institucional do país: "Bem ou mal, o governo do Brasil já não é hoje um governo de bacharéis impregnados de legalismo [*sic.*] e de financismo. Abriram-se perspectivas e possibilidades mais largas aos administradores.".[52]

Em primeiro lugar, o termo utilizado por Freyre é "legismo", e não "legalismo", o que faz uma enorme diferença semântica. Com o termo "legismo" Freyre estava a criticar as soluções meramente jurídicas aos problemas sociais, nossa velha sanha por leis tidas como instrumentos mágicos, embora quase sempre falhos, de modificação da realidade, soluções típicas do bacharelismo jurisdicista da elite política brasileira de então. Ao transcrever equivocadamente um termo que não há no texto – "legalismo" –, Mesquita cria a impressão de que Freyre estava de fato a aplaudir o autoritarismo do regime. O que Freyre estava a aplaudir é que pela primeira vez na história republicana os problemas sociais eram enfrentados com soluções que não eram só jurídicas, mas antes de teor sociológico. Diz Freyre no mesmo artigo:

> A verdade a ser reconhecida pelo menos apologético dos observadores é que, com o atual presidente a base do governo – de sua técnica – deslocou-se da pura interpretação política dos problemas, acompanhada de suas soluções ou tentativas de solução, simplesmente financeiras e jurídicas, para aventurar-se o Brasil à procura de novas técnicas de governo e de administração: sociais e, principalmente, sociológicas e econômicas.[53]

Assim, o "antiliberalismo" de Freyre convergia para uma crítica tanto do estadualismo oligárquico quanto do sentido jurisdicista e bacharelesco que as soluções políticas tomavam ante os problemas agudamente sociais, derivados da monocultura, do latifúndio e da escravidão, em que chafurdava o Brasil desde os tempos da Monarquia. Mas não convergia, de modo algum, para um apoio ao autoritarismo como meio de implantação das difíceis mudanças de que o Brasil tanto carecia. De modo algum, portanto, esse sentido mais prático e sociológico do governo Vargas, em oposição ao sentido mais retórico e jurídico dos governos

---

estiveram talvez muito mais próximos da ideologia oficial do Estado Novo do que Freyre. Mas principalmente pelo fato de que, em ambos os artigos publicados na referida revista, Freyre não deixou de fazer ressalvas importantes ao regime, especialmente quanto a seus *meios*.

[52] Mesquita, *Gilberto Freyre e o Estado Novo*, p. 176.

[53] FREYRE, Gilberto. A propósito do presidente. *Cultura Política: Revista Mensal de Estudos Brasileiros*, n. 5, 1941, p. 124.

republicanos anteriores, representaria o que houve de "modernização" no governo Vargas. As "perspectivas e possibilidades mais largas" que se abriram aos administradores e às quais se referiu Freyre no trecho citado por Mesquita, não diziam respeito estritamente à modernização institucional, como dá a entender Mesquita. Tanto é verdade que um pouco à frente, no mesmo artigo, Freyre viria a dizer que tais perspectivas mais largas (isto é, mais práticas e sociológicas que jurídicas) existiram no período colonial e se estreitaram durante o Império e a República:

> É curioso que, de modo geral, a administração e o governo, no nosso país, tenham tido perspectivas mais largas nos tempos coloniais do que no período nacional. Entretanto, ou muito me engano ou esse é o fato que surgirá com mais surpreendente relevo da história minuciosa que um dia se traçar da administração pública no Brasil: da época colonial aos nossos dias. De um modo geral, só hoje vamos recuperando o sentido amplamente social de administração dos tempos coloniais, que os bacharéis e doutores do Império e da República perderam quase de todo, substituindo-o por um estreito sentido jurídico e político, de governo, e financeiro, de administração.[54]

Não é possível, portanto, confundir as "perspectivas mais amplas de administração" com "modernização" e tampouco o apoio de Freyre a José Américo significava a adesão de Freyre à elite oligárquica pernambucana e nem oposição ao centralismo, assim como seu ulterior apoio às mudanças implementadas por Vargas não significavam apoio ao autoritarismo ou aos meios adotados pelo governo na implementação dessas mudanças. Algo que ele diz expressamente no artigo de *Cultura Política* assim como em outros. O que Freyre louvou na atitude de Vargas como estadista foi principalmente seu afastamento "desse intelectualismo de sabor jurídico e ranço coimbrão". Mas tal elogio não veio sem importante ressalva: "Dele afastou-se, um tanto pela pressão das circunstâncias, mas muito, também, pelas suas predisposições de homem de inteligência realista, o presidente Getúlio Vargas. Justiça lhe seja feita; e, desta vez, por quem não se especializou nunca em apologética; *e está longe de ser um entusiasta absoluto dos métodos atuais de governo e de administração.*"[55].

Para além do sentido social, mais do que simplesmente jurídico, do que vinha sendo a atitude adotada pelo governo Vargas, o que Freyre por diversas vezes salientou positivamente foi a sua relativa vitória, ainda que por reprováveis meios autoritários (haveria outros?), sobre o estadualismo oligárquico. Vargas vinha conseguindo, assim, imprimir um sentido de ordenação nacional que não descuidava das diferenças regionais. Mas também esse elogio vinha sempre com a reiteração das ressalvas quanto aos "métodos" e "práticas" de governo, especialmente aqueles cruamente autoritários como os adotados pelo interventor varguista em Pernambuco,

---

[54] Gilberto Freyre, "A propósito do presidente", p. 125.

[55] *Ibid.*, p. 125, grifo nosso.

um dos homens de confiança de Vargas, Agamenon Magalhães. O poderio autoritário com que este último exerceu seu governo em Pernambuco, aliás, foi destacado por Freyre como um tipo nefasto de sobrevivência do estadualismo oligárquico que o seu "regionalismo orgânico" visava combater:

> O assunto em que desejo tocar na nota de hoje é justamente este: as sobrevivências de mau estadualismo nas práticas atuais do Brasil. Sou dos que insistem em distinguir estadualismo de regionalismo, convencido de que um dos males desenvolvidos entre nós pela Constituição e pela política da Primeira República foi precisamente este: o estadualismo. E este não é senão a caricatura ou a degeneração do bom regionalismo orgânico. Degeneração em proveito de grupos poderosos de regiões ricas, com sacrifício de interesses verdadeiramente nacionais.
>
> Não sou – ou não tenho sido – nenhum entusiasta da Revolução de 30, mas, ao contrário, crítico, às vezes áspero, dos métodos por que venceu em alguns Estados e de algumas das doutrinas e práticas que adotou nos mesmos Estados. Mas não me canso de destacar este grande bem que, de modo geral, acabou prestando ao Brasil: o de ter acabado com o mau estadualismo, às vezes tão próximo do separatismo e de tão livre e perigoso desenvolvimento sob a República de 89. Por isto mesmo é que me sinto à vontade para falar de algumas das sobrevivências de estadualismo pernicioso, toleradas ainda entre nós, mesmo depois do golpe decisivo contra ele, que foi o de 37.
>
> Esta, por exemplo: poder o artigo de um escritor de responsabilidade definida circular no Rio e em São Paulo, mas não em Pernambuco. Onde está, então, a unidade brasileira. onde está a vitória do Brasil sobre os Estados?[56]

Nessa passagem se esclarece melhor aquilo que Mesquita entendeu como a "ambiguidade" com que Freyre reagiu ao Estado Novo. O ponto de apoio de Freyre ao regime se dava, fundamentalmente, em sua capacidade de transcender aquela estreiteza juridicista e financeira a que se reduziram os governos republicanos anteriores; além de ter conseguido, *ao menos parcialmente*, imprimir um sentido de coesão nacional que, ao mesmo tempo que dirimia e submetia à sua direção o poder das oligarquias estaduais, coordenava as diferenças regionais – sem uniformizá-las – num projeto de desenvolvimento nacional. Parcialmente, porque como o próprio Freyre fez questão de enfatizar no artigo, o autoritarismo do interventor pernambucano não era outra coisa senão um tipo de ostensiva sobrevivência do poder oligárquico. Neste artigo, em particular, Freyre fez uma alusão direta à censura que alguns de seus textos vinham sofrendo no Recife por ordem de Agamenon Magalhães e ao excesso autoritário que o Estado Novo estava encampando em

---

[56] FREYRE, Gilberto. Mau estadualismo. *O Jornal*, Rio de Janeiro, 9 maio 1943, p. 4.

Pernambuco. Freyre caracterizava tal autoritarismo como sobrevivência do "estadualismo", na medida em que o interventor de um Estado conseguia impor uma política de censura e repressão que não se dava noutros Estados, e os mesmos artigos censurados de Freyre no *Diário de Pernambuco* circulavam livremente no Rio de Janeiro, em *O Jornal* – ambos órgãos dos *Diários Associados*.

Mas o problema de Freyre com o braço pernambucano do Estado Novo não ficou apenas na censura ideológica de artigos. Foi muito além disso. Graças à oposição feita por Freyre à política agamenonista, por um lado, e à sua luta pela proteção do trabalhador rural da lavoura açucareira, que o colocou em oposição às oligarquias pernambucanas, por outro, Freyre foi sistematicamente perseguido, ameaçado, chegando a ser preso e, como é bastante provável, vítima visada de um atentado que, errando o alvo, resultou na morte de um jovem estudante durante um comício em Recife. Foi essa sequência fatídica de eventos, marcados por uma escalada da violência política perpetrada pelo Estado Novo em Pernambuco, e a que o presidente assentiu e consentiu, o que patenteou a Freyre o que havia de mr. Hyde no que era o dr. Jekyll em Getúlio Vargas. Seu lado de ditador autoritário, seu ímpeto de caudilho sob o manto do ideal de construção da nacionalidade.

Era, como nos diz Gustavo Mesquita, curiosa a situação de Freyre: mantinha certa proximidade e mesmo influência junto ao alto escalão do Governo Federal, em contato direto com Gustavo Capanema, com Góis Monteiro e com o próprio Getúlio Vargas, ao passo que era perseguido pelo braço estadual do mesmo governo, onde desde 1935 estava fichado na polícia como "agitador". A verdade é que, se ao longo da década de 1930 e início de 1940 o prestígio intelectual de Freyre crescia nacional e internacionalmente, sua escolha por continuar vivendo em Apipucos não lhe trouxe uma vida fácil. No Recife e em Pernambuco, colecionou inimigos poderosos. Edson Nery da Fonseca, com a maestria de um relato que envolve pesquisa e testemunho pessoal, nos revela os três principais: "Gilberto Freyre enfrentava no Recife dos anos 30 e 40 um governo ditatorial, o corporativismo da agro-indústria açucareira e os católicos reacionários da Congregação Mariana da Mocidade Acadêmica"[57]. Esse enfrentamento, se observado mais detidamente, pode nos oferecer pistas preciosas tanto sobre como Freyre compreendeu o que estava em jogo durante a Era Vargas, por um lado, quanto sobre a harmonização de seu projeto regionalista com uma modernização autêntica da sociedade brasileira, por outro. Vejamos.

***

O conflito de Freyre com Agamenon Magalhães, assim como o conflito com a Congregação Mariana da Mocidade Acadêmica, não foi conflito de interesses estreitamente políticos. Foi conflito que envolvia duas visões inteiramente distintas e

---

[57] FONSECA, Edson Nery da. Recepção de Casa-grande & senzala no Recife dos anos 30 e 40. *In*: KOMINSKY, Ethel Volfzon; LÉPINE, Claude; PEIXOTO, Fernanda Arêas (org.). *Gilberto Freyre em quatro tempos*. São Paulo: EDUSC, 2003. p. 32.

concorrentes sobre um dos fenômenos essenciais da sociedade brasileira: a miscigenação – de raças e de culturas. Naquele contexto de final dos anos 1930 e começo dos 1940, estava em jogo um embate de proporções mundiais acerca da chamada questão racial. A concepção predominante em boa parte do mundo era a da existência não só de diferentes raças humanas, como também de raças superiores e inferiores. Crenças e ideologias fundadas nesse questionável princípio antropológico se disseminaram por diferentes culturas e países, corporificando-se em políticas e práticas socialmente reguladas de normatização das diferenças raciais em diferenças sociais. À luz dessas teorias racialistas, que de forma difusa preencheram em grande medida o espírito dessa época, a miscigenação correspondia a uma verdadeira corrupção e degeneração das raças superiores pelas inferiores. Daí porque, amparadas em tais concepções, violentas políticas de Estado foram implementadas em diferentes regiões do mundo para coibir a miscigenação. Era esse princípio que estava na base da política de segregação racial dos EUA, do Apartheid na África do Sul e, é claro, do arianismo nazista.

Até a escrita de *Casa-grande & senzala*, a miscigenação foi tratada pela intelectualidade brasileira como a causa central do atraso e das dificuldades civilizacionais que pairavam sobre a sociedade. Variando de tom ou ênfase, esse tipo de concepção predominou em grande parte dos intelectuais brasileiros – e estrangeiros – que desde a Monarquia já pairavam com bastante intensidade sobre a mentalidade econômica e política brasileira. Os casos emblemáticos de Louis Agassiz e do conde de Gobineau, enquanto estrangeiros cuja ideologia serviu de modelo a intelectuais brasileiros, assim como o de intelectuais e publicistas com o prestígio de Oliveira Vianna e Azevedo Amaral, representam casos extremos de estigmatização da miscigenação. Os primeiros a viam como fonte de degeneração cuja mácula conduz toda sociedade que a pratica à decadência e à dissolução. Os dois últimos, por sua vez, viam na miscigenação reversa a solução para o problema civilizacional: tal como havia sido o agente de corrupção da raça branca, ela seria agora o agente de repurificação da população miscigenada, buscando através da própria mestiçagem o embranquecimento da população.

Mas a mitificação da pureza racial era também ideologia que já há algum tempo grassava em muitos expoentes da elite pernambucana, incluindo políticos poderosos como Agamenon Magalhães, desde 1937 interventor federal em Pernambuco, e lideranças religiosas influentes como o goês jesuíta padre Fernandes, fundador da Congregação Mariana da Mocidade Acadêmica. Havia, aliás, uma íntima ligação entre esta última e Agamenon Magalhães, cujos secretários, em grande parte, compunham a referida congregação[58]. Como interventor em Pernambuco, Agamenon

---

[58] FONSECA, Edson Nery da. Recepção de *Casa-grande & senzala* no Recife dos anos 30 e 40. *In:* KOMINSKY, Ethel Volfzon; LÉPINE, Claude; PEIXOTO, Fernanda Arêas (org.). *Gilberto Freyre em quatro tempos*. São Paulo: EDUSC, 2003. p. 31.

implementou o que ficaria conhecido como a "campanha contra os mucambos", uma política de orientação cenográfica que visava expurgar a sociedade pernambucana de suas aparências que remetessem à África. No Capítulo III, tratamos de como Freyre reagiu a essa campanha, criticando-a tanto por seu conteúdo manifestamente eurocêntrico, para não dizer racista, quanto também pela falta de realismo – característica das soluções para o problema da habitação quando descoladas do aumento da renda e da valorização do trabalho e do trabalhador.

Quanto aos jesuítas do Recife e, em especial, ao padre Fernandes, o conflito e a perseguição dirigida contra Freyre têm razões semelhantes. Como nos contou Edson Nery da Fonseca, os inacianos do Recife tomaram como profundamente ofensivas à sua ordem a interpretação expressa por Freyre sobre o papel dos jesuítas na formação do Brasil. A esse "ódio teológico" somou-se a denúncia reiterada de Freyre contra práticas de teor ostensivamente racistas levadas a cabo por padre Fernandes e sua Congregação Mariana da Mocidade acadêmica, que, como nos informa o mesmo Fonseca, exerceu "grande influência em intelectuais, artistas e políticos de extrema direita"[59]. Tanto a congregação, por meio de seus "escoteiros", quanto o funcionalismo policial a mando do interventor, exerceram grande campanha difamatória contra Gilberto Freyre, tratando-o, geralmente, como herético comunista a serviço do estrangeiro.

O ápice do conflito se deu com a publicação do artigo "O exemplo de Ibiapina", que saiu nos dias 10 e 11 de junho no carioca *O Jornal* e no *Diário de Pernambuco*, respectivamente. No artigo, Freyre opunha a imagem de Ibiapina, padre dedicado à elevação das populações sertanejas, a clérigos de diversas ordens religiosas (e não só jesuítas!) em diversos Estados do Brasil (e não só no Recife!) que vinham pregando ideias de teor nitidamente racista e segregacionista. Vejamos o que, especificamente, disse Freyre no referido artigo.

> Conheço um Estado do Norte onde até o outro dia os escoteiros eram dirigidos por um religioso que nunca fez mistério do seu entusiasmo transoceânico pela pátria de origem e pela mística de superioridade de raça que tem ali o seu Thibet.
>
> Durante largos anos esse nórdico fantasiado de "beneditino" esteve à frente da formação moral e cívica de numeroso grupo de meninos e adolescentes brasileiros. Meninos e adolescentes brasileiros continuam, em vários Estados do Brasil, sob influências iguais: de indivíduos fantasiados de "jesuítas", "beneditos", "franciscanos", de "professores de alemão", de "mestres" disso ou daquilo, mas devotos quando não agentes, de doutrinas violentamente anti-brasileiras e anti-democráticas. Não exagero. Cada palavra que acabo de escrever baseia-se em conhecimento de fatos que estão a pedir, nesses Estados, providências tão sérias e vigorosas como as que vêm sendo

---

[59] Edson Nery da Fonseca, "Recepção de *Casa-grande & senzala* no Recife dos anos 30 e 40", p. 31.

tomadas em Santa Catarina, no Estado do Rio, no Rio Grande do Sul; e ulti-
mamente na Bahia, Paraíba, Alagoas, São Paulo, Paraná. [...]

Mas numa época em que os ódios políticos e os orgulhos de raça
sobrepõem-se a tudo o mais, quebrando até em religiosos a fidelidade
aos ideais cristãos de fraternidade humana, *os povos, como o brasileiro,
cuja organização inteira descansa sobre a mestiçagem, sobre os direitos do
preto, do indígena, do mestiço aos mesmos privilégios do branco, precisam de
estar vigilantes. [...]*[60]

Foi pelo teor desse artigo que, no dia 11 de junho de 1942, mesmo dia de sua
publicação na imprensa pernambucana e um dia depois de publicado no Rio de
Janeiro, Gilberto Freyre foi preso por ordem de Agamenon Magalhães. Solto dois
dias depois – graças à rede de apoio que se formou em torno de Freyre e pela pressão
que esta exerceu sobre Gustavo Capanema, ministro da Justiça, e Góis Monteiro,
chefe do Estado Maior do Exército[61] – Freyre desde então conviveu com um grau
cada vez maior de perseguição pela polícia local.

Formou-se, assim, uma clara linha divisória entre a posição de Freyre e o Estado
Novo. A tensão que daí se proliferou se esgarçaria até a realização de uma ampla
campanha pelo fim da ditadura estadonovista. Ao lado de Freyre se posicionariam
intelectuais e estudantes de diversas partes do país, além, é claro, do estratégico
apoio dos *Diários Associados*, cuja rede capilarizada em diversos Estados permitia
romper a censura e a perseguição que, em Pernambuco, só aumentavam. Como
a servir de escudo à reputação de Freyre, que vinha sendo covardemente atacada
por seus inimigos, *O Jornal* estampava na quarta página de sua edição de 18 de
junho de 1942 – cinco dias após Freyre ter saído da arbitrária prisão – o convite
da Universidade de Yale para que o intelectual pernambucano se juntasse a seu
corpo de catedráticos. No dia 21 de junho, em artigo intitulado "O mestre Gilberto
Freyre", José Lins do Rêgo voltava a comentar o honroso convite. Dois dias depois,
anunciava-se no mesmo jornal a concessão do título de "Doutor *honoris causa*"
da Faculdade de Filosofia da Bahia a Gilberto Freyre.

Se Agamenon acabou precisando ceder às pressões de seus superiores na hierarquia federal, liberando a contragosto Freyre do cárcere, nem mesmo toda aquela
rede de apoio formada em torno do sociólogo o eximiu da perseguição e vigilância que passou a sofrer por parte das autoridades policiais. Isso não o impediu de
continuar lutando com os meios de que dispunha: a palavra. Já no dia 17 de junho,
poucos dias após sua saída do cárcere, Freyre publicaria em *O Jornal* o artigo "A propósito de mucambos"[62], ferindo justamente o tema que mais induzia o ódio do
interventor. Ao que parece, o artigo foi censurado em Pernambuco, como viria a

---

[60] FREYRE, Gilberto. O exemplo de Ibiapina. *O Jornal*, Rio de Janeiro, 10 jun. 1942, p. 4, grifo nosso.

[61] Gustavo Mesquita, *Gilberto Freyre e o Estado Novo*, p. 100.

[62] FREYRE, Gilberto. A propósito de Mucambos. *O Jornal*, 17 jun. 1942, p. 4.

acontecer, desde então, com outros artigos do sociólogo. "Um economista paulista e o problema dos mucambos"[63], "Outro paulista e os mucambos"[64] e "Quiosques, mulatos e mucambos"[65] foram todos artigos dirigidos diretamente ao problema dos mucambos e às soluções simplistas, etnocêntricas e violentas que vinham sendo adotadas pelas autoridades pernambucanas e, também, cariocas. Todos eles foram censurados no Recife e não foram, como de costume, publicados no *Diário Pernambucano*. Diz Freyre abertamente no último deles:

> A falta de discriminação na chamada luta "contra o mucambo", em que se acham hoje empenhados alguns brasileiros simplistas, ingênuos ou apenas demagógicos para os quais todo o nosso atraso, toda a nossa desgraça, todo o nosso mal está na casa de palha, tem alguma coisa de parecido com a luta contra o quiosque no Rio de Janeiro e com a campanha dos nossos arianistas contra o mulato. [...]
>
> O que sucedia com os quiosques do Rio? Simplesmente isto: precisavam de ser renovados e higienizados. Mas não eram um mal absoluto que precisasse de ser desenraizado para sempre da cidade. [...] Não teria sido mais inteligente, no Brasil, a conservação dos quiosques, contanto que fossem higienizados, renovados e aperfeiçoados, dentro de exigências que os doutores da Saúde Pública e os engenheiros da Prefeitura fixassem? Os quiosques já estavam conosco. Eram parte da nossa paisagem e da nossa vida. Correspondiam a um gosto, a uma tradição, a um hábito já muito brasileiro. Ou luso-brasileiro. O seu mal estava apenas na sua degradação ou na sua deformação.
>
> Precisamente o caso dos mulatos. Os arianistas que veem nos mulatos a desgraça máxima do Brasil – o engraçado é que nossos mais terríveis arianistas são eles próprios mulatos – se esquecem do fato capital destacado pelo professor Roquette Pinto: confundem mulatos doentes com mulatos sãos.
>
> Assim como existem entre nós arianistazinhos que fazem "campanha social" contra o mulato, sem distinguirem o mulato são do mulato doente, há engenheirinhos que por isto ou por aquilo não compreendem que se fale bem do mocambo.[66]

Censurados no Recife, mas publicados no Rio de Janeiro, esses artigos evidenciam certa resiliência de Freyre no enfrentamento da ideologia racista difusa em braços do Estado brasileiro, a exemplo da administração estadual de Pernambuco

---

[63] FREYRE, Gilberto. Um economista paulista e o problema dos Mucambos. *O Jornal*, Rio de Janeiro, 10 nov. 1942, p. 4.

[64] FREYRE, Gilberto. Outro paulista e os mucambos. *O Jornal*, Rio de Janeiro, 5 dez. 1942, p. 4.

[65] FREYRE, Gilberto. Quiosques, mulatos e mocambos. *O Jornal*, Rio de Janeiro, 16 jan. 1943, p. 4.

[66] *Ibid.*, p. 4.

no tratamento que vinha dando aos mucambos. Mas Freyre não parou por aí. No mesmo período, atacou constantemente os temas mais caros à sua posição política: logo nos meses seguintes à saída da prisão, escreveria abertamente artigos críticos à mística e ao regime nazista, críticos à noção de "governo forte", assim como de artigos que voltavam ao tema da necessidade de proteção do trabalhador rural e dos pequenos proprietários em face do corporativismo agro-industrial.

Em "Um escravo velho", "O exemplo do velho Breves" e "Terra e lavradores", Gilberto Freyre toca em ponto por ele salientado desde a escrita de *Sobrados e mucambos*, além de *Região e tradição*[67] e *Nordeste*[68]: o tema da despersonalização das relações entre senhores e escravos provocado pela transformação do engenho em usina, em semi-indústria desmecanizada cuja exploração do trabalho impunha ao trabalhador condição tão ou até mais degradante do que aquela a que sucumbiam os escravos. No segundo desses artigos, Freyre chega a comparar um aspecto do "manejo escravocrata" que, com a alforria de 1888 e o abandono que a ela se seguiu, foi piorado pelo domínio da lógica de produção usineira. No artigo, comenta sobre a visita de Assis Chateaubriand às ruínas da fazenda Marambaia, propriedade do comendador Breves, poderoso senhor de terras e grande traficante de escravos na região de Mangaratiba. O "velho Breves", que chegou a possuir em torno de seis mil escravos, tinha um método que a Freyre pareceu prática comum entre grandes latifundiários no tratamento de seus escravos: o de engordá-los e alimentá-los bem para que suportassem o rude e degradante trabalho. E é claro que faziam isso em interesse próprio e não no interesse dos escravos. Mas sequer isso faziam as usinas, que deixavam seus trabalhadores em situação de absoluto desamparo. Ao comparar o regime de trabalho usineiro com o manejo escravocrata exercido pelo "velho Breves", Freyre estava a evidenciar quão degradante eram as relações de trabalho pela década de 1940, meio século depois da abolição. Diz ele no artigo publicado em 31 de julho de 1942:

> O método seguido por Breves – de ter sua estação de engorda ou cevar negro – parece que o seguiram, no seu próprio interesse, outros grandes latifundistas brasileiros da época. Brasileiros e norteamericanos de antes da Guerra Civil.
>
> A propósito do que ocorrem-nos palavras de Huxley, citadas durante a campanha abolicionista pelo conselheiro Ruy Barbosa: "A emancipação converte o escravo de bem cevado animal em miserável mendigo." Foi o que sucedeu no Brasil. Raro o usineiro ou fornecedor de cana de hoje que se preocupa com a engorda de trabalhadores. Veterinários para tratar do gado muita usina grande, fazenda e engenho tem; médico que cuide dos

---

[67] FREYRE, Gilberto. *Região e tradição*. 2. ed. Rio de Janeiro: Editora Record, 1968.

[68] FREYRE, Gilberto. *Nordeste*: aspectos da influência da cana sobre a vida e a paisagem do Nordeste do Brasil. São Paulo: Global Editora, 2010.

operários – às vezes inchados, podres de vermes, impaludados – raríssimas usinas ricas o possuem. *Daí a necessidade de ampliar-se o atual Estatuto da Lavoura em proteção mais vigorosa ao trabalhador rural, tão desamparado pelos fazendeiros e fornecedores de cana – feita uma exceção ou outra – como pela quase totalidade dos usineiros.*[69]

A comparação da condição dos trabalhadores de fazendas e usinas do século XX com a de escravos que chegavam diretamente da África no porto particular de um contrabandista de escravos no século XIX revela quão degradante eram as condições de trabalho no meio rural depois de cinco décadas de regime republicano e de trabalho formalmente livre. A crueldade de um sistema de trabalho salientando a crueldade do outro. Sobrevivência da escravidão, mas agora no regime de despersonalização das relações entre patrões e empregados. E, ao lado do problema do trabalho, colocava-se sempre seus correlatos imediatos: o problema da concentração fundiária, do amplo domínio dos latifundiários sobre os pequenos proprietários, carentes dos meios adequados de produção para o difícil trabalho da terra nos trópicos, por um lado, e o problema da monocultura esterilizante, por outro. O primeiro conduzia a uma permanente reprodução da pobreza, ao passo que o segundo conduzia inevitavelmente à escassez periódica de alimentos básicos. Combinados, os dois agravavam a degradação do trabalho e devastavam o meio-ambiente natural. De um lado criava-se aversão ao trabalho agrícola – somos um país de fazendeiros, mas não de agricultores – do outro ela engendra a esterilização da terra e dos rios. Manifestam-se, no mesmo texto, a preocupação de Freyre tanto com o trabalho rural quanto com sua conciliação com a ecologia e com a preservação dos ecossistemas regionais. Ao comentar o livro do sociólogo indiano Radhakamal Mukerjee, que também era pioneiro nas aproximações entre ecologia e sociologia, Gilberto Freyre aproveita para salientar o efeito corrosivo que continuavam exercendo em nossa história as heranças da escravidão, do latifúndio e da monocultura. A passagem é longa, mas consegue resumir ponto tão salientado por Freyre nos seus diversos livros e artigos desse período, condensando as três piores fontes de sobrevivência do passado no presente.

> Pois, como salienta Mukerjee, o perigo não é só econômico: é social. Pode-se até dizer que envolve o "homem biológico". Da delapidação do solo, da sua erosão, da simples exclusividade no cultivo de terra ressalta a multiplicação de insetos, terríveis inimigos não só da agricultura como do próprio homem. Nada tem de ciência romanceada à maneira de Wells – Wells das novelas – a ecologia que apresenta o inseto assim multiplicado como o inimigo mais sério do homem nas suas atuais condições de vida.

---

[69] FREYRE, Gilberto. O exemplo do velho Breves. *O Jornal*, Rio de Janeiro, 31 jul. 1942, p. 4, grifo nosso.

Perigo maior nos países tropicais e semitropicais como o Brasil do que nos outros.

Daí a urgência em nos defendermos da multiplicação de insetos nocivos – de que sempre se faz acompanhar a devastação de matas e a delapidação do solo – pelo máximo de resguardo dos valores naturais da paisagem. Pelo máximo, também, de valorização do homem rural.

Entre nós está quase ainda por criar a figura – hoje simplesmente retórica – do lavrador autêntico, do agricultor verdadeiro, identificado intima e amorosamente com a terra. *A monocultura latifundiária e escravocrata dominante entre nós por tanto tempo e sob formas tão diversas – o açúcar, o algodão, a mandioca, o café – dificilmente deixou que se esboçasse às suas margens o perfil do lavrador, do agricultor, do homem do campo,* tal como se encontra no próprio Portugal, para não falarmos da França, da Alemanha, da Inglaterra, da Itália.

Não me refiro, é claro, ao proprietário de terras, às vezes amoroso delas como tanto senhor de engenho do tempo antigo. Mas um amor quase platônico de quem melava de massapê apenas as botas de montar a cavalo: quase nunca as mãos dengosas de fidalgo que raramente descia de sua dignidade para um contato mais viril, mais íntimo, mais cru com a terra. [...] *Mas o assunto parece ser de solução mais difícil: a figura do lavrador só se definirá entre nós quando se desenvolver na consciência daqueles que, no Brasil, fazem as vezes de pequenos agricultores não a simples ideia mecanista de aproveitamento da terra, mas também uma mística: a mística da identificação do lavrador brasileiro com o solo. Para o desenvolvimento dessa mística é preciso que se proteja o mais possível do absolutismo dos donos de latifúndios, do parasitismo dos senhores ausentes, dos tentáculos da indústria metropolitana e estrangeira o pequeno lavrador em potencial; e não apenas o grande. [...]*[70]

Freyre voltaria a este tema em "Ainda a monocultura do Nordeste'", publicado em 29 de agosto de 1943. Insistia nas consequências esterilizadoras da monocultura para o meio ambiente e para a economia, recaindo o problema da alimentação sempre, é claro, sobre os mais pobres, que enfrentavam desde a escassez de alimentos básicos até a inflação recorrente dos preços. O teor desses artigos reforçava nas autoridades pernambucanas a desconfiança de que Freyre estava identificado com o comunismo. Seus inimigos, partidários ou admiradores do fascismo e do nazismo, chegavam a cogitar que seu apoio aos mucambos era forma de conduzir os "mucambeiros" para a luta de classes[71].

Como se sabe, nessa época a acusação de comunismo pesava enormemente na reputação de um intelectual e, mais do que isso, podia efetivamente justificar sua perseguição e, mesmo, sua prisão. Essa imagem talvez fosse reforçada, também,

---

[70] FREYRE, Gilberto. Terra e lavradores. *O Jornal*, Rio de Janeiro, 20 out. 1942, p. 4, grifo nosso.

[71] Edson Nery da Fonseca, "Recepção de *Casa-grande & senzala* no Recife dos anos 30 e 40", p. 31.

pela atuação incisiva de Freyre no sentido de alertar para o total contrassenso e mesmo absurdo de, num país em tudo mestiço como o Brasil, adotar-se doutrinas assentadas no ideal de pureza racial. Bastava olhar o que, graças à justificação oferecida por esse tipo de doutrina, vinha acontecendo desde a invasão da Abissínia pela Itália de Mussolini. O que pensavam os mestiços brasileiros que aderiam e admiravam o nazifascismo? Esse estranho fenômeno nunca deixou de incomodar Freyre e, no ápice dos conflitos políticos que o levaram a prisão, foi mais um dos combustíveis a alimentar o fogo das intrigas e da repressão.

> O sr. Assis Chateaubriand acertadamente salientou, um desses dias, o absurdo de haver entusiastas do chamado "credo racista" entre um povo como o brasileiro, na sua quase totalidade mestiço. Há anos que procuro destacar tal absurdo. E desde a invasão da Abissínia que aponto não só para o absurdo como para o perigo de semelhante atitude da parte de brasileiros. [...] Hoje o mais difícil é separar o brasileiro do mestiço, de tal modo o "status" de um coincide com a condição biológica – ou simplesmente psicológica e cultural – do outro. "Moralmente, somos todos mestiços", – gritou uma vez, com sua voz escandalosa de nortista malcriado, o admirável Sylvio Romero. E esta é de fato a verdade: sociologicamente somos todos mestiços.
>
> Em face dessa realidade, cada dia se tornam mais ridículos os que pretendem desenvolver entre nós um certo credo racista que seria a negação do próprio Brasil. O ridículo assume proporções insanas quando são assas, sararás, ou cafuzos com pretensões a caboclos que se dão ao desfrute de admirar a filosofia racista entre nós, cruamente ou através de subterfúgios, o de apontarem como exemplo de perfeição a mocidade brasileira, "a juventude hitlerista" com seu naturismo pagão, de que o racismo é a flor mais venenosa.[72]

Foram vários, desde então, os artigos de Freyre dirigidos diretamente a uma incisiva crítica da ideologia nazista. Nela o incomodava, sobretudo, o engodo que a antropologia cultural teve o mérito de começar a desfazer: o engodo das raças, da pureza racial e da pretensa superioridade de umas raças sobre outras. A própria ideia de pureza, aliás, correspondia para Freyre a um verdadeiro contrassenso quando aplicada ao domínio do que é humano. Porque a morte de toda e qualquer cultura humana estaria, justamente, no completo isolamento, na absoluta ausência de trocas e emulações entre diferenças, na completa uniformização da vida. Nada era mais temido por Freyre do que homogeneização e a uniformização das diferenças de que o nazismo, de forma radicalmente violenta, era o mais atroz representante. Daí os diversos alarmes de Freyre contra a ideologia arianista, especialmente quando corporificada nas instituições de um Estado, tanto mais se se

---

[72] FREYRE, Gilberto "Um manual do perfeito mestiço". *O Jornal*, 20 set. 1942, p. 4.

tratasse de um governo do tipo "forte". "Governo forte" era, na verdade, o nome que se dava ao governo de base autoritária e ditatorial, a exemplo do que havia sido o governo de Floriano e do que vinha sendo o Estado Novo. Se o que já trouxemos à tona evidencia a oposição de Freyre aos meios políticos e administrativos a partir dos quais o Estado Novo existiu como governo, qualquer um que ler os artigos "Sadismo e masoquismo na vida pública brasileira", "Antecipações" e "Duas perguntas e uma tentativa de resposta" poderá facilmente compreender que a interpretação que Freyre oferece da história brasileira, longe de estar inevitavelmente comprometida com uma posição reacionária (como tantas vezes foi acusado), nos abre todo um horizonte de crítica do autoritarismo, em geral, e do autoritarismo brasileiro, em particular.

O primeiro desses artigos foi publicado em janeiro de 1943, e nos apresenta, de modo direto e sucinto, as premissas fundamentais da interpretação freyriana da história brasileira. Nela atuaram, principalmente, duas forças de sentido contrário, que aqui se antagonizaram e se ajustaram numa conjunção única: miscigenação e escravidão –intimidade e estranhamento, aproximação e distanciamento, amor e violência. Essas duas forças de sentido contrário atuaram conjuntamente ao longo dos séculos de formação da sociedade brasileira e as práticas nelas envolvidas criaram entre nós o que temos chamado de padrões de sociabilidade com tendências sádico-masoquistas. Essas tendências, uma vez que dizem respeito ao nível básico de relação social – isto é, aos modos de interação com outros – se espraiam por diversas esferas da sociedade, incluindo, é claro, a vida política. Esse tipo de formação, assim, ajuda a elucidar certa afinidade dos brasileiros, em geral, com sistemas políticos autoritários e, especialmente, com um determinado tipo particular de liderança carismática – aquela de feitio paternal-patriarcal.

> Do jogo desses antagonismos eu sugeriria que explicava talvez certas tendências da política brasileira e certos característicos da nossa vida, como repercussão dos quase quatro séculos de sistema escravocrata sobre o nosso caráter, sobre o nosso comportamento, sobre o nosso subconsciente de povo e de nação. *Desses quase quatro séculos a tendência mais forte – contrariada, é claro, pela miscigenação – fora no sentido de nos separar em senhores e escravos.*
>
> *Daí o resíduo masoquista que permanece em grande parte da população brasileira. Daí a facilidade do brasileiro em se acomodar a imperadores ou a chefes definidamente senhoris ou simplesmente patriarcais e paternais.* Tendência que teve no culto do "Marechal de Ferro" expressão tão significativa.
>
> *O brasileiro, o longo período de sistema escravocrata como que o deformou num povo inclinado ao masoquismo ou ao complexo de mártir:* a uma estima toda particular pelos políticos cujo fracasso na esfera do domínio absoluto sobre a nação (domínio com evidentes traços de sadismo, tal como exercido não só por capitães, generais e oligarcas em antigas províncias

e capitanias, como pelo nosso maior estadista de todos os tempos: José Bonifácio) se resolve ao extremo oposto: em atitude de mártir como a assumida pelo próprio Feijó, nos seus derradeiros dias de Regente.[73]

É impressionante que escritos tão contundentes quanto à amplitude da tese de Freyre – que envolve conjunção de miscigenação e escravidão – foram e continuam sendo solenemente ignorados, especialmente pelos críticos que insistem em tratar a obra de Freyre como "escamoteadora dos conflitos" e das violências. Aliás, longe de prestar uma justificação reacionária do autoritarismo, a obra de Freyre pode ser lida de modo a elucidar nossa afinidade tácita com ele, especialmente quando ganha a forma de uma dominação carismática exercida por uma liderança de perfil patriarcal ou paternal. É a este tipo de liderança que se inclina a personalidade do brasileiro médio e é ele que possibilita uma identificação das massas brasileiras com a figura do líder. Longe de encarar esta característica como um elemento cultural a ser conservado, Gilberto Freyre o viu como algo extremamente perigoso para o próprio futuro da cultura e da sociedade brasileiras. No entanto, ignorar este traço constitutivo da sociedade brasileira também em nada ajudaria a superá-lo. Qualquer mudança que se projetasse quanto à superação de nosso masoquismo na vida pública brasileira teria, antes, de contar com ele, pois não se trata de algo que pode ser eliminado do que somos e do que viemos a ser por um caprichoso e repentino gesto de voluntarismo. Uma mudança na cultura só se faz com história, com tempo, com a aquisição gradual de novas práticas e novos hábitos. E, enquanto a sociedade brasileira não fizesse um esforço coletivo de conquista e disseminação de novos hábitos políticos, implementando uma espécie de reeducação, de exercício cotidiano de uma nova disciplina, ela continuaria ameaçada pela presença reiterada do autoritarismo em diversas esferas de sua vida, e nada lhe garantiria, aliás, que por desventura caísse em pântanos fétidos e lamacentos semelhantes àqueles do fascismo e do nazismo. Em relação a estes sistemas autoritários, um tanto ironicamente, Freyre apontava o que foram as nossas "antecipações" em comparação às atrocidades nazistas. Antecipações tímidas, nos diz ele, mas ainda assim antecipações. A sábia e civilizada Alemanha "imitava" o Brasil, e o imitava no que tinha de mais bárbaro – o que provava que qualquer civilização está sempre ameaçada a perder-se na barbárie: a exigir, portanto, uma permanente autovigilância. A intolerância à diferença, a violência sádica e o irracionalismo fanático são fenômenos humanos que podem bater às portas de qualquer sociedade e, mesmo quando as encontram fechadas e protegidas, não é impossível que sorrateiramente adentrem pelas janelas. E a Alemanha era a prova mais nítida de que nossa barbárie podia tanto ser contida quanto ser agravada. Em todo caso, precisávamos, antes, reconhecê-la.

---

[73] FREYRE, Gilberto. Sadismo e Masoquismo na vida pública brasileira. *O Jornal*, 23 jan. 1943, p. 4.

Quanto a nós, não temos que nos considerar senão uns antecipados em relação à Alemanha nazista. Fomos nós, e não ela, quem primeiro reviveu no século XX – "o século das luzes" – o esquecido sistema dos autos-de-fé. Nós que primeiro, com timidez, é certo, incendiamos bondes podres e inúteis; depois, com menos timidez, essas residências boas para o saque – o saque sistemático e a caminhão – por motivo político ou pessoal. *Nós que primeiro oferecemos ao mundo o exemplo não só dos nossos Lampeões quase invencíveis, como o dos métodos radicais de se exterminarem afinal esses Lampeões e suas Marias Bonitas; o exemplo não só dos nossos Antônios Conselheiros como o dos métodos de eliminarem esses velhos desagradáveis e arcaicos.*

Os horrores praticados pela Alemanha nazista – principalmente por sua Gestapo tentacular – nos deixam muito na sombra, é certo. O "queima das Bíblias" dirigido por Frei Celestino parece um incidente banal de queima de papéis velhos e inúteis em fundo de quintal, ao lado dos incêndios verdadeiramente dramáticos, teatrais, espetaculares, com que os nazistas assombraram o mundo nos seus primeiros dias de domínio sádico.

Parece incrível, mas a Alemanha – a grande e sábia Alemanha de Lutero e da Reforma, de Kant e de Goethe – curvou-se ante o Brasil. E imitou o nosso Frei Celestino – pobre fradinho italiano da roça por nós próprios considerado amatutado e arcaico – no seu método de lidar com livros indesejáveis ou perigosos. Imitou o nosso igualmente arcaico Virgulino Lampeão – talvez por ter simpatizado com seus óculos austeros de pedagogo sadista. Imitou o nosso arqueológico Antônio Conselheiro – de quem os meticulosos doutores e técnicos germânicos parecem ter aprendido os métodos de fanatização rápida da plebe e da mocidade.[74]

A comparação dos eventos brasileiros – como o "queima das Bíblias" por Frei Celestino, a queima dos bondes pela população recifense revoltada, assim como a violência do cangaço e o messianismo de Canudos, tanto quanto os métodos para combatê-los – com os eventos de maior magnitude da Alemanha nazista é uma aproximação muito significativa para que não a notemos como índice da orientação política de Freyre. Se por um lado a miscigenação contrariava em absoluto o ideal nazista de pureza racial, por outro lado a sociedade brasileira já vinha a seu modo produzindo suas "tímidas antecipações" da barbárie nazista.

Freyre era radicalmente democrata. Mas democrata demasiado atento tanto ao que é em sentido autêntico uma democracia quanto à realidade brasileira e as dificuldades e desafios que esta impõe ao desenvolvimento daquela. A democracia, por si mesma, é o mais difícil dos regimes, pois exige a participação ativa de todos os cidadãos no destino da comunidade política. Essa participação, longe de se dar pela via exclusiva dos direitos e garantias democráticas, exige uma pesada

---

[74] FREYRE, Gilberto. Antecipações. *O Jornal*, 10 jun. 1943, p. 4.

margem de responsabilização de todos os indivíduos, um conjunto de princípios e de deveres que todos e cada um precisam levar a cabo. A democracia se estrutura, fundamentalmente, na *igualdade* dos indivíduos *postulada* no conceito de cidadania, e por isso mesmo exige a *negociação* das diferenças – das pautas, valores e projetos que devem vigorar na sociedade; daí a razão de ser ela um regime ainda mais difícil para uma sociedade que se formou sobre a base da diferença abissal entre senhor e escravo, de uma sociedade que, em vez de ter se ordenado a partir da negociação entre iguais ou semelhantes, ordenou-se simplesmente a partir de relações de mando e obediência travadas entre "superiores" e "inferiores", entre "dominantes" e "dominados". Daí que o Brasil, mal saído do regime escravista, estava longe de reunir as condições sociológicas, econômicas e culturais para o exercício da democracia como regime "político": de tal modo que as instituições políticas da ordem democrática precisavam elas mesmas criar tais condições, sob pena de uma constante entrega das massas às lideranças carismáticas, fenômeno que pode contrariar e ameaçar a própria institucionalidade democrática. Não se trata da "predileção" de Freyre por este ou aquele regime. Trata-se do fato de que a sociedade brasileira, em função do tipo de formação escravocrata em que se constituiu, não tinha meios de, repentinamente, suprir as condições sociológicas e culturais para o exercício da democracia, ainda que substituíssem suas fachadas. Tais condições precisavam ser elas mesmas construídas em paralelo à experiência democrática. Considerando as dificuldades da democracia numa sociedade que não reunia suas condições básicas, recaídas autoritárias seriam sempre dificilmente evitáveis porquanto tais condições não fossem supridas. Freyre pareceu julgar mais importante suprir as condições básicas da vida política verdadeiramente democrática do que a constituição de uma institucionalidade democrática de fachada. Afinal, o que era a democracia política brasileira até os anos 1930 senão um verdadeiro engodo do oligarquismo estadualista ainda fundado no latifúndio e na monocultura? Não só para Freyre, mas para muitos de seus contemporâneos, as reformas – agrária, educacional e cultural – de que o Brasil necessitava eram mais importantes que uma democracia simplesmente de fachada a reproduzir os velhos males da sociedade brasileira. Em termos de predileção subjetiva, Freyre era democrata e bateu-se pela democracia ao longo de toda a década de 1940. Rejeitava, em tese, tudo o que fosse "governo forte", autoritário, embora reconhecesse a afinidade historicamente cultivada da sociedade brasileira com regimes políticos e autoritários.

Em artigo de outubro de 1943, respondendo a perguntas que lhe chegaram de São Paulo, talvez de um leitor que vislumbrasse na tese de Freyre alguma simpatia pelo autoritarismo, Freyre deixa bastante clara qual era sua posição ante o chamado Estado forte. A constatação de que o povo brasileiro possui uma espécie de afinidade historicamente cultivada com o autoritarismo em sua forma mais crua e pessoal não devia, de modo algum, ser entendida como um programa político a ser levado a cabo pelos estadistas brasileiros. Ao contrário, o esforço dos estadistas brasileiros deveria ser justamente no sentido de preparar as massas brasileiras para formas mais elevadas de participação política e de criar, para elas, as condições e os pressupostos básicos para o exercício da cidadania. No referido artigo, perguntava-se a Freyre se ele "era pelos governos fortes" e se, para o caso do Brasil, a solução estava na "sistematização do florianismo". À primeira pergunta responde laconicamente Freyre:

> De modo nenhum sou pelo governo que vulgarmente se chama "governo forte". Nem pela "sistematização do florianismo" nenhum. Meu ideal de organização social e de vida humana para os dias normais me conduz precisamente ao extremo oposto: à redução ao mínimo de tudo que seja pressão de governo ou poder de Estado sobre as pessoas.
>
> Mas essa redução – desejável e creio que possível – ao mínimo, de governo ou de Estado, não me parece que deva implicar na desmoralização da ideia de governo ou de Estado pela de liberdade absoluta da pessoa ou de soberania dos grupos que constituam a comunidade humana, em geral, ou qualquer comunidade, em particular.[75]

O mínimo de Estado exigiria o máximo de cidadania, de responsabilização dos cidadãos pelo destino da comunidade política. O mínimo de cidadania, entretanto, termina sempre por exigir elevado grau de governo e de Estado, cuja existência deve sempre ater-se aos limites de harmonização entre indivíduos e grupos. A sociedade brasileira precisava de Estado justamente porque estava longe de ter suas massas e sua elite política aptas ao grau de responsabilização exigido pelo mínimo de Estado e de governo. Daí porque fenômenos como o florianismo correspondiam a uma espécie de necessidade psicológica da sociedade brasileira. Mas disso, de modo algum, se deve concluir que deveríamos "sistematizar" o florianismo entre nós.

> É claro que há fases na vida de uma comunidade em que, não podendo ela sozinha antecipar-se às demais em tipo de organização social, sem risco dessa antecipação enfraquecer-lhe os elementos de resistência a inimigos exteriores, não lhe é possível entregar-se à imediata redução do governo ou do Estado ao mínimo. Não me coloco entre os entusiastas do chamado "Marechal de Ferro" que governou o Brasil de modo tão duro e cru: mas reconheço que o "florianismo" correspondeu às necessidades de uma época difícil, indecisa, e trepidante da vida brasileira. Mais do que isso: correspondeu à própria situação psicológica de um Brasil saído de repente do patriarcalismo escravocrata sem ter a sua massa de ex-escravos, e de quase-escravos adquirido nem *o sentido de responsabilidade que completa o sentido de liberdade, nem mesmo o gosto pela verdadeira vida livre: a vida de*

---

[75] FREYRE, Gilberto. Duas perguntas e uma tentativa de resposta. *O Jornal*, Rio de Janeiro, 16 out. 1943, p. 4.

homens sem donos, mas não sem disciplina e sem deveres. Nem era possível que se tornasse o Brasil como por mágica uma Suíça americana e a cuja consciência repugnassem caciques poderosos ainda necessários à sua vida, ao seu espírito, à sua economia, à sua própria independência em face das potências imperialistas da época.

Do fato do "florianismo" ter sido, em tais circunstâncias, um como "mal necessário", *não creio que se deva concluir pela conveniência da sistematização do mesmo "florianismo" entre nós; pela sua normalização em tipo de governo que correspondesse às constantes psicológicas e sociológicas da comunidade brasileira.*[76]

Se Freyre, assim, reconheceu feitos importantes que a ditadura estadonovista vinha realizando na sociedade brasileira – com destaque para suas investidas contra o estadualismo oligárquico e para a ampliação das proteções ao trabalhador – ele foi um manifesto crítico de seus meios autoritários – ainda que reconhecesse, por força de realismo histórico – a tendência dos brasileiros a se acomodarem a tais regimes. Como se pode ver, após o episódio de sua prisão em junho de 1942, Freyre se empenhou em combater, na imprensa pernambucana e nacional, em suas conferências e palestras Brasil afora, as ameaças fascistas e nazistas que, mais acentuadas nos países do Eixo, Alemanha, Itália e Japão, tinham adeptos no mundo inteiro, inclusive no Brasil. E, a despeito do país miscigenado que já éramos, elementos da ideologia fascista e do credo arianista, como vimos, vinham ganhando fôlego entre setores importantes da sociedade, incluindo membros do clero e em poderosos tentáculos locais do Estado Novo. Ao mesmo tempo em que Freyre se empenhava numa campanha antifascista que ganhou proporções nacionais, criticando agudamente o ideal de pureza racial e o violento etnocentrismo nazifascista, seus inimigos no Recife intensificavam a campanha de difamação contra ele. Além de sua posição política antifascista, pesava contra Freyre sua defesa do trabalhador rural e dos pequenos proprietários diante dos latifundiários e usineiros da monocultura da cana-de-açúcar no Recife. Os muros da chácara em que morava foram pichados, suas correspondências eram violadas, sua casa, vigiada. Também na imprensa, especialmente na *Folha da Manhã*, periódico pernambucano sobre o qual Agamenon Magalhães tinha total controle, circulavam frequentemente caricaturas e calúnias a Freyre, quase sempre tratando-o por comunista e agente do estrangeiro.

Entre as calúnias de que foi vítima, a de maior repercussão foi uma nota emitida pelo Diretório Acadêmico da Faculdade de Direito do Recife. A nota foi publicada numa edição de domingo do *Diário de Pernambuco*, em 1º de agosto de 1943. Ao prefaciar o livro *Atenas, Roma e Jesus*, publicado pela Casa do Estudante do Brasil, de autoria de Odilon Nestor, professor da referida faculdade, Freyre havia falado da decadência que a prestigiada instituição vinha experimentando nas últimas

---

[76] Gilberto Freyre, "Duas perguntas e uma tentativa de resposta", p. 4.

décadas. A pretexto de uma defesa da Faculdade de Direito, a nota elaborava uma resposta ao prefácio de Freyre, "que está cheio de ataques, fortes ataques à Faculdade de Direito do Recife, ao seu corpo docente e aos seus alunos". Pelo tom que a carta é escrita e pelos baixos insultos que profere contra Freyre, além de não ter vindo assinada por ninguém em particular, percebia-se claramente que a verdadeira intenção da nota era, mesmo, manchar a reputação do sociólogo. A ponto de dizer que "tais ataques", isto é, os que teria proferido Freyre contra a Faculdade de Direito, eram apenas "o fruto travoro [*sic*] do despeito, da mentira, da inveja e do rancor de um meteco contra a benemérita instituição de ensino superior, que é a vetusta Faculdade de Direito do Recife". Em meio a todos esses insultos, a nota ainda tratou Freyre por duas vezes pelo número em que vinha fichado como "agitador comunista" da polícia de Recife. Veja o leitor como se encerra a nota:

> E, assim, o Diretório Acadêmico da Faculdade de Direito do Recife está convicto de que todo o despeito do agitador comunista nº. 13.175, Gilberto Freyre contra a Faculdade, é justamente porque nela ele não encontra decadência, falta de caráter. Porque dela não pôde fazer um foco de agitação comunista, nada mais. A não ser que da Faculdade de Direito só tenha conhecimento pela amostra que via em casa [...][77]

O pai de Freyre, como se sabe, havia sido professor da Faculdade de Direito. Nem ele escapou aos insultos da nota. Como nos revela Edson Nery da Fonseca, mais tarde descobriu-se que a nota, na verdade, havia sido redigida por "Jordão Emerenciano, então diretor do Arquivo Público Estadual, e por Sérgio Higino, secretário do Interior e Justiça do Interventor Federal. Mas traía sua origem policialesca ao revelar o nº com o qual Gilberto Freyre fora fichado como agitador em 1935."[78]. Conta-nos ainda Fonseca que os jornais do Recife foram obrigados pela polícia a publicarem a nota atribuída ao Diretório Acadêmico da Faculdade de Direito. De qualquer modo, a nota causou indignação de intelectuais de várias partes do país, além de manifestações de apoio a Freyre por diversas entidades estudantis. Uma enorme rede de apoio se constituiu em torno do escritor pernambucano contra a famigerada nota e a perseguição que vinha sofrendo no Recife.

Dos meses seguintes até meados de 1944, Freyre obteve em diferentes regiões do país manifestações de apoio por parte de associações de estudantes e intelectuais. Um fragmento bastante expressivo desse apoio foi o texto do também pernambucano Manuel Bandeira, publicado no jornal carioca *A Manhã*, em 2 de outubro de 1943. Aqui vai apenas a parte mais significativa da manifestação do poeta de *A cinza das horas* em defesa de Gilberto Freyre:

---

[77] NOTA Oficial do Diretório Acadêmico, Recife, *Diário de Pernambuco*, p. 13, 1º ago. 1943.

[78] FONSECA, Edson Nery da. Recepção de Casa-grande & senzala no Recife dos anos 30 e 40. *In*: KOMINSKY, Ethel Volfzon; LEPINE, Claude; PEIXOTO, Fernanda Arêas (org.). *Gilberto Freyre em quatro tempos*. São Paulo: EDUSC, 2003. p. 34.

O título destas linhas é o da nota oficial em que o Diretório Acadêmico da Faculdade de Direito do Recife pretendeu rebater a crítica feita por Gilberto Freyre, no prólogo ao livro recentemente publicado de Odilon Nestor, à vida intelectual daquela Faculdade em nossos dias. O folhetim me foi enviado pelo correio.

Devo dizer que não estou a par do que vai pela Faculdade de Direito do Recife, mas se tivesse de ajuizar do caso só pelas sete páginas desta publicação, seria para dar plena razão ao sociólogo de "Casa Grande & Senzala". Suponhamos que Gilberto Freyre tenha sido injusto. Se outro fosse o nível intelectual e moral do Diretório Acadêmico da Faculdade de Direito do Recife, jamais lançaria mão em sua resposta dos expedientes que vejo, com repugnância e tristeza, empregados nesta nota. Basta dizer que Gilberto Freyre é aí tratado de meteco. Meteco chamavam na Atenas antiga ao estrangeiro domiciliado na cidade. [...] O pior da nota, porém, não é isso. Isso é apenas ridículo. O pior está na reedição da velha mentira que apresenta Gilberto Freyre como "capcioso agitador comunista". O Diretório da Faculdade de Direito do Recife foi desenterrar no arquivo da polícia de Pernambuco a ficha n.º 13.175 que qualificou Gilberto Freyre como "agitador comunista". Ora toda a gente sabe a história dessa famosa ficha. A polícia pernambucana não se pejou de fichar como comunista o homem que, no prefácio de "Casa Grande & Senzala", escrevia em 1933: "Por menos inclinados que sejamos ao materialismo histórico, tantas vezes exagerado nas suas generalizações – principalmente em trabalhos de sectários e fanáticos..." Imaginem um marxista pouco inclinado ao materialismo histórico.... Fresco marxista. [...] Evidentemente a mão que redigiu essa nota do Diretório da Faculdade de Direito do Recife deve ter mergulhado no mesmo piche com que borraram depois, segundo fui informado, a fachada da velha casa de Apipucos, residência atual do insigne escritor, honra e glória de seu Estado.[79]

Manifestações calorosas também chegariam a Freyre vindas do Rio Grande do Sul, do Rio de Janeiro, de São Paulo, de Maceió, do Ceará e, principalmente, da Bahia. Foi em Salvador que Freyre encontrou talvez o mais ardente apoio do movimento estudantil, em recepção que ficou célebre no país pelo que representou na luta contra o fascismo. Em 7 de outubro de 1943, a revista *Diretrizes*, do Rio de Janeiro, noticiava em sua décima oitava página que Gilberto Freyre continuava recebendo manifestações de solidariedade ante os acontecimentos de Recife e que os estudantes baianos acabavam de lhe enviar "expressivo telegrama". Em solidariedade a Gilberto Freyre, a União dos Estudantes Baianos convidou o sociólogo pernambucano para um jantar de "desagravo" em sua homenagem, tomando a ocasião como cerimônia de luta contra o fascismo. Em 4 de novembro de 1943, Freyre publicaria na mesma revista a "Carta aos estudantes baianos", na qual declarava-se honrado

---

[79] BANDEIRA, Manuel. Resposta a Gilberto Freyre. *A Manhã*, 2 out. 1943, p. 4.

com o convite, que aceitava com muita satisfação, mas com a única ressalva de que não se tratava de desagravo nenhum, "pois a palavra 'desagravo' só faria dar a honra de agravo à insignificante campanha contra mim num Recife amedrontado como o de hoje".[80] Freyre chegaria dia 26 de novembro em Salvador, onde na mesma noite faria uma aclamadíssima conferência no salão nobre da Faculdade de Medicina. "Durante mais de três minutos a assistência de várias centenas de pessoas conservou-se de pé aplaudindo o conferencista, no momento em que entrava no salão nobre da Faculdade de Medicina."[81] O destaque do discurso de Freyre naquela noite foi a convocação pública do baiano Anísio Teixeira para a luta antifascista.

Além da programação promovida pela União dos Estudantes Baianos, Freyre recebeu presencialmente o título *honoris causa* que a Faculdade de Filosofia já havia lhe concedido pouco depois de sua prisão. O escritor pernambucano ainda foi homenageado com um almoço oferecido por Jorge Amado. No banquete, regado a moqueca e vatapá, estiveram presentes personalidades ilustres como o próprio Anísio Teixeira e Nelson Werneck Sodré. Mas foi na noite de segunda-feira, dia 29 de novembro, que o encontro de Freyre com os democratas da Bahia atingiu o seu clímax. O ponto alto do discurso daquela noite foi sua aclamação contra os "intelectuais puros", conclamando todos os homens de letras à luta contra o nazifascismo e seus "ismos nazibundos".

> Meus amigos, há quem me critique por não ser um "intelectual puro". Há quem me critique asperamente por querer participar das lutas do meu tempo e da minha gente. [...]
>
> Que me perdoem os zangados críticos. Mas o tempo não é para "intelectuais puros" [...] Além do que seria a pior das ingenuidades supor alguém que o intelectual chamado puro poderia salvar-se do naufrágio das aspirações verdadeiramente democráticas, conservando enxuta nas suas mãos cheias de anéis uma dignidade – a acadêmica – que pura e só não vale um caracol. A dignidade acadêmica só tem sentido em relação com a dignidade humana. É pela dignidade da condição humana inteira em face do nazismo e dos "ismos" nazibundos e, ao mesmo tempo nauseabundos, que lhe prolongarão talvez por algum tempo a influência, que todos os homens modernos precisam lutar com todo o seu vigor; e não com os trabalhadores por uma causa, os intelectuais por outra, os negros do sul dos Estados Unidos só pelos seus direitos civis, os judeus apenas pelo seu direito à vida, como se a cada grupo bastasse a sua salvação incompleta ou mesquinha. Precisamos que a reconstrução que se aproxima seja de larga integração de todos os homens nos direitos de igualdade de oportunidade

---

[80] FREYRE, Gilberto. Carta aos estudantes baianos. *Diretrizes: Política, Economia, Cultura,* Rio de Janeiro, p. 24, 4 nov. 1943.

[81] PORQUE me acusam de comunista. *Diretrizes: Política, Economia, Cultura,* Rio de Janeiro, n. 181, p. 17, 16 dez. 1943.

que toca à condição humana. Esta é a causa com que me parece estar identificado o intelectual de hoje; e não com a simples causa da liberdade ou da dignidade acadêmica.[82]

Parece que nenhum adjetivo incomodou mais a Freyre – ao Freyre antropólogo, para quem a diferença e a mistura, por si mesmas, possuíam valor inestimável – que o adjetivo "puro". Raças, culturas e intelectuais pretensamente puros causavam-lhe certa ojeriza, moral e intelectual. No caso dos "intelectuais puros", que em nome de uma suposta objetividade renunciavam a participar das lutas políticas de seu tempo, o que estava em jogo com a ameaça fascista era, mais do que a possibilidade de uma vida intelectual livre, a dignidade da condição humana – que é tão diversa quanto "impura". O discurso de Freyre, ecoando em jornais e revistas de diversos cantos do país, parece ter tido um efeito considerável na formação de uma ampla campanha de redemocratização que uniria intelectuais e estudantes de várias regiões. O propósito de integrar "todos os homens nos direitos de igualdade de oportunidade que toca à condição humana" dava ao discurso de Freyre elementos suficientes para que continuasse pesando sobre ele o rótulo de comunista que lhe fora apregoado pelos fascistas. Em sua fala, depois de retificar a nota do Diretório Acadêmico, afirmando que vinha fichado na polícia de Pernambuco como "agitador", e não como "agitador comunista", Freyre demonstrou certa preocupação em explicitar porque não era comunista, embora não visse "desonra" nenhuma em sê-lo.

***

Mas, feita de passagem esta retificação, não se pense que me consideraria desonrado se, de fato, estivesse fichado como comunista na Polícia do meu Estado: ou se fosse realmente comunista. Que desonra haverá em ser um homem do nosso tempo "comunista"? Não me encontro de acordo com a filosofia comunista do socialismo senão no que ela tem de indistintamente socialista, de fundamentalmente democrático e, hoje, de inteligentemente regional e de respeitador dos impulsos religiosos dos homens e das tradições cristãs dos russos, abandonados o internacionalismo estandardizador e o ateísmo brutalmente simplificador, (os comunistas ortodoxos de ontem); mas tenho o maior respeito intelectual por algumas dessas figuras de ortodoxos de ontem e por algumas das de hoje; tenho a maior admiração pelo que a gente comunista russa tem sofrido virilmente por amor de suas convicções e realizado com extraordinário, e às vezes doloroso, esforço criador no seu país, hoje potência.[83]

---

[82] PORQUE me acusam de comunista. *Diretrizes: Política, Economia e Cultura*, Rio de Janeiro, p. 18, 16 dez. 1943.

[83] *Ibid.*, p. 18.

A presença do passado – patriarcal, monárquico e escravocrata – no presente republicano | 277

Essa explicitação seria depois retomada em dois artigos de Freyre. Tomados em conjunto, esses artigos nos dão uma compreensão mais clara de como o antropólogo pernambucano entendeu a relação entre região e modernização, assim como suas preocupações políticas com possíveis homogeneizações e estandardizações promovidas pela segunda sobre a primeira. Trata-se de "Internacionalismo, nacionalismo e regionalismo na Rússia", publicado em *O Jornal* em abril de 1944, e de "Meu rótulo de comunista", publicado no *Diário de Pernambuco* em agosto de 1945.

De extrema importância para o mesmo tema foram também artigos que reproduziram sua conferência no Teatro José de Alencar, em Fortaleza, pronunciada em agosto de 1944 – dias antes de Freyre partir para os EUA, onde até dezembro do mesmo ano ministraria a série de palestras que depois seriam reunidas em *Interpretation of Brazil* e, mais tarde, em *New World in the Tropics*. A conferência na capital cearense intitulou-se "Precisa-se do Ceará", e foi reproduzida tanto no *Jornal Unitário*, de Fortaleza, quanto no carioca *O Jornal*. Em 1983, quase quarenta anos depois, Freyre voltaria ao assunto em "A propósito do Cearense", artigo publicado na *Revista da Academia de Letras* do Ceará. Nesse artigo de 1983, o próprio Freyre afirmava que, desde 1944, quando pronunciou a conferência, até pouco antes não havia mais tido contato com o texto da conferência de 1944, até que o então governador do Ceará o presenteou com uma cópia e sugeriu re-impressão do texto.

Freyre ficara apenas um dia em Fortaleza, de onde partiu logo em seguida para Nova York. O que parece que não se sabia até agora é que, além do texto de 28 de agosto no *Jornal Unitário*, Freyre escreveria ainda dois outros textos, todos eles publicados com o título *Precisa-se do Ceará* (I, II e III). As duas últimas partes não havíamos encontrado até agora nem publicados e nem discutidos, apesar de seu altíssimo valor para a compreensão de como Freyre tratou a relação entre regionalismo e modernização[84]. Voltaremos a estes textos logo mais.

O efeito da nota emitida em nome do Diretório Acadêmico da Faculdade de Direito de Recife teve, por assim dizer, um sentido contrário àquele provavelmente pretendido. Essa proximidade de Freyre com os movimentos estudantis foi tão manifesta a partir de então que, além das muitas moções de apoio que lhe chegavam das diversas partes do país, ainda em 11 de agosto de 1944, antes da partida de Freyre para os EUA, *O Jornal* dava notícias de uma excursão de estudantes paulistas a Recife. Iam prestar apoio ao perseguido político e testemunhar a perseguição que vinha sofrendo por parte das autoridades policiais daquele Estado. Depois de quase quatro meses nos Estados Unidos, Freyre retornaria para o Recife nas vésperas do

---

[84] Não raro se transmite uma ideia equivocada de Freyre como um conservador inimigo da "modernização". Freyre, como veremos, era inimigo não da modernização em si, mas de todo processo modernizador que significasse pura adesão estandardizante e uniformizante aos imperialismos então vigentes no mundo. A conciliação do regional com o universal só era possível através de um processo modernizador que partisse de "dentro pra fora", e não de fora pra dentro, de modo a fazer-se em respeito e harmonia às diversidades regionais de geografia, de ecologia, de cultura e modos de vida.

Natal. Ao desembarcar, encontrou Pernambuco num estado de tensão política maior do que quando partira. A exemplo do que vinha acontecendo em outras cidades do Brasil, o movimento estudantil da capital pernambucana saudou a luta do sociólogo e dela se aproximou como nunca antes[85].

Mas o ano de 1945 começava com um elemento novo que vinha alimentar o fogo político da oposição à ditadura em Recife: foi a convocação de eleições e o lançamento da candidatura de Eduardo Gomes, brigadeiro da Força Aérea Brasileira, à presidência da República pela União Democrática Nacional (UDN). Logo no início da campanha de Eduardo Gomes no Recife, já no primeiro comício de sua candidatura, a multidão que ali se reunia foi dispersada à bala pela polícia. Ao que tudo indica e tal qual nos relata Edson Nery da Fonseca, tratava-se de um plano para dar cabo da vida do sociólogo. Gilberto Freyre, que discursava ao público do alto da sacada do *Diário de Pernambuco*, foi interrompido pelo tiroteio. Uma bala acertou a cabeça do estudante Demócrito de Sousa Filho, que se encontrava a seu lado no momento, o que reforça a tese de uma tentativa de assassinar o escritor premeditada e executada pela polícia a mando do interventor federal, que tinha em Freyre seu maior inimigo.

O assassinato de Demócrito comoveu grande parte do país e foi um enorme combustível para a luta pelo fim da ditadura Vargas. O estudante tornou-se um mártir da resistência antifascista pela democracia, sua morte figurando como objeto de revolta por todo o país, especialmente pelas entidades de representação estudantil. O testemunho de muitos participantes do ato do dia 3 não deixava dúvida: o tiroteio partira da polícia em direção à sacada do *Diário de Pernambuco*. Tudo, assim, apontava para a responsabilização de Etelvino Lins, que acabava de se tornar interventor federal por indicação do grande inimigo de Freyre, Agamenon Magalhães, que por sua vez foi pouco antes nomeado por Vargas como ministro da Justiça. Etelvino, Agamenon e o próprio Vargas, por isso, figurariam nos discursos de oposição como os grandes responsáveis por aquele ato de barbárie que, ao longo do ano, ajudaria a corroer a popularidade do regime e a garantir a convocação de eleição presidencial.

Poucos dias depois do atentado, Freyre, novamente em Salvador, concedeu uma longa entrevista aos *Diários Associados da Bahia*. A entrevista seria reproduzida na íntegra por *O Jornal*, na sua edição do dia 13 de março de 1945. Nela o sociólogo pernambucano conclamava a todos os intelectuais e estudantes a não abandonarem a luta antifascista e contra a ditadura de Vargas que, depois do ocorrido no dia 3, perdia completamente o que lhe sobrava de legitimidade. Finalmente,

---

[85] Freyre já tinha um contato próximo com os estudantes desde pelo menos meados da década de 1930, quando, a convite de movimento estudantil redigira um manifesto, assinado por muitos intelectuais e estudantes, contra a Lei de Segurança Nacional baixada por Vargas. Foi nessa ocasião, inclusive, que Freyre, depois de retorno do exílio, foi pela primeira vez preso e fichado como "agitador".

manifestava-se o mr. Hyde naquele que até agora vinha posando, ante a sociedade brasileira, de virtuoso dr. Jekyll.

A escolha, pelo Ditador, ao que parece ansioso por eternizar-se num poder que infelizmente o vem corrompendo, de um politiqueiro dos precedentes do desde 1937 interventor federal em Pernambuco, para ministro da Justiça – o ministro que deverá presidir as anunciadas eleições – mostra claramente quais as disposições da gente que detém o poder. Não tenho dúvida de que a liberdade dada de repente à imprensa e o anúncio das eleições visam só repercussão no estrangeiro, principalmente nos EUA, donde acabo de chegar. O embaixador do Brasil em Washington tudo faz para dar aos americanos a impressão de que no Brasil não há imprensa amordaçada nem "Gestapo", nem outras formas de opressão. Não creio, entretanto, que os norte-americanos se deixem engabelar pelos fascistas e quase fascistas do Brasil. Quando lá estive verifiquei que a gente mais esclarecida já se convencera de que o único foco perigoso de semi-fascismo na América do Sul não é de modo nenhum na Argentina. *O foco brasileiro continua um perigo internacional e não apenas nacional para o após-guerra. Ninguém se ilude com os disfarces. O policial para-nazista sr Fillaw Mulier continua uma eminência parda no Brasil. A resistência da Ditadura ao clamor brasileiro pela anistia a Luiz Carlos Prestes e aos demais presos políticos das esquerdas, e o fato de que em Estados como em Pernambuco, Polícia, Secretaria da Justiça e Educação têm estado nestes sete anos em mãos de para-fascistas ou ex-integralistas é expressivo. Fala por si mesmo. [...] Esclarecidos esses problemas a demagogia da já impotente Ditadura atual não encontrará entre a gente de trabalho mais ingênua nenhum ambiente para sua obra de mistificação e embuste.* O trabalhador brasileiro, o pequeno funcionário público, o caixeiro, todos vão vendo que a legislação social da Ditadura, contendo, como contém, iniciativas de incontestável valor, pelo menos quando consideradas no seu aspecto teórico, tem, entretanto, por fim principal, não o bem-estar da mesma gente, mas sua narcotização, para que seja sem fim o domínio dos mandões de 37. Vários destes ninguém ignora que estão a arrebentar não só de podres como de ricos. E muitas dessas riquezas fabulosas, à custa da mal executada legislação social: à custa do trabalhador, do pequeno funcionário, da gente do povo, mistificada por meio de "sindicatos", falsas "cooperativas" e institutos de rótulos bonitos e programas generosos mas, na prática, o desastre, que todos sabem quando se trata de amparar os necessitados, quando se trata do inválido, da viúva, do velho ou do órfão obter a pensão prometida por leis quase todas para inglês ver.[86]

---

[86] FREYRE, Gilberto. Entrevista de Gilberto Freyre aos Diários Associados da Bahia. *O Jornal*, Rio de Janeiro, 13 mar. 1945, p. 1 e 2 (2ª seção), grifo nosso.

Grande parte da entrevista é, ao mesmo tempo, um testemunho e um desabafo de Gilberto Freyre. Nela, ele chama Getúlio de ditador não menos que nove vezes. E embora mereça ser conhecida na íntegra, há uma parte dessa entrevista que é crucial para o entendimento da relação entre Freyre e Vargas. Pois foi, como dissemos, entrevista veiculada em diferentes estados, e que tinha em destaque um evento que comovera todo o país em razão da violência perpetrada pelas forças policiais sobre estudantes e cidadãos desarmados em pacífica manifestação política. Nela Freyre explicita publicamente as razões de sua não aceitação de cargos importantes do Estado Novo: os seus meios autoritários, ditatoriais, aviltariam seus colaboradores. Daí uma denúncia que Freyre não se cansou de fazer desde 1937: em razão desses meios, Getúlio quase sempre só pôde se cercar, com louváveis exceções, de gente medíocre e incompetente, tendo sido esta uma das maiores fraquezas de seu governo. Fraqueza ocultada pela violência, mas fraqueza.

> Sou dos que acreditam na inteligência do Sr. Getúlio Vargas e a têm proclamado. Por algum tempo tive relações pessoais – políticas nunca – com o mesmo sr. Getúlio Vargas. Recebi dele atenções, inclusive, como o sr. Ditador há de estar lembrado, convite saído dos seus próprios lábios para "alto posto na administração" que um dos secretários do Catete, o sr. Mauro Freitas, me dissera antes de minha entrevista com o seu chefe que seria o Ministério da Educação e Saúde. Recusei o convite por motivos de que o sr. Getúlio Vargas talvez não esteja esquecido. Menciono o fato para confirmar que fui distinguido com atenções excepcionais pelo sr. Vargas, que também referiu-se várias vezes com altos elogios ao meu trabalho intelectual. Várias vezes conversamos sobre assuntos intelectuais. Falou-me certo dia do meu primeiro artigo: uma defesa de Émile Zola. Porque houve tempo em que o sr. Getúlio Vargas foi estudante, foi moço e escreveu em defesa de escritores democráticos. Na última vez em que nos avistamos, insistiu ele em que seria possível, breve, minha colaboração com seu governo no "interesse público", no "interesse do Brasil". Vês que sou dos que poderia ter "feito carreira" sob a Ditadura. Sem motivos para despeito, tenho algum conhecimento do sr. Getúlio Vargas. E estou no dever de dizer-lhe agora, com toda a nitidez e franqueza, que não retarde o fim da Ditadura; que se retire quanto antes para sua fazenda de São Borja: que confie o Brasil aos moços, aos homens de trabalho e de estudo, àqueles brasileiros honestos e capazes *que a Ditadura, por sua natureza mesmo, se viu obrigada a desprezar ou a perseguir. Aqueles cuja colaboração em cargos de confiança do Ditador ou dos sub-ditadores foi impossível pois aviltaria os colaboradores. Utilizou-se por isso a Ditadura de 37 de gente apenas aventureira ou servil ou quando muito, velhaca ou esperta em promover seus interesses pessoais. Gente desleal com o próprio Ditador. É tempo de nos livrarmos de tal gente e de semelhante regime.*[87]

---

[87] Gilberto Freyre, "Entrevista de Gilberto Freyre aos Diários Associados da Bahia", p. 1-2, grifo nosso.

Somente em outubro, depois de muita pressão e da intervenção do Exército brasileiro, é que Vargas viria mesmo a cair e, junto com ele, a ditadura que presidira desde 1937. Em 8 de outubro de 1945, Freyre, a convite dos estudantes, voltaria a discursar em Recife, na praça 13 de Maio, próximo à Faculdade de Direito. Sua fala foi publicada por *O Jornal* no dia 19 de outubro. No dia 23 de novembro, noticiava-se a candidatura de Freyre como deputado federal por Pernambuco, impulsionada pela comunidade acadêmica e intelectual do Recife e, principalmente, pelos estudantes. No dia 29, Vargas foi deposto do governo pelas Forças Armadas. Eleito deputado federal pela União Democrática Nacional (UDN), Freyre esteve longe da vitória que realmente pretendia na política. O brigadeiro Eduardo Gomes perdeu a disputa presidencial para Eurico Gaspar Dutra, candidato pelo Partido Social Democrático (PSD) e ex-ministro da Guerra do governo Vargas. O PSD também conseguiria maioria expressiva no Parlamento, incluindo em Pernambuco, por onde se elegeram também os maiores inimigos de Freyre: Etelvino Lins, eleito senador, e Agamenon Magalhães, deputado federal. Em 1946, se instalariam as comissões parlamentares para redação de um nova Constituição. Dos 37 escolhidos para a redação do projeto, dezenove eram do PSD, entre eles Agamenon Magalhães. Tendo ficado de fora da comissão elaboradora da Constituição, a participação de Freyre teve de se dar na proposição de emendas e sugestões ao texto apresentado. Mesmo assim, fez colaborações importantes para que o texto constitucional ganhasse um sentido voltado à proteção do trabalho e do trabalhador, dando a nota de um certo "trabalhismo" que, em sua visão, deveria orientar os homens de Estado no Brasil, na implementação de políticas para a correção dos grandes males gestados pelo latifúndio monocultor e pela escravidão.

XII

Democracia e autoritarismo, regionalismo e modernização

C omo dizíamos anteriormente, a palavra "puro" parecia termo que causava a Freyre certa repugnância quando aplicada ao domínio do humano. Às vésperas de sua viagem para os Estados Unidos em 1944, Freyre proferiu no Teatro José de Alencar, em Fortaleza, uma conferência intitulada "Precisa-se do Ceará", reproduzida posteriormente em três números de *O Jornal*[1]. Já no início de sua fala, Freyre salientava o papel que teve em sua formação a Universidade de Columbia, "cosmopolita como nenhuma e cheia de provincianos do mundo inteiro, que me distanciou para sempre do puro cosmopolitismo, depois de me ter curado do bairrismo também puro."[2].

Para Freyre, bairrismo e cosmopolitismo, quando puros, amputam parte da existência propriamente humana. O primeiro encerra-se num etnocentrismo incurável, que olha para tudo o que há de fora, de estranho e de diferente com o pejo do crime e da inferioridade, como se a própria cultura devesse ser o modelo único para todos os povos e regiões. O segundo, por sua vez, opera um deslocamento da lógica etnocêntrica, sem conseguir por isso mesmo superar o etnocentrismo. Ao invés de se abrir para o Outro em sua diferença intrínseca, procura um lugar-comum universal onde todas as diferenças possam ser homogeneizadas num pálido e abstrato conceito de homem. O primeiro tende a uma orientação política tradicionalista e conservadora, movida pelo afeto de "familiaridade", de "segurança", de "estar em casa" na própria cultura. O segundo tende a uma orientação racionalista e "revolucionária", movida pela consideração da substância comum do homem, pensado, portanto, não a partir das diferentes tradições a serem mantidas, mas de

---

[1] É possível que a conferência de Freyre tenha sido apenas o primeiro dos textos publicados por *O Jornal*, com o título "Precisa-se do Ceará I". Da publicação deste último à publicação de "Precisa-se do Ceará III", passaram-se em torno de 30 dias.

[2] FREYRE, Gilberto. Precisa-se do Ceará I. *O Jornal*, Rio de Janeiro, 9 set. 1944, p. 4.

um mundo comum a ser ordenado e construído. O primeiro é fundamentalmente orientado para o passado e, por isso, tem certo horror à mudança. Ao passo que o segundo é terminantemente orientado para o futuro e empreende certa "divinização" da mudança, olhando para o passado com certo desprezo e atribuindo a ele a mácula do crime, da injustiça e do erro.

Cada qual a seu modo, a atitude "bairrista" e a "cosmopolita", quando puras, terminam por ignorar dimensões fundamentais da existência humana. É essa amputação que o regionalismo freyriano procurava evitar, considerando a vida humana como um vir a ser que se desdobra, concomitantemente, nas três dimensões temporais. A existência presente, ao mesmo tempo que arrasta consigo o passado, se projeta num horizonte futuro. Não cabe no mundo freyriano ideologia alguma que de antemão recuse esse atributo fundamental do humano. Daí também o horror de Freyre a "universalismos" e imperialismos que visassem impor à diversidade de culturas uma unidade uniformizante. Daí ter sido este um dos principais pressupostos de sua atividade e orientação política: a defesa da diversidade cultural e regional e a recusa de tudo que as ameace de homogeneização e indiferenciação.

O "apego" de Freyre às diferenças e à diversidade cultural não implicava uma recusa a tudo que se apresentasse como "universal". Ao contrário, também aqui o autor procurava equilibrar antagonismos, em busca daquele tipo de unidade flexível o bastante para conjugar-se com a diversidade. Universalidade, sim, desde que não acarretasse extermínio da diferença. Combinar o regional com o universal seria o único caminho para uma modernização autêntica da sociedade brasileira. Embora não houvesse, como ainda não há, uma receita fácil para tal projeto – qual seja, o de uma sociedade incorporar e desenvolver as estruturas modernas sem homogeneizar suas diferenças culturais e perder suas especificidades, que são também, sempre, *potenciais* – Freyre aponta o caminho que uma empreitada desta natureza deveria seguir. A medida dessa combinação, variando de cultura a cultura, de região a região, deveria atender sempre ao preceito da abertura à "intercomunicação", à "reciprocidade" e à "cooperação" entre culturas, sem que isso implicasse uma homogeneização das diferenças entre elas – antes, o contato intercultural a ser promovido em chave regionalista pressupõe que a diferença continue existindo e que as culturas em contato se enriqueçam a partir dele, do processo comunicativo que estabeleçam entre si. Esse equilíbrio difícil entre o regional e o universal era o que pleiteava o regionalismo freyriano, e era dele que o mundo inteiro necessitaria quando a guerra acabasse. Apontando-se no horizonte o término da guerra e a derrota dos fascismos nos campos de batalha, Freyre conclamava um aprendizado antropológico básico a orientar a política internacional e a relação entre as nações: o regionalismo, enfim, deveria tomar o lugar antes concedido aos imperialismos.

Se a paz for verdadeiramente ganha e o mundo novo orientado por um novo humanismo científico, tudo indica que o valor humano será exaltado como nunca e não mais diminuído do que antes da guerra: tudo indica que a vida regional será honrada em seus elementos criadores e próprios, em suas espontaneidades e peculiaridades e não degradada ou desprezada para que todos os homens, em todas as regiões se tornem absoluta e monotonamente iguais em seus trajos, em sua música, em sua arte, em suas ideias, em seus jogos, em seus alimentos, em seus estilos de casa, de calçado e de móvel, tudo imposto a todos por uma indústria imperial e exclusiva e não produzindo segundo necessidades, diferenças e gostos regionais.

É certo que a reação ao processo colonizador em que a Europa capitalista, industrialista e imperialista se extremou até há pouco pode resultar nos excessos de contra-colonização entrevistos pelo professor Bonn, na esfera econômica, e pelo professor Mannheim, na cultural. O professor Mannheim chega a ver na tendência de colonizadora manifestada por certos grupos indígenas ou regionais contra a cultura internacional, nos últimos séculos representada pela Europa a despeito dos seus vários nacionalismos em conflito, fenômenos de regressão ou de rebarbarização, através da segregação em que se vêm contraindo alguns daqueles grupos. *O perigo existe, mas pode, evidentemente, ser evitado através de uma política econômica, em particular, e cultural, em geral, em que à universalização de formas básicas de produção e economia e de estilos de convivência humana não corresponda de modo nenhum a universalização de conteúdos e de substâncias de cultura nem tão pouco a internacionalização ou estandardização de formas secundárias ou acessórios também de cultura. Desse modo é possível harmonizar-se o universal com o regional, o denominador comum democrático de convivência e de interdependência humana com a diversificação local de vida e de cultura e de harmonização do homem com a paisagem.*[3]

Nessa passagem, Freyre estabelecia os limites da "universalização" – isto é, da incorporação, pelas culturas regionais, de valores e formas de vida estandardizadas do cosmos institucional moderno – para que tal fenômeno, em grande medida inevitável, ao invés de exterminar as diferenças regionais, fosse alimentado por elas – caminhando a modernização brasileira, assim, num sentido tão sociologicamente salutar quanto autêntico. Eis aqui um importante aspecto da "utopia" freyriana: uma modernização que não homogeneizasse nem exterminasse a pluralidade da cultura brasileira, e sim uma que fizesse dessa mesma pluralidade mestiça o combustível e a base de um processo autenticamente criador – conjugando os meios universais da técnica ocidental e pondo-os a serviço das necessidades e especificidades de cada região cultural, considerada tanto em suas particularidades

---

[3] FREYRE, Gilberto. Precisa-se do Ceará II. *O Jornal*, Rio de Janeiro, 16 set. 1944, p. 4.

próprias quanto em suas interdependências com as demais regiões. Uma modernização autêntica da sociedade brasileira exige que se encontre e que se dê nos marcos desse "denominador comum democrático de convivência e interdependência humana com a diversificação local de vida e de cultura e de harmonização do homem com a paisagem"[4]. Freyre, assim, de modo algum era um intelectual avesso à modernização, como nos dão a entender alguns de seus críticos. Sua aversão era à homogeneização cultural promovida por processos modernizadores que, amparados em dominações de teor imperialista, instituem padrões de organização social comuns e iguais às mais diferentes realidades regionais. Seu horror não era tanto à modernização em si, mas ao risco sempre iminente de uma progressiva uniformização, despersonalização e amesquinhamento do humano acarretados por ela.

Se essa repugnância à massificação humana evitou que Freyre fosse algum dia um modernista puro, ela não fez dele, de modo algum, um tradicionalista puro. Era isso que distinguia cabalmente seu "regionalismo orgânico" daquele regionalismo tradicionalista de literatos como Afonso Arinos ou Monteiro Lobato. No prefácio à segunda edição de *Região e tradição*, Freyre assim distinguia o regionalismo orgânico e dinâmico daquele estático e tradicionalista de seus predecessores:

> Éramos [...] mais complexos do que tais predecessores em nosso modo de querer juntar o sentido de tradição e o de região a quanto fosse expressão verdadeiramente brasileira, ao mesmo tempo que nova, moderna, analítica, sem deixar de ser lírica, de culinária, de escultura, de urbanismo, de paisagem, de jardim, de móvel, de trajo.[5]

Não sendo adepto do ideal de pureza, o regionalismo orgânico de Freyre sofreu ataques, em seu nascimento, tanto dos "tradicionalistas puros" do Nordeste quanto dos "modernistas puros" do Sudeste. Paradoxalmente, os primeiros suspeitavam nele qualquer coisa de modernista e de futurista, que em todo caso contrariava tradições literárias a serem mantidas e cultuadas; os últimos, por sua vez, o acusavam de tradicionalista e passadista. Destes, inicialmente, sofreria as mais graves restrições.

> Todo o afã da política literária dos "modernistas" de então era estabelecer pontos de combate aos Coelhos Netos e às Academias. De modo que, nos Estados, a admiração daqueles renovadores das letras e das artes brasileiras era pelos "novos" que lhes imitassem, mesmo que desajeitadamente, os métodos de renovação e experimentação. Aos outros davam como suspeitos de "passadismo". E se havia atividade antipática aos mais ortodoxos dentre os "modernistas", era a pesquisa histórica e antropológica.

---

[4]   Gilberto Freyre, "Precisa-se do Ceará II", p. 4.

[5]   FREYRE, Gilberto. *Região e tradição*. 2. ed. Rio de Janeiro: Gráfica Record Editora, 1968. p. 39.

Consideram-na – na expressão de um deles, com referência ao autor – "remexer muafos".[6]

Eis o ponto comum do repúdio de Freyre aos mais diversos "modernismos" que procuraram se transplantar na sociedade brasileira: o que quer que neles fosse de desprezo pela região e ao que nela havia de densidade histórica, de tradição sedimentada em diversas formas de comportamento, de entendimento e de vida social. Estava aqui, também, boa parte de sua recusa ao marxismo – sobre o qual sugere a necessidade de sermos pós-marxistas – e ao comunismo – do qual aceitava o projeto de democratização econômica e social. Mas recusava em ambos tanto o "internacionalismo", que por sua própria natureza atuava como um dissolvente das diferenças locais, quanto à sua "matematização" da política, da história e do destino humanos, como se tais fossem potências absolutamente maleáveis ao caprichoso arbítrio da revolução.

Como vimos, no discurso proferido por Freyre em Salvador, ele já havia deixado clara qual sua posição ante o comunismo. Não havia desonra nenhuma em ser comunista, e isso já é mais do que suficiente para diferenciar cabalmente um comunista de um fascista ou nazista – ideologias que, tal como suas derivações "nauseabundas", integralismo, franquismo etc. – desonravam o que é humano. Meses depois, respondendo a um amigo comunista, "homem de extrema esquerda por quem tenho tanta estima pessoal quanto respeito intelectual", Freyre voltaria ao tema do comunismo num artigo publicado na edição de 22 de abril de *O Jornal*. Embora sob o pretexto de responder ao "reparo" que este amigo fizera a seu discurso, o artigo, intitulado "Internacionalismo, nacionalismo e regionalismo na Rússia", é de extrema relevância para compreendermos o tipo de processo modernizador advogado por Freyre.

> Meu amigo se diz encantado com o discurso. Mas faz-lhe um reparo: à parte em que afirmei ter o 'internacionalismo' dominado a princípio o comunismo dos russos só agora estar se conciliando com o 'nacionalismo' ou 'regionalismo' o direito de ir até o tradicionalismo.[7]

Na resposta ao amigo, embora ainda simpático a elementos do comunismo – Freyre uma vez mais repudiaria por completo o sentido "internacionalista" pleiteado por boa parte dos intelectuais comunistas e da própria União Soviética durante sua fase trotskista e leninista. Ali, como na ocasião do seu discurso de 1943, sem deixar de reconhecer as qualidades de muitos comunistas, Freyre denunciava o simplismo de sua visão extremamente esquemática e racionalista da história, como se o destino do mundo estivesse absolutamente sujeito não só ao escrutínio

---

[6] Gilberto Freyre, *Região e tradição*, p. 50.

[7] FREYRE, Gilberto. Internacionalismo, nacionalismo e regionalismo na Rússia. *O Jornal*, Rio de Janeiro, 22 abr. 1944, p. 7.

humano como a seu controle[8]. Esse simplismo, se estava para sempre condenado ao fracasso, podia entretanto acarretar sérias consequências no sentido de tentar, sempre por meio da violência, a desregionalização e desnacionalização imperialista dos povos anexados, ao impor, pela força, regras, costumes e comportamentos em desacordo tácito e imediato com suas longevas tradições.

O exemplo mais evidente era a intolerância do regime soviético em relação às crenças e práticas religiosas das diferentes regiões que iam compondo o mosaico da União das Repúblicas Socialistas Soviéticas. O internacionalismo ateísta emanado autoritariamente de Moscou para a periferia para abafar e uniformizar, pela força, toda a variedade de entendimento, de comportamento e convivência social em torno das questões relativas ao "sobrenatural", ao absurdo da morte e do sofrimento, ao consolo do sublime e do sagrado. Freado esse ímpeto internacionalista e uniformizador do comunismo soviético em suas primeiras décadas de regime; extinta a flama revolucionária que procurou ensandecidamente incendiar o próprio passado russo e erguer uma nova civilização "no vácuo"; aí sim, então, talvez a Rússia pudesse, enfim, caminhar no sentido de um saudável reajustamento de sua economia e de sua sociedade, de seu desenvolvimento e de suas tradições no sentido socialista, sem que isso implicasse a uniformização das culturas regionais que compunham a União das Repúblicas Socialistas. Amparado nos estudos de Maurice Hindus sobre a Rússia, Freyre assim consideraria o ingresso, então recente, da União Soviética numa fase menos internacionalista, capaz de combinar unidade e diversidade, universalismo e regionalismo:

> É na Rússia de agora que Hindus diz que "o presente não teme o passado" como é, evidentemente, na Rússia de agora que o internacionalismo se concilia franca e desassombradamente com o regionalismo: e com

---

[8] Na edição de 19 de agosto de 1945 do *Diário de Pernambuco*, Freyre voltaria uma vez mais ao tema com o artigo "Meu rótulo de comunista". Com alguma dose de ironia, o mestre de Apipucos compararia a simplificação da história operada pelo comunismo àquela simplificação da existência operada pelo espiritismo como religião. Continuava afirmando não haver desonra alguma em ser comunista. Mas as razões de não poder ser comunista eram outras: especialmente sua fobia ao simplismo na consideração da realidade humana, fobia esta que lhe foi intensificada pelo contato com mestres do porte de Franz Boas, Giddings e Seligmann: "O que não me impede de admitir que outros indivíduos possam ser comunistas e se sintam felizes dentro da fé ou da realidade comunista: intelectual, moral e fisicamente felizes. Esses indivíduos, quando minoria, têm ao meu ver o mesmo direito à existência e, dentro da legalidade, à ação política, que os espíritas, cuja doutrina me parece igualmente simplista; mas cujo direito a se considerarem encarnações de espíritos vindos de outros mundos ou a caminho de outros planetas me parece tão respeitável, dentro de uma sociedade verdadeiramente democrática, quanto o dos marxistas materialistas de se considerarem exclusivamente produtos da técnica de produção econômica dominante na região e na época em que vegetem; ou de outras condições simplesmente materiais de existência." FREYRE, Gilberto. Meu rótulo de comunista. *Diário de Pernambuco*, Recife, p. 1, 19 ago 1945.

as tradições regionais esmagadas mas não destruídas pelo centralismo tzarista e, por algum tempo conservadas em estado de insignificância política pelo "internacionalismo" soviético da longa fase de ditadura centralista exigida, talvez, pelas circunstâncias internacionais. Como é, ainda, na Rússia de agora que o comunismo parece perder o exagero do seu anti-clericalismo dos primeiros anos em ateísmo sistemático para tolerar, mais docemente que outrora, práticas cristãs.

Hindus fala no redescobrimento pela Rússia dos nossos dias do seu próprio passado como um dos característicos da estabilidade a que chegou o regime soviético naquele país. Suvorov e Kutuzov, Nevsky e Donskoy, Pushkin e Tolstoi, até há pouco nomes esquecidos ou ignorados pela Rússia revolucionária, estão sendo redescobertos e glorificados pela atual, que deles deriva inspiração e força para sua resistência a inimigos de toda a espécie e para o fortalecimento de sua cultura de feitio socialista e de base economicamente democrática.

Creio que na fase atual de seu poder, a Rússia soviética corre o risco de tornar-se nacionalista no sentido centralista. Parece, entretanto, fora de dúvida que o desenvolvimento do regionalismo ou do "nacionalismo" nas várias Repúblicas da União vai se processando conforme o plano de Stalin e dos regionalistas que há anos veem no mesmo "regionalismo" condição essencial à economia democrática única completada pela variedade de demais aspectos de vida e de cultura.

Combinação de unidade e variedade de que a Rússia parece ser hoje a expressão mais forte. Na conciliação do universalismo com o regionalismo, a Rússia soviética de hoje talvez esteja abrindo o caminho seguro à reorganização do mundo de após-guerra, baseada em duas realidades irredutíveis: a região e o universo. A Rússia de hoje, note-se bem. E não a Rússia dos primeiros anos de pós-Revolução.[9]

A pretensão de fundar um futuro "no vácuo" era a grande fraqueza intelectual de toda política estritamente revolucionária. Era, além de tudo, pretensão vã. Não existe futuro sem passado. Isso não quer dizer que a história não seja aberta à mudança. Mas quer dizer que a mudança histórica não ocorre nunca em conformidade com o simples desejo humano de transformá-la segundo sua planificação racional e que, em todo caso, a mudança não é algo que se processa pela negação radical do passado, mas, de certo modo, por sua absorção, por sua incorporação no que o futuro apresenta de "novo". Seria vã toda pretensão de impor o ateísmo e a descrença a um povo, especialmente pelo método incendiário de repressão que, a despeito da violência capaz de queimar igrejas inteiras, pouco pode ante a presença imaterial do passado na vida social e cotidiana das regiões e suas respectivas tradições.

---

[9] FREYRE, Gilberto. Internacionalismo, nacionalismo e regionalismo na Rússia. *O Jornal*, Rio de Janeiro, p. 7, 22 abr. 1944.

No Brasil, como no mundo, o exemplo a ser seguido nesse quesito de política social era ainda o do padre cearense José Antônio de Maria Ibiapina. Pois o humilde sacerdote do sertão, como nenhum estadista brasileiro até então, soube realizar, sozinho, obra de modernização autêntica que, votada à educação e à emancipação da população mestiça e sertaneja, conjugava "catolicismo" e "industrialização", tradição e modernização. Assim como nos vinham do Ceará dois dos melhores exemplos que, imbuídos de tradição, poderiam servir a uma autêntica política de modernização brasileira: primeiro, o esforço autocolonizador emanado do litoral para o interior do Brasil, do qual o cearense, tal qual o paulista, foi um pioneiro. Mas pioneiro que, diferentemente do paulista, tão salientado por seu espírito combativo e competidor, destacava-se por seu espírito de cooperação, e por isso mesmo temos em seu exemplo um modelo melhor que o do paulista para a constituição de uma nação moderna e democrática. Era por isso que mais do que nunca "precisávamos do Ceará". Se São Paulo havia nos dado o bandeirantismo tão desbravador quanto violento e competidor, se Minas, Bahia e Pernambuco deixavam o belo legado do nosso barroco, o Ceará nos dava, mais do que qualquer outra província brasileira, uma tradição com valores democráticos que, por isso mesmo, tinha muito a oferecer em obra de autocolonização do Brasil.

> valores socialmente mais preciosos que os primores de arte barroca, que os ouros de igrejas velhas, que as ruínas ilustres de casas feudais e de palácios quase de reis; uma tradição democrática mais pura e constante que a desenvolvida noutras áreas do Brasil: uma capacidade mais vigorosa que a dos brasileiros de outras províncias para a cooperação e não apenas para a competição econômica: uma consciência da dignidade do trabalho humano que quase não foi aqui maculada pelo contato com as formas extremas ou absolutas de escravidão. O "adjunto" ou o mutirão tem significativamente no Ceará uma de suas zonas de persistência; e nessa instituição conserva-se reminiscências não só da capacidade de cooperação dos indígenas, como dos africanos e dos portugueses – capacidade de portugueses tanto quanto de africanos e indígenas que se perdeu sob os excessos individualizantes e os rigores patriarcalistas do regime de monocultura latifundiária e escravocrata ou de mineração brutal e igualmente à custa do trabalho negro que dominou de todo outras áreas.[10]

Em país cuja formação predominou a escravidão em suas principais províncias durante séculos, fundado na separação aristocrática entre senhores e escravos, constituído em meio à reiteração banalizada da crueldade, era incomensurável tudo o que fosse valor contrário a estas tendências. Tudo o que, em vez de afastar, aproximasse. Assim vinha sendo a miscigenação e assim eram as tradições do adjunto

---

[10] FREYRE, Gilberto. Precisa-se do Ceará, III. *O Jornal*, Rio de Janeiro, p. 4, 19 out. 1944.

e do mutirão que se preservavam ainda vivas no Ceará. A obra de modernização política do Brasil, com a desejada universalização da cidadania e democratização dos meios de expressão política, precisava ter em paralelo a democratização econômica – e esta, por sua vez, careceria mais do que qualquer outra coisa de uma recusa daquele privatismo aristocrático tão cultivado entre as elites brasileiras.

> E tudo que entre nós exista que signifique capacidade, gosto ou tradição de cooperação é valor a ser aproveitado no interesse das gerações brasileiras mais novas ou suscetíveis de reeducação. Sem que se democratize nossa organização na esfera econômica sobre a base de maior cooperação nas atividades agrárias e industriais (embora sem exclusão da competição até o ponto em que esta seja social e psiquicamente saudável), de pouco valerá ardermos pela simples democratização dos meios de expressão política que todos desejamos.[11]

Reeducar a sociedade brasileira era a grande tarefa para o qual o cearense, com sua viva tradição cooperativista, tinha o papel de guia, de modelo enraizado na experiência e partir do qual se podia assentar um autêntico processo modernizador e democratizante. O cooperativismo do cearense, de que eram exemplos vivos o adjunto e o mutirão, deveria ser tornado o princípio mestre do esforço autocolonizador que o Brasil precisava urgentemente realizar se quisesse deixar de ser mera colônia europeia. Esse processo de autocolonização cooperativista, amparado nas potências específicas de cada região e no jogo de suas interdependências, está na base do que seria um projeto freyriano de modernização da sociedade brasileira. Uma modernização que não a homogeneizasse num decalque ou caricatura dos massificados padrões ocidentais. Seria tal processo que abriria à sociedade brasileira uma autêntica democratização dos meios de expressão política, que só poderia vir depois de uma igual democratização dos meios econômicos. Reeducação e democratização a formar um mesmo conjunto dinâmico de influências recíprocas – e de que a sociedade brasileira tanto carecia e ainda carece.

✳✳✳

Com o fim da guerra, a derrota do Eixo nazifascista e a deposição de Vargas, o mundo inteiro e o Brasil passavam por uma ampla reorganização política e econômica. Depois de séculos de domínio ocidental, a Europa devastada pela guerra perdia sua hegemonia frente às duas potências rivais que emergiam como as grandes vencedoras. Ao longo das décadas seguintes, EUA e URSS dividiriam o mundo pela influência de seus respectivos impérios, num jogo de dominação política, econômica e ideológica de aguda competição e rivalidade. Capitalismo e comunismo

---

[11] Gilberto Freyre, "Precisa-se do Ceará, III", p. 4.

tornaram-se, nesse contexto, palavras-símbolo de dois grandes sistemas políticos que, a despeito das diferenças, estimulavam-se reciprocamente pela dinâmica de emulação estabelecida entre as duas grandes novas potências mundiais.

Ainda antes de ser deposto, já vislumbrando a vitória dos Aliados contra a Alemanha, Vargas forjou uma hábil reorientação da política exterior brasileira, reaproximando o Brasil dos EUA depois de flerte pouco discreto com o fascismo. Para muitos, incluindo Gilberto Freyre, a convocação de eleições por Vargas, das quais certamente ele supunha que sairia eleito, não foi senão uma fachada democratizante para acenar um alinhamento repentino e oportunista com os EUA. O envio das Forças Expedicionárias Brasileiras para lutar na guerra ao lado dos EUA também já sinalizava essa reorientação da política externa brasileira.

Quando esteve nos EUA, em 1944, Gilberto Freyre ministrou uma série de conferências que, tratando de apresentar a público universitário norteamericano as especificidades que compunham uma unidade sintética da formação histórico-cultural da sociedade brasileira, não deixou de refletir, também, sobre a posição que o Brasil devia assumir frente ao novo ordenamento mundial que começava a se desenhar. As seis conferências foram reunidas em livro em 1947, com o título *Brazil: an interpretation*. Mais de vinte anos depois, a elas seria adicionados outros quatro ensaios: publicado em 1969, produzido parte em meio à Segunda Guerra Mundial e parte no contexto da Guerra Fria, *Novo mundo nos trópicos* está entre os livros de Freyre que melhor situam sua interpretação e seu projeto da sociedade brasileira ante os desafios de caráter internacional e transnacional que se colocavam ao nosso futuro. "O Brasil não está isolado como complexo sócio-histórico e ecológico."[12]

Em relação à nova ordem mundial, entretanto, o temor de Freyre continuava o mesmo: o risco de homogeneização das diferenças regionais da cultura brasileira provocada pelos imperialismos em disputa. E, por causa deste temor, Freyre se afastaria da esquerda brasileira, para ele francamente alinhada ao internacionalismo uniformizante da URSS, ante a qual o Brasil assumiria posição passiva num possível reajustamento político com o bloco socialista. Por outro lado, ainda que visse nos EUA uma maior e mais natural proximidade com o Brasil, Freyre havia sido sempre um implacável crítico não só de suas tendências imperiais, como especialmente de seu estilo de vida, tão marcado pela redução protestante e utilitária da vida ao trabalho e do tempo ao dinheiro, tão uniformizado pelo consumo e produção em massa como motor de um progresso tão exclusivamente material quanto ameaçador para o progresso espiritual, para a diversidade e integridade do que é humano.

Mas o mais grave é que ambas as tendências, ainda que por meios diferentes e com efeitos mais ou menos dissolventes, vinham de realidades regionais completamente diferentes da brasileira, tanto no que diz respeito à sua dinâmica espacial e ecológica quanto à sua dinâmica temporal e histórica. Nem um nem outro, por

---

[12] Gilberto Freyre, *Novo mundo nos trópicos*, p. 178.

isso, poderiam orientar um processo de modernização da sociedade brasileira sem uniformizá-la num sentido impróprio e inautêntico. E, mais do que isso, as especificidades regionais, ecológicas e culturais, em vez de funcionarem como base do desenvolvimento, tornar-se-iam verdadeiros empecilhos e obstáculos a serem eliminados numa vã tentativa de edificar uma nova ordem social no "vácuo", como se fosse possível abolir repentinamente o passado de uma sociedade por um simples gesto voluntarista, e paradoxalmente passivo, de imitação e introdução de políticas e instituições estrangeiras na realidade nacional brasileira. Era essa filosofia da história o pano de fundo sem o qual não se entende a posição política de Freyre, seja no plano nacional ou internacional. Nem bloco capitalista nem bloco comunista, o que o Brasil devia integrar e mesmo liderar era um terceiro grande bloco formado pelas nações luso-tropicais e, mais tarde, ibero-tropicais[13]. E, no âmbito interno, buscar uma conciliação fecunda entre as técnicas de produção modernas com as especificidades e potenciais de cada região, através de um sistema político que, sendo democrático, levasse em conta todo o passado de tendências não democráticas cultivadas na sociedade brasileira, e que não seriam demovidas sem muito esforço de autocorreção e reeducação política de nosso povo. Projeto que demandava a paciência das décadas e dos séculos e que jamais viria a golpes de revolução. Outro motivo, aliás, pelo qual Freyre se afastaria da esquerda brasileira identificada com o "comunismo" ou com o regime soviético; o que Freyre desejava para o Brasil era uma orientação que, sem ser xenófoba nem etnocêntrica, fosse própria e em acordo com sua própria experiência, com seu próprio passado, e não o produto da imposição ou da cópia dos modelos imperialistas, fosse ele estadunidense ou soviético. Tanto a poção comunista quanto a ianque eram para Freyre uma espécie de evasão da sociedade brasileira pela responsabilidade de edificarmos nosso próprio destino histórico. A modernização pleiteada por Freyre não deveria significar rompimento com o passado, e sim na consideração do passado, daquilo que temos sido, como ponto de partida para o que podemos ser.

> Porque o que no Brasil é novo, e o que será o futuro brasileiro não deixam de ser um novo e um futuro condicionados por uma reinterpretação de passados dos quais o brasileiro é parte; ou que são parte – juntamente com o tempo atual – do brasileiro. Pois o homem é tempo tanto quanto é espaço; sofre pressões de tempo quanto de espaço que o condicionam, embora não determinem seu ser ou – como diria um discípulo de Ortega – seu "estar sendo".
>
> Os que reconhecemos a importância do passado – ou da tradição – no desenvolvimento de uma cultura, seja ela nacional ou transregional, podemos repetir, desse desenvolvimento, como o professor Américo Castro: "Hay que hacerse con la propia história, no dehacerse de ella

---

[13] Gilberto Freyre, *Novo mundo nos trópicos*, p. 170.

frivolamente". Nenhuma sociedade consegue deitar no lixo a totalidade do seu passado para ser de todo nova e entregar-se de todo a um presente ou a um futuro considerados autônomos.[14]

Esses passados que são parte de nós e que Freyre tanto se esforçou para iluminar não constituem algo passível de ser eliminado tão facilmente quanto supõem os apologistas das revoluções. Como ensinou Ortega y Gasset, diferentemente de outros entes do mundo, o homem é um ente para o qual o passado importa. Um tigre no século X é basicamente o mesmo tigre no século XIX, ao passo que o homem nunca será o mesmo porque tem atrás de si um passado que lhe é próprio e que é aquilo mesmo de que seu ser é feito. Ainda que tenha um passado em comum com sua geração, com sua época e com seus consortes numa mesma cultura, é nosso próprio passado o repositório de experiências e afazeres que, em conjunto, definem nosso ser – ou, com diz Freyre em alusão a Ortega y Gasset, nosso "estar sendo". Se, entretanto, cada um de nós tem um passado próprio que em grande medida faz de nós o que somos, um passado que é constitutivo de nosso ser e de nossa existência mais própria, não é menos verdade que cada sociedade, cada época ou geração de uma sociedade têm camadas de passado em comum que, por sua vez, estruturam sua existência coletiva e social. E assim como um homem que se fez pintor ao longo de sua história individual não pode de um dia para o outro tornar-se músico, não pode uma sociedade que se fez pela escravidão tornar-se repentinamente democrática. Mais ainda, tal como o pintor não pode desfazer-se do que ele veio a ser para, por meio de um voluntarismo ingênuo, tornar-se absolutamente outro, o tornar-se outro de uma sociedade ou cultura estará sempre condicionado pelo que ela tem sido até então. É essa premissa de teor filosófico-histórico, de uma concepção de mudança que desvela a ilusão dos começos absolutos, que restabelece sempre os vínculos de um presente com seu passado e que não perde de vista as permanências e sobrevivências do passado no presente, que estava no âmago de todo o projeto político freyriano, incluindo o modo pelo qual, para ele, deveria se orientar a modernização brasileira e, com ela, a integração do Brasil num grande bloco transregional e transnacional de povos com quem tínhamos um *passado em comum*. Esse passado em comum é o que possibilitava uma integração transnacional entre diferentes países constituídos mediante a colonização ibérica, *abrindo-as para um processo de modernização que, em vez de dissolver suas tradições regionais, se harmonizasse com elas, tornando-se outras sem que deixassem de ser próprias*. Era esse o imenso desafio, mas desafio do qual povo algum deveria evadir, especialmente aqueles não identificados com a matriz protestante e utilitária de progresso capitalista.

---

[14]   Gilberto Freyre, *Novo mundo nos trópicos*, p. 31.

E aqui se ergue um problema de difícil solução: o de continuar um espanhol ou um português ou um brasileiro a fazer-se – em vez de considerar definitivamente feito – sem desfazer-se; o de assimilar valores novos, decorrentes de situações novas, sem repudiar o essencial na tradição de valores dentro da qual nasceu; o de americanizar-se ou africanizar-se ou tropicalizar-se sem desispanizar-se ou deslutanizar-se ou desbrasileirar-se; o de tecnocratizar-se sem desispanizar-se ou deslutanizar-se ou desbrasileirar-se; o de atualizar suas tradições suscetíveis de atualização – inclusive sua tradição de lazer, de ócio, de tempo desocupado, para o qual se acham despreparados tantos povos progressistas, até agora ativistas, e já vítimas de uma sobrecarga de tempo desocupado que precisam aprender com hispano-tropicais – principalmente, talvez, com brasileiros – a transformar em tempo lúdico contemplativo, recreativo, inútil. Tempo desprendido de preocupações com dinheiro, de compensação monetária, de correção monetária. Tempo impregnado ecologicamente de trópico embora retendo, de suas ligações com ambientes europeus, aqueles mitos, por um lado, e aquelas implicações lógicas, por outro lado, suscetíveis de ganharem novas expressões em ambientes tropicais.[15]

Compreendida essa premissa filosófica de Freyre e o modo como ela deveria integrar tudo quanto fosse "arte política" destinada a influir na realidade, convém fazer a pergunta fundamental: o que Freyre queria conservar e o que considerava necessário e mesmo urgente reformar? Essa é questão que o próprio Freyre foi respondendo ao longo de sua vida, mas cuja resposta já se esboçava desde o início de sua atividade intelectual como grande escritor brasileiro. De maneira completamente oportuna, parte essencial dessa resposta esboça-se num artigo de 1943, intitulado "Raça e democracia", em que aquilo que devia ser reformado e o que devia ser conservado aparecem em clara relação ao conceito de "democracia".

Ainda quando a guerra ardia e o nazismo era uma sangrenta realidade, quando, aliás, a democracia como regime político estava longe de gozar da popularidade que desfruta hoje, era pela democracia que Freyre se posicionava e por ela que repudiava os meios pelos quais Vargas vinha se mantendo no poder. Mas já aqui o uso que Freyre faz do termo democracia daria a esta uma amplitude semântica muito maior do que vinha tendo ao designar apenas um regime estritamente político. Já aqui ele nos falava de democracia social e étnica, por um lado, e democracia política, por outro. Numa eventual colaboração mútua das nações para um esforço comum de democratização a ser seguido depois da guerra, o Brasil tinha muito o que aprender; mas também tinha o que ensinar. A citação, embora um pouco longa, é fundamental para perceber o escopo da reflexão de Freyre sobre a democracia, em geral, e a democracia no Brasil, em particular.

---

[15] Gilberto Freyre, *Novo mundo nos trópicos*, p. 31-32.

Essa contribuição brasileira para a democratização da vida humana e das relações inter-humanas, seria o fato de aqui não discriminar a lei contra um indivíduo impedindo-o de frequentar este hotel ou aquela igreja, de exercer cargo importante ou de casar com moça de família branca, por ser negro ou mulato, caboclo ou judeu.

A verdade é que a democracia política se reduz a simples representação teatral, não direi para inglês ver – pois no caso o inglês estaria, com os anglo-saxões todos, mais entre os atores que entre os espectadores da pantomima – *quando não é completada pela democracia social. É a democracia social,* que dá ao indivíduo liberdade para casar-se fora de sua raça; que não admite a vida social cortada em secções até dentro das igrejas – uma para brancos, outra para gente de cor; que não concebe a "igualdade de oportunidade senão quando estendida a indivíduos de todas as cores e não apenas ao de raça branca constituídos numa espécie de casta imperial.

Temos muito que aprender dos anglo-saxões em assuntos de democracia política; de liberdade religiosa; de liberdade civil; de liberdade de crítica aos governos e aos desmandos do poder.

Mas podemos lhes dar boas lições – modéstia à parte – em assuntos de democracia social ou de democracia étnica. [...]

Mas o que já se conseguiu no Brasil, no campo da democracia étnica, permite ao Itamarati assumir hoje aquele papel de campeão americano da democratização das relações inter-humanas e das relações internacionais idealizado pelos brasileiros que desejam ver o seu país entre os povos de cultura criadora e ativa. Pois a verdade, doa a quem doer, é esta: enquanto essa democratização não se fizer no plano da *convivência humana* que desconheça "superioridades" ou "inferioridades" baseadas em puros preconceitos de raça, a palavra "democracia" caminhará pelos dicionários, pelos tratados, pelos convênios, pelos artigos de jornais, pelas conversas de mesa de café, pelos discursos, pelos poemas, uma pobre palavra hemiplégica, com um lado inteiramente morto e sem ação. Pois de que serve ao mundo todo o conjunto de valores que constituem a democracia política, se faltar ao negro ou ao amarelo o direito de acesso às mesmas escolas, às mesmas igrejas, aos mesmos hotéis dos brancos. As elites ou as aristocracias intelectuais são inevitáveis, dadas as desigualdades biológicas entre os homens. Mas essas desigualdades só são marcadas e indiscutíveis de indivíduos para indivíduos: e não de raças para raças. Todas as raças devem ser chamadas ou admitidas a contribuir para o desenvolvimento da cultura artística, intelectual e moral e da ciência, do pensamento, da técnica entre os homens de todas as nações.[16]

Antes mesmo da guerra acabar, Freyre antecipava o debate mundial que se faria em torno da reorganização geopolítica do mundo e das nações. Debate, aliás,

---

[16]   FREYRE, Gilberto. Raça e democracia. *O Jornal*, Rio de Janeiro, p. 4, 7 maio 1943.

de que ele seria um dos ilustres protagonistas ao colaborar, mais de uma vez, com as organizações internacionais criadas no pós-guerra com o intuito de garantir a paz e favorecer a tolerância, a compreensão e a cooperação entre as nações. Nos anos posteriores à guerra, Freyre como parlamentar eleito com o apoio dos estudantes de Recife, e como conselheiro da Unesco quanto ao problema dos conflitos étnico-raciais, abordou frontalmente os dois temas, tanto no que o Brasil tinha a conservar e ensinar, quanto no que tinha a aprender e reformar. Vejamos, primeiro, o tema da "democracia racial", já demasiado gasto por uma controvérsia que há muito perdeu o contato com a obra de Freyre para tomá-la somente a partir dos rótulos que lhe foram impressos; em seguida, veremos o tema da democracia política, este menos abordado pelos críticos de Freyre. Enfrentadas por Freyre há mais de meio século, essas questões não deixaram de ser atuais e ecoam com certo desespero no presente brasileiro.

O mito do mito da democracia racial: breve história de um preconceito academicamente alimentado

A concepção de história de Gilberto Freyre que esboçamos anteriormente foi entendida por alguns de seus críticos como o produto de um conservadorismo arraigado e enraizado na orientação política do escritor pernambucano. Sob a pecha dessa simplificação demasiado afoita, para não dizer um pouco maldosa, alguns apressam-se em denunciar as supostas implicações reacionárias do pensamento freyriano, lançando mão, às vezes, de descaradas falácias que atiram à lata de lixo as contribuições de Freyre para a compreensão da sociedade brasileira. Pela gravidade do conteúdo e do engano que elas terminam por conotar, alguns casos são de fazer corar (e chorar). Vejamos o que disse Lilia Schwarcz em livro publicado recentemente.

> "O passado nunca foi, o passado continua", afirmou o então deputado Gilberto Freyre no plenário da Constituinte de 1946, nesse caso fazendo um elogio nostálgico aos tempos de outrora.[17]

Estaria Gilberto Freyre elogiando o colonialismo, a escravidão, a monocultura e o patriarcado? A conjunção adversativa que inicia a frase seguinte da ilustre professora indica que sim: "*Mas* é esse passado que vira e mexe vem nos assombrar, não como mérito e sim tal qual fantasma perdido, sem rumo certo"[18]. É reconfortante saber que os fantasmas, incluindo os do passado, normalmente têm "rumo certo". Por sua vez, a crítica que a ilustre professora faz ao "aprendiz" de Apipucos não tem

---

[17] SCHWARCZ, Lilia. *Sobre o autoritarismo brasileiro*. São Paulo: Companhia das Letras, 2019. p. 224.

[18] *Ibid.*, p. 224, grifo nosso.

rumo algum senão o de uma tácita má vontade. Pois seria pueril demais tomar essa concepção de tempo histórico como pura veleidade de um reacionarismo político que sente "saudade" da colonização portuguesa. Em ensaio anterior arriscamos uma hipótese que, se não justifica, ao menos ajuda a compreender como se dá o engano – e a enganação: Schwarcz, como outros intelectuais de peso no debate público brasileiro, capitulam a obra de Freyre, imensa e trabalhosa, por atalhos hermenêuticos que se consolidaram ao longo de uma tortuosa recepção. O principal deles sendo traduzido por duas etiquetas que perderam de vista a complexidade do fenômeno que nomeiam: miscigenação e democracia racial.

***

Esta propaganda circulou em jornal paulistano em meados da década de 1930. Uma mesma empresa concentrava em sua atividade a venda dos dois grandes produtos da economia latifundiária e monocultora da sociedade brasileira. Café e açúcar, juntos na mesma empresa, apresentam-se aos olhos do consumidor (leitor) como a "união que a todos satisfaz" e são representados pela imagem de um noivado interracial, de uma mulher preta com um homem branco. Num gesto de carinho e intimidade, com um sorriso que esboça certa malícia e segurança, o homem branco coloca uma aliança no dedo da mulher negra, que por sua vez se compraz numa expressão de felicidade e timidez, entregando-lhe a mão de olhos fechados. Tal como o "casamento" entre café e açúcar, o casamento do branco com a negra, a miscigenação, é a "União" – nome da referida empresa – "que a todos satisfaz"[19], máxima que, embora não se possa dizer que refletisse a realidade da sociedade brasileira, refletia certo desejo com o qual potencialmente se identificavam um número considerável de consumidores e, por extensão, da população em geral. Repare que o café mais "saboroso e aromático" atingia a perfeição que a "todos satisfaz" quando adoçado com o açúcar mais "puro". Sabor é a propriedade que define o café e a mulher negra; pureza a que define açúcar e o homem branco. A combinação dos dois, entretanto, longe de ser estigmatizada, é tornada símbolo maior que nomeia a empresa: União.

Vê-se, nessa simples peça publicitária, que a miscigenação já começava a sofrer, no imaginário brasileiro, uma mudança de orientação quanto a seu caráter antes percebido como completamente negativo, como algo a ser evitado e corrigido por métodos eugênicos de normatização sexual. Ao contrário, uma vez que o objetivo da propaganda era o de produzir identificação no maior número de consumidores, seria completamente insensato supor que não houvesse, já àquela altura, uma expressiva quantidade de brasileiros que viam com bons olhos, ao menos sob certos padrões, a miscigenação. Mais ou menos na mesma época, começava a ser percebido de maneira mais nítida que havia algo particular no modo como os brasileiros de diferentes raças e cores se relacionavam entre si, especialmente quando comparados a outros países de tradição colonial e escravocrata.

Foi nesse contexto de *comparação* que apareceu pela primeira vez a expressão "democracia racial", que se disseminaria na imprensa brasileira a partir de 1937, principalmente sob a pena do jornalista e diplomata Nelson Tabajara de Oliveira,

---

[19] Em 1910, os italianos Giuseppe Puglisi Carbone e Nicola Puglisi Carbone fundaram em São Paulo a Companhia União dos Refinadores, destinada ao comércio do açúcar. Alguns anos mais tarde, ambos fundaram também o Café União e, ao que parece por volta dos anos 1930, ambas as empresas fundiram-se numa só – até 1929 as empresas aparecem separadas nos anúncios dos jornais paulistas. A primeira vez em que aparecem com uma única empresa é na nona página da edição de 17 de maio de 1935 do *Correio Paulistano*, em que é apresentada como financiadora de um programa da Rádio Telephonia. A propaganda com o *slogan* "A união que a todos satisfaz" aparece pela primeira vez no mesmo jornal, mas na edição de 22 de dezembro daquele ano.

provável criador do termo. Foi numa edição de 3 de março de 1937 de *O Jornal*, num ensaio sobre o Carnaval carioca escrito pelo supracitado jornalista. O texto fora escrito poucos dias depois da grande festa popular e pagã que tomava conta das ruas do Rio de Janeiro, em que se amontoavam pretos, brancos e mestiços numa espécie de "olimpíada de alegria", como chamaram a folia carioca um grupo de "americanos" com o qual teve contato o autor do ensaio. As "interjeições cheias de espanto" dos estadunidenses pela primeira vez no Brasil revelavam a percepção, por parte deles, de um agudo contraste da sociedade carioca com tudo o que haviam experimentado em sua terra natal. É com base nessa comparação e outras do mesmo feitio que o autor, então, sentencia:

> Constatei que o Carnaval de rua, o verdadeiro Carnaval de massa, só é possível no Brasil, principalmente no Rio, onde há uma perfeita democracia racial. Quem incita o branco nos folguedos é o preto, e, ao que eu saiba, só aqui o preto tem o direito de sobrepujar o branco em qualquer coisa. [...] Não consegui ver um metro quadrado da Avenida sem um preto; um só cordão que não tivesse três ou quatro balisas de pretos dando-lhes alegria e animação; um só caso de "bahiana" negra que não fosse carinhosamente recebida pelos populares das calçadas, e, quando elas dançavam, formavam-se logo rodas de "fãs", fazendo coro. O mesmo sucesso não constatei entre as "bahianas" brancas. Não eram levadas em consideração. Apenas imitavam as negras, sem originalidade e sem a menor graça. [...] O Carnaval do Rio é a maior realização democrática do mundo. Senhoritas arianas, que em outros dias talvez não o consentissem, eram guiadas por balizas pretos, e mais do que isso: colocavam as mãos sobre os ombros dos negros, para melhor se identificarem com a cadência dos seus passos e requebros.[20]

A convivência festiva, alegre, repleta de aproximações afetivas e sensuais entre pretos e brancos, em oposição à segregação estadunidense em que os negros não podiam nunca sobrepujar o branco em nada, é o que caracterizava o Carnaval carioca como a maior realização democrática do mundo e que, ao mesmo tempo, só era possível por ser o Brasil, especialmente o Rio de Janeiro, uma "democracia racial". No Carnaval, eram brancos que imitavam pretos, e não o contrário. Ia mais longe o publicista. Chegou a afirmar que o Carnaval era também a "maior vingança democrática da raça preta"(!). Para ilustrar a tese se referia tanto à delegação de haitianos que conhecera na Conferência Interamericana de Consolidação da Paz, realizada em Buenos Aires em dezembro de 1936, quanto a casos mais próximos de sua vida privada, especificamente o de duas empregadas, ambas pretas, que viviam em sua casa. No caso dos delegados haitianos, a discrepância notada é que os negros do Haiti não se interessavam pelo Carnaval.

---

[20] TABAJARA, Nelson. Reflexões sobre o Carnaval. *O Jornal*, Rio de Janeiro, p. 26, 7 mar. 1937.

Provavelmente é porque o preto nada tem a reivindicar em Haiti. Lá ele é ao mesmo tempo governo e povo; patrão e empregado, capitalista e proletário. Vivem com naturalidade; são todos iguais e não há complexos de inferioridade: não precisa haver afirmações democráticas. A alegria do negro brasileiro durante o Carnaval é a vingança e a rebeldia contra a memória da escravidão. O escravo libertado querendo provar que é mesmo livre; que adquiriu todos os direitos políticos e sociais do branco.[21]

O contraste, como se pode ver, agora é outro. Nos EUA, brancos e negros festejando tão alegre e intimamente numa comunhão dançante era impossível: permaneciam separados do convívio um do outro; no caso do Haiti algo diferente acontecera; a revolução de escravos realizada por lá fez do país um lugar onde o preto não tinha, ao contrário do preto brasileiro, mais nada pelo qual protestar enquanto preto, ainda que o tivesse por outras razões. Não havia divisões entre brancos e pretos porque já não havia brancos. Já no caso brasileiro, o carnaval era para o preto uma espécie de grito inconsciente em que se desforrava da desigualdade e dos complexos de inferioridade que a herança da escravidão deitou sobre ele.

Nelson Tabajara continuaria atuando eloquentemente na imprensa brasileira em favor do que considerava, frente ao padrão estadunidense, a democracia racial brasileira. Embora chegue a citar Gilberto Freyre num de seus artigos, é notório que a interpretação de Nelson Tabajara destoa completamente da interpretação freyriana das relações raciais no Brasil. A começar pelo sentido completamente elitista que o diplomata prestava ao termo cultura, de modo que índios e pretos, por isso mesmo, não teriam dado nenhuma colaboração à cultura brasileira, senão já como homens europeizados e abrasileirados, absorvidos pela "democracia racial brasileira" num mesmo tipo de homem e de nacionalidade.

Não ignoro que o Brasil tem contado entre os seus melhores poetas homens de cor. Mas são todos perfeitos poetas portugueses. Nenhum preto culto do Brasil ainda escreveu as "memórias de um preto". Para julgar a psicologia da raça falta-nos um documento negro.

Falam muito na música dos negros. Os sambas carnavalescos, as toadas dos morros, são todos de autoria de compositores brancos. O meu amigo Raul Bopp, a quem chamam "o poeta da raça preta", em virtude dos seus grandes poemas de Urucungo, é talvez o mais ariano dos brasileiros. A prova de que o preto se desinteressa das coisas de sua raça temos neste fato inacreditável: não há mais um só preto do Brasil que não use como instrumento único de entendimento, de expressão verbal, o português.

---

[21] Nelson Tabajara, "Reflexões sobre o Carnaval", p. 26.

Ninguém explica como desapareceu o idioma africano no Brasil. E o esquecimento tão veloz que hoje constitui uma tarefa de pesquisa etimológica o estudo das raízes africanas. Com a alta percentagem de preto que ainda existe no nosso território, era natural que muitos guardassem, pelo menos para os colóquios íntimos, o idioma de seus avós. Nenhuma outra raça que fosse ciosa de sua tradição teria perdido tão depressa a memória do idioma e do berço.

Os índios puros com nada contribuíram para a nossa literatura. Os descendentes de índios tornaram-se alheios à sua origem. Os negros e os seus descendentes nada deram às nossas fontes de cultura, que fosse de essência negra.

A democracia racial do Brasil absorveu a todos. Menotti del Picchia, ítalo-brasileiro, seria o grande poeta de *Juca Mulato*. O ariano Raul Bopp, o autor de *Urucungo*. Em compensação Cruz e Souza fez sonetos alexandrinos e Patrocínio Filho imitava os ingleses de Oxford.[22]

São muitos os equívocos cometidos por Tabajara nesta passagem. Embora se refira a Gilberto Freyre como o sociólogo que melhor cuidou da influência do negro na sociedade brasileira, Tabajara, ao contrário de Freyre, não teve olhos para as contribuições dos africanos e dos indígenas na constituição da cultura brasileira, especialmente porque cultura parecia a ele ser apenas a parte erudita das tradições de um povo. E, escrevendo numa época em que *Casa-grande & senzala* e *Sobrados e mucambos* já estavam disponíveis, sua convicção da existência de um "idioma africano", que teria se perdido por falta de orgulho e cuidado de seus portadores originais, é no mínimo constrangedora. Já foi tratado como as línguas faladas por africanos de diferentes etnias para cá trazidos como escravos se perderam, principalmente, em função do próprio manejo escravocrata que propositalmente misturava esses falantes de línguas diferentes para que no menor tempo possível se homogeneizasse sua fala no "português das senzalas" que iam aprendendo com aqueles escravos já ladinos. Apesar disso, sua influência sobre a língua portuguesa falada no Brasil foi enorme. Porque foi a oralidade das senzalas que em grande medida se disseminou para o povo, dando à fala brasileira não só um enorme conjunto de palavras que integram nossa visão de mundo, como também um ritmo próprio, variações sintáticas e preciosos desvios das normas cultas do português castiço, assim como tons de enunciação que a enriqueceram e mesmo a "adocicaram" e a "amoleceram" em comparação à rigidez e inflexibilidade do português reinol. Do mesmo modo o indígena, se não foi um ativo criador de tradições que se impregnaram na cultura intelectual brasileira, exerceu por outro lado uma incontornável influência em nossa vida emotiva,

---

[22] TABAJARA, Nelson. Índios e pretos. *O Jornal*, Rio de Janeiro, p. 30, 23 maio 1937.

assim como em nossas concepções de natureza e sobrenatural, fazendo prevalecer no brasileiro, ao lado dos racionalismos mimetizados tão valorizados por Tabajara, um fundo mágico e místico que é também constitutivo de nossa arte, especialmente da arte popular.

Mas Nelson Tabajara não foi o único a se valer da expressão "democracia racial" para designar a forma das relações raciais no Brasil. Também Assis Chateaubriand, dono dos *Diários Associados*, faria o mesmo, tanto nos textos que ele mesmo escrevia para seus jornais, quanto franqueando espaço para que outros jornalistas tratassem do tema. O tema ganharia novo fôlego em 1944, com o envio das Forças Expedicionárias Brasileiras para lutar na guerra ao lado dos EUA contra os países do Eixo nazifascista.

Os repórteres David Nasser e Jean Manzon, ambos a serviço dos *Diários Associados*, visitaram a caserna dos expedicionários brasileiros e sobre ela fizeram uma matéria para *O Jornal* cuja foto estamparia a primeira página da edição de 21 de abril de 1944. Talvez seja só coincidência a publicação da matéria vir justamente no dia de Tiradentes, mas o fato é que ela tinha nitidamente o intuito de açular o nacionalismo, enfatizando a pluralidade de raças unidas na defesa da nacionalidade brasileira e propagandeando as FEB como exemplo da democracia racial. Viram-se os jornalistas diante do "magnífico espetáculo das raças que nossos olhos encontram nessa caserna", onde estavam reunidos em nome da pátria brasileira "brancos, negros, amarelos, homens de todas as cores e de todas as origens". A "mistura de raças" encontrada na caserna era celebrada pelo francês Jean Manzon como o segredo que outrora animou a bravura da Legião Estrangeira da França ou da Brigada Internacional da Espanha, e que agora daria o tom do próprio patriotismo brasileiro: homens descendentes de diversas nacionalidades unidos em torno de uma única, a brasileira. O relato de um soldado descendente de alemães indo lutar contra os alemães arremataria em tom quase patético a celebração do que era, para esses jornalistas, um dos melhores exemplos da democracia racial brasileira ao mundo.

O DESCENDENTE DE ALEMÃES

Ele sacode a cabeça e ri. Sim, os seus pais nasceram na Alemanha e vieram há muito tempo para os campos do Paraná. Se eles eram anti-fascistas? Não sabe. Eram alemães e lhe ensinaram a língua e os hábitos alemães. Cresceu e naquelas terras frias de pinheirais e moças bonitas, não houve quem lhe procurasse insinuar a sua verdadeira nacionalidade. Numa oportunidade, o Exército o chamou. Levado do Sul para o Norte, conviveu com gente bronzeada, alegre e brincalhona. Chamavam-no alemão e riam de suas manias. O ridículo, lentamente, foi conseguindo o que nada poderia conseguir. As atitudes germânicas, arrogantes e ríspidas, pareciam-lhe, agora, intoleráveis.

"— Hoje – diz o soldado paranaense – eu não poderia viver naquele ambiente, readquiri minha pátria, minha verdadeira e única pátria. Sou brasileiro como ninguém poderá admitir. Sei que não acreditam, que a maior parte não acredita. Mas, não tem importância. É uma questão de foro íntimo. Não me interessa o que a maioria pensa, o que os outros pensam. Interassa-me o que sou, o que ralmente sou, e por tudo isto, porque o meu país está em guerra com o país dos meus avós, estou aqui. E irei até onde as minhas pernas me ajudarem. Quem sabe, velho, se eu tombar no campo de honra, o meu sangue desfará as últimas dúvidas?"

Fala depressa, com um ligeiro sotaque, mas os seus olhos estão brilhantes, quase molhados. Os seus companheiros, de vários tipos, não dizem uma palavra. Olham apenas aquele brasileiro que ainda tem que defender a sua nacionalidade diante dos próprios patrícios. Um negro, sorridente, o "Boneca", paulista de vinte e três anos apenas, quebra o silêncio:

— Que diabo, parece que ele tem razão... O Fritz é bom companheiro e não tem culpa do seu pai ter nascido na Alemanha...

Todos concordam.

E o "Boneca", o negro mais feio e mais simpático deste mundo, negro bom como uma noite de sono, finaliza a sentença:

— A gente num chama nunca mais o Fritz de Friz; ele agora passa a ser o Frederico.

E assim foi rebatizado, na caserna, em sua nacionalidade e em seu nome, um soldado expedicionário brasileiro.[23]

O batismo simbólico de um descendente de alemães por um negro brasileiro, ambos irmanados com outros tantos de origens diferentes num mesmo esforço de guerra, era o sentido de democracia racial enfatizado pela reportagem de David Nasser e Jean Manzon. A emblemática foto que estampava a primeira página do jornal era apresentada como "evidência" da democracia racial brasileira.

---

[23] NASSER, David; MANZON, Jean. Soldado raso, defensor da liberdade. *O Jornal*, Rio de Janeiro, p. 16, 21 abr. 1944.

AQUI DENTRO NÃO HÁ' RAÇAS — Eis um grupo de soldados da Força Expedicionária Brasileira. Da esquerda para a direita: um preto, um filho de alemães, um caboclo, um filho de italianos, um filho de japoneses. A democracia racial brasileira se evidencia em fotos como esta, que ilustram a reportagem especial que hoje publicamos na última página. (Foto de Jean Manzon, do O JORNAL)

Fotografia tirada por Jean Manzon, *O Jornal*, Rio de Janeiro, 21 de abril de 1944.

Matérias semelhantes dos mesmos autores também seriam publicadas posteriormente em *O Cruzeiro*, revista semanal e ilustrada do Rio de Janeiro, e em *A Cigarra*, revista paulista, ambas com altíssima circulação regional e nacional. Nesta última, na edição 130, publicada em janeiro de 1945, a reportagem "Os negros lutam pelo Brasil" fazia o mesmo apelo à diversidade étnica das FEB como exemplo da democracia racial brasileira, mas agora enfatizando a participação dos negros. Com a foto de um soldado negro ilustrando a primeira página da reportagem, os autores afirmavam agora que o Brasil era "a mais perfeita democracia racial do Universo", ainda que reconhecessem nas páginas seguintes que no Brasil pretos e brancos gozavam dos mesmos direitos, mas estavam longe de gozar das mesmas oportunidades, e era isso e não a diferença racial que explicava o fracasso econômico dos negros. "Apesar dos direitos serem iguais, os negros inegavelmente não têm as mesmas oportunidades que os brancos. Esta reportagem deseja esclarecer isto".[24]

---

[24] NASSER, David; MANZON, Jean. Os negros lutam pelo Brasil. *A Cigarra*, São Paulo, n. 130, p. 114, jan. 1945.

Em outra grande reportagem produzida para a edição de maio de 1945, a mesma revista agora daria outro tom à expressão ao comparar diretamente o padrão de relação entre pretos e brancos no Brasil com aquele que se desenvolveu nos Estados Unidos. A reportagem, para ilustrar seu argumento, traz fotos da Orquestra Fon-Fon, composta por músicos pretos, mestiços e brancos; da então famosa parceria da dupla musical "Preto e Branco" com a cantora Dalva de Oliveira; e do ator negro Grande Otelo com a atriz branca Linda Batista que, juntos, faziam tremendo sucesso nos palcos dos teatros brasileiros. Todos esses exemplos foram utilizados para contrastar com o caso da cantora estadunidense Dinah Shore, que pouco antes havia sido "desmascarada" como "negra".

> Mas naquela grande nação amiga a questão das restrições impostas a negros pelos preconceitos já arraigados no povo longe de melhorarem pioram dia a dia, tornando mais e mais grave o problema. Chega-se ao cúmulo de se fazer pesquisas em árvores genealógicas, de se procurar saber os ascendentes de um indivíduo, para verificar se ele é ou não negro. De modo que é coisa comum encontrar num "night-club" uma belíssima loura e murmurar-se insolitamente ao redor "Dizem que ela é negra." [...]
> Caso, para exemplo, particularmente triste, é o da cantora Dinah Shore, que acaba de perder as suas regalias de cidadã branca. Dinah desde algum tempo vinha sendo *acusada* de ser negra. E agora comprovando a "acusação" Dinah, casada com um branco, acaba de ter um filho negro.[25]

Se o Brasil não podia se orgulhar de ser uma democracia política, como os Estados Unidos, vangloriavam-se os publicistas a serviço do Departamento de Imprensa e Propaganda do Estado Novo de sermos uma "democracia racial". Isso significava que brancos e negros tinham os mesmos direitos formais e não dois códigos jurídicos separados um do outro, dualidade que possibilitava aquele fenômeno tão estranho para um brasileiro. No Brasil, não é incomum pessoas negras sofrerem alguma forma de preconceito racial. Ao contrário, é algo bastante entranhado no nosso cotidiano. Frequentemente vemos no noticiário pessoas que são ofendidas, maltratadas ou sujeitas a algum tratamento desrespeitoso por serem negras. Soaria estranho a qualquer brasileiro, entretanto, que uma pessoa pudesse ser *acusada* de ser negra. Numa tal situação, ser negro pareceria, à primeira vista, um crime do qual se pode ser acusado e isso inevitavelmente seria difícil de compreender para um brasileiro, mesmo negro. Como negros e brancos não gozavam dos mesmos direitos civis, o negro que desfrutasse os direitos do branco cometia uma infração que às vezes era paga com seu linchamento, físico ou simbólico. Daí que a pessoa que fosse sociologicamente "branca" para todos os efeitos, como era a cantora Dinah Shore, um belo dia podia ser acusada de ser "negra" – estado de coisas cuja

---

[25]   A CIGARRA, São Paulo, n. 164, p. 73 e 75, maio 1945.

comprovação, se a pessoa carecesse de traços fenotípicos negroides, podia apelar para a pesquisa de sua árvore genealógica. Importava não exatamente a cor da pessoa ou sua aparência, que podiam variar o quanto fosse que não "disfarçariam" uma única gota de sangue negro presente em sua genealogia.

✳✳✳

Como se pode ver, o termo "democracia racial" já circulava pelo menos desde 1937, popularizando-se ao longo do Estado Novo como forma de acentuar uma particularidade positiva da nação brasileira, capaz de absorver índios, pretos, portugueses, alemães e italianos e de dar a toda esta variedade uma unidade de sentimento e de tratamento – ao menos jurídico e formal, no sentido de reconhecer a eles os mesmos direitos previstos a qualquer cidadão brasileiro. O contraste do padrão de relações étnico-raciais brasileiro com aquele dos EUA era a tônica que definia o sentido do termo. O Estado Novo varguista, depois de ter por anos uma indiscreta admiração pelo nazifascismo – tomando a miscigenação como política eugênica de branqueamento da sociedade brasileira, num sentido muito mais próximo de Oliveira Vianna e Azevedo Amaral do que de Gilberto Freyre – via na ideia de democracia racial uma maneira perfeita de contrapor-se positivamente não somente ao nazismo, que saía derrotado da guerra, mas também ao vitorioso EUA, que vinha sofrendo cada vez mais, no âmbito interno, os efeitos dos conflitos raciais estimulados pela política de segregação racial adotada por lá.

Seria incorreto, por isso, dizer que Freyre foi o grande "divulgador da expressão", como o fez Lilia Schwarcz em livro já citado anteriormente. "Assim, se foi o antropólogo Artur Ramos (1903-1949) quem cunhou o termo 'democracia racial' e o endereçou ao Brasil, coube a Freyre o papel de grande divulgador da expressão, até mesmo para além de nossas fronteiras."[26] Veremos que a tradição sociológica desenvolvida na Universidade de São Paulo a partir dos estudos de Florestan Fernandes e seus discípulos, para além de seus grandes méritos, foi talvez a grande responsável pela criação de uma espécie de eficiente "contra-mito", atribuindo-o especialmente a Gilberto Freyre. Parte significativa da sociologia paulista se ergue no desvelamento do "mito da democracia racial", atribuído ao sociólogo pernambucano. Não raro, boa parte da crítica uspiana ligada ao círculo de Florestan não só associa o termo a Freyre, como o faz sem nenhuma consideração mais profunda de sua obra, denotando a ideia de que, segundo a sociologia de Freyre, haveria uma absoluta harmonia racial entre os brasileiros. A complicada tese freyriana da existência de uma interpenetração das condições de classe e de raça, tal como esboçamos anteriormente, termina reduzida ao modo como o termo "democracia racial" alcançou o senso-comum dos noticiários brasileiros durante o Estado

---

[26] SCHWARCZ, Lilia. *Sobre o autoritarismo brasileiro*. São Paulo: Companhia das Letras, 2019. p. 17.

Novo. O "mito da democracia racial", assim, foi em grande medida uma espécie de contra-mito criado pela sociologia paulista como meio de se apresentar ao público como a sociologia crítica por excelência. Para isso, ela simplificou *ad absurdum* a interpretação freyriana da sociedade brasileira, dando a esta a conotação de um mito criado com o intuito de monumentalizar o passado e de deslegitimar as lutas do presente. Ela descarta, com isso, todo o potencial crítico da obra de Gilberto Freyre, tratando-a como ideológica monumentalização mítica de nosso passado.

O que estou dizendo aqui, de modo algum, é completamente novo. Já foi sugerido com palavras bastante veementes por Hermano Vianna em "A meta mitológica da democracia racial", texto de sua apresentação no seminário Gilberto Freyre, Patrimônio Brasileiro, realizado no Rio de Janeiro e em São Paulo no ano de 2000, em comemoração ao centenário do escritor pernambucano. O seminário foi uma espécie de tentativa de "balanço" crítico das leituras produzidas sobre a obra de Gilberto Freyre, de reavaliação conjunta de seu legado por leitores e críticos ligados a diversas regiões e instituições. Participaram Joaquim Falcão e Edson Nery da Fonseca, discípulos de Freyre ligados à Fundação Joaquim Nabuco, como participaram intelectuais da Universidade de São Paulo, como Gabriel Cohn, Nicolau Sevcenko e Carlos Guilherme Mota, este último tendo sido um dos mais agudos críticos uspianos de Freyre desde a publicação de *Ideologia da cultura brasileira*. Além deles, participaram outros 23 intelectuais de peso no cenário brasileiro, muitos deles com obras então já publicadas sobre Gilberto Freyre: com destaque para Eduardo Portella, Evaldo Cabral de Mello, Maria Lúcia Pallares-Burke, Peter Burke, Ricardo Benzaquen de Araújo, Marcos Chor Maio, Gilberto Velho, Alfredo Bosi, João Cezar de Castro Rocha, Antônio Dimas, Elide Rugai Bastos. No ano seguinte, com apoio da Fundação Roberto Marinho e da editora Topbooks, uma seleção dos textos apresentados no seminário foi organizada por Joaquim Falcão e Rosa Maria Barboza de Araújo. O critério de seleção dos textos, confessam os organizadores da coletânea, foi o de optar por aqueles que poderiam reforçar a polêmica em torno da obra de Gilberto Freyre, avaliando-a de diferentes perspectivas. Sem dúvida alguma, a perspectiva que se destacou nos encontros, se levarmos em consideração a seleção de Joaquim Falcão e Rosa Maria, foi a do confronto entre Gilberto Freyre e a escola de sociologia da USP, especialmente no círculo de Florestan Fernandes e seus discípulos.

Neste ponto, há que se dar razão a Carlos Guilherme Mota: a recepção de Gilberto Freyre na USP não é homogênea[27]. Ali ele encontrou tanto seguidores como críticos. Entretanto, observada mais de perto, a Universidade de São Paulo foi a base institucional de um grupo de intelectuais que, de maneira mais ou

---

[27] MOTA, Carlos Guilherme. A Universidade brasileira e o pensamento de Gilberto Freyre. *In*: FALCÃO, Joaquim; ARAÚJO, Rosa Maria Barboza de (org.). *O imperador das ideias*: Gilberto Freyre em questão. Rio de Janeiro: Fundação Roberto Marinho; Topbooks, 2001. p. 172.

menos difusa, mais ou menos clara e mais ou menos honesta, tomaram a obra de Freyre como o ponto de partida para uma crítica da sociedade brasileira e, por extensão, também da interpretação que supostamente dava sustentação à ordem hierárquica instalada nela. O texto de Joaquim Falcão, "A luta pelo trono: Gilberto Freyre *versus* USP", cuidou em detalhes dos encontros e desencontros das ideias de Freyre com o círculo de intelectuais ligados a Florestan Fernandes, bem como ajuda a compreender de que modo a leitura de Gilberto Freyre produzida por esses intelectuais acabou por suplantar a obra, funcionando como uma espécie de rotulação negativa que de antemão a reduz, a simplifica, a inutiliza e, mesmo, a difama. Vinha daí a indignação de Hermano Vianna com aqueles que ainda associavam o "mito da democracia racial" com a obra de Freyre. Dizia ele em sua apresentação ao público talvez já desabituado de ler Gilberto Freyre graças aos rótulos que foram postos sobre sua obra.

> Quem escreve que Gilberto Freyre defende a tese da "democracia racial" em *Casa-grande & senzala*, leva o leitor a acreditar que a expressão "democracia racial" é usada explicitamente nesse livro, e que seu uso seria aí defendido como traço fundamental da sociedade brasileira. Leia *Casa-grande & senzala* (coisa que muita gente não faz justamente por acreditar que é o texto fundador do mito da "democracia racial"): você verá que não é esse o caso. [...] O que estou querendo dizer, sampleando uma ideia de Caetano Veloso, é curto e grosso: há no Brasil, e entre brasilianistas, um mito do "mito da 'democracia racial'". Esse mito ao quadrado inclui a ideia, sempre afirmada em termos imprecisos (como convém para a linguagem mitológica), de que o mito – o primeiro – da "democracia racial" teve origem em *Casa-grande & senzala*. Seria mais preciso dizer, se quisermos continuar fiéis aos jogos de espelhos dessa nossa metamitologia nacional, que o "mito da 'democracia racial'" teve origem numa leitura apressada, tendenciosa ou burra de *Casa-grande & senzala*.[28]

Acontece que o próprio Florestan Fernandes, em entrevista concedida a Vox Populi em 1984, considerava uma injustiça dizer que Gilberto Freyre criou o mito da democracia racial e, como bem lembrou Carlos Guilherme Mota, foram poucas as referências diretas de Florestan à obra de Gilberto Freyre. Independentemente disso, foi a partir da associação desse mito à obra Freyre que se criou, a nosso ver de maneira equivocada, uma oposição entre a obra de Florestan Fernandes e a de Gilberto Freyre. Em grande medida, como esperamos mostrar, uma falsa oposição que começou a construir-se com Otávio Ianni, como já foi demonstrado por João

---

[28] VIANNA, Hermano. A meta mitológica da democracia racial. *In*: FALCÃO, Joaquim; ARAÚJO, Rosa Maria Barboza de (org.). *O imperador das ideias*: Gilberto Freyre em questão. Rio de Janeiro: Fundação Roberto Marinho; Topbooks, 2001. p. 216.

Cezar de Castro Rocha e Joaquim Falcão, continuou com Emília Viotti e prossegue ainda hoje com Lilia Schwarcz e Antônio Sérgio Guimarães. A seguir buscamos demonstrar como esses intelectuais realizaram essa falsa-oposição, evidenciando tanto o que ela tem de falsa tanto quanto o que ela tem de revelador quanto ao modo em que as rotulações terminaram por substituir a obra e seus textos.

***

Essa substituição do texto pelos atalhos não se dá em nome da agilidade que a urgência de nossos problemas exige. Se assim o fosse, nem precisaríamos, mais uma vez, voltar a Freyre. Por que razão, afinal, fustigar novamente o autor e propagador do "mito da democracia racial" se o que precisamos é de agilidade? Não. Volta-se a Freyre para que seu espantalho possa continuar servindo de "leva-pancadas" de uma crítica demasiado fácil por parte de intelectuais que, depois de comete-rem tal injustiça, celebram complacentemente sua própria crítica em nome dos mais altos valores de "justiça social". Reparem a que ponto queda reduzida a obra de Freyre quando comparada, pela ilustre professora, à de Florestan Fernandes.

> Enquanto as investigações realizadas pelos norte-americanos Donald Pierson (1900-95) e Charles Wagley (1913-91), na Região Nordeste, bus-cavam corroborar os pressupostos de Freyre, já o grupo de São Paulo, liderado por Florestan Fernandes (1920-95), *concluía exatamente o oposto*. Para o sociólogo paulista, o maior legado do sistema escravocrata, aqui vigente por mais de três séculos, não seria uma mestiçagem a unificar a nação, mas antes a consolidação de uma profunda e entranhada desi-gualdade social. [29]

O exatamente oposto a Freyre, como se vê, é Florestan (e seus discípulos). Ora, qual seria a conclusão "exatamente oposta" à de que "o maior legado do sistema escravocrata seria a consolidação de uma profunda e entranhada desigualdade social?" Pois é a este raso, troncho e bobo "exato oposto" a que termina reduzida a obra de Freyre. Não fossem exceções do nível de um Nicolau Sevcenko ou um José de Souza Martins, que destoam dessa tradição uspiana de tratamento a Freyre, poderíamos suspeitar que esse tipo de leitura fosse alguma tradição de autocele-bração interna dos intelectuais da Universidade de São Paulo. Pois procedimentos semelhantes de "crítica" nós as encontramos em Octávio Ianni, em Dante Moreira Leite, em Carlos Guilherme Mota[30], assim como a encontramos também em Emília Viotti. Em seu livro *Da Monarquia à República*, dedicado a Florestan Fernandes,

---

[29] Lilia Schwarcz, *Sobre o autoritarismo brasileiro*, p. 18, grifo nosso.

[30] VALLE, Ulisses do. *Sádicos e masoquistas*: uma interpretação do Brasil à luz de Gilberto Freyre. Vitória: Editora Milfontes, 2022. p. 96-98 e 227.

"sem cujo estímulo este livro jamais seria publicado", traz como um de seus capítulos o texto intitulado "O mito da democracia racial no Brasil". Mais de quarenta anos antes de Schwarcz, Viotti faria exatamente a mesma (falsa) oposição. A escola de Florestan, sendo apresentada como aquela que desmascarou "o mito da democracia racial", se credenciaria como o revisionismo definitivo de um erro e, digamos abertamente, de um preconceito elitista. O que intriga em toda essa crítica é que ela nunca adentra, propriamente, a uma análise da obra de Freyre, atestando um completo e sintomático desprezo por seus principais livros. Viotti, por exemplo, faz alusões apenas aos textos das conferências de Freyre realizadas nos EUA na década de 1940[31]. E, mesmo assim, apenas citações indiretas, produtos não da pena de Freyre, mas de um comentário já enviesado por uma concepção prévia não devidamente examinada. Nada de *Casa-grande & senzala, Sobrados e mucambos* e, tampouco, *Ordem e progresso*. O mesmo ocorre com Schwarcz, que repete, aliás, os mesmos passos da crítica de Viotti – questão de agilidade, portanto, não é –, só que com ainda menos atenção ao texto, já completamente substituído por seus rótulos. Tivessem se dado o trabalho de percorrer os três livros citados, eixo da obra de Freyre, e veriam ambas as autoras, como pode ver qualquer um que realize o mesmo procedimento, que o termo "democracia racial" aparece menos que as palavras "sadismo" e "crueldade"; e que os termos "miscigenação" e "mestiçagem" não excluem relações de violência, dominação e crueldade, tampouco a existência de hierarquizações sociais; descobririam, talvez, algo no mínimo bastante intrigante: o *mito do mito* da democracia racial.

Chega a ter alguma graça o modo como a estrutura discursiva sobre o assunto se repete de autor em autor, de geração em geração. Também Antônio Sérgio Guimarães reproduz o mesmo esquema, ainda que de maneira mais detalhada. Florestan, mais uma vez apresentado como o denunciante do "mito da democracia racial", é visto como o antípoda de Freyre[32]. Comparado ao de suas colegas da USP, o trabalho de Antônio Sérgio tem o mérito de, detendo-se mais no assunto, reconhecer expressamente que "Gilberto Freyre não pode ser responsabilizado nem pela

---

[31] Em 1944, Gilberto Freyre pronunciou uma série de seis conferências em instituições norte-americanas que seriam, no ano seguinte, publicadas em inglês, sob o título *Brazil, an interpretation*. Em 1969, Freyre publicaria uma versão expandida desse livro sob o título *Novo mundo nos trópicos*, adicionando quatro capítulos à obra inicial. São os textos dessas conferências que quase sempre entram na mira dos críticos de Freyre, especialmente quando o assunto é a crítica da noção de "democracia racial" supostamente sustentada neles. O leitor desses críticos que, tal como eles, capitular a obra de Freyre em nome desses atalhos hermenêuticos, falhará fatalmente em captar a integralidade da interpretação de Gilberto Freyre acerca da formação da nacionalidade brasileira. E é mesmo de espantar como a leitura empreendida até aqui por esses afoitos críticos de Gilberto Freyre predomina nas imagens que se propalam sobre sua obra no debate público em geral.

[32] GUIMARÃES, Antônio Sérgio. Democracia racial: o ideal, o pacto e o mito. *In: Novos estudos CEBRAP*, n. 61, nov. 2001, p. 147-162.

ideia nem pelo seu rótulo"[33] e corrige, ainda que indiretamente, Viotti, ao esclarecer que o termo utilizado nas conferências dos EUA era "democracia étnica" – e não democracia racial. Mais ainda, Antônio Sérgio mostra como o termo "democracia racial" seria largamente utilizado por lideranças importantes do movimento negro, incluindo os próprios Abdias do Nascimento e Guerreiro Ramos. "Do mesmo modo, as ideias e o nome de 'democracia racial', longe de serem o logro forjado pelas classes dominantes brancas – como querem hoje alguns ativistas e sociólogos, foram durante muito tempo uma forma de integração pactuada da militância negra."[34]

Mas nem assim conseguiu Antônio Sérgio escapar completamente ao *mito do mito* da democracia racial, que parece preencher, de maneira sólida e petrificada, a reflexão uspiana sobre o assunto. Vejamos: não era Freyre o principal responsável nem pela ideia nem pelo rótulo, "ainda que fosse o mais brilhante defensor da 'democracia racial', evitou, no mais das vezes, nomeá-la."[35]. Um detalhe: com essa passagem, Antônio Sérgio faz uma referência a *Casa-Grande & senzala* e *Sobrados e mucambos*. Mas referência alusiva e indireta, como se nos dois livros estivesse em questão uma defesa velada do que esses autores aprenderam a designar como mito – a democracia racial – *e nada mais!* Se, no começo do artigo de Antônio Sérgio, Freyre não podia ser integralmente responsabilizado nem pela ideia nem pelo rótulo, ele terminaria o artigo transmitindo impressão completamente diversa: "Os acontecimentos políticos posteriores, principalmente a vitória dos conservadores em 1964, farão prevalecer a ideia de Freyre de uma 'democracia racial' já plenamente realizada no plano da cultura [!] e da mestiçagem"[36].

Aqui a confusão ganha novas proporções. Pois grande parte do esforço de Freyre continuava sendo o de diferenciar raça e cultura, de modo que soa muito mal atribuir ao sociólogo pernambucano a ideia de uma "democracia racial no plano da cultura". A expressão utilizada por Antônio Sérgio é uma típica *contradictio in adjecto*, algo semelhante a falar de "quantidade qualitativa" e demonstra que, apesar das evidências reunidas pelo próprio Antônio Sérgio, a disposição e o ânimo para com a obra de Freyre pouco mudaram em comparação a seus colegas da Universidade de São Paulo. Freyre continuou reduzido a uma espécie de espantalho pronto a servir de esteio à publicidade de uma suposta "revelação" florestaniana.

A estrutura argumentativa de Viotti, Schwarcz e Antônio Sérgio em torno do "mito da democracia racial" repete-se sem o menor princípio de economia, repetindo até as citações que fazem para atestar a "oposição" de Florestan Fernandes. É como se, desde Florestan Fernandes, uspiano nenhum precisasse efetivamente voltar à obra de Freyre para lê-la por meio de seus próprios textos. Bastava trazer

---

[33] Antônio Sérgio Guimarães, "Democracia Racial: o ideal, o pacto e o mito", p. 148.

[34] *Ibid.*, p. 162.

[35] *Ibid.*, p. 148.

[36] *Ibid.*, p. 154.

à tona, novamente, os rótulos a ela uma vez impressos, e seguir com a supostamente crítica análise de sempre. Vejamos caso a caso, argumento por argumento, para que o leitor não pense estarmos exagerando quando estamos simplesmente constatando. Viotti:

> A caracterização ortodoxa de que o Brasil é uma democracia racial passou a ser um mero mito para os revisionistas, que começaram a falar na intolerável contradição entre o mito da democracia racial e a real discriminação contra negros e mulatos, e a acusar os brasileiros de terem o fundamental preconceito de não serem preconceituosos.[37]

"Democracia racial", assim, seria um tipo de representação ideológica da realidade brasileira que escamoteava a intensa discriminação racial existente na sociedade brasileira, forjando, ainda, a autocomplacente convicção do brasileiro como povo livre de preconceitos. A mesma estrutura argumentativa, assim como a mesma citação, é onde se ancora Lilia Schwarcz mais de quarenta anos depois. O texto de Schwarcz é quase um arremedo do de Viotti: "Nas palavras de Florestan Fernandes, o brasileiro teria uma espécie de preconceito reativo: o preconceito contra o preconceito"[38].

Antônio Sérgio, por fim, teve o trabalho de recuperar de modo mais preciso o texto dessa passagem. Ao fazê-lo, aliás, ele o atribui a Roger Bastide, e não a Florestan, propriamente. Vejamos, aqui, a citação e o seu "comentário":

> Isso porque Bastide e Fernandes como que não aceitam a conclusão de Wagley segundo a qual no Brasil "a discriminação e o preconceito raciais estão sob controle, ao contrário do que acontece em muitos outros países." Eles tratam a "democracia racial" a que se referia Wagley não como algo que existisse concretamente, mas como um padrão ideal de comportamento. Bastide escreve: "'Nós brasileiros, dizia-nos um branco, temos preconceito de não ter preconceito. E esse simples fato basta para mostrar a que ponto está arraigado no nosso meio racial'. Muitas respostas negativas explicam-se por esse preconceito de ausência de preconceito, por essa fidelidade do Brasil *ao seu ideal de democracia racial.*" Ou seja, Bastide e Fernandes não vêem problemas em conciliar a realidade do "preconceito de cor" com o ideal da "democracia racial", tratando-os respectivamente como prática e norma sociais, as quais podem ter existências contraditórias, concomitantes, e não necessariamente excludentes.[39]

---

[37] Emilia Viotti da Costa, *Da Monarquia à República*, p. 368-369.

[38] Lilia Schwarcz, *Sobre o autoritarismo brasileiro*, p. 18.

[39] Antônio Sérgio, "Democracia racial: o ideal, o pacto e o mito", p. 152.

Ao fim e ao cabo, Gilberto Freyre, essa espécie de "oposto revisto" de Florestan, terminava apresentado como um "negacionista" do "preconceito de cor" no Brasil, como se houvesse uma incompatibilidade patente entre a ideologia da democracia racial, atribuída a Freyre, e o reconhecimento por parte deste da "real discriminação de negros e mulatos". E aqui, como o leitor pode bem perceber, já se perdeu completamente de vista a obra de Freyre, ofuscada pelos rótulos que, de maneira um tanto autocomplacente, acabaram atribuindo a ela. Autocomplacente porque, como se pode ver, criticar e rebaixar a obra de Freyre foi quase sempre um modo pouco discreto de exaltar a de Florestan, dando a esta o *status* de desmistificadora e desmascaradora dos mitos forjados por aquela.

O mais surpreendente de tudo é que a exaltada descoberta de Florestan, segundo a qual o preconceito racial se via inibido e dissimulado pelo preconceito de ter preconceito, já havia sido, por meios muito mais interessantes, elaborada pelo próprio Gilberto Freyre em *Ordem e progresso*, livro que parece completamente ignorado por seus críticos uspianos – o que já não sabemos se é bom ou ruim. O fato é que entre as perguntas diretoras das autobiografias que municiaram a composição do livro, havia algumas destinadas exatamente à investigação do modo como os brasileiros lidavam com a mestiçagem e as diferenças raciais. Perguntas cujo propósito era justamente possibilitar um diagnóstico quanto à natureza e aos modos de dissimulação e racionalização dos preconceitos de cor entre nós. São elas: "16a: Sua atitude para negros, mulatos, pessoas de cor?; 16b: Como receberia o casamento de filho ou filha, irmão ou irmã, com pessoas de cor? De cor mais escura que a sua?".

O conjunto de respostas, tanto em sua variedade, em sua profusão de racionalizações do preconceito, como em seus pontos comuns e suas repetições, é de uma descomedida riqueza para a tarefa difícil de compreensão da especificidade do preconceito racial em jogo na sociedade brasileira, e causa espanto perceber que todos os supracitados críticos uspianos de Freyre solenemente ignoraram e continuam ignorando seu conteúdo. Espantoso, mas também, de certa forma, sintomático.

Se tivessem dado atenção a *Ordem e progresso*, esses críticos de Freyre poderiam perceber que dois aspectos do problema se destacam nos depoimentos: o abstrato, quando é abordado como um tema *genérico*, e o concreto, quando é abordado em referência direta a cada pessoa. Em geral, a postura dos entrevistados não consegue fugir à ambiguidade mais tarde notada por Bastide e Florestan. Muitos, ao mesmo tempo que louvam a abolição, negam a igualdade de dignidade entre as raças, fazendo uso de diversos argumentos e racionalizações que visam escamotear e esconder essa ambiguidade; é o caso, também, de muitos que fogem ao aspecto concreto da questão, silenciando sobre ele. Um silêncio, sabemos, demasiado expressivo e, mesmo, eloquente. O descompasso entre o aspecto abstrato, a abolição, e o aspecto concreto, o casamento entre partes tidas como "desiguais" – a miscigenação –, evidencia como tais argumentos e racionalizações eram na verdade um artifício que assegurava determinada aparência ou fachada – não ter preconceito – que, por sua vez, escondia uma arraigada convicção e mesmo certa repulsa a negros e mestiços, percebidos como moral e intelectualmente inferiores. Para isso, os depoentes, às vezes, utilizavam argumentos variados e sofisticados, de teor positivista, evolucionista e utilitário ou, simplesmente, de teor meramente tradicional: "casa-se igual com igual".

Alguns deles são tão significativos que não podemos deixar de trazê-los à tona aqui, não só para a surpresa de quem já se habituou aos rótulos apregoados sobre a obra de Freyre, mas também para elucidar a complexidade das relações étnico-raciais no Brasil. Como dissemos, foram mobilizadas as mais diversas racionalizações para justificar, atenuar ou dissimular o preconceito, às vezes sem o sucesso desejado. Interessantíssimo, nesse aspecto, é o testemunho de um pernambucano que assim procurou resolver o impasse:

> Não tenho preconceito de cor. O que vale para mim é o caráter de par com o nível da educação. Sou teósofo porque estou integrado nos ditames da teosofia [...]. Por princípio de coerência, pois, não tenho preconceito de cor. Entretanto a eugenização da raça seria um grande bem para o Brasil. Sem ter nem "reservas nem preconceitos de cor" no casamento via "um certo perigo na desigualdade de cor porque pode determinar mais tarde certas incompatibilidades e mesmo constituir sempre um entrave à eugenização da raça".[40]

Ao mesmo tempo que negava ter preconceitos de cor, o depoente se achava favorável à "eugenização da raça" e contra casamentos interraciais. Não um, mas vários depoimentos tiveram um sentido semelhante, tendo sido recorrente em diversos autobiografados. Também expressivo dessa posição foi o testemunho de um comerciante paraibano que "depois de se dizer adepto da 'igualdade das raças na sua origem e no seu fim' e 'ardente abolicionista' diz, quanto aos casamentos mistos que envolvessem parente seu muito próximo: 'Radicalmente contrário a tais casamentos". Em outras palavras, nos diz Freyre, "igualitário, em teoria; arianista, na prática". E conclui, generalizando: "Atitude revelada por vários nas respostas às duas perguntas do nosso inquérito relativas às relações de raças: uma pergunta, abstrata; outra concreta, ao ponto de ter sido considerada por alguns demasiadamente pessoal."[41].

Outra forma bastante significativa de racionalização do preconceito foi a adotada no sentido de justificar a posição contrária à miscigenação pela infelicidade da condição de negros e mulatos. Esse era o caso de um intelectual de importante família da província de São Paulo, que ao comum elemento eugenista, acrescentava

---

[40]   Gilberto Freyre, *Ordem e progresso*, p. 603.

[41]   *Ibid.*, p. 604.

a preocupação com o próprio preconceito e sofrimento a que estariam expostos os filhos mestiços de casamentos interraciais. Assim fundamentou sua posição:

> Por outras palavras, aumenta constantemente o desejo de vermos um dia atingir o Brasil – *por cruza, está claro – o tipo branco puro.* Os cânones estéticos, que sempre inspiraram a nação, são os mesmos que norteiam a todos os povos chamados ocidentais. Daí o nos afastarmos, cada vez mais, dos valores africanos. A mais superficial observação demonstra a verdade do que acabamos de afirmar. Não tem mesmo outra origem o esforço desesperado que fazem os mulatos por parecerem, a todo custo, brancos e os pretos para disfarçarem, tanto quanto possível, as características de sua raça. Exemplo: a mania que se apoderou da maioria dos pretos de combater a carapinha, tornando, por meio mecânico, lisos os seus cabelos. Outra prova do que afirmamos: os terríveis recalques que fazem da maioria dos mulatos *indisfarçáveis* seres desgraçados e, de quase todo preto, um marginal em choque permanente com o meio: Isto pelo menos em São Paulo e nos Estados do Sul, onde tendem a viver em grupo e em oposição aos brancos. [...] Por todas essas razões, é óbvio que eu não aceitaria jamais, voluntariamente, o casamento de qualquer membro de minha família com gente *indisfarçavelmente* de cor. Além do mais, porque me recusaria sempre a concorrer para que viessem ao mundo infelizes. E o preto e o mulato, devido às condições sociais, cada vez mais predominantes no Brasil, de toda evidência, são uns infelizes.[42]

Semelhante posição a expressou um pastor protestante de formação católica, embora com nota um pouco mais utilitária: ressonância, talvez, de ecos calvinistas que tenham de algum modo orientado sua imaginação e seu modo de condução da vida mundana. Dizia o convertido:

> Penso que, se eu fosse preto, procuraria casar-me com moça de cor, mas um pouco mais branca, para ir melhorando as condições, de modo que meus filhos tivessem uma condição melhor. Como branco, entretanto, embora não tenha repugnância por moças com algum sangue negro, não acharia hoje razoável casar-me com uma delas, pois creio que meus filhos não me perdoariam lançá-los ao mundo para sofrerem as humilhações da cor.[43]

E assim como o pastor protestante, outros havia que justificassem sua recusa a casamentos interraciais por motivos mais confessadamente utilitários, ainda que, ao olhar deles, isso não significasse preconceito, mas sim uma espécie de autodefesa e precaução em relação a ele. "Mas isto, em mim, não é tanto um preconceito

---

[42] Gilberto Freyre, *Ordem e progresso*, p. 594 e 595.

[43] *Ibid.*, p. 596.

de cor, é antes um sentimento mais utilitário que racial."[44] Daí que não fosse incomum que pretos e mulatos tivessem raciocínio e estratégia semelhante à elaborada hipoteticamente pelo pastor protestante[45].

Havia ainda aqueles que, dominados talvez por elementos dispersos da filosofia de Spencer, justificavam o preconceito com certo "atavismo" dos instintos, pela sedimentação dos costumes. Foi tal o caso de um sergipano que,

> [...] depois de reconhecer que 'o pigmento não deveria constituir barreira para os acessos', 'a raça', entre nós, devendo ser 'depurada no sentido mais psicológico que pigmentar', confessar: 'Se sob o ponto de vista mental penso assim, o casamento de filho, filha ou irmã, brancos com um preto, ainda me choca o instinto, pela sedimentação do costume.[46]

Semelhante foi o caso de um paraibano, que à questão crucial respondeu da seguinte forma:

> Para me pronunciar com sinceridade eu receberia com desagrado o casamento de meu filho, de minha filha, de meu irmão ou de minha irmã com um espécime de negro ou mulato indisfarçável. Por mais que eu simpatize ou me nivele com pessoas de cor, nas permutas sociais, estou ainda preso a certos preconceitos de fundo atávico.[47]

Embora a princípio possa parecer que essa ambiguidade manifesta nas autobiografias dirigidas fosse, em alguma medida, relacionada a questões de classe ou grupo social, elas também aparecem em pobres, analfabetos, mestiços e negros. Relativos a classe e grupo social parecem ter sido as *justificações* e *racionalizações* do preconceito, não o preconceito em si. Entre a população pobre e analfabeta que manifesta-se contra o casamento interracial, não podendo apoiar-se em interpretações de Spencer, de Comte ou de Gobineau, muniam-se de argumentos tradicionais já bastante assentados na transmissão cultural: "se não queres casar mal, casa com igual"[48], em que as diferenças raciais eram entendidas como causa de futuros conflitos matrimoniais; ou ainda de argumentos puramente pragmáticos e utilitários, fundados na experiência do preconceito – calculava-se ser bom negócio casar-se com pessoa de pele mais clara que a própria e mau negócio com pessoa de pele mais escura.

---

[44] Gilberto Freyre, *Ordem e progresso*, p. 620.

[45] *Ibid.*, p. 615.

[46] *Ibid.*, p. 613.

[47] *Ibid.*, p. 621.

[48] *Ibid.*, p. 601.

E não só a esse tipo de variação quanto às justificativas flutuava o preconceito e a discriminação racial na sociedade brasileira. Ele também variava segundo influxos de gênero: isto é, se era branco que se casava com negra ou se era negro que se casava com branca. É o que diz um depoente baiano nascido em 1866.

> O casamento de um branco com uma mulher preta ainda pode ser tolerado mas o de uma mulher branca com um homem preto é insuportável e conta-se o fato do vigário de uma freguesia que depois de perguntar aos nubentes se era do gosto de ambos contraírem matrimônio e obtendo resposta afirmativa, declarou: "Pois do meu gosto é que não é casar um preto com uma mulher branca, pelo que retirem-se" – e não os casou, tendo o ato sido efetuado posteriormente por outro sacerdote.[49]

E, é claro, havia depoimentos menos marcados de ambiguidade, em que os depoentes manifestavam-se a favor da miscigenação tanto em abstrato quanto em concreto. Mas também contra. Sem pouca ou nenhuma preocupação em esconder ou dissimular o preconceito, embora pretendendo justificá-lo de alguma maneira. Nesse caso, as justificativas também variavam segundo argumentos tradicionais e aqueles pretensamente apoiados em teorias racialistas que se passavam por ciência. Exemplo de justificativa tradicional e aberta do preconceito foi de uma pernambucana branca, mas pobre, nascida em 1878. "De pretos, diz, no seu depoimento, não gostar como iguais de gente branca: 'nasceram para servir os brancos'. Ela própria teve a seu serviço 'uma preta chamada Constância que vendia os seus trabalhos de labirinto'."[50] Posição semelhante a expressou outro pernambucano, igualmente pobre, que trabalhava como caixeiro. Este estendia seu manifesto ódio racial também ao português. Expressão clara da proliferação de rivalidades que discutimos anteriormente. "'O negro como o português foram feitos para os trabalhos de carga e os mulatos para intrigantes e alcoviteiros'. A seu ver, no Brasil, 'a abolição deu neste descalabro em que estamos' [1939]."[51]

Repare que em ambos os casos a diferença está atada a um destino que lhes foi dado providencialmente: "nasceram para servir aos brancos", "foram feitos para", foram algumas das formas gerais de atribuição de uma espécie de finalidade transcendental para a existência das pessoas de cor. De matiz completamente diferente foram os argumentos levantados por um intelectual sergipano, ex-discípulo de Sílvio Romero: casamento de parente com pessoa de cor receberia o ilustrado com o

> 'pior humor'. Isso por ter sempre considerado a mestiçagem de negro 'uma irrefreável desgraça. Ao conflito de sangue corresponde um desequilíbrio

---

[49]   Gilberto Freyre, *Ordem e progresso*, p. 619.

[50]   *Ibid.*, p. 616.

[51]   *Ibid.*, p. 602.

no metabolismo dos três domínios. Quem já viu um mulato criador? Ninguém me venha dizer que Tobias Barreto e outros que tais foram gênios [...].[52]

E talvez um dos mais expressivos depoimentos que manifestavam essas formas mais ostensivas do preconceito e da discriminação foi a de um carioca, formado pela Politécnica e pela Escola Militar da Praia Vermelha. Busca-se fundar o preconceito em atributos vários, do corpo e do espírito, inclusive nas "superstições" e "preconceitos". Vejamos:

> [...] penso [...] que as grandes, as imensas qualidades morais dos portugueses degeneraram no brasileiro em consequência da mestiçagem e da promiscuidade em que vivíamos com os negros e guaranis. Estas duas raças são anatomicamente inferiores, ninguém em seu juízo pode isto negar. Elas não são somente imorais como amorais. Falta-lhes iniciativa, amor-próprio, amor ao progresso, ao conforto. Nada sabem e não compreendem as vantagens do saber. Têm vaidades e preconceitos e nada mais. É isto que explica este país onde os "gênios" pululam e que cada dia mais se chafurda no lodo. Onde mestiços assassinos, covardes e traiçoeiros são encarregados da representação nacional no estrangeiro[...]. Manobrada por organizações secretas a massa mestiça tem submergido se não destruído a nossa elite.[53]

Como é possível, de maneira honesta, associar o pensamento e a obra de Freyre à negação da existência de discriminação contra negros e mulatos na sociedade brasileira? Octávio Ianni e Emília Viotti, se vivos, precisariam nos explicar como chegaram a tais conclusões. A obra mesma de Freyre, desde seus textos principais, reunidos na trilogia que termina com *Ordem e progresso*, até textos subsidiários como conferências, artigos de periódicos científicos e da imprensa jornalística, dão-nos muitas evidências de que o preconceito não apenas existiu, como existia até em "ardentes abolicionistas": muitos foram os que, mesmo defendendo a abolição, não admitiam em hipótese nenhuma a igualdade de dignidade entre as raças. Não poucos viam a abolição como uma espécie de obra de caridade e bondade da parte dos senhores, de modo que era a esses que se devia qualquer compensação, se não aqui, neste mundo, com certeza no além. Tal foi expressamente o sentido do depoimento de uma senhora pernambucana nascida em 1879.

> [...] depois de afirmar sua certeza quanto a estarem no Céu, gozando da recompensa divina, abolicionistas como a princesa Isabel, confessa: "Mas

---

[52] Gilberto Freyre, *Ordem e progresso*, p. 600.
[53] *Ibid.*, p. 617.

quanto a casamento com gente de cor, discordo por completo. Branco com branco, mulato com mulato e preto com preto".[54]

Isso tudo serve para evidenciar, além da especificidade dissimulatória do preconceito racial brasileiro, o preconceito contra a obra de Freyre edificado ao longo da construção da escola uspiana de interpretação do Brasil e que, infelizmente, se prolonga até os dias atuais sob a batuta de influentes intelectuais uspianos. Talvez ajude a elucidar também como uma escola intelectual é construída não apenas com os tijolos concretos de seus acertos e glórias, mas também com os despojos de seus erros. Gerações de intelectuais formados na USP só puderam enxergar na obra de Freyre um "exato oposto" à de Florestan e dos "revisionistas", epíteto que não deixa de ser sintomático quanto ao que, pretensiosamente, sugere. Ligando-a ao "mito da democracia racial", pôde-se assim ignorá-la solenemente ou fazer dela uma espécie de objeto sacrificial que, num ritual que repete sempre os mesmos procedimentos, assassina simbolicamente Freyre para celebrar e fazer viver o seu "exato oposto".

De modo algum pretendemos fazer o inverso. Viva Florestan Fernandes. Viva o seu formidável grupo de discípulos. Mas deixemos viver, também, a obra de Gilberto Freyre. E para isso é preciso que comecemos por desfazer a falsa oposição que se ergueu entre ele e os "revisionistas" da USP, tomando o texto pelo texto, e não pelos rótulos que lhe apregoou a suposta revisão.

O próprio trabalho de Antônio Sérgio oferece pistas valiosas para a superação do impasse. Ao final de seu artigo "Democracia racial: o ideal, o pacto e o mito", de 2001, há um *post-scriptum* que assinala a descoberta de um artigo de Roger Bastide, publicado na imprensa paulista em 1944, em que aparecia pela primeira vez, supunha Antônio Sérgio, o termo "democracia racial". Em 2002, um ano após a publicação do referido artigo, o texto aparece novamente como capítulo de livro, expandindo-o com uma análise prévia dos três artigos, e não um, o de Bastide a respeito do "Itinerário da democracia". Os artigos eram produto das estadias de Bastide no Rio de Janeiro, onde encontrou-se com seu compatriota, o escritor Georges Bernanos, exilado no Brasil desde 1938; na Bahia, reuniu-se com Jorge Amado; e no Recife, com Gilberto Freyre. Em 1944, nos diz o próprio Bastide, o assunto não podia ser outro. A ameaça nazista e totalitária obrigava todos os intelectuais a uma reflexão sobre o "itinerário da democracia", tendo sido esse o foco do sociólogo francês na interlocução que manteve com seus visitados.

Era esse o tema da ordem mundial, que também repercutia no cenário brasileiro com todas as forças, colocando em questão as afinidades e as especificidades que a cultura brasileira cobraria da construção gradativa de um sistema político e social democrático. Este era também o sentido que permeava as reflexões de

---

[54] Gilberto Freyre, *Ordem e progresso*, p. 611.

Bastide, feitas e assentadas sobre a contradição teórica que mais saltava aos olhos depois do desenvolvimento da antropologia e de seu consequente relativismo cultural: *a contradição entre o sentido ético universalista da ideia democrática, fundada na razão e não na experiência, por um lado, e a diversidade de elementos particularistas de cada cultura, forjadas sobre as contingências da história, por outro.* O problema, como se pode ver, não era de pequena monta, e Bastide assim o formula:

> Mas as culturas são o resultado das forças do meio geográfico e das combinações da história. Elas são, pois, localizadas e circunstanciais. Por meio de que dialética ia tornar-se possível, pois, sintetizar essa dupla necessidade que descobrimos acerca de uma democracia que seja ao mesmo tempo justiça e beleza?[55]

Justiça reclamava universalismo e uniformidade racional, ao passo que beleza reclamava a própria diferença e diversidade das culturas. Afinal, como promover a justiça (democracia) sem perder a beleza (a diversidade)? Foi dessa conversa com Gilberto Freyre, sob a impressão de sua obra e em particular de uma conferência há pouco pronunciada na Bahia, que Bastide, como sugeriu Antônio Sérgio, utilizaria, antes de Freyre, a expressão "democracia racial". Partindo da oposição entre o sentido ético universalista da ideia democrática, por um lado, e da diversidade particular das culturas, por outro, assim conclui Roger Bastide sobre como a obra de Freyre, já àquela época, oferecia importantes subsídios para enfrentar o espinhoso problema. Passagem, aliás, que Antônio Sérgio não seleciona em sua análise do tema.

> Pois bem: não se poderá tirar da meditação desta obra toda [a de Freyre] uma metodologia da democracia? É evidente que, falando racional e moralmente a ordem democrática é uma ordem universal e os artigos que nosso sociólogo consagrou aos Ingleses provam esta universalidade. Mas é também evidente que essa ordem não pode passar para o concreto senão com a condição de respeitar o clima do meio e do momento, de se colorir com o temperamento próprio do povo, de sua psicologia social em resumo, de deixar de ser uma pura lógica ou uma pura ética para se transformar numa cultura.[56]

Democracia, assim, ganhava uma extensão semântica que ia além do espectro estritamente político do conceito, alcançando sua particularização no âmbito de um dado regime cultural, de uma cultura. Fala-se, então, de uma "cultura democrática", ou de democracia em sentido cultural, isto é, do tipo de relação que se estabelece

---

[55] BASTIDE, Roger. Itinerário da democracia III: em Recife, com Gilberto Freyre. *O Jornal*, p. 4, 2 abr. 1944.

[56] *Ibid.*, p. 4.

entre os partícipes daquela cultura. Nisto ele se opõe diametralmente a outro termo, também de teor político, mas aqui preenchido nesse sentido cultural: aristocracia, que neste caso reflete uma tendência inversa, que é a de afastamento e de hierarquização entre os membros de uma dada cultura. A sociedade brasileira, em termos propriamente políticos, teria se constituído em meio à confluência de duas grandes tendências opostas: uma de afastamento e diferenciação, promovida pela escravidão, e outra de aproximação e equalização, promovida pela miscigenação.

Mas o que realmente chama a atenção é que em novo artigo que trata do tema, Antônio Sérgio abandona o problema e praticamente *omite* a participação de Bastide na consolidação do termo. A ênfase agora recai sobre o próprio movimento negro e de algumas de suas principais lideranças, organizados em torno do jornal carioca *Quilombo*, dirigido por Abdias do Nascimento. Como lembra o próprio Antônio Sérgio, o jornal contou com uma coluna cujo título era exatamente "democracia racial", para a qual escreveram, entre outros, Gilberto Freyre, que abre a coluna no primeiro volume do jornal; Arthur Ramos, a quem Antônio Sérgio responsabiliza pela conversão do termo "democracia étnica ou social", até então utilizado por Freyre, em "democracia racial"; e o próprio Bastide, que misteriosamente reaparece, no último artigo de Antônio Sérgio[57], publicado há pouco, mas agora já sem nenhuma relação com a história. Entretanto, foi o próprio Antônio Sérgio, no artigo de 2001 e em sua versão expandida de 2002, quem nos lembrava que foi Bastide talvez quem melhor expressou o sentido do termo na verdade tão pouco utilizado por Freyre, embora tão matizado na interpretação que sua obra tem recebido por parte da escola uspiana.

> Regressei para a cidade de bonde. O veículo estava cheio de trabalhadores de volta da fábrica, que misturavam seus corpos fatigados aos dos passeantes que voltavam do parque Dois Irmãos. População de mestiços, de brancos e pretos fraternalmente aglomerados, apertados, amontoados uns sobre os outros, numa enorme e amistosa confusão de braços e pernas; perto de mim, um preto exausto pelo esforço do dia, deixava cair sua cabeça pesada, coberta de suor e adormecida, sobre o ombro de um empregado de escritório, um branco que ajeitava cuidadosamente suas espáduas de maneira a receber esta cabeça como num ninho, como numa carícia. E isso constituía uma bela imagem de democracia social e racial que Recife me oferecia no meu caminho de regresso, na passagem crepuscular do arrabalde pernambucano.[58]

---

[57] GUIMARÃES, Antônio Sérgio Alfredo. A democracia racial revistada. *Afro-Ásia*, n. 60, p. 9-44, 2019.

[58] BASTIDE, Roger. Itinerário da democracia III: em Recife, com Gilberto Freyre. *O Jornal*, p. 4, 2 abr. 1944.

O bonde em que pretos e brancos se aglomeravam fraternalmente fornecia a Bastide uma bela imagem de democracia social e racial, mas certamente não a única. Imagem semelhante provocou-lhe o Carnaval. A democracia racial, aí, tem claramente a ver com a convivência não violenta, repleta de trocas, interações e associações em que brancos e negros não só coabitam o mesmo espaço, mas o fazem de modo até fraternal, harmonioso, íntimo, estando como que equiparados e aproximados em suas diferenças. Acontece que Freyre nunca compreendeu essa tendência democrática de aproximação constituída pela miscigenação como a única em operação na sociedade e na cultura brasileira. Ao contrário, a miscigenação operou-se em meio ao mais antidemocrático dos regimes, a escravidão; antes de se haver constituído a tendência de aproximação dos opostos através da miscigenação, já estava instalada uma rígida tendência de afastamento e hierarquização posta pela escravidão. Se é verdade que a plasticidade democratizante alcançada pela mestiçagem amoleceu a rigidez aristocratizante das tendências antidemocráticas constituídas no seio da escravidão, nunca houve a eliminação destas últimas pela primeira. Diferentemente, o que se deu foi a conjunção das duas tendências, democráticas e antidemocráticas, no mesmo espaço social: aproximação e distanciamento, assim, formam as direções básicas que, em última instância, são expressões de duas grandes forças que atuaram na composição da sociedade brasileira: a escravidão e a miscigenação.

Apesar da alta complexidade ensejada por esse problema, a margem de influência da "leitura uspiana" da obra de Freyre foi tão forte e abrangente que, de uma forma ou de outra, acabou contagiando até mesmo importantes intérpretes do escritor pernambucano. Um exemplo notável provém de uma grande especialista na obra de Freyre, a professora Élide Rugai Bastos, autora de dois importantes livros de interpretação do legado freyriano. Num artigo dedicado, mais uma vez, às posições de Freyre e Florestan em torno da chamada "democracia racial", Bastos segue a mesma cartilha simplificadora elaborada pelos uspianos. Aqui a simplificação é tão aguda que a autora não pôde sequer mostrar de que obra ou texto freyriano retirou o excerto citado: "somos uma democracia social porque somos uma democracia étnica"[59]. É com base nessa citação sem referência e, em todo caso, completamente descontextualizada da obra de Freyre, que a autora prossegue sua argumentação num laivo nitidamente pró-florestaniano, tratando Freyre como de fato o advogado reacionário de uma "democracia racial" que recusava-se a enxergar um patente preconceito na sociedade brasileira:

---

[59] BASTOS, Élide Rugai. Gilberto Freyre e Florestan Fernandes: um debate sobre a democracia racial. *In*: MOTTA, Roberta; FERNANDES, Marcionila (org.). *Gilberto Freyre*: Região, tradição, trópico e outras aproximações. Rio de Janeiro: Fundação Miguel de Cervantes, 2013. p. 269.

> Vários movimentos sociais e estudiosos da questão racial no Brasil têm denunciado a tese da democracia racial como um equívoco, *uma vez que é patente a existência de preconceito racial na sociedade brasileira.*
>
> Nessa direção, localiza-se, como foi afirmado anteriormente, a oposição de Florestan Fernandes à tese de Freyre mostrando que se trata de um mito que funda uma consciência falsa da realidade.[60]

Vê-se, com isso, que nem mesmo uma especialista em Gilberto Freyre do nível da autora de *Prometeu acorrentado* conseguiu escapar ao que, provocativamente, poderíamos chamar de "cacoetes uspianos" de interpretação, note-se bem, não só de Freyre, mas talvez de toda a história da sociologia e das ciências sociais no Brasil. Mas o certo é que graças principalmente a estes "cacoetes uspianos", a interpretação da obra de Freyre quase sempre circulou alheia ao que nela havia de revelação dos conflitos, das violências e, mesmo, das crueldades envolvidas nas relações entre senhores e escravos, proprietários e despossuídos, ao longo da formação da cultura e da sociedade brasileiras.

Se havia um mito em curso, não era tanto o da "democracia racial", mas o mito de uma suposta "negritude", tão equivocado, para o caso brasileiro, quanto o mito de uma também suposta "branquitude": ambos se reduziam a um só mito, não só impertinente à realidade brasileira, mas absolutamente perigoso onde quer que se instale: *o mito da pureza.* Era sobre ele, aliás, que se assentavam a mística nazista, o *apartheid* sul-africano e a segregação nos EUA[61]. Era contra esse mito,

---

[60] Élide Rugai Bastos, "Gilberto Freyre e Florestan Fernandes", p. 271.

[61] Não se pode esquecer, também, que esse tipo de ideologia fundada na pureza racial vinha ganhando terreno entre os brasileiros antes mesmo da ascensão do Partido Nacional Socialista na Alemanha e sua repercussão mundo afora. E essa ridícula pretensão à pureza, reconhecia Freyre, se era matizada ao ponto da loucura, no caso brasileiro, não deixava de ser ridícula e "mítica" também para alemães e italianos. "É certo que nem todo entusiasta do nazismo ou do fascismo se tem manifestado entre nós a favor do 'credo racista' com a nítida eloquência de que conheci há tempos ao visitar um tristonho e arcaico asilo de doidos; o pobre alucinado julgando-se Wanderley legítimo e Cavalcanti autêntico gritava que nele o nazi-fascismo estava no sangue. E mostrava-se todo, como se sua brancura fosse a de um escandinavo e não simplesmente a de um assa. Tinha, entretanto, as ventas chatas e os beiços grossos dos mulatos inconfundíveis.

Toda sua ilusão vinha daqueles nomes que supunha garantia de ter um passado todo ariano – como se de dentro dos atuais nomes brasileiros de ressonância mais arrevesadamente germânica não emergissem, tantas vezes, mulatões sacudidos ou mulatotes franzinos, portadores dos nomes originados, uns por acidentes já remotos na sua genealogia, outros por simples aquisição, direito outrora de crias, afilhados ou aderentes das casas-grandes e sobrados patriarcais.

Aliás, o orgulho etnocêntrico, a mística de raça pura e superior que uma vez por outra se encontra em mestiços brasileiros com nomes flamengos ou germânicos é apenas o ridículo dos etnocêntricos da Alemanha, onde quase não há nórdicos puros – ou dos italianos – muito cheios de reminiscências negroides de sangue e de gesto – elevado ao extremo." FREYRE, Gilberto. Um manual do perfeito mestiço. *O Jornal,* p. 4, 19 set. 1942.

tremendamente daninho e perigoso, que Gilberto Freyre em comparação oferecia a experiência brasileira, uma experiência em que o ideal de pureza racial, quando existiu, sucumbiu à força da miscigenação[62]. Isso, longe de eliminar a violência e os conflitos da escravidão, fez deles algo natural(izado) ao convívio e ao cotidiano, nos espaços e nas zonas de coexistência entre diferentes grupos étnico-raciais. Violência em meio à convivência e intimidade, e não ausência de conflitos, harmonia ou qualquer coisa que o valha. Preconceito e discriminação em meio à convivência e à mobilidade social, e não como segregação espacial, cultural, sexual e afetiva.

Este ponto é de crucial importância para a compreensão do problema. Porque pouco se diz sobre este contexto incrivelmente dramático da história mundial e nacional, assim como sobre de que modo Freyre reagiu a eles. No cenário interno, é preciso levar-se em consideração uma não pequena corrente de hostilidade contra portugueses que, como vimos, vinha se alimentando ao longo de todo o século XIX. Mas o fato é que, ao longo do século XX, mas principalmente com as correntes de migração de europeus para o Brasil desde o século anterior, essa hostilidade foi ganhando em "racionalização", e o ódio ao colonizador foi se refinando em teoria sobre o "atraso" brasileiro e sobre as deficiências de sua civilização. O culpado não podia ser outro: a herança colonial portuguesa. Exaltava-se – e o livro de Paulo Prado, *Retrato do Brasil*, é exemplo notório dessa tendência – o modo de existência das nações protestantes, cuja disciplina em torno do trabalho mundano, assim como o dinamismo associativo no qual se assenta sua sociedade civil, eram vistos como as bases de um verdadeiro progresso, perante o qual a herança portuguesa se apresentava como odiável óbice.

---

[62] Este é outro ponto que merece destaque. Pois quem toma Freyre pela imagem que lhe pintaram os uspianos o veria como uma espécie de "negacionista" do preconceito racial. Como temos visto, Freyre denunciou tanto o preconceito explícito, às vezes incorporado nas próprias instituições, nos costumes e no folclore, quanto o preconceito dissimulado, ocultado em fachadas de piedade e caridade. Exemplos contundentes do primeiro tipo foram as irmandades religiosas que em seus quadros só admitiam brancos, como o foram as irmandades do Santíssimo Sacramento e a de Nossa Senhora do Amparo, em Olinda. O que Freyre salienta, quanto a essas expressões de arianismo sistemático no Brasil, é que elas precisaram não só fazer muitas concessões ao ideal de pureza, acabando por admitir mestiços menos evidentes, como ainda nunca conseguiram penetrar de maneira massiva e disseminada pela sociedade brasileira. Aliás, do mesmo modo, existiram irmandades religiosas que não só admitiam pretos e mestiços, como foram para eles importantes elementos de coesão e, mesmo, de manutenção de práticas, costumes e valores, incluindo religiosos, de matriz africana – como o foram as irmandades de Nossa Senhora do Rosário, espalhadas por diversas cidades brasileiras. "As Irmandades do tipo da do Amparo e do Santíssimo Sacramento foram, na nossa organização colonial, redutos de arianismo. E vistas sob esse aspecto, apresentam um interesse enorme para a interpretação social do passado brasileiro: para o esclarecimento da nossa história antropológica; para a explicação do fato de terem existido ilhas, ou ilhotas de brancos no oceano formidável da miscigenação brasileira". FREYRE, Gilberto. Irmandades coloniais e a questão de raça. *Correio da manhã*, p. 2, 13 mar. 1940.

No plano internacional, e aqui estava o ponto decisivo, havia não só o mundo dividido por uma guerra de proporções inauditas. Havia também a ascensão do nazismo e a ameaça que sua ideologia representava à própria nação brasileira em sua totalidade. O pilar fundamental da ideologia nazista, não se pode esquecer, era exatamente o da pretensa pureza racial, sendo neste sentido *o completamente outro* da nacionalidade brasileira, formada basicamente por mestiços, erguida sobre a miscigenação como seu alicerce. Foi, aliás, esse ideal de pureza avesso à miscigenação que Freyre foi encontrar em colônias de imigrantes alemães no sul do Brasil, dessa experiência resultando uma série de artigos jornalísticos – verdadeiros panfletos em defesa da cultura luso-brasileira frente ao que chamou de "imperialismos de cultura" que ameaçavam a própria existência da cultura brasileira como tal. Esses "imperialismos culturais" eram, entre outros de menor ostensividade em sua ânsia de eliminar a diferença, aqueles de teor nazifascista, em que predominava o exclusivismo racial e cultural, e aos quais Freyre contrapunha o exemplo luso-brasileiro de incorporação e absorção do estrangeiro pela mestiçagem.

> Essa expressão cultura já saiu da esfera antropológica ou sociológica – o sentido em que eu a emprego ordinariamente é o sociológico – para adquirir um sentido político que de modo nenhum devemos desprezar na nossa qualidade de povo jovem espalhado por um território vasto e muito visado por sistemas políticos europeus nos seus sonhos de penetrações culturais que façam as vezes das muito mais difíceis expansões territoriais. [...] Ao sugerir a defesa da cultura luso-brasileira como essencial ao nosso desenvolvimento autônomo em face de qualquer imperialismo de cultura – o imperialismo econômico seria, por inclusão, um imperialismo de cultura – que nos possa ameaçar em futuro próximo (seja esse imperialismo europeu, asiático ou americano) não é nenhum nacionalismo estreito ou jacobinismo ranzinza que advogo. Nenhum jacobinismo ouriçado contra tudo que for influência ou ação cultural, que venha dar à nossa vida e à nossa paisagem cores diversas das tradicionais, das luso-brasileiras. Ao contrário: creio que a nossa tradição pode enriquecer-se, e muito, no contato com as culturas trazidas pelos imigrantes alemães, italianos, poloneses, espanhóis, húngaros, japoneses, judeus. Pode e – passando francamente do plano sociológico para o político e normativo – deve.[63]

Era sobre esse pano de fundo profundamente dominado por ideologias raciais fundadas no ideal de pureza que Freyre apontava o sentido racialmente "democratizante" da colonização portuguesa, na medida em que a diferença racial não era para o português objeto de uma repugnância intransponível e, neste sentido, de feitio aristocratizante. Tampouco era um "nacionalismo estreito" o que movia

---

[63]   FREYRE, Gilberto. Pluralismo de culturas. *Correio da Manhã*, p. 2, 6 abr. 1940.

os esforços de Freyre na valorização de nossa herança portuguesa. Era, antes, uma reação à sua depreciação em vista de uma comparação enviesada com outras nações e, mais do que isso, era a consciência nítida e clarividente de que a manutenção da matriz lusitana interessava à nacionalidade brasileira justamente porque era essa matriz aquela com maior capacidade para se enriquecer com a experiência estrangeira. Em outras palavras, a colonização portuguesa era valorizada por Freyre não em razão de um elogio supérfluo à especificidade pela especificidade, como se isso fosse argumento derradeiro à justificação de uma cultura perante outras. Ao contrário, a cultura luso-brasileira ganhava a admiração de Freyre exatamente "por suas qualidades universalistas", como reconheceu Sérgio Buarque de Holanda[64]. Isto é, por sua capacidade de assimilar outras culturas e, diante da diferença cultural, tender para a aproximação e a incorporação, e não para a segregação e o extermínio; por tender para o pluralismo e a heterogeneidade, e não para o monismo e homogeneidade de culturas. Se o etnocentrismo parece ser um tipo de orientação da conduta e do pensamento presente em todas as culturas, a cultura luso-brasileira tem uma importante qualidade universalista: a de não tender para o exclusivismo, abrindo-se para a alteridade e, mesmo, dissolvendo-se nela.

> [...] que a história inteira dos portugueses – e não apenas a das artes – os revela um povo com uma capacidade única de perpetuar-se noutros povos. Mas sem que o povo português tenha feito dessa perpetuação uma política biológica e anticristã de exclusividade: sem exclusividade de raça nem exclusividade de cultura. Ao contrário: o português se tem perpetuado, dissolvendo-se sempre noutros povos a ponto de parecer ir perder-se nos sangues e nas culturas estranhas. [...] Toda a obra de colonização lusitana – e não apenas sua arte – está cheia dos riscos de tão esplêndida aventura de dissolução. Portugal seguiu na sua política colonizadora aquelas palavras misteriosas das Escrituras: ganhou a vida, perdendo-a. Dissolvendo-se. Aventura de dissolução acompanhada do gosto da rotina. Gosto de que o português tem sido acusado como se fora uma inferioridade e que é entretanto metade da sua força; o segredo dele prolongar-se hoje num Brasil que cada dia se torna uma afirmação das possibilidades

---

[64] Para Sérgio Buarque, essa foi a grande "polêmica" de Gilberto Freyre, aquilo que para ele acabou transformando-se em motivo de luta política em defesa da cultura luso-brasileira frente aos exclusivismos culturais que tentavam se firmar no sul do Brasil. Essa polêmica freyriana, entretanto, não era razão para duvidar de sua objetividade. "Também não se pode ver na clara intenção polêmica do autor em face de certos fatores tendentes a deformar nosso estilo tradicional de civilização, um motivo para duvidar de sua objetividade. A própria cultura luso-brasileira ele a reverencia precisamente pelas suas qualidades universalistas, pela sua capacidade de acolher formas dissonantes, acomodando-se a elas ou acomodando-as a si sem com isso perder seu caráter." HOLANDA, Sérgio Buarque de. Panlusismo. *In*: *Cobra de vidro*, São Paulo: Perspectiva, 1978. p. 75.

continentais – porque a América portuguesa é um continente – da cultura de origem portuguesa, tornada aqui plural, aberta a outras culturas, conservados os valores tradicionais portugueses como seu necessário lastro comum, conservada a língua portuguesa como o único instrumento nacional de intercomunicação verbal entre os brasileiros das várias regiões, não só por sentimento de tradição como por necessidade prática de articular aquelas regiões em nação [...][65]

Sem se levar essas duas questões em consideração, portanto, não se compreende devidamente o "elogio" de Freyre à colonização portuguesa, o que de modo algum significa uma aprovação autocomplacente dos horrores da escravidão. Trata-se, antes, de reconhecer a complexidade do fenômeno que foi a colonização portuguesa na América, que acabou por fomentar a criação de uma cultura que, apesar de forjada na produção latifundiária e escravocrata – forças absolutamente antidemocráticas e que distanciam dominantes de dominados – criou também zonas de convivência, de confraternização e mesmo de intimidade entre ambos os polos, aproximando-os; e que criou além disso uma difícil, embora significativa, permeabilidade social capaz de, uma vez superadas questões econômicas e culturais, dar aos homens não brancos o direito, inclusive, de vir a ser senhores de escravos. E não poucos conseguiram exercer esse funesto direito. Mesmo assim, a aproximação de que falamos não implica simetria de *status*, tampouco ausência de preconceito.

Patriarcal, escravocrática e necessariamente *aristocrática*, embora desde o começo trabalhada pelo processo de *democratização social* em que se exprimiu entre nós a profunda e extensa miscigenação. [...] A ordem social na Bahia – repara o professor Pierson – está baseada em classe, e não em raça. A distribuição social no espaço ("ecologia"), se faz por deslocamento econômico, não havendo rigorosamente segregação de raça. Preconceitos de cor, deve por certo os ter encontrado na Bahia o pesquisador norte-americano. Dentro da sociedade baiana se prolonga, com efeito, dissimulada e às vezes dissolvida em burguesia uma das aristocracias mais endogâmicas e mais cheias de resguardos que já existiram na América. Mas, de modo geral, a observação está certa: a distribuição social no espaço se faz ali, como noutras sub-áreas brasileiras, quase simplesmente por deslocamento econômico. [...] Foi o que chamei de "democracia social" e de "processo de democratização social", nas conferências que escrevi para serem lidas nas universidades portuguesas no outono de 1937. Não é uma democracia social absoluta, a nossa. Tem imperfeições. *Há resistências ao processo de democratização da nossa sociedade. Existem preconceitos de cor. Mas haverá, no mundo, país saído de qualquer dos vários sistemas de colonização que brotaram da expansão europeia, e cuja economia se baseou no*

---

[65] FREYRE, Gilberto. O exemplo português. *Correio da Manhã*, p. 4, 9 jun. 1940.

> *trabalho escravo, onde seja tão desenvolvida a democracia como forma social? [forma social, e não política!! – repare-se]*[66]

Apesar do esforço de Freyre em elucidar essa complexidade envolvida no embate entre forças antagônicas, entre forças aristocratizantes (e, portanto, anti-democráticas) e forças democratizantes, sua aguda reflexão sobre o tema foi abafada por um tipo de simplificação pueril que substitui a obra por seus rótulos, sem nenhum exame efetivamente crítico. Nem mesmo o trabalho de Ricardo Benzaquen de Araújo, tampouco as advertências que já fizeram Jessé Souza, Antônio Risério, Joaquim Falcão, Hermano Viana, e tampouco a voz incansável de Edson Nery da Fonseca, e, na esteira deles, os apoios talvez mais tímidos de Idelber Avelar, conseguiram reverter essa ordem de simplificações que, infelizmente, quase sempre terminam num calabouço de confusões, calúnias e difamações que, nos tempos atuais, são alimentadas pelo *rendez-vous* de afetos que cobram direito de expressão nas "redes sociais" da internet.

Esperamos que o esforço que empreendemos nos dois livros que compõem nossa interpretação do Brasil à luz de Gilberto Freyre seja capaz de reverter essas confusões que se formaram em torno de sua obra, reservando a ela um papel no pensamento nacional ainda pouco explorado por seus intérpretes: um papel de história crítica, mais do que simplesmente monumental. E esse potencial crítico da obra de Freyre não pode ser resgatado se não abandonarmos os rótulos que lhe foram apregoados ao longo de sua recepção. E o melhor modo de fazê-lo foi nos concentrarmos em não perder de vista a complexidade envolvida na conjunção das duas grandes tendências em jogo e em antagonismo na sociedade brasileira: uma de sentido "aristocratizante", representada pela escravidão; e outra de sentido "democratizante", representada pela miscigenação. A tese básica é que a aproximação dos opostos, possibilitada por esta última, se deu ao custo da formação de padrões de relação interpessoal com tendências sádico-masoquistas: forma, aliás, de recriar o distanciamento perdido com a miscigenação. Em outro plano, o grande processo de *sincretização* cultural de modo algum ocorreu sem que houvesse, em paralelo a ele, também um processo de *estigmatização*, destinado principalmente a valores que se desviassem dos idealizados modelos europeus – tudo o que fosse nativo americano, africano e, ao fim, até mesmo ibérico. De modo algum, por isso, o termo democracia racial, que Freyre utilizou menos do que "sadismo" e "masoquismo", deveria conotar harmonia ou ausência de violência e crueldade no que foram os quase quatro séculos de escravidão legal que vigoraram na sociedade brasileira.

Se julgarmos pelo entendimento de Antônio Sérgio e seus colegas da USP, nos parecerá que Freyre fazia uma espécie de tábula rasa dos efeitos perversos da

---

[66] FREYRE, Gilberto. Um estudo do professor Pierson. *Correio da Manhã*, Rio de Janeiro, p. 2, 31 jan. 1940, grifo nosso.

escravidão, como se a miscigenação já nos houvesse curado de todos os males de nosso hediondo passado escravocrata[67]. Ou, ainda, como faz parecer Lilia Schwarcz, ao identificar um "saudosismo" no que era, antes, uma concepção de tempo histórico – nisto seguindo, mais uma vez, os passos de Viotti. Tivessem dado atenção a *Ordem e progresso* e veriam os uspianos que a abolição, para Freyre, longe de ter encerrado a vida da escravidão, a prolongou pela sobrevivência de muitos dos seus hábitos e perversões; e que o "passado continua" não porque assim simplesmente o queiramos, mas porque ele é e continua sendo o que, em grande parte, nós somos: ele está no presente e no futuro, ou, de modo mais exato, presente e futuro estão no passado e é em seu chão fértil ou arenoso que germinam em flor ou espinho. E como o presente é o passado do que será o futuro, conclui Freyre pela interdependência das três dimensões temporais, mas ao passado cabendo a prerrogativa de existência das outras duas.

A muitos pareceu isso ser a expressão de uma mentalidade conservadora, reacionária. Ela expressa, antes, uma condição antropológica da existência humana, um ente para o qual o passado importa, não só como objeto de interesse e conhecimento, mas também para aquilo o que este ente *veio a ser o que é*. E não era outro o complexo fenômeno que Freyre se esforçou para nos trazer ao olhar: o vir a ser da sociedade brasileira e as íntimas ligações das nossas circunstâncias presentes e futuras a um passado no qual se assentam e se derramam, formando novas camadas de história (e de vida) que tornam o passado mais difícil de ser visto, talvez, mas nem por isso menos presente. É por essa razão que a historiografia freyriana "toca em nervos" – e, ao tocá-los, nos reaproxima do passado pelo prazer e também pela dor.

Este é o critério sob o qual vimos tentando um tanto pioneiramente articular o passado social, cultural e psicológico de um povo

---

[67] Reparem nesta passagem do texto de Antônio Sérgio o modo como ele opõe Freyre ao movimento negro, fazendo parecer que Freyre julgou ter sido a Abolição um gesto suficiente na emancipação da população de cor no Brasil. O que, à luz do que já vimos, é um verdadeiro absurdo hermenêutico. "No caso que nos interessa mais de perto aqui, a democracia 'étnica' de que falava Freyre em 1950, sem esconder um certo cientificismo culturalista[!], transforma-se rapidamente em democracia racial *tout court*, em referência direta aos conflitos raciais que começa a rasgar o racismo legal dos Estados Unidos. Ao contrário de lá, pensavam *scholar* e militantes, já tínhamos um legado de democracia racial desde a Abolição. Para os movimentos negros, entretanto, a Abolição não fora completa, pois não representara a integração econômica e social do negro à nova ordem capitalista: tanto para a geração dos anos 1930 (a Frente Negra Brasileira), quanto para a dos 50 (o TEN), seria necessária uma segunda Abolição." (GUIMARÃES, Antônio Sérgio Alfredo. Democracia Racial: o ideal, o pacto e o mito. *Novos Estudos CEBRAP*, n. 61, p. 151, nov. 2001.) Todo o *Ordem e Progresso*, de forma direta e indireta, pode ser lido como uma sistemática das diversas insuficiências do processo abolicionista e republicano tal como se deram no Brasil. Essa passagem do texto de Antônio Sérgio nos faz desconfiar que, até 2001, pelo menos, ele não havia sequer dado uma passada de olhos neste e em tantos outros textos de Freyre, embora não abra mão de já aí arvorar-se em "crítico".

moderno – o brasileiro – com o seu presente e, em certos pontos, com o seu próprio futuro: o da interdependência desses três tempos, quase sempre *sob o comando do passado naquilo em que o passado secreta ou intimamente se mantém como condição contemporânea do presente*. Daí no nosso primeiro ensaio sobre a formação da sociedade patriarcal no Brasil, termo-nos utilizado, de maneira escandalosa para alguns, de técnicas de articulação sociológica do passado com o presente, não só históricas como antropológicas; não só folclóricas como psicológicas. Orientação seguida no segundo dos nossos ensaios sobre o assunto; e também neste, que é o terceiro. Foi por essa conjugação de técnicas e por essa pluralidade de métodos convergentes que nos pareceu possível captar, nas sobrevivências do passado no presente e nas antecipações de presente e até de futuro, no passado de uma sociedade como a brasileira, fundada por europeus em espaço e tempo extra-europeus, suas possíveis constantes estabilizadoras ou ordenadoras de um desenvolvimento que, sem essa estabilização ou essa ordenação, não teria passado de um caos de progressos diversos, contrariados ou anulados por vários e contraditórios regressos.[68]

O sentido freudiano de regressão, aliás, pressupõe essa presença viva do passado, pela qual o homem adulto retroage às fases de seu desenvolvimento infantil e uma civilização, às vezes, às fases anteriores de seu desenvolvimento societário e mesmo a diversos "barbarismos". Em ambos os casos, permanece preso ao passado, escravo dele, em uma espécie de compulsão à repetição que só o trabalho do intelecto, da memória e da consciência podem curar. Retroagimos ao passado, procurando compreendê-lo, simplesmente porque, como o messias salvador ou o pecado universal, "ele está no meio de nós".

Antes de aparecer Bergson ou Freud, já Wordsworth e Coleridge punham em relevo, do ponto de vista da repercussão da infância ou do passado sobre a vida do adulto, a importância do subconsciente. Opunham assim ao sentido clássico de tempo como espaço, outro, talvez já paraeinsteiniano e com certeza parabergsoniano, em que a tradição, incorporada a uma civilização, passava a ser considerada *condição contemporânea da existência viva dessa civilização: parte inevitável da sua atualidade*. De modo que o passado não devia ser considerado apenas uma fase da vida experimentada pelo indivíduo ou pelo grupo, mas uma experiência presente no inconsciente do indivíduo ou do grupo; e, como tal, influência modificadora do seu comportamento. Modificadora da sua própria projeção sobre o futuro.[69]

---

[68]   Gilberto Freyre, *Ordem e progresso*, p. 197, grifo nosso.

[69]   *Ibid.*, p. 196.

No caso da sociedade brasileira, o que se vê são as diversas sobrevivências do passado no presente, além de uma sociedade cujo povo, apesar de jovem, é "excepcionalmente carregado de passado"[70], que pesa sobre suas costas como os fardos de açúcar, café, minério e merda humana pesaram por séculos sobre os ombros de escravos-estivadores. Aliás, esse passado que pesa sobre nós e nos sobrecarrega não é outro senão o da escravidão. O futuro às vezes messiânico prometido pela República não trouxe a esse passado solidamente constituído nada que lhe alterasse de maneira profunda em sua ordem[71]. É este, pois, o sentido decorativo da modernização brasileira, uma modernização que acrescentou alguns ornamentos às camadas de passado que fazem a argamassa de nosso edifício cultural, alterando-lhe apenas em suas fachadas. Mas é preciso olhar por dentro delas, na intimidade daquilo sobre o que, como fachadas, tais ornamentos se sobrepõem. Há ornamentos modernos em todas as esferas de nossa vida social; estão eles, entretanto, *justapostos* a camadas de passado e de tradição.

Assim, o conjunto da obra de Freyre revela muito mais que o caráter sincrético de nossa cultura possibilitado pela miscigenação: em outras palavras, o que essa obra revela são não apenas as tendências democratizantes em jogo em nossa sociedade, mas também aquelas de teor rasgadamente antidemocrático, fundadas em hierarquizações destinadas a diferenciar indivíduos e grupos entre "quem manda e quem obedece", para utilizar fórmula consagrada por general brasileiro, da ativa, que andou por algum tempo recebendo controversas ordens de um capitão reformado.

A esfera política: seus ornamentos modernos e sua substância tradicional

Como vimos, a primeira vez que Freyre utilizou o termo "democracia racial" foi provavelmente em 1943, no artigo "Raça e democracia". Na ocasião, o termo associava-se a um contraponto entre o que tínhamos a aprender e o que tínhamos a ensinar à Inglaterra. Com os ingleses tínhamos muito a aprender sobre a democracia no sentido estritamente político, mas a eles podíamos dar boas lições de "democracia racial". A transposição metafórica do conceito político de democracia para o plano das relações raciais era tanto um modo de salientar a insuficiência da democracia meramente política, como no caso da Inglaterra e suas colônias, um meio de chamar a atenção para a existência de diferentes padrões de relação interracial e, por extensão, para o modo em que esses diferentes padrões podiam favorecer ou dificultar um processo de democratização mais amplo, consistente

---

[70]   Gilberto Freyre, *Ordem e progresso*, p. 354.

[71]   *Ibid.*, p. 369.

e efetivo que aquele estritamente político. Isso ficaria mais claro ainda no artigo publicado em 1948 no jornal *Quilombo*, dirigido por Abdias do Nascimento, àquela altura já uma das maiores lideranças do movimento negro. Abrindo a coluna intitulada "democracia racial", Freyre diria abertamente: o Brasil, frente a outras nações oriundas do colonialismo escravocrata, era não uma democracia racial absoluta, mas *relativa*; e, em todo caso, com graves deficiências de democratização política e econômica. Ou seja: a sociedade brasileira estava longe de ser uma sociedade plenamente "democrática". Nela circulavam um tanto anarquicamente tendências democratizantes e tendências rasgadamente antidemocráticas, como temos procurado demonstrar. Isso talvez ajude a explicar por que em nosso sistema político e em sua evolução histórica republicana exista uma alternância tão acentuada entre governos formalmente democráticos e governos ostensivamente autoritários. Mas, para além dessa alternância relativa das formas de governo, sobre esse tema Freyre observou um regime nada desprezível de constâncias e recorrências, que muito podem nos ajudar a compreender as dificuldades da sociedade brasileira ante a democracia como regime político.

***

A chamada história política – ora consagrada ao estudo dos grandes estadistas e oradores, sua ação sobre as massas e sobre o futuro das civilizações, sobre as guerras e conflitos diplomáticos, ora à ênfase nas instituições e aparatos administrativos que vigoravam sobre indivíduos e povos em uma determinada época – pode talvez provocar uma impressão explicativa da realidade naqueles que não tenham olhos para os elementos de teor político que, indiferenciados e generalizados de tal forma numa dada sociedade, transcendem em muito a esfera propriamente política da vida humana, penetrando nos mais recônditos meandros de sua vida cotidiana. Por isso, uma história política de uma dada sociedade, que falhe em se fazer acompanhar de um olhar sobre o cotidiano aparentemente apolítico dela, terá como consequência uma ignorância completa quanto a questões de suma importância para a compreensão da vida política daquele povo – em especial, todas as questões relativas e derivadas das formas de relacionamento intersubjetivo vigentes naquela sociedade.

Frente à história estritamente política, Freyre tinha tanto essas reservas de teor epistemológico, como também reservas de teor ético. Nisso ele contrapôs as consequências ético-políticas da história política às consequências ético-políticas da história social e cultural que ele praticava. O tipo de abordagem do passado feita pela primeira estimulava o desentendimento entre os povos, e nisso contrastava com as últimas. Freyre expressou tais reservas diretamente em sua fala na sede da Unesco, em Paris, junto a outros sete cientistas sociais e filósofos reunidos pela iniciativa do então diretor, Julian Huxley, para discutirem o tema das "tensões" que afetavam a compreensão entre os diferentes povos. Disse Freyre aos seus colegas congressistas:

> É interessante observar como o estudo da história social e cultural, quando empreendido – tão cientificamente quanto possível – com a intenção de abordar a análise e a compreensão dos relacionamentos humanos, tende a aproximar os povos e abre caminhos para o entendimento e a comunicação entre eles, contrastando com o que acontece com o estudo convencional da história – político-militar, apologético, estreitamente patriótico ou agressivamente nacionalístico –, estudo esse cuja tendência é sempre a de isolar um povo de seus vizinhos, em particular, e dos outros povos, em geral. [...] Um expressivo exemplo disso é o fato de que as relações entre o Brasil independente e a pátria da qual se originou tenham se tornado especialmente amistosas, francas e cordiais – e até intensas nos últimos quinze anos – como resultado da ênfase que os historiadores, sociólogos e antropólogos brasileiros puseram no estudo objetivo das origens sociais e culturais da América portuguesa. Desse tipo de história tem resultado a evidência de semelhanças conspícuas entre os dois povos, projetando ao mesmo tempo uma nova luz sobre suas diferenças – uma luz de compreensão e simpatia. É a história política e militar que não tolera as diferenças entre os povos e cria entre eles antipatia e desentendimento, chegando, às vezes, ao ponto de idealizar ou santificar valores nacionais só para contrastá-los com os estrangeiros. Mais de um povo foi levado por seus historiadores políticos e militares ao culto de suas Joanas d'Arc, não pelo que elas, de fato, foram, mas como símbolos de antipatia para com os estrangeiros heréticos que a queimaram: uma antipatia convertida, assim, em valor nacional.[72]

Centrada apenas naquelas personalidades extraordinárias, que marcam o destino de um povo, ou apenas naquelas instituições cuja duração e amplitude imprimem nele certa constância, corre-se o risco de perder de vista um traço essencial da política compreendida em sentido amplo: as tendências cotidianamente reproduzidas naquela sociedade e que criam nela maior ou menor afinidade para a eleição dos tipos de personalidade que, perante ela, poderão figurar como "extraordinárias". Do mesmo modo, é no cotidiano das sociedades que se constituem os padrões básicos de comportamento e interação que lhe darão maior ou menor afinidade com determinadas formas institucionais. Acresce-se a isso, ainda, os ideais supremos consagrados naquela sociedade e que cercam e modelam a conduta dos indivíduos de carne e osso, condicionando seus desejos e suas predileções, seus fins e os meios considerados legítimos para alcançá-los.

---

[72] FREYRE, Gilberto. Internacionalizando a Ciência Social. *In*: *Palavras repatriadas*. Brasília: UnB; São Paulo: Imprensa Oficial do Estado, 2003. p. 60 e 61.

Deve-se enfatizar, ainda, quanto a esse esforço compreensivo das semelhanças e diferenças entre os povos em processo de contato e intercomunicação cultural, que não foi só entre Portugal e Brasil que Freyre voltou sua atenção. Ele destacou, na formação da cultura brasileira, a contribuição de valores africanos e asiáticos, os aspectos comuns da sociedade brasileira com sociedades africanas e asiáticas oriundas da colonização portuguesa naquelas regiões, para não falar de sua atenção à influência sobre a cultura brasileira da Inglaterra, com *Ingleses no Brasil*; da França, com *Um engenheiro francês no Brasil*; da Alemanha, com *Nós e a Europa germânica*.

Ao procurar estimular o entendimento entre os povos, esse tipo de história sociocultural mostra seu lado senão ostensivamente político, *profundamente político*. A história que a obra de Freyre nos abre costuma ignorar um tanto aqueles fenômenos extraordinários da vida política brasileira, suas vicissitudes e sua superfície cronológica, para concentrar-se no que poderíamos chamar de uma *infraestrutura sociocultural da vida política*, composta pelos elementos supramencionados de sua vida cotidiana. Comecemos pelo problema das afinidades entre cultura e instituições, para em seguida tratarmos daquelas que ultrapassam a vida estritamente institucional das comunidades políticas.

Parlamentarismo e presidencialismo

A indisfarçável má vontade de alguns intelectuais da USP para com a obra de Freyre atinge, às vezes, situações constrangedoras, mas que, a bem da verdade, precisam ser enfrentadas. Quando a professora Lilia Schwarcz, em passagem citada anteriormente, induz seus leitores a acreditarem que Freyre fazia um "elogio nostálgico aos tempos de outrora", associando esse suposto elogio nostálgico ao "passado escravocrata, o espectro do colonialismo, as estruturas de mandonismo e patriarcalismo", ela parece cometer, a meu ver, mais do que um simples erro, que qualquer um de nós poderia cometer. Pois a frase enunciada por Freyre foi proferida em situação muito diferente da de um elogio nostálgico do passado e, em todo caso, num contexto muito particular de debate parlamentar.

Estava em discussão a adoção do sistema parlamentarista de governo proposta pelo deputado Raul Pilla. Freyre, na ocasião, fez um longo discurso para defender sua posição, contrária à proposta de Pilla, embora não contrária ao parlamentarismo em si. Em seu discurso, pronunciado no dia 2 de junho de 1950, Freyre salientava um rol de tendências antidemocráticas que condicionavam o passado político brasileiro e que, por essa mesma razão, tornavam inviável a adoção do parlamentarismo como sistema de governo. Fazendo a todo tempo uso de argumentos históricos que apontavam para a imaturidade política da sociedade brasileira para o tipo de regime parlamentar, a certa altura Freyre foi interpelado por deputado que, pelo conteúdo de sua fala, mostrava ser o típico representante de certo tipo de visão de mundo que supunha que o futuro político podia ser construído do zero, sem estar ancorado no passado cultural e social do povo a que diz respeito. Disse o então deputado Daniel Faraco a Gilberto Freyre: "Exatamente os argumentos históricos me parecem os mais fracos nessa questão. O que o passado foi é interessante, mas temos de resolver para o presente e para o futuro". Retomando a palavra, Freyre respondeu ao incauto e afoito deputado: "É onde se engana V. Ex.ª. O passado nunca foi; o passado continua."[73]. Eis o contexto em que a frase foi pronunciada. Ao contrário do que afirma Schwarcz, seu sentido nada tinha a ver com um elogio nostálgico do passado. Tratava-se, antes, de aguda crítica àquilo que em nosso passado era fundamentalmente antidemocrático e que, se entranhando no mais recôndito dos hábitos e da mentalidade brasileira, colocaria graves dificuldades a um modelo de representação política parlamentarista, correndo o risco de impor ao país um tipo de artificialismo superficial que, em vez de atuar para a democratização, podia, ao contrário, abrir espaço para novo afloramento estadualista e oligárquico, por um lado, e para uma completa desconexão entre governo e povo, por outro.

A democracia política (e econômica) para Freyre, era o desafio maior que o mundo moderno colocava para a nação brasileira, enquanto povo formado na escravidão. Ao passo que a miscigenação como passado brasileiro favorecia a democratização racial, a escravidão e seus efeitos dissolventes, como passado atuante em nossa sociedade por quase quatro séculos, dificultavam sua democratização política e econômica. Estas demandam um tipo de construção cultural de hábitos, valores, costumes, um tipo de educação e sensibilidade política radicalmente diversos daqueles envolvidos em nossa formação patriarcal e escravocrata. Como forma política a ser enraizada na vida social brasileira, a democracia carecia de cultivo, longo e paciente, e não do simples e demasiado fácil implante, de cima para baixo, de sua forma mais avançada e abstrata numa sociedade ainda carente dos pressupostos mais básicos da mais simples democracia política.

Freyre, em termos ideais, nutria forte simpatia pelo sistema parlamentar inglês. O reconhecimento da superioridade da forma institucional parlamentarista sobre a presidencial, no que toca à realização da representação democrática, não era, entretanto, justificativa suficiente para sua adoção no Brasil. Pois forma institucional nenhuma se realiza no "vácuo" ou "em abstrato", e sim em meio a realidades demasiado concretas e particulares que, como tais, carecem de soluções talvez igualmente particulares, mas em todo caso soluções que estejam ancoradas nessas realidades concretas, e não nas simples e às vezes caprichosas preferências "estéticas" ou mesmo "lógicas".

---

[73] FREYRE, Gilberto. Emenda parlamentarista. *In*: *Quase política*, Rio de Janeiro: José Olympio, 1966. p. 179.

Em abstrato, admito que o sistema parlamentar "realize melhor que o presidencial a democracia representativa", do mesmo modo que admito a superioridade do Platonismo sobre o Aristotelismo. Mas como a Arte Política não se realiza no vácuo, a preferência estética ou lógica por um sistema político pouco significa sociológica ou politicamente a favor do mesmo sistema.[74]

Essa foi uma passagem da resposta de Freyre ao "Questionário Raul Pilla" sobre a proposta de emenda parlamentar feita pelo mesmo deputado em 1950, quando Freyre ainda atuava como deputado eleito por Pernambuco. Como se pode ver, apesar da formalidade do ato em que se inscrevia, há nela boa dose de ironia, como se os parlamentaristas brasileiros fossem um tipo de platonistas ingênuos, querendo fundar uma avançadíssima república puramente no mundo das ideias, perdendo contato com a realidade sociológica e política brasileira. Assim, se em abstrato e idealmente o parlamentarismo era superior ao presidencialismo, este último atendia melhor aos anseios, senão dos intelectuais, das massas brasileiras. O que convinha? Um modelo de democracia ao gosto das minorias ilustradas ou um modelo de democracia em afinidade com a cultura política já constituída no povo e através da qual ele pudesse ver-se e sentir-se representado? Freyre tendia incisivamente para a última opção.

Ao Brasil, não convém a forma de governo que apenas satisfaça a inteligência, a cultura europeia, o apuro acadêmico, a sensibilidade, o gosto das minorias ilustradas, deixando insatisfeitas no interior e nas cidades maiorias ainda rústicas, porventura mais brasileiras que as minorias ilustradas.[75]

Eis a dura verdade que Freyre, não sem elegância, jogava à cara de parlamentares brasileiros, muitos dos quais membros daquelas minorias ilustradas porventura menos brasileiras que a maioria rústica. Menos brasileiros exatamente porque, na compulsão de imitar sistemas estrangeiros, terminavam por ignorar, por desprezar e mesmo por negar a realidade nacional brasileira e o conjunto de condições que ela estabelecia para a "Arte Política". No caso brasileiro, seu passado patriarcal, monárquico e presidencialista fazia do parlamentarismo um sistema cuja autoridade, concentrada e ao mesmo tempo dissolvida no Parlamento, era demasiado abstrata para ser repentinamente assimilada pelo povo brasileiro. As massas brasileiras, carentes de qualquer educação política formal nos princípios da democracia

---

[74] FREYRE, Gilberto. Resposta ao questionário Raul Pilla. *In: Quase Política.* Rio de Janeiro: Jose Olympio, 1966. p. 181.

[75] FREYRE, Gilberto. Emenda parlamentarista. *In: Quase política.* Rio de Janeiro: Jose Olympio, 1966. p. 169.

moderna, bem como do cultivo das disposições que habilitam à compreensão e à submissão das formas impessoais de poder e autoridade, precisavam ainda da figura de um presidente da República no qual pudessem ver-se representadas. Ou, em outras palavras, as massas brasileiras – e tampouco sua elite – reuniam as condições necessárias ao são funcionamento de uma democracia parlamentar. Esse condicionamento do presente pelo passado, se tinha um conteúdo particular no caso brasileiro, era algo universal e atinente à natureza humana, sempre rebelde às "modificações de superfície".

> Afinal, temos que nos resignar com o que a natureza humana apresenta em toda parte, e não apenas no Brasil, de rebelde a modificações de superfície. E resignados particularmente com a realidade particularmente brasileira, temos que nos conformar com a tendência, tão forte no Brasil – mesmo no culto, no adiantado, no progressista Estado de São Paulo – da parte das massas mal saídas de um patriarcalismo cuja influência a todos nós ainda alcança, para o homem comum, o homem da rua, o homem bom e simples do interior e mesmo das cidades, conceber o governo como um substituto de pai ou mãe que o ampare em suas necessidades, em suas angústias, em seus desejos de melhorar de condições de vida e de trabalho. Esse substituto, o homem comum brasileiro, o homem bom e simples do Brasil inteiro, das cidades como do interior, precisa vê-lo na pessoa de um presidente da república que não seja apenas figura decorativa.[76]

Ante essa concepção de natureza humana, pode-se legitimamente levantar a objeção de que tal maneira de raciocinar conduz necessariamente ao fatalismo. Daí a resignação de Freyre ante traço tão salientado quanto desagradável da realidade brasileira: a propensão das massas brasileiras à submissão a um tipo particular de liderança carismática e pessoal. Foi esta, aliás, a crítica que lhe fez o próprio autor do projeto, o deputado Raul Pilla. Disse ele:

> Estou percebendo que a Sociologia leva ao fatalismo, porque os sociólogos verificam um determinado estado de coisas e não têm a preocupação de modificá-lo. Conformam-se: somos tais, e como tais devemos ficar. A Ciência pode, realmente, levar a tais conclusões, mas me parece que a grande Ciência é a que nos permite lançar mão de meios para modificar um estado pouco favorável.[77]

Ao que Freyre respondeu: "Não, sr. Deputado. A Sociologia mais avançada não vai ao extremo do determinismo sociológico, mas reconhece que os fatos

---

[76] Gilberto Freyre, "Emenda parlamentarista", p. 157.

[77] Raul Pilla *apud* Gilberto Freyre, "Emenda parlamentarista", p. 163.

condicionam os fatos. Condicionamento e não determinismo"[78]. Mais do que uma simples falha no resultado pretendido, tal tentativa de imposição de uma forma política a uma realidade incompatível com ela poderia produzir graves consequências paradoxais, a começar por uma substituição apenas fictícia do presidencialismo no que nele há de dependência a figuras e concepções pessoais de autoridade. O que provavelmente ocorreria, sem a figura do presidente da república, é que tais necessidades subjetivas das massas brasileiras voltariam a ser satisfeitas apenas em nível local, perdendo de vista, novamente, o horizonte nacional de organização política. Resultado catastrófico e em completo antagonismo com as intenções democráticas, mas ingênuas e platônicas, dos autores e defensores do projeto.

> Desaparecida essa figura – a do Presidente da República – do nosso sistema de governo, temo que, entre nós, não viesse o Presidencialismo a ser substituído senão ficticiamente pelo Parlamentarismo. O Presidencialismo de feitio legal, de sabor constitucional, de aspecto legítimo, correria o risco de ser substituído pela sua caricatura, pela sua perversão, pela sua depravação, sob a forma de quanto caciquismo se possa imaginar, de quanto sebastianismo se possa conceber, de quanto messianismo se possa figurar. Este o grande perigo – perigo de natureza psicológica e sociológica – que me parece acompanhar a emenda parlamentarista, sob outros aspectos tão sedutora, tão atraente, tão capaz de empolgar a inteligência dos políticos mais lógicos nas suas concepções politicamente democráticas de governo.[79]

Esse tipo de "artificialidade" imitativa que colocava sobre um povo uma forma institucional de governo para a qual esse mesmo povo não reunia as necessárias condições culturais, conduziu, segundo Freyre, a Espanha ao fascismo franquista[80]. De perigo semelhante correria o Brasil se adotado tal regime, que favorecia a ascensão de políticos como os que Araripe Júnior chamara de "caudilhos da tribuna". Ou, na feliz consideração de Afonso Arinos, em acordo com as observações de Freyre: "Franco, na Espanha, é um resultado do histerismo parlamentar, como Hitler foi na Alemanha e Mussolini, na Itália.". Não vamos, obviamente, simplificar as origens do nazismo e do fascismo ao ponto de reduzir tais fenômenos a um resultado do "histerismo parlamentar". Mas o fato é que a pura adoção imitativa de um sistema parlamentar por povos sem uma tradição política democrática já constituída pode expor tais povos a problemas maiores que a simples existência do poder presidencial separado e em paralelo à existência do poder parlamentar. Era para isso que Freyre chamava a atenção. Não para que a resignação ante a realidade significasse

---

[78] Gilberto Freyre, "Emenda parlamentarista", p. 163.

[79] *Ibid.*, p. 158.

[80] *Ibid.*, p. 173.

fatalismo, conformismo ou abandono de qualquer pretensão política de modificar a realidade; mas que ela significasse capacidade de encarar os fatos desagradáveis de nossa história que condicionam nosso presente e que não podem ser ignorados em tudo o que for "arte política" que se queira eficaz. A necessidade de retificar a herança do passado, assim, não é um argumento para se desprezar e repudiar esse mesmo passado; ao contrário, essa retificação só pode se dar considerando esse mesmo passado como ponto de partida das reformas a serem implementadas. A despeito de quão desagradável seja para nós nosso passado patriarcal e escravocrata, foi ele que constituiu as forças e formas recorrentes e constantes na sociedade brasileira, e que não se prestam à mudança pela eloquência requintada de discursos parlamentares ou pela simples substituição de um ordenamento jurídico por outro. É com esse passado, incluindo suas partes desagradáveis, que temos de contar em nossas ações no presente político. Foi o erro que cometeram os espanhóis, e bem poderia ser o que então cometeria o Brasil em caso de adoção do parlamentarismo.

> Volto, porém, a considerar o caso espanhol ou o franquismo como resultado de um Parlamentarismo radical, que tão simplistamente pretendeu resolver problemas complexos, como que ignorando o passado da Espanha. Não há eloquência, não há retórica, não há lógica, que faça desaparecer um passado nacional da profundidade do espanhol.[81]

Eis a questão: nosso passado patriarcal e escravocrata é mais profundo em nossa existência do que qualquer artificialismo republicano e democrático, responsáveis até agora não mais do que por "modificações de superfície" em nossa vida política. O meio século de regime formalmente republicano quase nada havia feito para remediar os efeitos dos séculos de formação patriarcal e "educação para o patriarcado". O regime presidencial, em meio a tal horizonte, representava alternativa de democracia que, longe de ser ideal, encontrava maior receptividade nas massas brasileiras, operando entre elas uma espécie de sublimação sociológica das tendências masoquistas durante tanto tempo cultivadas entre nós. Exatamente por isso, o regime presidencial era mais adequado às especificidades brasileiras, uma vez que representava uma transição menos abrupta das formas patriarcais para aquelas democráticas.

Há, portanto, uma complicada teia de relações entre a cultura e as instituições políticas que nem sempre é levada em conta pelos construtores institucionais, às vezes servos de modelos estrangeiros cuja imitação implica, sempre, uma ressignificação desses modelos à luz de sua assimilação, mais ou menos conflituosa, nos hábitos culturais vigentes naquela sociedade. Não é que a política não possa modificar a cultura, ela pode, mas não de fora para dentro, como algo que sobrevém

---

[81] Gilberto Freyre, "Emenda parlamentarista", p. 172-173.

de um âmbito alheio e distante, extrínseco à vida social e cotidiana de um povo. São essas mudanças operadas de "fora para dentro", das quais a adoção imitativa de formas institucionais de governo é um dos mais graves exemplos, aquelas que Freyre chamava de "modificações de superfície". O que normalmente ocorre com tais "modificações de superfície" é que, antes mesmo que possam modificar o extrato mais profundo da cultura, são modificadas por ela, resultando às vezes em deformidades monstruosas. A posição de Freyre contra adoção do parlamentarismo justificava-se, assim, com o argumento de que a mudança institucional devia fazer--se de "dentro para fora", produto do próprio cultivo da sociedade, ancorado em sua própria experiência, em seu passado, em seus feitos e aquisições culturais – e não ignorando-os, reprimindo-os, negando-os.

> Não, é claro, para nos curvarmos muçulmanamente diante do passado, como se dele e do que ele contém de irracional não pudesse libertar-se nunca um povo ou um indivíduo. O que nos incumbe é caminharmos para as reformas sem nos esquecermos das formas que dão ao caráter de cada povo sua particularidade e sua constância: e que, podendo ser alte-radas de dentro para fora, pelos conteúdos novos, pelas novas substâncias que forem acrescentadas à vida, à cultura, à composição antes ética que étnica desse povo, dificilmente se deixam quebrar, destruir, substituir puramente como formas, sem que contra elas se exerça a ação lenta mas decisivamente modificadora de novos conteúdos.[82]

A mudança na cultura, assim, carece de tempo, de reiteração no tempo, de cons-tituição gradativa e paciente de uma nova disciplina de vida, de uma nova rotina de valores, hábitos e relações entre as pessoas que dela são parte. E exatamente por tratar-se de pessoas e pelo fato de pessoa ser o ente para o qual o passado importa, é que os traços culturais de um povo não podem ser exterminados ou corrigidos a golpes de lei ou revoluções. Há em nossa formação um conjunto de "sobrevivências contrárias a um regime de governo plena ou idealmente democrático, isto é, com o mínimo de chefias e o máximo de responsabilidade, ao mesmo tempo individual e coletiva, da parte dos brasileiros" e que "só aos poucos poderão ser retificadas, corrigidas, digamos em linguagem psicanalítica alongada em sociológica, sublima-das"[83]. E, se quisermos que as tendências antidemocráticas por séculos cultivadas na sociedade brasileira se modifiquem em sentido democrático, é de "sublimações", e não de "revoluções" que a sociedade brasileira precisa. Isto é, de substituições gradativas de formas menos elevadas de relação política por formas mais elevadas, de formas menos democráticas por formas mais democráticas. Essas substituições gradativas precisam ser realizadas em atenção àquilo que já está constituído em

---

[82] Gilberto Freyre, "Emenda parlamentarista", p. 158-159.

[83] *Ibid.*, p. 162-163.

nossa sociedade como uma tradição própria, assim como às suas particularidades quanto aos mais diversos aspectos da vida social e histórica que fazem dela o que ela é. Por isso mesmo, Freyre também não era um adepto do "presidencialismo" por si mesmo, como se, ao invés de copiar o modelo inglês, devêssemos simplesmente copiar o modelo estadunidense ou francês. Esse erro veio cometendo a República brasileira durante seus primeiros quarenta anos de existência: copiou o modelo estadunidense sem antes indagar a especificidade do tipo de "homem" e, portanto, de "sociedade", em que tal regime se instalaria e se, neste caso, tal sociedade reunia condições elementares de realização daquele regime. Aqueles modelos talhados para a abstração do homem em "cidadão" perdiam de vista as especificidades da sociedade brasileira, aquilo que nela contrariava, ultrapassava e não se compatibilizava com o modelo. A ideia de "cidadania", assim como a igualdade abstrata que ela presume, consiste num tipo de concepção de "indivíduo" e "sociedade" que, para a cultura brasileira, corresponde a algo que nos veio "de fora para dentro". Por extensão, também as instituições fundadas na ideia de cidadania: daí a dificuldade dessas instituições ante o tipo particular de sociedade e "humanidade" formadas na escravidão e da monocultura latifundiária. Somente depois de estudados este "homem" e esta "sociedade" em suas particularidades é que se deveria decidir que tipo de forma política é mais adequada à sua realidade – que não é a mesma daqueles povos de que copiamos o presidencialismo nem daqueles de que almejávamos, então, copiar o parlamentarismo. Nada de comprar "roupas feitas" vindas de fora: Freyre defendia a necessidade de talharmos nossas vestes políticas segundo as medidas e necessidades de nosso corpo e de nosso ambiente.

> Não se trata, afinal, de escolhermos, hoje, sob critério estético, jurídico ou mesmo político entre Presidencialismo e Parlamentarismo, como entre dois tipos absolutamente contraditórios ou opostos de roupas feitas, um vindo de Londres, outro de Washington, para o corpo do brasileiro apenas cidadão: abstraído ou simplificado em cidadão. Trata-se antes de tudo de saber que tipo de vestuário político exige o corpo do brasileiro – que antes de ser de cidadão é de homem do trópico, de mestiço, de neo-hispano, neolatino, de neo-europeu – depois de sociologicamente medido, estudado, considerado nas suas origens, nas suas proporções, no seu ritmo de crescimento, nas suas assimetrias, nas suas deformações, nas suas possibilidades de desenvolvimento harmonioso, nas suas relações com o meio nativo.[84]

República e democracia são roupas que, "compradas feitas", não se ajustaram até os dias correntes ao corpo do brasileiro. São roupas ora apertadas demais, ora demasiado frouxas, ora demasiado curtas, ora tão longas que nelas desajeitadamente

---

[84] Gilberto Freyre, "Emenda parlamentarista", p. 167.

tropeçamos. Quais assimetrias e deformações do corpo brasileiro que um bom alfaiate deveria levar em conta ao talhar sua veste política? Ou, para falar sem tais metáforas da costura, quais características da sociedade brasileira emprestam tanta dificuldade ao desenvolvimento de instituições democráticas e republicanas?

Ideal de nobreza e orientação para a diferença

Toda sociedade, por mais coesa e homogênea que seja, tem suas estratificações e se estrutura nelas. A complexidade de uma sociedade aumenta consoante o aumento de suas estratificações e dos critérios que as definem. Inicialmente de tipo funcional, a tais critérios podem ir se acrescentando motivações dos mais diferentes tipos, fazendo das estratificações sociais algo que vai muito além dos interesses meramente funcionais ou pragmáticos na manutenção de uma dada ordem social. O certo é que por mais complexa e estratificada que seja, em toda sociedade circulam entre diferentes camadas determinados ideais que, por si mesmos, não são acessíveis e realizáveis por nenhum grupo ou indivíduo em particular. São, por isso, no sentido próprio da palavra, ideais. E, como tais, estão sempre a um passo de indivíduos e grupos, como algo a ser perseguido por todos e cada um porque, para aquela sociedade como um todo, trata-se de um bem de dignidade suprema, pronto a dignificar também aquele que estiver à sua altura e o tiver. Chamemos essa forma de ideal, que pode ser encontrado em toda sociedade, de ideal de "nobreza", justamente porque correspondem aos valores supremos daquela sociedade, tenham ou não ela e seus partícipes tomado consciência da especificidade desses ideais.

Alguns indivíduos, tomando às vezes consciência desses ideais, quase sempre cultivados ao longo dos séculos e sobre os quais alguns grupos tiveram maior influência que outros, procuram reformá-los ou mesmo alterá-los completamente, imprimindo àquela sociedade um novo curso e um outro destino. O grande poeta do romantismo alemão, Friedrich Schiller, percebendo como ninguém a relação de um povo com os ideais que o movem, viu nessa busca aquilo mesmo que define o que é humano, propondo a partir dela um ideal de educação estética não de um ou outro povo, mas da humanidade: pois esta, longe de ser algo pronto e já nos dada desde sempre, é algo que se realiza buscando, não como uma realização plena e absoluta, mas como uma aproximação progressiva a um ideal que jamais pode ser integralmente cumprido. Ou seja, ao ter claro para si a liberdade do homem, ao qual recai a responsabilidade de fazer-se para si mesmo a própria humanidade, Schiller pôde pensar numa "educação" dirigida para este atributo do homem que passa a ser o próprio ideal a ser buscado: a liberdade para buscar os mais diferentes ideais faz da própria liberdade o ideal supremo a ser buscado por toda a humanidade. "É nobre", diz-nos Schiller, "toda forma que imprime o selo da autonomia àquilo que, por natureza, apenas serve (é mero meio). Um espírito nobre não se basta com ser livre, precisa pôr em liberdade tudo o mais à sua volta, mesmo o inerte"[85].

É provável que o leitor já tenha reparado, mas o ideal de nobreza propagado pela educação estética de Schiller é o contrário daquele propagado pela educação para o patriarcado que durante quatro dos cinco séculos de formação da sociedade brasileira atuou na configuração das estruturas de personalidade nela constituídas. Enquanto a primeira tem por alvo dar autonomia a tudo que, por natureza, apenas serve, a segunda, ao contrário, tinha por alvo fazer servir o que, por natureza, era livre, e rebaixar a mero meio e instrumento o que para Schiller era um fim em si mesmo. O nobre de Schiller é aquele que, por procurar pôr tudo à sua volta em liberdade, é capaz ele mesmo de servir e ser meio à liberdade de outros, fazendo-o como gesto de consumação voluntária da própria liberdade e do ideal que representa. O ideal de nobreza da educação para o patriarcado, ao contrário, sugere fazer do outro um meio a serviço da própria liberdade: seu sentimento de dignidade, como dissemos em outra ocasião, está em poder mandar e não precisar obedecer (servir). E se tiver que servir, acrescente-se, que seja a quem pode mandar.

Trata-se de um ideal, por isso, que não pode cumprir-se onde houver igualdade de *status* entre um e outro, de um ideal que se apoia na *diferença de status* político e mesmo a exige: daí porque em culturas como a nossa, presidida por essa necessidade de diferença, sem a qual não pode consumar-se nem o mando nem a obediência – não se manda nem se obedece ao igual – tudo, absolutamente tudo pode transformar-se em meio de distinção, de restabelecer e recuperar a diferença caso esta se perca, se contraia ou se desvaneça de alguma forma. Em geral, o restabelecimento da diferença se opera mediante um ato de ostentação de um objeto que simbolize a superioridade de uns sobre os outros e termina por tornar-se entre nós um verdadeiro ritual, já estudado com bastante perspicácia por Roberto Damatta. O "Você sabe com quem está falando?" é uma espécie de fórmula genérica que pode assumir as mais diversas configurações particulares[86]. O fato é que, diante de uma situação em que as diferenças não sejam imediatamente perceptíveis, saca-se o quanto antes

---

[85] SCHILLER, Friedrich. *A educação estética do homem numa série de cartas*. São Paulo: Iluminuras, 2002. p. 116. É claro que a significação dessas palavras de Schiller vão muito além do campo meramente ético do tratamento que deve ser dirigido aos outros: Schiller, na verdade, dava aqui um passo além de Kant e fazia os limites da ética se confundirem com os da estética, a razão humana e sua atividade criadora devendo pôr em liberdade mesmo aquilo que no homem consiste em pura passividade e "natureza": o domínio das sensações, da sensibilidade e seus limites na capacidade perceptiva do homem. Diz Schiller: "É no campo indiferente da vida física, portanto, que o homem tem de iniciar sua vida moral; tem de iniciar sua espontaneidade na passividade, assim como a liberdade racional no seio das limitações sensíveis. Tem de impor já às suas limitações a lei da sua vontade." (*Ibid.*, p. 116).

[86] DAMATTA, Roberto. *Você sabe com quem está falando?* – Estudos sobre o autoritarismo brasileiro. Rio de Janeiro: Rocco, 2020. p. 45-46.

o objeto que pode sinalizá-la e simbolizá-la para todos, mas especialmente para aqueles que, por ventura ou desventura, os tratar como iguais[87].

Há pouco o noticiário brasileiro nos brindou com dois casos exemplares, ambos no contexto da pandemia mundial de covid-19, situação dramática que pelo morticínio e adoecimento generalizado apaga diferenças, revelando a todos como mortais. Em um caso, um guarda municipal tentava aplicar uma multa a um senhor que, contrariando decreto municipal, não usava máscara de proteção sanitária. Vestido de maneira paisana, sem a toga que simboliza sua autoridade nos tribunais, aquele senhor certamente foi confundido pelo guarda com um "cidadão comum", com um "igual" (ou inferior, já que o guarda normalmente se crê imbuído de certa autoridade que lhe confere superioridade sobre os outros). Eis o gatilho que ativa o ritual de restabelecimento da diferença: imediatamente o homem abordado sacou a carteira e advertiu o guarda de que ele estava falando com um desembargador, ostentando o objeto mágico que deveria colocá-lo acima da lei, que fazia dele alguém a quem a lei não se aplicava e que, neste sentido, aquele que era *diferente* dos demais e dos cidadãos comuns. Como o guarda, a princípio, não retrocedeu, insistindo em ignorar a diferença que devia coibi-lo de proferir ordens ao desembargador, este precisou, por assim dizer, radicalizar o ritual, xingando e humilhando o guarda, de modo a escancarar para este a diferença que ele se recusava a ver ou aceitar. Poucos dias depois, o mesmo desembargador seria novamente flagrado descumprindo as leis: o não precisar obedecer manifestando-se assim como uma condição essencial a seu sentimento de "dignidade".

Caso talvez mais expressivo se deu numa noite carioca, quando pelas mesmas razões um fiscal da prefeitura do Rio de Janeiro abordou um casal que, também contrariando lei municipal, não usava máscara. Desprovida daqueles poderosos objetos mágicos de restabelecimento da diferença, como o são as carteiras de desembargadores, o casal lançaria mão de uma estratégia mais desesperada, mas ainda assim que procurava cumprir o mesmo objetivo. Ao ver seu amado ser chamado de "cidadão" pelo fiscal, a mulher não se conformou com epíteto tão equalizador apregoado ao marido, e rasgou logo um grito de sincera indignação: "Cidadão,

---

[87] Em entrevista concedida a Elide Rugaui Bastos e Maria do Carmo Tavares de Miranda em 1985, Gilberto Freyre mencionou o reconhecimento de sua influência sobre Roberto Damatta, que também a reconheceria expressamente em diversas passagens de sua obra, incluindo no trabalho referido na nota de rodapé anterior. Freyre parece ter reconhecido em Damatta um dos continuadores de seus *insights* sobre a cultura brasileira. Num de seus ensaios mais tardios, Freyre sugere exatamente isso ao colocar Damatta entre outros grandes nomes que despontavam no caminho aberto por ele: intelectuais como René Ribeiro, Thales de Azevedo, José Guilherme Merquior, Gilberto de Melo Kujawski, Eduardo Portella, Roberto Motta e Baeta Neves, entre outros. Ver: FREYRE, Gilberto. *Insurgências e ressurgências atuais*: cruzamentos de sins e nãos num mundo em transição. São Paulo: Global Editora, 2006. p. 269.

não! Engenheiro!". E, para não deixar dúvidas, caso o fiscal tivesse a insolência de repetir a ofensa, arrematou: "Formado! Melhor que você!".

Como dissemos, esses são casos exemplares, nos quais os diversos aspectos do ritual foram dramatizados sem nenhuma sutileza, sem linhas curvas. Mas não é sempre assim. Na verdade, quase nunca é. Como dissemos, esse ímpeto de diferenciação acompanha o brasileiro de classe econômica alta, média e baixa em diversas situações de sua vida cotidiana. Todo contato, toda interação acaba por ser também uma oportunidade para que o indivíduo saia da condição humilhante para o sentimento de dignidade cultivado entre nós, de anônimo, de membro da massa indiferenciada, indivíduo como todo o resto, e não pessoa, nominada e destacada ao ponto de que todos à sua volta saibam "com quem estão falando". Mas é claro que alguns fatores podem determinar um aumento ou certa moderação na profusão desses rituais. Isso o próprio Gilberto Freyre, antes de Roberto Damatta, o notara com clareza: o aumento da igualdade "formal", de surtos igualitaristas que por motivos vários começam a circular num determinado contexto, provocam imediatamente um aumento de situações do tipo "gatilho", isto é, aquelas que desencadeiam o ritual de diferenciação tão logo se desvaneçam a nitidez das diferenças.

E, como vimos, foram muitos, desde meados do século XIX, os fenômenos de larga escala que atuaram nesse ofuscamento de diferenças tão solidamente estabelecidas. Todos, nesse sentido, deram margem e ocasião diversas para a profusão desses rituais de diferenciação, verdadeira defesa das camadas dominantes ante o incômodo arrivismo das camadas dominadas. Assim o foi com a ascensão do mulato, com a campanha abolicionista e, por fim, com a própria abolição, num movimento que prossegue até nossos dias: consoante ao aumento da igualdade formal e dos pleitos por igualdade substantiva, aumentava-se a necessidade de sacar à luz os rituais de diferenciação. Situações assim, de surtos igualitários em sociedade de feitio predominantemente aristocrático e hierarquizante, propiciam verdadeiros conflitos entre aqueles que ascendem e aqueles que já se encontravam nas posições superiores. Tal fenômeno já ocorrera no contexto posterior à abolição, com o conflito que se criou entre os novos-livres e os novos-ricos com a elite estabelecida, que, certamente, não podendo mais lançar mão de carrascos e feitores, precisaram se apegar aos rituais de diferenciação como modo de restabelecer seu ameaçado sentimento de dignidade, por assim dizer, afrontado pela sede de igualação dos primeiros.

> Diante desse surto de igualitarismo, através de explosões de arrivismo por vezes cômicas, é que brasileiros, brancos livres, já seguros de sua condição social tanto de brancos como de livres, parecem ter se requintado em hábitos como que afirmativos de uma situação, além de social, cultural,

difícil de ser atingida de repente por gente de outras origens: neobrasileiros, africanos e europeus nas suas origens.[88]

Sempre que existam na sociedade brasileira esses "surtos de igualitarismo" é lúcido que esperemos, do mesmo modo, uma profusão dos rituais de diferenciação. Nessa luta irracional pelo destaque a ser conferido à própria pessoa, cada um se valia e ainda se vale dos meios que pode: em geral, o meio mais vulgar e acessível em qualquer sociedade de mercado foi e continua sendo o consumo e, em especial, a ostentação de objetos de consumo. Um carro, uma moto, uma roupa de grife, um telefone celular, um jantar, as fotos de uma viagem, enfim, absolutamente todo e qualquer objeto pode vir a ser transformado no instrumento mágico que, através do ritual de diferenciação, consagre a seu portador o sentimento de dignidade que só se preenche mediante sua ostentação. Isso explica a exitosa "psicologia social" das políticas econômicas dos governos petistas, orientadas principalmente para a integração por meio do consumo: um método de populismo econômico que, se por um lado cria nas massas anônimas possibilidades de satisfação da vontade de poder mediante ostentação arrivista de objetos de consumo, termina por criar nas elites estabelecidas o medo de serem confundidas com o populacho em ascensão, que passa, a contragosto destas últimas, a dividir com elas o mesmo espaço: o restaurante chique, os saguões dos aeroportos, os *shoppings centers* e assim por diante. Ai das "empregadas domésticas" ou "filhos de porteiro' que tenham a ousadia de querer ir a Disney, de frequentar universidade ou de ficar dando "rolezinho" em *shopping*: estarão todos sujeitos a serem vítimas do ritual de diferenciação que restabeleça a ordem das coisas e aponte a cada um o seu lugar. Por isso, a equiparação pelo consumo será sempre uma falsa equiparação, pronta a ser revelada pelos rituais de diferenciação tão logo se instale. O mesmo ocorreu com a equiparação meramente formal e jurídica propiciada pela abolição. Tão logo se metessem a iguais por serem agora livres, ou por serem agora ricos, e estavam esses novos-livres e esses novos-ricos sujeitos ao desmascaramento ritual, pronto a apontar-lhes os estigmas de raça, de cultura, de educação e refinamento que dão a eles posição inferior na hierarquia social.

> "Tão bom como tão bom" tornou-se uma espécie de grito de guerra na boca dos libertos, logo após o 13 de Maio. "'Tão bom como tão bom'" é a frase que trazem de contínuo na boca os indivíduos de baixa condição", escrevia à página 18 de livro publicado em Lisboa em 1894, o autor de *A revolução no Brasil*, e referindo-se principalmente ao Rio de Janeiro, onde já não havia "respeito porque todos se consideram iguais; não há ordem porque ninguém quer obedecer..." "Tão bom como tão bom!" Grito de guerra às vezes insolente. Mas de uma insolência que os brancos não

---

[88] Gilberto Freyre, *Ordem e progresso*, p. 143.

> deviam estranhar: era natural em indivíduos que acabavam de conquistar a liberdade; embriagados de liberdade; ou que se supunham com direito a todas as regalias já gozadas pelos brancos, sem repararem no fato de que não eram regalias desfrutadas por esse elemento da população apenas por serem brancos livres, mas brancos instruídos, civilizados, europeizados, endinheirados. Diferença que os libertos só aos poucos descobririam entre sua situação de novos livres e as dos livres já antigos. Enquanto não o descobriram, seu arrivismo tomou aspectos por vezes ridículos e até cômicos; e não de todo dessemelhantes dos característicos do arrivismo ou do rastaquerismo dos novos-ricos, que não tardaram a emergir do chamado Encilhamento. Uns, embriagados com a liberdade; outros, com a riqueza de repente adquirida; mas todos igualmente arrivistas.[89]

À medida que dinheiro e *status* se tornavam elementos imperceptíveis à diferenciação, ia restando à elite assim ameaçada o sacar à luz aquelas outras diferenças, cujos atributos que as perfazem não são adquiridos da noite para o dia. Não se trata, portanto, de um prestígio que se pode pagar à vista ou de imediato, e sim de um prestígio apoiado em títulos honoríficos diversos que, em todo caso, demandam tempo. Os casos que citamos são ainda exemplares. Cargo de desembargador algum concede licença a seu portador para contrariar a bel prazer normas sanitárias, nem para desacatar as autoridades policiais que buscam fazê-las cumprir. Mas uma coisa é o cargo, o sistema de competências formalmente fixadas na hierarquia da ordem burocrática do Estado, outra coisa é o "título", o tipo de sedução que este último pode exercer para além de todas as formalidades e legalidades. Se o guarda civil soubesse que o homem tremendamente grosseiro que caminhava na praia de Santos era desembargador, provavelmente sequer o teria parado e multado. E, de todo modo, ao sabê-lo, reage de modo completamente diferente a seus desacatos do que provavelmente reagiria no caso de alguém que se apresentasse como empregada doméstica ou porteiro ou desempregado. Do mesmo modo, foi apoiada no título de "bacharel" em engenharia civil que a moça carioca defendeu o marido dos ultrajes da equalizadora cidadania. "Cidadão, não! Engenheiro!" Esse episódio, por singelo que seja, condensa e resume um conjunto enorme de traços de nossa cultura política, avessa à igualdade onde quer que ela procure se instalar. O ritual, nos diz Roberto Damatta, consagra "globalizações" que já existem na realidade, dramatizando-as em cerimoniais que condensam e destacam algum aspecto ou relação primordial da sociedade onde se realiza. É, por isso, ferramenta de transmissão e reprodução de valores que de alguma forma estejam sob ameaça. Daí sua relação umbilical com o poder e, portanto, com a política. A vida política brasileira encontra-se assim marcada por um grave paradoxo, que até hoje não alcançou uma solução satisfatória: *um arcabouço jurídico e institucional fundado*

---

[89] Gilberto Freyre, *Ordem e progresso*, p. 143.

na igualdade tendo de se implementar em uma sociedade orientada e educada para a diferença e para a hierarquização. Com isso, adentramos já no último dos pontos centrais que formam o que estamos chamando de infraestrutura sociocultural da vida política brasileira.

Complexo sádico-masoquista, dominação carismática e a repatriarcalização do poder

Esse ideal de nobreza fundado na diferença de *status* e na hierarquização, no mando e na obediência não é a única das tendências oriundas do complexo sádico-masoquista a dificultar a existência de instituições democráticas. Outra de suma importância na definição da vida política brasileira é a propensão de nosso povo à entrega masoquista de sua autorealização política a lideranças carismáticas com um perfil específico, cujo gradiente vai do paternalmente protetor ao sadicamente autoritário. Eis o grande perigo que, como vimos, não podia ser evitado pela simples adoção do parlamentarismo. Trata-se de um tipo de propensão que nenhuma formalidade institucional, com suas burocratizações de "fora para dentro", pode revogar. A vantagem do presidencialismo seria justamente que a inevitável projeção de um líder sobre as massas, neste caso, se daria em âmbito nacional, produzindo e assegurando certa unidade política a ordenar as diferenças regionais; além disso, essa figura do presidente deveria ter sempre o contrapeso de um parlamento vigilante e fiscalizador de seus excessos e de suas falhas, o que poderia não acontecer se tal liderança emergisse de um Parlamento sem o contrapeso do poder presidencial.

A figura do presidente da República, assim, transformou-se para Freyre numa substituição politicamente mais elevada dessa entranhada forma de relação política que se constituiu entre nós como aquela que prepondera sobre todas as outras: a entrega masoquista a lideranças carismáticas. Esse tipo de propensão a uma forma de relação política, sendo o produto de uma longa aquisição cultural, de uma disciplina historicamente criada pela reiteração cotidiana de um conjunto de práticas, não é um atributo de um povo que pode ser modificado facilmente. Depende de um longo processo de reeducação, de aquisição e constituição de uma nova e difícil disciplina, por sua vez fundada em valores completamente diversos daqueles envolvidos na educação para o patriarcado e no manejo escravocrata que por tanto tempo mediaram a relação entre dominantes e dominados na sociedade brasileira. Enquanto tal nova disciplina não se constitua, o mal a ser evitado – e durante muito tempo – era o de regressões do presidencialismo ao autoritarismo.

> Se é certo que essa sublimação [do autoritarismo em presidencialismo] vem se verificando entre nós, ela representa a verdadeira, a segura, a decisiva, embora lenta, libertação do Brasil de um complexo que até quase

os nossos dias se exprimiu no culto incontestavelmente popular do "Marechal de Ferro", isto é, na consagração popular do presidente violentamente autoritário e não apenas legalmente presidencial.

Este o mal a evitar no Brasil, como o Brasil ainda é e será por longo tempo: que através de sobrevivências do regime, durante séculos em vigor entre nós, de monocultura patriarcal, um culto semelhante ao do "Marechal de Ferro" ou ao que houve em torno de Don Porfírio, no México, venha a superar todo o lento mas seguro pendor da gente brasileira para a consolidação do regime democrático no País; e o venha a superar não por abusar o governo legal de sua força – [...] – mas por não se apresentar o Executivo, realizada a reforma parlamentar, suficientemente capaz de decisão e de ação, aos olhos do público ou da massa brasileira. Massa ou maioria ainda rústica cujo desdém pelos indivíduos fracos ou indecisos, quando no poder, é talvez maior que sua repugnância pelos homens de governo florianamente decisivos e mesmo arbitrários.[90]

Sublimação e regressão foram dois termos freudianos que Freyre utilizou para expressar processos sociológicos de mudança histórica. Se o primeiro aponta para a substituição gradativa de formas menos elevadas para formas mais elevadas de relação política e social, o segunda consiste no movimento inverso: o retorno mais ou menos repentino daquelas formas menos elevadas para o centro da vida social e política de um povo. Este o mal a ser evitado, por muito tempo, na sociedade brasileira: de regressões do presidencialismo democrático em violento autoritarismo amparado no culto à personalidade do líder.

***

Se tomamos em conta os últimos anos da história política brasileira à luz dessas categorias, poderíamos dizer sem hesitar que a sociedade brasileira vem sofrendo e enfrentando um vertiginoso processo de regressão. Formas mais elevadas de relação política têm dado lugar a práticas não somente menos elevadas, como a formas que retornam a estágios anteriores à política no sentido estrito do termo. Em razão da tamanha intensidade do fenômeno regressivo que de modo protocolar vamos chamar de "bolsonarismo", tem ficado cada dia mais difícil reconhecer os limites entre a política e outros gêneros de atividade humana, inclusive aquele que ela deveria substituir e controlar: a violência. Para qualquer observador isento, não será difícil perceber que a regressão bolsonarista desvanece também os limites entre política e religião, adquirindo às vezes a feição de seita religiosa mais do que de um partido ou agrupamento simplesmente político.

Algumas tentativas iniciais, mas robustas, de abordagem do fenômeno bolsonarista, direta ou indiretamente destacaram essas duas indiferenciações barbarizantes,

---

[90] Gilberto Freyre, "Emenda parlamentarista", p. 177 e 178.

esses diferentes aspectos do que, à luz de Gilberto Freyre, estamos chamando de "regressão". No que toca à indiferenciação entre política e violência, destacam-se as reflexões de Renato Lessa, nos textos *Homo Bolsonarus* e *Por una fenomenología de la destrucción*. João Cezar de Castro Rocha, em *Guerra cultural e retórica do ódio*, consegue associar a indiferenciação entre política e violência com a indiferenciação entre política e religião: Rocha conseguiu mapear o conteúdo pouco coerente do "sistema de crenças" que dá sustentação ideológica ao bolsonarismo, fazendo-o através de uma "etnografia textual" das manifestações de seus principais difusores.

Embora Renato Lessa o faça de modo mais incisivo que Castro Rocha, ambos tendem a considerar o bolsonarismo como fenômeno inaudito, sem paralelos na história brasileira. Renato Lessa vai ao ponto de recusar-lhe um "nome", pois o nomear por si mesmo já dirime o absurdo de suas manifestações. O bolsonarismo carece, antes mesmo de qualquer elo de familiaridade e continuidade que possamos estabelecer com ele, de uma abordagem fenomenológica que, ante seu caráter inédito e absolutamente novo na experiência brasileira, seja capaz de descrevê-lo adequadamente. Desafio para o qual, adverte Lessa, talvez nos faltem palavras. Já Castro Rocha, por sua vez, reconhece o inaudito do bolsonarismo em relação à sociedade brasileira, embora trace paralelos importantes com manifestações semelhantes em diferentes regiões do mundo, ao modo do "trumpismo" nos Estados Unidos, destacando o surgimento das "massas digitais" e de sua mobilização permanente através de uma "retórica do ódio".

A abordagem proposta por ambos não nos deixa dúvida quanto à existência de aspectos completamente novos no fenômeno "bolsonarismo". Seriam tais aspectos novos que fazem do bolsonarismo um "fenômeno sem conceito" e a

> [...] obsessão por atribuir-lhe um – fascismo, populismo, autoritarismo, necropolítica, o que seja – surge da perturbação que sentimos ante objetos sem forma, dotados de uma concentração insólita de negatividade, expressões de um insuportável "absolutismo do real".[91]

O argumento de Lessa é, ao menos em parte, inegavelmente válido. Todas essas tentativas de enquadrar o fenômeno "bolsonarismo" em conceitos advindos de experiências anteriores ocorridas em outras partes do mundo ou mesmo no Brasil falham gravemente e deixam muitas lacunas atrás de si. A despeito de algumas semelhanças que se possa encontrar entre bolsonarismo e "fascismo", por exemplo, não se pode por causa delas ignorar diferenças fundamentais, que inviabilizam completamente qualquer tentativa rigorosa de descrever a realidade do fenômeno bolsonarista a partir do conceito de "fascismo".

---

[91] LESSA, Renato. Brasil: por una fenomenología de la destrucción. *Palabra Salvaje*, n. 2, out. 2021, p. 85.

Por outro lado, o que se pode fazer com maiores chances de êxito é mostrar que bolsonarismo, fascismo e nazismo, embora fenômenos radicalmente diferentes, têm uma raiz primária comum: a relação entre massas e lideranças carismáticas. O que ocorre é que esses eventos se particularizaram ao ponto de serem quase incompreensíveis, tornando-se uma espécie de eventos-limite sobre os quais restarão sempre sombras de incompreensão ante o absurdo que encerram. Também o "bolsonarismo" é evento que se particularizou ao ponto de ser quase incompreensível. Rotulá-lo com esses termos como "fascismo" significa perder de vista as enormes e significativas diferenças entre os fenômenos, como aquelas já apontadas por Lessa.

Entretanto, se Lessa está correto em chamar a atenção para a especificidade radical do bolsonarismo, isso não impede que notemos que um aspecto fundamental de sua existência deriva daquela mesma raiz primária que ajudou a engendrar fascismo e nazismo: a relação entre massas e determinados indivíduos aclamados como "líder". O bolsonarismo precisa ser analisado do ponto de vista da arcaica relação entre massas e lideranças carismáticas, uma forma de relação universal que, nas diferentes realidades concretas, se particulariza conforme uma diversidade insondável de variações. Bolsonarismo não é uma variação de fascismo e nazismo, mas uma variação da relação entre massas e lideranças carismáticas. E nisso, fundamentalmente, o bolsonarismo se assemelha ao fascismo e ao nazismo históricos, impensáveis sem a sedução que as figuras de Mussolini e Hitler exerceram sobre multidões italianas e alemãs, assim como o bolsonarismo também o seria sem a sedução que a figura de Jair Bolsonaro exerce sobre as massas brasileiras.

O que se deve compreender, e a obra de Freyre pode nos ajudar como poucas nesse esforço, é como se exerceu essa sedução, como ela foi possível e como ela tem conseguido se manter com certa estabilidade no tempo. É nisso que esperamos poder colaborar ao sistematizarmos o que estamos chamando de infraestrutura sociocultural da história política brasileira. Se Lessa não enxerga nada na história brasileira que justifique o bolsonarismo, é porque ele procura no lugar errado: "o bolsonarimo não possui uma história intelectual e nem sequer uma história política que o explique."[92]. Não é na história intelectual, tampouco política, que encontram-se os elos históricos do bolsonarismo. O buraco é mais embaixo: história intelectual cuida de traços muito elevados de um passado que possa pertencer ao bolsonarismo, que se caracteriza antes pela indiferença e hostilidade a tudo quanto possa ser chamado de "intelectual". Do mesmo modo, a história política põe em relevo, geralmente, apenas aquelas personalidades que assumam o poder propriamente dito, deixando de lado e perdendo de vista a relação que estabelecem com o povo em consideração às especificidades deste. O bolsonarismo é fenômeno que, sendo político e prenhe de efeitos políticos, não é só político – e emerge, aliás, num horizonte de aguda negação da política propriamente dita: é também fenômeno

---

[92] Renato Lessa, "Brasil: por una fenomenología de la destrucción", p. 85.

religioso, mágico, místico, mítico, cultural, cujas raízes profundas encontram-se noutros extratos de nossa história.

***

Em 1950, quando se discutia a proposta de emenda parlamentarista à constituição de 1946, o então deputado Gilberto Freyre alertava para os riscos de produzirmos não um aperfeiçoamento desejável da democracia, que apenas dava seus primeiros passos, mas os "caudilhos de tribuna" – tamanha a propensão do brasileiro a compreender a política sob a forma arcaica das relações pessoais. O mal a ser evitado não era o presidencialismo, mas a figura necessária do presidente da República se degenerar em cultos como aquele rendido ao "Marechal de Ferro". Nem isso conseguimos. O culto à imagem de Jair Messias Bolsonaro já é, entre nós, uma terrível realidade política que precisamos urgentemente compreender.

Por mais de uma vez, Freyre destacou o elemento carismático da personalidade de Getúlio Vargas como a razão crucial de seu êxito político. Em algumas delas, chamou a atenção para a especial suscetibilidade do brasileiro a essa forma de dominação, exatamente por conta de sua dimensão centralmente pessoal. Daí também o êxito de Juscelino Kubitschek e de Jânio Quadros, figuras que, em comparação a Vargas, eram menos carismáticas, mas que nem por isso deixavam de apoiar-se nessa forma de relação política remarcadamente irracional.

Quinze anos após a morte de Vargas, Freyre discutia ainda o poder carismático da imagem deixada pelo "pai dos pobres", capaz não somente de perpetuar-se no imaginário popular, como de dissipar o culto aos imperialismos estrangeiros, alimentando, ao mesmo tempo, uma eficaz "ianquefobia" e, principalmente, uma "russofobia", sabendo colocar-se como o "defensor da pátria" ante esses dois intrusos.

> A ianquefobia está se transformando em algo de religião entre aqueles brasileiros mais predispostos a cair vítimas dos apelos emocionais. Com relação a esse ponto, Vargas tornou-se, depois de sua morte muito mais do que em vida, o exemplo clássico do líder carismático de definição sociológica de Max Weber: aquele que surge numa época de intranquilidade no princípio de um movimento revolucionário, emocional, sectário. Vargas encontrou aderentes, como um típico líder carismático encontraria em qualquer parte do mundo: aderentes que acreditaram fosse ele o único a saber exatamente aquilo de que o Brasil precisava. [...]
>
> Um fato, porém, dever ser levado em consideração com respeito à mística anti-Estados Unidos no Brasil de nossos dias, como parte de uma projeção do carisma de Vargas sobre grande parte da população brasileira; carisma intensificado por sua trágica morte. Esse fato é ter ele reduzido o comunismo, no Brasil, a um movimento cuja única esperança de alcançar o poder residiria na sua infiltração no Exército, na Marinha e na Aeronáutica. Como força entre os proletários e os pobres, o culto a Vargas

tornou-se muito mais importante do que o comunismo; e talvez, para chegar a esse ponto, o varguismo tivesse que suplantar o comunismo em sua hostilidade contra os Estados Unidos, como símbolos que seriam da pior espécie do "capitalismo burguês" e de "imperialismo".[93]

Repare em um dos pontos centrais da observação de Freyre sobre a força do carisma de Vargas: num mundo dividido entre capitalismo ianque e comunismo soviético, a imagem de Vargas projetou-se como a de um paternal protetor da nação, especialmente entre os "proletários e os pobres". Daí a dificuldade do comunismo em encontrar adeptos justamente entre aqueles para os quais seu discurso se endereçava. Depois de Vargas, o comunismo foi quase sempre coisa de intelectuais um tanto pequeno-burgueses. Mas, como o próprio Freyre reconheceu, sendo a "figura mais carismática que o Brasil já conheceu"[94], Vargas entretanto não era o único. "Além de Vargas, outros líderes mais ou menos carismáticos vêm surgindo no Brasil moderno".[95]

Se a propensão a entregar-se a líderes carismáticos vem se verificando no povo brasileiro há algum tempo, não está totalmente claro por quais razões Vargas sobressaiu-se nesse aspecto a outras lideranças carismáticas brasileiras. Quais elementos sua figura reunia para que seus apelos fossem mais bem recebidos pelas massas brasileiras? Quais as razões de tamanho encanto, sedução e atração exercida por essa figura sobre as massas?

Como nenhum político antes ou depois dele, Vargas soube conciliar numa mesma personalidade um lado autoritário e violentamente patriarcal, dirigido principalmente aos "inimigos da nação" – comunismo e ianquismo – com outro lado bondosamente paternal, dirigido aos extratos da população mais expostos à miséria e, por isso, mais carentes de salvação e de salvadores. Eis o segredo que, em atenção às tendências por séculos cultivadas na sociedade brasileira, trazia Getúlio Vargas na composição de sua imagem ante às massas brasileiras. Daí porque a ditadura exercida por ele não se reduziu àquelas de feitio caudilhesco que assolavam a América espanhola desde a sua descolonização.

> O paternalismo ditatorial de Vargas não foi o do tipo "caudilhesco" republicano, como na América Latina, mas sim um esforço, nem sempre bem desenvolvido – em prol de uma organização administrativa que, dentro da tradição monárquica e paternalística do Brasil, inaugurava, no setor

---

[93]   FREYRE, Gilberto. Por que China tropical? *In*: *Novo mundo nos trópicos*. Rio de Janeiro: Topbooks, 2000. p. 276.

[94]   FREYRE, Gilberto. Getúlio Vargas, artista político. *In*: *Pessoas, coisas e animais*, São Paulo: MPM, 1979. p. 190.

[95]   Gilberto Freyre, "Por que China tropical", p. 276.

social, uma política a favor de elementos populares das populações urbanas do país, até então desprotegidos.[96]

Como político hábil que era, Vargas compreendeu como nenhum outro líder político brasileiro compreendera até então o que era preciso reunir em sua imagem para seduzir as massas brasileiras. E o Departamento de Imprensa e Propaganda encarregou-se de pô-las em ação. Quando há pouco sugerimos que o fenômeno bolsonarista precisava ser tratado como uma particularização histórica da liderança carismática e as massas o intuito é triplo: a) procura iluminar o opaco fenômeno com as luzes de uma forma abstrata e geral de dominação política que, no entanto, se mantém flexível para a diversidade de potenciais variações históricas; b) além disso, há nessa sugestão também o intuito de ampliar o foco: pois o bolsonarismo não é o único culto a personalidades políticas em curso no Brasil contemporâneo. Há também o "lulismo" tão ou até mais forte, embora bem menos daninho, que o culto a Bolsonaro. Hoje o país encontra-se radicalmente dividido entre massas de seguidores dessas duas figuras que emergiram do passado recente de nossa história, criando, agora sim, um contexto completamente inaudito de disputa política em nosso país; e, por fim, c) através daquela sugestão procura-se também elucidar as razões mínimas, ainda que não suficientes, que ajudam a explicar a ascensão política de uma figura como a de Jair Messias Bolsonaro.

Assim, quando comparamos o carisma de Bolsonaro e de Lula àquele de Floriano ou de Vargas, o intuito de modo algum é estabelecer qualquer *equiparação*, seja entre tais personalidades históricas, seja de suas figuras entre as massas ou no imaginário popular. Cada uma delas tem variações importantes em relação às outras, muito embora todas possam ser reunidas num mesmo bloco pelo o que nelas há de relação entre as massas e uma liderança política exercida carismaticamente. Mais ainda, entre elas observamos atributos comuns que dão às massas o regozijo narcísico com que se veem seduzidas por tais figuras. Utilizando a metáfora romanesca que Freyre aplica à personalidade de Vargas, poder-se-ia dizer que Lula e Bolsonaro são como as duas partes da personalidade do protagonista do romance de Stevenson separadas em diferentes figuras: é como se o dr. Jekyll tivesse se separado na *imagem* de Lula, o pai bondoso para quem governar é "cuidar do povo", lema de sua campanha à presidência; ao passo que o mr. Hyde, por sua vez, houvesse efetivamente se corporificado na *personalidade manifesta* de Bolsonaro, para quem governar se confunde com castigar, punir e mandar sadicamente na expectativa de que se obedeça masoquistamente.

***

---

[96] FREYRE, Gilberto. Escravidão, Monarquia e o Brasil Moderno. *In: Novo mundo nos trópicos*. Rio de Janeiro: Topbooks, 2000. p. 217.

Ao longo de todo nosso estudo da obra de Freyre, temos salientado a complexidade do processo de formação da sociedade brasileira, no qual atuaram de maneira conjunta duas grandes forças de sentido contrário: a escravidão e a miscigenação. É certo, como destaca Antônio Risério, que a mestiçagem foi fenômeno popular e, por isso, não se deu apenas sob os auspícios da violência de senhores todo-poderosos sobre escravas inermes. Entretanto, especialmente em seus primeiros séculos, a miscigenação foi processo que ocorreu nos quadros da escravidão, em meio a regras que estabeleciam de modo contundente a assimetria entre o europeu branco e indígenas e africanos escravizados. Assimetria que, embora dirimida, continuava existindo mesmo em caso de uniões interraciais entre pessoas que não eram da elite. O fundamental desse processo altamente complexo não pode ser encontrado, por isso, em nenhuma dessas forças tomadas separadamente, mas na relação que se estabeleceu entre elas e nos efeitos igualmente complexos que sua combinação produziu na sociedade brasileira. Uma das forças, a escravidão, tem um sentido político aristocratizante, autoritário e mediado pela violência e pela crueldade – a ser ou exteriorizada ativamente na forma de sadismo ou interiorizada em masoquismo. A outra, miscigenação, tem sentido político democratizante, capaz de aproximar os polos da relação de dominação por meio do amor, da amizade, da intimidade. Convivem em nossa formação, assim, tendências democráticas e antidemocráticas que de maneira mais ou menos tensa vieram se equilibrando ao longo de nossa história: "Pois foi assim nossa formação: ao mesmo tempo autoritária e democrática"[97]. São tais tendências, ou melhor, sua combinação e conjunção na realidade brasileira, que dão as notas de particularidade de vários aspectos importantes de nossa vida social: das formas de sociabilidade cultivadas na vida cotidiana aos modos de relação com o poder e com a autoridade, sejam eles divinos ou terrenos.

A formação do que Freyre chamou de "complexo sádico-masoquista" ou "complexo psicossocial sadismo-masoquismo" se refere a um conjunto de padrões de interação social que foi constituído pelas práticas de dominação, de violência e crueldade reiteradas cotidianamente na sociedade brasileira ao longo de séculos de sistema escravocrata. O complexo sádico-masoquista seria o resultado de um longo processo histórico e cultural que, através do que temos chamado de manejo escravocrata e educação para o patriarcado, imprimiu nos setores dominantes e nos setores dominados da população um certo disciplinamento da conduta, assim como uma correspondente orientação da dinâmica pulsional. Foi, em suma, um processo de "educação" em sentido amplo, na medida em que constituiu entre nós padrões de relação intersubjetiva que, fundados na diferença, no mando e na obediência, se espraiam para diversas esferas da vida social.

Tal processo educativo começava já na primeira infância. O modelo patriarcal de escravidão, se possibilitava a convivência íntima e o estabelecimento de vínculos

---

[97] Gilberto Freyre, "Emenda parlamentarista", p. 154.

afetivos entre senhores e escravos, possibilitava também a fusão dessa convivência íntima com a assimetria e a violência. Casos mais significativos dessa combinação foram aquelas crianças escravas destinadas a serem os "moleques de brinquedo" e os "leva-pancadas" de sinhozinhos liberados e mesmo estimulados a dirigirem sobre aqueles todas as suas pulsões sádicas, ao passo que aos leva-pancadas restava apenas interiorizar e reprimir suas próprias pulsões destrutivas: convertendo-as em pronta submissão e masoquismo. Se tal exemplo tão comum em nossa história constitui uma espécie de limite dramático da escravidão – pois retoma a relação entre senhores e escravos desde a primeira infância e, por isso, do ponto de vista da "ontogênese" da personalidade – é preciso enfatizar que ela não foi a única. De maneira geral, o sistema escravocrata exigia que os senhores fossem educados para exercer ativamente a crueldade e que os escravos e dominados em geral fossem educados para suportá-la passivamente. Em meio a uma intensa banalização da crueldade e de suas formas sublimadas, foi através do cultivo de uma disposição passiva ante à ordem sádica que os extratos dominados podiam ascender socialmente ou, pelo menos, encontrar meios mais seguros de sobrevivência. Esse cultivo de uma disposição passiva ante o poder e a autoridade é talvez um dos aspectos mais graves e prenhe de consequências políticas do complexo sádico-masoquista: pois criam tendências de subordinação que, por sua vez, possuem afinidades com governos autoritários.

> Essas [tendências ao domínio e à subordinação] parece se desenvolverem intensamente dentro de certos grupos sob a pressão de instituições dominantes na vida dos mesmos grupos, como – para voltar a exemplo previamente citado – a escravidão e o patriarcado agrário na vida dos russos e dos brasileiros, extremando-se tal desenvolvimento em sadismo da parte dos dominadores e masoquismo psicossocial da parte dos dominados. Sadismo e masoquismo que mesmo depois de extintas as instituições e substituídas as situações sociais que os condicionavam tendem a persistir no comportamento do grupo marcado pela interação de tais extremos, facilitando o aparecimento e o triunfo, no meio do mesmo grupo, de sistemas pedagógicos sadistas, por exemplo, ou de governos ditatoriais e mesmo despóticos.[98]

Assim, o grave dessas tendências é que mesmo extintas a escravidão e as situações sociais que as condicionavam, elas encontram novos meios de satisfação e reprodução, difundindo-se no tecido social, cultural e político. Tampouco as instituições modernas e suas formas de dominação fazem desaparecer de forma imediata tais tendências sádico-masoquistas cultivadas entre nós. Típico exemplo de sublimação dessas tendências em instituições modernas cujos aparatos instituíam

---

[98] Gilberto Freyre, *Sociologia*, p. 286.

outras formas de dominação – a que Max Weber chamou de burocrática ou racional-legal – foi aquela do culto ao "Marechal de Ferro", cuja imagem se opunha à do "Pedro Banana".

Como vimos, a imagem demasiado civil e paisana de Pedro II, sua hesitação em confrontar os poderosos interesses agrários e escravocratas com a mão firme que o cargo de imperador exigia, foi o principal atributo que lhe rendeu o desprestigiado apelido de "Pedro Banana". A oposição entre as duas caracterizações evidenciava o resíduo masoquista de nossa formação patriarcal:

> A *Pedro Banana* – o nome do imperador nas caricaturas dos jornais – opõem o *Marechal de Ferro*, cuja imagem de soldado forte, de senhor de engenho rústico, de caboclo macho do norte, corresponde a certa tradição brasileira – tradição do homem brasileiro do povo – amiga dos governos de senhores poderosos, de caciques resistentes e astuciosos, de patriarcas duros e ao mesmo tempo paternais no exercício do mando. Tradição na qual talvez exista algum resíduo masoquista de nossa formação patriarcal, com grande parte da população submetida a senhores, a pais, a avós, a padres, a tios, a capitães-mores."[99]

E, lembremos, era o ressurgimento de cultos como o do Marechal de Ferro o mal a ser evitado em nossa ainda demasiado frágil e imatura democracia política. E mal a ser evitado durante muito tempo exatamente por se tratar de tendências e propensões capazes de sobreviver à extinção das condições e situações que lhes deram origem. Em *Ordem e progresso*, Freyre destacava entre essas sobrevivências o que na ocasião chamou de "tradições luso-americanas" de "autoridade política" e "segurança social"[100]. Destacava, então, a mesma propensão do povo brasileiro a sentir-se atraído por líderes que combinassem aspectos patriarcais e paternais em sua figura.

O fato básico que traduz trais sobrevivências é a dificuldade que as massas brasileiras ainda têm em conceber e assimilar formas impessoais de poder e autoridade que não sejam aquelas emanadas da tradição. Toda forma de dominação impessoal, do tipo que Max Weber chamou de racional-legal, sofre na sociedade brasileira a pressão de duas opostas, mas complementares, resistências. Complementares, porque ambas constituem tentativas de repersonalizar o poder e a autoridade, dando a eles figura humana. Mas com sentidos opostos porque enquanto uma se dá pela "patriarcalização" das estruturas modernas, a outra opera uma repersonalização do poder através da eleição de líderes carismáticos. O que estamos chamando de patriarcalização das estruturas modernas se refere a uma espécie de

---

[99] FREYRE, Gilberto. Dom Pedro II, imperador cinzento de uma terra de sol tropical. *In: Perfil de Euclides e outros perfis*. São Paulo: Global Editora, 2011. p. 140.

[100] Gilberto Freyre, *Ordem e progresso*, p. 892.

combinação e ajustamento dos aparatos administrativos modernos a princípios políticos e padrões de relação provenientes das formas patriarcais de dominação. Clientelismos, coronelismos, oligarquismos, nepotismos, são todos uma espécie de compadrio que se prolonga na esfera pública. Sempre que o resultado dessa combinação resulte em alguma crise ou instabilidade das instituições, forma-se por sua vez o ambiente perfeito para que aflorem outras reações no sentido de repersonalizar o poder: projetando-o em lideranças carismáticas.

Como reconheceu Max Weber, as modernas democracias plebiscitárias são formações políticas especialmente abertas ao carisma como força atuante na política. Essa existência paralela e combinada de diferentes formas de dominação não deveria causar todo o espanto que normalmente causa. O próprio Weber foi o primeiro a reconhecer que tais formas de dominação só existem em estado puro como conceitos tipos-ideais e que a realidade é sempre mais complexa e variada do que o conceito. "A dominação carismática", diz ele, "não se limita, de modo algum, às fases primitivas do desenvolvimento, bem como não podem ser colocados simplesmente numa linha evolucionária, um atrás do outro, os três tipos de dominação, aparecendo, ao contrário, combinados um com o outro de forma mais variada."[101]

A implantação de uma república presidencialista copiada do modelo americano numa sociedade ainda fresca do mais cru patriarcalismo escravocrata propiciou uma dessas variadas combinações de que nos falara Max Weber. Ainda sem nenhuma compreensão e, menos ainda, uma interiorização, pelas massas e pela elite, dos difíceis princípios republicanos em que se fundamentam seu ordenamento jurídico, o aparato administrativo da república brasileira, desde seu início, esteve sob a constante pressão daquelas sobrevivências oriundas do complexo sádico-masoquista que acabamos de destacar. Alternam-se em nossa história períodos de repatriarcalização das estruturas modernas e períodos que se seguem à crise provocada pelo choque, difícil de ser evitado, entre a burocracia republicana e os movimentos de repersonalização dos interesses e das forças políticas. São tais crises que criam ambiente propício, como dissemos, ao aparecimento de lideranças carismáticas que se insurgem contra determinados aspectos da ordem vigente. Ilustra esta hipótese o que se seguiu após o esforço de consolidação da República levado a cabo por Floriano Peixoto e apoiado na força de seu carisma: um progressivo processo de assimilação do aparato administrativo republicano pelas oligarquias regionais. Processo que, por sua vez, se desenvolveria até que uma crise abrisse flanco à ascensão de nova liderança carismática: Getúlio Vargas.

Em todo caso, o próprio regime presidencialista, introduzindo a eleição periódica do chefe máximo da Nação, abre-se periodicamente para a força carismática dos eleitos em relação às massas que o aclamam, o seguem e o elegem. Assim, toda transição eleitoral promove pequenas ou grandes crises. Sendo a combinação dessas diferentes e universais formas de dominação uma combinação particular,

---

[101] WEBER, Max. *Economia e sociedade*. v. II, São Paulo: Editora UnB, 2004. p. 342.

é preciso perguntar, também, que tipo de liderança carismática é mais propícia a ser eleita pelas massas brasileiras. Para responder a tal questão é necessário que avancemos um pouco mais nos traços gerais da dominação carismática para só então salientarmos aquilo que, no caso brasileiro, é particular.

***

O primeiro ponto a ser considerado diz respeito ao próprio conceito de carisma. Refere-se a fenômeno encontrável em todas as culturas e civilizações humanas, independentemente de seu estágio de desenvolvimento, embora apareça e predomine em estágios mais primitivos de qualquer cultura. O carisma, originalmente, é uma categoria da sociologia da religião, mas que, dada sua importância no desenrolar da vida social de todas as civilizações e de todas as épocas, desdobra-se também em categoria da sociologia da dominação e da política. Primitivamente, trata-se de um "dom" ou "poder" ou "qualidade" extraordinária – e por isso com algo de "sobrenatural" ou "sagrado" – que é atribuída a determinado objeto ou pessoa. Exatamente por ser uma qualidade extraordinária, não acessível a todos, o carisma originalmente sempre distinguiu seus portadores humanos, colocando-os na posição de líder e autoridade: daí sua importância política, para além da religiosa. Diz-nos Max Weber: "Os líderes naturais, em situações de dificuldades psíquicas, físicas, econômicas, éticas, religiosas e políticas, não eram pessoas que ocupavam um cargo público, nem que exerciam determinada 'profissão' especializada e remunerada, no sentido atual da palavra, mas portadores de dons físicos e espirituais específicos, considerados sobrenaturais (no sentido de não serem acessíveis a todos)".[102]

O traço mais importante da liderança carismática e da autoridade que ela exerce sobre o círculo de seus seguidores é sua natureza irracional, fundada na crença e na convicção emocional despertada pela pessoa do líder[103]. Assim, o dom ou qualidade extraordinária a ele atribuído pode ser real ou fictício: o que importa mesmo é a *crença* subjetiva alimentada entre um círculo mais ou menos homogêneo e duradouro de seguidores. Outro aspecto importante da liderança carismática é seu contraste a um só tempo com as autoridades patriarcal/patrimonial e com a burocrática. Enquanto o patriarca desfruta da autoridade em nome da ordem imemorial da tradição e o funcionário em nome da ordem investida pela lei e pelos regulamentos técnicos da burocracia, "o portador do carisma desfruta delas em virtude de uma missão supostamente encarnada em sua pessoa, missão que, ainda que nem sempre e necessariamente, tem sido, em suas manifestações supremas, de caráter revolucionário, invertendo todas as escalas de valores e derrubando os

---

[102] Max Weber, *Economia e sociedade*, v. II, p. 323.

[103] *Ibid.*, p. 327.

costumes, as leis e a tradição."[104]. Em suma, enquanto as primeiras se fundam numa determinada ordem, a autoridade carismática encontra seu fundamento na oposição a uma ordem vigente, uma vez que é essa oposição que constitui a "missão".

Daí que o irracionalismo básico em que se fundamenta a autoridade carismática – a crença depositada no líder – encontre seus limites justamente na necessidade de dar provas da missão que ele encarna: isso faz do carisma e da dominação carismática um poder tremendamente instável que, em caso de falha por parte de seu portador, pode reverter-se em extremo de culpabilidade. Esse processo de reversão do carisma em culpa pôde ser observado com bastante nitidez no que ocorreu com o ex-presidente Luiz Inácio Lula da Silva e, igualmente, com o juiz da chamada Operação Lava Jato, Sérgio Moro. É ponto a que voltaremos a seguir. Por agora nos basta salientar a natureza irracional (fundamentada na crença), revolucionária (no sentido de que se insurge contra as ordens vigentes instituídas) e instável (sujeita à necessidade de provas) da liderança carismática.

Passaremos agora a uma ampliação do foco. Pois a liderança carismática, como expressão de um tipo de dominação, diz respeito a uma forma de relação social que conta com o assentimento, com a participação e mesmo com a entrega voluntária dos dominados à vontade do líder. Todo o poder deste deriva da crença subjetivamente partilhada entre aqueles quanto às qualidades extraordinárias do líder. É em seus seguidores, mais do que no líder propriamente dito, que devem ser encontrados os motivos que direcionam os afetos e as vontades de um círculo mais ou menos determinado de pessoas para a figura do líder. Utilizamos o termo "figura" porque, como já dissemos, o que importa não é tanto a realidade de sua pessoa, mas a imagem que é objeto da crença e da convicção emocional desse círculo de pessoas. Trata-se, como reconheceu Max Weber, de um vínculo afetivo derivado da excitação comum a grupo de pessoas ante situações extracoditianas, críticas e ameaçadoras. O portador do carisma, em tais situações, aparece como o "depositário da esperança" dos dominados e, na medida em que atende seus anseios, propicia um estado mental extraordinário também aos dominados, operando uma "*metanoia*", uma alteração mental que leva do desespero a um estado de certa plenitude, segurança e felicidade – um estado de graça que Weber chamou de "felicidade carismática".

Essa é uma das principais razões de importante fenômeno posterior que Max Weber chamou de "rotinização do carisma". Trata-se de uma tentativa dos dominados, ainda que por vezes no interesse também do líder, de *tornar permanente* e *eternizar* aquele estado mental extraordinário provocado pela excitação comum de um grupo de pessoas em torno da figura do líder. Resultam disso importantes consequências. Aquela comunidade ocasional de seguidores vai assim dando lugar

---

[104] Max Weber, *Economia e sociedade*, v. II, p. 328.

a uma associação duradoura. E a profecia revolucionária converte-se em dogma e conteúdo apto a ir se "petrificando em tradição" ou se unindo a ela[105].

Weber estava mais interessado nos possíveis desenvolvimentos e consequências da relação entre lideranças carismáticas e as massas na vida social e política do que nos mecanismos psicológicos que se operam com aquela *metanoia* reconhecida por ele. Sigmund Freud foi quem melhor desvelou os elos que unem o líder e seus seguidores entre si. O pensador vienense destacou a relação libidinal que mantém o grupo unido em torno do líder, comparando a relação entre seguidores e líder com o estar amando e com a hipnose. Importante aí são duas formas diferentes de relação entre eu e os objetos de seu amor: o que Freud chamou de identificação, que é quando o objeto de amor é colocado no lugar do eu, e aquela própria do "estar amando", em que o objeto assume o lugar do supereu ou do ideal do eu. Na composição de um grupo em torno de um líder atuam as duas formas de relação concomitantemente. Diz-nos Freud: "Uma massa primária desse tipo é uma quantidade de indivíduos que puseram um único objeto no lugar de seu ideal do eu e, em consequência, identificaram-se uns com os outros em seu eu."[106].

A identificação consiste em processo demasiado complexo e constitutivo da formação de nossa personalidade, pois molda nosso ego através daqueles que foram tomados como modelo. Por isso, muitas vezes está em relação direta com o "estar amando" e se desencadeia como "ela se torna o substituto para uma ligação objetal libidinosa, como que através da introjeção do objeto no eu"[107]. Além disso, a identificação também pode "surgir a qualquer nova percepção de algo em comum com uma pessoa que não é objeto dos instintos sexuais. Quanto mais significativo esse algo em comum, mais bem-sucedida deverá ser essa identificação parcial, correspondendo assim ao início de uma nova ligação."[108].

A relação do membro de um círculo de seguidores com o seu líder é altamente complexa: ao mesmo tempo que é induzido a uma suspensão do narcisismo, entregando toda sua vontade e seu amor próprio à figura do líder, ele recupera seu narcisismo através da identificação com outros que, por também tomarem o líder como ideal do eu, por também estarem apaixonados, fascinados e hipnotizados por sua imagem altamente sobrevalorizada pelo investimento libidinal, se assemelham a ele. O estar amando priva o eu de toda a sua libido narcísica e ele, por isso, sofre e se sente impotente. O indivíduo que faz parte de um grupo de seguidores a um líder, por sua vez, consegue "amar" sem sofrer os inconvenientes do amor, pois através da identificação com os outros membros do grupo ele se reapodera de algo

---

[105] Max Weber, *Economia e sociedade*, vol. II, p. 332.

[106] FREUD, Sigmund. Psicologia das massas e análise do eu. *In: Obras Completas*, vol. XV. Tradução de Paulo César de Souza. São Paulo: Companhia das Letras, 2011. p. 59.

[107] *Ibid.*, p. 49-50.

[108] *Ibid.*, p. 50.

de sua libido narcísica: ele se sente poderoso e, quando está com o grupo, dissolvido nele, quase onipotente, experimentando uma espécie de euforia e uma excitação emocional que traduzem o que Weber havia chamado de "felicidade carismática" e que o grupo gostaria de eternizar.

Numa passagem extremamente sugestiva de *Sobrados e mucambos*, Gilberto Freyre sintetizou esses componentes narcísicos acentuados na relação entre as massas e o herói carismático:

> Nada, porém, mais natural que essa preferência pelos heróis em cujas figuras a massa encontre o máximo de si mesma. Seu nariz, sua boca, seus olhos, seus vícios, seus gestos, seu riso. Há mesmo aí uma das formas mais poderosas de integração vencendo a diferenciação: o herói, o santo, o gênio se diferenciam pelo excepcional da coragem, da santidade, da inteligência; a massa, porém, o reabsorve pelo muito ou pelo pouco que encontra nele de si mesma. Afinal, não existe herói, nem gênio, nem mesmo santo, que não tenha retirado da massa alguma coisa de sua grandeza ou de sua virtude; que não guarde traços da massa em sua superioridade de pessoa excepcional. Alguns chegam exageradamente a considerar o homem de gênio um ladrão: do tesouro que o povo juntou e ele só fez revelar. A riqueza transbordou nele, vinda de outros. De qualquer jeito, a massa tende a recuperar o que o herói ou o indivíduo de gênio de certo modo lhe usurpa, exagerando os traços de semelhança e os pontos de contato entre os dois, massa e herói. [...] Há no culto dos heróis um pouco de agrado de gato – o clássico agrado do gato ao homem: parecendo estar fazendo festa à perna do dono, o gato afaga voluptuosamente o próprio pelo."[109]

Numa síntese feliz dos *insights* de Weber e Freud, o que Freyre nos sugere é que o cortejo da massa em torno da figura de um líder é o agraciamento nele dos atributos que os indivíduos que a compõem reconhecem em si mesmos. Daí a esplêndida imagem do "agrado de gato", em que a massa afaga a si mesma afagando o líder. Isso é importante para que quando comecemos a analisar aqueles fenômenos que, como os do Marechal de Ferro, se repetem em nossa história republicana, saibamos encontrar no líder o que é proveniente das massas e o que nestas se deve a um passado em comum para o qual, em momentos de crise, se pode sempre regredir. Para nos convencermos da seriedade e da importância que tais relações possuem em nossa história, bastaria um breve olhar sobre a proliferação de cultos a figuras paternais projetadas em chefes de Estado, em governadores e homens do poder executivo, como a do "Papai Grande" (Rodrigues Alves), do Papa Verde (Borges de Medeiros), do Tio Pita (Epitácio Pessoa), de "Barbosa Fera" (Barbosa Lima), de "O chefe" (Pinheiro Machado), de Pai dos pobres (Getúlio Vargas); ou, ainda, o de Jair

---

[109] Gilberto Freyre, *Sobrados e mucambos*, p. 800 e 801.

Messias Bolsonaro, figura que hoje apaixona multidões compostas por indivíduos de todas as regiões, de todas as classes sociais, por pretos, por mestiços e por brancos, por ricos e por pobres, por homens, mulheres e jovens de todas as idades e que, não raro em êxtase frenético e sob forte excitação emocional, o aclamam como "O Mito" ou "O Capitão".

**

Como vimos, ao participar do debate em torno da emenda Raul Pilla, em 1950, Gilberto Freyre reconhecia a superioridade do sistema parlamentarista sobre o presidencialista no que toca à realização da democracia representativa. Acontece que tal superioridade era apenas jurídica e em abstrato, isto é, quando não se levava em conta as condições concretas da sociedade que procurava implementar tal sistema. O argumento de Freyre era claro: a sociedade brasileira não dispunha de educação política para conceber a administração da sociedade de maneira tão impessoal quanto à demandada pelo parlamentarismo. O que ocorreria, em caso de imitação afoita desse sistema, seria que aquele movimento de repersonalização das relações políticas descrito por nós se daria entre as representações parlamentares, criando mais rivalidade do que unidade entre as diferentes regiões. Tendo em vista essa tendência do brasileiro, a figura do presidente, assim como a separação e a independência do poder presidencial frente ao parlamentar, eram imprescindíveis à unidade nacional e à harmonização entre as regiões, de suas diferentes necessidades e interesses. Observada deste ângulo, a própria constituição de 1946, apesar de presidencialista, era demasiado "parlamentarista", pois concedia um poder não pequeno de restrições que o parlamento podia impor ao poder presidencial. Travado há mais de setenta anos, este debate volta a ser atual, não porque nossa veleidade assim o queira, mas porque a crise que experimentamos e a reflexão sobre o que tem ocorrido politicamente desde a redemocratização assim nos obriga.

Depois de mais de vinte anos de regime militar autoritário, o Brasil reabriu-se politicamente à democracia, adotando uma moderna e generosa constituição de uma república de modelo federativo e presidencial. Dentro da estrutura formal da política, de lá para cá têm atuado de maneira decisiva aquelas duas tendências repersonalizantes das relações políticas. A primeira delas se exprime com maior peso e gravidade no fenômeno político aqui conhecido como "Centrão"; a segunda, por sua vez, na projeção de todas as esperanças e responsabilidades políticas das massas sobre a figura do presidente, tornando a política nacional excessivamente dependente das oscilações carismáticas e seus deslocamentos populistas e autoritários.

De maneira muito breve, o Centrão consiste na principal força parlamentar desde a redemocratização de 1988. Ele reúne um bloco de partidos com capilaridade nas diferentes regiões do Brasil e nele se "condensam" as mais poderosas lideranças estaduais. Originalmente, formou-se como uma ampla aliança de centro-direita para conter avanços redistributivos que os partidos de esquerda estavam a exigir na assembleia constituinte de 1988. Mas, como força e aliança suprapartidária, o Centrão desde sempre se caracteriza por colocar em segundo ou terceiro plano os valores, ideologias e projetos nacionais em disputa. O que realmente está sob disputa para o Centrão é a máquina pública, a distribuição de cargos, de verbas e de competências administrativas, em suma, o poder. Todo presidente da República eleito, independentemente da força de seu carisma ante as massas, esteve de certa forma à mercê do Centrão, força majoritária da representação parlamentar. A forma aumentativa do termo "centro" serve para distinguir o Centrão do que convencionalmente seriam os partidos de centro, não alinhados nem à esquerda e nem à direita do espectro político-ideológico.

O Centrão, na verdade, consiste numa força política parlamentar capaz de absorver políticos de vários partidos, criando cenários completamente anômalos de alianças partidárias. Sua principal característica, assim, é não ter nenhum ideal político definido, absorvendo estrategicamente aquelas pautas políticas emanadas da tradição e dos costumes como o principal apoio de sua demagogia. Exatamente por isso, embora não apresente nenhum sistema ideológico homogêneo e sistemático, o Centrão tem uma orientação predominantemente conservadora, embora maleável o suficiente para ajustar-se a governos mais à direita ou mais à esquerda. Este "ajuste", como já indicamos, não é nunca de teor ideológico, tampouco tem em vista o interesse público ou nacional. Tem, quando muito, interesses políticos e econômicos "particulares" que se cristalizam nas principais bancadas que o compõem e dão a ele certa organicidade temática: como o são as bancadas que representam os interesses econômicos do agronegócio, das igrejas evangélicas ou das empresas ligadas à indústria bélica. O Centrão, assim, consiste numa espécie de ampla associação política informal, que, através de instituições da democracia moderna, sob seus meios e suas fachadas, opera um conjunto de ações políticas cujo sentido está em franca contrariedade aos princípios de impessoalidade, de publicidade, de moralidade e eficiência, ainda que, muitas vezes, consigam acoitar suas ações dentro do princípio de legalidade. Todo o apoio ou oposição que presta ao governo presidencial dele dependente está condicionado a maior ou menor abertura deste às demandas do Centrão por cargos, privilégios, verbas e favores os mais diversos. Em outras palavras, as modernizações introduzidas de "fora para dentro" na sociedade brasileira continuam a sofrer as pressões das sobrevivências das formas patriarcais e relação política, tal como Freyre havia nos prevenido. Nos últimos dez anos, aliás, assistimos com certa estupefação uma série nada desprezível de regressões engendradas exatamente a partir dessa relação entre o parlamento, dominado pelo Centrão e suas variações modernas do compadrio[110],

---

[110] É preciso salientar que o Centrão não é a única expressão "moderna" dessa tendência à repatriarcalização do poder. É, no entanto, uma de suas mais evidentes e importantes.

por um lado, e, por outro, o poder presidencial, impelido à constante necessidade de afagar e seduzir as massas sem perder o apoio do Centrão, criando uma nefasta convergência para negação da política, no sentido amplo do termo.

Se o nosso atual Centrão exprime assim a mais poderosa força política de repersonalização do poder através das projeções do compadrio sobre a ordem administrativa da República desde 1988, o pipocar de lideranças carismáticas é força que, atuando em outras instâncias do poder e da sociedade, deriva quase sempre da instabilidade provocada pela incompatibilidade entre as instituições republicanas e as sobrevivências patriarcais nas relações políticas. A maior anomalia causada por essa incompatibilidade é que ela cria para as instituições republicanas uma situação de periódico descrédito, em que as relações de compadrio nelas dominantes vêm à tona como o que de fato são para a ordem republicana: corrupção. O quadro de descrédito funcional das instituições, por sua vez, cria o ambiente perfeito para que, ante a crise instalada e a insatisfação das massas, o poder se (re)personalize nas figuras de lideranças carismáticas nas quais se depositam e se entregam todas as esperanças de uma regeneração da ordem.

Neste ponto, como talvez em nenhum outro da esfera política, a fachada republicana bem soube abrigar em seu interior as formas patriarcais de relação entre governantes e governados. A república presidencial abre-se periodicamente ao comando de novos salvadores. É tão notória essa fixação dos brasileiros na pessoalidade do poder concentrada sobre a figura do presidente que em toda eleição é comum termos pesquisas que apontam que a maioria dos brasileiros sequer se lembra em quem votou para os cargos parlamentares nas eleições anteriores. O parlamento, dividido como está numa representação entre iguais, onde o voto de cada senador, de cada deputado, de cada vereador, vale tanto quanto o de qualquer outro, dissolve o destaque que o brasileiro confere ao poder pessoal e por isso não atrai nem sua atenção nem seu interesse. Prefeitos, governadores e, especialmente, presidentes, por sua vez, surgem como homens às vezes capazes de mover verdadeiras multidões dispostas a obedecê-los, a segui-los, a cortejá-los e, uma vez capazes de atender às expectativas mais básicas dirigidas a ele, dispostas a sofrer e a sacrificar-se por eles, em gestos nos quais a submissão à autoridade carismática descrita por Weber e o masoquismo feminino descrito por Freud se confundem.

Tais expectativas, ancoradas nas tradições luso-americanas de autoridade política e segurança social, correspondem à projeção de responsabilidades paternais sobre a figura do líder: a concepção de segurança social fixada no acolhimento caritativo, tutelar, paternal e religiosamente motivado dos pobres pelos ricos, dos dominados pelos dominantes é assim transferida e projetada, dado o descrédito e a distância das instituições, sobre as lideranças carismáticas que ascendem ao Poder Executivo[111]. Três casos interligados de lideranças carismáticas que atuaram politi-

---

[111]   Gilberto Freyre, *Ordem e progresso*, p. 892.

camente de forma decisiva na vida social brasileira dos últimos anos ilustram com perfeição as tendências que, à luz de Gilberto Freyre, estamos destacando aqui. São elas o ex-presidente e atual candidato, Luiz Inácio Lula da Silva, o juiz paranaense Sérgio Moro e o atual presidente da República, Jair Bolsonaro. Procurarei sintetizar os pontos essenciais desse desenvolvimento histórico recente como meio de avaliar a fecundidade do legado freyriano para sua análise e compreensão.

***

No ano de 2004, um deputado das mais poderosas lideranças do Centrão, fez à *Revista Veja* uma denúncia que abalou a República. Roberto Jefferson delatava um amplo jogo de negociações nada republicanas operadas entre o poder executivo e parte significativa do parlamento. O fundamental do esquema revelado pelo deputado era a composição de uma base parlamentar de apoio ao presidente da República, Luiz Inácio Lula da Silva, através da distribuição de propinas regulares pagas aos deputados do Centrão, entre eles o próprio autor da denúncia, que chegou a cumprir pena pelos crimes de que era réu confesso e por outros mais. Entre a investigação e o processo judicial, a população brasileira acompanhou quase que diariamente a exposição e mesmo a execração pública dos suspeitos do esquema que ficou amplamente conhecido como Mensalão. Ascendeu nesta época a figura do juiz do Supremo Tribunal Federal, ministro Joaquim Barbosa, que por ter conduzido com certo rigor o julgamento da Ação Penal 470, gozou de um carisma não desprezível entre as massas brasileiras – mesmo tendo se aposentado pouco após o julgamento, e pouco depois de 2012, saído da cena pública, Barbosa ainda hoje é cogitado por partidos em disputas eleitorais. A tradição jurisdicista, bacharelesca, sempre conferiu à magistratura o que Weber chamou de "carisma do cargo", mas a projeção de Barbosa, em antagonismo com políticos e empresários poderosos e objetos de amor e ódio popular, deu a ele também um carisma que foi muito além do cargo. Sua discreta saída da cena pública deixaria em suspenso a esperança dos dominados, à procura de novo depositário às suas expectativas de castigo e redenção.

Apesar de todo o desgaste provocado à imagem de Lula, o carisma do então presidente, posto à prova diariamente pelos políticos, partidos, jornais, revistas e imprensa de oposição, resistiu firmemente até sua reeleição e término de seu segundo mandato. Seu prestígio ante às massas era ainda tão grande que foi capaz de eleger a até então quase desconhecida Dilma Rousseff, a primeira mulher eleita presidente da República e que, pouco depois, já se veria sugestivamente chamada por muitos de seus seguidores como "Dilmãe". Foi durante o governo de Dilma que um novo escândalo de corrupção, no essencial semelhante àquele do Mensalão, eclodiu com a chamada Operação Lava Jato. Realizada pela Polícia Federal, a investigação contou com o protagonismo, com ares midiáticos e espetaculosos, dessa vez não de um ministro do STF, e sim de um juiz de primeira instância de uma vara federal de Curitiba: Sérgio Moro ganhou, em pouquíssimo tempo, um prestígio e carisma que poucas vezes se viu na história do Brasil. Incorporando práticas jurídicas completamente incompatíveis com o direito brasileiro, o juiz atuou em parceria pouco republicana com o Ministério Público e com a Polícia Federal, e através de estratégias também pouco republicanas de vazamento seletivo de informações confidenciais, alimentou uma verdadeira indústria de notícias, inundando o noticiário nacional com reportagens diárias que pouco a pouco iam revertendo o carisma de Lula em ódio ensandecido. Ao mesmo tempo, Moro conseguiu se projetar como verdadeiro herói nacional, uma espécie de "caudilho de beca" que, desde seu frio escritório de Curitiba, vinha castigar os poderosos, entregá-los ao escárnio público e coletivo, e passava a encarnar, perigosamente, a missão de redimir a sociedade brasileira daquele que é popular e midiaticamente representado como o seu maior mal: a corrupção.

Esse fenômeno foi também observado por Max Weber como um dos possíveis desdobramentos da dominação carismática, que ocorre sempre que o líder, ante uma situação de crise ou ameaça, não consegue provar sua força, com a sociedade inteira caindo em desgraça. Em tais ocasiões o carisma facilmente se reverte em extrema culpabilidade e ocorre a transformação da liderança carismática numa espécie de bode expiatório. Foi o que aconteceu a Lula e, por extensão, ao partido de que era a principal liderança. O presidente talvez mais amado da história brasileira – deixando o poder com 87% de aprovação popular – tornou-se em pouco tempo o objeto de um ódio cuja escalada alcançou todo o partido e todo o segmento político à esquerda com o qual Lula estava identificado no imaginário nacional – ainda que suas políticas sequer tenham sido tão à esquerda assim, o contrário sendo antes verdadeiro. Para uma massa enorme e enfurecida de brasileiros, muitos deles ricos e poderosos, Lula tornou-se uma espécie de culpado único de todas as desgraças brasileiras. As nódoas dessa culpa mancharam também a todas aquelas lideranças subsidiárias ligadas ao ex-presidente e seu partido, a começar por Dilma Rousseff que, apesar de reeleita em 2014, seria incapaz de reagrupar em torno de si as forças do Centrão, sofrendo um processo de impedimento em 2016. Outra figura do Centrão teve destaque nesses desdobramentos. O então deputado carioca pelo MDB, Eduardo Cunha, destacou-se como presidente da câmara legislativa. Cunha teve habilidade suficiente para emparedar a então presidente da República num limbo de absoluta ingovernabilidade ante um cenário de acentuada crise econômica e de descrédito das instituições políticas. Foram nessas circunstâncias que as figuras de Sérgio Moro e Deltan Dallagnol ganharam o máximo de apelo popular, projetando-se na sociedade brasileira como verdadeiros vingadores de face angelical a castigar os poderosos que traíram o amor e o afeto neles depositados. O clímax desse tumultuado processo de deslocamento das esperanças carismáticas se deu com a prisão de Lula em 2018, que o impediu de disputar as eleições presidenciais daquele ano e que consagrou, momentaneamente, Sérgio Moro como "herói nacional".

Mas como todo brasileiro bem sabe, o enredo dessa história é demasiado enovelado para ser tão rapidamente descrito. Aqui nos atemos apenas aos fatos mais básicos para elucidar nossa interpretação das sobrevivências sádico-masoquistas em nossa vida política. Enquanto todo esse processo de agudização da crise iniciada em 2004 se desenrolava, maturava uma nova liderança carismática que veio a tornar-se o centro de um dos mais grotescos fenômenos políticos de nossa história: o capitão reformado do Exército, parlamentar por quase três décadas, Jair Messias Bolsonaro.

***

O pouco que dissemos até aqui já é suficiente para dirimir aquela impressão deixada por Castro Rocha e Renato Lessa quanto à radical novidade do fenômeno bolsonarista. Jair Messias Bolsonaro é figura que emergiu do Centrão e cuja imagem reúne atributos insofismavelmente ligados à tradição patriarcal. No início de 2018, o deputado pelo PSC e já pré-candidato à presidência da República, Jair Bolsonaro, foi perguntado por uma repórter se ele havia usado dinheiro do auxílio moradia para pagar prestações de um apartamento próprio. Sua resposta foi lacônica, embora bastante expressiva de um atributo demasiado "sedutor" para o narcisismo das massas brasileiras: "Como eu tava solteiro, esse dinheiro do auxílio moradia eu usava para comer gente". Longe de provocar qualquer estranhamento, a muitos brasileiros tal resposta produzia um efeito de atração e de identificação: a imagem de um "patriarca" viril a ganhar maior relevância e destaque do que qualquer comportamento republicano a se esperar de um deputado federal. A propósito, mesmo possuindo imóvel próprio em Brasília, o então deputado pelo Rio de Janeiro continuaria defendendo o recebimento do referido auxílio por parlamentares na mesma condição. Mas este é apenas um traço entre outros relevantes. Importante seria vermos como Bolsonaro deixou de ser o discreto parlamentar carioca que fora durante 25 anos para alçar-se a liderança nacional eleita presidente da República em 2018.

Para essa ascensão não contou com nenhum feito político – pois o deputado absolutamente não os tinha – e nada de sua atuação propriamente parlamentar. Ponto de viragem em sua trajetória política foi sua participação em programas de TV dirigidos ao divertimento das massas. Diferentes programas da televisão brasileira iniciaram, entre a primeira e segunda década do século XX, um tipo de quadro que fez enorme sucesso de audiência: humoristas que assumiam o papel de "repórteres" e de "jornalistas" iam até o Congresso e o Senado para entrevistas de tom humorado e sarcástico com deputados e senadores. Ocorrendo em meio a escândalos de corrupção que renitentemente ganhavam as manchetes diárias, o escárnio da política, dos políticos e das instituições republicanas era um prato cheio para satisfazer a fome dos brasileiros por castigo e vingança daqueles que vinham traindo o amor neles depositados. Foi principalmente por meio de sua participação nesses programas que Bolsonaro deixou de ser o parlamentar medíocre que sempre havia sido para tornar-se figura nacionalmente conhecida e admirada por número crescente e cada vez mais apaixonado de seguidores.

Militar de baixa patente, retirado da ativa por insubordinação, Bolsonaro tinha sua base eleitoral restrita ao Rio de Janeiro até o ano de 2012, quando começou a fazer participações nesses programas de audiência nacional. Há muito, entretanto, ele já defendia práticas e pautas nada democráticas e tampouco republicanas, ligadas quase sempre a um indisfarçável sadismo: da defesa da pena de morte à defesa da tortura como instrumento legítimo de investigação policial e de punição.

O momento talvez mais importante na projeção inicial da imagem de Bolsonaro nacionalmente foi sua participação no quadro "O povo quer saber", do programa CQC, em março de 2011. As respostas que o então parlamentar pelo Partido Progressista deu às perguntas realizadas por transeuntes e outras personalidades públicas ganharam, já no dia seguinte, os principais noticiários do país. Depois de dizer se espelhar nos militares que comandaram a ditadura e a repressão política de 1964 a 1985, o ponto alto da entrevista e que mais repercutiu diz respeito a três perguntas em quase nada ligadas à política – muito embora demasiado ligadas à cultura. Em suas respostas havia um claro apego àqueles critérios de estratificação social disseminados pela educação para o patriarcado: defendia o direito de o pai bater nos filhos para "educá-los" (critério geracional), manifestava ostensiva repulsa à ideia de ter um filho gay (critério de gênero) ou de ver um de seus filhos casado com mulher negra (critério de *status*).

Depois dessa entrevista e tamanha sua repercussão em toda a imprensa, Bolsonaro nunca mais saiu dos holofotes dos meios de comunicação em massa, o que foi potencializado, sem dúvida alguma, pelas diversas plataformas das redes sociais e pela formação das massas digitais, fenômeno tão bem analisado por João Cezar de Castro Rocha. Desde então e só a partir daí é que sua figura pôde encampar as pautas de teor propriamente político que passariam a encarnar a "missão" em nome da qual se apresentava o pretenso líder. Todas elas ligadas a uma muito significativa recusa dos chamados Direitos Humanos – abstração ainda incompreensível para imensa parte dos brasileiros – e certa obsessão com penas, punições e castigos. Suas principais bandeiras eram a redução da maioridade penal, implementação da pena de morte e revogação do estatuto do desarmamento – para a defesa, segundo ele, da vida e da propriedade! Não foi pela racionalidade de suas pautas e ideias, tampouco pela racionalidade da argumentação em defesa delas, que Bolsonaro ganhou multidões de seguidores apaixonados. Foi, antes, porque sua figura e imagem publicitariamente construídas são capazes de satisfazer as tendências sádico-masoquistas dispersas na cultura e na sociedade brasileira, encontrando eco justamente num contexto de aguda crise das instituições políticas republicanas. É claro que os mecanismos digitais de influência sobre as massas revelados com bastante perspicácia por Castro Rocha compõem um importe elemento novo do fenômeno em questão. O que tais mecanismos por si mesmos não explicam é a receptividade prévia das massas brasileiras ao discurso, às ideias, aos gestos, às opiniões e ao modo de manifestá-las de Jair Bolsonaro. É que tal receptividade prévia só se explica pelas tendências antidemocráticas cultivadas entre nós ao longo de séculos e cuja sobrevivência, com o auxílio de Gilberto Freyre, estamos procurando iluminar.

De 2012 até aqui são quase incontáveis as manifestações públicas de Bolsonaro, não raro com rompantes ostensivamente sádicos, em defesa dos significados transmitidos pela "educação para o patriarcado". Uma delas, já analisada por nós em outra ocasião, é demasiado reveladora da paixão despertada por Bolsonaro nas massas brasileiras. No dia 31 de janeiro de 2014, um garoto negro, que contava apenas quinze anos, acusado de furto não por um processo jurídico formal, mas por um grupo de "justiceiros", foi, depois de linchado, amarrado nu, pelo pescoço e com uma tranca de bicicleta, a um poste de luz, em plena rua Rui Barbosa, no bairro do Flamengo, zona Sul da capital carioca. Como se não fosse algo já demasiado expressivo da sobrevivência dos padrões e tendências sádicas de relação interpessoal cultivados em nossa sociedade, o evento tomaria uma proporção muitíssimo maior dias depois, quando se tornaria objeto de uma "controvérsia parlamentar" entre a deputada Benedita da Silva, que condenou o bárbaro ato de linchamento realizado à revelia de todo processo jurídico, e o já então "caudilho de tribuna" Jair Messias Bolsonaro, à época deputado pelo Partido Progressista. Na ocasião da controvérsia, Bolsonaro aproveitou para defender sua candidatura à presidência da Comissão de Direitos Humanos da Câmara Legislativa, enquanto aplaudia os linchadores que "fizeram muito bem", do ponto de vista do então deputado, aqueles que "deram uma surra no vagabundo por que já estão cansados de serem roubados e assaltados por essa gentalha.". A pretexto de uma defesa da propriedade, aquele ato bárbaro de punição sádica despejada sobre um adolescente negro era visto como ato não só legítimo, mas louvável[112]! Dias depois, em 12 de fevereiro de 2014,

---

[112] Transformar esse fato hediondo em propaganda política é sintoma claro de que o sadismo, embora possa ganhar autonomia em relação à pulsão sexual, muitas vezes continua entremeado a ela em diversas manifestações ostensivas de crueldade, como é claramente o caso do prazer e da satisfação que aquele grupo de pessoas parece ter nutrido em "punir" e "castigar" o menor infrator com açoites e correntes ao pescoço, desnudando-o e reduzindo-o à completa e humilhada impotência. Muito da campanha em torno de Jair Bolsonaro, mesmo quando já presidente, apoia-se em símbolos com claras conotações de fetiche sádico: da sanha punitivista,

o deputado concedia uma assediadíssima entrevista coletiva à imprensa, quando pôde expor seu programa caso eleito presidente da Comissão de Direitos Humanos.

> Maioria é uma coisa e minoria é outra. Minoria tem que se calar, se curvar à maioria. Acabou! Eu quero respeitar é a maioria, e não a minoria, cê tá entendendo? Olha, quando eu falo em pena de morte, é que uma minoria de marginais aterrorizam a maioria de pessoas descentes; quando se fala em menor vagabundo, como esse que foi, que foi lá no poste do Rio de Janeiro, tem que ter uma política para aprisionar esses caras, buscar a redução da maioridade penal, e não defender esses marginais como se fossem excluídos da sociedade. Não são excluídos, são vagabundos, que devem ter um tratamento adequado. A minha Comissão não vai ter espaço para defender esse tipo de minoria.

Em seguida, perguntado quais suas outras propostas caso eleito presidente da Comissão, continuou o então deputado:

> Buscar redução da maioridade penal, uma política de planejamento familiar, buscar uma maneira de dizer à sociedade que eles foram enganados pelo Estatuto do Desarmamento, só desarmou cidadãos de bem, os marginais continuam armados, tá ok? Lutar uma maneira [sic] para a legítima defesa, não apenas legítima defesa da vida própria e de outros, mas legítima defesa do seu patrimônio e de outrem, para dar uma resposta ao MST, que invade propriedade de quem trabalha, que leva o terror ao campo. Tem que mudar: política de direitos humanos é só para "humanos direitos", e não pra vagabundos e marginais que vivem às costas do governo.

Depois de dizer várias outras coisas do mesmo jaez, dirigidas a homossexuais, a negros e outras minorias, defendendo enfaticamente que Direitos Humanos não era para defender "minorias", o deputado foi então perguntado pelo presídio de Pedrinhas, no estado do Maranhão. Respondeu contundentemente: "Não, não, não: é a única coisa boa do Maranhão é o presídio de Pedrinhas." E, depois, já completamente exaltado, dispara:

> É só você não estuprar, não sequestrar, não praticar latrocínio que você não vai pra lá, porra! Acabou! Tem que dar vida boa pra aqueles canalhas? Eles fode nós a vida toda e daí nós trabalhadores vamos manter esses caras presos numa vida boa? Eles têm é que se fuder! Acabou! Acabou, porra! É minha ideia. E quem não tá contente trabalhe contra minha chegada na Comissão.[113]

---

ansiosa por fazer sofrer, à obsessão com armas de fogo, literalmente tornadas símbolo de campanha e chegando a extremos de culto fálico transformado em fenômeno de massa.

[113] JAIR BOLSONARO. Bolsonaro presidente: imperdível. YouTube, 12 fev. 2014. Disponível em: https://www.youtube.com/watch?v=ybote10acL4. Acesso em: 24 jan. 2025.

O presídio de Pedrinhas, localizado no estado do Maranhão, ficou internacionalmente conhecido pelas barbáries de violência infelizmente comuns ao sistema carcerário brasileiro. Mas, para Bolsonaro, toda aquela crueldade institucionalizada atendia muito bem à finalidade para a qual, do seu ponto de vista, eram destinadas essas prisões: fazer sofrer, castigar, punir sadicamente. "Os presídios brasileiros estão uma maravilha, lá é local pro cara pagar os seus pecados, e não pra viver num *spa* em vida boa. Quem estupra, sequestra, mata tem que ir pra lá mesmo sofrer, e não ir pra colônia de férias."[114] O que certamente deveria chamar nossa atenção nessas manifestações do então parlamentar é que longe de escondê-las do público pelo conteúdo manifestamente violento e cruel que professava, as gravações foram usadas nas redes sociais como *propaganda política* em sua campanha à presidência da República, contando com milhões de visualizações, seguidas de aprovações e comentários de apoio de centenas de milhares de seguidores. Foi aí mesmo que Bolsonaro encontrou a "missão" em nome da qual se apresentaria às massas brasileiras. E foi aí, também, que uma massa cada vez maior de brasileiros encontrou muito de si mesma em Bolsonaro, afagando a si mesma no seu mais novo líder.

Desde então, Bolsonaro manteve-se no centro do espetáculo político brasileiro, com aparições frequentes em programas de TV que exploravam o tom polêmico e sensacionalista que as posições do exaltado deputado mantinham contra o sistema político, contra o sistema jurídico, contra o sistema democrático. Diante do quadro da grave crise política provocada pela Operação Lava Jato, àquela altura a todo vapor e gozando de enorme apoio popular e apelo midiático, Bolsonaro foi aos poucos encarnando a figura de um vingador do povo, de um opositor à ordem vigente pronto a castigar a "infidelidade" da classe política em relação ao povo. Orientado ou não por sagazes publicitários, Bolsonaro soube aproveitar o ambiente de descrédito das instituições, intensificado pela Operação Lava Jato e sua espetacularização midiática, para construir sua imagem e sua figura como a do vingador carismático incumbido de regenerar a ordem. Encontrou na união das duas pautas a combinação perfeita para fazer coincidir sua missão com as expectativas de salvação das massas: atribuía aos partidos de esquerda, seus velhos inimigos, não só a responsabilidade pelas políticas de Direitos Humanos que ameaçavam a família tradicional brasileira, como também pela corrupção generalizada do sistema político. Conseguiu, assim, unificar o ódio disperso em seus seguidores para um inimigo comum, de feições ao mesmo tempo concretas e abstratas. Concretamente, o inimigo passava a ser o infrator comum, o criminoso de rua, especialmente aquele que atenta sobre a propriedade particular de outrem, ao passo que, abstratamente, o inimigo passava a ser um conjunto mais ou menos elástico de instituições e ideologias que supostamente protegem esses infratores em desfavor dos supostos "cidadãos de bem": o poder judiciário, partidos e ideologias de esquerda, e tudo quanto seja relativo a Direitos Humanos. A elasticidade do inimigo em abstrato permite

---

[114] Jair Bolsonaro, *Bolsonaro presidente: imperdível*.

dirigir o ódio das massas mesmo às instituições básicas do sistema político, desde que o líder aponte a seus seguidores tais instituições como obstáculos à ordem de punição que gostariam de fundar e, com ela, recompensar-se.

Desde então, sua trajetória foi marcada justamente pela constituição de um séquito duradouro de seguidores cuja evolução quantitativa levou à eleição presidencial de Bolsonaro em 2018. Dois momentos são bastante expressivos da identificação sádico-masoquista das massas com o líder: o primeiro, em 2016, durante a sessão parlamentar de votação do impedimento da então presidente Dilma Rousseff, e o segundo em 2018, em plena campanha eleitoral, quando Bolsonaro sofreu um atentado em Juiz de Fora, Minas Gerais. No primeiro, salta aos olhos o componente sádico; ao passo que é componente masoquista o que ganha ênfase no segundo. Ao pronunciar seu voto a favor do impedimento da então presidente, Bolsonaro homenageou um coronel do Exército diretamente responsável pela tortura de dezenas de presos políticos durante a ditadura militar, entre eles a própria presidente que estava sendo deposta. Inversamente, ao sofrer uma facada durante ato de campanha, Bolsonaro soube igualmente projetar-se como vítima, angariando um expressivo aumento de apoiadores através da exploração emocional da piedade, o que Freyre chamou de "complexo de mártir", convertendo-a em amor ao líder.

***

As outras duas figuras que recentemente foram objeto do amor das massas brasileiras também são bastante expressivas para a elucidação de nossa tese. Depois de projetar nacionalmente sua imagem como o juiz que enfrentava os poderosos, cujo clímax, como vimos, foi a prisão do ex-presidente Luiz Inácio Lula da Silva, Sérgio Moro ingressou formalmente na vida política, aceitando o convite de Jair Bolsonaro, eleito presidente em 2018, para ocupar o Ministério da Justiça. Em qualquer lugar do mundo "moderno" causaria enorme escândalo que o juiz responsável por tirar do pleito um candidato com fortes chances de ser eleito fosse nomeado a cargo político por aquele que foi o beneficiado direto de tal ato "jurídico". Isso de pouco ou nada valeu ante o "efeito" de êxtase que a prisão de Lula provocou naqueles que se irmanavam no ódio e no linchamento do ex-presidente tornado bode expiatório. Bolsonaro e Moro puderam desfrutar, assim, do prestígio um do outro ante as massas naquilo que tinham de comum: a oposição a Lula, ao Partido dos Trabalhadores, adornada com uma aura de restauração da ordem através do banimento e da punição do(s) culpado(s).

Essa aliança "carismática" em torno de um bode expiatório, entretanto, foi logo abalada. Bastou pouco tempo de ministério para que Sérgio Moro viesse a público denunciar as tentativas – bem-sucedidas, aliás – de Bolsonaro em interferir na Polícia Federal para evitar que ela investigasse seus filhos. Pouco depois, vazamentos promovidos por um *hacker* à imprensa brasileira demonstravam conversas em que o então juiz Sérgio Moro orientava membros do Ministério Público a produzir provas contra o então acusado, Luiz Inácio Lula da Silva. Para piorar, Sérgio Moro foi depois considerado, pelo Supremo Tribunal Federal, como não possuindo competência para julgar vários dos casos da Lava Jato, incluindo aquele que envolvia o ex-presidente Lula. Mais uma vez, verificou-se na história brasileira recente aquele fenômeno notado por Max Weber como a reversão do carisma em extrema culpabilidade. Lula foi solto e recuperou seus direitos políticos, ao passo que Sérgio Moro passou a sofrer uma dupla hostilidade: tanto proveniente dos seguidores de Bolsonaro, que se sentiram traídos pela falta de gratidão do ministro da Justiça nomeado pelo "Mito", quanto pelos seguidores de Lula, pelas razões óbvias de terem, ao menos para si mesmas, confirmado suas sugestões iniciais de que Moro encarnava a figura antes de um perseguidor político do que de um juiz imparcial. A reversão do carisma de Moro em culpa foi tão drástica que, de herói nacional há poucos anos, fortemente cotado para o pleito de 2022, não teve força suficiente sequer para poder candidatar-se, tendo de contentar-se com a eleição para senador pelo estado do Paraná – onde poderá, se mantiver a mesma habilidade cênica e adquirir alguma habilidade oratória, vir a ser novo "caudilho de tribuna". Lula, por sua vez, tal como Bolsonaro no episódio da facada, pôde atrair para si toda a identificação masoquista do complexo de mártir, apresentando-se como aquele que, em nome da paz política, do respeito às instituições, aceitou uma condenação injusta, produto de uma escalada persecutória e não de um processo judicial. E assim encontra-se ainda agora o país: dividido entre os carismas de Lula, por um lado, e de Bolsonaro, por outro, sem que qualquer outra possibilidade de entendimento da vida política possa surgir no horizonte das massas brasileiras.

***

O leitor saberá compreender as dificuldades de descrição do quadro contemporâneo da vida política e cultural da sociedade brasileira. O que acabamos de trazer à tona diz respeito apenas àqueles traços fundamentais à elucidação da tese que já esboçamos acima, segundo a qual a vida política brasileira em período republicano se define pelas pressões repersonalizantes que as sobrevivências de tendências patriarcais e sádico-masoquistas exercem sobre as instituições republicanas. O leitor também saberá discernir o que há, neste tópico, de juízo de valor e o que há de simples constatação. O que há de constatação diz respeito justamente àquilo que é essencial à tese: ilustram-se as modernas instituições republicanas, em particular os partidos políticos, o parlamento e a presidência da república, sofrendo os efeitos repersonalizantes da política de compadrio e da dominação carismática. Um dos segredos do êxito político de Lula foi o de ter conseguido, através da instrumentalização dos meios da administração moderna, angariar o apoio do "Centrão"; em geral, o êxito de qualquer presidente da República no período posterior à redemocratização sempre dependeu dessa habilidade. Bolsonaro, do mesmo modo, ainda que tenha projetado seu carisma através da oposição simulada ao sistema político vigente, incluindo o próprio Centrão, mal assumiu a presidência e já se via refém desta poderosa articulação parlamentar. Apesar disso, o país se divide entre duas enormes massas de seguidores que, de maneira completamente fascinada, já elegeram seu objeto de amor e, ao fazê-lo, seu respectivo objeto de ódio, sem a menor atenção, por outro lado, ao que ocorre no Parlamento. Este, por sua vez, só parece atrair a atenção dos brasileiros quando sua atuação se dá por intermédio de pretensos novos "caudilhos de tribuna" – como são alguns dos filhos de Jair Bolsonaro. E aqui, mais uma vez, a interpretação que Freyre nos oferece da formação e da modernização da sociedade brasileira pode nos ajudar a ganhar alguma compreensão crítica de nosso presente.

"Ainda hoje sobrevive a mística popular no Brasil em torno dos títulos militares: para a imaginação da gente do povo o Messias a salvar o Brasil será antes um senhor capitão ou um senhor general que um senhor bacharel ou um senhor doutor."[115] Esta profética passagem de Freyre talvez ajude a ilustrar uma das razões pelas quais um enorme segmento das massas brasileiras, podendo escolher entre dois líderes que igualmente assumiam a figura de "carrasco" de Lula e, por extensão, assumiam a figura de salvador nacional, escolheram Bolsonaro ao invés de Sérgio Moro. Freyre, como talvez nenhum outro intelectual brasileiro antes ou mesmo depois dele, teve olhos para essa quase irresistível tendência do brasileiro a entregar-se a lideranças pessoais de figuras carismáticas. Mas teve olhos também para compreender quais seriam os adereços, os aspectos, as virtudes e os vícios que, ante à população brasileira, um candidato a líder teria que trazer consigo para exercer, de fato, uma sedução eficaz. E a farda de capitão sempre foi mais próxima e, por isso, mais sugestiva ao povo, do que a beca de juiz.

---

[115] Gilberto Freyre, *Sobrados e mucambos*, p. 721.

Bibliografia

Livros, ensaios e artigos acadêmicos:

ALENCAR, José de. *Cartas de Erasmo ao imperador.* Organização de José Murilo de Carvalho. Rio de Janeiro: Academia Brasileira de Letras, 2009

ANDRADE, Mário de. *O Aleijadinho e Álvares de Azevedo.* Rio de Janeiro: Editora R. A., 1935.

ASSIS, Machado de. *Memórias póstumas de Brás Cubas.* São Paulo: Penguin Classics Companhia das Letras, 2014.

BARBOSA, Ruy. *Elemento servil:* discurso proferido na Câmara dos srs. Deputados pelo deputado Ruy Barbosa. Rio de Janeiro: Tipografia Nacional, 1884.

BARBOSA, Ruy. Gilberto Freyre e Florestan Fernandes: um debate sobre a democracia racial. *In:* MOTTA, Roberta; FERNANDES, Marcionila (org.). *Gilberto Freyre:* Região, tradição, trópico e outras aproximações. Rio de Janeiro: Fundação Miguel de Cervantes, 2013.

BASTIDE, Roger. Psicanálise do cafuné. *Jornal de Psicanálise,* n. 49, v. 91, p. 189-203, 2016.

BASTOS, Elide Rugai. *Prometeu acorrentado:* Gilberto Freyre e a formação da sociedade brasileira. São Paulo: Global Editora, 2006.

BOSI, Alfredo. O Positivismo no Brasil: uma ideologia de longa duração. *In: Entre a Literatura e a História.* São Paulo: Editora 34, 2013. p. 277-301.

BURKE, Kenneth. *La Filosofía de la forma literaria y otros estudios sobre la acción simbólica.* Madrid: Machado Libros, 1973.

CAMUS, Albert. *O homem revoltado.* São Paulo: Record, 2013.

CARVALHO, José Murilo de. História intelectual no Brasil: a retórica como chave de leitura. *Topoi,* v. 1, n. 1, p. 123-152, 2000.

CARVALHO, José Murilo de. *D. Pedro II.* São Paulo: Companhia das Letras, 2007.

CASCUDO, Luís da Câmara. *Religião no povo*. São Paulo: Global Editora, 2011.

COSTA, Emília Viotti da. *Da Monarquia à República*. 9. ed. São Paulo: Editora Unesp, 2010.

COSTA, Emília Viotti da. *Da senzala à colônia*. 5. ed. São Paulo: Unesp, 2010.

CURTO, Diogo Ramada. Casa-grande & senzala de Gilberto Freyre quatro constatações em torno das intenções do autor. *In:* CORDÃO, Marcos; CASTELO, Cláudia (org.). *Gilberto Freyre:* novas leituras do outro lado do Atlântico. São Paulo: Edusp, 2015.

DAMATTA, Roberto. *Carnavais, malandros e heróis:* para uma sociologia do dilema brasileiro. Rio de Janeiro: Rocco, 1979.

DAMATTA, Roberto. *Você sabe com quem está falando?* – Estudos sobre o autoritarismo brasileiro. Rio de Janeiro: Rocco, 2020.

FAORO, Raymundo. *Os donos do poder:* formação do patronato político brasileiro. 5. ed. São Paulo: Globo, 2012.

FLUSSER, Vilém. *Fenomenologia do brasileiro*. Rio de Janeiro: Eduerj, 1998.

FONSECA, Edson Nery da. Recepção de Casa-grande & senzala no Recife dos anos 30 e 40. *In:* KOMINSKY, Ethel Volfzon; LÉPINE, Claude; PEIXOTO, Fernanda Arêas (org.). *Gilberto Freyre em quatro tempos*. São Paulo: EDUSC, 2003. p. 29-38.

FONSECA, Luís Anselmo da. *A escravidão, o clero e o abolicionismo*. Bahia: Imprensa Econômica, 1887.

FREUD, Sigmund. Psicologia das massas e análise do eu. *In: Obras Completas*. v. XV. Tradução de Paulo César de Souza. São Paulo: Companhia das Letras, 2011. p. 9-100.

FREYRE, Gilberto. *6 conferências em busca de um leitor*. Rio de Janeiro: José Olympio, 1965.

FREYRE, Gilberto. *Casa-grande & senzala:* formação da família brasileira sob o regime de economia patriarcal. 51. ed. São Paulo: Global Editora, 2006.

FREYRE, Gilberto. *Ingleses no Brasil:* aspectos da influência britânica sobre a vida, a paisagem e a cultura do Brasil. 3. ed. Rio de Janeiro: Topbooks, 2000.

FREYRE, Gilberto. *Insurgências e ressurgências atuais:* cruzamentos de sins e nãos num mundo em transição. São Paulo: Global Editora, São Paulo: 2006.

FREYRE, Gilberto. *Interpretação do Brasil:* aspectos da formação social brasileira como processo de amalgamento de raças e culturas. São Paulo: Companhia das Letras, 2001.

FREYRE, Gilberto. *Nordeste:* aspectos da influência da cana sobre a vida e a paisagem do Nordeste do Brasil. São Paulo: Global Editora, 2010.

FREYRE, Gilberto. *Novo mundo nos trópicos*. Rio de Janeiro: Topbooks, 2000.

FREYRE, Gilberto. *O Escravo nos anúncios de jornais brasileiros do século XIX*. São Paulo: Global Editora, 2010.

FREYRE, Gilberto. *Ordem e progresso:* processo de desintegração das sociedades patriarcal e semipatriarcal no Brasil sob o regime de trabalho livre: aspectos de um quase meio século de transição do trabalho escravo para o livre; e da Monarquia para República. São Paulo: Global Editora, 2004.

FREYRE, Gilberto. *Perfil de Euclides e outros perfis*. São Paulo: Global Editora, 2011.

FREYRE, Gilberto. *Pessoas, coisas e animais*. Organização de Edson Nery Fonseca. Porto Alegre: MPM Propaganda, 1979.

FREYRE, Gilberto. *Quase política*, Rio de Janeiro: José Olympio Editora, 1966.

FREYRE, Gilberto. *Região e tradição*. 2. ed. Rio de Janeiro: Record, 1968.

FREYRE, Gilberto. *Sobrados e mucambos:* decadência do patriarcado rural e desenvolvimento do urbano. 15. ed. São Paulo: Global Editora, 2004.

FREYRE, Gilberto. *Sociologia*: introdução ao estudo dos seus princípios. São Paulo: É Realizações, 2009.

FREYRE, Gilberto. *Um engenheiro francêz no Brasil*. Rio de Janeiro: José Olympio Editora, 1940.

FREYRE, Gilberto. *Vida social no Brasil nos meados do século XIX*. São Paulo: Global Editora, 2009.

GIRARD, René. *A violência e o sagrado*. Rio de Janeiro: Paz e Terra, 2008.

GIRARD, René. *Mentira romántica y verdad novelesca*. Barcelona: Editorial Anagrama, 1985.

GOFFMAN, Erving. *The presentation of self in everyday life*. Edinburgh: University of Edinburth Press, 1956.

GOFFMAN, Erving. *Stigma*: notes on the management of spoiled identity. London: Penguin Books, 1963.

GUIMARÃES, Antônio Sérgio. Democracia racial: o ideal, o pacto e o mito. *Novos estudos CEBRAP*, n. 61, p. 147-162, nov. 2001.

GUIMARÃES, Antônio Sérgio. A democracia racial revistada. *Afro-Ásia* 60 (2019), p. 9-44.

HOLANDA, Sérgio Buarque de. Corpo e alma do Brasil: ensaio de psicologia social. *In*: COSTA, Marcos (org.). *Escritos Coligidos, Livro I (1920-1949)*. São Paulo: Editora Unesp/Fundação Perseu Abramo, 2011. p. 59-78.

HOLANDA, Sérgio Buarque de. *Cobra de vidro*. São Paulo: Perspectiva, 1978.

LACOMBE, Américo Jacobina; BARBOSA, Francisco de Assis; SILVA, Eduardo. *Rui Barbosa e a queima dos arquivos*. Rio de Janeiro: Fundação Casa de Rui Barbosa, 1988.

LESSA, Renato. Brasil: por una fenomenología de la destrucción. *Palabra Salvaje*, n. 2, p. 85, out. 2021.

MARTINS, Luís. *O patriarca e o bacharel*. 2. ed. São Paulo: Alameda, 2008.

MERCADANTE, Paulo. *A consciência conservadora no Brasil*: contribuição ao estudo da formação brasileira. 3. ed. Rio de Janeiro: Nova Fronteira, 1980.

MESQUITA, Gustavo. *Gilberto Freyre e o Estado Novo*: região, nação e modernidade. São Paulo: Global Editora, 2018.

MOTA, Carlos Guilherme. A Universidade brasileira e o pensamento de Gilberto Freyre. *In*: FALCÃO, Joaquim; ARAÚJO, Rosa Maria Barboza de (org.). *O Imperador das ideias*: Gilberto Freyre em questão, Rio de Janeiro: Fundação Roberto Marinho; Topbooks, 2001. p. 168-182.

NABUCO, Joaquim. *O abolicionismo*. Rio de Janeiro: Nova Fronteira; São Paulo: PubliFolha, 2000.

ORTEGA Y GASSET, José. Vives. *In*: *Obras Completas, tomo V* (1933-41). Madrid: Revista de Occidente, 1967. p. 493-507.

PIERSON, Donald. *Brancos e pretos na Bahia*. 2. ed. São Paulo: Companhia Editora Nacional, 1971.

PRADO, Paulo. *Retrato do Brasil*: ensaio sobre a tristeza brasileira. São Paulo: Companhia das Letras, 2012.

RAMOS, Arthur. *O folclore negro no Brasil*. São Paulo: Martins Fontes, 2007.

REIS, João José. *A rebelião escrava no Brasil*: a história do Levante dos Malês em 1835 Ed. Revista e ampliada. São Paulo: Companhia das Letras, 2021.

REIS, João José; GOMES, Flávio dos Santos; CARVALHO, Marcus. *O Alufá Rufino*: tráfico, escravidão e liberdade no Atlântico Negro (c. 1822-c. 1853). São Paulo: Companhia das Letras, 2010.

ROCHA, João Cezar de Castro. *Culturas shakespearianas*: teoria mimética e desafios da mimesis em circunstâncias não hegemônicas. São Paulo: É Realizações, 2017.

SCHILLER, Friedrich. *A educação estética do homem numa série de cartas*. São Paulo: Iluminuras, 2002.

SCHWARCZ, Lilia. *Sobre o autoritarismo brasileiro*. São Paulo: Companhia das Letras, 2019.

VIANA, Hermano. A meta mitológica da democracia racial. *In*: FALCÃO, Joaquim; ARAÚJO, Rosa Maria Barboza de (org.). *O Imperador das ideias*: Gilberto Freyre em questão. Rio de Janeiro: Fundação Roberto Marinho: Topbooks, 2001. p. 215-226.

VILLORO, Luís. *La significación del silencio y otros ensayos*. Ciudad de México: Fundo de Cultura Económica, 2016.

WEBER, Max. *Economia e Sociedade*. v. II. São Paulo: Editora UnB, 2004.

Artigos de jornal:

A CIGARRA. São Paulo, n. 164, p. 73 e 75, maio 1945.

BANDEIRA, Manuel. Resposta a Gilberto Freyre. *A Manhã*, Rio de Janeiro, p. 4, 2 out. 1943.

BASTIDE, Roger. Itinerário da democracia III: em Recife, com Gilberto Freyre. *O Jornal*, Rio de Janeiro, p. 4, 2 abr. 1944.

FREYRE, Gilberto. A propósito de Mauá. *O Jornal*, p. 13, 11 nov. 1942.

FREYRE, Gilberto. A propósito de Mucambos. *O Jornal*, Rio de Janeiro, p. 4, 17 jun. 1942.

FREYRE, Gilberto. A propósito do presidente. *Cultura Política: Revista Mensal de Estudos Brasileiros*, n. 5, p. 124, 1941.

FREYRE, Gilberto. Antecipações. *O Jornal*, Rio de Janeiro, p. 4, 10 jun. 1943.

FREYRE, Gilberto. Carta aos estudantes baianos. *Diretrizes: Política, Economia, Cultura*, Rio de Janeiro, p. 24, 4 nov. 1943.

FREYRE, Gilberto. Discurso de Gilberto Freyre no jantar oferecido pela U.E.B. *Diretrizes: Política, Economia e Cultura*, Rio de Janeiro, p. 18, 16 dez. 1943.

FREYRE, Gilberto. Duas perguntas e uma tentativa de resposta. *O Jornal*, Rio de Janeiro, p. 4, 16 out. 1943.

FREYRE, Gilberto. Em torno da unidade brasileira. *O Jornal*, Rio de Janeiro, p. 4, 21 set. 1943.

FREYRE, Gilberto. Entrevista de Gilberto Freyre aos Diários Associados da Bahia. *O Jornal*, Rio de Janeiro, p. 1-2, 13 mar. 1945. 2ª seção.

FREYRE, Gilberto. Internacionalismo, nacionalismo e regionalismo na Rússia. *O Jornal*, Rio de Janeiro, p. 7, 22 abr. 1944.

FREYRE, Gilberto. Irmandades coloniais e a questão de raça. *Correio da manhã*, Rio de Janeiro, p. 2, 13 mar. 1940.

FREYRE, Gilberto. Mais realismo. *Correio da Manhã*, São Paulo, p. 4, 6 out. 1939.

FREYRE, Gilberto. Mau estadualismo. *O Jornal*, Rio de Janeiro, p. 4, 9 maio 1943.

FREYRE, Gilberto. Meu rótulo de comunista. *Diário de Pernambuco*, Recife, p. 1, 19 ago. 1945.

FREYRE, Gilberto. O exemplo de Ibiapina. *O Jornal*, Rio de Janeiro, p. 4, 10 jun. 1942.

FREYRE, Gilberto. O exemplo do velho Breves. *O Jornal*, Rio de Janeiro, p. 4, 31 jul. 1942.

FREYRE, Gilberto. O exemplo português. *Correio da Manhã*, Rio de Janeiro, p. 4, 9 jun. 1940.

FREYRE, Gilberto. O valor sociológico da autobiografia. *Correio da Manhã*, p. 2, 8 dez. 1939.

FREYRE, Gilberto. Outro paulista e os mucambos. *O Jornal*, Rio de Janeiro, p. 4, 5 dez. 1942.

FREYRE, Gilberto. Pluralismo de Culturas. *Correio da Manhã*, Rio de Janeiro, p. 2, 6 abr. 1940.

FREYRE, Gilberto. Precisa-se do Ceará I. *O Jornal*, Rio de Janeiro, p. 4, 9 set. 1944.

FREYRE, Gilberto. Precisa-se do Ceará II. *O Jornal*, Rio de Janeiro, p. 4, 16 set. 1944.

FREYRE, Gilberto. Precisa-se do Ceará III. *O Jornal*, Rio de Janeiro, p. 4, 19 out. 1944.

FREYRE, Gilberto. Quiosques, mulatos e mocambos. *O Jornal*, Rio de Janeiro, p. 4, 16 jan. 1943.

FREYRE, Gilberto. Rui Barbosa e os papéis queimados. *Diário de Pernambuco*, Recife, p. 4, 12 fev. 1950.

FREYRE, Gilberto. Sadismo e Masoquismo na vida pública brasileira. *O Jornal*, Rio de Janeiro, p. 4, 23 jan. 1943.

FREYRE, Gilberto. Terra e lavradores. *O Jornal*, Rio de Janeiro, p. 4, 20 out. 1942.

FREYRE, Gilberto. Um economista paulista e o problema dos mucambos. *O Jornal*, Rio de Janeiro, p. 4, 10 nov. 1942.

FREYRE, Gilberto. Um estudo do professor Pierson. *Correio da Manhã*, Rio de Janeiro, p. 2, 31 jan. 1940.

FREYRE, Gilberto. Um manual do perfeito mestiço. *O Jornal*, Rio de Janeiro, p. 4, 19 set. 1942.

FREYRE, Gilberto. Vinte e cinco anos depois. *O Jornal*, Rio de Janeiro, p. 4, 26 set. 1946.

LACOMBE, Américo Jacobina. A queima dos arquivos da escravidão. *O Jornal*, Rio de Janeiro, 17 mar. 1943.

NASSER, David; MANZON, Jean. Soldado raso, defensor da liberdade. *O Jornal*, Rio de Janeiro, p. 16, 21 abr. 1944.

NASSER, David; MANZON, Jean. Os negros lutam pelo Brasil. *A Cigarra*, São Paulo, n. 130, p. 114, jan. 1945.

NOTA Oficial do Diretório Acadêmico. *Diário de Pernambuco*, Recife, p. 13, 1º ago 1943.

TABAJARA, Nelson. Reflexões sobre o Carnaval. *O Jornal*, Rio de Janeiro, p. 26, 7 mar. 1937.

TABAJARA, Nelson. Índios e Pretos. *O Jornal*, Rio de Janeiro, p. 30, 23 maio 1937.

Y. Correspondência. *O Liberal Pernambucano*, n. 801, p. 3, 13 jun. 1855. Disponível em: http://memoria.bn.br/DocReader/705403/3224. Acesso em: 24 jan. 2025.